U1012543

〔唐〕韋應物 著
陶敏
王友勝 校注

韋應物集校注

增訂本

上海古籍出版社

圖書在版編目（CIP）數據

韋應物集校注（增訂本）/（唐）韋應物著；陶敏，王友勝校注.—2版.—上海：上海古籍出版社，2011.9（2023.11重印）
（中國古典文學叢書）
ISBN 978-7-5325-6030-1

Ⅰ.①韋… Ⅱ.①韋… ②陶… ③王… Ⅲ.①唐詩—注釋 Ⅳ.①I222.742

中國版本圖書館CIP數據核字（2011）第160047號

中國古典文學叢書
韋應物集校注
（增订本）
[唐] 韋應物 著
陶 敏 王友勝 校注
上海古籍出版社出版發行
(上海市閔行區號景路159弄1-5號A座5F 郵政編碼201101)
(1) 網址：www.guji.com.cn
(2) E-mail：gujil@guji.com.cn
(3) 易文網網址：www.ewen.co
上海展强印刷有限公司印刷
開本 850×1168 1/32 印張 22.625 插頁 6 字數 560,000
2011 年 9 月第 2 版 2023 年 11 月第 5 次印刷
印數：3,201-3,700
ISBN 978-7-5325-6030-1

I·2398 精裝定價：100.00 元

如發生質量問題，請與承印公司聯系
電話：021-66366565

韋應物撰並書妻元蘋墓誌銘

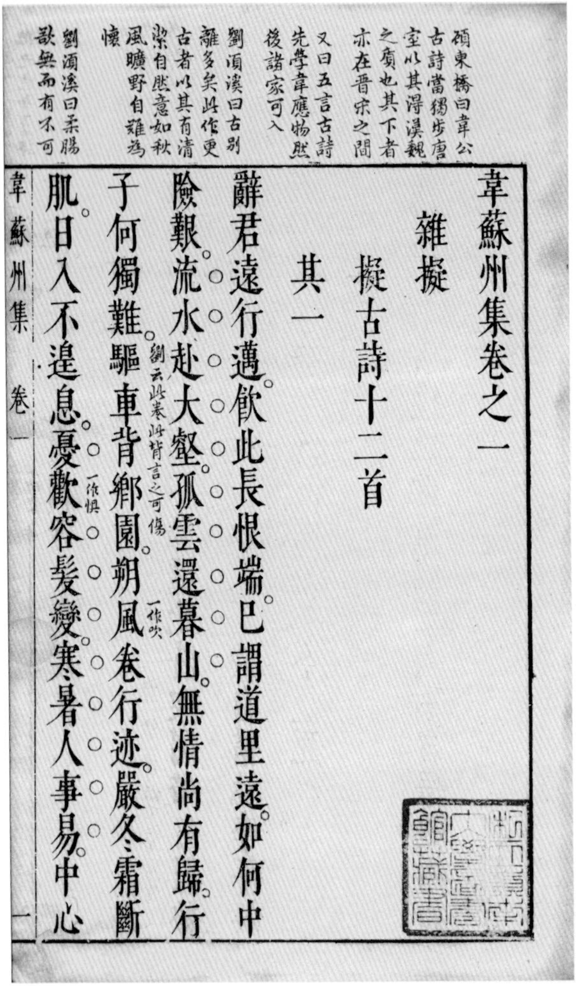
顧東橋曰韋公古詩當獨步唐室以其得漢魏之賡也其下者亦在晉宋之間

又曰五言古詩先學韋應物然後諸家可入

劉須溪曰古别離多矣此作更古者以其有清深自然意如秋風曠野自雜為懷

劉須溪曰柔腸欲無而有不可

韋蘇州集卷之一

雜擬

擬古詩十二首

其一

辭君遠行邁飲此長恨端已謂道里遠如何中險艱流水赴大壑孤雲還暮山無情尚有歸行子何獨難（劉云此卷此背言之可傷）驅車背鄉園朔風卷（一作吹）行迹嚴冬霜斷肌日入不遑息憂（一作懼）歡容鬢變寒暑人事易中心

韋蘇州集　卷一　一

明凌濛初刻朱墨套印本《韋蘇州集》書影

前言

一

韋應物（七三五——七九〇），京兆府萬年縣杜陵韋曲冑貴里（今陝西西安東南）人。韋氏世爲三輔著姓，聚居在韋曲的一支尤爲顯赫。唐代民間流傳著「城南韋、杜，去天尺五」的俗諺（見杜甫贈韋七贊善詩自注）。韋應物六世祖韋敻，澹於名利，前後十被徵辟，皆不應命。北周明帝即位，禮敬甚厚，作詩賜敻，封他爲逍遥公，韋氏家族這一支遂稱爲韋氏逍遥公房。五世祖世沖，仕隋爲民部尚書。高祖挺，唐太宗貞觀中歷官吏部侍郎、御史大夫、黄門侍郎。曾祖待價，武后朝以吏部尚書拜相。韋應物就是這個顯赫家族中的一員。但是，到應物的祖輩和父輩，家道已經逐漸式微了。應物的祖父令儀只擔任過司門郎中、宗正少卿、梁州都督等中級官職；至于他父親韋鑾的官職，舊史中已經没有記載，只在丘丹所撰韋應物墓誌中提到他曾爲宣州司法參軍〔一〕，不過是州的僚佐，官品就更加低下了。值得注意的是，雖然韋鑾的仕途并不通達，但據張彦遠《歷代名畫記》等記載，他和他的長兄韋鑒、鑒子韋鶠一樣，都以繪畫馳名於世，至于韋應物，他在詩中一再説到自己「家貧無舊業」

（發廣陵留上家兄兼寄上長沙），在爲亡妻元蘋所撰的墓誌中更酸楚地寫道：「生處貧約，殁無第宅，永以爲負。」〔三〕所以他在罷河南兵曹參軍後居于洛陽同德精舍，在罷櫟陽令後寄居灃上善福精舍，在罷滁州刺史後移居滁州西澗，在罷蘇州刺史後居于蘇州永定寺，都没有回到老家杜陵，説明他在老家不但没有豐厚的產業，就連可供居住的第宅也没有了。由此可見，韋應物出身在一個有著顯赫家世和隱逸傳統的世家大族，但他卻屬于這個家族中較爲貧寒而又富于藝術修養的一支。

韋應物生於開元二十三年（七三五），天寶八年（七四九），年十五，因門蔭得補右千牛。左右千牛通常由高級官僚的子孫充當，擔任皇帝的警衛工作，也是步入仕途的進身之階。年輕的韋應物因此成爲玄宗的御前侍衛，「身騎廄馬引天仗，直入華清列御前」（温泉行），目睹天寶盛世，度過了一段榮耀而富於刺激性的生活。後來，曾入太學讀書，又獲得羽林倉曹的官職。不久，安史之亂爆發了。就在長安失陷的那一年，他和元氏夫人結了婚。大約在肅宗乾元、上元年間，曾任高陵縣尉，又以大理評事佐河陽府。代宗廣德年間，爲洛陽縣丞。永泰元年（七六五），因懲辦不法軍士，被訟去官，閑居在洛陽同德寺。大曆四年（七六九），南遊揚州，北返後任河南府兵曹參軍。大曆八年，因病去官，復寄居洛陽同德精舍。次年，擔任京兆府功曹參軍。十一年，妻子元蘋去世，這給他以沉重打擊。十三年，任京兆府鄠縣令。次年，京兆尹黎幹獲罪，韋應物坐被黎幹所引薦改授櫟陽縣令。他旋即辭官，寓居長安西南郊灃水旁的善福精舍。唐德宗建中二年（七八一），被召爲尚書比部員外郎。三年秋，出任滁州刺史。興元元年（七八四），罷任，閑居滁州西澗。貞元元年（七八五），起爲江州刺史。三年，入朝爲左司郎中。四年冬，復出爲蘇州刺史。六年末罷任，居於蘇州永定寺，旋卒。一次又一次地出仕，一次又一次地罷官，這就是韋應物所走過的人生道路。

韋應物生活的時代，正值安、史之亂前後唐王朝由盛轉衰的歷史時期。面對着如日中天的大唐帝國的急遽没落，大多數詩人茫茫然不知所措，他們的詩歌雖然也或多或少反映了動亂時代的社會現實，但大都局限於個人生活的狹小範圍，表現自我的主觀感受，追求悠遠的韵致，内容相對貧乏，風格趨於纖弱，缺乏盛唐詩歌那種干時濟世的激情與豪邁爽朗的氣度。但在大曆、貞元時期的衆多詩人中，韋應物却卓然不群，自成一家。他去世後不久，白居易就推崇他的五言詩「高雅閑淡，自成一家之體」（與元九書），唐末司空圖將他與王維并稱，後人更將他與陶淵明合稱「陶韋」，與柳宗元并稱「韋柳」，又與王維、孟浩然、柳宗元合稱「王孟韋柳」。嚴羽滄浪詩話列舉唐詩諸體中，就有「韋柳體」，王漁洋更奉他的詩作爲「神韵」的典範。可見，在唐詩乃至整個中國古典詩歌發展史上，韋應物有着重要的地位。

二

韋應物曾經多次罷官歸隱，他的詩歌淡泊寧静，反復訴説了自己對塵世的厭倦和對山林與佛門的向往，加之，唐人有「韋應物立性高潔，鮮食寡欲，所居焚香掃地而坐」的記載（李肇國史補卷下），長期以來，在人們的心目中，他成了一個「不食人間烟火」的高士，似乎「無聲色臭味」（晦庵説詩）才是他詩歌的最大特點和最大優點。但事實却并非如此。

韋應物的詩歌題材非常廣闊。他對于國家大事與王朝政治是十分關心的。他不僅在九日、京師叛亂寄諸弟、寄諸弟等一些抒寫個人情志或與親友贈答的詩篇中表現了他對于現實的深切關懷，而且還寫了一些直接干預生活的作品。如廣德中洛陽作云：「飲藥本攻病，毒腸翻自殘。王師涉河洛，玉石俱不完。時節屢遷斥，山河長鬱盤。蕭條孤烟絶，日入空城寒。」描繪了唐王朝軍隊收復後的洛陽的殘破景象，尖鋭地批評統治者借回紇兵消滅安、史叛軍的政策無異飲鴆止渴。經函谷關一詩在回顧了秦朝倚恃函谷天險而終於敗亡的歷史後説：「聖朝及天寶，豺虎起東北。下沉戰死魂，上結窮冤色。古今雖共守，成敗良可識。藩屏無俊賢，金湯獨何力！」嚴肅地指出，是唐玄宗用人不當釀成安、史之亂，給百姓帶來了深重災難。在睢陽感懷一詩中，韋應物更熱情贊揚了安、史亂中堅守睢陽孤城的張巡，歌頌了他「堅壁梁宋間，遠籌吴楚利」的宏大功業和「甘從鋒刃斃，莫奪堅貞志」的犧牲精神，對那些擁兵自重的藩鎮和投降賊寇的「宿將」則給予了憤怒的聲討和强烈的譴責。清人喬億曾經説過：「古今共推韋詩沖澹，而韋之分量未盡也。如睢陽感懷、經函谷關，并大有關係之作，尚得以沖澹不沖澹論耶？」是很有見地的。

難能可貴的是，韋應物還將自己詩歌的批判鋒芒指向了包括皇帝在内的封建社會上層統治者及其奢侈糜爛的生活。如漢武帝雜歌三首，採用托古喻今的手法，諷刺唐玄宗等唐王朝統治者耽于道教迷信、不理朝政的腐敗現象；長安道、貴游行二詩以漢代的外戚比擬天寶時的楊氏家族，揭露他們荒淫佚豫、恃寵驕横的行徑；金谷園歌則借歷史告誡朝中權貴，生活奢侈糜爛必將自取滅亡，得到如西晉石崇一樣的下場。驪山行雖然表現了對開、天盛世的懷念眷戀之情，但詩在以大段篇幅鋪寫了唐玄宗游幸驪山時的壯闊場面與宏大聲勢後，筆鋒陡轉：「干戈一起文武乖，歡娱已極人事變。聖皇弓劍墜幽泉，古木蒼山閉宫殿。」指出其樂極生悲的悲慘結局，仍然意存諷喻，具有較爲强烈的現實意義。

韋應物集中還有一些托諷禽鳥的寓言詩，對朝廷弊政與社會黑暗進行了無情揭露和辛辣嘲諷，如雜體五首其一、其二、烏引雛、燕銜泥、鳶奪巢等。其中鳶奪巢一詩别開生面地描寫了鴟鳶「恃力奪鵲巢」、「吞鵲之肝啄鵲腦」的現象，也揭露了與鴟鳶一道狼狽爲奸的「霜鸇」、「野鶚」，而作爲「百鳥尊」的鳳凰却對此視而不見，不加干涉和制止。鳥類社會中的這種現象，不就是軍閥豪强與地方官吏相勾結、沆瀣一氣、殘民以逞，而最高統治者却聽之任之的黑暗現實的生動寫照嗎？

在唐代詩人中，韋應物是以勤政憂民著稱的。作爲一個中下級官吏，面對兵亂不息、滿目瘡痍的現實，他總是感到愧疚不安。在權攝高陵令時，他寫下過「兵凶久相踐，徭賦豈得閑。促戚下可哀，寬政身致患」（高陵書情寄三原盧少府）的詩句。在滁州刺史任，他吐露了「身多疾病思田里，邑有流亡愧俸錢」（寄李儋元錫）的心聲。在蘇州刺史任，他發出了「自慚居處崇，未睹斯民康」的浩嘆。故喬億謂其詩「多恤人之意，極近元次山」（劍谿説詩又編），劉熙載謂其詩「可與（元結）春陵行、賊退示官吏并讀」（藝概詩概）。集中詩作，既反映了安、史之亂給人民帶來的無窮災難（如廣德中洛陽作、登高望洛城作等），也描寫了自然災害給人民造成的種種不幸（如山耕叟、使雲陽寄府曹等），更揭露了統治者對人民的殘酷剥削和壓迫。如：

官府徵白丁，言采藍溪玉。絶嶺夜無家，深榛雨中宿。獨婦餉糧還，哀哀舍南哭。（采玉行）

春羅雙鴛鴦，出自寒夜女。心精烟霧色，指歷千萬緒。長安貴豪家，妖艷不可數。裁此百日功，唯將一朝舞。舞罷復裁新，豈思勞者苦。（雜體五首其三）

出自玄泉杳杳之深井，汲在朱明赫赫之炎辰。九天含露未銷鑠，閶闔初開賜貴人。碎如墜瓊方截璐，粉壁生寒象筵布。玉壺紈扇亦玲瓏，座有麗人色俱素。咫尺炎涼變四時，出門焦灼君詎知。肥羊甘醴心悶悶，飲此瑩然何所思。當念闌干作者苦，臘月深井汗如雨。（夏冰歌）

强烈的對比，揭露出封建社會階級對立的嚴酷事實。統治者的口腹之欲、聲色之娱竟給采玉、紡織、鑿冰的勞動者及其家人帶來如此深重的苦難！詩人的同情顯然在被剥削者一邊。類似的描寫在韋應物同時代的詩人中是較爲少見的。不難看出，在唐代詩歌發展史上，韋應物起着承前啟後的重要作用，他繼承了杜甫、元結反映現實黑暗、民生疾苦的精神，成爲中唐以白居易爲主帥的寫實諷喻詩派的先導。

三

但是，韋應物詩歌的主要成就所在，或者説他能卓然自成一家的原因倒不在前述反映現實的作品，而在于他學習陶淵明寫作的大量山水田園詩。

在逢楊開府詩中韋應物自述早年經歷說：「少事武皇帝，無賴恃恩私。身作里中橫，家藏亡命兒。朝提樗蒱局，暮竊東鄰姬。司隸不敢捕，立在白玉墀。驪山風雪夜，長楊羽獵時，一字都不識，飲酒肆頑癡。」可見出身于世家大族的韋應物，年輕時頗爲負氣任性，是沾染了很多紈袴子弟的惡習的。但是後來由于家道中落，仕途蹭蹬，沉迹下僚，加之疾病纏身、中年喪偶等等不幸，他那種鋒芒畢露的棱角逐漸磨平。這在他任洛陽丞因撲抶軍騎被訟後即已初露端倪。此後，因病罷河南兵曹參軍，因受黎幹牽連自鄠縣令調櫟陽令，一連串的打擊使他越來越厭倦充滿機心與傾軋的官場，向往自由舒適的田園生活，并向佛門尋找精神上的安慰和寄托。因此在他的中晚年，特別是罷櫟陽令居灃上善福精舍以後，寫作了數量較多的山水田園詩。而且，這類詩作深得陶淵明詩的神髓，掩過了他在興諷詩方面的成就，以致在後人心目中，韋應物被視爲田園詩人陶淵明的直接繼承者，「唐人五言古詩有陶、謝餘韵在者，獨左司一人」（何良俊四友齋叢說）。

的確，韋應物是自覺向陶淵明學習的。韋集中不但有「慕陶真可庶」（東郊）等傾訴慕陶之情的獨白，而且有與友生野飲效陶體、效陶彭澤等摹擬陶詩的作品。他的某些詩句，如「臨流意已凄，采菊露未晞。舉頭見秋山，萬事皆若遺」（答長安丞裴説），從立意到語言顯然都脱胎於陶詩。其他的作品也大都表現着一種陶淵明式的「縱浪大化中，不喜亦不懼」的生活態度，充滿着陶詩中獨有的那種沖淡平和的氣質，語言也古樸淡雅，洗淨鉛華。如：

負暄衡門下，望雲歸遠山。但要尊中物，餘事豈相關。交無是非責，且得任疏頑。日夕臨清澗，逍遥思慮閑。出去唯空屋，弊簀委窗間。何異林棲鳥，戀此復來還。世榮斯獨已，頹志亦何攀。唯當歲豐熟，閭里一歡顔。（郊居言志）

微雨衆卉新，一雷驚蟄始。田家幾日閑，耕種從此始。丁壯俱在野，場圃亦就理。歸來景常晏，飲犢西澗水。饑劬不自苦，膏澤且爲喜。倉廩無宿儲，徭役猶未已。方慚不耕者，禄食出閭里。（觀田家）

野水烟鶴唳，楚天雲水空。玩舟清景晚，垂釣緑蒲中。落花飄旅夜，歸流澹清風。緣源不可極，遠樹但青葱。（游溪）

無不酷似陶詩，確是「不曰效陶，實自真意」（郊居言志劉辰翁評）。韋應物其他詩作也大都滲透着陶詩那種恬淡閑適、真率自然的精神，和同時代人的作品大相徑庭。

作爲陶淵明詩歌的真正繼承者，韋應物不僅在詩歌的題材和風格上向陶淵明學習，更重要的是，他本人也具有與陶淵明同樣的品質和精神——感情真摯，熱愛生活。他不僅熱愛大自然和田園風光，更熱愛平凡的日常生活，對于親人和朋友懷着極爲濃烈深厚的感情。集中有許多與親友贈答酬和的詩歌，如：

丈夫當爲國，破敵如摧山。何必事州府，坐使鬢毛斑。（寄暢當）

鬱鬱楊柳枝，蕭蕭征馬悲。送君灞陵岸，糾郡南海湄。名在翰墨場，群公正追隨。如何從此去，千里萬里期。（送馮著受李廣州署爲録事）

青青連枝樹，苒苒久别離。客游廣陵中，俱到若有期。俯仰叙存没，哀腸發酸悲。收情且爲歡，累日不知

饑。（喜於廣陵拜觀家兄奉送發還池州）

上懷犬馬戀，下有骨肉情。歸去在何時，流淚忽沾纓。（京師叛亂寄諸弟）

無不寫得情深意切，真摯感人。清人喻文鏊曾説：「『余辭郡符去，爾爲外事牽。寧知風雪夜，復此對床眠。』（按爲示全真元常中句）澹語耳，遂爲千古絶唱，情真也，動人處正不必在多也。其新秋夜寄諸弟云：『兩地俱秋夕，相望隔星河。』不待言之畢而已令人淒絶。左司之詩純以淡處見腴，至其兄弟之情見於集中者尤多。」〔三〕

韋應物和他的妻子元蘋在長期的共同生活中相濡以沫，感情甚篤。大曆十一年九月，元蘋因病去世，留下了一男二女，小女兒只有五歲，兒子僅僅幾個月。韋應物「抱子主喪」，爲妻子操辦喪事，還親自撰寫了元蘋墓誌銘：

烏虖！自我爲匹，殆周二紀，容德斯整，燕言莫違。昧然其安，忽焉禍至。方將攜手以偕老，不知中路之云訣。相視之際，奄無一言。母嘗居遠，永絶□恨，遺稚繞席，顧不得留。況長未適人，幼方索乳。又可悲者，有小女年始五歲，以其惠淑，偏所恩愛，嘗手教書札，口授千文。見余哀泣，亦復涕咽。試問知有所失，益不能勝。天乎忍此，奪去如棄。余年過強仕，晚而易傷。每望昏入門，寒席無主，手澤衣膩，尚識平生，香奩粉囊，猶置故處，器用百物，不忍復視。又況生處貧約，歿無第宅，永以爲負。日月行邁，云及大葬，雖百世之後，同歸其穴，而先往之痛，玄泉一閉。一男兩女，男生數月，名之玉斧，抱以主喪。烏虖哀哉！

沉痛地傾訴了自己的哀傷。此後，他還寫下了傷逝、往富平傷懷、冬夜、送終等十多首悼亡詩歌，懷念元蘋。其中出還一詩云：

昔出喜還家，今還獨傷意。入室掩無光，銜哀寫虛位。淒淒動幽幔，寂寂驚寒吹。幼女復何知，時來庭下戲。咨嗟日復老，錯莫身如寄。家人勸我餐，對案空垂淚。

詩運用對比、反襯等手法，抓住幾個典型的生活細節，把自己孤獨淒苦的情懷抒寫得淋漓盡致，哀惻動人，劉克莊稱贊它們是悼亡詩中「不可以復加」的佳作（後村詩話卷二），喬億謂其「澹緩淒楚，真切動人」，堪稱「絶調」（劍谿説詩又編）。它們和韋應物與親友贈答詩一樣，都反映了他熱愛生活、感情豐富的一面。陶淵明詩被前人譽爲「質而實綺，癯而實腴」（蘇軾與蘇轍書）、「豪華落盡見真淳」（元好問論詩絶句），也正是由于其「胸次浩然，其有一段淵深樸茂不可到處」（沈德潛説詩晬語）。韋應物學陶而得其真諦，這正是他成爲陶淵明的直接繼承者，在中唐前期衆多詩人中脱穎而出、卓爾不群的原因。

韋應物的山水田園詩，抒發了他對于美好自然的熱愛，并把它與惡濁的塵世對立起來，從中求得精神上的愉悦和解脱，這和陶淵明并無二致。不同的是，陶淵明終于和官場徹底决裂，韋應物却采取了一種更爲通達的、隨遇而安的處世態度——可官則官，需隱則隱；而且，他的詩歌不僅表現了田園的寧静優美，純樸和平，還反映了稼穡之艱和農民之苦，這種情況不論在晉代陶淵明還是唐代王維、孟浩然的詩中都是很少看到的，對於稍後的張籍、王建，乃至南宋范成大的田家詩創作顯然有着重大的影響。

四

韋應物詩歷來以平淡自然著稱。白居易稱其「五言詩高雅閑淡，自成一家之體」（與元九書），朱熹謂「其詩無一字做作，直是自在」（晦庵説詩），方回評其詩爲「淡而自然」（瀛奎律髓卷八），翁方綱謂其詩「奇妙全在淡處，實無迹可求」（石洲詩話卷二），無不以平淡自然作爲韋詩的主要風格特徵。

大體説來，韋詩的平淡自然主要表現在以下三個方面。首先，在思想感情方面，韋詩没有類似李白詩歌那種跌宕起伏、大悲大喜的情感波瀾，即使在遭受重大打擊或發生重大變故的時候，他也從不作痛哭流涕式的悲號，「皆以平心静氣出之」（賀裳載酒園詩話又編）；平時，更表現出一種恬静閑適、沖淡平和的心境。其次，在布局與行文方面，韋詩從不逞奇炫俗，不用回環曲折、開闔跌宕的結構模式，而是如實道來，顯得平易自然。這一特色在他的一些長篇叙事詩，如始除尚書郎別善福精舍、春月觀省屬城始憩東西林精舍、登高望洛城作等作品中表現得尤爲明顯。第三，在語言方面，韋詩從不堆砌詞藻，賣弄典故，而是以古樸平淡見長。他以簡樸自然的語言，白描的手法，創造出一種清新淡雅、含蓄深遠的意境，氣格高古，在藝術上達到了一種返樸歸真的境界。

韋應物的平淡詩風，表現在他各種體裁的詩歌中。他的五古成就最高，固然寫得十分平易淺近，即使是以高華流麗爲文體特徵的七言律詩和長篇歌行，在他寫來，亦復如此。如：

夾水蒼山路向東，東南山豁大河通。寒樹依微遠天外，夕陽明滅亂流中。孤村幾歲臨伊岸，一雁初晴下朔風。爲報洛橋游宦侶，扁舟不繫與心同。（自鞏洛舟行入黄河即事寄府縣僚友）

去年花裏逢君别，今日花開已一年。世事茫茫難自料，春愁黯黯獨成眠。身多疾病思田里，邑有流亡愧俸錢。聞道欲來相問訊，西樓望月幾回圓。（寄李儋元錫）

前詩直叙自洛陽赴廣陵的水程中所見所思，純用白描，「寫景如畫」（方東樹昭昧詹言卷十八）；後詩被人稱爲是「家常語，爛熟調」，但「少年讀之，白首不厭」（張世煒唐七律雋），千百年來傳誦不衰。二詩都是「以古詩入律」的優秀作品。

韋應物詩的語言，在平淡自然之外，尚有其流麗的一面。「麗藻頗爲工」（答韓吏部），「爲文頗瑰麗」（送雲陽鄒儒立少府扶侍赴京師），「仰答高文麗」（春宵燕萬年吉少府中孚南館），他這樣一再用「麗」來稱贊别人的詩歌，顯然對麗藻表示出一種非常欣賞的態度。他的郡齋雨中與諸文士燕集詩首云：「兵衛森畫戟，燕寢凝清香」，人稱「清綺絶倫，爲富麗詩句之冠」（劉辰翁評語）。他的一些寫景名句，如「喬木生夏涼，流雲吐華月」（同德寺雨後寄元侍御李博士），「廣庭流華月，高閣凝餘霰」（同德精舍養疾寄河南兵曹東廳掾），「野水烟鶴唳，楚天雲雨空」（游溪），「緑陰生晝静，孤花表春餘」（游開元精舍），「寒雨暗深更，流螢度高閣」（寺居獨夜寄崔主簿）等，都善于捕捉大自然物候的微妙變化和色調的深淺明暗，刻畫工細，字句凝煉，語言也極爲清麗。故徐俯云：「人言蘇州詩，多言其古淡，乃是不知蘇州詩。自李、杜以來，古人詩法盡廢，惟韋蘇州有六朝風致，最爲流麗。」（見呂本中童蒙詩訓）胡應麟也説：「韋左司大是六朝餘韻，宋人目爲『流麗』者得之。」（詩藪内篇卷二）中唐前期詩人大多追求「高情、麗辭、遠韵」〔四〕，韋應物自然不能免俗。這裏説的「六朝風致」主要就是指韋詩深受謝靈運、謝朓等人影響，景物描寫細緻鮮明，語言清新美麗而言。但在韋詩中，這種「流麗」乃是出諸自然，而非刻意追求所致，所以不僅没有妨礙，反而有助於他獨特的平淡沖融的風格的形成。

五

韋應物著有「詩賦、議論、銘頌、記序，凡六百餘篇」（見丘丹韋應物墓誌）。北宋前期，有韋應物詩集十卷流傳（見新唐書藝文志四），又有古風集別號澧上西齋吟稿者數卷（見王欽臣嘉祐本韋蘇州集序）。北宋嘉祐元年（一〇五六），王欽臣見韋集「綴序猥并非舊次」，遂「取諸本校定，仍所部居，去其雜厠，分十五總類，合五百七十一篇，題曰韋蘇州集」，仍爲十卷。熙寧九年（一〇七六），韓㒓爲蘇州刺史，得晁文元公（迥）家藏韋集，命賓僚參校訛謬，以吴縣葛蘩總其事，定著五百九十五篇，鏤版流布，葛蘩等爲後序。南宋紹興壬子（一一三二），曾再次刊校印行，姚寬爲之序。乾道辛卯（一一七一），魏杞知平江府，又命教官崔敦禮等以熙寧葛蘩本爲正，參校諸本，是正三百餘處，鏤版以傳。今嘉祐、熙寧、紹興三本均不存，僅國家圖書館存乾道刻本的遞修本韋蘇州集十卷、補遺一卷。卷首有嘉祐本王欽臣序，卷末有熙寧本韋蘇州集後序、紹興本姚寬書葛蘩校韋蘇州集後以及胡觀國書乾道重刊韋蘇州集後。正集十卷，收賦一首，詩五百五十二首。補遺一卷，詩八首，注明何詩爲何時何本所補入，可見韋集遞經刊刻，續有增輯的情況。

今傳韋集各種宋、明刻本均出自乾道刻本。但由于乾道刻本遞修本屢經修補，已有漫漶、錯板等情況，故此次整理以國家圖書館藏南宋刻書棚本韋蘇州集十卷、補遺一卷（簡稱書棚本）爲底本，以乾道遞修本（簡稱遞修本）、國圖藏宋刻元修本（簡稱元修本）、明刊銅活字本（簡稱活字本）、四部叢刊影印明華雲太華書院刻本（簡稱叢刊本）、全唐詩爲校本，并參校文苑英華、樂府詩集、唐詩紀事、萬首唐人絶句諸書。原集詩後附同時人唱和之作，爲唐人别集編撰通例，故予保留，其遺漏者亦予補入。底本補遺一卷中所雜僞作，未予删汰，僅加按語，以存原集面目。校本及他書中之集外詩文，無論其爲真爲僞，一律編入卷末附録中，并對其中僞作加按語説明。韋詩素以平易見稱，故注釋力求簡明。韋集雖經宋人分類改編，但一類之中，仍略存原集編次，故詩作繫年亦有據編次推知者，繫年依據均見於該詩題注中。

歷代關於韋詩的評論很多，此次整理時輯附詩後。宋末元初，劉辰翁曾評校韋集，有須溪先生校點韋蘇州集十卷、補遺一卷〔五〕，今存明成化、弘治間張習刻本遞修本（藏國家圖書館，簡稱張習本），明末朱墨套印刻本（亦藏國圖，中附入白居易、高棅、顧璘、楊慎、鍾惺、譚元春等人評語，簡稱朱墨本），日本寶永三年（一七〇六）刻本（見日本汲古書院和刻本漢詩集成，簡稱和刻本）等；此外，國家圖書館有劉辰翁校點、袁宏道參評韋蘇州集五卷（簡稱參評本）。集評中所收劉辰翁等人評語分別見于上述諸本。各本評語文字間有出入，收録時擇善而從，注明出自何本，但不一一出校。爲方便讀者，書後附有附録六種：一、集外詩文，二、傳記資料，三、序跋，四、著録，五、評論，六、年譜。

在韋集的整理過程中，我們得到了國家圖書館善本部、上海古籍出版社、蘇州大學全唐五代詩編輯室等單位和有關同志的大力支持和幫助，日本大坂市立大學齋藤茂先生爲我們查閱日本藏韋集情況并代爲複印和刻本韋集，謹此一并致謝。我們工作中的疏誤之處，敬請專家讀者批評指正。

一九九七年十月二十三日初稿

二〇一〇年六月九日校改

〔注〕

〔一〕丘丹唐故尚書左司郎中蘇州刺史京兆韋君墓誌銘，載二〇〇七年十一月四日文滙報。關於韋應物生平，請參見本書附録年譜。

〔二〕韋應物夫人河南元氏墓誌銘，録文載二〇〇七年十一月四日文滙報，拓片見書法叢刊二〇〇七年第六期。

〔三〕考田詩話卷一，轉引自蔣寅大曆詩人研究一〇五頁。

〔四〕參見羅宗强隋唐五代文學思想史一六七—一七五頁，上海古籍出版社，一九八六年版。

〔五〕關於須溪先生校點韋蘇州集，羅振常善本書所見録曾著録，云爲宋刻，前有劉辰翁自序（今張習本已無劉序），此本不知今歸何處。陳伯海、朱易安唐詩書録著録天津圖書館藏元刊本，惜未能寓目。南京圖書館藏元刊本，僅存六至十卷，前四卷乃以宋刻本配，其書即出丁丙善本書室者。楊守敬日本訪書志卷十四稱於日本得見此書元刊本，然托請日本大坂市立大學齋藤茂先生查閲日本公私書目，均無元刊韋集之著録，楊守敬所見實爲一明末刊本，參見附録「著録」中有關按語。

目録

卷二

寄贈上

卷三

寄贈下

卷四

送別

卷六

行旅

感嘆

卷七

游覽

卷九

卷十

歌行下

拾遺

附　録

卷一

賦

冰賦

夏六月，白日當午，火雲四至，金石灼爍，玄泉潛沸〔一〕。雖深居廣厦，珍簞輕箑，而亦鬱鬱煥煥，不能和平其氣〔二〕。陳王於是登別館，散幽情，招親友以高會，尊仲宣爲客卿〔三〕。睹頒冰之適至，喜煩暑之暫清，王乃誇賓而歌曰〔四〕：「含皎皎兮瓊玉姿，氣淒淒兮奪天時，飲之瑩骨兮何所思〔五〕。可進於賓，請客卿爲寡人美而賦之。」客諾，曰：「美則美矣，而大王不識其短。夫謂之瓊玉，竊名器也〔六〕；氣奪天時，干陰陽也；內熱飲之，媒其疾也〔七〕。寵一物而三失德。且出寒暑而至下，薦宗廟而至高，僕竊感之而歔欷，安得不爲之而抽毫〔八〕。何積陰之勝純陽兮，惟此玄冰〔九〕。居炎天之赫赫兮，獨嚴厲乎棱棱〔一〇〕。其始也，月玄冥，日北陸，天地閉，水泉縮〔一一〕。動靜一變，剛柔反覆，壯以烈風，積如群玉〔一二〕。由是依廣澶漫，憑高峥嶸，大寒御節，萬動潛形〔一三〕。浮彩浩浩，仰呑素靈，群山早曙，陰壑夜明〔一四〕。古者祭之黑牡，其藏以節；祓之桃弧，其出以潔〔一五〕。今明明大魏，禮物必備，實大王樽俎之常品，非小民造次之所致〔一六〕。若尊卑異等，頒命有度，碎似墜瓊，方如截璐〔一七〕。況粉壁雲矗，象筵霜布，座有麗人，皎然俱素。雖泉賓之同輝，諒爲物之難固。其竊名假質以謬一時之賞也如此。若乃對修竹，臨方塘，俾炎作寒兮反我天常，嗟絺綌之失御於三伏兮，亦紈扇委篋而内傷〔一八〕。其嚴沍之威以干陰陽之候也如此〔一九〕。若皎潔的皪，與時消釋，或沉珠於杯，或化璞於液，王將甘飲，聊以自適〔二〇〕。豈知乎一寒一温，日夜相激，久之以生疾兮，内外不和而怵惕。其玩意而媒疾也如此。觀其劣足以淒一室，利庖厨，俾甘肥晚敗，醇醲不渝〔二一〕。非可調凑理，安營魄，奈何以誇客〔二二〕？」陳王於是赩然而慚〔二三〕，曰：「寡人生於深宫，懵於服食，左右唯燕姬趙女，侈服美色。微客卿之言，則何以雪余惑。方當命有司而撤冰，書盤盂以自式〔二四〕。」

〔校〕

〔竊感〕全唐文卷三百七十五作「竊惑」。〔其劣〕叢刊本、全唐文作「其力」。盧文弨羣書拾補：「宋本『力』作

『劣』，當從之。劣，才也，僅也，不當作『力』。」

〔注〕

〔一〕爍：通鑠。灼爍，受熱消熔。玄泉：幽深的泉水。張衡東都賦：「陰池幽流，玄泉洌清。」

〔二〕箑（shà）：扇。方言卷五：「扇，自關而東謂之箑。」鬱鬱燠（yù）燠：炎熱煩悶。

〔三〕陳王：曹植，魏明帝太和五年封陳王，見三國志本傳。仲宣，王粲字，建安七子之一，三國志魏志有傳。謝莊月賦：「陳王初喪應、劉，端居多暇，……抽毫進牘，以命仲宣。」客卿：秦代官名，後泛指在本國做官的外國人，這裏只是對賓客的敬稱。

〔四〕頒冰：頒賜之冰。周禮天官凌人：「夏，頒冰掌事。」注：「暑氣盛，王以冰頒賜則主爲之。」

〔五〕瑩骨：謂使身心涼爽明净。

〔六〕名器：寶器；又等級尊卑的名號曰名，車服等儀制曰器，亦合稱名器。竊名器：謂冒充寶器，且雙關擾亂等級制度之意。戰國策秦策三：「臣聞周有砥厄，宋有結緑，梁有懸黎，楚有和璞。此四寶者，天下名器。」左傳成公二年：「唯器與名，不可以假人。」

〔七〕干陰陽：謂使寒暑失調。內熱：心中煩熱。媒：媒介，謂誘發，招致。莊子人間世：「今吾朝受命而夕飲冰，我其內熱與？」

〔八〕「且出」四句：禮記月令仲春之月：「天子乃鮮羔開冰，先薦寢廟。」注：「祭司寒而出冰，薦於宗廟。」抽毫：謂持筆寫作。謝莊月賦：「抽毫進牘，以命仲宣。」

〔九〕積陰：指嚴寒、水。純陽：指暑熱、火。淮南子天文：「積陰之寒氣爲水。」又：「積陽之熱氣爲火。」玄冰：

指厚冰。玄，天青色。李陵答蘇武書：「胡地玄冰，邊土慘烈。」

〔一〇〕赫赫：炎熱貌。莊子田子方：「至陽赫赫。」棱棱：嚴寒貌。鮑照蕪城賦：「棱棱霜氣，蔌蔌風威。」

〔一一〕玄冥：冬季之神。禮記月令孟冬之月：「其神玄冥。……水始冰。……天氣上騰，地氣下降，天地不通，閉塞而成冬。」注：「玄冥，少皞氏之子，曰脩曰熙，爲水官。」北陸：北道。日行北道，謂農曆十二月。左傳昭公四年：「古者日在北陸而藏冰。」注：「陸，道也，謂夏十二月，日在虛危，冰堅而藏之。」

〔一二〕動、柔：謂水。静、剛：謂冰。壯：堅。左傳昭公四年：「夫冰以風壯。」注：「冰因風寒而堅。」

〔一三〕澶（dàn）漫：平廣貌。文選卷二張衡西京賦：「澶漫靡迤，作鎮於近。」劉良注：「澶漫靡迤，寬長貌。」崢嶸：高峻貌。萬動：萬物，各種生物。

〔一四〕浩浩：皎潔貌。浩，通皓。素靈：指月。謝莊月賦：「素月流天。」又：「月爲陰靈。」

〔一五〕黑牡：黑色雄性牲畜，此指黑色公羊。祓：古代除災求福的儀式。桃弧：桃木弓。左傳昭公四年：「古者日在北陸而藏冰，西陸朝覿而出之。……其藏之也，黑牡秬矢，以享司寒；其出之也，桃弧棘矢，以除其災。」

〔一六〕禮物：典禮文物。書微子之命：「統承先王，修其禮物。」傳：「修其典禮、正朔、服色。」樽俎：盛飲食的器具，樽以盛酒，俎以盛肉，此代指筵席。造次：輕率隨意。

〔一七〕度：制度。瓊、璐：均美玉。碎瓊，喻碎冰。截璐，喻塊狀冰。

〔一八〕絺綌（chī xì）：葛布，用以縫製夏服。詩周南葛覃：「爲絺爲綌，服之無斁。」傳：「精曰絺，粗曰綌。」禮記月令孟夏之月：「是月也，天子始絺。」注：「初服暑服。」三伏：農曆以夏至後第三庚日起爲初伏，第四庚日起爲二伏，立秋後第一庚日起爲末伏，合稱三伏，爲一年中最熱之時。紈扇：細絹製成的扇子。班婕好怨歌行：「新裂齊紈素，皎潔如霜雪。裁爲合歡扇，團團似明月。出入君懷袖，動摇涼風發。常恐秋節至，涼風奪炎熱。棄捐篋笥中，恩情中道絶。」

〔一九〕嚴沍（hù）：嚴寒凍結。干：干犯，干擾。

〔二〇〕的皪：光耀貌。漢書司馬相如傳上：「明月珠子，的皪江靡。」甘飲：猶暢飲。玉篇甘部：「甘，甘心，快意也，樂也。」

〔二一〕凄：寒。甘肥：美味濃膩的食品。醇醲：美酒。渝：指變味。

〔二二〕湊理：同腠理，指皮膚與肌肉之間。營魄：靈魂。楚辭遠游：「載營魄而登霞兮，掩浮雲而上征。」王逸注：「抱我靈魂而上征也。」

〔二三〕赩（xì）然：赤貌，指臉紅。

〔二四〕盤盂：盛物器皿，圓爲盤，方爲盂。墨子非命下：「鏤之金石，琢之盤盂，傳遺後世子孫。」自式：爲己法式。

〔評〕

劉辰翁：〔竊名器也〕入得促甚。〔獨嚴厲乎〕不暢不茂。〔實大王樽俎之常品〕此處尚發越。〔書盤盂以自式〕敷而不腴，激而不揚，蓋有其義而無其辭。（張習本）

袁宏道：體裁似六朝，而雅潔過之，其托諷處尤合自然。（參評本）

雜擬

擬古詩十二首〔一〕

其一〔二〕

辭君遠行邁〔三〕，飲此長恨端。已謂道里遠〔四〕，如何中險艱。流水赴大壑〔五〕，孤雲還暮山。無情尚有歸，行子何獨難。驅車背鄉園，朔風卷行迹。嚴冬霜斷肌，日入不遑息〔六〕。憂歡容髮變，寒暑人事易。中心君詎知，冰玉徒貞白。

〔校〕

〔其一〕原無其一、其二字樣，今逕增，下同；唐詩品彙卷十四題作行行重行行。〔園〕活字本、唐詩品彙作「國」。〔風〕原校「一作吹」。〔歡〕原校「一作懽」。〔容髮變〕原作「客髮變」，唐詩品彙作「容鬢改」，據原校、叢刊本、全唐詩改。

〔注〕

〔一〕此組詩十二首，作年未詳。陳沆謂爲「壯少之年，沈淪丞尉」時所作（見組詩後總評），亦無確據。古詩：東漢文人五言詩，蕭統文選選入十九首，李善注：「并云古詩，蓋不知作者。」後人稱爲古詩十九首。

此即擬其中之十二首。

〔二〕古詩十九首其一：「行行重行行，與君生別離。相去萬餘里，各在天一涯。道路阻且長，會面安可知。胡馬依北風，越鳥巢南枝。相去日已遠，衣帶日已緩。浮雲蔽白日，游子不顧返。思君令人老，歲月忽已晚。棄捐勿復道，努力加餐飯。」此詩擬之。

〔三〕行邁：行。詩王風黍離：「行邁靡靡，中心搖搖。」傳：「邁，行也。」

〔四〕「已謂」句：穆天子傳卷三載西王母謡：「道里悠遠，山川間之。」

〔五〕大壑：大海。莊子天地：「夫大壑之爲物也，注焉而不滿，酌焉而不竭。」郭象注：「大壑，東海也。」禮記郊特牲：「水歸其壑。」

〔六〕「日入」句：藝文類聚卷十一載擊壤歌：「日出而作，日入而息。」不遑，不暇。詩召南殷其雷：「何斯違斯，莫敢遑息。」

〔評〕

劉辰翁：〔憂歡四句〕四句隱然有味外不可説之味，望之黯然。「辭君遠行邁」倒一「辭」字。古别離多矣，此作更古者，以其有清潔自然意（一作有清浄自然之美），如秋風曠野，自難爲懷。（張習本）〔驅車二句〕此「卷」此「背」，言之可傷。（唐詩品彙卷十四）

袁宏道：擬行行重行行。此古行路難也，精雅典則，直駕建安七子而上。且「驅車」二句，寫寒征情狀，淒惻如畫。（參評本）

邢昉：陸士衡輩擬古，但步趨形貌。此獨神骨泠然，另出機杼，千秋絶調也。（唐風定）

余成教：韋公性高潔，鮮食寡欲，所居焚香掃地而坐。其詩如「流水赴大壑，孤雲還暮山。無情尚有歸，行子何獨難」，「裁此百日功，唯將一朝舞。舞罷復裁新，豈思勞者苦」……皆能擺去陳言，意致簡遠超然，似其爲人。詩家比之陶靖節，真無愧也。（石園詩話卷一）

其二〔一〕

黄鳥何關關〔二〕，幽蘭亦靡靡〔三〕。此時深閨婦，日照紗窗裏。娟娟雙青娥〔四〕，微微啟玉齒〔五〕。自惜桃李年〔六〕，誤身游俠子。無事久離别，不知今生死。

〔校〕

〔其二〕唐詩品彙卷十四題作青青河畔草。〔紗〕原校「一作綺」。〔離别〕唐詩品彙作「别離」，活字本作「離離」。

〔注〕

〔一〕古詩十九首其二：「青青河畔草，鬱鬱園中柳。盈盈樓上女，皎皎當窗牖。娥娥紅粉妝，纖纖出素手。昔爲倡家女，今爲蕩子婦。蕩子行不歸，空牀難獨守。」此詩擬之。

〔二〕黄鳥：即黄鶯，一名黄鸝留，又名倉庚。詩周南葛覃：「維葉萋萋，黄鳥于飛。」正義：「里語曰：黄鸝留，看我麥黄葚熟。亦是應節趨時之鳥也。」關關：鳥鳴聲。

〔三〕靡靡：草伏相依貌。

〔四〕娟娟：美好貌。青娥：猶青蛾，青黑色眉毛。

〔五〕啟玉齒：笑貌。郭璞游仙詩：「靈妃顧我笑，粲然啟玉齒。」

〔六〕桃李年：青春美貌之年。曹植雜詩：「南國有佳人，容華若桃李。」梁武帝咏筆詩：「昔聞蘭蕙月，獨是桃李年。」

〔評〕

劉辰翁：柔腸欲無而有不可犯之色。吾舊評此詩云：意深而語淺（一作深復深而語淺）。「此時深閨婦，日照紗窗裏」，誰不能道？而點綴搜索，自無以加。結語沈痛傷懷，而不爲妖蕩怨曠之態，如此而止。（張習本）不必深切而詞情適可，人不能道。（朱墨本）

陳沆：此爲丞尉忤時不合之語也。時方年少，故云「自惜桃李花」；所事非人，故云「誤身游俠子」。集中有示從子河南尉班詩序云：「永泰中余任洛陽丞，以撲抶軍騎，時從子河南尉班，亦以剛直爲政，俱見訟于居守」云云。又有洛陽丞請告詩云：「方鑿不受圓，直木不爲輪。揆材各有用，反性生苦辛。折腰非吾事，飲水非吾貧。」皆誤身事人，不如歸去之旨也。不然，憤衷激腸，果何所取？（詩比興箋卷三）

其　三〔一〕

峨峨高山巔，浼浼青川流〔二〕。世人不自悟，馳謝如驚飆〔三〕。百金非所重，厚意良難得〔四〕。旨酒親與朋〔五〕，芳年樂京國。京城繁華地，軒蓋凌晨出〔六〕。垂楊十二衢〔七〕，隱映金張室〔八〕。漢宮南北對，飛觀齊白日〔九〕。游泳屬芳時〔一〇〕，平生自云畢。

【校】

〔游泳句〕原校「一作游冶咏康時」。

【注】

〔一〕古詩十九首其三：「青青陵上柏，磊磊磵中石。人生天地間，忽如遠行客。斗酒相娛樂，聊厚不爲薄。驅車策駑馬，游戲宛與洛。洛中何鬱鬱，冠帶自相索。長衢羅夾巷，王侯多第宅。兩宫遥相望，雙闕百餘尺。極宴娱心意，戚戚何所迫？」此詩擬之。

〔二〕浼（mǎi）浼：水平滿貌。詩邶風新臺：「新臺有洒，河水浼浼。」

〔三〕馳謝：迅速消逝。飍（xiū）：大風。

〔四〕「百金」二句：晉書謝安傳：「又於土山營墅，樓館林竹甚盛，每攜中外子侄往來游集，肴饌亦屢費百金。世頗以此譏焉，而安殊不以爲意。」

〔五〕旨酒：美酒。詩小雅鹿鳴：「我有旨酒，以燕樂嘉賓之心。」

〔六〕軒蓋：代指車。軒，一種有轓的曲輈車，爲卿大夫及諸侯夫人所乘。蓋，車蓋。鮑照咏史詩：「明星晨未稀，軒蓋已雲至。」

〔七〕衢：四通八達的道路。鮑照咏史詩：「京城十二衢，飛甍各鱗次。」

〔八〕金張：指達官貴戚。西漢金日磾官侍中、駙馬都尉、光禄大夫，封秺侯；張湯官御史大夫，數行丞相事，二人子孫皆累世貴盛，漢書有傳。文選卷二十一左思咏史：「金張籍舊業，七葉珥漢貂。」李善注：「班固漢書金日磾傳贊曰：『夷狄亡國，羈虜漢庭，七葉内侍，何其盛也。』七葉，自武至平也。又張湯傳贊曰：『張氏之子孫相繼，自宣、元以來，爲侍中、中常侍者凡十餘人。功臣之後，唯有金氏、張氏，親近貴寵，比于外戚。』」

〔九〕「漢宫」二句：永樂大典本河南志「後漢城闕古迹」：「後漢都城有南宫、北宫。」又：「南宫南臨洛水，去北宫七里。」觀：宫門兩邊高聳的望樓。爾雅釋宫：「觀謂之闕。」郭璞注：「宫門雙闕。」古詩十九首：「兩宫遥相望，雙闕百餘尺。」

〔一〇〕游泳：浮游水中，指自由游玩。晏子春秋問下：「衆人歸之，如魚有依，極其游泳之樂。」屬：當。

〔評〕

劉辰翁：〔旨酒二句〕十字具難并之盛，言不期麗而樂意得于言外。不無留連，淡而不厭。（和刻本）

袁宏道：擬結客少年場（按，結客少年場乃樂府而非「古詩」），婉孌雅暢具有之。（參評本）

陳沆：刺得時之人但知身樂也。夫百金之贈尚不可忘，矧酒醴笙簧，蒙君禄養，報稱詎易，而榮華游宴，但耽歡娛，遂畢平生之志乎！（詩比興箋卷二）

其四〔一〕

綺樓何氛氲〔二〕，朝日正杲杲〔三〕。四壁含清風，丹霞射其牖。玉顔上哀囀〔四〕，絶耳非世有〔五〕。但感離恨情，不知誰家婦。孤雲忽無色，邊馬爲廻首。曲絶碧天高，餘聲散秋草。徘徊帷中意，獨夜不堪守〔六〕。思逐朔風翔，一去千里道。

〔校〕

〔其四〕唐詩品彙卷十四題作西北有高樓。

〔注〕

〔一〕古詩十九首其五：「西北有高樓，上與浮雲齊。交疏結綺窗，阿閣三重階。上有弦歌聲，音響一何悲。誰能爲此曲？無乃杞梁妻。清商隨風發，中曲正徘徊。一彈乃三嘆，慷慨有餘哀。不惜歌者苦，但傷知音稀。願爲雙鳴鶴，奮翅起高飛。」此詩擬之。

〔二〕綺樓：華美之樓，窗户皆鏤刻花紋如綺繒。氛氳：盛貌。

〔三〕杲杲：日出光明貌。

〔四〕玉顏：美好容顏，指美女。哀囀：悲歌。

〔五〕絶耳：耳所未聞。

〔六〕「徘徊」二句：古詩十九首其二：「蕩子行不歸，空牀難獨守。」

〔評〕

劉辰翁：〔四壁二句〕別是情（一作清）麗，超凡入聖，可望而不可即者。末極尋常，以古調勝。吾舊評此詩云：淡而綺，綺而不腴（一作煩）。（張習本）

沈德潛：〔孤雲二句〕歌聲所感也。連上首（按指其一）疑是逐臣戀主之詞。（唐詩別裁卷三）

陳沆：曲非世有，自命之高也，而知音之難遇，亦以此矣。（詩比興箋卷三）

其　五〔一〕

嘉樹藹初緑，蘼蕪吐幽芳〔二〕。君子不在賞，寄之雲路長。路長信難越，惜此芳時歇。孤鳥去不還，緘情向天末。

【校】

〔其五〕唐詩品彙卷十四題作庭中有奇樹。

【注】

〔一〕古詩十九首其九：「庭中有奇樹，緑葉發華滋。攀條折其榮，將以遺所思。馨香盈懷袖，路遠莫致之。此物何足貴，但感别經時。」此詩擬之。

〔二〕蘼蕪：香草名，一名江蘺。

【評】

劉辰翁：常言常語（一本作意），枯淡欲無。（張習本）

吴山民：語簡意長，不妨枯淡。（唐詩選脈會通評林）

唐汝詢：六句擬盡古詩，結出新意。（彙編唐詩十集）

吴昌祺：清雅有餘味。（刪訂唐詩解）

沈德潛：此懷友之詞。（唐詩別裁卷三）

其　六〔一〕

月滿秋夜長，驚烏號北林〔二〕。天河橫未落，斗柄當西南〔三〕。寒蛩悲洞房〔四〕，好烏無遺音〔五〕。商飆一夕至〔六〕，獨宿懷重衾。舊交日千里，隔我浮與沉〔七〕。人生豈草木，寒暑移此心〔八〕！

【校】

〔其六〕唐詩品彙卷十四題作明月皎夜光。　〔日〕原作「目」，據遞修本、叢刊本、全唐詩改。　〔浮與沉〕唐詩品彙作「如浮沉」。

【注】

〔一〕古詩十九首其七：「明月皎夜光，促織鳴東壁。玉衡指孟冬，衆星何歷歷。白露沾野草。時節忽復易。秋蟬鳴樹間，玄鳥逝安適。昔我同門友，高舉振六翮。不念攜手好，棄我如遺迹。南箕北有斗，牽牛不負軛。良無磐石固，虛名復何益。」此詩擬之。

〔二〕「驚烏」句：阮籍詠懷：「孤鴻號外野，翔鳥鳴北林。」

〔三〕「天河」二句：河落斗斜，謂夜將盡、天將明之時。鶡冠子環流：「斗柄西指，天下皆秋。」斗柄，北斗星斗杓。北斗七星，四星象斗，三星象杓。

〔四〕寒蛩：蟋蟀。古今注卷中：「蟋蟀，一名吟蛩，一名蛩，秋初生，得寒則鳴。」洞房：深邃的內室。

〔五〕「好鳥」句：易小過：「飛鳥遺之音，不宜上，宜下。」王弼注：「飛鳥遺其音聲，哀以求處。上，愈無所適，下則得安。」

〔六〕商飆：秋風。陸機園葵：「時逝柔風戢，歲暮商飆飛。」

〔七〕浮沉：喻盛衰窮達。曹植七哀詩：「君若清路塵，妾若濁水泥。浮沉各異勢，會合何時諧。」

〔八〕「人生」二句：禮記禮器：「其在人也，如竹箭之有筠也，如松柏之有心也。……故貫四時而不改柯易葉。」諸葛亮交論：「士之相知，温不增華，寒不改葉。」

〔評〕

劉辰翁：「月滿秋夜長」，但摘一語，誰不知是蘇州之妙？然得之全篇甚難。非嘗編閱，不知此篇巨眼，變化後來。姑發此例。（朱墨本）

顧璘：此詩絶勝選。（朱墨本）

沈德潛：侵、覃同韻，本燕燕及株林詩。（唐詩別裁卷五）

陳沆：信彼路長，惜此芳歇，「遲暮」之懼也。心非草木，寒暑何移，「匪石」之誠也。豈徒沈淪之感，怨曠之嗟！（詩比興箋卷二）

其　七〔一〕

酒星非所酌〔二〕，月桂不爲食〔三〕。虛薄空有名，爲君長嘆息。蘭蕙雖可懷，芳香與時息。

豈如淩霜葉，歲暮藹顔色〔四〕。折柔將有贈，延意千里客〔五〕。草木知賤微，所貴寒不易。

〔注〕

〔一〕古詩十九首其八：「冉冉孤生竹，結根泰山阿。與君爲新婚，兔絲附女蘿。兔絲生有時，夫婦會有宜。千里遠結婚，悠悠隔山陂。思君令人老，軒車來何遲。傷彼蕙蘭花，含英揚光輝，過時而不采，將隨秋草萎。君亮執高節，賤妾亦何爲？」此詩擬之。

〔二〕酒星：酒旗星。晉書天文志上：「軒轅右角南三星曰酒旗，酒官之旗也，主宴饗飲食。」

〔三〕月桂：傳説月中的桂樹。酉陽雜俎前集卷一天咫：「舊言月中有桂、蟾蜍，故異書言月桂高五百丈，下有一人常斫之，樹創隨合。」莊子人間世：「桂可食，故伐之。」

〔四〕藹顔色：色盛，謂不凋萎。參見前詩注〔八〕。

〔五〕「折柔」二句：柔，指枝條。延意，敷陳其意。古詩十九首其九：「庭中有奇樹，緑葉發華滋。攀條折其榮，將以遺所思。馨香盈懷袖，路遠莫致之。」

〔評〕

袁宏道：擬冉冉孤生竹。字字非建安以下。近于鱗輩自謂擬議以成變化，見此寧無愧顔。（參評本）

陳沆：即上章心非草木、不移寒暑之意而申之。言人苟非此心，則君臣之交爲虚器矣。如酒星、月桂，徒有其名，不能收其實用也。易悦者難久，孤貞者後凋，春華秋實，將何去取？豈可忽其賤微之品，忘其歲寒之志哉！（詩比興箋卷三）

其八〔一〕

神州高爽地〔二〕，遐瞰靡不通。寒月野無緑，寥寥天宇空。陰陽不停馭〔三〕，貞脆各有終〔四〕。汾沮何鄙儉〔五〕，考槃何退窮〔六〕。反志解牽蹋〔七〕，無爲尚勞躬。美人奪南國〔八〕，一笑開芙蓉〔九〕。清鏡理容髪，褰簾出深重〔一〇〕。艷曲呈皓齒，舞羅不堪風。慊慊情有待〔一一〕，贈芳爲我容〔一二〕。可嗟青樓月〔一三〕，流影君帷中。

【校】

〔容髪〕容，原校「一作雲」。

【注】

〔一〕古詩十九首其十二：「東城高且長，逶迤自相屬。回風動地起，秋草萋已緑。四時更變化，歲暮一何速。晨風懷苦心，蟋蟀傷局促。蕩滌放情志，何爲自結束。燕趙多佳人，美者顔如玉。被服羅裳衣，當户理清曲。音響一何悲，弦急知柱促。馳情整中帶，沈吟聊躑躅。思爲雙飛燕，銜泥巢君屋。」此詩擬之。

〔二〕神州：指京師。唐以京師所在縣爲赤縣，故京師亦稱神州，光宅元年九月五日改洛陽爲神州都，見唐會要卷六十八。

〔三〕陰陽：指日月。淮南子天文：「日者，陽之主也。……月者，陰之宗也。」馭：駕馭，此指運行。

〔四〕貞脆：堅貞與柔脆，如金石與草木。班婕妤擣素賦：「雖松柏之貞脆，豈榮凋其異心。」文選殷仲文南州桓公九井作：「何以標貞脆，薄言寄松菌。」李善注：「松貞菌脆也。松菌殊質，故貞脆異性也。」

〔五〕汾沮：詩經篇名汾沮洳之省。鄙儉：節儉。詩魏風汾沮洳：「彼汾沮洳，言采其莫。」正義：「汾是水名。沮洳，潤澤之處。」小序：「汾沮洳，刺儉也。其君儉以能勤，刺不得禮也。」蓋詩謂魏君親赴汾水潤澤之處采集莫菜，雖儉而有失身份，故詩人刺之。

〔六〕考槃：詩經篇名。退窮：隱居窮處。詩衛風考槃：「考槃在澗，碩人之寬。」傳：「考，成也。槃，樂也。」箋：「有窮處成樂在此者。」小序：「考槃，刺莊公也，不能繼先公之業，使賢者退而窮處。」

〔七〕反志：改變志向。牽蹋：羈絆蹋促。

〔八〕南國：指江南。文選卷二九曹植雜詩：「南國有佳人，容華若桃李。」李善注：「南國，謂江南也。」

〔九〕芙蓉：荷花，喻女子美好容顏。西京雜記卷二：卓文君「臉際常若芙蓉」。

〔一〇〕褰：揭起。深重：深閨內室。

〔一一〕慊（qiàn）慊：心中不滿足貌。

〔一二〕容：修飾打扮。詩衛風伯兮：「豈無膏沐，誰適爲容。」

〔一三〕青樓：涂飾青漆之樓，女子所居。曹植美女篇：「借問女安居，乃在城南端。青樓臨大道，高門結重關。」

〔評〕

劉辰翁：思憤變化，仍復骫骳，憫然一笑，亦古人所未道。（張習本）

鍾惺：〔貞脆句〕至理。看「無爲尚勞躬」之下即以「美人奪南國」一改接之，若斷若不斷，真是古人氣脈，知之者少。（朱墨本）

袁宏道：擬「南國有佳人」（按「南國有佳人」乃曹植雜詩六首其四之首句，不在古詩十九首中）。「陰陽不停馭，貞脆各有終」二句，至理至言。中間接出「美人」一段，清新雅麗，絶而不絶，所謂藕斷絲連也。的是六朝聲調，豈是擬議！（參評本）

陳沆：「貞脆各有終」，領一章之旨。「汾沮」、「考槃」四句，賦也。「美人南國」以下，比也。「慊慊情有待」，貞淑守禮之常。「流影君帷中」，青樓自呈之態。一貞一脆，物性殊矣。然物各有終，賢愚同盡，我獨何爲守鄙賤，甘退窮，以徒自勞苦，曾不肯稍解其牽跼哉。自憫自詫，反言若正也。（詩比興箋卷三）

其九〔一〕

春至林木變，洞房夕含清。單居誰能裁〔二〕，好鳥對我鳴。良人久燕趙〔三〕，新愛移平生。別時雙鴛綺〔四〕，留此千恨情。碧草生舊迹，緑琴歇芳聲。思將魂夢歡，反側寐不成〔五〕。攬衣迷所次，起望空前庭。孤影中自惻，不知雙涕零。

〔校〕

〔其九〕唐詩品彙卷十四題作凜凜歲云暮。　〔思〕原校「一作願」。　〔攬衣二句〕原校一作「攬衣迷處所，夕起望前庭」。

〔注〕

〔一〕古詩十九首其十六：「凜凜歲云暮，螻蛄夕悲鳴。涼風率已厲，游子寒無衣。錦衾遺洛浦，同袍與我違。獨宿累長夜，夢想見容輝。良人惟古歡，枉駕惠前綏。願得常巧笑，攜手同車歸。既來不須臾，又不處重闈。亮無晨風翼，焉能凌風飛。眄睞以適意，引領遥相晞。徙倚懷感傷，垂涕沾雙扉。」此詩擬之。

〔二〕裁：裁制，減損。謝脁離夜詩：「翻潮尚知恨，客思眇難裁。」

〔三〕良人：婦女對丈夫的稱謂。燕、趙：戰國時二國名，此泛指今河北、山西一帶。

〔四〕雙鴛綺：織有成對鴛鴦圖案的錦繒。參見其十一注〔一〕引古詩十九首。

〔五〕「思將」二句：詩周南關雎：「窈窕淑女，寤寐求之。求之不得，寤寐思服。悠哉悠哉，輾轉反側。」

〔評〕

劉辰翁：「單居誰能裁，好鳥對我鳴」，兩語流動自然，非復苦吟可及。末意耿耿，情性適然，不假外物而見。（張習本）

沈德潛：疑其得新忘故，欲夢魂以相就，而夢既不成，則又披衣顧影，不覺淚之沾衣也。應亦寄托之詞。（唐詩別裁卷三）

其　十〔一〕

秋天無留景，萬物藏光輝。落葉隨風起，愁人獨何依。華月屢圓缺，君還浩無期。如何雲雨絶〔二〕，一去音問違。

〔校〕

〔起〕原校「一作遠」。　〔華〕原作「一作明」。　〔雲雨絶〕原作「雨絶天」，據原校、活字本、叢刊本改。　〔問〕原校「一作塵」。

【注】

〔一〕古詩十九首其十七：「孟冬寒氣至，北風何慘慄。愁多知夜長，仰觀衆星列。三五明月滿，四五蟾兔缺。客從遠方來，遺我一書札。上言長相思，下言久離別。置書懷袖中，三歲字不滅。一心抱區區，懼君不識察。」此詩擬之。

〔二〕絶：阻隔，分離。顔延之和謝監靈運：「人神幽明絶，朋好雲雨乖。」

【評】

陳沆：擬古詩多寄諸離曠之思，睽違之感，其下邑而憶羽林侍從之舊耶，抑出守而懷鴛鷺親近之班耶？（詩比興箋卷三）

其十一〔一〕

有客天一方，寄我孤桐琴〔二〕。迢迢萬里隔，托此傳幽音。冰霜中自結〔三〕，龍鳳相與吟。弦以明直道〔四〕，漆以固交深〔五〕。

【校】

〔其十一〕唐詩品彙卷十一題作客從遠方來。

〔明直道〕原校「一作昭清直」，叢刊本作「明清直」，唐詩品彙作「勖直道」。〔固〕原校「一作形」。

〔注〕

〔一〕古詩十九首其十八：「客從遠方來，遺我一端綺。相去萬餘里，故人心尚爾。文綵雙鴛鴦，裁爲合歡被。著以長相思，緣以結不解。以膠投漆中，誰能別離此。」此詩擬之。

〔二〕孤桐：孤生梧桐。書禹貢：「嶧陽孤桐。」傳：「嶧山之陽特生桐，中琴瑟。」

〔三〕冰霜：喻堅貞清白的節操。宋書劉義慶傳：「業均井渫，志固冰霜。」

〔四〕弦：琴弦。鮑照白頭吟：「直如朱絲繩，清如玉壺冰。」

〔五〕「漆以」句：後漢書雷義傳：「義與陳重爲友，鄉里語曰：「膠漆自謂堅，不如雷與陳。」」

〔評〕

顧璘：古意古語。（朱墨本）

陳沆：直道不苟合，故合必深。使必曲如鈎而後膠似漆焉，則君子不爲矣。（詩比興箋卷三）

其十二〔一〕

白日淇上没〔二〕，空閨生遠愁。寸心不可限，淇水長悠悠。芳樹自妍芳，春禽自相求。徘徊東西廂，孤妾誰與儔〔三〕。年華逐絲淚〔四〕，一落俱不收。

〔校〕

〔其十二〕唐詩品彙卷十四題作明月何皎皎。〔芳樹句〕原校「一云自交結，又云房樹正妍鬱。」活字本、叢刊本、全唐詩作「芳樹正妍鬱」。〔不〕原校「一作難」。

〔注〕

〔一〕古詩十九首其十九：「明月何皎皎，照我羅床幃。憂愁不能寐，攬衣起徘徊。客行雖云樂，不如早旋歸。出户獨彷徨，愁思當告誰。引領還入房，淚下沾裳衣。」此詩擬之。

〔二〕淇：水名，在今河北省南部，此代指思婦所在之地。詩鄘風桑中：「爰采唐矣，沬之鄉矣。云誰之思，美孟姜矣。期我乎桑中，要我乎上宫，送我乎淇之上矣。」

〔三〕儔：伴侶。曹植洛神賦：「爾乃衆靈雜遝，命儔嘯侣。」

〔四〕絲淚：不斷流淌的眼淚。鮑照代陸平原君子有所思行：「蟻壤漏山阿，絲淚毁金骨。」

〔評〕

劉辰翁：不言不笑（一作語），情意（一作景）甚真，但覺麗情綺語，皆不足道。（張習本）

桂天祥：入陶集中不可辨。（朱墨本）

陸時雍：起四語澹而遠，氣味極佳。（唐詩鏡）

沈德潛：與前首寄托相同。（唐詩别裁卷三）

陳沆：詩云：「淇水湯湯，漸車帷裳。」此用其意也。「春禽自相求」，「孤妾誰與儔」，自非惜年華之逝水，胡爲幽怨如斯哉！（詩比興箋卷三）

〔總評〕

顧璘：五言古詩先學韋應物，然後諸家可入。古意古語。（批點唐音）

桂天祥：出自風雅，然濃綺深淺，無不極至。（批點唐詩正聲）

王世貞：韋左司平淡和雅，爲元和之冠。至于擬古，如「無事此離別，不如今生死」語，使枚、李諸公見之，不作嘔耶？此不敢與文通同日，宋人乃欲令之配陶陵謝，豈知詩者！（藝苑卮言卷四）

周珽：讀擬古諸篇，極簡極縱，極古極新，雜十九首中，恐未易驟辨，覺淵明一燈，于今不熄。（唐詩選脈會通評林）

邢昉：顧云：韋古詩獨步唐代，以其得漢、魏之質也，下者亦在晉、宋間。（唐風定）

沈德潛：諸咏胎源于古詩十九首，須領取言意之外。（唐詩別裁卷三）

張謙宜：擬古十二首，汁厚而不膠，鍔斂而力透。纏綿忠厚，似十九首氣味。（絸齋詩談卷五）

陳沆：茲十二章，情詞一貫，皆美人天末之思，蹇修媒勞之志也。或謂韋公沖懷物外，寄情吏隱，本非用世匡主之輩，未必江湖魏闕之思，此非知韋者也。讀其集中，如曰「直方難爲進，守此微賤班」，曰「坐感理亂迹，永懷經濟言」，曰「相敦在勤事，海内方勞師」，又滁村（按當作城）對雪詩云「廁迹鴛行末，蹈舞豐年期。今朝覆山郡，寂寞復何爲」，又始建射侯詩云「昔曾鄒魯學，亦陪鴛鷺翔。一朝願投筆，世難結中腸」，則其情可略見矣。擬古、雜體，性情寄焉，其壯少之年沉淪丞尉，忤時不合，感遇而作乎？可以意會，難盡言詮也。（詩比興箋卷三）

宋育仁：其源出於淵明，在當時已有定論，惟其志潔神疏，故能淡言造古。擬古十二篇，雖

未遠迹陶令，乃得近裁白傅。乃如晝寢清香，郡齋夜雨，琅然疏秀，有雜仙心。（三唐詩品）

雜體五首〔一〕

其一〔二〕

沉沉匣中鏡，爲此塵垢蝕。輝光何所如，月在雲中黑。南金既雕錯〔三〕，鞶帶共輝飾〔四〕。空存鑒物名，坐使妍蚩惑〔五〕。美人竭肝膽，思照冰玉色。自非磨瑩工〔六〕，日日空嘆息。

〔校〕

〔五首〕二字原無，據元修本、遞修本、活字本、叢刊本、全唐詩增。〔其一〕底本原無其一、其二字樣，今逕增，下同。〔雲中〕唐詩品彙卷十四作「雲間」。〔存〕原校「一作有」。

〔注〕

〔一〕雜體：此五詩各有所諷諭，帶有雜興、雜感的性質。文選卷三十一江淹有雜體詩三十首，李善注引江淹雜體詩序：「關西、鄴下，既已罕同；河外、江南，頗爲異法。今作三十首詩，以斅其體。」實爲雜擬之詩。皮日休雜體詩序則稱回文、離合、雙聲、疊韵詩帶有游戲性質的詩爲「雜體詩」。均與此不同。

〔二〕此詩借鏡之不明諷刺有司之藻鑒不精，不能知人善任。

〔三〕南金：南方出産的優質銅。詩魯頌泮宮：「大賂南金。」傳：「南謂荆、揚也。」

〔四〕鞶帶：大帶，此指鞶組，鏡上裝飾的彩色絲帶。姚崇執鏡誡：「飾以鞶組，匣以珠璣。」

〔五〕妍蚩惑：不辨美丑。趙壹刺世疾邪賦：「榮納由于閃揄，孰知辨其蚩妍。」

〔六〕磨瑩工：磨鏡工人。

〔評〕

劉辰翁：其意正平而樸素可尚，非無衍麗，静且不慘。（張習本）

陳沆：以明哲望其君也。磨瑩其塵垢，其必由進德乎。（詩比興箋卷三）

其　二

古宅集祅鳥〔一〕，群號枯樹枝。黄昏窺人室，鬼物相與期〔二〕。居人不安寢，搏擊思此時〔三〕。豈無鷹與鸇〔四〕，飽肉不肯飛〔五〕。既乖逐鳥節〔六〕，空養凌雲姿。孤奉肉食恩，何異城上鴟〔七〕。

〔校〕

〔宅〕原校「一作宇」。　〔孤奉〕活字本、叢刊本、全唐詩作「孤負」。

〔注〕

〔一〕祅鳥：怪鳥，惡鳥。祅，同妖。

〔二〕「黄昏」二句：漢書揚雄傳下：「高明之家，鬼瞰其室。」李奇曰：「鬼神害盈而福謙也。」

〔三〕搏擊：謂彈劾鎮壓。後漢書董宣傳：特徵宣爲洛陽令，「由是搏擊豪强，莫不震慄」。

〔四〕鷹、鸇：均猛禽。左傳文公十八年：「見無禮于其君者誅之，如鷹鸇之逐鳥雀也。」

〔五〕「飽肉」句：三國志魏志呂布傳：呂布因陳登求徐州牧，不得，怒，登徐喻之曰：「登見曹公，言：『待將軍譬如養虎，當飽其肉，不飽則將噬人。』公曰：『不如卿言也，譬如養鷹，饑則爲用，飽則揚去。』」

〔六〕逐鳥節：指秋天。禮記月令孟秋之月：「鷹乃祭鳥，用始行戮。」漢書孫寶傳：寶爲京兆尹，以立秋日署侯文爲東部督郵，敕曰：「今日鷹隼始擊，當順天氣，取奸惡，以成嚴霜之誅。」

〔七〕鴟：鳶鴟，即鷂鷹，猛禽，性嗜腐肉。莊子秋水：「鴟得腐鼠，鵷鶵過之，仰而視之，曰：『赫！』」

〔評〕

袁宏道：此詩似有所指，豈爲兩軍騎士而云然耶？（參評本）

陳沆：思直臣以逐奸邪也。（詩比興箋卷三）

其三

春羅雙鴛鴦〔一〕，出自寒夜女〔二〕。心精烟霧色〔三〕，指歷千萬緒〔四〕。長安貴豪家，妖艷不可數〔五〕。裁此百日功，唯將一朝舞。舞罷復裁新，豈思勞者苦。

〔校〕

〔貴豪〕活字本作「富貴」。〔家〕原校「一作室」。〔豈〕遞修本校「一作寧」。

〔注〕

〔一〕羅：質地輕薄、經緯組織呈椒眼形的絲織品，此指綺繒。雙鴛鴦爲綺繒上圖案，參見古詩十九首其十一注〔一〕。

〔二〕寒夜女：織婦。梁武帝織婦詞：「調梭輟寒夜，鳴機罷秋日。」

〔三〕烟霧：指雲霞。江淹雜體詩班婕妤：「畫作秦王女，乘鸞向烟霧。」

〔四〕緒：絲頭。

〔五〕妖艷：妖姬艷女。

〔評〕

袁宏道：意未嘗不新，只是體裁高古，所以爲難。（參評本）

邢昉：柔婉欲絶，幾不復若語言。（唐風定）

陳沆：憫民力，思節儉也。（詩比興箋卷三）

其四

同聲自相應〔一〕，體質不必齊〔二〕。誰知賈人鐸，能使大樂諧〔三〕。鏗鏘發宮徵，和樂變其哀〔四〕。人神既昭享，鳳鳥亦下來〔五〕。豈非至賤物，一奏升天階〔六〕。物情苟有合，莫問玉與泥。

〔校〕

〔大〕原校「一作音」。〔鳥〕原校「一作皇」。

〔注〕

〔一〕同聲相應：謂共鳴。易乾文言：「同聲相應，同氣相求。」正義：「同聲相應者，若彈宮而宮應，彈角而角動是也。」

〔二〕體質：形體質地。

〔三〕「誰知」二句：賈人，商人。鐸，大鈴。大樂：指朝廷雅樂。晉書荀勗傳：「既掌樂事，又修律呂，并行于世。初，勗于路逢趙賈人牛鐸，識其聲。及掌樂，音韵未調，乃曰：『得趙之牛鐸則諧矣。』遂下郡國，悉送牛鐸，果得諧音。」

〔四〕「鏗鏘」二句：宮、徵，五音之二，此代指樂聲。禮記樂記：「治世之音安以樂，其政和。亂世之音怨以怒，其政乖。亡國之音哀以思，其民困。」

〔五〕「鳳鳥」句：書益稷：「簫韶九成，鳳皇來儀。」

〔六〕天階：猶天庭，指朝廷。潘尼贈侍御史王元貺：「游鱗萃靈沼，撫翼翔天階。」

〔評〕

高棅：此用人之度也。宛轉發越，隱約可恨。（唐詩品彙卷十四）

陳沆：諷求賢，斆側陋也。（詩比興箋卷三）

其五

碌碌荆山璞〔一〕，卞和獻君門〔二〕。荆璞非有求，和氏非有恩。所獻知國寶，至公不待言。

是非吾欲默，此道今豈存。

〔校〕

〔吾〕原校「一作語」。

〔注〕

〔一〕碌碌：石貌。荆山：在今湖北南漳縣西。璞：未經治理的玉。

〔二〕卞和：春秋楚人，善相玉。韓非子和氏：「楚人和氏得玉璞楚山中，奉而獻之厲王。厲王使玉人相之，玉人曰：『石也。』王以和爲誑而刖其左足。及厲王薨，武王即位，和又奉其璞而獻之武王。武王使玉人相之，又曰：『石也。』王又以和爲誑而刖其右足。武王薨，文王即位，和乃抱其璞而哭于楚山之下，三日三夜。淚盡而繼之以血。王聞之，使人問其故。……和曰：『吾非悲刖也，悲夫寶玉而題之以石，貞士而名之以誑，此吾所以悲也。』王乃使玉人理其璞而得寶焉，遂命曰『和氏之璧』。」

〔評〕

陳沆：慨公道之不行也。下以求進，上以市恩，所獻如此，其非國寶可知矣。（詩比興箋卷三）

與友生野飲效陶體〔一〕

攜酒花林下，前有千載墳。於時不共酌，奈此泉下人〔二〕。始有玩芳物，行當念徂春。聊舒遠出踪，坐望還山雲。且遂一歡笑，焉知賤與貧。

〔注〕

〔一〕友生：友人。生，語詞。詩小雅常棣：「雖有兄弟，不如友生。」陶體：陶潛詩體。陶潛，字淵明，晉人，晉書、宋書、南史均有傳。鍾嶸詩品卷中評其詩云：「文體省淨，殆無長語，篤意真古，辭曲婉愜，……古今隱逸詩人之宗也。」後人稱爲「陶體」。陶潛諸人共游周家墓柏下詩：「今日天氣佳，清吹與鳴彈。感彼柏下人，安得不爲歡。清歌散新聲，緑酒開芳顔。未知明日事，余襟良已殫。」此詩師其意。

〔二〕「於時」二句：陶潛擬挽歌辭三首其二：「在昔無酒飲，今但湛空觴。春醪生浮蟻，何時更能嘗。」泉下人，謂墳墓中人。

〔評〕

劉辰翁：含章體素，默合自然。古詩多此意，無語便盡，中間款曲，正在後半。（張習本）

桂天祥：故輕重相當，只「坐望還山雲」，是何等意與（疑當作興）。（朱墨本） 體質渾樸，着以芳艷字。（批點唐詩正聲）

邢昉：體質自與陶近，不擬肖而合矣。（唐風定）

賀貽孫：韋蘇州擬陶諸篇，非不逼肖，而非蘇州本色。蘇州本色在「微雨夜來過，不知春草生」，「落葉滿空山，何處尋行迹」，「豈無終日會，惜此花間月」，「空館復相思，微鐘坐來歇」。此等話，未嘗擬陶，然欲不指爲陶詩，不可得也。（詩筏）

效何水部二首〔一〕

其一

玉宇含清露，香籠散輕烟〔二〕。應當結沉抱〔三〕，難從茲夕眠。

【校】

〔二首〕原無此二字，據遞修本、元修本、活字本、叢刊本、全唐詩增。〔其一〕原無此二字，逕增。下同。〔清〕原校「一作秋」。

【注】

〔一〕何水部：梁朝詩人何遜，字仲言，東海郯人。八歲能賦詩，梁天監中，兼尚書水部郎，爲安成王蕭秀參軍事，世稱何水部。范雲嗟其詩文，嘗曰：「頃觀文人，質則過儒，麗則傷俗，其能含清濁，中今古，見之何生矣。」梁書、南史有傳。

〔二〕香籠：罩在香爐上的薰籠。

〔三〕沉抱：鬱悶的心胸。

其二

夕漏起遥怨〔一〕，蟲響亂秋陰。反覆相思字〔二〕，中有故人心。

〔校〕

〔蟲響〕全唐詩校「一作鴻音」。

〔注〕

〔一〕夕漏：指夜晚銅壺滴漏聲。宋書樂志二謝莊宋明堂歌：「晨晷促，夕漏延。」

〔二〕相思字：指書信。

效陶彭澤〔一〕

霜露悴百草〔二〕，時菊獨妍華。物性有如此，寒暑其奈何。掇英泛濁醪〔三〕，日入會田家。盡醉茅簷下，一生豈在多〔四〕。

〔注〕

〔一〕陶彭澤：陶潛，劉宋義熙初，爲彭澤令，旋棄官歸，人稱「陶彭澤」。參見前與友生野飲效陶體注〔一〕。彭澤：縣名，漢置，今屬江西。陶潛飲酒二十首其七：「秋菊有佳色，裛露掇其英。泛此忘憂物，遠我遺世情。一觴雖獨進，杯盡壺自傾。日入群動息，歸鳥趨林鳴。嘯傲東軒下，聊復得此生。」其九：「清晨聞扣門，倒裳往自開，問子爲誰歟，田父有好懷。壺漿遠見候，疑我與時乖。繿縷茅檐下，未足爲高栖。一世皆尚同，願君汩其泥。深感父老言，禀氣寡所諧，紆轡誠可學，違己詎非迷。且共歡此飲，吾駕不可回。」此詩即祖其意。

〔二〕悴：使凋萎。曹植朔風詩：「繁華將茂，秋霜悴之。」

〔三〕掇英：摘花。泛：浸泡。濁醪：濁酒。西京雜記卷三：「九月九日……飲菊華酒，令人長壽。菊華舒時，并采莖葉，雜黍米釀之，至來年九月九日始熟，就飲焉，故謂之菊華酒。」

〔四〕「一生」句：晉書畢卓傳：卓嘗謂人曰：「得酒滿數百斛船，四時甘味置兩頭，右手持酒杯，左手持蟹螯，拍浮酒船中，便足了一生矣。」

〔評〕

周紫芝：古今詩人多喜效淵明體者，如和陶詩非不多，但使淵明愧其雄麗耳。韋蘇州詩云：……非惟語似，而意亦大似，蓋意到而語隨之也。（竹坡詩話）

劉辰翁：「物性」兩語，似達似怨，甚好。蘇州詩去陶自近，至效陶體，復取王夷甫語用之，故知晉人無不有風致可愛也。（張習本）

顧璘：只是真得陶意，故下此手。（朱墨本）

郝敬：語淡而味永。（選批唐詩）

陸時雍：陶澹而深，韋澹而淺。（唐詩鏡）

王堯衢：不特其詩效陶，其人亦陶也。（古唐詩合解）

燕集

大梁亭會李四棲梧作〔一〕

梁王昔愛才，千古化不泯平聲〔二〕。至今蓬池上〔三〕，遠集八方賓。車馬平明合，城郭滿埃塵。逢君一相許，豈要平生親〔四〕。入仕三十載，如何獨未伸。英聲久籍籍〔五〕，臺閣多故人。置酒發清彈〔六〕，相與樂佳辰。孤亭得長望，白日下廣津〔七〕。富貴良可取，朅來西入秦〔八〕。秋風日夕起，安得客梁陳〔九〕。

【校】

〔與〕原校「一作將」。　〔取〕原校「一作求」。

【注】

〔一〕據編次，詩大曆四年秋自京洛赴揚州經汴州時作。大梁：戰國魏都，唐時爲汴州浚儀縣，今河南開封。元和郡縣圖志卷七汴州浚儀縣：「故大梁也，魏惠王自安邑徙此。」李四栖梧：李栖梧，行四，餘未詳。韋應物同時有御史大夫李栖筠（附見新唐書李吉甫傳），又有李栖桐（見錢考功集卷五送李栖桐道舉擢第還鄉省侍詩），栖梧或爲其兄弟行。

〔二〕「梁王」二句：梁王：西漢梁孝王劉武，漢文帝次子，封梁王，初都大梁，後以其地卑濕，東徙睢陽（今河南商丘），見元和郡縣圖志卷七。史記梁孝王世家：「孝王，竇太后少子也，愛之，賞賜不可勝道。……招延四方豪桀，自山以東游説之士，莫不畢至。」鄒陽、枚乘、司馬相如均爲其座上客。泯：消失。

〔三〕蓬池：故址在今河南開封。太平寰宇記卷一開封府尉氏縣：「蓬池在縣北五里。按述征記曰，大梁西南九十里尉氏有蓬池。阮籍詩云『徘徊蓬池上，回首望大梁』，即此是也。」唐時，蓬池爲泛舟游宴之所，見全唐文卷三百二十三蕭穎士陪李採訪泛舟蓬池宴李文部序、蓬池禊飲序。

〔四〕平生親：謂游處日久之親密友人。文選卷二十九蘇武詩四首：「願子留斟酌，敘此平生親。」

〔五〕籍籍：名聲盛貌。袁朗效曹子建白馬篇：「籍籍關外來，車徒傾國鄽。」

〔六〕清彈：猶清奏，指動聽的樂曲。陶潛諸人共游周家墓柏下詩：「今日天氣佳，清吹與鳴彈。」陸雲爲顧彦先贈婦：「西城善雅舞，總章饒清彈。」

〔七〕廣津：大河的渡口。鮑照行樂至城東橋：「蔓草緣高隅，修楊夾廣津。」

〔八〕朅（qiè）來：去，「來」爲語詞。張相詩詞曲語詞滙釋卷四釋此句云：「謂去而西入秦也。」秦：指長安。

〔九〕梁、陳：西漢二諸侯國名，此指今河南開封、淮陽及其附近地區。漢書司馬相如傳：「事孝景帝，爲武騎常侍，非其好也。會景帝不好辭賦，是時梁孝王來朝，從游説之士齊人鄒陽、淮陰枚乘、吴嚴忌夫子之徒，相如見而説之，因病免，客游梁。」陸機吴王郎中時從梁陳作：「夙駕尋清軌，遠游客梁陳。」

燕李録事〔一〕

與君十五侍皇闈，曉拂爐烟上赤墀〔二〕。花開漢苑經過處，雪下驪山沐浴時〔三〕。近臣零落今猶在，仙駕飄颻不可期〔四〕。此日相逢思舊日，一杯成喜亦成悲。

【校】

〔皇闈〕瀛奎律髓卷八作「皇輿」。〔猶〕原校「一作誰」。〔期〕文苑英華卷二百十五作「思」。〔相逢〕原校「一作逢君」。〔思〕原校「一作非」。〔舊〕文苑英華作「曩」。〔亦〕原校「一作又」。

【注】

〔一〕據編次，詩當作于大曆四年自京洛赴揚州途中。

燕：通宴。録事：官名。唐代各府州、東宫、王府及十六衛均有録事參軍事，從八品上至正七品上不等，省稱録事或司録；州府又别有録事，從九品，詳見新唐書百官志。李録事之名，其官爲録事參軍抑或録事，均未詳。

〔二〕「與君」二句：謂己與李録事均曾宿衛宫中。皇闈，皇宫。闈，宫中小門。赤墀，宫中殿庭之臺階，塗以朱紅色。唐制，親衛、勛衛、翊衛，謂之「三衛」。又諸衛翊衛及率府親、勛衛亦曰「三衛」，又有千牛及千牛備身，以高品官員子孫中「少壯、肩膊齊、儀容整美者」充任，每月輪番上直，擔任皇宫警衛及朝會、巡幸時的儀仗隊，詳見新唐書儀衛、百官等志。丘丹韋應物墓誌：「丱角之年，已有不易之操，以廕補右千牛。」韋應物天寶八載左右爲右千牛，參見附録簡譜。

〔三〕「花開」二句：謂己與李録事均曾經常扈駕出行。漢苑，指漢宜春苑，唐爲曲江，在今陝西西安。驪山，在今陝西西安東。駱天驤類編長安志卷三漢苑囿引顔師古語：「宜春下苑，即今京城東南隅曲江池是也。」又卷二温泉宫：「天寶六載，改華清宫，驪山上下，益治湯井池，臺殿環列山谷，明皇歲幸焉。」玄宗常于春游曲江，冬幸驪山，見舊唐書本紀。

〔四〕仙駕：仙人車駕，此婉言唐玄宗之死。據新唐書肅宗紀，玄宗卒于寶應元年（七六二）建巳月（四月）。

〔評〕

方回：前豪誇，後感慨。（瀛奎律髓彙評卷八）

袁宏道：高勁似初唐杜（此疑奪「審言」二字）、宋之問。（參評本）

金聖嘆：淺人讀之，謂只兩人追寫舊事耳，不知通首皆是先生一段服勤至死、方喪三年至情至誼，我讀之，不覺聲淚爲之齊下也。三、四正指「皇闈」也。言凡或經過，或沐浴，則皆有我兩人侍之，所謂拂爐上墀者，至今猶如昨日也。近臣不止韋、李，故云「零落」。然「今猶在」乃對下句，非承二字也。方喜已悲，「方」、「已」字妙，言宴李誠喜，而思舊實悲，此喜固不能敵此悲矣。（貫華堂選批唐才子詩甲集七言律卷五上）

毛張健：句句照應，筆筆圓轉。（唐體餘編）

黄叔燦：詩質而味長。（唐詩箋注）

紀昀：「誇」字（按指方回評）未是。韋在白前。首句韵太借，通首平衍少力。蘇州佳處在五古，不長于律詩，七律尤非所長。（瀛奎律髓彙評卷八）

無名氏甲：畢竟不同。自有深韵。（同前）

淮上喜會梁川故人〔一〕

江漢曾爲客〔二〕，相逢每醉還。浮雲一別後〔三〕，流水十年間。歡笑情如舊，蕭疏鬢已斑〔四〕。何因北歸去，淮上對秋山。

〔校〕

〔川〕唐詩品彙卷十四作「州」。〔北〕原校「一作不」。〔對〕原校「一作有」。

〔注〕

〔一〕詩大曆四年秋自京赴揚州經楚州時作。

淮上：淮水畔，此指楚州，治所在今江蘇淮安。太平寰宇記卷一百二十四楚州淮陰縣：「淮水在縣西二百步。」

梁川：未詳，疑當從唐詩品彙作「梁州」。梁州治所在今陝西漢中，德宗興元元年改爲興元府。

〔二〕江漢：長江、漢水流域，此偏指漢水。元和郡縣圖志卷二十二興元府南鄭縣：「漢水經縣南，去縣一百步。」至德、乾元間，韋應物曾避亂居扶風，其地與梁州相近，或曾客梁州，故下云「流水十年間」。參見附録簡譜。

〔三〕「浮雲」句：文選卷二九李陵與蘇武三首：「仰視浮雲馳，奄忽互相逾。風波一失所，各在天一隅。」李善注：「言浮雲之馳，奄忽相逾，飄飖不定，……以喻人之客游飛薄亦爾。」

〔四〕蕭疏：稀少貌。斑：頭髮花白。

〔評〕

謝榛：此篇多用虚字，辭達有味。（四溟詩話卷一）

周珽：人如浮雲易散，一别十年，又如流水，去無還期，二語道盡别離情緒。他如「舊國應無業，他鄉到是歸」，其悲慨之思可見。（唐詩選脈會通評林）

查慎行：五、六淺語，卻氣格高。（瀛奎律髓彙評卷八）

沈德潛：〔淮上句〕語意好，然淮上實無山也。（唐詩别裁卷十一）

紀昀：清圓可誦。（瀛奎律髓彙評卷八）

無名氏甲：大抵平淡詩非有深情者不能爲，若一直平淡，竟如槁木死灰，曾何足取！此蘇州三首（按指此及揚州偶會洛陽盧耿主簿、月夜會徐十一草堂二詩），極有深情，所謂「看似尋常最

奇崛，成如容易卻艱難」也。（同前）

孫洙：一氣旋折，八句如一句。（唐詩三百首）

胡本淵：〔浮雲二句〕情景婉至。結意佳。（唐詩近體）

揚州偶會前洛陽盧耿主簿〔一〕

應物頃貳洛陽，常有連騎之游。

楚塞故人稀〔二〕，相逢本不期。猶存袖裏字〔三〕，忽怪鬢中絲〔四〕。客舍盈樽酒，江行滿篋詩。更能連騎出〔五〕，還似洛橋時〔六〕？

〔注〕

〔一〕詩大曆四或五年在揚州作。揚州：今屬江蘇。洛陽：今屬河南。主簿：縣主簿，「掌付事勾稽，省署抄目，糾正非違，監印，給紙筆、雜用之事」，見唐六典卷三十。洛陽縣爲京縣，主簿二人，從八品上。盧耿：據題下自注，韋應物廣德中爲洛陽丞時，盧耿爲洛陽主簿，餘未詳。

〔二〕楚塞：楚國邊境。揚州古爲東楚之地，見史記貨殖列傳。

〔三〕袖裏字：指書信。古詩十九首：「置書懷袖中，三歲字不滅。」

〔四〕「忽怪」句：李白上三峽：「三朝復三暮，不覺鬢成絲。」

〔五〕連騎：并轡而行。張衡西京賦：「擊鐘鼎食，連騎相過，東京公侯，壯何能加。」

〔六〕洛橋：指洛陽洛水上天津橋。元和郡縣圖志卷五河南府河南縣：「天津橋在縣北四里。隋煬帝大業元年初造此橋，以駕洛水，用大纜維舟，皆以鐵鎖鈎連之。……然洛水溢，浮橋輒壞，貞觀十四年更令石工累方石爲脚。」

〔評〕

袁宏道：真過盛唐高、岑得意筆也。（參評本）

查慎行：起勢超妙，通首折旋都有情致。好詩如彈丸脱手，良然。（瀛奎律髓彙評卷八）

紀昀：此却太薄，不見佳處。（同前）

賈常侍林亭燕集〔一〕

高賢侍天階〔二〕，迹顯心獨幽。朱軒鶩關右〔三〕，池館在東周〔四〕。繚繞接都城，氤氲望嵩丘〔五〕。群公盡詞客，方駕永日游〔六〕。朝日氣候佳，逍遥寫煩憂〔七〕。緑林靄已布，華沼澹不流。凌露摘幽草〔八〕，涉烟玩輕舟。圓荷既出水，廣廈可淹留〔九〕。放神遺所拘〔一〇〕，觥罰屢見酬〔一一〕。樂燕良未極，安知有沈浮〔一二〕。醉罷各云散，何當復相求〔一三〕。

〔校〕

〔階〕原校「一作陛」。全唐詩作「陛」，校「一作階」。〔凌〕原作「没」，據遞修本、叢刊本改。

〔注〕

〔一〕詩大曆六年夏在洛陽作。

常侍：左、右散騎常侍，正三品下，分屬門下、中書二省，掌規諷過失，侍從顧問，見新唐書百官志二。燕：通宴。賈常侍：賈至（六一八—七七二），字幼幾，洛陽人。天寶末，玄宗幸蜀，拜起居舍人、知制誥，後歷中書舍人、尚書左丞、禮兵二部侍郎、京兆尹，大曆七年（七七二）卒右散騎常侍任，年五十五，有集二十卷。詳見舊唐書卷一百九十、新唐書卷一百十九本傳。據郁賢皓唐刺史考，大曆五年九月，京兆尹賈至爲杜濟所代，改官散騎常侍。

〔二〕天階：指宫殿朝廷。張衡東京賦：「登聖皇于天階，章漢祚之有秩。」

〔三〕朱軒：漆成紅色的車子，高官所乘。鶩：馳騁。關右：函谷關以西，時賈至在長安爲官，故云。

〔四〕東周：指洛陽。公元前七七〇年，周平王自鎬京遷都洛邑，史稱東周，故以代指洛陽。據永樂大典本河南志，賈至父賈曾宅在洛陽定鼎門東第三街恭安坊，詩中「林亭」或即指此。

〔五〕氤氲：雲烟彌漫貌。嵩丘：即嵩山。元和郡縣圖志卷五河南府登封縣：「嵩高山在縣北八里，亦名方外山。又云東曰太室，西曰少室，嵩高總名，即中岳也。山高二十里，周回一百三十里。」

〔六〕方駕：兩車并駕。陸機擬青青陵上柏：「方駕振飛轡，遠游入長安。」

〔七〕寫（xiè）：宣泄。詩邶風泉水：「駕言出游，以寫我憂。」傳：「寫，除也。」

〔八〕凌露：江淹金燈草賦：「碧莖凌露，朱英升霜。」

〔九〕「廣厦」句：南史陶弘景傳：「性愛山水，每經澗谷，必坐卧其間，吟咏盤桓，不能已已。謂門人曰：『吾見朱門廣厦，雖識其華樂，而無欲往之心。望高岩，瞰大澤，知難立止，自恒欲就之。』」此反用其意。楚辭招隱士：「攀桂枝兮聊淹留。」

〔一〇〕放神：謂内心進入空明而無所牽挂的境界。雲笈七籤卷六〇幼真先生服内元氣訣法：「兀然放神，使心如枯木，身若委衣，内視返聽，萬累都遣。」

〔一一〕觥（gōng）罰：違酒令罰酒。觥，酒器。唐人稱酒令爲「觥令」，宴席上司酒令者爲「觥使」或「觥録事」。元稹黄明府詩序：「小年曾于解縣連日飲酒，予嘗爲觥録事，曾于竇少府廳中，有一人後至，頻犯語令，連飛十二觥，不勝其困，逃席而去。」

〔一二〕沈浮：指人事的窮通、黜陟等。高適古樂府飛龍曲留上陳左相：「折腰知寵辱，回首見沈浮。」

〔一三〕何當：何時。相求：互相吸引聚合，指招邀聚會。易乾：「同聲相應，同氣相求。」

月夜會徐十一草堂〔一〕

空齋無一事，岸幘故人期〔二〕。暫輟觀書夜〔三〕，還題玩月詩〔四〕。遠鐘高枕後，清露卷簾時。暗覺新秋近，殘河欲曙遲〔五〕。

〔注〕

〔一〕依編次，此及後數詩大曆七至十二年中在長安作。

徐十一：名未詳。

〔二〕岸幘：推起頭巾，露出前額，形容衣着隨便，不拘形迹。晉書謝奕傳：「與桓温善。温辟爲安西司馬，猶推布衣好。在温座，岸幘笑咏，無異常日。」

〔三〕輟：中止。觀書夜：南史江泌傳：「泌少貧，晝日斫屧爲業。夜讀書隨月光，光斜則握卷升屋，睡極墮地則更登。」

〔四〕玩月詩：文選卷三十載鮑照玩月城西門廨中詩，藝文類聚卷一引作玩月詩。

〔五〕殘河：天欲曙時漸隱之銀河。

〔評〕

劉辰翁：三、四曠達可想。五、六清景耳，不足爲勝。（參評本）

方回：蘇州詩淡而自然，此三詩（按指此詩及淮上喜遇梁川故人、揚州偶會前洛陽盧耿主簿二詩）皆是也。（瀛奎律髓彙評卷八）

紀昀：此較灑脱，亞于淮上一篇。五、六好。結二句乃言徹夜未眠，而説來無迹，只似寫景者。然若晚唐、宋人，必寫作盡興語矣。此盛唐身份也。（同前）

移疾會詩客元生與釋子法朗因貽諸曹〔一〕

對此嘉樹林，獨有戚戚顔。抱瘵知曠職〔二〕，淹旬非樂閑〔三〕。釋子來問訊，詩人亦扣關〔四〕。道同意暫遣，客散疾徐還。園徑自幽静，玄蟬噪其間〔五〕。高窗瞰遠郊，暮色起秋山。英曹幸休暇，悢悢心所攀〔六〕。

〔校〕

〔諸曹〕原作「諸祠曹」，據遞修本、唐詩品彙卷十四删「祠」字。〔訊〕唐詩品彙作「信」。〔意〕原校「一作適」。

〔悢悢〕原校「一作悢悢」。

〔注〕

〔一〕詩大曆九至十二年在長安作。移疾：移書稱病，多用作官員求退的婉詞，此指因病告假。釋子：僧徒。僧人出家從釋迦牟尼之教，舍本姓從佛姓，故稱釋子。增壹阿含經苦樂品：「四河入海已，無復本名字，但名爲海。是故諸比丘出家學道，彼當滅彼名字，自稱釋迦弟子，當名沙門釋種子。」諸曹：此指京兆府屬下分科辦事的同僚。京兆尹屬官有功曹、倉曹、户曹、田曹、兵曹、法曹參軍事各二人，皆正七品下，各有職司，詳見新唐書百官志四下。時韋應物任京兆府功曹，同僚有田曹盧康、户曹韓質，以及令狐士曹、獨孤兵曹等，見卷四天長寺上方别子西有道、卷五答令狐士曹獨孤兵曹聯騎暮歸望山見寄諸詩。元生、法朗：均未詳。

〔二〕抱瘵（chài）：抱病。曠職：曠廢公務。

〔三〕淹旬：滿一旬，即十日。魏明帝善哉行：「行行日遠，西背京許。游弗淹旬，遂届揚土。」

〔四〕扣關：扣門，來訪。

〔五〕玄蟬：即蟬，呈青黑色，故云。

〔六〕悢（làng）悢：惆悵。文選卷二十九李陵與蘇武三首：「徘徊蹊路側，悢悢不得辭。」李善注引廣雅：「悢悢，恨也。」攀：攀附追隨，此指向往。

慈恩伽藍清會〔一〕

素友俱薄世〔二〕，屢招清景賞。鳴鐘悟音聞〔三〕，宿昔心已往。重門相洞達，高宇亦遐朗。

嵐嶺曉城分，清陰夏條長。氳氛芳臺馥〔四〕，蕭散竹池廣〔五〕。平荷隨波泛，回飆激林響。蔬食遵道侶，泊懷遺滯想〔六〕。何彼塵昏人〔七〕，區區在天壤〔八〕。

〔校〕

〔遐〕原校「一作通」。〔清陰句〕原校「一作清條夏陰長」。

〔注〕

〔一〕詩大曆九至十二年在長安作。

慈恩伽藍：即慈恩寺，在長安晉昌坊。伽（qié）藍，梵語僧伽藍摩的省稱，意譯爲衆園，即僧衆居住的園林，後因指佛寺。唐會要卷四八：「慈恩寺，晉昌坊，隋無漏廢寺。貞觀二十二年十二月二十四日，高宗在春宮，爲文德皇后立爲寺，故以慈恩爲名。」

〔二〕素友：感情純真的友人。王僧達祭顏光禄文：「清交素友，比景共波。」薄世：鄙薄世情。

〔三〕悟音：指鐘磬梵唄之聲，謂使人覺悟警醒。

〔四〕氳氛：猶氛氳，盛貌。李白觀元丹丘座巫山屏風：「水石潺湲萬壑分，烟光草色俱氳氛。」

〔五〕蕭散：冷落離散。潘岳哀永逝文：「視天日兮蒼茫，面邑里兮蕭散。」

〔六〕泊懷：淡泊胸懷。滯想：鬱積的思慮。

〔七〕塵昏人：泯滅靈智的塵俗之人。

〔八〕區區：思慕。文選卷二十九古詩一十九首：「一心抱區區，懼君不識察。」李善注引廣雅：「區區，愛也。」天壤：天地。天地長存，故以喻不朽的功業。張協詠史：「清風激萬代，名與天壤俱。」

〔評〕

袁宏道：「蔬食」四言，此等曠達之句清，唯蘇長公稍稍有之。白傅俚，雅不及也。（參評本）

張謙宜：凡斂華蓄味處，俱自文選淘汰出來，勿易視之。（絸齋詩談卷五）

夜偶詩客操公作〔一〕

塵襟一蕭灑，清夜得禪公〔二〕。遠自鶴林寺〔三〕，了知人世空。驚禽翻暗葉，流水注幽叢。多謝非玄度，聊將詩興同〔四〕。

〔校〕

〔題〕活字本作夜遇詩僧操公因贈。

〔注〕

〔一〕詩大曆九至十二年在長安作。

偶：遇。操公：潤州鶴林寺僧，餘未詳。

〔二〕禪公：猶禪師，僧侶之尊稱。

〔三〕鶴林寺：在潤州（今江蘇鎮江）。輿地紀勝卷七潤州：「鶴林寺，在黃鶴山，舊名竹林寺。宋書，高祖常游京口竹林寺，獨卧講堂前，上有五色龍章。即位，改名鶴林寺，今爲報恩寺。」

〔四〕「多謝」二句：多謝，多慚。晉許詢字玄度，有高尚之致。晉書孫綽傳：「綽與詢一時名流，或愛詢高邁，則鄙于綽，或愛綽才藻，而無取于詢。沙門支遁試問綽：『君何如許？』答曰：『高情遠致，弟子早已伏膺，然一咏一吟，許將北面矣。』」

與韓庫部會王祠曹宅作〔一〕

閑門蔭堤柳，秋渠含夕清。微風送荷氣〔二〕，坐客散塵纓〔三〕。守默共無悋〔四〕，抱沖俱寡營〔五〕。良時頗高會，琴酌共開情〔六〕。

【校】

〔作〕活字本無此字。　〔閑〕原校「一作閉」。　〔酌〕活字本作「醖」。

【注】

〔一〕詩大曆十二年早秋在長安作。

庫部：尚書省兵部所轄曹司，置郎中、員外郎各一人，掌戎器、鹵簿儀仗，見新唐書百官志一。韓庫部：韓協。元和姓纂卷四南陽堵陽縣韓氏：「協，庫部郎中。」韋應物有對雨寄韓庫部協詩。祠曹：即祠部，屬尚書省禮部，置祠部郎中、員外郎各一人，掌祠祀、享祭、天文、漏刻、國忌、廟諱、卜筮、醫藥、僧尼之事，見新唐書百官志一。王祠曹：當爲王後已，見岑仲勉郎官石柱題名新著録祠部員外郎第七行，在錢起、元仲武後。據舊唐書元載傳，載子仲武爲祠部員外郎，大曆十二年三月賜死，王後已當于此年繼元仲武爲祠部員外郎。

〔二〕荷氣：荷花香氣。孟浩然夏日南亭懷辛大作：「荷風送香氣，竹露滴清響。」

〔三〕纓：繫冠帶。散塵纓，謂解開冠帶，不受拘束。孔稚珪北山移文：「昔聞投簪逸海岸，今見解蘭縛塵纓。」

〔四〕守默：與下「抱沖」均謂保持清静沖淡的胸襟。悋：同吝，貪戀。

〔五〕寡營：無所營求。

〔六〕琴酌：琴酒。謝朓郡内高齋閑望答吕法曹：「已有池上酌，復此風中琴。」

晦日處士叔園林燕集〔一〕

遽看蓂葉盡〔二〕，坐闕芳年賞。賴此林下期〔三〕，清風滌煩想。始萌動新照，佳禽發幽響。嵐嶺對高齋，春流灌蔬壤。樽酒遺形迹，道言屢開獎〔四〕。幸蒙終夕歡，聊用税歸鞅〔五〕。

【校】

〔照〕遞修本、活字本、全唐詩作「煦」。

【注】

〔一〕詩大曆九至十二年中在長安作。

晦日：舊曆每月最後一日，唐時以正月晦日爲三令節之一，故又特指正月晦日。唐德宗貞元五年始以中和節（二月一日）代晦日。處士：隱居不仕者。韋應物集中涉及此處士叔之詩甚多，其名未詳。應物父鑾，兄弟五人，其中韋鎔，史未載其官職，傅璇琮唐代詩人叢考韋應物繫年考證疑即此處士叔，然亦無確證。

〔二〕蓂：傳説中草名。蓂葉盡，即指月盡。竹書紀年卷二：「堯在位七十年，有草夾階而生，月朔始生一莢，月半而生十五莢。十六日以後日落一莢，及晦而盡。月小，則焦而不落，名曰蓂莢，一曰曆莢。」

〔三〕林下：指園林中，兼雙關「竹林七賢」中阮籍、阮咸叔侄故事。晉書阮咸傳：「咸任達不拘，與叔父籍爲竹林之游，當世禮法者譏其所爲。」

〔四〕開獎：開導獎飾。顔氏家訓卷上勉學：齊有宦者田鵬鸞，好學向善，「吾甚憐愛，倍加開獎」。鵬鸞後官至侍中。

〔五〕税（tuō）鞅：卸下車馬，謂宿于此。税，通脱。鞅，套在馬頸上用以負軛駕車的皮帶，代指車。謝朓京路夜發：「行矣倦路長，無由税歸鞅。」

扈亭西陂燕賞〔一〕

杲杲朝陽時〔二〕，悠悠清陂望。嘉樹始氤氲〔三〕，春游方浩蕩。况逢文翰侣，愛此孤舟漾。
緑野際遥波，横雲分疊嶂。公堂日爲倦，幽襟自兹曠〔四〕。有酒今滿盈，願君盡弘量。

【注】

〔一〕詩大曆十四年春鄠縣令任上作。
扈亭：京兆府鄠縣（今陝西户縣）地名。駱天驤類編長安志卷一鄠縣：「扈亭鄉，在縣西北一十二里。」太平寰宇記卷二十六鄠縣：「本夏有扈國也。書謂啟與有扈戰于甘之野，即今縣也。有扈鄉，復有扈谷、扈（此字據元和郡縣圖志增）亭，又有甘亭是也。」西陂：當即美陂，一作渼陂。元和郡縣圖志卷二鄠縣：「美陂，在縣西五里，周回十四里。」杜甫有城西陂泛舟、渼陂行、與鄠縣源大少府泛渼陂等詩。陂，池塘湖泊。

〔二〕杲杲：光明貌。詩衛風伯兮：「其雨其雨，杲杲出日。」

〔三〕氤氲：煙霧彌漫貌。

〔四〕曠：開曠，舒展。

〔評〕

劉辰翁：（嘉樹二句）淺語流動稱情。（張習本）

張謙宜：只是味厚，此須養深。（絸齋詩談卷五）

西郊燕集〔一〕

濟濟衆君子，高宴及時光〔二〕。群山靄遐矚，緑野布熙陽〔三〕。列坐遵曲岸〔四〕，披襟襲蘭芳。野庖薦嘉魚，激澗泛羽觴〔五〕。衆鳥鳴茂林，緑草延高岡。盛時易徂謝，浩思坐飄颻。眷言同心友〔六〕，兹游安可忘。

〔注〕

〔一〕詩建中元年春在長安作。時韋應物閑居長安西郊灃上之善福精舍，參見附録簡譜。

〔二〕濟濟：衆多貌。詩大雅文王：「濟濟多士，文王以寧。」時光：猶時物，謂當時的景物。

〔三〕熙陽：和煦陽光。潘岳關中詩：「惴惴寡弱，如熙春陽。」

〔四〕曲岸：曲水岸邊。古人於三月三日禊飲於水濱，以祓除不祥，稱其地爲曲水，并無固定地點。王羲之蘭亭集序：「引以爲流觴曲水，列坐其次。」

〔五〕羽觴：左右有耳、形如鳥翼的酒器。晉書束皙傳載，晉武帝問三月三日曲水之義，束皙對曰：「昔周公城洛邑，因流水以泛酒，故逸詩云『羽觴隨波』。」

〔六〕眷言：眷顧。言，語助詞。陸機贈尚書郎顧彦先：「眷言懷桑梓，無乃將爲魚。」

〔評〕

顧璘：用字用意皆在唐人中。（朱墨本）

春宵燕萬年吉少府中孚南館〔一〕

始見斗柄廻〔二〕，復兹霜月霽〔三〕。河漢上縱横，春城夜迢遞。賓筵接時彦〔四〕，樂燕凌芳歲。稍愛清觴滿，仰嘆高文麗。欲去返郊扉〔五〕，端爲一歡滯。

〔注〕

〔一〕詩建中三年早春在長安作。萬年：京兆府屬縣。舊唐書地理志一京師：「皇城之南大街曰朱雀之街，東五十四坊，萬年縣領之，街西五十四坊，長安縣領之，京兆尹總其事。」少府：唐人對縣尉的稱謂。萬年京縣，尉六人，從八品下。吉中孚：楚州人，中唐詩人，「大曆十才子」之一。初爲道士，大曆中還俗，授校書郎。建中初，爲萬年尉，興元元年，自司封郎中、知制誥充翰林學士，改諫議大夫，貞元初，官至户部侍郎、判度支兩税，卒，有詩集一卷。參見傅璇琮唐才子傳校箋卷四吉中孚傳箋。

〔二〕「斗柄」句：鶡冠子環流：「斗柄東指，天下皆春。」參見前擬古詩十二首其六注〔二〕。

〔三〕霜月：寒冷皎潔之月。謝朓同羈夜禁：「霜月始流砌，寒蛸早吟隙。」

〔四〕時彦：一時之秀。晉書庾冰傳：「廣引時彦，詢於政道。」

〔五〕郊扉，猶郊居。時韋應物閑居于長安西郊澧上之善福精舍，參見附録簡譜。

〔評〕

劉辰翁：不獨閑静，氣概又闊，別□□樣語（朱墨本無此五字）可諷。（張習本）

滁州園池燕元氏親屬〔一〕

日暮游清池，疏林羅高天。餘緑飄霜露，夕氣變風烟。水門架危閣，竹亭列廣筵。一展私姻禮，屢嘆芳樽前。感往在兹會，傷離屬頽年〔二〕。明晨復云去，且願此留連。

〔校〕

〔羅〕原校「一作籠」。　〔嘆〕活字本作「款」。

〔注〕

〔一〕依編次，詩建中三年深秋在滁州作。

滁州：州治在今安徽滁縣。元氏親屬：指韋應物妻子元蘋的親屬。韋應物夫人河南元氏墓誌銘：「應物娶河南元氏，夫人諱蘋，字佛力。魏昭成皇帝之後，有尚舍奉御延祚，祚生簡州別駕，贈太子賓客平叔，叔生尚書吏部員外郎挹。夫人吏部之長女。」元和姓纂卷四河南洛陽元氏：「義端，魏州刺史，生延壽、延福、延景、延祚。……延祚，司議郎，生平叔，綿州長史，生挹、撝、持。挹，吏部員外，生注、洪、錫、銑。洪，饒州刺史，生晦。撝，太常博士。持，都官郎中。」（文據岑仲勉姓纂四校記校正）韋應物在滁州時，元錫曾來訪，有郡中對雨贈元錫兼簡楊凌、送元錫楊凌等詩，元錫是元蘋的親弟。

〔二〕頹年：猶頹齡，謂衰暮之年。陶潛九日閑居：「酒能祛百慮，菊爲制頹齡。」

郡樓春燕〔一〕

衆樂雜軍鞞〔二〕，高樓邀上客。思逐花光亂，賞餘山景夕。爲郡訪凋瘵〔三〕，守程難損益〔四〕。聊假一杯歡，暫忘終日迫。

〔注〕

〔一〕據編次，詩建中四年春在滁州作。

〔二〕鞞：同鼙，軍中樂鼓。

〔三〕凋瘵（zhài）：凋敝、疾苦。杜甫壯游：「大軍載草草，凋瘵滿膏肓。」

〔四〕守程：遵守法度。陳琳飲馬長城窟行：「官作自有程，舉築諧汝聲。」

〔評〕

袁宏道：起語便是郡宴，寫懷淡然簡素。（參評本）

南塘泛舟會元六昆季〔一〕

端居倦時燠，輕舟泛回塘。微風飄襟散，橫吹繞林長。雲澹水容夕，雨微荷氣涼。一寫悁勤意〔二〕，寧用訴華觴。

〔校〕

〔悁勤意〕原校「一云川上意」。　〔訢〕原校「一作計」，叢刊本作「計」。

〔注〕

〔一〕據編次，詩建中四年夏在滁州作。

元六昆季：疑即元晛、元錫兄弟。參見前滁州園池宴元氏親屬及卷二過扶風精舍兼簡朝宗巨川兄弟注。

〔二〕悁（yuān）勤意：憂鬱勤苦之意。

〔評〕

顧璘：天趣高逸。（朱墨本）

郡齋雨中與諸文士燕集〔一〕

兵衛森畫戟〔二〕，宴寢凝清香〔三〕。海上風雨至，逍遥池閣涼。煩痾近消散，嘉賓復滿堂。自慚居處崇，未睹斯民康。理會是非遣，性達形迹忘。鮮肥屬時禁〔四〕，蔬果幸見嘗。俯飲一杯酒，仰聆金玉章。神歡體自輕，意欲凌風翔。吴中盛文史〔五〕，群彦今汪洋〔六〕。方知大藩地，豈曰財賦彊〔七〕。

〔校〕

〔齋雨〕唐文粹卷十五上無此二字。　〔近〕原校「一作王」，遞修本、文苑英華卷二百十五、全唐詩校「一作正」，唐文粹作「正」。〔嘉賓〕活字本作「賓客」。〔欲〕文苑英華校「集作氣」。〔風〕原校「一作雲」。〔地〕原校「一作盛」。〔疆〕原校「一作彊」，文苑英華作「强」。

〔注〕

〔一〕詩貞元五年夏在蘇州刺史任上作。時顧況自著作郎貶饒州司士參軍，經蘇州，有和詩。參見顧況原詩及附録簡譜。

〔二〕森：森然羅列。畫戟：指有彩飾的木戟，唐時用爲儀仗，列于官署及高級官員宅第門前，數量視其品級而定。蘇州上州，州署門當列十二戟，詳見唐會要卷三十二。

〔三〕宴寢：即燕寢。宴，通燕。周制，王有六寢，正寢之外五寢，通名燕寢，此但指内室。

〔四〕鮮肥：指魚肉之類食物。時禁：謂當時禁屠宰的命令。唐會要卷四：「建中元年五月敕：自今以後，每年五月，宜令天下縣禁采捕弋獵，仍令所在斷屠宰，永爲常式。」

〔五〕吴中：指蘇州，春秋時爲吴都，東漢置吴郡。

〔六〕群彦：衆多才俊之士。江淹別賦：「金閨之諸彦，蘭臺之群英。」

〔七〕藩：諸侯國，因其可以屏藩王室，故稱藩國，此借指州郡。疆：疆界，此指地域。唐開元時，制以户四萬户以上之州爲上州，蘇州户口殷盛，物産豐富，元和時已有十萬户，見元和郡縣圖志卷二十五。

〔評〕

劉太真：顧著作來，以足下郡齋燕集相示，是何情致暢茂，遒逸如此！宋、齊間，沈、謝、何、劉，始精于理意，緣情體物，備詩人之旨。後之傳者，甚失其源，惟足下制其横流。師摯之始，關雎

之亂，于足下之文見之矣。（全唐文卷三百九十五與韋應物書）

白居易：貞元初，韋應物爲蘇州牧，房孺復爲杭州牧，皆豪人也。韋嗜詩，房嗜酒，每與賓客一醉一咏，其風流雅韵，多播于吴中。……韋在此郡歌詩甚多。有郡宴詩云：「兵衛森畫戟，燕寢凝清香。」最爲警策。今刻此篇于石，傳貽將來。（白居易集卷六十八吴郡詩石記）

王直方：劉太真與韋蘇州書云：……則知蘇州詩爲當時所貴如此。燕集所作，乃「兵衛森畫戟，燕寢凝清香」也。（詩話總龜前集卷二十七引王直方詩話）

曾季貍：老杜「燈影照無睡，心清聞妙香」，韋蘇州「兵衛森畫戟，燕寢凝清香」，皆曲盡其妙。不問詩題，杜詩知其宿僧房，韋詩知其爲邦君之居也。此爲寫物之妙。（艇齋詩話）

劉辰翁：起處十字，清綺絶倫，爲富麗詩句之冠。中段會心語，亦可玩。（參評本）

楊慎：詩話稱韋應物郡齋燕集詩首句「兵衛森畫戟，燕寢凝清香，海上風雨至，逍遥池閣涼」，爲一代絶唱。余讀其全篇，每恨其結句云，「吴中盛文史，群彦今汪洋，方知大藩地，豈曰財賦强」，乃類張打油、胡釘鉸之語，雖村教督食死牛肉燒酒，亦不至繆戾也。後見宋人麗澤編，無後四句。又閱韋集，此詩止十六句，附顧況和篇，亦止十六句。乃知後四句，乃吴中淺學所增，以美其風土，而不知釋迦佛脚下不可着糞也。（丹鉛總録卷十八）

陸時雍：都雅雍裕。每讀韋詩，覺其如蘭之噴。「海上風雨至，逍遥池閣涼」，意境何其清曠。（唐詩鏡）

王夫之：「采采芣苢」，意在言先，亦在言後，從容涵泳，自然生其氣象。即五言中，十九首猶有得此意者。陶令差能仿佛，下此絶矣。「采菊東籬下，悠然見南山」，「衆鳥欣有托，吾亦愛吾廬」，非韋應物「兵衛森畫戟，燕寢凝清香」所得而問津也。（薑齋詩話卷四）

焦袁熹：居然有唐第一手。起「兵衛」云云，誰知公意在「自慚居處」之「崇」。（此木軒論詩彙編）

張謙宜：莽蒼森秀鬱鬱，便近漢、魏。「兵衛森畫戟，燕寢凝清香」二語，起法高古。（絸齋詩談卷五）

喬億：薛文清居官，每誦韋「自慚居處崇，未睹斯民康」之句，以爲惕然有警于心。又「所願酌貪泉，心不爲磷緇」，謂可以爲守身之戒。余謂左司此等句，數不可更僕，如「身多疾病思田里，邑有流亡愧俸錢」，固見稱于紫陽也。然則韋公足當良吏之目，而後世徒重其詩，謂之知言可乎？（劍溪説詩又編）

張文蓀：興起大方，逐漸敘次，情詞藹然，可謂雅人深致。末以文士勝于財賦，成爲深識至言，是通首歸宿處。（唐賢清雅集）

陳衍：蘇州少作多豪縱，餘清澹似張曲江，晚學陶。世稱「韋柳」，其不及柳州者，少一峭耳。然郡齋燕集一篇，固與儀曹南磵争俊也。（石遺室詩話卷六）

〔附録〕

顧況　奉同郎中使君郡齋雨中宴集之什

好鳥依嘉樹，飛雨灑高城。況與數原校「一作古」君子，列座分兩楹原校「一作公南楹」。文雅一何麗原校「一作盛」，林堂含餘清。我公未歸朝，游子不待晴。白雲帝鄉遠，滄江楓葉鳴。拜手欲無言，零淚如原校「一作和」酒傾。寸心已摧折，別離方骨驚。安得淩風翰，肅肅賓天京。

按：此詩原署「州民、朝議郎、行饒州司士參軍員外置同正員顧況」。

軍中冬燕〔一〕

滄海已云晏〔二〕，皇恩猶念勤。式燕遍恒秩〔三〕，柔遠及斯人〔四〕。茲邦實大藩〔五〕，伐鼓軍樂陳。是時冬服成，戎士氣益振。虎竹謬朝寄〔六〕，英賢降上賓。旋罄周旋禮〔七〕，愧無海陸珍〔八〕。庭中丸劍闌〔九〕，堂上歌吹新。光景不知晚，觥酌豈言頻。單醪昔所感〔一〇〕，大醻況同欣〔一一〕。顧謂軍中士，仰答何由申。

〔校〕

〔式燕〕文苑英華卷二百十五作「宴論」，校「集作式宴」。〔遠〕文苑英華作「迫」。〔伐鼓〕原作「代鼓」，據遞修本、活字本、叢刊本、全唐詩改。〔劍闌〕文苑英華作「劍爛」。〔酌〕文苑英華作「杓」，校「集作酌」。〔言〕文苑英華作「能」，校「集作言」。〔單〕文苑英華作「簞」，校「集作單」。

〔注〕

〔一〕依編次，詩貞元五或六年冬在蘇州作。

〔二〕晏：安。海晏河清，爲天下太平的象徵。據舊唐書德宗紀上，建中三年十一月，「朱滔、田悦、王武俊于魏縣軍壘各相推獎，僭稱王號。滔稱大冀王，武俊稱趙王，悦稱魏王。又勸李納稱齊王，僭署官名如國初親王行臺之制。丁丑，李希烈自稱天下都元帥、太尉、建興王，與朱滔等四盜膠固爲逆」；四年十月，涇原軍叛，德宗出奔奉天，亂兵「乃于晉昌里迎朱泚爲帥，稱太尉，居含元殿」，泚後更國號曰漢，自號漢元天皇，改元曰天皇。至貞元元年，諸鎮叛亂始相繼平定。

〔三〕式燕：宴會。式，語詞。詩小雅鹿鳴：「我有旨酒，嘉賓式宴以敖。」恒秩：常秩，指常設的、編制内的正員官。左傳文公六年：「委之常秩。」注：「常秩，官司之常職。」

〔四〕柔遠：安撫遠方。詩大雅民勞：「柔遠能邇，以定我王。」斯人：猶斯民，謂百姓。避唐太宗李世民諱改「民」爲「人」。

〔五〕兹邦：謂蘇州。大藩：見前詩注〔七〕。

〔六〕虎竹：刺史符信。漢代有銅虎符、竹使符，爲刺史的信物，唐代改用銅魚符。漢書文帝紀：三年「九月，初與郡守爲銅虎符、竹使符。」應劭曰：「銅虎符第一至第五，國家當發兵遣使者，至郡合符，符合乃聽受。」

〔七〕周旋：指宴會上進退揖讓等行動。禮記射義：「進退周還必中禮。」還，通旋。

〔八〕海陸珍：猶言山珍海味。洛陽伽藍記卷三城南：「（高陽王）雍嗜口味，厚自奉養，一日（食）必以數萬錢爲限，海陸珍羞，方丈于前。」

〔九〕丸劍：一種在繩索上舞弄鈴、劍的雜技。文選卷二張衡西京賦：「跳丸劍之揮霍，走索上而相逢。」張銑注：「丸，鈴也。揮霍，鈴劍上下貌。」

〔一〇〕單醪：猶言一尊酒。單，通簞，盛食器。文選卷三十五張協七命：「單醪投川，可使三軍告捷。」李善注引黄石公記：「昔良將之用兵也，人有饋一簞之醪，令衆迎流而飲之。夫一簞之醪，不味一河，而三軍思爲致死者，以滋味及之也。」

〔一一〕大醵：大飲。醵（jù），會聚飲食。同欣：同樂。

司空主簿琴席〔一〕

烟華方散薄〔二〕，蕙氣猶含露。澹景發清琴，幽期默玄悟〔三〕。留連白雪意〔四〕，斷續回風度。掩抑雖已終〔五〕，忡忡在幽素〔六〕。

【校】

〔散薄〕遞修本作「散簿」。　〔玄〕原校「一作云」。

【注】

〔一〕主簿：官名，地方各縣、中央御史臺及各卿寺監均有主簿，品級自從九品上至從七品上不等。司空主簿：疑爲司空曙。全唐詩卷二百七十八戴叔倫有洛陽早春憶吉中孚校書司空曙主簿因寄清江上人詩，爲大曆後期作。若然，此詩當大曆九年左右在長安作。

〔二〕薄：林薄，草木叢生處。楚辭涉江：「露申辛夷，死林薄兮。」王逸注：「叢木曰林，草木交錯曰薄。」

〔三〕幽期：秘密約會，此指琴聲中暗寓的旨意。玄悟：深刻領會。

〔四〕白雪意：樂曲中高雅情意。宋玉對楚王問：「客有歌于郢中者，其始曰下里巴人，國中屬而和者數千人。其爲陽阿薤露，國中屬而和者數百人。其爲陽春白雪，國中屬而和者不過數十人。……是其曲彌高，其和彌寡。」

〔五〕掩抑：低沉，指琴聲。王融詠琵琶：「掩抑有奇態，凄鏘多好聲。」

〔六〕忡忡：憂愁貌。詩召南草蟲：「未見君子，憂心忡忡。」幽素：指恬退淡泊的情懷。

〔評〕

劉辰翁：古調古心，迥無俗韵。（張習本）

袁宏道：澹婉處似何、沈律祖。（參評本）

張謙宜：弦外有音。（絸齋詩談卷五）

與村老對飲〔一〕

鬢眉雪色猶嗜酒，言辭淳樸古人風。鄉村年少生離亂，見話先朝如夢中。

〔注〕

〔一〕詩中「離亂」當指安史之亂，「先朝」當謂玄宗朝，安史亂中出生者已成長爲「少年」，詩當爲代宗朝作。

卷二

寄贈上

城中卧疾知閣薛二子屢從邑令飲因以贈之〔一〕

車馬日蕭蕭〔二〕，胡不枉我廬。方來從令飲，卧病獨何如。秋風起漢皋〔三〕，開户望平蕪〔四〕。即此慭音素〔五〕，焉知中密疏。渴者不思火，寒者不求水〔六〕。人生羈寓時，去就當如此〔七〕。猶希心異迹〔八〕，眷眷存終始〔九〕。

【校】

〔題〕唐詩紀事卷二十六作城中卧疾和閣薛二子屢從邑令飲。〔車〕原校「一作良」。〔枉〕原校「一作在」。〔漢〕原校「一作江」。〔慭〕原校「一作稀」，活字本、唐詩品彙卷十四作「稀」。〔素〕原校「一作表」。〔寓〕原校「一作旅」，叢刊本作「旅」。〔猶希句〕原校「一作從利心迹異」。

【注】

〔一〕依編次，詩當爲早年作。

閻、薛二子：韋應物友人。唐詩紀事卷二十六：「（閻）防與薛據在終南山豐德寺讀書，韋蘇州有城中卧疾和閻薛二子屢從邑令飲詩云，……防在開元、天寶間有文稱，岑參、孟浩然、韋蘇州有贈章，然不知得罪謫長沙之故也。」按，閻防之謫見孟浩然湖中旅泊寄閻九司户防詩，時在開元末，薛據則爲開元十九年進士，見登科記考卷七，二人年輩遠長于韋應物，故此詩中之閻、薛二子非閻防、薛據，其名未詳。

〔二〕蕭蕭：馬鳴聲。詩小雅車攻：「蕭蕭馬鳴。」

〔三〕漢皋：山名，在今湖北襄陽西。太平寰宇記卷一百四十五襄州襄陽縣：「萬山在縣西八里，一名漢皋山。習鑿齒襄陽記云：『山北隔沔水，父老相傳即交甫見游女弄珠處。』」考韋應物行踪，與襄陽無涉，「漢」疑當以作「江」爲是。

〔四〕平蕪：雜草繁茂的原野。高適春日田家：「出門何所見，春色滿平蕪。」

〔五〕愫：同吝。音素：猶音情，指音問往來。

〔六〕「渴者」二句：意謂渴者當求水，寒者當求火，喻己于羈寓卧病孤獨之時，尤需友情。

〔七〕去就：去留、進退。荀子樂論：「唱和有應，善惡相象，故君子慎其所去就也。」

〔八〕心異迹：謂内心與行事不同。謝靈運齋中讀書：「矧乃歸山川，心迹兩寂寞。」

〔九〕終始：謂始終如一。書咸有一德：「終始如一，時乃日新。」

〔評〕

劉辰翁：真素悃款，亦今人所羞道。或者，更發之爲恨耳。（張習本）

鍾惺：非不和平，説到世情逼人處，亦自慷慨不覺。〔卧病句〕婉而麗。（朱墨本）

譚元春：「心異迹」三字妙，交道暢然。（朱墨本）

聽嘉陵江水聲寄深上人〔一〕

鑿崖泄奔湍，稱古神禹迹〔二〕。夜喧山門店，獨宿不安席〔三〕。水性自云靜，石中本無聲。如何兩相激，雷轉空山驚〔四〕。貽之道門舊〔五〕，了此物我情。

〔校〕

〔云〕原校「一作爲」。〔舊〕全唐詩校「一作友」。

〔注〕

〔一〕詩疑爲早年作。

嘉陵江：源出陝西鳳縣，流經今四川省，注入長江。大明一統志卷六十八保寧府：「嘉陵江，源出陝西鳳縣嘉陵谷，經廣元、昭化，過劍州，至保寧府，其曰閬水、巴水、渝水、漢水，皆此江之異名。」保寧府即唐之閬州。韋應物入蜀之事不詳。上人：對僧人的敬稱。深上人，未詳。

〔二〕神禹迹：大禹治水的遺迹。大明一統志卷六十八保寧府：「禹迹山，在南部縣東三十里，舊傳禹治水經此，故名。」

〔三〕安席：猶安睡。戰國策楚策一：「寡人卧不安席，食不甘味，心摇摇如懸旌而無所終薄。」

〔四〕「如何」二句：淮南子齊俗：「故水激則波興，氣亂則智昏。」元結小回中：「水石相沖激，于中爲小回。」李白蜀道難：「飛湍瀑流争喧豗，砯崖轉石萬壑雷。」

〔五〕道門：修道之門，此指佛門。

〔評〕

黄徹：應物聽嘉陵江聲云：「水性自云静，石中本無聲，如何兩相激，雷轉空山驚。」贈能吟李儋詩云：「絲桐本異質，音響合自然。吾觀造化意，二物相因緣。」……此皆窮本探妙，超出準繩外，不特狀寫景物也。（碧溪詩話卷六）

袁宏道：蘇長公得意處不能出此。（參評本）

譚元春：水何嘗「自云」，妙，妙。（朱墨本）

鍾惺：胸中無領會，如何吐得此語。（朱墨本）

沈德潛：兩静相遇則動生，天地化機，忽然寫出。（唐詩别裁卷三）

高陵書情寄三原盧少府〔一〕

直方難爲進〔二〕，守此微賤班〔三〕。開卷不及顧，沉埋案牘間〔四〕。兵凶久相踐，徭賦豈得閑〔五〕。促戚下可哀〔六〕，寬政身致患〔七〕。日夕思自退，出門望故山。君心儻如此，攜手相與還。

〔校〕

〔久〕叢刊本作「互」。　〔徭〕原爲墨釘，元修本作「詩」，此據遞修本、活字本、叢刊本、唐詩品彙卷十四、全唐詩補。

〔注〕

〔一〕詩肅宗朝在京兆府高陵縣尉任上作。高陵，唐京兆府屬縣名，今屬陝西。丘丹韋應物墓誌：「以蔭補右千牛，改□羽林倉曹，授高陵尉、廷評、洛陽丞、河南兵曹、京兆功曹。」韋應物代宗廣德、永泰中爲洛陽丞，其任高陵尉當在肅宗至德、乾元中。三原：唐京兆府屬縣名，故治在今陝西三原東北。少府：唐時對縣尉的通稱。盧少府，名未詳。

〔二〕直方：直而不彎，方而不圓，謂處世正直耿介。

〔三〕微賤班：謂官職品秩低微。高陵爲畿縣，縣尉正九品下，見新唐書百官志四下。

〔四〕案牘：官府文書。謝朓落日悵望：「情嗜幸非多，案牘偏爲寡。」

〔五〕兵凶：戰爭與天災。踐：踐踏，蹂躪。據舊唐書代宗紀，本年正月，昭義裴志清逐其帥薛崿，魏博田承嗣盜取洺州，又攻破衛州；二月，河陽軍亂，逐城使常休明；三月，陝州軍亂，逐觀察使李國清；十月，昭義節度使李承昭與田承嗣戰。徭賦：徭役與賦稅。

〔六〕促戚：即戚促，迫促。李白空城雀：「嗷嗷空城雀，生計何戚促。」

〔七〕寬政：謂輕徭役、薄賦斂等。按元結賊退示官吏：「今來典斯郡，山夷又紛然。城小賊不屠，人貧傷可憐。……今彼徵斂者，迫之如火煎。誰能絶人命，以作時世賢？思欲委符節，引竿自刺船。將家就魚麥，歸老江湖邊。」此詩命意與之略同。

〔評〕

劉辰翁：無限黯惻。（參評本）

劉熙載：韋蘇州憂民之意如元道州，試觀高陵書情云：「兵凶久相踐，徭賦豈得閑。促戚下可哀，寬政身致患。日夕思自退，出門望故山。」此可與春陵行、賊退示官吏作并讀，但氣別婉勁耳。（藝概詩概）

假中對雨呈縣中僚友〔一〕

郤足甘爲笑〔二〕，閑居夢杜陵〔三〕。殘鶯知夏淺，社雨報年登〔四〕。流麥非關忘〔五〕，收書獨不能〔六〕。自然憂曠職〔七〕，緘此謝良朋。

【校】

〔甘〕原校「一作堪」。　〔社〕原校「一作時」。

【注】

〔一〕此詩當肅宗朝在高陵尉任上作。

〔二〕郤足：謂跛足，此亦雙關仕途偃蹇。郤，指郤克，春秋晉人。左傳宣公十七年：「晉侯使郤克徵會于齊，齊頃公帷婦人使觀之。郤子登，婦人笑于房。」正義：「沈氏引穀梁傳云，魯行父禿，晉郤克跛，衛孫良夫眇，曹公子首傴，故婦人笑之。是以知郤克跛也。」疑韋應物時病足，故云。

〔三〕杜陵：在今陝西西安東南。元和郡縣圖志卷一京兆府萬年縣：「杜陵在縣東南二十里，漢宣帝陵也。」唐時杜陵樊川爲韋、杜二族聚居之地。輯本辛氏三秦記：「城南韋、杜，去天尺五。」杜甫贈韋七贊善：「爾家最近魁三象，時論同歸尺五天。」韋應物爲京兆杜陵人，見元和姓纂卷二。

〔四〕殘鶯：稀疏的鶯聲。夏淺：入夏不久。社雨：社日所降之雨。歲時廣記卷十四引提要録：「社公、社母舊不食水，故社日必雨，謂之社翁雨。」年登：豐收。

〔五〕「流麥」句：後漢書高鳳傳：「少爲書生，家以農畝爲業，而專精誦讀，晝夜不息。妻嘗之田，曝麥于庭，令鳳護鷄。時天暴雨，而鳳持竿誦經，不覺潦水流麥。妻還怪問，鳳方悟之。」梁元帝與學生書：「漢人流麥，晉人聚螢。」

〔六〕「收書」句：晉書宣穆張皇后傳：「宣帝初辭魏武之命，托以風痹。嘗暴書，遇暴雨，不覺自起收之。家惟有一婢見之，后乃恐事泄致禍，遂手殺之以滅口，而親自執爨。」

〔七〕曠職：曠廢公務。

贈蕭河南〔一〕

厭劇辭京縣〔二〕，褒賢待詔書。鄭侯方繼業〔三〕，潘令且閑居〔四〕。霽後三川冷〔五〕，秋深萬木疏。對琴無一事，新興復何如？

〔校〕

〔深〕原校「一作餘」。

〔注〕

〔一〕詩永泰中在洛陽作。河南：縣名，唐屬河南府，今河南洛陽市。蕭河南：蕭姓河南縣令，時罷任閑居，名未詳。

〔二〕劇：謂公務繁雜。京縣：京都所在之縣。唐代以京兆之萬年、長安，東都之河南、洛陽，北都之太原、晉陽等六縣爲京縣。參見唐六典卷三十。

〔三〕酇侯：指蕭何。史記蕭相國世家：「漢五年，既殺項羽，定天下，論功行封。……高祖以蕭何功最盛，封爲酇侯。」

〔四〕潘令：潘岳，曾爲河陽、懷縣、長安令。晉書潘岳傳：「既仕宦不達，乃作閑居賦曰：『岳……逮事世祖武皇帝，爲河陽、懷令，尚書郎，廷尉評。……除長安令，遷博士，未召拜，親疾，輒去官免。……仍作閑居賦以歌事遂情焉。』」

〔五〕三川：秦郡，治今河南洛陽。元和郡縣圖志卷五河南府：「昭襄王立爲三川郡。三川，伊、洛、河也。」

〔評〕

袁宏道：全首俱稱，後一聯更似盛唐佳句。（參評本）

示從子河南尉班〔一〕并序

永泰中，余任洛陽丞，以撲抶軍騎，時從子河南尉班，亦以剛直爲政，俱見訟於居守〔二〕。因詩示意。府縣好我者，豈曠斯文。

拙直余恒守〔三〕，公方爾所存〔四〕。同占朱鳥尅，俱起小人言〔五〕。立政思懸棒〔六〕，謀身類觸藩〔七〕。不能林下去〔八〕，祇戀府廷恩。

〔校〕

〔藩〕叢刊本作「籓」。

〔注〕

〔一〕詩永泰元年在洛陽丞任上作。從子：兄弟之子。河南：縣名，今河南洛陽，見前詩注。河南京縣，縣尉六人，從八品下。班：韋班。新唐書宰相世系四上韋氏逍遥公房：「班，衡州刺史。」據世系表，班爲後周逍遥公韋夐七世孫，韋應物爲韋夐六世孫，故班爲應物從子。杜甫上元中有憑韋少府班覓松樹子栽、涪江泛舟送韋班歸京等詩，即其人。

〔二〕永泰：唐代宗年號，僅一年（七六五），次年十一月，改元大曆。丞：縣丞，縣令佐貳。洛陽京縣，縣丞二人，從七品上，見新唐書百官志四下。撲抶（chì）：鞭打。見訟：被控告。居守：留守，此指東都留守。開元十一年，太原亦置尹及少尹，以尹爲留守，少尹爲副留守，與京兆、河南合稱爲「三都留守」，見新唐書百官志四下。據唐刺史考全編卷四八，廣德二年至大曆三年王縉持節都統河南、淮西、山南東諸節度行營事，兼東都留守。

〔三〕拙直：愚直。三國志蜀書諸葛亮傳載亮上後主表：「臣賦性拙直，遭時艱難。」陶潛歸園田居：「開荒南野際，守拙歸園田。」

〔四〕公方：公正。文選卷三十八任昉爲范尚書讓吏部封侯第一表：「在魏則毛玠公方，在晉則山濤識量。」李善注引先賢行狀：「玠識量雅正。」

〔五〕「同占」二句：謂己與韋班同犯小人口舌。史記天官書：「南宮朱鳥，……柳爲鳥注。」索隱引孫炎曰：「喙，朱鳥之口，柳其星聚也。」故星相家以犯口舌爲占朱鳥尅。

〔六〕立政：臨政，處理政務。懸棒：在門上懸掛五色棒，表示法令嚴明，言出法隨。三國志魏志武帝紀：「除洛陽北部尉，遷頓丘令。」裴松之注引曹瞞傳：「太祖初入尉廨，繕治四門，造五色棒，縣（懸）門左右各十餘枚，有犯禁者，不避豪强，皆棒殺之。後數月，靈帝愛幸小黄門蹇碩叔父夜行，即殺之。京師斂迹，莫敢犯者。」

〔七〕藩：籬笆。易大壯：「羝羊觸藩，羸其角。」疏：「藩，藩籬也。」郭璞游仙詩：「進則保龍見，退爲觸藩羝。」

〔八〕林下去：謂歸隱田園。靈澈東林寺酬韋丹刺史：「相逢盡道休官好，林下何曾見一人。」

趨府候曉呈兩縣僚友〔一〕

趨府不遑安，中宵出户看。滿天星尚在，近壁燭仍殘。立馬頻驚曙，垂簾却避寒。可憐同宦者，應悟下流難〔二〕。

【校】

〔仍〕原校「一作猶」，遞修本作「猶」。　〔應〕原校「一作始」。

【注】

〔一〕詩永泰元年在洛陽丞任上作。

趨府：趨赴公府參見長官。趨，疾行。府，此指河南府尹公廨。獨孤及送江陵全少卿赴府任：「固是攀雲漸，何嗟趨府勞。」兩縣：指河南府所轄河南、洛陽兩京縣。

〔二〕下流：謂地位或官職卑微。論衡逢遇：「或高才潔行，不遇，退在下流。」蔡邕漢太尉楊公碑：「惟我下流二三小臣。」

〔評〕

袁宏道：以三、四爲警策者淺。（參評本）

贈李儋〔一〕

絲桐本異質〔二〕，音響合自然。吾觀造化意〔三〕，二物相因緣〔四〕。誤觸龍鳳嘯〔五〕，靜聞寒夜泉〔六〕。心神自安宅〔七〕，煩慮頓可捐。何因知久要〔八〕，絲白漆亦堅〔九〕。

〔校〕

〔合〕原校「一作今」。

〔注〕

〔一〕據編次，詩當爲永泰中或大曆初作。李儋：韋應物密友，二人詩歌唱和甚多。據韋詩，儋曾官殿中侍御史，建中中，參太原馬燧幕府，餘未詳。

〔二〕絲桐：絲綫與桐木。古代以桐木製琴，練絲爲弦，故常以絲桐代琴。王粲七哀詩：「絲桐感人情，爲我發悲音。」

〔三〕造化：大自然，創造化育萬物的主宰。莊子大宗師：「今一以天地爲大鑪，以造化爲大冶。」

〔四〕因緣：梵語尼陀那的意譯，指產生某種結果的直接原因以及促成這種結果的條件。四十二章經卷十三：「沙門問佛，以何因緣，得知宿命，會其至道。」

〔五〕龍鳳嘯：猶龍鳳吟，謂聲音清越高亢如龍吟鳳嘯。

〔六〕寒夜泉：亦喻琴聲。樂府詩集卷六十琴曲有李冶三峽流泉歌。岑參有秋夕聽羅山人彈三峽流泉詩。

〔七〕安宅：安居，指心神安定。

〔八〕久要：平生的期約。論語憲問：「久要不忘平生之言。」

〔九〕絲白：喻志行高潔。漆堅：喻交誼深厚牢固。參見卷一擬古詩十二首其十一注〔五〕。

〔評〕

葛立方：韋應物聽嘉陵江聲云：「水性自云靜，石中本無聲。如何兩相激，雷轉空山鳴。」贈李儋云：「絲桐本異質，音響合自然。吾觀造化意，二物相因緣。」二詩意頗相類，然應物未曉所謂非因非緣，亦非自然者。（韻語陽秋卷十三）

鍾惺：清深近古。（朱墨本）

贈盧嵩〔一〕

百川注東海，東海無虛盈〔二〕。泥滓不能濁，澄波非益清〔三〕。恬然自安流，日照萬里晴。雲物不隱象，三山共分明〔四〕。奈何疾風怒，忽若基柱傾〔五〕。海水雖無心，洪濤亦相驚。怒號在倏忽，誰識變化情。

〔校〕

〔基〕全唐詩作「砥」。

〔注〕

〔一〕依原集編次，詩永泰中在洛陽作。盧嵩：事迹未詳。韋應物在洛陽任時，有期盧嵩枉書稱日暮無馬不赴以詩答、酬盧嵩秋夜見寄五韵等詩。此詩以大海喻人之喜怒無常，然未悉其爲盧嵩作抑或別有所指。

〔二〕「百川」二句：莊子秋水：「秋水時至，百川灌河。」又云：「天下之水，莫大于海。萬川歸之不知何時止而不盈，尾閭泄之不知何時已而不虛。」

〔三〕「泥滓」二句：後漢書黃憲傳：「黃憲字叔度。汝南慎陽人也。……郭林宗少游汝南，先過袁閬，不宿而退。進往從憲，累日方還。或以問林宗。林宗曰：『奉高之器，譬諸汎濫，雖清而易挹。叔度汪汪若千頃陂，澄之不清，淆之不濁，不可量也。』」奉高，袁閬字。

〔四〕三山：相傳海中有蓬萊、方丈、瀛洲三神山。史記封禪書：「自威、宣、燕昭使人入海求蓬萊、方丈、瀛洲。此三神山者，其傳在勃海中，去人不遠。患且至，則船風引而去。蓋嘗有至者，諸仙人及不死之藥皆在焉。其物禽獸盡白，而黃金銀爲宮闕。未至，望之如雲；及到，三神山反居水下。臨之，風輒引去，終莫能至云。」

〔五〕基柱：屋基與承梁柱。子華子：「大築垣墉者務其高而不務其實，高不隱仞而基傾之矣。」盧照鄰五悲：「石樓摧折兮柱將傾。」

寄馮著〔一〕

春雷起萌蟄〔二〕，土壤日已疏。胡能遭盛明，才俊伏里閭〔三〕。俛仰遂真性，所求唯斗儲〔四〕。披衣出茅屋，盥漱臨清渠。吾道亦自適，退身保玄虛〔五〕。幸無職事牽，且覽案上書。親友各馳騖〔六〕，誰當訪弊廬。思君在何夕，明月照廣除〔七〕。

〔注〕

〔一〕詩永泰二年春在洛陽作，時已罷洛陽丞閑居。

馮著：韋應物密友。元和姓纂卷一河間馮氏：「監察御史馮師古，孫著、魯。著，左補闕。」據韋應物詩，馮著貞元初曾任緱氏尉，攝洛陽尉；貞元四年爲廣州録事參軍。馮著約貞元八年官左補闕，見盧綸玩春因寄馮衛二補闕戲呈李益詩，參見陶敏全唐詩人名彙考。

〔二〕萌蟄：草木萌發，蟄蟲蘇醒。禮記月令仲春之月：「是月也，日夜分，雷乃發聲。始電，蟄蟲咸動，啟户乃出。」

〔三〕里閭：里巷，鄉里。古詩十九首：「思還故里閭，欲歸道無因。」

〔四〕斗儲：升斗之儲，言存糧極少。樂府詩集卷三七東門行古辭：「盎中無斗儲，還視桁上無懸衣。」左思詠史詩：「外望無寸禄，内顧無斗儲。」

〔五〕玄虛：謂神志清明，性情沈静。三國志魏志管寧傳：「（胡昭）玄虛静素，有夷、皓之節。」

〔六〕馳騖：奔走。史記李斯傳：「今秦王欲吞天下，稱帝而治，此布衣馳騖之時而游説者之秋也。」

〔七〕除：階庭。謝惠連七月七日夜咏牛女詩：「蹀足循廣除，瞬目矖曾穹。」

〔評〕

劉辰翁：曠懷近陶，豈是旨趣相擬。（參評本）

早春對雪寄前殿中元侍御〔一〕

掃雪開幽徑，端居望故人。猶殘臘月酒〔二〕，更值早梅春。幾日東城陌，何時曲水濱〔三〕？聞閑且共賞，莫待繡衣新〔四〕。

〔注〕

〔一〕詩大曆初在洛陽閑居時作。殿中侍御：即殿中侍御史，屬御史臺。新唐書百官志三御史臺：「殿中侍御史九人，從七品下，掌殿庭供奉之儀，京畿諸州兵皆隸焉。」元侍御：名未詳。詩稱「前殿中侍御」，蓋時亦罷職。韋應物有同德寺雨後寄元侍御李博士、同德閣期元侍御李博士不至各投贈二首等詩，知元侍御大曆初與韋應物同在洛陽。參見附録簡譜。

〔二〕臘月酒：農曆十二月所釀之酒。

〔三〕曲水：古代風俗，三月上巳飲宴于水濱，以祓除不祥，稱爲曲水。

〔四〕繡衣：漢代侍御史官服。漢書百官公卿表上：「侍御史有繡衣直指，出討奸猾，治大獄，武帝所制，不常置。」師古曰：「衣以繡者，尊寵之也。」繡衣新，謂得到新的任命。

贈王侍御〔一〕

心同野鶴與塵遠〔二〕，詩似冰壺見底清〔三〕。府縣同趨昨日事〔四〕，升沈不改做人情。上陽秋晚蕭蕭雨〔五〕，洛水寒來夜夜聲。自嘆猶爲折腰吏〔六〕，可憐驄馬路傍行〔七〕。

〔校〕

〔吏〕原校「一作客」。

〔注〕

〔一〕詩廣德中在洛陽丞或大曆中河南府兵曹參軍任上作。

侍御：唐人對殿中侍御史、監察御史的通稱。因話録卷五：「御史臺三院：一曰臺院，其僚曰侍御史，衆呼曰端公；……二曰殿院，其僚曰殿中侍御史，衆呼爲侍御；……三曰察院，其僚曰監察御史，衆呼亦曰侍御。」王侍御，名未詳。此詩亦見嘉靖刊張司業詩集卷四，全唐詩卷三八五亦作張籍詩。佟培基全唐詩重出誤收考以爲張籍作，云：「按詩題中之王侍御爲王建，建任太府丞、秘書丞、侍御史改官陝州司馬，張籍有酬王秘書閑居丞見寄、寄王六侍御、贈别王侍御赴任陝州司馬等詩，且多稱王建之詩……」按張籍自太祝歷博士、秘書郎、水部員外郎、主客郎中、國子司業等職，無詩中所云與王建同在洛陽「府縣同趨」之經歷，且此詩見于王欽臣所編定之韋應物集，今傳世之宋、元舊槧均載，故未可遽斷爲張籍作。

〔二〕野鶴：鶴性孤高，性愛林野，故多以喻隱士。劉長卿送方外上人：「孤雲將野鶴，豈向人間住。」

〔三〕「詩似」句：鮑照代白頭吟：「直如朱絲繩，清如玉壺冰。」

〔四〕「府縣」句：蓋指己爲洛陽丞事，時王侍御當爲其同官，參見前趨府候曉呈兩縣僚友注〔一〕。

〔五〕上陽：洛陽宫名。永樂大典本河南志：「上陽宫，在皇城之西南隅，上元中置。南臨洛水，西距穀水，東面即皇城、右掖門之南。上元中，司農卿韋機造。大帝末年，常居此宫聽政。初，大帝登洛水高岸，有臨眺之美，詔機于其所營宮，宮成，移御之。」

〔六〕折腰吏：屈身事人的州縣小吏。晉書陶潛傳：「以（潛）爲彭澤令。……郡遣督郵至縣，吏白應束帶見之，潛嘆曰：『吾不能爲五斗米折腰，拳拳事鄉里小人邪！』義熙二年，解印去縣，乃賦歸去來。」

〔七〕可憐：可愛。驄馬：青白色的馬，此借指王侍御坐騎。後漢書桓典傳：「拜侍御史。是時宦官秉權，典執政無所回避。常乘驄馬，京師畏憚，爲之語曰：『行行且止，避驄馬御史。』」

〔評〕

曾悝：東湖喜韋蘇州贈王侍御詩「心如野鶴與塵遠，詩似冰壺見底清」一篇，真佳句也。（艇齋詩話）

黄徹：韋應物贈李（王）侍御云：「心同野鶴與塵遠，詩似冰壺徹底清。」又雜言送人（送黎六郎）云：「冰壺見底未爲清，少年如玉有詩名。」此可爲用事之法，蓋不拘故常也。（碧溪詩話卷三）

袁宏道：三、四似杜淒感沈着者，五、六自是中唐絶調。（參評本）

將往江淮寄李十九儋〔一〕

余自西京至，李又發河洛，同道不遇。

燕燕東向來〔二〕，文鴳亦西飛〔三〕。如何不相見，羽翼有高卑。徘徊到河洛〔四〕，華屋未及窺〔五〕。秋風飄我行，遠與淮海期〔六〕。回首隔烟霧，遥遥兩相思。陽春自當返，短翮欲追隨〔七〕。

〔注〕

〔一〕詩大曆四年秋自京洛赴揚州途中作。江淮：長江、淮水。時韋應物取道洛陽，渡淮水，赴長江濱之揚州。李儋：參見前贈李儋注〔一〕。

〔二〕燕燕：即燕子，此以自喻。詩邶風燕燕：「燕燕于飛，參差其羽。」

〔三〕文鵷：即鵷雛，鸞鳳之屬。莊子秋水：「南方有鳥，其名鵷雛。」鳳皇五彩成文，故稱文鵷，此以喻李儋，時儋當自洛陽赴長安，故云「西飛」。

〔四〕河洛：指洛陽，爲黄河、洛水交會處。

〔五〕華屋：有畫飾之房屋，此指李儋在洛陽之第宅。李白秋浦感主人歸燕寄内：「豈不戀華屋，終然謝珠簾。」

〔六〕淮海：指揚州。書禹貢：「淮海惟揚州。」傳：「北據淮，南距海。」

〔七〕短翮：短羽，指小鳥，此以自喻。翮，鳥翅大翎。鮑照贈傅都曹别：「短翮不能翔，徘徊烟霧裏。」何遜初發新林：「短翮忘連翩，追飛羡容與。」

自鞏洛舟行入黄河即事寄府縣僚友〔一〕

夾水蒼山路向東，東南山豁大河通。寒樹依微遠天外，夕陽明滅亂流中〔二〕。孤村幾歲臨伊岸〔三〕，一雁初晴下朔風〔四〕。爲報洛橋游宦侶〔五〕，扁舟不繫與心同〔六〕。

〔校〕

〔夾水〕唐詩品彙卷八十六作「綠水」。

〔注〕

〔一〕詩大曆四年秋赴揚州途中作。

鞏洛：鞏縣與洛水。元和郡縣圖志卷五河南府鞏縣：「黄河，西自偃師縣界流入。……洛水，東經洛汭，北對琅琊渚入河，謂之洛口。」府縣僚友，指河南府及河南、洛陽兩縣同僚。

〔二〕亂流：指衆多水流，時韋應物經洛水入黄河處，故云。鮑照日落望江贈荀丞：「亂流灇大壑，長霧匝高林。」

〔三〕伊岸：伊水畔。元和郡縣圖志卷五河南府河南縣：「伊水在縣東南十八里。」水經注伊水：「伊水出南陽縣西蔓渠山，……又東北至洛陽縣南，北入于洛。」

〔四〕「一雁」句：鮑照日落望江寄荀丞：「惟見獨飛鳥，千里一揚音。推其感物情，則知游子心。」此師其意。

〔五〕洛橋：洛陽洛水上之天津橋，參見卷一揚州偶會前洛陽盧耿主簿注〔六〕。

〔六〕扁舟：小船。莊子列御寇：「巧者勞而智者憂，無能者無所求，飽食而遨游，泛若不繫之舟，虛而遨游者也。」賈誼鵩鳥賦：「澹乎若深淵之静，泛乎若不繫之舟。」

〔評〕

郭濬：景與興會，絶似盛唐，只「孤村」自露本色。（增定評注唐詩正聲）

李攀龍：〔寒樹二句〕饒有幽致。〔孤村二句〕造意辛苦，寫景入微，然亦不做作。（唐詩廣選）瀟灑不乏法度。（唐詩訓解）

袁宏道：「一雁初晴」語，入畫。（參評本）

邢昉：韋詩別有一種至處，真色外色、味外味也。（唐風定）

金聖嘆：讀一、二，如讀水經注相似，便將自洛入河一路心眼都寫出來。又如讀莊子外篇秋水相似，便將「出于涯涘」、「乃知爾醜」，向不「至于子之門」，實「見笑于大方之家」一段慚愧快活都寫出來也。三、四「寒樹」、「遠天」、「夕陽」、「亂流」，言山豁河通後，有如許境界也。五、六正雙寫末句「不繫」之「心」也。「伊岸」、「孤村」，爲時已久，「朔風」、「一雁」，現見初下，然而今日扁舟適來相遇，我直以爲村亦不故，雁亦不新。何則？若言村故，則我今寓目，本自嶄新；若言雁新，則頃刻舟移，又成故迹，此真將何所繫心于其間也乎。（貫華堂選批唐才子詩甲集卷五上）

趙臣瑗：一寫自鞏縣之洛水，迤邐而來，不知幾許道路。但俯而觀水，水則綠也；仰而觀山，山則蒼也；及志其所向之路，路皆東也：一何瀟灑乃爾！二忽然向南，忽然山豁，忽然河通，遂換出一極蒼茫浩蕩之境界來。只此二語，已不是尋常筆墨。三、四但見遠天之外有景依微，非寒樹乎？亂流之中有光明滅，非夕陽乎？此真是乍出口時光景，固不得寫向後邊也。五、六久之而後遇孤村，又久之而後見一雁，此真是岸轉風（峰）回時光景，固不得寫向前邊也。要之，皆從「扁舟不繫」中領略其一、二者，如此亦何嘗有所沾滯眷戀于其間哉！七、八爲報游宦，使之猛省，而却借扁舟之不繫，輕輕帶出「心」字，立言之妙，一至于此。（山滿樓箋注唐詩七言律）

屈復：起亦高亮。三、四寫景頗稱。五、六又寫景，皆成呆句。若將五、六寫情，則與下「與心同」三字相應矣。然外貌可觀。（唐詩成法）

沈德潛：〔寒樹句〕畫本。〔夕陽句〕畫亦難到。「鷺鷀飛破夕陽烟」，「水面回風聚落花」，「芰荷翻雨潑鴛鴦」，同是名句，然皆作意求工，少天然之致矣。山水雲霞，皆成圖繪，指點顧盼，自然得之，纔是古人佳處。（唐詩別裁卷十四）

紀昀：三、四名句，歸愚所謂上句「畫句」，下句畫亦畫不出也。（瀛奎律髓彙評卷三十四）

許印芳：第六句亦佳。次聯與首聯不粘。（同前）

張世煒：左司古體得柴桑之勝，七律亦具蕭散之致，與佻染、哆悦者不同。（唐七律雋）

方東澍：起敘行程破題，歷歷分明。中二聯寫景如畫。五、六切地切時，其妙遠似文房。收寄友。古人無不顧題，還題如是。（昭昧詹言卷十八）

王壽昌：唐人之詩，有清和純粹可誦而可法者，如……韋應物之「夾水蒼山路向東……」（小清華園詩談卷下）

寄盧庾〔一〕

悠悠遠離別，分此歡會難。如何兩相近，反使心不安。亂髮思一櫛，垢衣思一浣協韻。豈如望友生〔二〕，對酒起長嘆。時節異京洛〔三〕，孟冬天未寒。廣陵多車馬〔四〕，日夕自游盤〔五〕。獨我何耿耿〔六〕，非君誰爲歡。

〔校〕

〔分〕唐詩品彙卷十四作「念」。〔浣〕叢刊本作「涴」。盧文弨羣書拾補：「涴，譌。」

〔注〕

〔一〕詩大曆四年十月在揚州作。

盧庾：韋應物友人，時與韋同在揚州，其生平未詳。集中與盧康字子西者唱和甚多，未知與此有關否。

〔二〕友生：友人。詩小雅常棣：「雖有兄弟，不如友生。」

〔三〕京洛：此指洛陽，唐時爲東都。

〔四〕廣陵：即揚州，今屬江蘇。舊唐書地理志三淮南道：「揚州大都督府，……天寶元年改爲廣陵郡，依舊大都督府。乾元元年復爲揚州。」

〔五〕游盤：猶盤游，游樂，留連忘返。書五子之歌：「乃盤游無度。」傳：「盤樂游逸無法度。」

〔六〕耿耿：煩燥不安貌。詩邶風柏舟：「耿耿不寐，如有隱憂。」

〔評〕

陸時雍：情深，有不見著情之妙。（唐詩鏡）

發廣陵留上家兄兼寄上長沙〔一〕

將違安可懷〔二〕，宿戀復一方〔三〕。家貧無舊業，薄宦各飄颺。執板身有屬〔四〕，淹時心恐惶〔五〕。拜言不得留，聲結淚滿裳。漾漾動行舫〔六〕，亭亭遠相望〔七〕。離晨苦須臾，獨往道路長。蕭條風雨過，得此海氣涼。感秋意已違，況自結中腸〔八〕。推道固當遣，及情豈所忘。何時共還歸，舉翼鳴春陽。

〔注〕

〔一〕詩大曆五年自揚州北歸洛陽時作。

廣陵：即揚州，見前詩注〔四〕。家兄：史佚其名。長沙：即潭州，天寶元年改爲長沙郡，乾元元年復舊。詩蓋爲留別其兄兼寄長沙親友而作，「長沙」下疑有奪文。

〔二〕違：乖違，離別。此指揚州之「家兄」。

〔三〕宿戀：久懷思念。此指長沙之親友。據詩首四句，在長沙者似亦韋應物之兄弟行。

〔四〕執板：爲官。板，手板，即笏，官員朝見皇帝或參見上級時所執，用以書事備忘。鍾會與吴主書：「執笏之心，載在名策。」

〔五〕淹時：留滯日久。謝靈運酬從弟惠連：「洲渚既淹時，風波子行遲。」

〔六〕漾漾：水摇蕩貌。宋之問宿雲門寺：「漾漾潭際月，飄飄杉上風。」行舫：行舟。舫，有艙室的船。

〔七〕亭亭：遥遠貌。文選卷十六司馬相如長門賦：「澹偃蹇而待曙兮，荒亭亭而復明。」李善注：「亭亭，遠貌。」

〔八〕結中腸：内心鬱結。阮籍詠懷：「傾城迷下蔡，容好結中腸。」

〔評〕

鍾惺：悲厚。〔蕭條二句〕「得此」二字妙。（朱墨本）

初發揚子寄元大校書〔一〕

悽悽去親愛，泛泛入烟霧。歸棹洛陽人，殘鐘廣陵樹。今朝此爲别，何處還相遇。世事波上舟，沿洄安得住。

〔校〕

〔元大〕活字本無「大」字。

〔注〕

〔一〕詩大曆五年秋自揚州赴洛陽作。揚子：揚子津，在揚州揚子縣（今江蘇邗江縣南）。由此南渡長江至京口（今江蘇鎮江），北經運河至淮、河，爲南北交通要津。今去江已遠。苕溪漁隱叢話前集卷二十四引蔡寬夫詩話：「潤州大江，本與今揚子橋爲對岸，而瓜洲乃江中一洲耳。……今瓜洲既與揚子橋相連，自揚子距江尚三十里，瓜洲以閘爲限，則不惟潮不至揚州，亦自不至揚子矣。」校書：唐秘書省、著作局、弘文館及東宫崇文館均有校書郎，品級自從九品下至正九品上不等，掌讎校典籍，刊正文章。元大校書，疑爲元伯和。耿湋有春日書情寄元校書伯和相國元子詩。舊唐書元載傳：「載長子伯和，先是貶在揚州兵曹參軍，載得罪，命中使馳傳于揚州賜死。」元載得罪，在大曆十二年，伯和爲校書當在大曆前期。

〔評〕

劉辰翁：便是蘇州筆意，至濃至淡。〔沿洄句〕「沿洄」即「往來」，「往來」無足取。（張習本）

顧璘：〔悽悽句〕悟出此關，方脱纏繞。（朱墨本）

沈德潛：寫離情不可過於淒惋，含蓄不盡愈見情深，此種可以爲法。（唐詩别裁卷三）

淮上即事寄廣陵親故〔一〕

前舟已眇眇〔二〕，欲渡誰相待？秋山起暮鐘，楚雨連滄海。風波離思滿〔三〕，宿昔容鬢改〔四〕。獨鳥下東南〔五〕，廣陵何處在？

〔校〕

〔滿〕原校「一作遠」，叢刊本作「遠」。

〔注〕

〔一〕詩大曆五年自揚州北歸途中作。廣陵：即揚州，已見前。親故：親戚故舊。

〔二〕眇眇：微小貌。史記秦始皇本紀：「寡人以眇眇之身，興兵除暴亂。」

〔三〕「風波」句：文選卷二十九李陵與蘇武三首：「風波一失所，各在天一隅。」離思：别情。

〔四〕宿昔：早晚，言時間之短。鮑照擬古八首：「宿昔改衣帶，朝旦異容色。」謝朓和王主簿季哲怨情詩：「平生一顧重，宿昔千金賤。」

〔五〕「獨鳥」句：鮑照日落望江寄荀丞：「惟見獨飛鳥，千里一揚音。推其感物情，則知游子心。」

〔評〕劉辰翁：〔楚雨句〕好句。〔風波二句〕兩語足以極初別之懷。「獨鳥下東南」，偶然景，偶然語，亦不容再得。（朱墨本）

桂天祥：〔廣陵句〕用「在」字韵尤妙。（朱墨本）

周珽：蘇州酬寄諸詩，洗浄鉛華，獨標風骨，有深山蘭菊花發不知之况。（唐詩選脈會通評林）

王闓運：〔前舟四句〕此韋詩慣語，每見益新，不嫌空。（手批唐詩選）

寄洪州幕府盧二十一侍御〔一〕 自南昌令拜，頃同官洛陽。

忽報南昌令，乘驄入郡城〔二〕。同時趨府客，此日望塵迎〔三〕。文苑臺中妙〔四〕，冰壺幕下清〔五〕。洛陽相去遠，猶使故林榮〔六〕。

〔校〕

〔二十一〕活字本作「二十二」。

〔注〕

〔一〕詩約大曆六年在洛陽作。

洪州：州治在今江西南昌。元和郡縣圖志卷二十八：「洪州，今爲江南西道觀察使理所。」幕府：唐代節度、觀察等使可自行辟署僚佐，其衙署稱幕府，此指江西觀察使府衙署。侍御：殿中侍御史及監察御史的通稱，此爲盧二十一在江西幕中所加憲銜。參見前贈王侍御注〔一〕。盧二十一：疑爲盧耿，耿前爲洛陽主簿，時韋應物爲洛陽丞，二人同在洛陽。參見卷一揚州偶會前洛陽盧耿主簿詩。

〔二〕乘驄：用東漢桓典事，以切其御史身份，參見前贈王侍御注〔七〕。

〔三〕望塵：謂望伺其車騎揚起之灰塵。晉書潘岳傳：「岳性輕躁，趨世利，與石崇等諂事賈謐，每候其出，與崇輒望塵而拜。」

〔四〕文苑：猶文壇，文人薈萃之處。後漢書有文苑列傳。文心雕龍才略：「晉世文苑，足儷鄴都。」臺中：官署中。晉書衛瓘傳：「瓘學問深博，明習文藝，與尚書郎敦煌索靖俱善草書，時人號爲『一臺二妙』。」

〔五〕「冰壺」句：言盧爲官清正，參見前贈王侍御注〔三〕。

〔六〕故林：此猶言故園、故鄉。李白白頭吟：「東流不作西歸水，落花辭條羞故林。」

經少林精舍寄都邑親友〔一〕

息駕依松嶺〔二〕，高閣一攀緣。前瞻路已窮，既詣喜更延。出巘聽萬籟〔三〕，入林濯幽泉。鳴鐘生道心，暮磬空雲烟。獨往雖暫適，多累終見牽〔四〕。方思結茅地〔五〕，歸息期暮年〔六〕。

【校】

〔磬〕原校「一作鶴」，叢刊本作「鶴」。

【注】

〔一〕詩約大曆六年在登封作。觀詩中「獨往雖暫適，多累終見牽」語，時韋應物當在河南府兵曹參軍任，因事出使登封。參見後同德精舍養疾寄河南兵曹東廳掾詩注。

〔二〕少林精舍：即少林寺。精舍，僧徒修煉之所。大明一統志卷二十九河南府：「少林寺，在登封縣西少室山北麓，後魏時建，梁時達摩居此，面壁九年。」

〔三〕息駕：停車。曹植美女篇：「行徒用息駕，休者以忘餐。」松嶺：即崧嶺，謂嵩山。宋之問有松山嶺應制詩，即扈從武后幸嵩山作。

〔四〕巘：山，一説爲上大下小的山。萬籟：自然界各種音響。常建題破山寺後禪院：「萬籟此都寂，但餘鐘磬音。」

〔五〕多累：謂多俗務拘牽。嵇康琴賦：「瘖時俗之多累，仰箕山之餘輝。」張載招隱詩：「山林有悔悋，人間實多累。」蓋韋應物乃因出使暫來嵩山，故有此二句。

〔六〕結茅：營造簡陋居室。鮑照觀圃人藝植：「抱鍤壠上餐，結茅野中宿。」

〔七〕歸息：歸隱。

同長源歸南徐寄子西子烈有道〔一〕

東洛何蕭條〔二〕，相思邈遐路。策駕復誰游，入門無與晤。還因送歸客，達此緘中素〔三〕。屢暌心所歡〔四〕，豈得顔如故。所歡不可暌，嚴霜晨淒淒。如彼萬里行，孤妾守空閨。臨觴一長嘆，素欲何時諧〔五〕。

〔校〕

〔入門句〕原校「一作出入亦無晤」。

〔注〕

〔一〕詩約大曆六年在洛陽作。長源：鄭長源。韋應物有送鄭長源詩。南徐：州名，即潤州，州治在今江蘇鎮江。元和郡縣圖志卷二十六潤州：「晉咸和中，郗鑒自廣陵鎮于此，爲僑徐州理所。……後徐州寄理建業，又爲南兗州，後又爲南徐州。」子西：盧康字。有道：韓質字。韋應物天長寺上方別子西有道自注：「時任京兆府功曹，別田曹盧康、户曹韓質，因而有作。」子烈：名未詳。據詩，三人爲韋應物在洛陽同官，時均在潤州，故因送人而作詩寄之。

〔二〕東洛：東都洛陽，因在長安東，故稱。

〔三〕緘中素：書信。蔡邕飲馬長城窟行：「客從遠方來，遺我雙鯉魚，呼兒烹鯉魚，中有尺素書。」

〔四〕睽：睽違，分離。

〔五〕素欲：夙願。

〔評〕

劉辰翁：俱古詩句中物，一入韋手，別有憐恨。（參評本）

雪中聞李儋過門不訪聊以寄贈〔一〕

度門能不訪，冒雪屢西東。已想人如玉〔二〕，遥憐馬似驄〔三〕。乍迷金谷路〔四〕，稍變上陽宫〔五〕。還比相思意，紛紛正滿空。

〔注〕

〔一〕詩約大曆六年冬在洛陽作。

李儋：據詩中「遥憐馬似驄」句，儋時當官御史，在洛陽。餘參前贈李儋詩注。

〔二〕人如玉：謂儀容俊爽。晉書裴楷傳：「楷風神高邁，容儀俊爽，博涉群書，特精理義，時人謂之『玉人』，又稱『見裴叔則如近玉山，映照人也』。」

〔三〕馬似驄：用東漢桓典事，以切李儋之御史身份。見前贈王侍御注〔七〕。

〔四〕金谷：地名，在洛陽西。水經注穀水：「穀水又東，左會金谷水。水出太白原，東南流歷金谷，謂之金谷水，東南流逕晉衛尉卿石崇之故居。」大明一統志卷十九河南府：「金谷園，在府城西一十三里，……晉石崇因川阜造園館。」

〔五〕上陽宫：洛陽宫名。參見前贈王侍御注〔五〕。

〔評〕

劉辰翁：〔乍迷句〕自是韋體耳。（張習本）

袁宏道：一結駘蕩，惜欠鍊。（參評本）

同德精舍養疾寄河南兵曹東廳掾〔一〕

逍遥東城隅，雙樹寒葱蒨〔二〕。廣庭流華月，高閣凝餘霰。杜門非養素〔三〕，抱疾阻良宴。

孰謂無他人，思君歲云變。官曹亮先忝〔四〕，陳躅慚俊彦〔五〕。豈知晨與夜，相代不相見。緘書問所知，酬藻當芬絢〔六〕。

〔校〕

〔所如〕原校「一云所知」，叢刊本作「所知」。

〔注〕

〔一〕詩約大曆八年春在洛陽同德寺閑居作。同德精舍：即同德寺，據詩，寺在洛陽東城。唐會要卷四八「東京寺」：「華嚴寺，在景行坊，景雲二年立爲寺。開元二十一年改爲同德寺。」據徐松永樂大典本河南志，景行坊在洛陽東城之東第三南北街。河南：府名，府治在今河南洛陽，長官爲河南尹。兵曹：兵曹參軍事之省稱。河南府有兵曹參軍事二人，正七品下，「掌武官選、兵甲、器仗、門禁、管鑰、軍防、烽候、傳驛、畋獵」，見新唐書百官志四下。掾：官吏，此當指河南府兵曹參軍。丘丹韋應物墓誌：「以蔭補右千牛，改□羽林倉曹，授高陵尉，廷評、洛陽丞、河南兵曹、京兆功曹。」據詩「官曹亮先忝，陳躅慚俊彦」之語，韋應物初爲河南府兵曹參軍，後因病免，遂作詩寄繼任河南兵曹者。

〔二〕雙樹：相傳釋迦牟尼寂滅于娑羅雙樹間，此借以泛指寺院中樹木。大般涅槃經卷一：「一時佛在拘施那城，力士生地，阿利羅跋提河邊，娑羅雙樹間。……二月十五日，大覺世尊將欲涅槃。」葱蒨：青翠茂盛貌。顔延之雜體詩：「青林結冥濛，丹巘披葱蒨。」

〔三〕杜門：閉門。國語晉語一：「讒言益起，狐突杜門不出。」養素：涵養其真素之性。嵇康幽憤詩：「志在守樸，養素全真。」

〔四〕官曹：指河南府兵曹官署。亮：誠。文選卷二十九古詩十九首：「君亮執高節，賤妾亦何爲。」李善注：「爾雅曰：亮，信也。」

〔五〕陳躅：陳迹，指前此已在兵曹任之作爲。俊彥：才智傑出的人，指繼爲兵曹參軍者。

〔六〕酬藻：酬答之詩。芬絢：芬芳絢麗。

〔評〕

袁宏道：「不相見」，用事最切。（參評本）

同德寺雨後寄元侍御李博士〔一〕

川上風雨來，須臾滿城闕。岧嶢青蓮界〔二〕，蕭條孤興發。前山遽已淨，陰靄夜來歇。喬木生夏涼，流雲吐華月。嚴城自有限〔三〕，一水非難越〔四〕。相望曙河遠，高齋坐超忽〔五〕。

〔校〕

〔界〕原校「一作宇」。　〔河〕原校「一作何」。

〔注〕

〔一〕詩約大曆八年夏在洛陽同德寺閑居作。

同德寺：在洛陽，參見前詩注〔一〕。侍御：監察御史或殿中侍御史，見前贈王侍御注〔一〕。元侍御：名未詳。博士：唐代國子監國子學、太學、廣文館、四門館、律學、書學、算學均置博士，品秩自正五品上至從九品下不等；又太常寺置博士四人，從七品上。據後詩「官榮多所繫」之語，疑李博士時爲國子博士，在東都。唐會要卷六十六：「東都國子監，龍朔二年正月十八日置，學官學生，分于兩〔都〕教授。」

〔二〕岧嶢：高峻貌。水經注河水：「魏氏起玄武觀于芒垂，張景陽玄武觀賦所謂『高樓特起，竦峙岧嶢，直亭亭以孤立，延千里之清飆』也。」青蓮界：指佛寺。蓮花清浄無染，佛經中常以青蓮花比喻佛眼，故亦常稱佛寺爲青蓮界、青蓮宇、青蓮宮等。維摩詰經佛國品：「長者子寶積即于佛前以偈頌曰：目浄修廣如青蓮。」僧肇注：「天竺有青蓮葉，其葉修而廣，青白分明，有大人目相，故以爲喻也。」杜甫觀薛稷少保書畫壁：「畫藏青蓮界，書入金榜懸。」

〔三〕嚴城：戒嚴之城。唐代都城夜晚實行宵禁。新唐書百官志四上：「凡城門坊角，有武候鋪，衛士、彍騎分守。……日暮，鼓八百聲而門閉。……五更二點，鼓自内發，諸街鼓承振，坊市門皆啟，鼓三千撾，辨色而止。」

〔四〕一水：唐時伊水、洛水、通濟渠等交會于洛陽城中，參見唐兩京城坊考卷五。此當指洛水。卷五答李博士：「問君今爲誰，日夕度清洛。」

〔五〕超忽：遠貌，此謂心神頓然遠逝。王巾頭陀寺碑：「東望平皋，千里超忽。」張相詩詞曲語辭彙釋卷四：「坐，猶遂也，頓也，遽也。……孟浩然送從弟邕下第後尋會稽詩：『疾風吹征帆，倏爾向空没，千里在俄頃，三江坐超忽。』超忽，遠也，意言頓然逝也。」

〔評〕

袁宏道：「流雲吐華月」，酷似魏人語。（參評本）

王夫之：胸中有此，腕下適爾得之，則知其本富而力强也。以此讀「前山遽已净」四句，方不負作者。（唐詩評選）

張謙宜：凝而不澀，是精于選體者。（絸齋詩談卷五）

網師園唐詩箋：（喬木二句）眼前語，却極生新。

雨窗消意録：秋崖曰：「韋蘇州『流雲吐華月』句，興象天然。覺張子野『雲破月來花弄影』句，過于着力。」谷村未答。忽暗中人語曰「豈獨着力不着力，意境迥殊。一是詩語，一是詞語，格調亦迥殊也。」

同德閣期元侍御李博士不至各投贈二首〔一〕

其一

庭樹忽已暗，故人那不來〔二〕。祇應厭煩暑，永日坐霜臺〔三〕。

〔校〕

〔其一〕原無其一、其二字樣，徑增。　〔那〕原校「一作何」，活字本作「何」。

〔注〕

〔一〕詩約大曆八年夏在洛陽同德寺閑居時作。

同德閣：同德寺閣。元侍御、李博士：見前同德精舍養疾寄河南兵曹東廳掾詩注〔一〕。詩其一贈元侍御，其二贈李博士。

〔二〕「庭樹」二句：江淹雜體詩擬休上人：「日暮碧雲合，佳人殊未來。」

〔三〕霜臺：御史臺，掌糾舉百官，以刑法典章糾正其罪惡，爲風霜搏擊之任，故稱。白孔六帖卷七十四御史大夫：「憲臺，霜臺。」李白在水軍宴贈幕府諸侍御：「霜臺降群彦，水國奉戎旃。」

其二

官榮多所繫，閑居亦愆期〔一〕。高閣猶相望，青山欲暮時。

〔注〕

〔一〕愆期：誤期，失約。

使雲陽寄府曹〔一〕

夙駕祗府命〔二〕，冒炎不遑息。百里次雲陽〔三〕，閭閻問漂溺〔四〕。上天屢愆氣〔五〕，胡不均寸澤〔六〕。仰瞻喬樹顛，見此洪流迹。良苗免湮没，蔓草生宿昔〔七〕。頽墉滿故墟，返喜將安宅。周旋涉塗潦〔八〕，側峭緣溝脈〔九〕。仁賢憂斯民〔一〇〕，賤子甘所役。公堂衆君子，言笑思與覿。

〔校〕

〔返喜〕全唐詩作「喜返」。

〔注〕

〔一〕詩大曆十二年秋在京兆府功曹參軍任因視察災情奉使雲陽作。新唐書五行志三：「大曆……十二年秋，京畿及宋、亳、滑三州大雨水，害稼，河南尤甚，平地深五尺，河溢。」同書代宗紀：大曆十二年十月，「京兆尹黎幹奏水損田三萬一千頃。」

雲陽：京兆府屬縣，故治在今陝西涇陽縣北雲陽鎮。府曹：指京兆府同僚。新唐書百官志四下京兆府：「功曹、倉曹、户曹、田曹、兵曹、法曹、士曹參軍事各二人，皆正七品下。」時韋應物爲功曹參軍，參見附録簡譜。

〔二〕夙駕：早起駕車。詩鄘風定之方中：「星言夙駕，税于桑田。」箋：「夙，早也。」祇（zhǐ）命：恭奉命令。

〔三〕「百里」句：元和郡縣圖志卷一京兆府：「雲陽縣，次赤，西南至府一百二十里。」次，至。

〔四〕閭閻：此泛指鄉村民居。文選卷一班固西都賦：「内則街衢洞達，閭閻且千。」李善注引字林：「閭，里門也。閻，里中門也。」漂溺：漂没沈溺，指遭受水災百姓。

〔五〕僽（qiān）：同愆。僽氣，謂陰陽之氣不調，遂有災沴。

〔六〕寸澤：指雨水。公羊傳僖公三十一年：「觸石而出，膚寸而合，不崇朝而雨乎天下者，唯泰山爾。」何休注：「側手爲膚，案指爲寸。」

〔七〕宿昔：言時間短暫。參見前淮上即事寄廣陵親故注〔四〕。

〔八〕周旋：謂往復經行。謝靈運登江中孤嶼：「江南倦歷覽，江北曠周旋。」塗潦：道中積水。禮記曲禮上：

「送葬不辟塗潦。」

〔九〕側峭：同崱(zè)峭，山高峻貌。溝脈：水流。

〔一〇〕仁賢：謂時任京兆尹之黎幹。資治通鑒卷二百二十五：大曆十二年十月，「京兆尹黎幹奏秋霖損稼，韓滉奏幹不實，上命御史按視。丁未，還奏：『所損凡三萬餘頃。』渭南令劉澡阿附度支，稱縣境苗獨不損；御史趙計奏與澡同。上……更命御史朱敖視之，損三千餘頃。……貶澡南浦尉，計澧州司户，而不問滉。」參見後秋集罷還途中作謹獻壽春公黎公注。

過扶風精舍舊居簡朝宗巨川兄弟〔一〕

佛刹出高樹，晨光閭井中〔二〕。年深念陳迹，迨此獨忡忡〔三〕。零落逢故老〔四〕，寂寥悲草蟲。舊宇多改構，幽篁延本叢。棲止事如昨，芳時去已空。佳人亦攜手，再往今不同。新文聊感舊，想子意無窮。

〔注〕

〔一〕詩約大曆十二年在京兆府功曹參軍任上作。扶風：鳳翔府屬縣，今屬陝西。韋應物寄居扶風佛寺，疑在安、史之亂中。參見卷六經武功舊宅詩及注。朝宗、巨川兄弟：新唐書宰相世系五上元氏：挹，吏部員外，生注、洪、錫、銑。韋應物妻元蘋爲元挹長女，故洪、錫、銑都是他的內弟。韋集中與元錫唱和甚多，卷二復有四禪精舍登覽悲舊寄朝宗巨川兄弟詩，朝宗、巨川當是元注、元洪兄弟之字，蓋名與字正相應。

〔二〕閭井：此泛指村落。古代以二十五家爲閭，又以八家爲井。
〔三〕忡忡：憂愁貌，詩召南草蟲：「未見君子，憂心忡忡。」
〔四〕零落：凋零，喪亡。孔融論盛孝章書：「歲月不居，時節如流，……海内知識，零落殆盡。」
〔評〕
劉辰翁：起得閑淡稱情，末段淒惻處却復自然。（參評本）

贈令狐士曹〔一〕自八月朔旦同使藍田，淹留涉季，事先半日而不相待，故有戲贈。

秋檐滴滴對床寢，山路迢迢聯騎行。到家俱及東籬菊〔二〕，何事先歸半日程。

〔校〕
〔檐〕原校「一作霜」。
〔注〕
〔一〕詩約大曆十二年秋京兆府功曹任上作。
士曹：即士曹參軍事，州府屬官，「掌津梁、舟車、舍宅、工藝」之事，見新唐書百官志四下。京兆府士曹參軍，正七品下。令狐士曹：名未詳。
〔二〕東籬菊：陶潛飲酒詩：「采菊東籬下，悠然見南山。」

贈馮著〔一〕

契闊仕兩京〔二〕，念子亦飄蓬〔三〕。方來屬追往，十載事不同〔四〕。歲晏乃云至，微褐還未充〔五〕。慘悽游子情，風雪自關東〔六〕。華觴發歡顏，嘉藻播清風〔七〕。始此盈抱恨，曠然一夕中〔八〕。善蘊豈輕售〔九〕，懷才希國工〔一〇〕。誰當念素士〔一一〕，零落歲華空。

〔注〕

〔一〕詩約大曆十二年冬在長安作。

馮著：見前寄馮著注〔一〕。據詩，時韋應物在長安爲官，馮著自關東西來，應物遂以詩贈。

〔二〕契闊：離合，聚散，偏指離散。詩邶風擊鼓：「死生契闊，與子成説。」陸機吴王郎中時從梁陳作：「誰謂伏事淺，契闊逾三年。」兩京：西都長安與東都洛陽。大曆六年，韋應物爲河南府兵曹參軍，在洛陽，見前同德精舍養疾寄河南兵曹東廳掾注。至此，又爲京兆府功曹參軍，在長安。

〔三〕飄蓬：如蓬草之飄轉無定。曹植吁嗟篇：「吁嗟此轉蓬，居世何獨然。長去本根逝，宿夜無休閑。」

〔四〕十載：此舉成數。韋應物自廣德中爲洛陽丞，至此已十餘年。

〔五〕微褐：指基本生活資料。褐，粗布衣。未充：不足。

〔六〕關東：函谷關以東之地。

〔七〕嘉藻：華美的文詞，此指馮著所作詩歌。清風：詩大雅烝民：「吉甫作誦，穆如清風。」

〔八〕曠然：空曠貌。句謂滿懷愁恨于一夕中一掃而空。

〔九〕「善蘊」句：論語子罕：「子貢曰：『有美玉于斯，韞櫝而藏諸，求善賈而沽諸？』子曰：『沽之哉！沽之哉！我待賈者也。』」正義曰：「此章言孔子藏德待用也。」

〔一〇〕國工：一國中技藝超群出衆者，此喻指當政者。

〔一二〕素士：貞素之士。三國志魏志賈詡傳載詡謂曹丕語：「願將軍恢宏德度，躬素士之業，朝夕孜孜，不違子道，如此而已。」

對雨寄韓庫部協〔一〕

颯至池館涼〔二〕，靄然和曉霧。蕭條集新荷，氛氳散高樹〔三〕。閑居興方澹，默想心已屢。暫出仍濕衣，況君東城住〔四〕。

〔校〕

〔氛〕全唐詩作「氳」。

〔注〕

〔一〕據編次，詩約大曆十三年初夏作。

庫部：尚書省兵部所屬官曹之一。新唐書百官志一：「庫部郎中、員外郎，各一人，掌戎器、鹵簿儀仗。」韓協：元和姓纂卷四南陽堵縣韓氏：「協，駕部郎中。」柳宗元故温縣主簿韓君（慎）墓誌：「尚書庫部郎中、萬州刺史諱某，嗣以文行大其家業。君，萬州長子也。」據岑仲勉元和姓纂四校記，韓慎即協之子。

〔二〕颯：風聲。宋玉風賦：「楚襄王游于蘭臺之宫，宋玉、景差侍，有風颯然而至。」

〔三〕氛氳：盛貌。謝惠連雪賦：「散漫交錯，氛氳蕭索。」

〔四〕東城：指長安城東部。柳宗元故温縣主簿韓君墓誌：「暴病，卒于長安永崇里先人之廬。」知韓協居于長安朱雀街東第三街從北第九坊永崇坊。參見唐兩京城坊考卷三。

〔評〕

袁宏道：〔蕭條二句〕酷似何遜。（參評本）

寄子西〔一〕

夏景已難度，懷賢思方續。喬樹落疏陰，微風散煩燠。傷離枉芳札，忻遂見心曲〔二〕。藍上舍已成〔三〕，田家雨新足。托鄰素多欲，殘秩猶見束〔四〕。日夕上高齋，但望東原緑。

〔校〕

〔欲〕原校「一作願」，叢刊本作「願」。

〔注〕

〔一〕據編次，詩大曆十三年夏長安作。子西：盧康字，曾爲京兆府田曹參軍，見卷四天長寺上方别子西有道詩自注。據詩，盧康時卜居藍水濱，餘未詳。

〔二〕芳札：對來書的美稱。忻遂：高興夙願得遂。忻，同欣。心曲：內心深處。詩秦風小戎：「言念君子，温其如玉。在其板屋，亂我心曲。」

〔三〕藍上：藍谷水畔，水在京兆府藍田縣。類編長安志卷八：「藍谷水，南自秦嶺，西流經藍關、藍橋，過王順山下，出藍谷，西北流入霸水。」

〔四〕托鄰：相托爲鄰，猶結鄰。殘秩：殘餘之官秩，指己之任期未滿。

縣内閑居贈温公〔一〕

滿郭春色嵐已昏，鴉栖散吏掩重門。雖居世網常清浄〔二〕，夜對高僧無一言。

〔校〕

〔色〕原校「一作風」，叢刊本、萬首唐人絶句卷四、唐詩品彙卷四十九作「風」。〔散吏〕萬首唐人絶句作「吏散」。

〔注〕

〔一〕據編次，詩大曆十四年春在鄠縣令任上作，參見附録簡譜。

温公：僧人名，餘未詳。

〔二〕世網：塵世牽纏如羅網，喻世俗法律、禮教、風俗等對人的束縛。嵇康答向子期難養生論：「奉法循理，不絓世網。」

對雪贈徐秀才〔一〕

靡靡寒欲收〔二〕，靄靄陰還結。晨起望南端〔三〕，千林散春雪。妍光屬瑶階，亂緒陵新節。無爲掩扉卧，獨守袁生轍〔四〕。

〔校〕

〔靡靡〕文苑英華卷一百五十四作「霏霏」。〔陵〕叢刊本作「淩」。

【注】

〔一〕據編次，詩大曆十四年春在鄠縣令任上作。

〔二〕秀才：唐初科舉名目之一，後用爲對讀書人的通稱。唐六典卷二：「凡諸州每歲貢人，其類有六：一曰秀才，……此條取人稍峻，自貞觀後遂絶。」徐秀才，名未詳。

〔三〕靡靡：零落貌。陸機歎逝賦：「親落落而日稀，友靡靡而愈索。」

〔四〕南端：南方，南天。洞冥記卷四：「帝升望月臺，時暝望南端，有三青鴨群飛，俄而止于臺上。」

〔五〕袁生：袁安，東漢人。後漢書袁安傳李賢注引汝南先賢傳：「時大雪積地丈餘，洛陽令身出案行，見人家皆除雪出，有乞食者。至袁安門，無有行路。謂安已死，令人除雪入户，見安僵卧。問何以不出，安曰：『大雪人皆餓，不宜干人。』令以爲賢，舉爲孝廉。」

【評】

袁宏道：陶、謝情懷，齊、梁雅調，兼得之矣。（參評本）

西郊游宴寄贈邑僚李巽〔一〕

升陽曖春物〔二〕，置酒臨芳席。高宴闕英僚，衆賓寡歡懌〔三〕。是時尚多壘〔四〕，板築興頹壁〔五〕。羈旅念越疆，領徒方祗役〔六〕。如何嘉會日，當子憂勤夕〔七〕。西郊鬱已茂，春嵐重如積。何當返徂雨，雜英紛可惜〔八〕。

〔校〕

〔徂兩〕各本均作「徂雨」，徑改。

〔注〕

〔一〕詩大曆十四年春鄠縣令任上作。李巽（七四七——八〇九）：字令叔，趙郡人。少以明經調補華州參軍，拔萃登科，授鄠縣尉。後累遷左司郎中、常州刺史、給事中、湖南江西二觀察使、兵吏二部尚書，元和四年卒。舊唐書卷一百二十三、新唐書卷一百四十九有傳。據詩，李巽時蓋在鄠縣尉任，因公出使鄰縣。

〔二〕升陽：春日上升之陽氣。晉書郭璞傳：「升陽未布，隆陰仍積。」暖：温暖，温潤。文選王儉褚淵碑文：「暖有餘輝，遥然留想。」李善注：「暖，温貌。莊子：『暖然似春。』」

〔三〕「高宴」二句：晉書車胤傳：「時惟胤與吴隱之以寒素博學知名于世，又善于賞會，當時每有盛坐而胤不在，皆云『無車公不樂』。」英僚，才能傑出的官吏，指李巽。歡懌，歡樂。

〔四〕多壘：謂戰事。禮記曲禮上：「四郊多壘，此卿大夫之辱也。」注：「壘，戰壁也。數見侵伐則多壘。」大曆末，回紇、吐蕃屢寇邊，十三年正月，回紇寇太原，吐蕃寇靈州；四月，吐蕃寇靈州，六月復寇鹽、慶二州；八月，吐蕃寇銀、麟二州；九月，吐蕃萬騎下青石嶺，逼涇州。均見資治通鑑卷二百二十五。

〔五〕板築：木板與夯杵。古代築牆，兩端立柱，以木板夾土，以杵夯實。文選卷十一鮑照蕪城賦：「是以板築雉堞之殷，井幹烽櫓之勤。」李善注引三蒼解詁：「板，築牆上下板。築，杵頭鐵沓也。」

〔六〕越疆：越過疆界，此指使往相鄰州縣。禮記檀弓下：「五十無車，不越疆而吊人。」徒：徒衆，官府中供使役的人。祇役：奉命任職。
〔七〕憂勤：憂愁勞苦，指爲公事操勞。司馬相如難蜀父老：「夫王事，未有不始于憂勤而終于佚樂者也。」
〔八〕何當：何時。徂兩：猶去車。兩，車輛。謝朓京路夜發：「擾擾整夜裝，肅肅戒徂兩。」雜英：落花。

對雨贈李主簿高秀才〔一〕

邐迤曙雲薄〔二〕，散漫東風來〔三〕。青山滿春野，微雨灑輕埃。吏局勞佳士〔四〕，賓筵得上才〔五〕。終朝狎文墨〔六〕，高興共徘徊〔七〕。

〔注〕

〔一〕依編次，詩大曆十四年春在鄠縣作。主簿：此指縣主簿，掌付事勾稽，省署抄目，糾正非違，監印，給紙筆、雜用之事，見唐六典卷三十。李主簿：時當爲鄠縣主簿，名未詳。高秀才：名未詳。
〔二〕邐迤：曲折綿延貌。吴質答東阿王書：「夫登東岳者，然後知衆山之邐迤也。」
〔三〕散漫：彌漫四散。謝惠連雪賦：「其爲狀也，散漫交錯，氛氲蕭索。」
〔四〕吏局：猶言官署。禮記曲禮上：「左右有局。」疏：「軍之在左右，各有部分，不相濫也。」佳士：美士，才德兼備者。此指李主簿。
〔五〕上才：有傑出才華者，多指優秀文士，此指徐秀才。文選卷三十沈約應王中丞思遠咏月：「高樓切思婦，西園游上才。」李善注引曹丕芙蓉池詩：「乘輦夜行游，逍遥步西園。」按文選卷二十曹植公宴詩：「清夜游西園，飛蓋相追隨。」同卷王粲、劉楨、應瑒各有公宴詩，蓋爲同游西園之上才。

〔六〕狎文墨：謂吟詩作賦。狎，親近。

〔七〕高興：高逸的興致。殷仲文南州桓公九井作：「獨有清秋日，能使高興盡。」

休沐東還胄貴里示端〔一〕

宦游三十載〔二〕，田野久已疏。休沐遂兹日，一來還故墟。山明宿雨霽，風暖百卉舒。泓泓野泉潔，熠熠林光初〔三〕。竹木稍摧翳，園場亦荒蕪〔四〕。俯驚鬢已衰，周覽昔所娛。存没惻私懷，遷變傷里閭〔五〕。欲言少留心，中復畏簡書〔六〕。世道良自退，榮名亦空虚〔七〕。與子終攜手，歲晏當來居。

〔校〕

〔三〕叢刊本作「二」。〔畏〕叢刊本作「長」。

〔注〕

〔一〕據編次，詩大曆十四年春作。

休沐：休假。唐制十日一休沐，稱爲旬休，見唐會要卷八十二。胄貴里：坊里名，其地在京兆府萬年縣杜陵韋曲。劉禹錫奚陟神道碑稱奚陟「葬萬年縣之東原」，碑銘云：「佳城何在，胄貴之里。」全唐文補遺第三輯王勘唐故京兆府兵曹參軍韋公（文度）墓誌銘：「以會昌六年丙寅歲三月十九日葬于萬年縣洪固鄉韋曲胄貴里先夫人之塋。」端：韋端，韋應物從弟，見後九日澧上作寄崔主簿倬二季端繫詩注。劉辰翁于題下批云：「端，其子也，豈即慶復小名耶？」所云無據。同時有韋端，見新唐書宰相世系四上、金石續編卷十韋端玄堂誌，然出鄖公房，蓋別是一人。

〔二〕「宦游」句：韋應物約天寶八載爲右千牛，備宿衛，至此已三十年。參見附録簡譜。

〔三〕泓泓：水清澈貌。熠熠：鮮明貌。阮籍清思賦：「色熠熠以流爛兮，紛雜錯以葳蕤。」

〔四〕摧翳：摧折蔭蔽。園場：園圃和場院。

〔五〕存没：生死，此偏指死者。里閭：泛指鄰里。

〔六〕簡書：指官府文書。畏簡書，恐曠廢公務。詩小雅出車：「王事多難，不遑啟居。豈不懷歸，畏此簡書。」傳：「簡書，戒命也。鄰國有急，以簡書相告，則奔命救之。」

〔七〕榮名：古詩十九首：「奄忽隨物化，榮名以爲寶。」阮籍詠懷詩：「榮名非己寶，聲色焉足娛。」此用阮籍詩意。

〔評〕

袁宏道：入陶神髓，非數讀默會，不能知其妙。〔世道二句〕悟徹之言。（參評本）

朝請後還邑寄諸友生〔一〕

宰邑分甸服〔二〕，夙駕朝上京〔三〕。是時當暮春，休沐集友生。抗志青雲表〔四〕，俱踐高世名。樽酒且歡樂，文翰亦縱横。良游昔所希，累宴夜復明。晨露含瑶琴，夕風殞素英。

一旦遵歸路，伏軾出京城〔五〕。誰言再念別，忽若千里行。閑閤寡喧訟，端居結幽情。況茲晝方永，展轉何由平。

〔校〕

〔閑〕叢刊本作「閉」，全唐詩校「一作閉」。

〔注〕

〔一〕據編次，詩大曆十四年初夏自長安歸鄠縣作。

朝請：朝謁，朝見皇帝。

〔二〕甸服：古代以五百里爲一等，將王畿外圍國土，按距京都距離遠近，劃分爲甸、侯、綏、要、荒五服，見書禹貢。此但指京師遠郊。左傳襄公二十一年：「將逃罪，罪重于郊甸。」注：「郭外曰郊，郊外曰甸。」據元和郡縣圖志卷二，鄠縣爲京兆府所屬畿縣，東北至長安僅六十五里。

〔三〕夙駕：早起駕車出行。上京：京師。潘岳關中詩：「飛檄秦郊，告敗上京。」

〔四〕抗志：高尚其志。青雲表：猶青雲上，喻仕宦顯達。史記范雎列傳：范雎相秦，「須賈頓首言死罪，曰：『賈不意君能自致于青雲之上。』」

〔五〕伏軾：俯伏于車前横木上，狀神情沮喪。宋忠、賈誼從司馬季主問卜，「出門僅能自上車，伏軾低頭，卒不能出氣」，見史記日者列傳。

灃上西齋寄諸友〔一〕七月中，善福之西齋作。

絶岸臨西野，曠然塵事遥。清川下邐迤，茅棟上岧嶢。玩月愛佳夕，望山屬清朝。俯砌視歸翼〔二〕，開襟納遠飆〔三〕。等陶辭小秩〔四〕，效朱方負樵〔五〕。閑游忽無累，心迹隨景超。明世重才彦，雨露降丹霄〔六〕。群公正雲集，獨予欣寂寥。

〔注〕

〔一〕詩大曆十四年七月閑居長安西郊灃上善福寺作。灃上：豐水畔。元和郡縣圖志卷二京兆府鄠縣：「豐水出縣東南終南山，自發源北流，經縣東二十八里，北流入渭。」

〔二〕歸翼：歸鳥。謝朓答張齊興：「地迥聞遥蟬，天長望歸翼。」

〔三〕開襟：猶披襟，敞開衣襟。宋玉風賦：「楚襄王游于蘭臺之宫，……有風颯然而至。王乃披襟而當之，曰：『快哉此風！』」

〔四〕陶：指陶潛，其辭彭澤令歸隱事，已見前贈王侍御注〔六〕。小秩：卑微官職。

〔五〕朱：指朱買臣。漢書朱買臣傳：「字翁子，吴人也。家貧，好讀書，不治産業，常艾薪樵，賣以給食，擔束薪，行且誦書。」

〔六〕雨露，比喻皇帝恩澤。丹霄：天空。北堂書鈔卷一百五十一引賈誼詩：「青青雲寒，上拂丹霄。」

〔評〕

劉辰翁：〔等陶二句〕何等潔語。（張習本）

獨游西齋寄崔主簿〔一〕

同心忽已别，昨事方成昔。幽逕還獨尋，緑苔見行迹〔二〕。秋齋正蕭散，烟水易昏夕〔三〕。

憂來結幾重，非君不可釋。

〔注〕

〔一〕詩大曆十四年秋在善福寺閑居作。西齋：善福寺之西齋，見前詩。崔主簿：崔倬，韋應物堂妹婿，參見後九日灃上作寄崔主簿倬二季端繫、晚出灃上寄崔都水等詩注。

〔二〕「緑苔」句：李白長干行：「門前遲行迹，一一生緑苔。」

〔三〕昏夕：昏暗。

〔評〕

劉辰翁：〔獨尋句〕蕭然今昔之感。（張習本）

紫閣東林居士叔緘賜松英丸捧對忻喜蓋非塵侶之所當服輒獻詩代啟〔一〕

碧澗蒼松五粒稀〔二〕，侵雲采去露沾衣。夜啟群仙合靈藥，朝思俗侶寄將歸。道場齋戒今初服〔三〕，人事葷膻已覺非〔四〕。一望嵐峰拜還使，腰間銅印與心違〔五〕。

〔注〕

〔一〕詩大曆十三、十四年中在鄠縣令任上時作。

紫閣：終南山之一峰，在今陝西户縣東南。類編長安志卷三：「紫閣在御宿川南紫閣山。……杜甫有詩云：『紫閣峰陰入渼陂。』」按所引爲杜甫秋興八首中句，渼陂在鄠縣西，見卷一扈亭西陂燕賞注〔一〕。東林：廬山有東林寺，爲東晉高僧慧遠所創，此但指紫閣山之東林。居士：此指在家不仕之士人。韓非子外儲説左上：「齊有居士田仲者。」松英丸：以松花煉製成的藥丸。道家謂服食松脂、松葉可以延年長生。太平御覽卷九百五十三引嵩高山記：「嵩高丘有大松樹，或百歲千歲，其精變爲青牛，或爲伏龜，采食其實，得長生。」同卷引本草經：「松脂，……久服輕身延年。」塵侶：世俗之人。

〔二〕五粒：松之一種。李賀有五粒小松歌。太平御覽卷九百五十三引周景式廬山記：「石門岩，即松林也。……葉五粒者，名五粒松，服之長生。」酉陽雜俎前集卷十八：「松，凡言兩粒、五粒，粒當言鬣。……五鬣松，皮不鱗。」蓋普通松葉一穗兩股，五鬣松者，一穗五股，參見癸辛雜識前集「松五粒」條。

〔三〕道場：道士或僧徒誦經禮拜舉行法事的場所。

〔四〕葷膻：腥臊的肉食，此兼喻世俗的污穢不潔。

〔五〕銅印：指縣令印信。漢書百官公卿表上：「縣令、長，皆秦官，掌治其縣。萬户以上爲令，秩千石至六百石。……秩比六百石以上，皆銅印黑綬。」時韋應物爲鄠縣令，故云。

秋集罷還途中作謹獻壽春公黎公〔一〕

束帶自衡門〔二〕，奉命宰王畿〔三〕。君侯枉高鑒〔四〕，舉善掩瑕疵〔五〕，斯民本已安，工拙兩無施〔六〕。何以酬明德，歲晏不磷緇〔七〕。時節乃來集，欣懷方載馳〔八〕。平明大府開，一得拜光輝。温如春風至，肅若嚴霜威。群屬所載瞻，而忘倦與饑。公堂燕華筵，禮罷復言辭。將從平門道〔九〕，憩車澧水湄〔一〇〕。山川降嘉歲，草木蒙潤滋。孰云還本邑，懷戀獨遲遲〔一一〕。

【校】

〔平門〕叢刊本作「平明」。

【注】

〔一〕詩大曆十三年秋在鄠縣令任上作。

秋集：此指京兆府屬縣官員的集會。黎公：黎幹（七一六——七七九），字貞固，壽春人，肅宗在鳳翔，徵爲左驍衛兵曹參軍。代宗朝，累遷至諫議大夫，京兆尹、兼御史大夫，封壽春縣開國男。尋改官刑部侍郎，出爲桂管觀察使。復入爲京兆尹，改兵部侍郎。大曆十四年貶端州，卒，年六十四。詳見唐代墓誌彙編貞元三四唐故銀青光禄大夫尚書兵部侍郎壽春郡開國公黎公墓誌銘。據郁賢皓唐刺史考，黎幹永泰元年至大曆二年，大曆九年至十三年兩爲京兆尹。

〔二〕束帶：整飾衣冠，此指爲官。衡門：横木爲門，指簡陋居室。詩陳風衡門：「衡門之下，可以栖遲。」

〔三〕王畿：古代指王城周圍千里的地區，此指京兆府屬縣。通典卷三十三：「大唐縣有赤、畿、望、緊、上、中、下七等之差。京都所治爲赤縣，旁邑爲畿縣，其餘則以户口多少、資地美惡爲差。」

〔四〕君侯：古代以稱列侯，唐時用以稱州郡長官等尊貴者，此指黎幹。李白上韓荊州書：「君侯制作侔神明，德行動天地。」

〔五〕舉善：舉薦優秀人材，此泛指舉薦。左傳襄公三年：祁奚舉薦其讎解狐及其子祁午，「君子謂祁奚于是能舉善矣」。韋應物爲京兆府功曹參軍及鄠縣令，均當爲黎幹所舉薦。

〔六〕「斯民」二句：工拙，猶言巧拙，此偏指拙以自謂。無施，無所施展，没有用武之地。黎幹爲著名能吏。據其墓誌記載，幹初任京兆尹時，「科防不設，威嚴秋霜，仁扇和風，以易簡便人，以忠信逮下，不浹辰而蓄斂者輿輦轂擊于道，趨之恐不及，由是郊野無餓殍，閭里無蘊年，遂臻和平，俗用丕變」；及再爲京兆尹，「疲氓再安，政化尤異，尚以四渠九堰，堙廢屢年，興未及旬，功乃大集，國減半賦，人受永利」。

〔七〕磷緇：喻指受環境影響而改變（志向、品德等）。論語陽貨：「不曰堅乎，磨而不磷。不曰白乎，涅而不緇。」何晏集解引孔曰：「磷，薄也。涅可以染皂。言至堅者磨之而不薄，至白者染之于涅而不黑，喻君子雖在濁亂，濁亂不能污。」

〔八〕載馳：即馳。載，語辭。詩鄘風載馳：「載馳載驅。」

〔九〕平門：延平門，唐代長安西面三門之南門，鄠縣在長安西南，故出此門。參見唐兩京城坊考卷二。

〔一〇〕灃水：流經鄠縣，參見前灃上西齋寄諸友注〔一〕。

〔一一〕遲遲：緩行貌。詩邶風谷風：「行道遲遲，中心有違。」

〔評〕

鍾惺：自處處人，謙厚真率。古道。（朱墨本）

譚元春：〔工拙句〕善于立言。（同前）

閑居贈友〔一〕

補吏多下遷〔二〕，罷歸聊自度〔三〕。園廬既蕪没，烟景空澹泊。閑居養痾瘵〔四〕，守素甘葵藿〔五〕。顔鬢日衰耗，冠帶亦寥落。青苔已生路，緑筠始分籜。夕氣下遥陰，微風動疏薄〔六〕。草玄良見誚〔七〕，杜門無請託〔八〕。非君好事者，誰來顧寂寞。

〔校〕

〔澹泊〕唐詩品彙卷十四作「澹薄」。〔寥落〕唐詩品彙作「褰落」。〔生路〕唐詩品彙作「生徑」。〔誰來〕原校「一作誰能」，叢刊本、唐詩品彙作「誰能」。

〔注〕

〔一〕詩德宗建中元年春閑居澧上時作。

〔二〕補吏：唐代中下級官吏任期屆滿後，由吏部考核選用，稱爲選補，見新唐書選舉志。下遷：謂降職。韋應物大曆十四年秋罷職前，已由鄠縣令改授櫟陽令，雖同爲京兆府屬下畿縣，但櫟陽面積較小，距長安較遠，故云「下遷」。

〔三〕罷歸：韋應物罷歸事見卷四謝櫟陽令歸西郊贈别諸友生詩注。按舊唐書代宗紀，大曆十四年三月，京兆尹黎幹被代，改官兵部侍郎；五月，黎幹除名長流，賜死。韋應物係黎幹所舉薦，故「下遷」，且旋即辭官。自度（duó）：自忖，自省。

〔四〕痾瘵（kē zhài）：疾病。痾，同疴。爾雅釋詁上：「瘵，病也。」郭璞注：「今江東呼病曰瘵。」

〔五〕守素：保持純潔的品性。葵藿：野菜名。甘葵藿，甘于貧困的生活。鮑照代東武吟：「少壯辭家去，窮老還入門。腰鐮刈葵藿，倚杖牧鷄豚。」

〔六〕疏薄：疏簾。禮記曲禮上：「帷薄之外不趨。」注：「帷，幔也。薄，簾也。」

〔七〕「草玄」句：漢書揚雄傳：「哀帝時，丁、傅、董賢用事，諸附離之者或起家至二千石。時雄方草太玄，有以自守，泊如也。或嘲雄以玄尚白，而雄解之，號曰解嘲。」

〔八〕杜門：猶塞門，閉門。江淹恨賦：「至乃敬通見抵，罷歸田里，閉關却掃，塞門不仕。」

【評】

劉辰翁：淺淺處自淑氣清人。（參評本）

袁宏道：〔夕氣二句〕淡景悠然。（同前）

四禪精舍登覽悲舊寄朝宗巨川兄弟〔一〕

蕭散人事憂〔二〕，迢遞古原行〔三〕。春風日已暄，百草亦復生。躋閣謁金像〔四〕，攀雲造禪扃。新景林際曙，雜花川上明。徂歲方緬邈〔五〕，陳事尚縱横〔六〕。温泉有佳氣，馳道指京城〔七〕。攜手思故日，山河留恨情。存者邈難見，去者已冥冥〔八〕。臨風一長慟〔九〕，誰畏行路驚〔一〇〕。

【校】

〔畏〕全唐詩校「一作謂」。

〔注〕

〔一〕依編次，詩建中元年春作。
四禪精舍：四禪寺。寶刻叢編卷二〇引金石録：「四禪寺萬菩薩記，趙子餘撰，林混元八分書，天寶十一年立。」刻石地里未詳。觀詩中温泉、馳道諸語，其地似在昭應縣驪山華清宮附近。佛教有觀、煉、薰、修四種禪，又修四種禪定所生之色界四天稱爲四禪天，故以名寺。朝宗、巨川兄弟：當即元注、元洪兄弟，見前過扶風精舍舊居簡朝宗巨川兄弟注〔一〕。觀詩「去者已冥冥」，所悲當指去世不久的妻子元蘋。

〔二〕蕭散：蕭條冷落。何遜還渡五洲：「蕭散煙霧晚，淒清江漢秋。」

〔三〕迢遞：遥遠貌。嵇康琴賦：「指蒼梧之迢遞，臨迴江之威夷。」

〔四〕躋：攀登。金像：佛像。佛教謂如來之身，金色微妙，故其像以金飾之。

〔五〕徂歲：往歲。謝靈運傷己賦：「眺徂歲之驟經，睹芳春之每始。」緬邈：遥遠。

〔六〕陳事：往事。縱橫：交錯貌，此謂往事紛至沓來，歷歷在目。

〔七〕馳道：皇帝經行的御路。禮記曲禮下：「馳道不除。」疏：「馳道，正道，如今御路也。是君馳走車馬之處，故曰馳道也。」以上四句似指天寶中扈從玄宗幸驪山温泉華清宮事，參見卷一燕李録事詩及注。

〔八〕「存者」二句：邈，遥遠。冥冥，渺茫貌。沈千運感懷弟妹：「兄弟可存半，空爲亡者惜。冥冥無再期，哀哀望松柏。」存者，指元洪兄弟。去者，當指韋應物妻元蘋，與元洪、元注爲同胞姐弟，天寶十五載在昭應與韋應物結婚，大曆十一年去世。

〔九〕長慟：極度悲哀，大哭。

〔一〇〕行路：行路之人。文選任昉王文憲集序：「有識銜悲，行路掩泣。」李善注：「論衡曰：行路之人，皆能論之。」

〔評〕

袁宏道：〔蕭散四句〕只此四句，便是淵明。〔雜花句〕齊梁句，却近陶。（參評本）

善福閣對雨寄李儋幼遐〔一〕

飛閣凌太虛〔二〕，晨躋鬱峥嶸。驚飆觸懸檻〔三〕，白雲冒層甍〔四〕。太陰布其地〔五〕，密雨垂八紘〔六〕，仰觀固不測，俯視但冥冥。感此窮秋氣，沉鬱命友生。及時未高步〔七〕，羈旅游帝京。聖朝無隱才〔八〕，品物俱昭形〔九〕。國士秉繩墨〔一〇〕，何以表堅貞。寸心東北馳，思與一會并。我車夙已駕，將逐晨風征〔一一〕。郊塗住成淹，默默阻中情。

〔校〕

〔未〕叢刊本作「策」。

〔注〕

〔一〕詩大曆十四年秋在灃上善福精舍閑居作。善福閣：善福寺閣，屢見前注。李儋：見前贈李儋詩注。幼遐：當是李儋之字。據詩，時儋旅居長安，韋應物欲往訪之，阻雨，遂作詩寄。

〔二〕飛閣：高閣。何晏景福殿賦：「飛閣干雲，浮階乘虛。」太虛：太空。

〔三〕驚飆：狂風。懸檻：高處之欄杆。

〔四〕冒：覆蓋。甍：屋脊。

〔五〕太陰：極盛的陰氣，此指雨雲。蔡邕獨斷卷上：「冬爲太陰，盛寒爲水，祀之于行。」

〔六〕八紘：指大地的極遠處。淮南子地形：「九州之外，乃有八殥。……八殥之外，而有八紘。」高誘注：「紘，維也。維落天地而爲之表，故曰紘也。」

〔七〕高步：猶高足。未高步，未登高位。古詩十九首：「何不策高足，先據要路津。」

〔八〕隱才：埋没未被發現的人才。羊祜讓開府表：「假令有遺德于板築之下，有隱才于屠釣之間……」

〔九〕品物：萬物。昭形：彰顯。易姤彖辭：「姤，遇也。……天地相遇，品物咸章也。」

〔一〇〕國士：一國中才能傑出者。士，疑當作「工」。本卷贈馮著：「懷才歸國工。」卷三寄中書劉舍人：「秉綸歸國工。」古代詩文中常用以稱當政者，與豫讓云「智伯以國士遇我，我以國士報之」（史記刺客列傳）不同。且「秉繩墨」亦爲工匠之事。繩墨：木匠劃綫工具，喻指法度。

〔一一〕晨風：鳥名。詩秦風晨風：「鴥彼晨風，鬱彼北林。」傳：「鴥，疾飛貌。晨風，鸇也。」古詩十九首：「亮無晨風翼，焉能淩風飛。」

寺居獨夜寄崔主簿〔一〕

幽人寂不寐，木葉紛紛落。寒雨暗深更，流螢度高閣。坐使青燈曉〔二〕，還傷夏衣薄。寧知歲方晏，離居更蕭索。

【校】

〔不〕原校「一作無」。

【注】

〔一〕詩大曆十四年秋在灃上善福精舍閑居作。

崔主簿：崔倬，參見下詩。

〔二〕青燈：昏暗的燈光。

【評】

劉辰翁：發自幽情，遂入淒境，公詩往往如此。（參評本）

潘德輿：韋左司「寒雨暗深更，流螢度高閣」，范德機「雨止修竹間，流螢夜深至」，王貽上「螢火出深碧，池荷聞暗香」，巧樸之分也，而時代之遠近寓焉矣。（養一齋詩話卷二）

九日灃上作寄崔主簿倬二季端繫〔一〕

淒淒感時節，望望臨灃涘〔二〕。翠嶺明華秋，高天澄遥滓〔三〕。川寒流愈迅，霜交物初委〔四〕。林葉索已空，晨禽迎飆起〔五〕。時菊乃盈泛〔六〕，濁醪自爲美〔七〕。良游雖可娱，殷念在之子〔八〕。人生不自省，營欲無終已〔九〕。孰能同一酌，陶然冥斯理〔一○〕。

〔校〕

〔二季〕各本均作「二李」，按端、繫爲應物之弟，知「李」爲「季」之訛，今徑改。

〔注〕

〔一〕詩大曆十四年九月在澧上善福寺閑居時作。

崔倬：因話録卷六：「都水使者崔綽，少年豪俠，不拘小節。……元和初猶在，年九十餘卒。蘇州刺史韋公(原注：余之祖舅)集中所贈崔都水詩者是也。……崔即蘇州之堂妹婿也。」韋公，即謂韋應物。唐代墓誌彙編續集大曆○二三崔倬撰楊氏墓誌自稱「外生清河崔倬」。同書建中○○九郝氏女墓誌：「河陽懷衛節度掌書記、大理評事清河崔倬撰」，未知是同一人否。端、繫：韋應物從弟。元和姓纂卷二京兆杜陵韋氏：「令儀生鑒、鑾、錡、鎔、鎰。鑾生應物，蘇州刺史。……鎔生繫，岳州刺史。」丘丹韋應物墓誌：「堂弟端，河南府功曹，以孝承家。」知韋繫、韋端爲韋應物從弟。

〔二〕望望：一再瞻望。禮記問喪：「其送往也，望望然，汲汲然，如有追而不及也。」涘：水邊。

〔三〕滓：渣滓，此指空中雲霧。世説新語言語：「司馬太傅齋中夜坐。于時天月明净，都無纖翳，太傅嘆以爲佳。謝景重在座，答曰：『意謂乃不如浮雲點綴。』太傅因戲謝曰：『卿居心不净，乃復强欲滓穢太清耶？』」

〔四〕委：通萎，委頓，衰敗。

〔五〕索：索然，空乏貌。飆：同飈，風。

〔六〕盈泛：泛滿酒杯。西京雜記卷三：「九月九日，佩茱萸，食蓬餌，飲菊華酒，令人長壽。菊華舒時，并采莖葉，雜黍米釀之，至來年九月九日始熟，就飲焉，故謂之菊華酒。」宋之問奉和九日幸臨渭亭登高得歡字：

「仙杯還泛菊，寶饌且調蘭。」

〔七〕濁醪：濁酒，味薄者。

〔八〕殷念：深切的思念。之子：這個人，指崔倬及韋端兄弟。詩周南桃夭：「之子于歸，宜其室家。」

〔九〕營欲：謀求功名富貴的欲望。束皙補亡詩：「堂堂處子，無營無欲。」李善注引梁鴻安丘嚴平頌：「無營無欲，澹爾淵清。」

〔一〇〕陶然：醉樂貌。陶潛時運：「揮茲一觴，陶然自樂。」冥：暗合，默契。

【評】

袁宏道：末四句閑雅自然，此意阮、陶而後，惟白傅、玉局稍稍有之。（參評本）

西郊養疾聞暢校書有新什見贈久佇不至先寄此詩〔一〕

養病愜清夏，郊園敷卉木〔二〕。窗夕含澗涼，雨餘愛筠緑。披懷始高咏，對琴轉幽獨。仰子游群英，吐詞如蘭馥〔三〕。還聞枉嘉藻，佇望延昏旭〔四〕。唯見草青青，閉門澧水曲。

【校】

〔夕〕原校「一作户」。〔門〕全唐詩作「户」。

【注】

〔一〕詩建中元年初夏在澧上善福精舍閑居作。

暢校書：暢當，韋應物有答暢校書當詩，見卷五。當爲中唐著名詩人，大曆七年登進士第，授校書郎，歷河中府參軍、太常博士、果州刺史，約貞元末卒，有詩集二卷。參見唐才子傳校箋卷四暢當傳箋。

〔二〕清夏：謂初夏。謝靈運游赤石進帆海詩：「首夏猶清和，芳草亦未歇。」敷：生長。卉木：草木。

〔三〕如蘭馥：易繫辭上：「二人同心，其臭如蘭。」疏：「言二人同齊其心，吐發言語氤氳，臭氣香馥如蘭也。」駱賓王詠懷：「一言芬若桂，四海臭如蘭。」

〔四〕昏旭：猶昏旦，早晚。劉鑠擬青青河邊草詩：「良人久徭役，耿介終昏旦。」

〔評〕

袁宏道：結句清佳，唐人妙境。（參評本）

澧上寄幼遐〔一〕

寂寞到城闕〔二〕，惆悵返柴荆〔三〕。端居無所爲，念子遠徂征。夏晝人已息，我懷獨未寧。忽從東齋起，兀兀尋澗行〔四〕。罥罣叢榛密〔五〕，披玩孤花明。曠然西南望，一極山水情。周覽同游處，逾恨阻音形。壯圖非旦夕〔六〕，君子勤令名〔七〕。勿復久留燕，蹉跎在北京〔八〕。

〔注〕

〔一〕詩建中元年夏在澧上善福精舍閑居時作。幼遐：李儋字，參見前善福閣對雨寄李儋幼遐詩注〔一〕。據詩，時儋旅游太原。

〔二〕城闕：指長安。王勃送杜少府之任蜀州：「城闕輔三秦，風烟望五津。」

〔三〕柴荆：柴門，指簡陋房屋。謝靈運初去郡：「恭承古人意，促裝返柴荆。」

〔四〕兀兀：昏沈貌。白居易對酒：「所以劉阮輩，終年醉兀兀。」此謂行走時下意識或無意識。

〔五〕罥罣(juān guà)：或作罣罥、挂罥，懸挂纏繞。木華海賦：「或屑没于黿鼉之穴，或挂罥于岑嶅之峰。」

〔六〕壯圖：謂宏偉志向或謀劃。杜甫過南岳入洞庭湖：「帝子留遺恨，曹公屈壯圖。」非旦夕：非旦夕之間可成就。

〔七〕令名：美名。鮑照行京口至竹里詩：「君子樹令名，細人效命力。」

〔八〕蹉跎：失時，虚擲光陰。阮籍咏懷：「娱樂未終極，白日忽蹉跎。」北京：太原府，今屬山西。元和郡縣圖志卷十三太原府：「開元十一年，玄宗行幸至此州，以王業所興，又建北都。……天寶元年，改北都爲北京。」

〔評〕

袁宏道：□致絶欲勝康樂。（參評本）

善福精舍示諸生〔一〕

湛湛嘉樹陰〔二〕，清露夜景沉。悄然群物寂，高閣似陰岑。方以玄默處〔三〕，豈爲名迹侵。
法妙不知歸，獨此抱沖襟。齋舍無餘物，陶器與單衾。諸生時列坐，共愛風滿林。

〔校〕

〔法妙〕原校「一作泛如」。

〔注〕

〔一〕詩建中元年夏在灃上善福精舍閑居時作。

諸生：指外甥趙伉、崔播等。生，通甥，外甥。三國志吴書陸遜傳：「遜外生顧譚、顧承、姚信，并以親附太子，枉見流徙。」參見卷五灃上精舍答趙氏外生伉、答倜奴重陽二甥諸詩。

〔二〕湛湛：厚重貌，指樹陰重重。

〔三〕玄默：沈静無爲。揚雄長楊賦：「人君以玄默爲神，澹泊爲德。」

〔評〕

劉辰翁：甚有佳致可誦。（朱墨本）

鍾惺：收得悠然颯然。（同前）

晚出灃上贈崔都水〔一〕

臨流一舒嘯〔二〕，望山意轉延〔三〕。隔林分落景，餘霞明遠川。首起趣東作〔四〕，已看耘夏田。一從民里居，歲月再徂遷。昧質得全性〔五〕，世名良自牽。行欣攜手歸，聊復飲酒眠。

〔注〕

〔一〕詩建中元年夏在灃上善福精舍閑居時作。

都水：都水監，使者二人，正五品上，掌川澤、津梁、渠堰、陂池之政，總河渠、諸津監署。見新唐書百官志三。崔都水：崔倬，時爲都水使者，參見前九日澧上作寄崔主簿倬二季端繫詩注〔一〕。

〔二〕舒嘯：放聲長嘯。陶潛歸去來辭：「登東皋以舒嘯，臨清流而賦詩。」

〔三〕延：遠，長。

〔四〕趣（cù）：趕快。東作：春耕。書堯典：「寅賓出日，平秩東作。」孔傳：「歲起於東，而始就耕，謂之東作。」

〔五〕全性：全其自然之性。淮南子氾論：「全性保真，不以物累形，楊子之所立也。」

寓居澧上精舍寄于張二舍人〔一〕

萬木叢雲出香閣〔二〕，西連碧澗竹林園。高齋猶宿遠山曙，微霰下庭寒雀喧。道心淡泊對流水，生事蕭疏空掩門。時憶故交那得見，曉排閶闔奉明恩〔三〕。

〔校〕

〔猶〕叢刊本、唐詩品彙卷八十六作「獨」。〔蕭疏〕唐詩品彙作「蕭條」。

〔注〕

〔一〕詩建中元年冬在澧上善福精舍閑居作。

舍人：中書舍人。唐制，中書省舍人六人，正五品上，掌侍進奏，參議表章。凡詔旨制敕、璽書册命，皆起草進畫；既下，則署行。于舍人：于邵，字相門，天寶末登進士第，授校書郎，累遷起居郎、道巴桂三州刺史、西川支度副使，拜諫議大夫、知制誥，再遷禮部侍郎，貶桂州刺史，卒年八十一。舊唐書卷一百三十七、新唐書卷二百三有傳。寶刻叢編卷八鄂縣：「唐復縣記，唐中書舍人于邵撰，……碑以建中二年立。」建中元年，于邵當已在中書舍人任。張舍人：張蔇。道光贛州府志卷六十五贈鍾紹京太子太傅誥：「建中元年庚申十一月五日……司封郎中、知制誥臣張蔇寅（此字疑衍）施行。」唐代，以他官知制誥者，亦可稱舍人。

〔二〕叢雲：聚集的雲。李嶠奉和天樞成宴夷夏羣僚應制：「山類叢雲起，珠疑大火懸。」香閣：佛閣。庾開府集箋注卷四送炅法師葬：「尚聞香閣梵，猶聽竹林鐘。」吴兆宜注：「西方名佛堂爲健陁俱胝，此云香室。」

〔三〕排：推開。閶闔：宫之正門，泛指宫門。左思詠史：「被褐出閶闔，高步追許由。」

〔評〕

劉辰翁：（生事句）寂寥而有沈着意，更勝上。（參評本）

王夫之：筆至意至，與寄李元（按指寄李儋元錫）作，俱以陶五言爲七言律，皮相人不知。别以律，原不别以詩，誰爲鴻溝，生分楚、漢？（唐詩評選）

金聖嘆：此不止是妙詩，直是妙畫。且不止是妙畫，直是禪家所謂妙境，乃至所謂妙理者也。看他「萬木」下便畫「叢雲」字，只謂是眼注萬木耳，却不悟其乃是欲寫「出香閣」之三字。「出」字妙妙。此自是當境人一時適然下得之字，我今亦不知其如何謂之「出」也。二忽然轉筆，又寫一碧澗，又寫一竹園，有意無意，不必比興。三、四「高齋獨宿」，即是宿此閣中，「微霰下庭」，便是下此閣前之庭也。「遠山曙」妙，寫盡獨宿人心頭曠然無事；「寒雀喧」妙，寫盡微霰中衆人生理凋瘁也。「淡泊」字，須知不是矜；「蕭條」字，須知不是怨。「對流水」字，須知不爲「淡泊」；「空掩門」字，須知不爲「蕭條」。總是學道人晚年有悟，一片曠然無事境界也。言此時，則正二舍人得君行志之

時，夫行藏既已各判，忙閑自不相及，又安得而相見乎哉。（貫華堂選批唐才子詩甲集卷五上）

開元觀懷舊寄李二韓二裴四兼呈崔郎中嚴家令〔一〕

宿昔清都燕〔二〕，分散各西東。車馬行迹在，霜雪竹林空〔三〕。方軫故物念〔四〕，誰復一樽同。聊披道書暇〔五〕，還此聽松風〔六〕。

〔注〕

〔一〕詩建中元年夏寓居澧上善福精舍時至長安作。參見前澧上寄幼遐詩及注。開元觀：道觀名，在長安道德坊。唐兩京城坊考卷四長安朱雀門街西從北第七坊道德坊：「開元觀，本隋秦王浩宅。武后朝，置永昌縣。神龍元年縣廢，遂爲長寧公主宅。景雲元年置道士觀。開元五年，金仙公主居之，改爲女冠觀。十年，改爲開元觀。」郎中：尚書省六部各曹司長官，正五品上或從五品上不等。家令：太子家令，東宮屬官。新唐書百官志四上東宮官：「家令寺，家令一人，從四品上，掌飲膳、倉儲。」李二、韓二、裴四、崔郎中、嚴家令，名均未詳。

〔二〕清都：道教謂天帝所居，此借指道觀開元觀。列子周穆王：「王實以爲清都、紫微，鈞天、廣樂，帝之所居。」張湛注：「清都、紫微，天帝之所居也。」燕：通宴。

〔三〕竹林：暗用嵇康等爲竹林之游事。晉書嵇康傳：「所與神交者惟陳留阮籍、河内山濤，豫其流者河内向秀、沛國劉伶、籍兄子咸、琅琊王戎。遂爲竹林之游，世所謂『竹林七賢』也。」

〔四〕軫：軫念，深切懷念。沈約郊居賦：「思幽人而軫念，望東皋而長想。」故物：舊物，遺迹。杜甫玉華宮：

「當時侍金輿，故物獨石馬。」

〔五〕道書：道經。

〔六〕松風：南史陶弘景傳：「特愛松風，庭院皆植松，每聞其響，欣然爲樂。」

春日郊居寄萬年吉少府中孚三原盧少府偉夏侯校書審〔一〕

谷鳥時一囀，田園春雨餘。光風動林早〔二〕，高窗照日初。獨飲澗中水，吟咏老氏書〔三〕。城闕應多事，誰憶此閑居。

〔校〕

〔盧少府〕「盧」字原無，據唐詩品彙卷十四補。

〔注〕

〔一〕詩建中二年春在灃上善福精舍閑居時作。萬年、三原：均京兆府屬縣名，見元和郡縣圖志卷一。二縣故治分別在今陝西西安及陝西三原東北。少府：唐人對縣尉的通稱。萬年京縣，縣尉六人，從八品下；三原畿縣，縣尉二人，正九品下，見新唐書百官志四下。吉中孚：見卷一春宵燕萬年吉少府中孚南館注〔一〕。盧偉：事迹未詳。夏侯審：大曆十才子之一，歷官參軍、寧國丞、校書，貞元初爲侍御，終官祠部郎中，參見唐才子傳校箋卷四夏侯審傳箋。

〔二〕光風：風和日麗。楚辭招魂：「光風轉蕙，泛崇蘭些。」

〔三〕老氏書：即老子道德經。東漢仲長統以爲「名不常存，人生易滅，優游偃仰，可以自娱，欲卜居清曠，以樂其志」，其論云：「安神閨房，思老氏之玄虚。」見後漢書仲長統傳。

澧上醉題寄滁武〔一〕

芳園知夕燕〔二〕，西郊已獨還〔三〕。誰言不同賞，俱是醉花間。

【注】

〔一〕詩建中二年春在澧上善福精舍閑居時作。滁、武：韋滁、韋武，韋應物從弟。據元和姓纂卷二，韋武乃韋應物叔父韋鎰之子，韋滁則爲韋應物伯曾祖父韋興宗之曾孫，從伯父韋叔卿之子。丘丹韋應物墓誌：「堂弟武，絳州刺史，以文學從政。」韋武以門蔭入仕，歷京兆府參軍，高陵、櫟陽、萬年三縣尉，長安縣丞，太常博士，殿中侍御史，倉、禮二部員外郎，昭應令，户部郎中等職，後官至兵部侍郎、京兆尹，元和元年卒，年五十五，詳見唐文拾遺卷二十七吕温唐故銀青光禄大夫京兆尹兼御史大夫上柱國贈吏部尚書京兆韋公神道碑銘。韋滁興元元年自涇陽縣令檢校工部員外郎，見全唐文卷六百四十三陸贄優恤畿内百姓并除十縣令詔。餘未詳。

〔二〕燕：通宴。芳園夕宴者，指韋武、韋滁。據韋武墓碑，建中四年，韋武自太常博士授殿中侍御史，建中二年當在萬年尉或長安丞任。

〔三〕西郊：指澧上，時韋應物在長安西郊澧水畔善福精舍閑居，故云。

【評】

劉辰翁：本是恨意，寫得放懷可尚，然皆有情。（張習本）

西郊期滁武不至書示〔一〕

山高鳴過雨，澗樹落殘花。非關春不待，當由期自賒〔二〕。

〔校〕

〔澗樹〕原校「一云林澗」。

〔注〕

〔一〕詩建中二年暮春在灃上善福精舍閑居作。

滁、武：韋滁、韋武，見前詩注〔一〕。

〔二〕賒：遲緩，遥遠。

〔評〕

劉辰翁：兩絶（按，指此詩及前詩）皆極鍾情，而語更達（一作更切）。（張習本）

灃上對月寄孔諫議〔一〕

思懷在雲闕〔二〕，泊素守中林〔三〕。出處雖殊迹〔四〕，明月兩知心。

〔注〕

〔一〕詩建中二年春在灃上善福精舍閑居時作。

諫議：諫議大夫，正四品下，分左、右，各四人，分别隸屬于門下省和中書省，掌諫諭得失，侍從贊相，見新唐書百官志二。孔諫議：孔述睿，越州人，少隱嵩山，大曆中，以協律郎徵，轉國子博士，歷遷司勛員外郎，每除官，赴朝廷謝恩，尋即辭疾歸舊隱。德宗即位，徵爲諫議大夫，兼皇太子侍讀，辭不獲，乃就職，後歷秘書少監，以太子賓客致仕，貞元十六年卒。舊唐書卷一百四十一、新唐書卷一百九十六有傳。

〔二〕雲闕：宮門前高聳的觀闕，此指宮殿。鮑照代陸平原君子有所思行：「西上登雀臺，東下望雲闕。」

〔三〕泊素：謂胸懷淡泊。此自謂。中林：林中，指隱居之處。文選王康琚反招隱：「今雖盛明世，能無中林士。」李善注：「中林，林中也。」

〔四〕出處：或出或處。殊迹：行事不同，謂孔出仕而己隱居。

〔評〕

劉辰翁：道人語，不辛苦，悟者自悟。（張習本）

將往滁城戀新竹簡崔都水示端〔一〕

停車欲去繞叢竹〔二〕，偏愛新筠十數竿〔三〕。莫遣兒童觸瓊粉〔四〕，留待幽人回日看〔五〕。

〔注〕

〔一〕詩建中三年夏秋間赴滁州刺史任時作，參見附録簡譜。滁城：即滁州，州治在今安徽滁縣，唐時屬淮南道。崔都水：崔倬。端：韋端，韋應物從弟。均見前九日灃上作寄崔主簿倬二季端繫詩注〔一〕。

〔二〕藂：同叢。

〔三〕新筠：新竹。筠，竹上青皮。

〔四〕瓊粉：竹節上的白色粉末。瓊，美玉，比喻竹粉的晶瑩透明。

〔五〕幽人：幽居之人，此自指。

還闕首途寄精舍親友〔一〕

休沐日云滿〔二〕，沖然將罷觀〔三〕，嚴車候門側〔四〕，晨起正朝冠。山澤含餘雨，川澗注驚湍。攬轡遵東路，回首一長嘆。居人已不見，高閣在林端。

〔校〕

〔觀〕叢刊本作「官」。　〔正〕原校「一作整」，叢刊本作「整」。　〔遵東路〕原校「一云登前路」。

〔注〕

〔一〕依編次，詩建中二年四月後在比部員外郎任上作。首途：上路。精舍：指灃上善福精舍，屢見前注。據詩，時韋應物還灃上休假，假滿歸朝，遂作此詩。

〔二〕休沐：見休沐東還胄貴里示端注〔一〕。

〔三〕沖然：沖淡貌。罷觀：停止遊賞。

〔四〕嚴車：猶嚴駕，整備車馬。曹植雜詩：「僕夫早嚴駕，吾將遠行游。」鮑照行藥至城東橋：「嚴車臨迥陌，延瞰歷城闉。」

〔評〕

劉辰翁：〔末二句〕有此景意。（張習本）

秋夜南宮寄澧上弟及諸生〔一〕

暝色起煙閣，沉抱積離憂。况兹風雨夜，蕭條梧葉秋。空宇感涼至，頽顔驚歲周。日夕游闕下，山水憶同游。

〔注〕

〔一〕詩建中二年秋在尚書省比部員外郎任上作。南宫：尚書省。太平御覽卷二百十五：「漢書曰，南宫二十五星，應臺郎位。故明帝云『郎官上應列宿』，即此也。」諸生：即諸甥，見前善福精舍示諸生詩注。

途中書情寄澧上兩弟因送二甥却還〔一〕

華簪豈足戀〔二〕，幽林徒自違。遥知别後意，寂寞掩郊扉。回首昆池上〔三〕，更羡爾同歸。

〔注〕

〔一〕依編次，詩建中二年四月後在比部員外郎任上作。途中：當指自澧上還京途中。兩弟：謂韋端、韋繫，見前九日澧上作寄崔主簿倬二季端繫詩注〔一〕。二甥：謂趙伉、崔播，見前善福精舍示諸生注。

〔二〕華簪：華美的冠簪，代指顯貴的官職。陶潛和郭主簿：「此事真復樂，聊用忘華簪。」

〔三〕昆池：昆明池。江總秋日侍宴婁苑湖應詔詩：「玉軸昆池浪，金舟太液張。」此似借指灃上善福精舍附近之陂池。

雪夜下朝呈省中一絶〔一〕

南望青山滿禁闈〔二〕，曉陪鴛鷺正差池〔三〕。共愛朝來何處雪，蓬萊宮裏拂松枝〔四〕。

〔校〕

〔朝來〕文苑英華卷二百五十四作「來朝」。

〔注〕

〔一〕詩建中二年冬在比部員外郎任上作。省中：指尚書省同僚。比部員外郎屬尚書省刑部。

〔二〕青山：指終南山，一名南山。皇帝受朝賀在大明宮含元殿。唐語林卷七：「含元殿鑿龍首崗以爲址，彤墀釦砌，高五十餘尺。……倚欄下視，南山如在掌中。」杜甫秋興八首：「蓬萊宮闕對南山。」參見注〔四〕。

〔三〕鴛鷺：字或作鵷鷺。二鳥群飛有序，故以喻指朝官班行。沈約和竟陵王抄書詩：「空幸參鴛鷺，比秀忝瓊芝。」岑參初至西虢官舍南池呈左右省及南宫諸故人：「空積犬馬戀，豈思鵷鷺行。」差（cī）池：不齊貌。詩邶風燕燕：「燕燕于飛，差池其羽。」

〔四〕蓬萊宮：即大明宮。新唐書地理志一：「大明宮在禁苑東南，……本永安宮，貞觀八年置。九年曰大明宮，以備太上皇清暑，百官獻貲以助役。高宗以風痹，厭西内湫濕，龍朔二年始大興葺，曰蓬萊宮。……長安元年復曰大明宮。」

〔評〕

劉辰翁：〔末二句〕却似染俗。（張習本）

卷三

寄贈下

寄柳州韓司户郎中〔一〕

達識與昧機〔二〕，智殊迹同静。於焉得攜手，屢賞清夜景。蕭灑陪高詠，從容羨華省〔三〕。一逐風波遷〔四〕，南登桂陽嶺〔五〕。舊里門空掩，歡游事皆屏。悵望城闕遥，幽居時序永。春風吹百卉，和煦變閭井。獨悶終日眠，篇書不復省。唯當望雨露〔六〕，霑子荒遐境。

〔校〕

〔達〕原校「一作遠」。　〔歡〕原校「一作新」。

〔注〕

〔一〕詩建中四年春在滁州作。

柳州：柳，當爲「郴」之誤。詩云「南登桂陽嶺」，郴州桂陽郡，柳州州治在今廣西柳州市，與桂陽無涉。參見注〔五〕。司户：户曹司户參軍事，州府屬官，掌户籍、計帳、道路、過所、蠲符、雜徭、逋負、良賤、芻藁、逆旅、婚姻、田訟、旌别孝悌。見新唐書百官志四。郴州中州，司户正八品下。郎中：尚書省所屬各曹司長官。韓司户郎中：韓質，昌黎人，天寶中京兆尹韓朝宗子，見元和姓纂卷四。韓質時自郎中貶郴州司户參軍，參見卷六對韓少尹所贈硯有懷詩及注。其貶前任何曹郎中未詳。

〔二〕達識：見識通達，指韓質。人物志卷上材理：「明能見機，謂之達識之材。」昧機：昧于事理，不能見幾而作，此自指。

〔三〕華省：近密貴顯的官署，此指尚書省。潘岳秋興賦：「宵耿介而不寐兮，獨展轉于華省。」韋應物前此爲比部員外郎，韓質爲郎中，同在尚書省。

〔四〕風波：喻動蕩不定。莊子天地：「我之謂風波之民。」成玄英疏：「夫水性雖澄，逢風波起。」文選卷二十九李陵與蘇武三首：「風波一失所，各在天一隅。」

〔五〕桂陽：謂郴州，南依五嶺。元和郡縣圖志卷二十九郴州：「本漢長沙國地，漢分長沙國地立桂陽郡，理郴縣，領十一縣。……武德四年爲郴州。」舊唐書地理志五郴州：「天寶元年，改爲桂陽郡。乾元元年，復爲郴州。」韋應物對韓少尹所贈硯有懷：「故人謫遐遠，留硯寵斯文。……未有桂陽使，裁書一報君。」蓋韓質自郎中、京兆少尹謫郴州，參見該詩注。

〔六〕雨露：喻指帝王恩澤。高適送李少府貶峽中王少府貶長沙：「聖代即今多雨露，暫時分手莫躊躇。」

〔評〕

劉辰翁：〔達識二句〕十字道盡物理，至理至言。（參評本）

鍾惺：齊物至理，難在十字説盡。（朱墨本）

寄令狐侍郎〔一〕

三山有瓊樹〔二〕，霜雪色逾新。始自風塵交〔三〕，中結綢繆姻〔四〕。西掖方掌誥〔五〕，南宮復司春〔六〕。夕燕華池月，朝奉玉階塵。衆寶歸和氏〔七〕，吹噓多俊人。群公共然諾，聲問邁時倫〔八〕。孤鴻既高舉，燕雀在荆榛〔九〕。翔集且不同，豈不欲殷勤。一旦遷南郡〔一〇〕，江湖渺無垠。寵辱良未定，君子豈緇磷〔一一〕。寒暑已推斥〔一二〕，別離生苦辛。非將會面目，書札何由申。

〔校〕

〔燕雀〕原作「燕省」，據元修本、遞修本、活字本、叢刊本、全唐詩改。　〔面目〕遞修本作「面日」。

〔注〕

〔一〕詩約建中元年冬在長安作。

令狐侍郎：令狐峘，令狐德棻曾孫。天寶中登進士第，代宗初，自華原尉拜右拾遺，遷起居舍人，皆兼史職。建中初，累遷至禮部侍郎。貶衡州別駕，改衡州刺史。貞元初，召爲右庶子，復貶吉州別駕，遷吉州刺史，再貶衢州別駕，永貞元年，以秘書少監徵，卒。舊唐書卷一百四十九、新唐書卷一百二有傳。據詩中「一旦遷南郡，江湖渺無垠。……寒暑已推斥，別離生苦辛」等語，時令狐峘當貶在衡州。

〔二〕三山：相傳海中有蓬萊、方丈、瀛洲三神山，參見卷二贈盧嵩注〔四〕。瓊樹：即玉樹，傳説中仙樹，古人常用以比喻美好人品。此喻指令狐峘。漢書司馬相如傳：「咀噍芝英兮嘰瓊華。」張揖曰：「瓊樹生昆侖西流沙濱，大三百圍，高萬仞。」淮南子地形：「據昆侖虚以下地，……上有木禾，其修五尋。珠樹、玉樹、琁樹、不死樹在其西。」世説新語賞譽：「王戎云：『太尉（王衍）神姿高徹，如瑶林瓊樹，自然是風塵外物。』」

〔三〕風塵交：患難之交。風塵，風起塵揚，天昏地暗，指巨大的社會變亂，此當指安史之亂。杜甫寄張十二山人彪三十韻：「謝氏尋山屐，陶公漉酒巾。群凶彌宇宙，此物在風塵。」舊唐書令狐峘傳：「禄山之亂，隱居南山豹林谷，谷中有峘别墅。」

〔四〕綢繆姻：情意深厚的姻親，此指與令狐峘結爲兒女親家。吴質答東阿王書：「發函伸紙，是何文采之巨麗，而慰喻之綢繆乎！」

〔五〕西掖：中書省。初學記卷十一引應劭漢官：「左右曹受尚書事。前世文士以中書在右，因謂中書爲右曹，又稱西掖。」掌誥：掌中書省文誥起草等事。新唐書令狐峘傳：「大曆中，以刑部員外郎判南曹。遷司封郎中、知制誥，兼史館修撰。德宗立……」令狐峘知制誥在大曆末年。

〔六〕南宫：指尚書省。唐時尚書省在大明宫南，故稱南省或南宫。司春：謂爲禮部侍郎。唐六典卷四：「禮部尚書一人，正三品。周之春官卿也。……光宅元年爲春官尚書，神龍元年復故。」新唐書令狐峘傳：「建中初，峘爲禮部侍郎。」

〔七〕和氏：春秋楚國玉工，善識寶玉。詳見卷一擬古詩十二首其十二注〔二〕。

〔八〕聲問：聲譽。邁時倫：超越同時流輩。説文人部：「倫，輩也。」盧綸新移北廳貽同院諸公兼呈暢博士：

「華軒邇台座，顧影忝時倫。」

〔九〕「孤鴻」二句：史記陳涉世家：「陳涉少時，嘗與人傭耕，輟耕之壟上，悵恨久之，曰：『苟富貴，毋相忘。』庸者笑而應曰：『若爲庸耕，何富貴也？』陳涉太息曰：『燕雀安知鴻鵠之志哉！』」鴻，鴻鵠，大鳥，指令狐峘。燕雀，韋應物自謂。蓋峘爲禮部侍郎時，應物正閑居灃上善福精舍。

〔一〇〕南郡：南方州郡，指衡州。舊唐書德宗紀上：建中元年二月「甲寅，貶史館修撰、禮部侍郎令狐峘郴州司馬。」同書令狐峘傳：「初大曆中，劉晏爲吏部尚書，楊炎爲侍郎，晏用峘判吏部南曹事。峘荷晏之舉，每分闕，必擇其善者送晏，不善者送炎，炎心不平之。及建中初，峘爲禮部侍郎，炎爲宰相，不念舊事。有士子杜封者，故相鴻漸子，求補弘文生。炎嘗出杜氏門下，托封于峘。峘謂使者曰：『相公誠憐封，使成一名，乞署封名下一字，峘得以志之。』炎不意峘賣，即署名托封。峘以炎所署奏論，言宰相迫臣以私。……德宗出疏問炎，炎具言其事，德宗怒甚，……欲決杖流之，炎苦救解，貶衡州別駕。遷衡州刺史。」新唐書本傳亦作衡州，疑作郴州非是。

〔一一〕緇磷：喻改變操守。見卷二秋集罷還途中作謹獻壽春公黎公注〔七〕。

〔一二〕推斥：推移。廣雅釋詁三：「斥，推也。」劉楨贈五官中郎將四首：「四節相推斥，季冬風且涼。」

〔評〕

劉辰翁：此等詩，故非公神境，然都大雅，無一劣句，似可以諷。（參評本）

閑居寄端及重陽〔一〕

山明野寺曙鍾微，雪滿幽林人迹稀。閑居寥落生高興，無事風塵獨不歸。

【校】

〔曙〕萬首唐人絶句卷四、唐詩品彙卷四十九作「曉」。

【注】

〔一〕詩建中元年冬在灃上善福精舍閑居時作。端：韋端，韋應物堂弟，見卷二九日灃上作寄崔主簿倬二季端繫注〔一〕。重陽：韋應物甥崔播，見卷五答僩奴重陽二甥題下自注。

園林晏起寄昭應韓明府盧主簿〔一〕

田家已耕作，井屋起晨烟。園林鳴好鳥，閑居猶獨眠。不覺朝已晏，起來望青天。四體一舒散，情性亦欣然。還復茅簷下，對酒思數賢。束帶理官府，簡牘盈目前。當念中林賞，覽物遍山川。上非遇明世，庶以道自全。

【校】

〔上〕唐詩品彙卷十四作「士」。

【注】

〔一〕詩建中初在灃上善福精舍閑居時作。昭應：京兆府屬縣名，今陝西臨潼。本新豐縣，天寶三載，析萬年、新豐置會昌縣，七載，省新豐，更會昌縣曰昭應，見新唐書地理志一。明府：唐人對縣令的稱謂。韓明府，韓質。盧綸有晚次新豐北野老家書事呈韓質明府詩，韋應物與韓質交往，見前寄柳州韓司户郎中詩。盧主簿：當是昭應縣主簿，名未詳。

〔評〕

袁宏道：體裁情韻，俱逼淵明。（參評本）

沈德潛：〔不覺二句〕真樸處最近陶公。（唐詩別裁卷三）

寄大梁諸友〔一〕

分竹守南譙〔二〕，弭節過梁池〔三〕。雄都衆君子〔四〕，出餞擁河湄〔五〕。燕謔始云洽〔六〕，方舟已解維〔七〕。一爲風水便，但見山川馳。昨日次睢陽〔八〕，今夕宿符離〔九〕。雲樹愴重疊，烟波念還期。相敦在勤事〔一〇〕，海内方勞師〔一一〕。

〔注〕

〔一〕詩建中三年夏秋間赴滁州刺史任途中作。時作者經過汴州，沿汴河東南行，到達徐州符離，故作詩懷念在汴州爲他餞行的友人，并表達了對時局的憂慮。

大梁：戰國魏都，即唐之汴州，今河南開封。參見卷一大梁亭會李四栖梧作注〔一〕。

〔二〕分竹：即分符，指被任命爲刺史，參見卷一軍中冬燕注〔六〕。南譙：即滁州。太平寰宇記卷一百二十八滁州：「梁大同二年，割北齊州之新昌、南豫州之南譙、豫州之北譙，凡三郡，立爲南譙郡，居桑根山之西，今州西南八十里全椒縣界南譙故城是也。」

〔三〕弭節：止車徐行。節，馬鞭。楚辭離騷：「吾令羲和弭節兮，望崦嵫而勿迫。」王逸注：「弭，按也。按節，徐步也。」洪興祖補注：「弭，止也。」梁池：指汴州之蓬池。見卷一大梁亭會李四栖梧作注〔三〕。

〔四〕雄都：指汴州，唐時爲六雄州之一，汴宋節度使治所。中唐時汴州爲防禦河北諸藩鎮叛亂的軍事重鎮。舊唐書德宗紀上：建中二年「三月庚申朔，築汴州城。初大曆中，李正已有淄、青、齊、海、登、萊、沂、密、德、棣、曹、濮、徐、兗、鄆十五州之地，李寶臣有恒、定、易、趙、深、冀、滄七州之地，田承嗣有魏、博、相、衛、洺、貝、澶七州之地，梁崇義有襄、鄧、均、房、復、郢六州之地，各聚兵數萬。始因叛亂得位，雖朝廷寵待加恩，皆連衡盤結以自固。……完城繕甲，略無寧日。……先是汴州以城隘不容衆，請廣之。至是築城，……詔分汴、宋、滑爲三節度，移京西防秋兵九萬二千人以鎮關東。」

〔五〕擁：簇擁，聚集。河湄：河邊。河，指汴河。

〔六〕燕謔：飲宴笑謔。洽：融洽，歡洽。

〔七〕方舟：兩舟相并。莊子山木：「方舟而濟於河。」司馬云：「方，并也。」此但指船。解維：解纜，開船。

〔八〕睢陽：郡名，即宋州，今河南商丘。新唐書地理志二：「宋州睢陽郡，望。本梁郡，天寶元年更名。」

〔九〕符離：縣名，今安徽宿縣，時屬徐州，元和中改置宿州。元和郡縣圖志卷九：「宿州，本徐州苻離縣也，元和四年，以其地南臨汴河，有甬橋爲舳艫之會，……有詔割苻離、蘄縣及泗州之虹縣置宿州。」

〔一〇〕敦：勸勉。勤事：勤勞王事。

〔一一〕勞師：謂士卒勞苦，戰爭不息。左傳僖公三十二年：「蹇叔曰：『勞師以襲遠，非所聞也。師勞力竭，遠主備之，無乃不可乎。』」時魏博田悦，成德李惟岳、王武俊，幽州朱滔，淄青李納等相繼叛亂，官軍征討，戰亂連年不絶。參見舊唐書德宗紀上。

新秋夜寄諸弟〔一〕

兩地俱秋夕，相望共星河。高梧一葉下〔二〕，空齋歸思多。方用憂人瘼〔三〕，況自抱微痾。無將別來近〔四〕，顔鬢已蹉跎〔五〕。

〔校〕

〔共〕原校「一作在」。

〔注〕

〔一〕詩建中三年七月在滁州作。

〔二〕「高梧」句：淮南子説山：「見一葉落，而知歲之將暮。」

〔三〕人瘼：即民瘼，百姓疾苦。後漢書循吏傳序：漢光武帝即位後，「廣求民瘼，觀納風謡，故能内外匪懈，百姓寛息」。

〔四〕將：謂，以爲。韋應物示全真元常：「無將一會易，歲月坐推遷。」

〔五〕蹉跎：謂虚度光陰。岑參秋夕讀書幽興獻兵部李侍郎：「年紀蹉跎四十强，自憐頭白尚爲郎。」

〔評〕

劉辰翁：公佳處偏於此境得之。（參評本）

喻文鏊：其新秋夜寄諸弟發端云：「兩地俱秋夕，相望隔星河。」不待言之畢而已令人淒絶。

左司之詩純以淡處見腴，至其兄弟之情見於集中尤多。（考田詩話）

郊園聞蟬寄諸弟〔一〕

去歲郊園別，聞蟬在蘭省〔二〕。今歲臥南譙〔三〕，蟬鳴歸路永。夕響依山郭，餘悲散秋景。緘書報此時，此心方耿耿〔四〕。

〔校〕

〔餘悲句〕原校「一作餘聲發秋嶺」。〔此時〕原校「一作遠景」。

〔注〕

〔一〕詩建中三年秋在滁州作。

〔二〕蘭省：指尚書省。應劭漢官儀卷下：「尚書……郎握蘭含香，趨走丹墀奏事。」鄭谷送曹郎中南歸：「風月拋蘭省，江山向桂州。」韋應物建中二年四月授尚書省比部員外郎，見卷四始除尚書郎別善福精舍題下自注。

〔三〕南譙：即滁州，見前寄大梁諸友注〔二〕。

〔四〕耿耿：憂傷貌。詩邶風柏舟：「耿耿不寐，如有隱憂。」

〔評〕

袁宏道：公五言簡遠，而短調更蘊藉，其味較長。（參評本）

寄中書劉舍人〔一〕

雲霄路竟別，中年迹暫同。比翼趨丹陛〔二〕，連騎下南宮〔三〕。佳咏邀清月，幽賞滯芳叢。迨予一出守〔四〕，與子限西東。晨露方愴愴〔五〕，離抱更忡忡。忽睹九天詔〔六〕，秉綸歸國工〔七〕。玉座浮香氣〔八〕，秋禁散涼風。應向橫門度〔九〕，環珮杳玲瓏〔一〇〕。光輝恨未矚，歸思坐難通。蒼蒼松桂姿，想在掖垣中〔一一〕。

【校】

〔愴愴〕原校「一作蒼蒼」。　〔度〕原校「一作旁」。　〔掖垣〕叢刊本作「一垣」。

【注】

〔一〕詩建中三年秋在滁州作。

舍人：中書舍人。新唐書百官志二中書省：「舍人六人，正五品上。掌侍進奏，參議表章。凡詔旨制敕、璽書册命，皆起草進畫；既下，則署行。」劉舍人：劉太真（七二五—七九二），宣州（今屬安徽）人，少師蕭穎士，博學善屬文。天寶末，舉進士。大曆中自淮南節度掌書記徵拜起居郎，歷司勳、吏部員外郎、駕部郎中知制誥、中書舍人，累遷工、刑二部侍郎，轉禮部侍郎，貞元五年，貶信州刺史，尋卒。舊唐書卷一百三十七、新唐書卷二百三有傳。全唐文卷五百三十八裴度劉府君（太真）神道碑銘：「遷駕部郎中、知制誥。……建中四年夏，正授中書舍人。」蓋建中三年秋劉太真遷駕部郎中知制誥。唐俗，以他官知制誥者亦可稱舍人。

〔二〕比翼：猶比肩，并肩而行。丹陛：宫中漆成朱紅色的臺階。岑參寄左省杜拾遺：「聯步趨丹陛，分曹限紫微。」

〔三〕連騎：坐騎相接。南宫：指尚書省，見前寄令狐侍郎注〔六〕。韋應物爲比部員外郎時，劉太真在司勛、吏部員外郎任，故云「連騎」。

〔四〕出守：謂己出爲滁州刺史，見前詩注〔二〕。

〔五〕愴愴：悲傷貌。王褒九懷思忠：「感余志兮慘慄，心愴愴兮自憐。」

〔六〕九天：九重天，極言其高遠，比喻皇宫。王維和賈舍人早朝大明宫之作：「九天閶闔開宫殿，萬國衣冠拜冕旒。」

〔七〕秉綸：掌起草制誥。綸，粗于絲者。禮記緇衣：「王言如絲，其出如綸。王言如綸，其出如綍。」疏：「王言初出，微細如絲，及其出行于外，言更漸大如綸也。」後因稱制誥爲絲綸或綸綍。國工：一國中技藝高超者。

〔八〕玉座：皇帝御座。謝朓同謝咨議銅雀臺：「玉座猶寂寞，況乃妾身輕。」

〔九〕横門：猶衡門，指己在長安之宅第。横、衡通。詩陳風衡門：「衡門之下，可以棲遲。」傳：「衡門，横木爲門，言淺陋也。」

〔一〇〕玲瓏：玉聲。文選卷一班固東都賦：「和鑾玲瓏。」李善注引埤蒼：「玲瓏，玉聲也。」

〔一一〕掖垣：皇宫兩側的牆垣，代指門下、中書二省，因其分别在皇宫東、西兩側故。杜甫春宿左省：「花隱掖垣暮，啾啾棲鳥過。」

郡齋感秋寄諸弟〔一〕

首夏辭舊國，窮秋卧滁城〔二〕。方如昨日別，忽覺徂歲驚〔三〕。高閣收煙霧，池水晚澄清。户牖已淒爽，晨夜感深情。昔游郎署間〔四〕，是月天氣晴。授衣還西郊〔五〕，曉露田中行。采菊投酒中〔六〕，昆弟自同傾。簪組聊挂壁〔七〕，焉知有世榮。一旦居遠郡，山川間音形。大道庶無累〔八〕，及兹念已盈。

【校】

〔清〕原校「一作明」。〔晴〕原校「一作清」。〔田中〕中，原校「一作野」。

【注】

〔一〕詩建中三年九月在滁州作。

諸弟：指韋端、韋繫、韋滌、韋武等，見卷二九日灃上作寄崔主簿倬二季端繫、灃上醉題寄滌武等詩。

〔二〕窮秋：深秋，指九月。滁城：即滁州，今安徽滁縣。

〔三〕徂歲：逝去的歲月。謝靈運傷已賦：「眺徂歲之驟經，睹芳春之每始。」

〔四〕郎署：謂尚書省官署。建中二年九月時，韋應物尚在尚書省比部員外郎任，參見附録簡譜。

〔五〕授衣：謂製備冬衣。詩豳風七月：「七月流火，九月授衣。」西郊，謂長安西郊灃上善福精舍。韋應物建中二年秋休沐歸灃上，見卷二還闕首途寄精舍親友詩。

〔六〕采菊：見卷一效陶彭澤注〔三〕。

〔七〕簪組：此代指官服。簪，髮簪，用以束髮加冠。組，繫印絲帶。

〔八〕無累：不爲外物所累。文選卷十三賈誼鵩鳥賦：「德人無累，知命不憂。」李善注引莊子：「聖人循天之理，故無天災，故無物累。」

郡中對雨贈元錫兼簡楊凌〔一〕

宿雨冒空山〔二〕，空城響秋葉。沉沉暮色至，淒淒涼氣入。蕭條林表散，的礫荷上集〔三〕。夜霧着衣重，新苔侵履濕。遇兹端憂日〔四〕，賴與嘉賓接。

〔注〕

〔一〕詩建中三年秋在滁州作。元錫：河南（今河南洛陽）人，字君貺，元挹之子，韋應物妻元蘋之弟。貞元十一年，爲協律郎、山南西道節度推官。元和中，歷衢、蘇二州刺史，福建、宣歙觀察使，授秘書監分司，以贓貶壁州。後除淄王傅，卒。詳見元和姓纂卷四及岑仲勉元和姓纂四校記。楊凌：虢州弘農（今河南靈寶）人，字恭履，韋應物女婿。丘丹韋應物墓誌：「長女適大理評事楊凌。」凌與兄楊憑、楊凝齊名，時號「三楊」，凌最善文。大曆十一年登進士第，官協律郎，貞元初，歷大理評事，卒，有文集若干卷，柳宗元爲之序。事迹附見新唐書卷一百六十楊憑傳。

〔二〕宿雨：經夜的雨。冒：覆蓋，籠罩。詩邶風日月：「日居月諸，下土是冒。」

〔三〕的礫：即的歷、的皪，光彩鮮明貌。參見卷一冰賦注〔二〇〕。

〔四〕端憂：深憂。文選謝莊月賦：「陳王初喪應、劉，端憂多暇。」李周翰：端然憂愁，以多閑暇。

〔評〕

袁宏道：小謝體裁，老杜情景。（參評本）

冬至夜寄京師諸弟兼懷崔都水〔一〕

理郡無異政，所憂在素餐〔二〕。徒令去京國，羈旅當歲寒。子月生一氣〔三〕，陽景極南端〔四〕。已懷時節感，更抱別離酸。私燕席云罷，還齋夜方闌。邃幕沉空宇，孤燭照牀單。應同兹夕念，寧忘故歲歡。川塗恍悠邈〔五〕，涕下一闌干〔六〕。

〔校〕

〔異〕原校「一作美」。〔子〕原校「一作玄」，叢刊本作「玄」。〔席〕原校「一作夕」。〔宇〕原校「一作月」。

〔注〕

〔一〕詩建中三年十一月在滁州作。

冬至：二十四節氣之一，爲舊曆十一月中氣。諸弟：指端、繫、滌、武等，已見前注。崔都水：崔倬，見卷二九日灃上作寄崔主簿倬二季端繫注〔一〕。

〔二〕素餐：不勞而食，此謂無功受禄。詩魏風伐檀：「彼君子兮，不素餐兮。」朱熹注：「素，空；餐，食也。」

〔三〕子月：即十一月。周正建子，以十一月爲歲首。一氣：謂陽氣。冬至後晝漸長，夜漸短，古人以爲陽氣漸生。史記律書：「日冬至則一陰下藏，一陽上舒。」易復「七日來復」疏：「五月一陰生，至十一月一陽生。」又「后不省方」疏：「冬至一陽生，是陽動用而陰復于静也。」

〔四〕陽景：日光。南端：南方。左傳僖公五年：「春，王正月，辛亥朔，日南至。」注：「周正月，今十一月。冬至之日，日南極。」

〔五〕悠邈：遥遠。陶潛停雲詩：「良朋悠邈，搔首延佇。」

〔六〕闌干：縱横交錯貌。吴越春秋句踐入臣外傳：「言竟，掩面涕泣闌干。」

元日寄諸弟兼呈崔都水〔一〕

一從守兹郡，兩鬢生素髮。新正加我年〔二〕，故歲去超忽〔三〕。淮濱異時候〔四〕，了似仲秋月。川谷風景温，城池草木發。高齋屬多暇，惆悵臨芳物。日月昧還期，念君何時歇。

〔校〕

〔異〕原作「益」，據叢刊本改。

〔注〕

〔一〕詩建中四年元日在滁州作。元日：正月初一日。崔都水：崔倬，見卷二九日灃上作寄崔主簿倬二季端繫注〔一〕。

〔二〕新正：新年元旦。唐制，元日大陳設，諸道朝集使朝賀，陳其貢篚于殿庭，見唐六典卷三。

〔三〕超忽：曠遠貌，引申爲迅急。參見卷二同德寺雨後寄元侍御李博士注〔五〕。

〔四〕淮濱：指滁州，唐時隸屬淮南道。

寄職方劉郎中〔一〕

相聞二十載，不得展平生〔二〕。一夕南宫遇〔三〕，聊用寫中情〔四〕。端服光朝次〔五〕，群列慕英聲。歸來坐粉闈〔六〕，揮筆乃縱横。始陪文翰游，歡燕難久并。予因謬忝出〔七〕，君爲沉疾嬰〔八〕。別離寒暑過，荏苒春草生。故園茲日隔，新禽池上鳴〔九〕。郡中永無事，歸思徒自盈。

〔校〕

〔夕〕原校「一作旦」。〔慕〕原校「一作器」。〔歸思〕遞修本此下多出「殊不遠暮潮從去早潮來」十字，蓋爲卷五酬柳郎中春日歸揚州南郭見別之作末十字之誤植。

〔注〕

〔一〕詩建中四年春在滁州作。

職方：尚書省兵部所屬曹司名。新唐書百官志一尚書省：「職方郎中、員外郎，各一人，掌地圖、城隍、鎮戍、烽候、防人道路之遠近及四夷歸化之事。」劉郎中：劉灣，字靈源，西蜀人，郡望彭城。天寶中登進士第。能詩，與元結友善。永泰元年，以侍御史爲湖南觀察使僚佐。大曆六年，官秘書郎，後歷吏部員外郎、職方郎中，卒。事迹見元和姓纂卷五、唐詩紀事卷二十五、輿地碑記目卷二等。册府元龜卷一百六十二：「建中元年二月，發黜陟使分往天下，以……職方郎中劉灣往關内。」

〔二〕「相聞」二句：自建中四年（七八三）上溯二十載爲代宗廣德、永泰間。全唐文卷三百八十一元結別王佐卿序：「癸卯歲，……與次山住者有彭城劉灣。」全唐詩卷二百四十一元結劉侍御月夜宴會序：「乙巳歲，彭城劉灣在衡陽，……竟與諸公愛月而歡醉，咏歌夜久，賦詩言懷。」癸卯，廣德元年。乙巳，永泰元年。蓋時劉灣已以詩馳名，但其行踪多在江南，故韋應物無緣與之相識，一展平生之懷。

〔三〕南宫：尚書省，已見前寄令狐侍郎注〔六〕。

〔四〕寫中情：謂傾吐内心傾慕之情。詩小雅蓼蕭：「我心寫兮。」朱熹注：「寫，輸寫也。」

〔五〕端服：整飾衣裳，以示恭敬。朝次：猶朝列，謂朝官班行。

〔六〕粉闈：指尚書省。闈，宫中小門。應劭漢官儀卷上：「尚書郎，……省皆胡粉塗畫古賢人烈女。」故尚書省又稱粉署或粉闈。高適真定即事奉贈韋使君二十八韵：「擢才登粉署，飛步躡雲衢。」

〔七〕謬忝：自謙之詞。武平一奉和幸新豐温泉宫應制：「謬忝王枚列，多慚雨露恩。」出：謂出守滁州。

〔八〕沉疾：積久難治之疾病。劉楨贈五官中郎將：「余嬰沈痼疾，竄身清漳濱。」

〔九〕「別離」四句：謝靈運登池上樓：「池塘生青草，園柳變鳴禽。」此用其語意。

〔評〕

袁宏道：三謝逸詩。（參評本）

社日寄崔都水及諸弟群屬〔一〕

山郡多暇日，社時放吏歸。坐閣獨成悶，行塘閲清輝。春風動高柳，芳園掩夕扉。遥思里中會，心緒悵微微。

〔注〕

〔一〕詩建中四年二月社日在滁州作。

社日：古代祭祀社神（土地神）之日。一般以立春後第五個戊日爲春社，多在二月，立秋後第五個戊日爲秋社，多在八月。此指春社。崔都水：崔倬，見卷二九日灃上作寄崔主簿倬二季端繫注〔一〕。

寒食日寄諸弟〔一〕

禁火曖佳辰〔二〕，念離獨傷抱。見此野田花，心思杜陵道〔三〕。聯騎定何時，予今顔已老。

〔校〕

〔定〕原校「一作竟」。

〔注〕

〔一〕詩建中四年春寒食日在滁州作。

寒食：節日名，在清明前一或二日。荆楚歲時記：「去冬節一百五日，即有疾風甚雨，謂之寒食，禁火三日，造錫大麥粥。」

〔二〕「禁火」句：曖，昏暗。佳辰，良辰佳節，指寒食節。後漢書周舉傳：「舉稍遷并州刺史。太原一郡，舊俗以介子推焚骸，有龍忌之禁。至其亡月，咸言神靈不樂舉火，由是士民每冬中輒一月寒食，莫敢烟爨，老小不堪，歲多死者。舉既到州，乃……宣示愚民，使還温食。」李賢注：「新序：『晉文公反國，介子推無爵，遂去而之介山之上。文公求之不得，乃焚其山，推遂不出而焚死。』……俗傳云子推以此日被焚而禁火。」

〔三〕杜陵：在今陝西西安東南，韋應物世居于此。參見卷二假中對雨呈縣中僚友注〔三〕。

三月三日寄諸弟兼懷崔都水〔一〕

暮節看已謝，茲晨愈可惜。風澹意傷春，池寒花斂夕。對酒始依依，懷人還的的〔二〕。誰當曲水行〔三〕，相思尋舊迹。

【校】

〔夕〕原校「一作色」。

【注】

〔一〕詩建中四年三月在滁州作。

三月三日：上巳節。舊俗，三月上巳日祓禊飲宴于水濱，以祓除不祥，曹魏以後固定于三月三日。參見卷一西郊燕集注〔三〕、〔四〕。

〔二〕的的：分明貌。樂府詩集卷四十六讀曲歌：「閨閤斷信使，的的兩相憶。譬如水上影，分明不可得。」

〔三〕曲水：古人稱三月上巳禊飲水濱之地爲曲水。此指長安東南之曲江池。類編長安志卷三：「曲江池，在雁塔東南，以水流屈曲，謂之曲江。」雁塔，即慈恩寺塔。劇談録卷下：「曲江池，本秦世隑洲，開元中疏鑿，遂爲勝境。其南有紫雲樓、芙蓉苑，其西有杏園、慈恩寺，花卉環周，烟水明媚。都人游玩，盛于中和、上巳之節。綵幄翠幬，匝於堤岸；鮮車健馬，比肩擊轂。」建中三年，韋應物曾與親友游曲江，見卷六月晦憶去年與親友曲江游宴詩。

〔評〕

袁宏道：風調大似齊梁，而齊梁無此雅潔。（參評本）

贈李儋侍御〔一〕

風光山郡少，來看廣陵春〔二〕。殘花猶待客，莫問意中人。

〔注〕

〔一〕詩建中四年暮春在滁州作。

李儋：見卷二贈李儋注〔一〕。據詩，時李儋來滁州訪問韋應物。

〔二〕廣陵：郡名，即揚州。滁州屬淮南道，節度使治所在揚州。

寄楊協律〔一〕

吏散門閤掩，鳥鳴山郡中。遠念長江別，俯覺座隅空〔二〕。舟泊南池雨，簟卷北樓風。併罷芳樽燕，爲愴昨時同。

〔注〕

〔一〕詩建中四年夏在滁州作。協律：官名。新唐書百官志三太常寺：「協律郎二人，正八品上，掌和律吕。」楊協律：楊淩，見前郡中對雨贈元錫兼簡楊淩注〔一〕。據詩「俯覽座隅空」句及楊淩和詩「陪燕辭三楚，戎途綿百越」之語，蓋楊淩曾訪韋應物于滁州，後復别去，故韋作詩寄之。

〔二〕「俯覽」句：後漢書孔融傳：「及退閑職，賓客日盈其門。常嘆曰：『座上客恒滿，尊中酒不空，吾無憂矣。』」此反用其意。

〔附録〕

楊淩　奉酬滁州寄示

淮陽原校「一作南」爲郡暇，坐惜流芳歇。散懷累榭風，清暑澄潭月。陪燕辭三楚，戎途綿百越。非當遠别離，雅奏何由發。

郡齋贈王卿〔一〕

無術謬稱簡〔二〕，素餐空自嗟〔三〕。秋齋雨成滯，山藥寒始華。濩落人皆笑〔四〕，幽獨歲逾賒。唯君出塵意〔五〕，賞愛似山家〔六〕。

【校】

〔山家〕原校「一作僧家」。

【注】

〔一〕詩建中四年秋在滁州作。

王卿：當是被貶至滁州者，名未詳。大曆、建中中有太常少卿王紞，王維之弟，未知是此人否。

〔二〕稱簡：謂爲政有清簡不擾民的政聲。晉書阮籍傳：「拜東平相。籍乘驢到郡，壞府舍屏鄣，使内外相望，法令清簡，旬日而還。」

〔三〕素餐：見前冬至夜寄京師諸弟兼懷崔都水詩注〔二〕。

〔四〕濩(huò)落：同瓠落，空廓無用，引申爲無聊失意。莊子逍遥游：「魏王貽我大瓠之種，我樹之成，而實五石。以盛水漿，其堅不能自舉也。以爲瓢，則瓠落無所容。非不呺然大也，吾爲其無用而掊之。」杜甫自京赴奉先縣咏懷五百字：「居然成濩落，白首甘契闊。」

〔五〕出塵：超出世俗。孔稚珪北山移文：「夫以耿介拔俗之標，瀟灑出塵之想，度白雪以方潔，干青雲而直上。」

〔六〕山家：山野人家，謂極清静簡陋。

【評】

劉辰翁：〔無術句〕其詩多此等，極似水味。（張習本）

袁宏道：至語不在多。（參評本）

簡恒璨〔一〕

室虚多涼氣，天高屬秋時。空庭夜風雨，草木曉離披〔二〕。簡書日云曠〔三〕，文墨誰復持〔四〕。聊因遇澄静〔五〕，一與道人期〔六〕。

【校】

〔虚〕原校「一作臺」。〔氣〕原校「一作風」。〔簡書〕文苑英華卷二百二十作「簡牒」，校云「集作書」。〔遇澄〕文苑英華作「心近」，校云「集作遇澄」。

【注】

〔一〕詩建中四年秋在滁州作。恒璨：即集中宿永陽寄璨律師中之璨律師，爲滁州僧人，餘未詳。

〔二〕離披：凋零散亂貌。楚辭宋玉九辯：「白露既下此百草兮，奄離披此梧楸。」洪興祖補注：「離披，分散貌。……梧桐、楸梓，皆早凋。」

〔三〕曠：荒廢。

〔四〕文墨：猶文翰，此指公文案牘。文選卷二十九劉楨雜詩：「職事相填委，文墨紛消散。」張銑注：「文墨謂案牘，紛亂而多。」

〔五〕澄静：澄清安静，謂風雨已過，天氣晴好。

〔六〕道人：有道之人，指僧人。

閑居寄諸弟〔一〕

秋草生庭白露時〔二〕，故園諸弟益相思。盡日高齋無一事，芭蕉葉上獨題詩〔三〕。

【校】

〔益〕唐詩品彙拾遺卷四作「憶」。〔獨〕唐詩品彙作「自」。

【注】

〔一〕詩建中四年秋在滁州作。

諸弟：指韋端、韋繫、韋滁、韋武等，已見前注。

〔二〕白露：二十四節氣之一，爲舊曆八月節氣。

〔三〕芭蕉：多年生草本植物，又名甘蕉、巴苴，葉可書字。説郛卷六十一清異録：「懷素居零陵庵，東郊植芭蕉，亘帶數畝，取葉代紙而書，號其所曰『緑天』，庵曰『種紙』。」

【評】

劉辰翁：使婦人自咏團扇偶題，豈不淒絶。識此才得爲最。（張習本）

登樓寄王卿〔一〕

踏閣攀林恨不同，楚雲滄海思無窮〔二〕。數家砧杵秋山下，一郡荆榛寒雨中。

〔注〕

〔一〕詩建中四年秋在滁州作。

王卿：參見前郡齋贈王卿詩注〔一〕。

〔二〕楚雲滄海：滁州屬淮南道，古爲東楚之地，濱海。史記貨殖列傳：「彭城以東，東海、吴、廣陵，此東楚也。」

〔評〕

劉辰翁：〔數家二句〕高視城邑，真復如此。開合野興甚濃，正是絶意。復增兩聯，即情味不如此。（張習本）

桂天祥：絶處二句，正是聞見蕭瑟時寄王卿本意。劉評謂「野興正濃」，盡（疑當作蓋）不識景象語。（批點唐詩正聲）

顧璘：登樓愁思，宛然下淚。（朱墨本）

楊慎：絶句四句皆對，杜工部「兩個黄鸝」一首是也，然不相連屬，即是律中四句也。唐絶萬首，唯韋蘇州「踏閣攀林恨不同」及劉長卿「寥寥孤鶯啼杏園」兩首絶妙，蓋字句雖對而意則一貫也。（升庵詩話卷五）

唐汝詢：此詩先叙情，後布景，是絶中後對法。（唐詩解）

黄生：章法倒叙，以三、四爲一、二。……山長水遠，悠悠我思，亦與俱無窮耳。（唐詩摘抄）

網師園唐詩箋：〔數家二句〕淒涼欲絶。

宋顧樂：先叙情，後布景，而情正在景中，愈難爲懷。（萬首唐人絶句選評）

寄暢當〔一〕聞以子弟被召從軍。

寇賊起東山〔二〕，英俊方未閑。聞君新應募，籍籍動京關〔三〕。出身文翰場〔四〕，高步不可攀〔五〕。青袍未及解〔六〕，白羽插腰間〔七〕。昔爲瓊樹枝〔八〕，今有風霜顔。秋郊細柳道〔九〕，走馬一夕還。丈夫當爲國，破敵如摧山。何必事州府〔一〇〕，坐使鬢毛班。

〔校〕

〔寇賊〕文苑英華卷二百五十五作「寇盜」，校云「集作賊」。〔枝〕原校「一作姿」，叢刊本作「姿」。〔夕〕文苑英華校「一作日」。

〔注〕

〔一〕詩建中四年秋在滁州作。暢當：見卷二西郊養疾聞暢校書有新什見贈久佇不至先寄此詩注〔一〕。

〔二〕東山：當爲「山東」之倒文，時華山以東河北諸鎮相繼叛亂，戰争不息，參見前寄大梁諸友注〔九〕。舊唐書白志貞傳：「建中四年，李希烈陷汝州，命志貞爲京城召募使。時尚父子儀婿端王傅吴仲孺家財巨萬，以國家召募有急，懼不自安，乃上表請以子弟率奴客從軍，德宗嘉之，超授五品官。由是志貞請令節度、觀察、團練等使并嘗爲是官者，令家出子弟甲馬從軍，亦與其男官。」暢當父暢璀嘗爲河中尹，故暢當亦以子弟從軍。

〔三〕籍籍：聲名盛貌。袁淑傚白馬篇：「籍籍關外來，車徒傾國鄽。」京關：京都。江淹横吹賦：「故函夏以爲寶飾，京闕以爲戎儲。」

〔四〕文翰場：猶言文壇。暢當有詩名。新唐書藝文志四：「暢當詩二卷。」唐詩紀事卷二十七：「當詩平淡多佳句。」

〔五〕高步：超羣出衆。顔真卿、皇甫曾等七言聯句：「頃持憲簡推高步，獨占詩流横素波。」攀：攀附，追隨。

〔六〕青袍：青色之袍，指官職卑微。唐制，八品、九品服青。建中初，暢當爲校書，官僅九品，見卷二西郊養疾聞暢校書有新什見贈久佇不至先寄此詩注〔一〕。

〔七〕白羽：指箭，以白色羽毛爲飾。李白胡無人：「流星白羽腰間插，劍花秋蓮光出匣。」

〔八〕瓊樹：見前寄令狐侍郎注〔二〕。

〔九〕細柳：在今陝西咸陽西南，西漢文帝時爲周亞夫屯兵處。文帝親往勞軍，見周亞夫軍紀嚴明，嘆曰：「真將軍矣！曩者灞上、棘門軍，若兒戲耳。」事見史記周勃世家。後遂以細柳代指紀律嚴明之軍營。

〔一〇〕事州府：指爲州縣等地方小吏。

贈崔員外〔一〕

一別十年事〔二〕，相逢淮海濱〔三〕。還思洛陽日，更話府中人。且對清觴滿，寧知白髮新。忽忽何處去，車馬冒風塵〔四〕？

【注】

〔一〕依編次，詩約建中四年末或興元元年初在滁州作。

員外：尚書省各曹司之副長官。崔員外：當爲韋應物任河南府兵曹參軍時之同僚，名未詳。其爲尚書省何曹員外郎，亦未詳。

〔二〕十年：韋應物大曆七、八年間爲河南府兵曹參軍，至建中四年已十一年。參見卷二同德寺養疾寄河南府兵曹東廳掾詩及注。

〔三〕淮海濱：此指滁州。參見前登樓寄王卿注〔二〕。

〔四〕冒風塵：謂行旅艱辛。玉臺新咏卷九范靖妻沈氏晨風行：「念君劬勞冒風塵，臨路揮袂淚霑巾。」

寄李儋元錫〔一〕

去年花裏逢君別，今日花開已一年。世事茫茫難自料〔二〕，春愁黯黯獨成眠〔三〕。身多疾病思田里，邑有流亡愧俸錢〔四〕。聞道欲來相問訊，西樓望月幾回圓。

【校】

〔已〕唐詩品彙卷八十六作「又」。〔黯黯〕原校「一作忽忽」。

【注】

〔一〕詩興元元年春在滁州作。李儋、元錫：二人曾分别于建中三年秋及四年春來滁州訪問韋應物，已見前贈李儋侍御、郡中對雨贈元錫兼簡楊凌二詩注。

〔二〕「世事」句：謂朱泚稱帝長安，德宗出奔奉天事，參見下詩注。

〔三〕黯黯：昏暗貌，此指情緒低沉。陳琳游覽二首：「蕭蕭山谷風，黯黯天路陰。」

〔四〕邑：都邑，此泛指自己管轄的滁州境內。流亡：逃亡，流落，此指因無法生活而流亡的百姓。

〔評〕

黄徹：韋蘇州贈李儋云：「身多疾病思田里，邑有流亡愧俸錢。」郡中燕集云：「自慚居處崇，未睹在(斯)民康。」余謂有官君子當切切作此語。彼有一意供租，專事土木，而視民如讎者，得無愧此詩乎！（碧溪詩話卷二）

方回：朱文公盛稱此詩五、六好，以唐人仕宦多誇美州宅風土，此獨謂「身多疾病」、「邑有流亡」，賢矣。（瀛奎律髓彙評卷六）

王世貞：韋左司「身多疾病思田里，邑有流亡愧俸錢」，雖格調非正而語意亦佳。于鱗乃深惡之，未敢從也。（藝苑卮言卷四）

袁宏道：簡澹之懷，百世下猶爲興慨。（參評本）

胡震亨：韋左司「身多疾病思田里，邑有流亡愧俸錢」，仁者之言也。劉辰翁謂其「居官自愧，閔閔有恤人之心」，正味此兩語得之。若高常侍「拜迎官長心欲碎，鞭撻黎庶令人悲」，亦似厭作官者，但語微帶傲，未必真有退心如「左司」之一向淡耳。（唐音統籤卷二十五）

謝榛：詩有簡而妙者，若……張九齡「謬忝爲邦寄，多慚理人術」，不如韋應物「邑有流亡愧俸錢」。（四溟詩話卷二）

金聖嘆：一二，在他人便是恨別，在先生只是感時。何以辨之，蓋他人恨別，皆以花紀別，今先生感時，乃以别紀花。以花紀别者，皆云已一年；今以别紀花，故云又一年也。三四，「世事」即花事也，「春愁」即愁花也。花有何事？如去年開，今年又開，即花事也。花何用愁？見開是去年，見開又是今年，即花愁也。……五六，别無他意，只是以實奉告李元二子，言欲來即須早來，不然，我且欲去矣。相其七八，情知此二子自是不怕花開人，看他分别欲來，而又徑期連月。此便是先生説無常偈。（貫華堂選批唐才子詩甲集七言律卷五上）

毛張健：中四句自述近況，寄懷意唯于起結處作呼應。然次句擊動三、四，七句暗承五、六，又未嘗不關照也。（唐體膚詮）

張世煒：此等詩只家常話、爛熟調耳。然少時讀之、白首而不厭者何也？與老杜寄旻上人之作，可稱伯仲。（唐七律雋）

馮舒：圓熟却輕倩。（瀛奎律髓彙評卷六）

查慎行：村學小兒皆能讀此詩，不可因習見而廢也。（同前）

紀昀：上四句竟是閨情語，殊爲疵累。五、六亦是淡語，然出香山輩手便俗淺，此于意境辨之。七律雖非蘇州所長，然氣韵不俗，胸次本高故也。（同前）

許印芳：曉嵐譏前半爲「閨情語」，雖是刻覈太過，然亦可見詩人措詞各有體裁，下筆時檢點偶疏，便有不倫不類之病，作者不自知其非，觀者亦不覺其謬，病在詩外故也。（同前）

京師叛亂寄諸弟〔一〕

弱冠遭世難〔二〕，二紀猶未平〔三〕。羈離官遠郡〔四〕，虎豹滿西京〔五〕。上懷犬馬戀〔六〕，下有骨肉情〔七〕。歸去在何時，流淚忽霑纓〔八〕。憂來上北樓，左右但軍營。函谷行人絶〔九〕，淮南春草生〔一〇〕。鳥鳴野田間，思憶故園行。何當四海晏，甘與齊民耕〔一一〕。

【校】

〔官〕原校「一作守」，叢刊本作「守」。〔園〕原校「一作里」。

【注】

〔一〕詩興元元年春在滁州作。

京師叛亂：指朱泚盜據長安事。建中四年十月，涇原節度使姚令言將兵五千經長安，士卒嘩變，入城搶掠，德宗出奔奉天。亂兵奉原涇原節度使朱泚爲帥。泚自稱大秦皇帝，改元應天，自將兵進攻奉天，興元元年六月，爲渾瑊、李晟等討平。七月，德宗歸長安。詳見資治通鑑卷二百二十九、卷二百三十、卷二百三十一。

諸弟：謂韋端、韋繫等，屢見前注。

〔二〕弱冠：古時男子二十舉行冠禮，初加冠，以示成年。禮記典禮上：「二十曰弱，冠。」世難：指天寶十四載（七五五）發生的安、史之亂。

〔三〕二紀：二十四年，古人以爲歲星（木星）運行十二年繞天一周爲一紀。自天寶十四載至興元元年（七八四）已三十年。此言「二紀」，蓋舉成數。

〔四〕羈離：猶羈栖、羈旅，謂寄居作客。遠郡：指滁州。據舊唐書地理志三，滁州在長安東南二千五百六十四里。

〔五〕虎豹：喻指朱泚叛軍。西京：長安。王粲七哀詩：「西京亂無象，豺虎方遘患。」

〔六〕犬馬戀：喻指臣下對君主的依戀。曹植上責躬應詔詩表：「踴躍之懷，瞻望反側，不勝犬馬戀主之情。」

〔七〕骨肉情：至親之情。曹植贈白馬王彪：「倉卒骨肉情，能不懷苦辛。」

〔八〕纓：繫冠帶。李白經亂離後天恩流夜郎憶舊游江夏贈韋太守良宰：「臨當欲去時，慷慨淚霑纓。」

〔九〕函谷：關名，故關在今河南靈寶東北，新關在今河南新安東，爲自河北、河東、河南、江南、淮南等道赴長安必經之地。元和郡縣圖志卷二華州：「秦函谷關在漢弘農縣，即今靈寶縣西南十一里故關是也。……漢武帝元鼎三年，楊僕爲樓船將軍，本宜陽人，耻居關外，上疏請以家僮七百人徙關于新安，武帝從之，即今新安縣東一里函谷故關是也。」

〔一〇〕淮南：唐時十道之一，節度使治所在揚州。滁州屬淮南道，屢見前注。杜甫春望：「國破山河在，城春草木深。」二句師其意。

〔一一〕齊民：平民。漢書食貨志下：「亂齊民。」如淳曰：「齊，等也。無有貴賤，謂之齊民，若今言平民矣。」

〔評〕

袁宏道：「憂來」四語，寫離亂之景，慘惻欲淚。（參評本）

陸時雍：憂而不悴。不必垂涕悲傷，意已至矣。所謂雅者。（唐詩鏡）

贈琮公〔一〕

山僧一相訪，吏案正盈前〔二〕。出處似殊致，喧静兩皆禪〔三〕。暮春華池宴，清夜高齋眠。此道本無得〔四〕，寧復有忘筌〔五〕。

〔校〕

〔皆〕原校「一作依」。

〔注〕

〔一〕詩興元元年暮春滁州作。

琮公：滁州僧人，餘未詳。

〔二〕吏案：官府文牘。南史范雲傳：「及居選官，任寄隆重，書牘盈案，賓客滿門，雲應答如流，無所壅滯。」

〔三〕禪：梵語禪那的省稱，意譯爲思維修，静思之意。

〔四〕無得：疑當作「無礙（碍）」，即無閡，佛教語，謂自在通達而無滯礙。維摩詰經佛國品：「心常安住，無閡解脱。」僧肇注：「得此解脱，則于諸法中通達無礙，故心常安住。」

〔五〕忘筌：筌，捕魚的竹器。漁者得魚後忘却捕魚工具，比喻事成達到目的後忘記原來的憑藉。莊子外物：「筌者所以在魚，得魚而忘筌。言者所以在意，得意而忘言。」

寄諸弟〔一〕

建中四年十月三日，京師兵亂，自滁州間道遣使。明年興元甲子歲五月九日使還作。

歲暮兵戈亂京國，帛書間道訪存亡〔二〕，還信忽從天上落，唯知彼此淚千行。

〔注〕

〔一〕詩興元元年五月在滁州作。「京師兵亂」事見前京師叛亂寄諸弟注〔一〕。

〔二〕帛書：書寫在繒帛上的書信，取其輕便堅牢，便於攜帶。蘇武在匈奴時，曾以帛書繫雁足寄回，爲漢武帝所射得，見漢書蘇武傳。間道：偏僻小道。史記楚世家：「懷王恐，乃從間道走趙以求歸。」杜甫自京竄至鳳翔喜達行在所：「生還今日事，間道暫時人。」

寄恒璨〔一〕

心絶去來緣〔二〕，迹順人間事。獨尋秋草徑，夜宿寒山寺。今日郡齋閑，思問楞伽字〔三〕。

〔校〕

〔迹〕原校「一作踵」。〔順〕原校「一作斷」，叢刊本作「斷」。

〔注〕

〔一〕據編次，詩興元元年秋在滁州作。

〔二〕去來緣：謂過去未來之因緣。魏書釋老志：「凡其經旨，大抵言生生之類，皆因行業而起，有過去、當今、未來，歷三世，識神常不滅。」

〔三〕楞伽字：謂佛經文字。佛經有楞伽阿跋多羅寶經，或譯大乘入楞伽經，簡稱楞伽經，相傳爲佛在師子國楞伽山所説，故名。

簡郡中諸生〔一〕

守郡臥秋閣，四面盡荒山。此時聽夜雨，孤燈照窗間。藥園日蕪漫，書帷長自閑〔二〕。惟當上客至，論詩一解顔〔三〕。

〔校〕

〔論詩〕原作「諸詩」，據元修本、遞修本、活字本、叢刊本、全唐詩改。

〔注〕

〔一〕詩興元元年秋在滁州作。

諸生：即諸甥。時韋應物甥盧陟、盧巡、盧建、沈全真等在滁州，參後簡陟巡建三甥、覽褒子臥病一絶聊以題示等詩及注。

〔二〕書帷：書齋帷幔。書帷閑謂學業荒廢。漢書董仲舒傳：「少治春秋，孝景時爲博士，下帷講誦，……蓋三年不窺園，其精如此。」宋書鄭鮮之傳：「鮮之下帷讀書，絶交游之務。」

〔三〕解顔：笑。曹植七啟：「南威爲之解顔，西施爲之巧笑。」

寄全椒山中道士〔一〕

今朝郡齋冷，忽念山中客。澗底束荆薪，歸來煮白石〔二〕。欲持一瓢酒，遠慰風雨夕〔三〕。

落葉滿空山，何處尋行迹。

〔校〕

〔束〕原校「一作采」。〔瓢〕唐詩品彙卷十四作「樽」。〔慰〕原校「一作寄」，文苑英華卷二百二十八作「寄」。

〔滿〕原校「一作遍」，文苑英華、唐文粹卷十七下作「遍」。

〔注〕

〔一〕詩興元元年秋在滁州作。

全椒：滁州屬縣名，今屬安徽。

〔二〕煮白石：相傳道家服食有「煮五石英法」等，見雲笈七籤卷七十四。真誥卷五：「斷穀入山，當煮食白石。昔白石子者，以石爲糧，故世號曰白石生。」

〔三〕「欲持」二句：陶潛飲酒：「忽與一觴酒，日夕歡相持。」

〔評〕

許顗：「落葉滿空山，何處尋行迹。」東坡用其韵曰：「寄語庵中人，飛空本無迹。」此非才不逮，蓋絶唱不當和也。如東坡羅漢贊云：「空山無人，水流花開。」還許人再道否？（許彦周詩話）

洪邁：韋應物在滁州，以酒寄全椒山中道士，作詩曰（詩略），其爲高妙超詣，固不容誇説，而結尾兩句，非復語言思索可到。東坡在惠州依韵作詩寄羅浮鄧道士云：「一杯羅浮春，遠餉采薇客。遥知獨酌罷，醉卧松下石。幽人不可見，清嘯聞月夕。聊戲庵中人，空飛本無迹。」劉夢得「山圍故國周遭在，潮打空城寂寞回」之句，白樂天以爲後之詩人無復措詞。坡公仿之曰：「山圍故國城空在，潮打西陵意未平。」坡公天才，出語驚世，如追和陶詩，真與之齊驅。獨此二者，比之韋、劉爲不侔，豈絶唱寡和，理自應爾耶？（容齋隨筆卷十四）

吴沆：作仙道僧佛詩，要沖淡瀟灑。韋蘇州詩云：「落葉滿空山，何處尋行迹？」此等句超在塵外。（環溪詩話卷下）

劉辰翁：其詩自多此景意，及得意如此亦少。

袁宏道：妙人妙語。非人意想所及。（張習本）

桂天祥：全首無一字不佳，語似沖泊而意興獨至，此所謂良工心獨苦也。（朱墨本）

鍾惺：此等詩妙處在工拙之外。（同前）

周敬：通篇點染，情趣恬古。一結出自天然，若有神助。（唐詩選脈會通評林）

邢昉：語語神境。作者不知其所以然，後人欲和之，知其拙矣。（唐風定）

王世貞：韋左司「今朝郡齋冷」，是唐選佳境。（藝苑卮言卷四）

沈德潛：化工筆。與淵明「采菊東籬下，悠然見南山」，妙處不關語言意思。（唐詩別裁卷三）

張謙宜：無烟火氣，亦無雲霧光，一片空明，中涵萬象。（絸齋詩談卷五）

王闓運：超妙極矣。不必有深意，然不能數見，以其通首空靈，不可多得也。（手批唐詩選）

施補華：寄全椒山中道士一作，東坡刻意學之而終不似。蓋東坡用力，韋公不用力；東坡

尚意，韋公不尚意，微妙之旨也。（峴傭説詩）

寄釋子良史酒〔一〕

秋山僧冷病，聊寄三五杯。應瀉山瓢裏，還寄此瓢來。

〔校〕

〔三五〕萬首唐人絶句卷七作「五三」。

〔注〕

〔一〕詩興元元年在滁州作。

釋子：釋迦弟子，即僧人。增一阿含經苦樂品：「四河入海已，無復本名字，但名爲海。是故諸比丘出家學道者，彼當滅彼名字，自稱釋迦弟子，當名沙門釋種子。」良史：滁州僧，餘未詳。

重　寄〔一〕

復寄滿瓢去，定見空瓢來。若不打瓢破，終當費酒材〔二〕。

〔注〕

〔一〕詩興元元年秋在滁州重寄僧良史之作，參見前詩。

〔二〕酒材：米、麴蘖等釀酒原料。周禮天官酒正：「酒正掌酒之政令，以式法授酒材。」疏：「酒材即米、麴蘖。」費酒材，謂再釀酒。

答釋子良史送酒瓢〔一〕

此瓢今已到，山瓢知已空。且飲寒塘水，遥將回也同〔二〕。

【校】

〔遥將句〕原校「一作遥知回也風」。

【注】

〔一〕詩興元元年秋在滁州作，參見前二詩。

〔二〕回：顔回，孔子弟子。論語雍也：「子曰：『賢哉回也。一簞食，一瓢飲，在陋巷，人不堪其憂，回也不改其樂。賢哉回也！』」

簡陟巡建三甥〔一〕盧氏生。

忽羡後生連榻話〔二〕，獨依寒燭一齋空。時流歡笑事從别〔三〕，把酒吟詩待爾同。

【校】

〔題〕萬首唐人絶句卷四作「簡二甥」。

【注】

〔一〕詩興元元年秋在滁州作。

陟、巡、建：盧陟、盧巡、盧建，韋應物甥，事迹不詳。新唐書宰相世系三上有常州刺史盧建，商州刺史盧日新之子，未知與此有闕否。

〔二〕後生：後輩。論語子罕：「後生可畏，正知來者之不如今也。」連榻：并坐。晉書羊琇傳：「杜預拜鎮南將軍，朝士畢賀，皆連榻而坐。」

〔三〕時流：猶時人。宋書蔡廓傳：「廓年位并輕，而爲時流所推重。」從：任憑。

覽褒子卧病一絶聊以題示〔一〕沈氏生全真。

念子抱沉疾，霜露變滁城。獨此高窗下，自然無世情。

〔注〕

〔一〕詩興元元年秋在滁州作。

褒子：據題下自注，爲韋應物甥沈全真小名，餘未詳。

寄璨師〔一〕

林院生夜色，西廊上紗燈。時憶長松下，獨坐一山僧。

〔注〕

〔一〕詩興元元年秋在滁州作。

璨師：即滁州僧恒璨，已見前。

〔評〕

劉辰翁：極意自然，又有如此不畫者者（原文如此），存此爲證。（張習本）

寄盧陟〔一〕

柳葉遍寒塘，曉霜凝高閣。累日此留連，別來成寂寞。

〔注〕

〔一〕詩興元元年秋在滁州作。

盧陟：韋應物甥，見前簡陟巡建三甥詩。

〔評〕

劉辰翁：題寄盧陟，如是此種風氣，亦復可誦。（朱墨本）

途中寄楊邈裴緒示褒子〔一〕永陽縣館中作。

上宰領淮右，下國屬星馳〔二〕。霧野騰曉騎，霜竿裂凍旗。蕭蕭陟連岡〔三〕，莽莽望空陂〔四〕。風截雁嘹唳，雲參樹參差〔五〕。高齋明月夜，中庭松桂姿。當睽一酌恨〔六〕，況此兩旬期。

〔注〕

〔一〕依編次，詩興元元年冬在滁州永陽作。永陽，滁州屬縣，今安徽來安。館，驛館。楊邈：未詳。新唐書宰相世系一下楊氏越公房有楊邈，楊成規子，楊凌之從兄弟，疑即其人。裴緒：未詳。新唐書藝文志三有裴緒，撰裴子新令二卷，未知是同一人否。褒子：韋應物甥沈全真，已見前覽褒子卧病一絶聊以題示詩自注。蓋時韋應物因公務至永陽，沈、裴、楊三人均在滁州，故作詩寄之。

〔二〕「上宰」二句：上宰，即上相，對宰相的敬稱。淮右，淮水以西之地。至德元載，始置淮南西道節度使，治蔡州。下國，諸侯國，此指州郡。按建中初，李希烈爲淮南西道節度使，加南平郡王、同平章事、檢校司空，可稱「上宰」。然希烈于建中四年叛亂，自稱建興王、天下都元帥，貞元二年三月爲其部將毒殺，見舊唐書本傳。且滁州屬淮南道，節度使治所在揚州，頗疑「淮右」當爲「淮左」，指淮南道。時淮南節度使陳少遊，建中三年十一月加同平章事，興元元年十二月方爲杜亞所代，故可稱「上宰」。詳見唐刺史考全編卷一二三揚州。當時淮西李希烈叛亂，淮南成了戰爭前線，局勢十分緊張，故詩充滿動蕩不安的氣氛。

〔三〕蕭蕭：馬鳴聲。詩小雅車攻：「蕭蕭馬鳴，悠悠旆旌。」陟：登上。

〔四〕莽莽：無際涯貌。空陂：曠野。陂，山坡。

〔五〕「風截」二句：截，切斷。嘹唳，形容聲音響亮淒清。雲參，各本同，四庫全書本韋集作「雲慘」，疑是慘，暗淡貌。

〔六〕暌：乖違，分離。一酌：飲一杯酒，形容時間短暫。

宿永陽寄璨律師〔一〕

遥知郡齋夜，凍雪封松竹。時有山僧來，懸燈獨自宿。

〔注〕

〔一〕詩興元元年冬在滁州永陽縣作。永陽：滁州屬縣。新唐書地理志五：「滁州永陽郡。……縣三：清流，上；全椒，緊；永陽，上，景龍三年析清流置。」律師：佛教稱通曉并善于解説戒律的僧人爲律師。璨律師，即恒璨，屢見前詩。

〔評〕

黄徹：蘇州寄璨師云：……嘗謂暑月讀之，亦有霜氣。（碧溪詩話卷七）

劉辰翁：蘇州用意常在此等，故精煉特勝，觸處自然。（張習本）

顧璘：清語古調。後二句作，應起前意。（朱墨本）

雪行寄褒子〔一〕

淅瀝覆寒騎〔二〕，飄颻暗川容。行子郡城曉，披雲看杉松。

〔注〕

〔一〕詩興元元年冬在滁州作。

〔二〕褒子：韋應物甥沈全真，見前覽褒子卧病一絶聊以題示詩自注。

〔三〕淅瀝：風雪聲。謝惠連雪賦：「霰淅瀝而光集，雪粉糅而遂多。」

〔評〕劉辰翁：乍看不上，久覺慘澹善畫，故知作者苦心。（張習本）

寄裴處士〔一〕

春風駐游騎，晚景澹山暉。一問清泠子〔二〕，獨掩荒園扉。草木雨來長，里閭人到稀。方從廣陵宴〔三〕，花落未言歸。

〔注〕

〔一〕詩貞元元年暮春在滁州作。

處士：家居不仕者。裴處士，名未詳。

〔二〕清泠子：高士，指裴處士。莊子讓王：「舜以天下讓其友人北人無擇。北人無擇曰：『異哉后之爲人也，居於畎畝之中而游堯之門。不若是而已，又欲以其辱行漫我，吾羞見之。』因自投清泠之淵。」音義：「山海經云在江南。一云在南陽郡西崿山下。」

〔三〕廣陵：郡名，即揚州。蓋裴處士時在揚州，故詩云。

〔評〕袁宏道：〔草木句〕中唐本色。（參評本）

偶入西齋院示釋子恒璨〔一〕

僧齋地雖密〔二〕，忘子迹要賒〔三〕。一來非問訊〔四〕，自是看山花。

【注】

〔一〕詩貞元元年春在滁州作。

〔二〕密：近密，距離近。

〔三〕迹：形迹，活動。賒，遠，疏遠。

〔四〕問訊：問候，僧尼的合掌致敬。

【評】

劉辰翁：每以有情作無情語，自是得意。（張習本）

示全真元常〔一〕元常，趙氏生。

余辭郡符去〔二〕，爾爲外事牽〔三〕。寧知風雪夜，復此對牀眠。始話南池飲，更咏西樓篇〔四〕。無將一會易，歲月坐推遷〔五〕。

【校】

〔辭〕文苑英華卷二百五十五作「解」。

〔注〕

〔一〕詩貞元元年在滁州罷郡閑居時作。全真：沈全真，韋應物甥，見前覽褒子卧病一絶聊以題示詩題注。元常：韋應物甥趙元常。按唐代墓誌彙編咸通零二一趙璘撰唐故處州刺史趙府君（璜）墓誌：「先君諱伉，自建中至元和，伯仲五人登進士第，時號卓絶。……先君韋氏之出，堂舅蘇州刺史應物，道義相契，篇什相知，舅甥之善，近世少比。」今韋應物集中與趙氏甥元常唱和最多，疑元常即趙伉字。據誌，伉登進士第，佐鹽鐵府，官至監察御史裏行。元和姓纂卷七南陽穰縣趙氏：「涉，侍御史，生傪、伉、伸。傪，監察御史。伉，昭應尉。」

〔二〕辭郡符：謂罷刺史任。參見卷一軍中冬宴注〔六〕。

〔三〕外事：世事，指個人及家庭以外的事。牽：牽累，糾纏。

〔四〕「始話」二句：回憶一年前在滁州會面飲酒論詩的情景。滁州有南池、西樓。韋應物寄楊協律：「舟泊南池雨，簟卷北樓風。」寄李儋元錫：「聞道欲來相問訊，西樓望月幾回圓。」

〔五〕推遷：推移。陶潛榮木序：「日月推遷，已復九夏。」

〔評〕

黄徹：蘇州贈趙氏生云：「寧知風雨夜，復此對牀眠。」簡盧氏生云：「忽羨後生連榻話，獨依寒燭一齋空。」又贈令狐士曹云：「秋霖滴滴對牀寢，山路迢迢聯騎行。」坡有「夜雨何時聽蕭瑟」，「對牀欲作連夜語」，「誤喜對牀尋舊約」，「對牀老兄弟，夜雨鳴竹屋」。（䂬溪詩話卷六）

袁宏道：「風雪」、「對牀」，此二句坡公三、四見之于詩，其愛戀可知。（參評本）

寄劉尊師〔一〕

世間荏苒縈此身〔二〕，長望碧山到無因。白鶴徘徊看不去〔三〕，遥知下有清都人〔四〕。

〔注〕

〔一〕詩貞元元年在江州刺史任上作，參見附録簡譜。

尊師：對道士的敬稱。劉尊師：劉玄和，廬山道士。廬山記卷三：「由白鹿洞三里至承天觀，舊名白鶴觀。……大曆中道士劉玄和、何子玉居焉。張弘道門靈驗記云，劉玄和，地仙也，嘗爲郡守李承、薛弁章奏事，皆有天曹批報，事悉符驗。」歷世真仙體道通鑒卷三十八：「劉玄和……入匡廬之龍興觀（注：即今白鶴觀也），……天寶二載，得度爲道士，繼有異遇，一栖五老峰石室，五十二年。……貞元十年十有十八日……言訖而化。」包佶建中中爲江州刺史，有宿廬山贈白鶴觀劉尊師詩。

〔二〕荏苒：蹉跎，拖延時間，此指紛至沓來的世俗事務。劉知幾史通古今正史：「依違荏苒，竟不絶筆。」

〔三〕白鶴：仙人有騎鶴或化鶴事，劉玄和居于廬山之白鶴觀，此語意雙關。

〔四〕清都人：名列仙班之人。清都，相傳爲天帝所居。列子周穆王：「王實以爲清都、紫微，鈞天、廣樂，帝之所居。」

寄廬山椶衣居士〔一〕

兀兀山行無處歸〔二〕，山中猛虎識椶衣〔三〕。俗客欲尋應不遇，雲溪道士見猶稀。

【注】

〔一〕詩貞元元年在江州作。

廬山：在今江西九江。元和郡縣圖志卷二十八江州潯陽縣：「廬山在縣東三十二里。本名鄣山，昔匡俗字子孝，隱淪潛景，廬于此山，漢武帝拜爲大明公，俗號廬君，故山取號。周環五百餘里。」居士：在家修道者。隋慧遠維摩義記：「在家修道，居家道士，名爲居士。」㯶衣居士：姓名未詳，當是因常着㯶櫚衣而得名。

〔二〕兀兀：昏沉貌。此謂行走漫無目的。

〔三〕猛虎：廬山有虎溪。輿地紀勝卷三十江州：「虎溪，在德化東林寺。晉慧遠法師送客過此，虎輒號鳴，故名曰虎溪。」

因省風俗與從侄成緒游山水中道先歸寄示〔一〕

累宵同燕酌，十舍攜征騎〔二〕。始造雙林寂〔三〕，遐搜洞府祕。群峰繞盤鬱〔四〕，懸泉仰特異〔五〕。陰壑雲松埋〔六〕，陽崖烟花媚。每慮觀省牽〔七〕，中乖游踐志。我尚山水行，子歸棲息地〔八〕。一操臨流袂〔九〕，上聳干雲轡〔一〇〕。獨往倦危途，懷沖寡幽致。賴爾還都期，方將登樓遲〔一一〕。

【校】

〔騎〕原作「魅」，據元修本、遞修本、活字本、叢刊本、全唐詩改。　〔特〕原校「一作時」，叢刊本作「時」。　〔干〕

原作「千」，據遞修本、叢刊本、全唐詩改。　〔沖〕原校「一作州」，遞修本校「一作忡」。

【注】

〔一〕據編次，詩貞元二年春在江州刺史任上游廬山作。省風俗：體察民間習俗，此謂行春。後漢書鄭弘傳：「太守第五倫行春。」李賢注：「太守常以春行所主縣，勸人農桑，振救乏絶，見續漢志也。」韋成緒時居廬山西林寺，見卷七題從侄成緒西林精舍書齋詩，餘未詳。

〔二〕十舍：謂多次休息，行程甚緩。淮南子齊俗：「騏驥千里，一日而通；駑馬十舍，旬亦至之。」

〔三〕雙林：指佛寺，見同德精舍養疾寄河南兵曹東廳掾注〔二〕。廬山有東林、西林二寺，亦合稱「二林」。詳見輿地紀勝卷三十。

〔四〕盤鬱：曲折幽深。太平寰宇記卷一百十一江州德化縣：「廬山在縣南，高二千三百六十丈，周回二百五十里。其山九疊，川亦九派。郡國志云：『廬山疊嶂九層，崇巖萬仞。』」

〔五〕懸泉：謂瀑布。水經注廬江水：「山東有石鏡，……又有一泉常懸注，若白雲帶山。廬山記曰：『白水在黃龍南，即瀑布也。水出山腹，飛湍林表，望若懸素。』」

〔六〕陰壑：陽光照不到的幽深山谷，與下朝陽山崖（陽崖）相對。埋：覆蓋。

〔七〕觀省：察看，此指察看農民備耕等政務。牽：拘牽，糾纏。

〔八〕棲息地：此謂廬山西林寺，韋成緒寄居於此。

〔九〕操：握持。袂：衣袖。操臨流袂，謂在水濱握持衣袖以話别。陶潛辛丑歲七月赴假還江陵夜行途中詩：「叩枻新秋月，臨流别友生。」錢起送李四擢第歸覲省：「離筵不盡醉，操袂一何早。」

〔一〇〕「上聳」句：謂踏上登山之路。干雲：上干雲霄，謂廬山。轡：馬繮，代指坐騎。

〔一一〕遲：等待。謝靈運有南樓中待所遲客詩。

寒食寄京師諸弟〔一〕

雨中禁火空齋冷，江上流鶯獨坐聽。把酒看花想諸弟，杜陵寒食草青青〔二〕。

〔注〕

〔一〕詩貞元二年春在江州作。

寒食：節日名，參見前寒食日寄諸弟注〔一〕。諸弟：謂韋端、韋武等，參見後詩。

〔二〕杜陵：在長安東南，韋應物故居在此。參見卷二假中對雨呈縣中僚友、休沐東還胄貴里示端注。

〔評〕

劉辰翁：字字是情是景，不待安排，故以爲工。（張習本）

孔文谷：絶句如……韋應物「雨中禁火空齋冷……」皆風人之絶響也。（四溟詩話卷四引）

歲日寄京師諸季端武等〔一〕

獻歲抱深惻〔二〕，僑居念歸緣。常患親愛離，始覺世務牽。少事河陽府〔三〕，晚守淮南壖〔四〕。平生幾會散，已及蹉跎年〔五〕。昨日罷符竹〔六〕，家貧遂留連。部曲多已去〔七〕，車馬不復全。閑將酒爲偶，默以道自詮〔八〕。聽松南巖寺，見月西澗泉〔九〕。爲政無異術，當責豈望遷。終理來時裝，歸鑿杜陵田〔一〇〕。

【校】

〔諸季〕原作「諸李」，據叢刊本改。〔理〕原校「一作裏」。

【注】

〔一〕詩貞元元年元日在滁州作。

歲日：正月元日。端、武：韋應物從弟韋端、韋武，見卷二九日灃上作寄崔主簿倬二季端繫、灃上醉題寄滁武等詩注。

〔二〕獻歲：一年開始。宋玉招魂：「獻歲發春兮，汨吾南征。」

〔三〕河陽：河南府屬縣，今河南孟縣。新唐書方鎮表一：建中二年，「置河陽三城節度使，以東都畿觀察使兼之，領懷、鄭、汝、陝四州，尋置使，增領東畿五縣及衛州，亦曰懷衛節度使」。按元和郡縣圖志卷五，河南府河陽縣有中潬城，至德中，史思明來寇時，李光弼駐兵于此，陝州、潼關均賴以保全，故自乾元以後，常駐重兵，建中二年，始置節度使。丘丹韋應物墓誌未記其從事河陽府事，但云：「以蔭補右千牛，改□羽林倉曹，授高陵尉、廷評、洛陽丞……」疑應物曾以廷評（大理評事）佐河陽府幕。其爲洛陽丞在廣德、永泰中，詩自云「少事河陽府」，其事恐當在乾元、上元中。

〔四〕淮南壖：指滁州，屬淮南道。壖，水邊。淮南濱海，故云。

〔五〕蹉跎：光陰虚度，此謂漸入老境。晉書周處傳：處入吴見陸雲，曰：「欲自修而年已蹉跎，恐將無及。」

〔六〕罷符竹：謂罷刺史任。參見卷一軍中冬宴注〔六〕。

〔七〕部曲：古代軍隊的編制單位。漢書李廣傳：「及出擊胡，而廣行無部曲行陣。」顏師古注引續漢書百官志云：「將軍領軍，皆有部曲，大將軍營五部，部校尉一人。部下有曲，曲有軍候一人。」此但指部下屬吏。

〔八〕詮：解釋，説明。自詮，此謂自我寬解。

〔九〕西澗：韋應物有滁州西澗詩。大明一統志卷十八滁州：「西澗，在州城西，俗名烏土河。」

〔一〇〕歸鑿：猶歸耕。杜陵：在長安東南，韋應物故居在此。

〔評〕

袁宏道：陶、韋情語，真不堪終誦。（參評本）

桂天祥：寄興閑遠，絶句尤有風。（批點唐詩正聲）

黄叔燦：此詩情味不減「遍插茱萸少一人」也。王詩粘，韋詩脱，各極其致。（唐詩箋注）

簡盧陟〔一〕

可憐白雪曲〔二〕，未遇知音人〔三〕。恓惶戎旅下〔四〕，蹉跎淮海濱。澗樹含朝雨，山鳥哢餘春〔五〕。我有一瓢酒，可以慰風塵。

〔校〕

〔恓惶〕文苑英華卷二百五十五作「栖遑」，校云「集作恓惶」。

〔注〕

〔一〕詩貞元元年暮春在滁州作。盧陟：韋應物外甥，據詩，時在淮南軍旅中效命。參見前簡陟巡建三甥詩注。

〔二〕白雪：陽春白雪，謂高雅的曲調。參見卷一司空主簿琴席注〔四〕。

〔三〕知音：謂知己。呂氏春秋本味：「伯牙鼓琴，鍾子期聽之。方鼓琴而志在太山，鍾子期曰：『善哉乎鼓琴，巍巍乎若太山。』少選之間而志在流水，鍾子期又曰：『善哉乎鼓琴，湯湯乎若流水。』鍾子期死，伯牙破琴絶弦，終身不復鼓琴。」曹丕與吴質書：「昔伯牙絶弦于鍾期，仲尼覆醢于子路，愍知音之難遇，惜門人之莫遇也。」

〔四〕恓（xī）惶：同栖遑，煩惱不安貌。高適同諸公題鄭少府田家：「鄭侯應恓惶，五十頭盡白。」戎旅：軍旅。時淮南用兵，參見前途中寄楊邈裴緒示褒子注。

〔五〕哢（lòng）：鳥鳴聲。陶潛癸卯歲始春懷古田舍二首詩：「鳥哢歡新節，泠風送餘善。」

西澗即事示盧陟〔一〕

寢扉臨碧澗，晨起澹忘情。空林細雨至，圓文遍水生。永日無餘事，山中伐木聲。知子塵喧久，暫可散煩纓〔二〕。

〔注〕

〔一〕詩貞元元年春夏間在滁州閑居作。

西澗：在滁州，見前歲日寄京師諸弟端武等詩注〔八〕。盧陟：見前詩。

〔二〕散煩纓：謂擺脱世事的煩擾。纓：繫冠帶。散纓，解開冠帶，不受拘束之意。

〔評〕

袁宏道：幽寂之境可掬。（參評本）

登郡樓寄京師諸季淮南子弟〔一〕

始罷永陽守〔二〕，復臥潯陽樓〔三〕。懸檻飄寒雨，危堞侵江流〔四〕。迨茲聞雁夜，重憶別離秋。徒有盈樽酒，鎮此百端憂〔五〕。

〔校〕

〔郡樓〕「樓」字原闕，據元修本、遞修本、活字本、叢刊本、文苑英華卷三百十二、全唐詩補。〔始〕文苑英華作「初」，校云「集作始」。〔寒〕文苑英華作「岑」，校云「集作寒」。〔侵〕原校「一作浸」，遞修本校「一作漫」。〔迨〕文苑英華作「逮」，校云「集作及」。〔樽酒〕文苑英華作「虧隔」，校云「集作尊酒」。〔鎮此〕句，文苑英華作「百端鎮此憂」，校云「集作鎮此百端憂」。

〔注〕

〔一〕詩貞元元年秋在江州作。諸季：謂韋端、韋武等，屢見前。淮南：道名，節度使治所在揚州。淮南子弟，謂外甥盧陟等，參見前簡盧陟注。

〔二〕永陽：郡名，即滁州。舊唐書地理志三滁州：「天寶元年改爲永陽郡，乾元元年，復爲滁州。」

〔三〕潯陽：郡名，即江州。舊唐書地理志三江州：「天寶元年改爲潯陽郡，乾元元年，復爲江州。」韋應物貞元元年在滁州閑居，其年秋起爲江州刺史，參見附録簡譜。潯陽樓，在江州潯陽江畔。白居易爲江州司馬，有題潯陽樓詩，見白氏長慶集卷七。

〔四〕懸檻：郡樓上高聳的欄干。危堞：高城。堞，城上呈齒形的矮墻。

〔五〕鎮：壓抑。百端憂：各種各樣的憂愁。

寄黄尊師〔一〕

結茅種杏在雲端〔二〕，掃雪焚香宿石壇。靈祇不許世人到，忽作雷風登嶺難。

〔注〕

〔一〕詩貞元初在江州作。

尊師：對道士的敬稱。黄尊師：黄洞元，茅山道第十五代宗師。南岳人，早游茅山，與李含光爲師友，後居武陵桃源觀，又徙居廬山香爐峰十載，復歸茅山，貞元八年卒，年九十五，茅山志卷十一有傳。全唐文卷六百八十九符載黄仙師瞿童記：「朗州桃源桃花觀，南岳黄洞元居焉。……仙師以建中元年自武陵卜居于廬山紫霄峰下。……貞元元年八月二十日符載記。」知黄洞元貞元初在廬山。

〔二〕結茅：結廬。種杏：三國吴人董奉，居廬山，咒水治病，不取錢物，使人重病愈者栽杏五株，輕者一株。如此數年，計得七萬餘株，鬱然成林。事見歷世真仙體道通鑒卷十六。

寄黄劉二尊師〔一〕

廬山兩道士，各在一峰居〔二〕。矯掌白雲表〔三〕，晞髮陽和初〔四〕。清夜降真侶〔五〕，焚香滿空虚。中有無爲樂〔六〕，自然與世疏。道尊不可屈，符守豈暇餘〔七〕。高齋遥致敬，願示一編書〔八〕。

【校】

〔虚〕原校「一作盧」。

【注】

〔一〕詩貞元初在江州作。黄、劉二尊師：黄洞元、劉玄和，分别見前寄黄尊師、寄劉尊師二詩注。

〔二〕「廬山」二句：黄洞元居廬山香爐峰，劉玄和居廬山五老峰，故詩云。

〔三〕矯掌：舉手。江淹雜體詩三十首擬郭璞游仙詩：「眇會萬里游，矯掌望仙客。」

〔四〕晞髮：披髮使乾。楚辭九歌少司命：「與女沐兮咸池，晞女髮兮陽之阿。」陽和：春日和暖之氣。史記秦始皇本紀載二十九年之罘刻石文：「時在中春，陽和方至。」

〔五〕真侶：仙人。

〔六〕無爲樂：道家以爲順應自然，無爲而無不爲，是爲天下之至樂。莊子至樂：「至樂活身，唯無爲幾存。請嘗試言之。天無爲以之清，地無爲以之寧，……萬物職職，皆從無爲殖。」

〔七〕符守：指己之刺史身份。參見卷一軍中冬燕注〔六〕。

〔八〕一編書：史記留侯世家：「張良遇圯上老父，老父出一編書，曰：『讀此則爲王者師矣。後十年興。十三年孺子見我濟北，穀城山下黄石即我矣。』」此指道書秘籍。

〔評〕

袁宏道：起得韵。（參評本）

秋夜寄丘二十二員外〔一〕

懷君屬秋夜，散步咏涼天。山空松子落，幽人應未眠。

〔注〕

〔一〕詩約貞元五年秋在蘇州刺史任作。丘二十二員外：丘丹。蘇州嘉興（今浙江嘉興）人，詩人丘爲之弟。大曆初，在越州幕，與嚴維、鮑防等唱和。歷諸暨令，後以檢校户部員外郎兼侍御史爲幕府從事。貞元初，歸隱杭州臨平山，貞元十二年，官祠部員外郎，撰韋應物墓誌。事迹見元和姓纂卷五、唐詩紀事卷四十七等。丘丹韋應物墓誌：「余，吴士也。嘗忝州牧之舊，又辱詩人之目，登臨酬和，動盈卷軸。」可見二人深厚交誼。

〔評〕

劉辰翁：寄丘丹如此，丹答云（詩略）更覺句句着力。（張習本）

顧璘：此篇後二句佳。（朱墨本）

蔣仲舒：淺而遠，自是蘇州本色。（唐詩廣選）

楊逢春：中唐五言絶，蘇州最古。寄丘員外作，悠然有盛唐風格。三、四想丘之思己，應念我未眠，妙在含蓄不盡。（唐詩繹）

朱之荆：妙在第三句宛是幽人，故末句脱口而出。（增訂唐詩摘抄）

吴烶：孤懷寂寞，誰與唱酬？忽憶良朋，正當秋夜散步庭除之際，吟詩寄遠，因念幽居，想亦未眠，以詠吟爲樂，書去恍如覿面也。情致委曲，句調雅淡。（唐詩選勝直解）

施補華：韋公「懷君屬秋夜」一首，清幽不減摩詰，皆五絶之正法眼藏也。（峴傭説詩）

沈德潛：〔末二句〕幽絶。（唐詩別裁卷十九）

〔附録〕

丘丹　奉酬寄示

露滴梧葉鳴，風秋桂花發。中有學仙侶，吹簫弄山月。

贈丘員外二首〔一〕

其一

高詞棄浮靡〔二〕，貞行表鄉閭〔三〕。未真南宫拜〔四〕，聊偃東山居〔五〕。大藩本多事，日與文章疏。每一睹之子，高詠遂起予〔六〕。宵晝方連燕，煩慍亦頓祛〔七〕。格言雅誨闕，善謔矜數餘。久跼思游曠，窮慘遇陽舒〔八〕。虎丘愜登眺〔九〕，吳門悵躊躇〔一〇〕。方此戀攜手，豈云還舊墟。告諸吳子弟，文學爲何如。

〔校〕

〔二首〕二字原無，據元修本、遞修本增。　〔其一〕原無其一、其二字樣，逕增。

〔注〕

〔一〕詩約貞元六年春在蘇州刺史任作。

丘員外：丘丹，見前詩注。

〔二〕浮靡：虛飾浮誇。新唐書杜甫傳：「唐興，詩人承陳、隋風流，浮靡相矜。」

〔三〕貞行：高潔的品行。表鄉閭：刻石于鄉里之門，旌表其德行。後漢書淳于恭傳：「卒于官，詔書褒嘆，賜穀千斛，刻石表閭。」丘丹韋應物墓誌自稱「吳士」，見前秋夜寄丘二十二員外注。

〔四〕南宮：尚書省。全唐詩卷三百七丘丹經湛長史草堂詩序自署「貞元六年，歲在庚午，檢校尚書户部員外郎兼侍御史丘丹誌」。知丘丹在蘇州與韋應物唱和前僅在佐幕時任檢校尚書郎，實未莅中央尚書省員外郎一職。

〔五〕東山：在今浙江上虞縣西南，東晉謝安隱居于此，見晉書謝安傳。後以代指隱居之所。唐詩紀事卷四十七：「丹隱臨平山，與韋蘇州往還。韋有詩贈丹云：『……未真南宮拜，聊偃東山居。』」大明一統志卷三十八杭州府：「臨平山，在府城東北六十里，……山下唐時置臨平監。」

〔六〕起予：指得到他人啟發教益。論語八佾：「子曰：『起予者商也，始可與言詩也矣。』」疏：「起，發也。予，我也。商，子夏名。孔子言，能發明我意者，子夏也。」

〔七〕燕：通宴。煩悋：煩惱鄙吝之情。悋，同吝。參見卷二贈盧嵩注〔三〕。

〔八〕「窮慘」句：謂冬去春來。文選卷二張衡西京賦：「夫人在陽時則舒，在陰時則慘，此牽乎天者也。」薛綜注：「陽謂春夏，陰謂秋冬。」

〔九〕虎丘：山名，在蘇州西北閶門外。元和郡縣圖志卷二十五蘇州吳縣：「虎丘山在縣西北八里。吳越春秋云闔閭葬于此，秦皇鑿其珍異，莫知所在，孫權穿之，亦無所得。」

〔一〇〕吳門：古吳縣城（即今蘇州市）的別稱。

〔評〕

黄徹：老杜贈李秘書：「觸目非論故，新文尚起予。」太白酬竇公衡云：「曾無好事來相訪，賴爾高文一起予。」韋蘇州：「每一睹之子，高咏尚起予。」昌黎酬張韶州：「將經貴郡煩留客，先惠高文謝起予。」豈非用事偶合？數公非蹈襲者。（䂬溪詩話卷九）

其二

迹與孤雲遠，心將野鶴俱〔一〕。那同石氏子〔二〕，每到府門趨。

〔注〕

〔一〕「迹與」二句：劉長卿送方外上人：「孤雲與野鶴，豈向人間住。」

〔二〕石氏子：謂西晉石崇，趨奉于權貴賈謐之門，每逢謐出，望塵而拜，已見卷二寄洪州幕府盧二十一侍御注〔三〕。

【附録】

丘丹　奉酬

久作烟霞侶，暫將簪組親。還同褚伯玉，入館忝州人。

贈李判官〔一〕

良玉定爲寶，長材時所希。佐幕方巡郡，奏命布恩威。食蔬程獨守〔二〕，飲冰節靡違〔三〕。決獄興邦頌〔四〕，高文稟天機。賓館在林表〔五〕，望山啟西扉。下有千畝田，泱漭吳土肥〔六〕。始耕已見穫，衫絺今授衣〔七〕。政拙勞詳省〔八〕，淹留未得歸。雖慚且欣願，日夕睹光輝。

【注】

〔一〕詩約貞元六年初夏在蘇州作。

判官：節度、觀察等使僚佐有判官，見新唐書百官志四下。蘇州屬浙西觀察使管轄，此李判官當是浙西觀察使判官，疑爲李士舉。全唐文卷五三四李觀浙西觀察判官廳壁記：「太原王公廉察之七年，署監察御史李公士舉爲觀察判官。公從事浙右十有餘年，能事備乎游章，光烈灼乎簡書。始從韓公，多辨疑獄，多釋冤囚，疑似得昭，糾紛得寧，四方翕然，籍甚於公。後從王公，盛德日新。」韓公，韓滉，大曆十四年至貞元三年爲浙西觀察使。王公，王緯，貞元三至十四年爲浙西觀察使，知李士舉大曆末至貞元中均在浙西幕中。

〔二〕食蔬：以蔬食爲食，指生活儉樸。太平御覽卷四百十六引東觀漢記：「建武穀食尚少，趙孝得穀，炊將熟，令弟禮夫妻出，孝夫妻共蔬食。禮夫妻歸，告言已食，輒獨飯之。」程，法度。

〔三〕飲冰：比喻惶恐憂心，此指爲公務憂心。莊子人間世：「吾朝受命而夕飲冰，我其內熱歟。」節：節候，亦雙關志節。

〔四〕決獄：斷獄。邦頌：州中百姓歌頌。傅玄答程曉詩：「穆穆雍雍，興頌作歌。」

〔五〕賓館：州中接待賓客的館舍。林表：林外或林梢。文選謝朓休沐重還道中：「雲端楚山見，林表吳岫微。」李善注：「表，猶外也。」

〔六〕泱漭：廣大貌。文選木華海賦：「泱漭瀇瀁，騰波赴勢。」

〔七〕袗絺（zhěn chī）：單衣。論語鄉黨：「當暑，袗絺綌，必表而去之。」疏：「袗，單也。絺綌，葛也。」授衣：詩豳風七月：「七月流火，九月授衣。」此謂換夏衣。

〔八〕拙：猶言不善，自謙之詞。詳省：仔細考察。

〔評〕袁宏道：起得高健。（參評本）

寄皎然上人〔一〕

吳興老釋子〔二〕，野雪蓋精廬〔三〕。詩名徒自振，道心長晏如〔四〕。想茲棲禪夜，見月東峰初。鳴鐘驚巖壑，焚香滿空虛。叨慕端成舊，未識豈爲疏。願以碧雲思，方君怨別餘〔五〕。茂苑文華地〔六〕，流水古僧居〔七〕。何當一游咏，倚閣吟躊躇。

【校】

〔精廬〕文苑英華卷二百二十作「青廬」。〔長〕文苑英華作「常」，校云「集作長」。〔鐘〕原校「一作磬」。〔叨慕〕文苑英華作「夙暮」，校云「集作叨」。〔吟〕文苑英華作「今」，校云「集作吟」。

【注】

〔一〕據編次，詩約貞元五年冬在蘇州作。

皎然（約七二〇—約七九四）：中唐著名詩僧，俗姓謝，字清晝，湖州長城（今浙江長興）人。天寶中出家爲僧，後居湖州龍興寺，與州縣長吏及過往官吏交游酬唱，詩名甚著，當時即有「霅之晝，能詩秀」之諺，德宗詔録其文集入藏秘閣。有晝上人文集十卷，詩式五卷。宋高僧傳卷二十九有傳。因話録卷三：「吴興僧晝，字皎然，工律詩，嘗謁韋蘇州，恐詩體不合，乃于舟中抒思，作古體數十篇爲贄。韋公全不稱賞，晝極失望。明日寫其舊製獻之，韋公吟諷，大加嘆咏。因謂晝曰：『師幾失聲名。何不以所工見投，而猥希老夫之意？人各有所得，非卒能致。』晝大伏其鑒別之精。」

〔二〕吴興：郡名，即湖州。舊唐書地理志三湖州：「天寶元年改爲吴興郡，乾元元年，復爲湖州。」釋子：釋迦牟尼弟子，爲僧徒通稱。

〔三〕精廬：精舍，指佛寺。

〔四〕晏如：安然，恬適貌。嵇康幽憤詩：「與世無營，神氣晏如。」

〔五〕「願以」二句：此將皎然比于南朝著名詩僧湯惠休。碧雲思：高逸的詩思。江淹雜體詩三十首擬休上人怨別：「日暮碧雲合，佳人殊未來。」本爲擬惠休之作，後人多即用作惠休之典。

〔六〕茂苑：指蘇州之長洲縣，春秋時爲吳王之長洲苑。左思吳都賦：「帶朝夕之濬池，佩長洲之茂苑。」吳郡志卷八：「長洲苑，舊經云在縣西南七十里。孟康曰，以江水洲爲苑。」

〔七〕流水：指湖州之苕溪，皎然居於此，其五言苕溪草堂自大曆三年夏新營洎秋及春彌覺勝境因紀其事簡潘丞述湯評事衡四十韵云：「自從東溪住，始與人群隔。」又詩式中序：「貞元初，予與二三子居東溪草堂……」

〔評〕

劉辰翁：〔野雪句〕奇句。后世詩僧，寧無愧此。（參評本）

〔附録〕

皎然　答蘇州韋應物郎中

詩教殆淪缺，庸音互相傾。忽覩風騷韵，會我夙昔情。蕩漾學海資，鬱爲詩人英。格將寒松高，氣與秋江清。何必鄴中作，可爲千載程。受辭分虎竹，萬里臨江城。到日掃煩政，況今休黷兵。應憐禪家子，林下寂無營。迹隳世上華，心得道中精。脱略文字累，免爲外物攖。書衣流埃積，硯石駁蘚生。恨未識君子，空傳手中瓊。安可誘我性，始願愆素誠。無爲鸑鷟音，繼公雲和笙。吟之向禪藪，反愧幽松聲。（全唐詩卷八百十五）

贈舊識〔一〕

少年游太學〔二〕，負氣蔑諸生。蹉跎三十載，今日海隅行〔三〕。

〔注〕

〔一〕詩約貞元五年在蘇州作。

〔二〕太學，即國學。漢武帝時始置太學，立五經博士。唐時太學爲國子監七學之一，學生限年十四以上，十九以下。新唐書百官志三國子監太學：「掌教五品以上及郡縣公子孫、從三品曾孫爲生者，五分其經以爲業，每經百人。」注：「有學生七十人，典學四人，掌固六人，東都學生十五人。」韋應物入太學，約在玄宗天寶十二載左右。參見附録簡譜。

〔三〕海隅：海邊，指蘇州。自天寶末韋應物爲羽林倉曹至貞元五年已三十八年，此云「三十載」，蓋舉成數。

復理西齋寄丘員外〔一〕

前歲理西齋，得與君子同。迨茲已一周，悵望臨春風。始自疏林竹，還復長榛叢。端正良難久，蕪穢易爲功。援斧開衆鬱，如師啟群蒙。庭宇還清曠，煩抱亦舒通。海隅雨雪霽，春序風景融。時物方如故，懷賢思無窮。

〔注〕

〔一〕詩約貞元六年春在蘇州作。

丘員外：丘丹，見前秋夜寄丘二十二員外注〔一〕。

和張舍人夜直中書寄吏部劉員外〔一〕

西垣草詔罷〔二〕，南宮憶上才〔三〕。月臨蘭殿出〔四〕，涼自鳳池來〔五〕。松桂生丹禁〔六〕，鴛鷺集雲臺〔七〕。託身各有所，相望徒徘徊。

【注】

〔一〕詩建中二或三年夏在長安比部員外郎任上作。舍人：中書舍人，見前寄中書劉舍人注〔一〕。張舍人：張蔇。建中中爲中書舍人，見卷二寓居灃上精舍寄于張二舍人注〔一〕。吏部：尚書省所屬二十四曹司之一。新唐書百官志一尚書省吏部：「郎中二人，正五品上；員外郎二人，從六品上。掌文選、勛封、考課之政。」劉員外：劉太真。岑仲勉郎官石柱題名新著録吏部員外郎第十一行有劉太真。全唐文卷五百三十八裴度劉太真神道碑：「德宗皇帝即位，徵拜起居郎。……改尚書司勛員外郎，尋轉吏部員外郎。」參見前寄中書劉舍人詩注〔一〕。

〔二〕西垣：即西掖，謂中書省。參見前寄令狐侍郎注〔十一〕。

〔三〕南宮：指尚書省，參見前寄令狐侍郎注〔六〕。上才：此指劉太真，參見卷二對雨寄李主簿高秀才注〔五〕。

〔四〕蘭殿：宮殿的美稱。北周王褒明君詞：「蘭殿辭新寵，椒房餘故情。」

〔五〕鳳池：鳳凰池，禁苑中池沼，魏晉南北朝設中書省于禁苑，故借以指中書省。晉書荀勗傳：「勗由中書監守尚書令，人有賀之者，勗曰：『奪我鳳凰池，諸君賀我耶？』」

〔六〕松桂：喻指張蒓。丹禁：帝王所居禁城。中書省在禁中，故云。

〔七〕鴛鷺：喻指劉太真。雲臺：東漢洛陽南宮中臺名，後漢書陰興傳李賢注：「洛陽南宮有雲臺、廣德殿。」此借南宮以指劉太真所在之尚書省。

和李二主簿寄淮上綦毋三〔一〕

滿城憐傲吏〔二〕，終日賦新詩。請去聲報淮陰客〔三〕，春帆浪作音佐期。

〔注〕

〔一〕詩約永泰中在洛陽作。

李二主簿：李澣，永泰元年爲洛陽主簿，與韋應物同在洛陽。唐代墓誌彙編永泰〇〇三韋應物撰大唐故東平郡鉅野縣令頓丘李府君（璀）墓誌銘并序：「長子澣，……永泰元祀，澣始拜洛陽主簿。」綦毋三：名未詳。或以爲即綦毋潛。綦毋潛行三，然其年輩長于韋應物，安、史亂後行踪亦無可考，恐非是。

〔二〕傲吏：高傲不隨俗的官吏。郭璞游仙詩：「漆園有傲吏，萊氏有老妻。」原指莊周，此借指李澣。

〔三〕淮陰：郡名，即楚州。舊唐書地理志三楚州：「天寶元年改爲淮陰郡，乾元元年，復爲楚州。」淮陰客，此指綦毋三。

寄二嚴〔一〕士良婺牧，士元郴牧。

絲竹久已懶〔二〕，今日遇君忺〔三〕。打破蜘蛛千道網〔四〕，總爲鶺鴒兩個嚴〔五〕。

〔注〕

〔一〕詩約貞元四年在長安左司郎中任上作。

二嚴：嚴士元、嚴士良兄弟，嚴損之子。士良大曆中爲秘書省著作郎，累遷至婺州刺史，罷歸，貞元十一年，任江州刺史，卒。士元天寶中以門蔭擢弘文生，調參江陵軍事，後歷京兆户曹、殿中侍御史、虞部員外郎、河南令、刑部郎中、國子司業。建中初，貶潮州司户，移連、郴二州刺史，聞弟士良罷官，亦辭官歸。復拜國子司業，貞元八年卒，年六十五。事見元和姓纂卷五、全唐文卷三百九十二獨孤及唐故銀青光禄大夫太子左庶子嚴公（損之）墓誌銘、又卷七百八十四穆員國子司業嚴公（士元）墓誌銘。依嚴士元誌推之，士元任婺州（今浙江金華）刺史、士良任郴州（今屬湖南）刺史在貞元初。故其罷官及與韋應物相遇當在貞元四年左右之長安。

〔二〕絲竹：代指樂器。

〔三〕忺（xiān）：高興，適意。

〔四〕「打破」句：謂二嚴能擺脱羈絆，毅然去官。太平御覽卷九百四十八引金樓子：「楚國龔舍，初隨楚王朝，宿未央宫，見蜘蛛焉。有赤蜘蛛，大如栗，四面縈羅網，有蟲觸之而死者，退而不能得出焉。舍乃嘆曰：『吾生亦如是耳。仕宦者，人之網羅也，豈可淹歲！』于是挂冠而退。」

〔五〕鶺鴒：又作脊令，水鳥名。詩小雅常棣：「脊令在原，兄弟急難。」後因以代指兄弟。

〔評〕

劉辰翁：何等雜劇語，卻可引用爲戲。（張習本）

卷四

送別

李五席送李主簿歸西臺〔一〕

請告嚴程盡〔二〕，西歸道路寒。欲陪鷹隼集〔三〕，猶戀鶺鴒單〔四〕。洛邑人全少〔五〕，嵩高雪尚殘〔六〕。滿臺誰不故，報我在微官〔七〕。

〔校〕

〔單〕唐詩品彙卷六十四作「歡」。

〔注〕

〔一〕詩約廣德中在洛陽作。西臺：指長安御史臺，相對于東都洛陽御史東臺而言。因話録卷五：「御史臺……俗間呼在京爲西臺，東都爲東臺。」李主簿：當爲御史臺主簿。新唐書百官志三御史臺：「主簿一人，從七品下，掌印，受事發辰，覈臺務，主公廨及户奴婢、勛散官之職。」李主簿及李五當爲兄弟行，名均未詳。

〔二〕請告：請假。程：期限。唐制，職事官請假滿百日，即合停官，見唐會要卷八十一。

〔三〕鷹隼：均猛禽，隼即鶚。鷹隼搏擊凡鳥，故以比喻負責彈劾工作的御史臺官員。參見卷一雜體五首其二注〔四〕、〔六〕。

〔四〕鶺鴒：水鳥名，比喻兄弟。參見卷三寄二嚴注〔五〕。

〔五〕洛邑：即洛陽。周成王時，周公營造洛邑，在今洛陽洛水北岸及瀍水兩岸。

〔六〕嵩高：山名，即嵩山。參見卷一賈常侍林亭宴集注〔五〕。

〔七〕「滿臺」二句：臺，指御史臺。故，故交，老友。孟子盡心上：「挾貴而問……挾故而問，皆所不答也。」正義：「有挾已與師有故舊之好而問者，皆所不答也。」微官，卑微的官職，時韋應物在從七品上之洛陽丞任，故云。

送崔押衙赴相州〔一〕頃任内黄令。

禮樂儒家子〔二〕，英豪燕趙風〔三〕。驅雞嘗理邑〔四〕，走馬却從戎。白刃千夫闢〔五〕，黄金四海同〔六〕。嫖姚恩顧下〔七〕，諸將指揮中。别路憐芳草，歸心伴塞鴻。鄴城新騎滿〔八〕，魏帝舊臺空〔九〕。望闕應懷戀，遭時貴立功。萬方如已静，何處欲輸忠。

【校】

〔赴〕原無此字，據唐詩品彙卷七十八增。

〔注〕

〔一〕據編次，詩約廣德中在洛陽作。
押衙：軍中負責儀仗侍衛的官吏。據題下自注，崔押衙曾爲相州内黄縣（今屬河南）令，名未詳。相州：州治在今河南安陽。廣德元年，置相衛節度使，以史朝義部下降將相州刺史薛嵩兼領。

〔二〕禮樂：指儒家經典。漢書禮樂志：「六經之道同歸，而禮、樂之用爲急。」顔師古注：「六經，謂易、詩、書、春秋、禮、樂也。」

〔三〕燕、趙：指今河北省及山西北部，戰國時期爲燕、趙二國之地。漢書地理志下：「趙、中山地薄人衆……丈夫相聚游戲，悲歌忼慨。」又云：燕俗「亦有所長，敢于急人，燕丹遺風也」。

〔四〕驅雞：比喻管理百姓。申鑒卷一：「睹孺子之驅雞也，而見御民之方。孺子驅雞者，急則驚，緩則滯……迫則飛，疏則放。志閑則比之，流緩而不安則食之。不驅之驅，驅之至者也。志安則循路而入門。」理邑：治邑，謂爲縣令。

〔五〕「白刃」句：謂崔押衙勇武過人。千夫，言人數衆多。闢，通避，辟易，驚退。史記項羽本紀：「赤泉侯爲騎將，追項王。項王瞋目而叱之，赤泉侯人馬俱驚，辟易數里。」

〔六〕「黄金」句：謂崔押衙一諾千金。史記季布傳：「季布者，楚人也，爲氣任俠，有名于楚。……楚人諺曰：『得黄金百，不如季布一諾。』」

〔七〕嫖姚：嫖姚校尉，西漢武官名，霍去病曾官此職，見漢書建元以來王子侯者年表，此借指軍中主將薛嵩。

〔八〕鄴：春秋齊邑，故城在今河北臨漳西南鄴鎮。元和郡縣圖志卷十六相州鄴縣：「故鄴城，縣東五十步，本春秋時齊桓公所築也。……魏武帝受封于此，至文帝受禪，呼此爲鄴都。」

〔九〕魏帝：指魏武帝曹操。舊臺：謂銅雀臺。水經注濁漳水：「(鄴)城之西北有三臺，皆因城爲之基，巍然崇舉，其高若山，建武十五年魏武所起。……中曰銅雀臺，高十丈，有屋百一十間。」陸機弔魏武文引曹操遺令：「吾婕妤妓人皆著銅爵臺，於臺堂上施八尺牀，張繐帳，朝晡上脯糒之屬。月朝十五日，輒向帳作妓，汝等時時登銅爵臺，望吾西陵墓田。」

〔評〕

劉辰翁：〔驅鷄四句〕甚有氣味。〔望闕四句〕贈人語如此有味。（朱墨本）

送宣城路録事〔一〕

江上宣城郡，孤舟遠到時。雲林謝家宅〔二〕，山水敬亭祠〔三〕。綱紀多閑日〔四〕，觀游得賦詩。都門且盡醉〔五〕，此别數年期。

〔注〕

〔一〕依編次，詩約永泰中在洛陽作。

宣城：郡名，即宣州，州治在今安徽宣州。舊唐書地理志三宣州：「天寶元年改爲宣城郡，乾元元年，復爲宣州。」録事：録事參軍事或録事，州府屬官，參見卷一燕李録事注〔一〕。路録事，當爲宣州録事參軍事，名未詳。

〔二〕謝家宅：南齊詩人謝朓宅。太平寰宇記卷一百二太平州：「理當塗縣，本宣州當塗。謝公山在縣東三十五里，齊宣城太守謝朓築室及池于山南，其室階址見存。」

〔三〕敬亭：山名。元和郡縣圖志卷二十八宣州宣城縣：「敬亭山，州北十二里，即謝朓賦詩之所。」謝朓有賽敬亭山廟喜雨、祀敬亭山廟等詩。

〔四〕綱紀：指政務。詩大雅棫樸：「勉勉我王，綱紀四方。」箋：「以網罟喻爲政，張之爲綱，理之爲紀。」晉書徐邈傳：「足下選綱紀必得國士，足以攝諸曹。」通典卷三十三：「録事參軍，晉置，本爲公府官，非州郡職也，掌總録衆曹主簿，舉彈善惡。」唐代州郡録事品秩較諸曹參軍爲高，掌正違失、莅符印，故唐人呼之爲「紀綱掾」。

〔五〕都門：京都城門，此指洛陽城門。

送李十四山人東游〔一〕

聖朝有遺逸〔二〕，披膽謁至尊〔三〕。豈是貿榮寵〔四〕，誓將救元元〔五〕。權豪非所便，書奏寢禁門〔六〕。高歌長安酒，忠憤不可吞。欻來客河洛〔七〕，日與静者論〔八〕。濟世翻小事，丹砂駐精魂〔九〕。東游無復繫，梁楚多大蕃〔一〇〕。高論動侯伯，疏懷脱塵喧。送君都門野，飲我林中樽。立馬望東道，白雲滿梁園〔一一〕。踟躕欲何贈，空是平生言。

〔校〕

〔山人〕原無「人」字，據原校及叢刊本增。

〔注〕

〔一〕詩永泰中或大曆初在洛陽作。

山人：隱居不仕者。李十四山人，名未詳。劉辰翁疑爲李白，沈德潛徑以爲李白，均無據。李白行十二，天寶後行踪未至洛陽。

〔二〕遺逸：指隱逸不仕的才俊之士。

〔三〕披膽：披肝瀝膽，謂竭誠相見，盡所欲言。至尊：地位最爲尊貴者，指皇帝。

〔四〕貿榮寵：換取功名富貴。

〔五〕元元：百姓。戰國策秦策一：「制海内，子元元。」

〔六〕寢：止息。此謂書奏被扣押未上呈。禁門：宫禁之門。

〔七〕欻（xū）：忽然。河洛：黄河、洛水流域，此指洛陽。

〔八〕静者：性情平和安静者，多指隱者。謝靈運過始寧墅：「拙疾相倚薄，還得静者便。」

〔九〕丹砂：朱砂，礦物質，爲方士煉丹之主要原料。

〔一〇〕梁、楚：指汴、徐諸州，西漢時爲諸侯王國梁、楚之地。大蕃：即大藩，大諸侯國。此指大郡。

〔一一〕梁園：梁孝王園。故址在今河南開封。史記梁孝王世家：「于是孝王築東苑，方三百餘里。」文選卷二十謝朓新亭渚别范零陵：「雲去蒼梧野，水還江漢流。」李善注引歸藏啟筮：「有白雲出自蒼梧，入于大梁。」

〔評〕

黄徹：韋應物送李山人云：「聖朝多遺逸，披膽謁至尊。豈是貿榮寵，誓將救元元。」……皆急于得君，非爲利禄計也。（䂬溪詩話卷一）

又：坡有「欲吐狂言喙三尺，怕君嗔我却須吞」，嘗疑其語太怪。及觀杜集，亦有「臨風欲慟

哭，聲出已復吞」。韋蘇州云：「高秋（歌）長安酒，中憤不可吞。」（同前卷六）

劉辰翁：豈非太白耶？太白，李十二。〔高歌四句〕善道人意高處。〔濟世二句〕此非太白不能當。（朱墨本）

桂天祥：氣相（一作韵）真樸，如吴絲白紵，服之便體。（同前）

顧璘：〔立馬二句〕此便與淵明荆軻篇相敵。（同前）

沈德潛：即李太白。〔權豪句〕高力士之類。〔濟世二句〕已學道，濟世又小事矣。太白學仙原在不遇之後。左司在開元時已爲侍衛，至德宗時猶存，而集中有送太白詩，無與少陵贈答，豈兩人本不相識耶？（唐詩别裁卷三）

送李二歸楚州〔一〕 時李季弟牧楚州，被訟赴急。

情人南楚别〔二〕，復咏在原詩〔三〕。忽此嗟歧路，還令泣素絲〔四〕。風波朝夕遠〔五〕，音信往來遲。好去扁舟客〔六〕，青雲何處期〔七〕。

【注】

〔一〕詩約大曆初在洛陽作。

楚州：州治在今江蘇淮安。李二：疑爲李澣，時爲洛陽主簿，與韋應物同在洛陽。參見卷三和李五主簿寄淮上綦毋三注〔一〕。李澣望出頓丘，有弟泳、潑等，亦見唐代墓誌彙編永泰〇〇三韋應物撰李璀墓誌。

然其弟未官楚州刺史。永泰中楚州刺史有李湯，見太平廣記卷四百七十六引戎幕閑談。李湯郡望與李澣同出頓丘（見獨孤及靈一塔銘），後貶郴州司馬（見劉長卿洞庭驛逢郴州使還寄李湯司馬詩），湯、澣聯旁，疑李湯爲澣之從弟，即此詩中之「季弟」。

〔二〕南楚：指今安徽南部、江西北部、湖南東部地區。史記貨殖列傳：「衡山、九江、江南、豫章、長沙，是南楚也。」

〔三〕在原詩：指詩小雅常棣，有「脊令在原，兄弟急難」句。見卷三寄二嚴注〔五〕。咏「在原」詩即思念兄弟。

〔四〕「忽此」二句：謂忽嗟遠別。淮南子說林：「楊朱見逵路而哭之，爲其可以南，可以北。墨子見練絲而泣之，爲其可以黄，可以黑。」李白古風五十九首其五十九「惻惻泣路岐，哀哀悲素絲。路岐有南北，素絲易變移。萬事固如此，人生無定期。」

〔五〕風波：李陵與蘇武三首：「風波一失所，各在天一涯。」莊子人間世：「言者，風波也。」此語意雙關。

〔六〕扁舟：小舟。史記貨殖列傳：「范蠡既雪會稽之耻……乃乘扁舟浮于江湖。」故後常以「扁舟客」指隱逸之士。

〔七〕青雲：喻隱逸。南史蕭鈞傳：「身處朱門而情游江海，形在紫闥而意在青雲。」

送閻寀赴東川辟〔一〕

冰炭俱可懷〔二〕，孰云熱與寒。何如結髮友〔三〕，不得攜手歡。晨登嚴霜野，送子天一端。祗承簡書命〔四〕，俯仰豸角冠〔五〕。上陟白雲嶠，下冥玄壑湍〔六〕。離群自有託〔七〕，歷險得所安。當念反窮巷〔八〕，登朝成慨嘆。

〔注〕

〔一〕據編次，詩約大曆初在洛陽作。

閻寀（七二五—七九一）：河南（今河南洛陽）人，望出天水。廣德中，以監察御史領高陵令，永泰初辭職，大曆中，再爲御史，三領大郡。德宗朝，官申、汝、澧、吉四州刺史。貞元七年，表求入道，許之，賜名遺榮。旋卒洪州，友人私謚曰貞範先生。事迹見全唐文卷三百九十二獨孤及唐故左金吾將軍河南閻公（用之）墓誌銘、卷六百八十四董侹閻貞範先生碑。東川：劍南東川，唐方鎮名。至德二載置，領梓、遂、綿、劍等十二州，治梓州（今四川三台），廣德二年廢，大曆元年復置，二年又廢，尋復置。參見新唐書方鎮表四。時閻寀當以御史參東川幕府。

〔二〕冰炭：謂寒熱交戰，喻内心矛盾。陶潛雜詩十二首：「孰若當世士，冰炭滿懷抱。」韓昌黎集卷五聽穎師彈琴：「穎乎爾誠能，無以冰炭置我腸。」舊注引郭象莊子注：「喜懼戰于胸中，固已結冰炭于五藏矣。」

〔三〕結髮友：謂青少年時代的友人。古代男子自成童時開始束髮，稱爲結髮。據董侹閻貞範先生神道碑，寀貞元七年卒，年三百九十八甲子，當生于開元十三年，約長于韋應物十歲。

〔四〕簡書：信札、文書。此指東川節度使辟書。

〔五〕豸角冠：即獬豸冠，御史臺官員所着冠。獬豸，傳説中神獸。後漢書輿服志下：「法冠，或謂之獬豸冠。獬豸神羊，能別曲直，楚王嘗獲之，故以爲冠。」舊唐書輿服志：「法冠，一名獬豸冠，以鐵爲柱，其上施珠兩枚，爲獬豸之形，左右御史臺流内九品以上服之。」閻寀時當以監察御史或殿中侍御史佐東川幕，故服此冠。

〔六〕冥：通瞑，閉上眼睛，此謂不敢俯視。玄壑：幽深山谷。湍：急流。

〔七〕離群：離開人群，指閻寀告別洛陽友人。禮記檀弓下：「子夏曰：『吾離群索居，亦已久矣。』」

〔八〕窮巷：陋巷，偏僻小巷。陶潛甲申歲六月中遇火：「草廬寄窮巷，甘以辭華軒。」時韋應物已罷洛陽丞，閑居洛陽，故云。

送令狐岫宰恩陽〔一〕

大雪天地閉，群山夜來晴。居家猶苦寒，子有千里行。行行安得辭，荷此蒲璧榮〔二〕。賢豪争追攀，飲餞出西京。樽酒豈不歡，暮春自有程。離人起視日，僕御促前征。逶遲歲已窮，當造巴子城〔三〕。和風被草木，江水日夜清。從來知善政，離別慰友生。

〔校〕

〔遲〕唐詩品彙卷十四作「蛇」。

〔注〕

〔一〕據編次，詩約大曆三年冬在長安作。令狐岫：時出爲恩陽縣令，餘未詳。韋應物與令狐峘友善，且有姻親，參見卷三寄令狐侍郎詩及注。峘有兄峴，弟峼，均以山旁聯名，疑令狐岫亦令狐峘之兄弟行。恩陽：巴州屬縣，在今四川巴中東南。

〔二〕蒲璧：刻有蒲紋的玉璧。周禮春官大宗伯：「以玉作六瑞，以等邦國。……男執蒲璧。」縣令爲最小的一方行政長官，約相當于周代封建的男國。

〔三〕巴子城：即謂恩陽。古有巴子國，即巴國，在今湖北西部、四川東部一帶。武王克殷，封爲子國。太平寰宇記卷一百三十九：「巴州清化郡，今理化城縣，古巴國地。」

【評】

劉辰翁：〔居家二句〕情意懇至。真至之語，自不類。（參評本）

鍾惺：〔大雪四句〕情至。（朱墨本）

送馮著受李廣州署爲録事〔一〕

鬱鬱楊柳枝〔二〕，蕭蕭征馬悲。送君灞陵岸〔三〕，糾郡南海湄〔四〕。名在翰墨場，群公正追隨。如何從此去，千里萬里期。大海吞東南，横嶺隔地維〔五〕。建邦臨日域〔六〕，温燠御四時〔七〕。百國共臻奏〔八〕，珍奇獻京師。富豪虞興戎，繩墨不易持〔九〕。州伯荷天寵〔一〇〕，還當翊丹墀〔一一〕。子爲門下生，終始豈見遺〔一二〕。所願酌貪泉〔一三〕，心不爲磷緇〔一四〕。上將酬國士〔一五〕，下以報渴饑〔一六〕。

【校】

〔奏〕唐詩品彙卷十四作「泰」。　〔天寵〕原校「一作龍選」。　〔酬〕原作〔詶〕，據唐詩品彙卷十四改。

【注】

〔一〕詩貞元四年春末夏初在長安作。

馮著：見卷二寄馮著注〔一〕。廣州：今屬廣東，唐時爲嶺南節度使治所。李廣州，李復，舊唐書卷一百十二、新唐書卷七八有傳。李復貞元三年五月自容管經略使遷廣州刺史、嶺南節度使，見舊唐書德宗紀上。録事：録事參軍事，州府屬官。廣州中都督府，録事參軍一人，正七品下，掌正違失，涖印，見新唐書百官志四下。

〔二〕鬱鬱：茂盛貌。古詩十九首：「青青河畔草，鬱鬱園中柳。」

〔三〕灞陵：即霸陵，在長安東霸水上。元和郡縣圖志卷一京兆萬年縣：「白鹿原在縣東二十里，亦謂之霸上。漢文帝葬其上，謂之霸陵。」王粲七哀詩：「南登霸陵岸，回首望長安。」

〔四〕糾郡：謂掌州郡中糾彈之事。據通典卷三十三，録事參軍掌糾彈部内非違。南海湄：南海濱。元和郡縣圖志卷三十四廣州南海縣：「南海在縣南，水路百里。」

〔五〕横嶺：謂五嶺，横亘今湘、贛二省與粤、桂二省交界處，爲古南越國北界。元和郡縣圖志卷三十四韶州始興縣：「大庾嶺，一名東嶠山，即漢塞上也，在縣東北一百七十二里，從此至水道所極，越之北疆也。」地維：指極遠處。古人以爲地爲方形，四角有繩維繫，故稱地維。列子湯問：「折天柱，絶地維。」

〔六〕日域：日出處，此指南方近日處。揚雄長楊賦：「西壓月峭，東震日域。」李善注：「日域，日出之域也。」

〔七〕温燠：温暖炎熱。嶺南無冬季，故詩云。

〔八〕臻：至。奏：通凑，聚集，會合。柳宗元嶺南節度使饗軍堂記：「唐制：嶺南爲五府，府部州以十數。其小大之戎、號令之用則聽于節度使焉。其外大海多蠻夷，環水而國以百數，則統于押蕃舶使焉。合二使之重以治于廣州。」國史補卷下：「南海舶，外國船也。每歲至安南、廣州。師子國舶最大，梯而上下數丈，皆積寶貨。至則本道奏報。」

〔九〕繩墨：匠人濡墨劃綫的工具，喻指法度。録事掌糾彈違失，故云。

〔一〇〕州伯：原指一方諸侯之長，此借指節度使李復。禮記王制：「二百一十國以爲州，州有伯。」

〔一一〕翊：輔佐。丹墀：宫殿前漆成朱紅色的石階，代指朝廷。

〔一二〕終始：謂有始有終。南史王僧孺傳：「觀行視言，要終猶始。」見遺：被拋棄。

〔一三〕貪泉：在廣州。世説新語德行劉孝標注引晉安帝紀：吴隱之「爲廣州刺史。去州二十里有貪泉，世傳飲之者其心無厭。隱之乃至水上酌而飲之，因賦詩曰：『石門有貪泉，一歃重千金。試使夷、齊飲，終當不易心。』」元和郡縣圖志卷三十四廣州南海縣：「石門水，一名貪泉，出縣西三十里平地，即晉廣州刺史吴隱之飲水賦詩之處。」

〔一四〕磷緇：改變。參見卷二秋集罷還途中作謹獻壽春公黎公注〔二〕。

〔一五〕國士：一國中杰出之士。戰國策趙策一：豫讓曰：「知伯以國士遇臣，臣故國士報之。」

〔一六〕渴饑：指處于困境中的百姓。

送元倉曹歸廣陵〔一〕

官閑得去住，告別戀音徽〔二〕。舊國應無業〔三〕，他鄉到是歸。楚山明月滿，淮甸夜鍾微。何處孤舟泊，遥遥心曲違。

【校】

〔徽〕原校「一作煇」。

〔注〕

〔一〕依編次，詩約大曆三年左右作。倉曹：倉曹參軍，州府屬官，掌租調、公廨、庖厨、倉庫、市肆等，見新唐書百官志四下。元倉曹，名未詳。廣陵：即揚州，屢見前。

〔二〕音徽：音聲，此指音容風貌。徽，琴面上音位標誌。陸機擬行行重行行：「音徽日夜離，緬邈若飛沈。」

〔三〕舊國：故鄉。莊子則陽：「舊國舊都，望之暢然。」成玄英疏：「少失本邦，流離他邑，歸望桑梓，暢然喜歡。」業：産業。

〔評〕

劉辰翁：（舊國二句）可悲。他人幾許造次能道？（朱墨本）

吴瑞榮：藹然情與詞化，句清奇，堪與二謝争席。（唐詩箋要）

沈德潛：（舊國二句）苦句。（唐詩别裁卷十一）

送唐明府赴溧水〔一〕三任縣事。

三爲百里宰〔二〕，已過十餘年。祇嘆官如舊，旋聞邑屢遷。魚鹽濱海利〔三〕，薑蔗傍湖田。
到此安甿俗，琴堂又晏然〔四〕。

〔校〕

〔題〕三體唐詩卷六作送溧水唐明府。　〔薑蔗〕三體唐詩作「桑柘」。　〔甿俗〕三體唐詩作「民俗」。

〔注〕

〔一〕依編次，詩約大曆三年作。唐明府：時爲溧水縣令，名未詳。溧水：宣州屬縣，今屬江蘇。

〔二〕百里宰：縣令。古代一縣之地約百里。世説新語言語：「李弘度常嘆不被遇，殷揚州知其家貧，問：『君能屈志百里否？』李答曰：『北門之嘆，久已上聞；窮猿奔林，豈暇擇木。』」

〔三〕「魚鹽」句：元和郡縣圖志卷二十八宣州溧水縣：「固城湖，在縣南一百里，周回九十里，多蒲魚之利。」

〔四〕晏然：安逸貌。呂氏春秋察賢：「宓子賤治單父，彈鳴琴，身不下堂而單父治。」此用其事。

〔評〕

方回：蘇州五言古體最佳，律詩亦雅潔如此。（瀛奎律髓彙評卷八）

何焯：落句推其賢，嘆其屈，勉其終，無不包蘊風雅之旨。（同前）

喜於廣陵拜覲家兄奉送發還池州〔一〕

青青連枝樹〔二〕，苒苒久別離。客游廣陵中，俱到若有期。俯仰叙存殁，哀腸發酸悲。收情且爲歡，累日不知饑。夙駕多所迫，復當還歸池。長安三千里，歲晏獨何爲。南出登閶門〔三〕，驚飇左右吹。所別諒非遠，要令心不怡。

〔注〕

〔一〕詩大曆四年冬在揚州作。

家兄：名未詳。卷二韋應物有發廣陵留上家兄兼寄上長沙詩，未知是同一人否。池州：州治在今安徽貴池。

〔二〕連枝樹：比喻極爲親密的關係，此指兄弟。文選卷二十九蘇武詩四首：「況我連枝樹，與子同一身。」

〔三〕閶門：揚州城西門。舊唐書敬宗紀：寶曆二年，「鹽鐵使王播奏：『揚州城内，舊漕河水淺，舟船澀滯，輸不及期程。今從閶門外古七里港開河……』」

送章八元秀才擢第往上都應制〔一〕

決勝文場戰已酣〔二〕，行應辟命復才堪。旅食不辭游闕下，春衣未换報江南。天邊宿鳥生歸思，關外晴山滿夕嵐。立馬欲從何處别，都門楊柳正毿毿〔三〕。

〔校〕

〔章〕叢刊本作「張」。

〔注〕

〔一〕詩大曆六年春末夏初在洛陽作。

章八元：睦州桐廬（今屬浙江）人，大曆六年登進士第，官正字。工爲詩，有詩集一卷。參見傅璇琮唐才子傳校箋卷四章八元傳箋。上都：長安。新唐書地理志一：「上都，初曰京城，天寶元年曰西京……肅宗元年曰上都。」應制：應制科舉。新唐書選舉志上：「其天子自詔者曰制舉，所以待非常之才焉。」舊唐書代宗紀：大曆六年「四月丁巳，上御宣政殿試制舉人。」按，唐代宗永泰元年，始置兩都貢舉。章八元當是大曆六年于東都洛陽應進士舉及第，旋赴長安應制舉。

〔二〕文場：指科舉考場。白居易醉後走筆酬劉五主簿長句之贈兼簡張大賈二十四先輩昆季：「齊入文場同苦戰，五人十載九登科。」酣：形容事情發展到異常激烈的程度。

〔三〕毵(sān)毵：長條披散貌。

〔評〕

袁宏道：如此結句，風趣盎然。（參評本）

送張侍御秘書江左覲省〔一〕

莫嘆都門路，歸無駟馬車〔二〕。綉衣猶在篋〔三〕，芸閣已觀書〔四〕。沃野收紅稻，長江釣白魚〔五〕。晨餐亦可薦〔六〕，名利欲何如。

〔校〕

〔篋〕原作「篋」，據遞修本、活字本、叢刊本、唐詩品彙拾遺卷六、全唐詩改。〔芸〕原校「一作蓬」。〔薦〕原校「一作潔」。

〔注〕

〔一〕依編次，詩約大曆六年在洛陽作。侍御：唐人對監察御史或殿中侍御史的稱呼。秘書：秘書郎，屬秘書省，從六品上，掌四部圖籍，見新唐書百官志二。江左：江東，指長江下游江南地區，今江蘇南部一帶，張秘書時自御史遷秘書郎，歸江東覲省，其名未詳。

〔二〕駟馬車：四匹馬駕的車，高官所乘。漢書朱買臣傳：朱買臣拜會稽太守，「長安廄吏乘駟馬車來迎」。張晏注：「故事，大夫乘官車駕駟，如今州牧刺史矣。」史記司馬相如列傳索隱引華陽國志：「蜀大城北十里有升仙橋，有送客觀也。相如初入長安，題其門云：『不乘赤車駟馬，不過汝下也。』」

〔三〕綉衣：御史官服。漢書百官公卿表上：「侍御史有綉衣直指，出討奸猾，治大獄。」

〔四〕芸閣：指秘書省，爲皇家藏書之所。置芸香于書籍中可防蛀蟲，故稱秘書省爲芸署、芸臺或芸閣。

〔五〕「長江」句：南史張昭傳：「幼有孝性，父熯常患消渴，嗜鮮魚，昭乃身自結網捕魚，以供朝夕。」後漢書姜詩妻傳：詩奉母至孝，其妻奉順尤篤，詩母好飲江水，又嗜魚鱠，夫婦遠汲力作以供之。後舍側忽有涌泉，味如江水，每旦輒出雙鯉魚，以供其母之膳。

〔六〕晨餐：早餐，此指父母用膳。文選卷十九束皙補亡詩南陔：「馨爾夕膳，絜爾晨餐。」李善注：「馨，芬香也，絜，鮮静也。教其朝晚供養之方。」小序：「孝子相戒以養也。」

〔評〕楊慎：杜子美送人迎養詩：「青青竹笋迎船出，白白江魚入饌來。」用孟宗、姜詩事。韋蘇州送人省覲亦云：「沃野收紅稻，長江釣白魚。」又云：「洞庭摘朱果，松江獻白鱗。」然杜不如韋多矣。「青青」字自好，「白白」近俗，有似兒童「白白一群鵝，被人趕下河」之謡也，豈大家語哉。（丹鉛總録卷二十一）

紀昀：純是諷其歸隱，當日必有爲而發。（瀛奎律髓刊誤）

賦得鼎門送盧耿赴任〔一〕

名因定鼎地〔二〕，門對鑿龍山〔三〕。水北樓臺近，城南車馬還。稍開芳野静，欲掩暮鍾閑。去此無嗟屈，前賢尚抱關〔四〕。

【校】

〔稍開芳〕唐詩品彙卷六十四作「曉開春」。〔欲掩暮〕唐詩品彙作「暮掩寺」。

【注】

〔一〕依編次，詩約大曆六年春在洛陽作。賦得：唐人集會賦詩，以某物或前人某詩句爲題，即稱「賦得某某」。如本詩以鼎門爲題，作詩送別之地不一定在鼎門。鼎門：即定鼎門，洛陽城正南門。永樂大典本河南志隋城闕古迹：「南面三門，正南曰定鼎門。南通伊闕，北對端門。隋曰建國，唐武德四年，平王世充改。」盧耿：據韋應物詩，永泰中曾官洛陽主簿，後爲南昌令，參謀江西幕府。此赴何官未詳。詩云「抱關」，或是赴汴州，參注〔四〕。

〔二〕定鼎：即定都。相傳夏禹鑄九鼎以象九州，商、周均以爲傳國重器，置於國都，故後稱王朝建國或定都爲定鼎。左傳宣公三年：「成王定鼎於郟鄏。」郟鄏即雒邑，故址在洛陽，門當因此得名。

〔三〕鑿龍山：即伊闕龍門。淮南子本經：「舜乃使禹闢伊闕。」水經伊水注：「昔大禹疏以通水，兩山相對，望之若闕，伊水歷其間北流，故謂之伊闕矣。」元和郡縣圖志卷五河南府：「初，煬帝常登邙山，望伊闕，顧曰：『此非龍門耶？自古何不建都于此？』」

〔四〕前賢：謂侯嬴，戰國時魏國隱士。抱關：謂爲門吏。關，門閂。侯嬴年七十，爲大梁夷門監者，修身潔行，自稱「夷門抱關者」。信陵君厚遺之，不受，乃親迎之，執禮甚恭，引爲上客。後爲信陵君定計竊兵符救趙，事成後，自刎而死。事見史記魏公子列傳。大梁，唐之汴州，故疑盧耿時赴汴州。

賦得浮雲起離色送鄭述誠〔一〕

游子欲言去，浮雲那得知。偏能見行色〔二〕，自是獨傷離。晚帶城遥暗，秋生峰尚奇〔三〕。還因朔吹斷〔四〕，匹馬與相隨。

〔注〕

〔一〕依編次，詩約大曆六年秋作。

賦得：見前詩注〔一〕。浮雲起離色：此用古詩意。文選卷二十九蘇武詩四首：「俯觀江漢流，仰視浮雲翔。良友遠別離，各在天一方。」李善注：「江漢流不息，浮雲去靡依，以喻良友各在一方，播遷而無所托。」

鄭述誠：未詳。

〔二〕行色：出行時的神態。莊子盜跖：「柳下季曰：『今者闕然數日不見，車馬有行色，得微往見跖邪？』」

〔三〕峰：指雲峰。顧愷之神情詩：「春水滿四澤，夏雲多奇峰。」

〔四〕朔吹：北風。李益赴邠寧留別：「黄雲斷朔吹，白雪擁沙城。」

餞雍聿之潞州謁李中丞〔一〕

鬱鬱兩相遇，出門草青青。酒酣拔劍舞，慷慨送子行。驅馬涉大河，日暮懷洛京。前登太行路〔二〕，志士亦未平。薄游五府都〔三〕，高步振英聲〔四〕。主人才且賢〔五〕，重士百金輕。絲竹促飛觴，夜宴達晨星。娱樂易淹暮〔六〕，諒在執高情〔七〕。

【校】

〔兩〕原作「雨」，據遞修本、活字本、叢刊本、文苑英華卷二百七十二、唐詩品彙卷十四、全唐詩改。〔子〕文苑英華校「一作君」。

【注】

〔一〕詩約大曆七年春在洛陽作。

雍聿之：據傅璇琮唐代詩人叢考韋應物繫年考證，當即雍裕之，蜀人，能詩，有詩集一卷，事見新唐書藝文志四、唐才子傳卷五。潞州：州治在今山西長治，時爲澤潞節度使治所。李中丞：李抱真，李抱玉從父弟，歷汾州別駕、殿中少監、澤、懷二州刺史。大曆四年，爲澤潞觀察留後，兼御史中丞，凡八年。事見舊唐書卷一百三十二、新唐書卷一百三十八本傳及全唐文卷七百八十四穆員相國義陽郡王李公墓誌銘。

〔二〕太行：山名，綿亘于今晉、冀、豫三省交界處，自洛陽赴潞州經此。太行路以險惡著稱，詩文中常以喻世情險惡，人生坎坷。曹操苦寒行：「北上太行山，艱哉何巍巍。羊腸坂詰曲，車輪爲之摧。」劉孝標廣絶交論：「嗚呼，世路險巇，一至于此！太行、孟門，豈云嶄絶。」

〔三〕五府：唐置大都督府五，即潞、揚、益、荆、幽五州，見唐會要卷七十。元和郡縣圖志卷十五潞州：「開元十七年，以玄宗歷試嘗在此州，置大都督府。」

〔四〕英聲：美名。李白古風五十九首其十：「齊有倜儻生，魯連特高妙。……却秦振英聲，後世仰末照。」

〔五〕主人：指李抱真。舊唐書本傳：「抱真沈斷多智計。嘗欲招致天下賢儁，聞人之善，必令持貨幣數千里邀致之。」

〔六〕淹暮：猶遲暮，指年老。屈原離騷：「惟草木之零落兮，恐美人之遲暮。」

〔七〕執：堅守，保持。

〔評〕

劉辰翁：意殊伉壯，語却毫不兀突。（參評本）

上東門會送李幼舉南游徐方〔一〕

離絃既罷彈，樽酒亦已闌。聽我歌一曲，南徐在雲端〔二〕。雲端雖云邈，行路本非難。諸侯皆愛才，公子遠結歡。濟濟都門宴〔三〕，將去復盤桓。令姿何昂昂，良馬遠游冠〔四〕。意氣且爲別，由來非所嘆。

〔校〕

〔絃〕叢刊本作「筵」。〔且〕唐詩品彙卷十四作「相」。

〔注〕

〔一〕依編次，詩大曆七年左右在洛陽作。

上東門：唐洛陽之東北門。唐兩京城坊考卷五：東京外郭城「東面三門，北曰上東門」。李幼舉：未詳。

疑爲李唐宗室諸王之後，參見注〔四〕。徐方：指徐州，今屬江蘇。詩大雅常武「徐方繹騷」疏：「言其居一方而有國土耳，此徐當謂徐州之地。」

〔二〕南徐：指徐州，在洛陽東南，故稱。

〔三〕濟濟：衆多貌。詩大雅文王：「濟濟多士，文王以寧。」

〔四〕遠游冠：皇太子及諸王後所着冠。晉書輿服志：「遠游冠，傅玄云秦冠也。似通天而前無山述，有展筩横于冠前……惟皇太子及王者後常冠焉。」按詩前稱李幼舉爲「公子」，疑李幼舉爲李唐宗室諸王之後。

送洛陽韓丞東游〔一〕

仙鳥何飄颻〔二〕，緑衣翠爲襟〔三〕。顧我差池羽〔四〕，咬咬懷好音〔五〕。徘徊洛陽中，游戲清川潯。神交不在結，歡愛自中心。駕言忽徂征，雲路邈且深。朝游尚同啄，夕息當異林。出餞宿東郊，列筵屬城陰。舉酒欲爲樂，憂懷方沉沉。

〔注〕

〔一〕依編次，詩約大曆八年在洛陽作。

洛陽韓丞：韓姓洛陽縣丞，名未詳。

〔二〕仙鳥：即靈鳥，指鸚鵡。禰衡鸚鵡賦：「惟西域之靈鳥兮，挺自然之奇姿。」

〔三〕衣、襟：指鸚鵡羽毛。禰衡鸚鵡賦：「紺趾丹觜，緑衣翠衿。」衿，通襟。

〔四〕差池羽：謂燕子。差池，燕尾長短不齊貌。詩邶風燕燕：「燕燕于飛，差池其羽。」此以鸚鵡喻韓丞，而以燕子自喻。

〔五〕咬（jiāo）咬：鳥鳴聲。文選卷十三禰衡鸚鵡賦：「采采麗容，咬咬好音。」李善注：「咬咬，鳥鳴聲。」

送鄭長源〔一〕

少年一相見，飛轡河洛間〔二〕。歡游不知罷〔三〕，中路忽言還。泠泠鵾絃哀〔四〕，悄悄冬夜閑。丈夫雖耿介〔五〕，遠別多苦顏。君行拜高堂，速駕難久攀。鷄鳴儔侶發，朔雪滿河關。須臾在今夕，樽酌且循環〔六〕。

〔校〕

〔見〕原校「一作得」。〔閑〕唐詩品彙卷十四作「闌」。

〔注〕

〔一〕依編次，詩約大曆八年冬在洛陽作。

鄭長源：未詳。

〔二〕河洛：此指河南府（今河南洛陽），境内有河、洛、伊三水，秦昭襄王時立爲三川郡。見元和郡縣圖志卷五。

〔三〕罷：通疲。曹植公宴：「公子敬愛客，終宴不知疲。」

〔四〕泠泠：此狀琵琶聲音清脆悠揚。陸機招隱詩：「山溜何泠泠，飛泉漱鳴玉。」鵾絃：用鵾鷄筋做的琵琶絃，此指琵琶。鵾鷄，亦作昆鷄，鳥名，似鶴，黄白色，見楚辭宋玉九辯「鵾鷄啁哳而悲鳴」洪興祖補注。酉陽雜俎卷六：「古琵琶絃用鵾鷄筋。」

〔五〕耿介：正直有操守。楚辭宋玉九辯：「獨耿介而不隨兮，願慕先聖之遺教。」王逸注：「執節守度，不枉傾也。」

〔六〕樽酌：酒器。循環：或作巡環，謂輪流飲酒，周而復始。

〔評〕

袁宏道：置之建安、黃初，不復可辨。（參評本）

送李儋〔一〕

別離何從生，乃在親愛中。反念行路子，拂衣自西東。日昃不留宴，嚴車出崇墉〔二〕。行游非所樂，端憂道未通。春野百卉發，清川思無窮。芳時坐離散，世事誰可同。歸當掩重關，默默想音容。

〔校〕

〔游〕原校「一作役」。〔端憂句〕原校「一作端處道未豐」。

〔注〕

〔一〕詩約大曆七、八年在洛陽作。

李儋：參見卷二贈李儋等詩注。

〔二〕日昃：日西斜。嚴車：整備車馬。崇墉：高牆，謂城垣。

〔評〕

劉辰翁：起十字自好。（朱墨本）

顧璘：近情。（同前）

賦得暮雨送李胄〔一〕

楚江微雨裏，建業暮鐘時〔二〕。漠漠帆來重〔三〕，冥冥鳥去遲〔四〕。海門深不見〔五〕，浦樹遠含滋。相送情無限，沾襟比散絲〔六〕。

〔校〕

〔胄〕原作「胃」，校云「一作渭」，唐詩品彙卷六四作「曹」，此據元修本、遞修本、活字本、叢刊本、全唐詩改。

〔注〕

〔一〕詩約大曆七、八年在洛陽作。

賦得：命題賦詩，稱爲「賦得某某」。故詩中所叙均爲揣想懸擬之辭，非眼前實有之景。李胄：字恭國，趙郡人，大曆三年著作郎李昂之子。貞元中，官魯山縣令、户部員外郎，終官比部郎中。事見歐陽詹贈魯山李明府詩、新唐書宰相世系二上，參見唐才子傳校箋第五册卷一李昂傳補箋。

〔二〕建業：今江蘇南京。元和郡縣圖志卷二十五潤州上元縣：本金陵地，秦始皇東游，改其地曰秣陵，「建康故城在縣南三里，建安中，改秣陵爲建業，晉復爲秣陵」。

〔三〕漠漠：彌漫廣布貌。謝朓游東田詩：「遠樹曖阡阡，生烟紛漠漠。」

〔四〕冥冥：深遠貌。法言問明：「鴻飛冥冥，弋人何篡焉。」

〔五〕海門：指長江入海處，潤州（今江蘇鎮江）附近長江中有海門山。古今圖書集成職方典卷七百二十五鎮江府：「焦山在郡城東九里大江中，與金山并峙……山之餘支東出分峙于鯨波瀰淼中，曰海門山。」

〔六〕沾襟：雙闕雨與淚。散絲：張協雜詩：「騰雲似涌烟，密雨如散絲。」王維齊州送祖二：「送君南浦淚如絲。」

〔評〕

曾季貍：唐人詩用「遲」字皆得意。……韋蘇州細雨詩，「漠漠帆來重，冥冥鳥去遲」，亦佳句。（艇齋詩話）

蘇庠：余每讀蘇州「漠漠帆來重，冥冥鳥去遲」之語，未嘗不茫然而思，喟然而嘆。嗟乎，此余晚泊江西十年前夢耳。自余奔竄南北，山行水宿，所歷佳處固多，欲求此夢，了不可得。豈蒹葭蒼蒼，無三湘、七澤之壯，雪蓬烟艇，無風檣陣馬之奇乎？抑吾且老矣，壯懷銷落，塵土坌没，而無少日烟霞之想也？慶長筆端丘壑，固自不凡，當爲余圖蘇州之句於壁，使余隱几静對，神游八極之表耳。（苕溪漁隱叢話前集卷十五引後湖集）

劉辰翁：題古，贈别分題如此亦可觀。（張習本）

方回：三、四絶妙，天下誦之。（瀛奎律髓彙評卷十七）

謝榛：梁簡文曰：「濕花枝覺重，宿鳥羽飛遲。」韋蘇州曰：「漠漠帆來重，冥冥鳥去遲。」……雖有所祖，然青愈于藍矣。（四溟詩話卷一）

顧璘：詠物更無此篇。（朱墨本）

袁宏道：起甚佳，餘復稱是。（參評本）

吴瑞榮：通首無一語鬆放「暮雨」，此又以細切見精神者。韋蘇州之不可方物如此。（唐詩箋要）

李因培：沖淡夷猶，讀之令人神往。（唐詩觀瀾集）

綱師園唐詩箋：〔首二句〕雙起點題。（唐詩彙評）

查慎行：三、四與老杜「湛湛長江去，冥冥細雨來」各盡其妙。（瀛奎律髓彙評卷十七）

紀昀：净細。（同前）

留别洛京親友〔一〕

握手出都門，駕言適京師。豈不懷舊廬，惆悵與子辭。麗日坐高閣，清觴宴華池。昨游倏已過，後遇良未知。念結路方永，歲陰野無暉〔二〕。單車我當前，暮雪子獨歸。臨流一相望，零淚忽沾衣。

〔校〕

〔過〕唐詩品彙卷十四作「週」。　〔前〕原校「一作去」。　〔臨流〕原校「一云漸遥」。

〔注〕

〔一〕依編次，詩大曆八年冬自洛陽赴長安作。參見附録簡譜。

〔二〕歲陰：猶歲暮。庾信歲晚出横門：「年華改歲陰，游客喜登臨。」

〔評〕 袁宏道：傷離重別，宛然蘇、李之間。（參評本）

賦得沙際路送從叔象〔一〕

獨樹沙邊人迹稀，欲行愁遠暮鐘時。野泉幾處侵應盡，不遇山僧知問誰。

〔注〕

〔一〕依編次，詩大曆九年左右作。從叔象：未詳。據新唐書宰相世系四上，韋氏逍遥公房有韋象先，爲應物從叔，傅璇琮唐代詩人叢考韋應物繫年考證疑即此韋象，集奪「先」字。

送榆次林明府〔一〕

無嗟千里遠，亦是宰王畿〔二〕。策馬雨中去，逢人關外稀。邑傳榆石在〔三〕，路繞晉山微。別思方蕭索，新秋一葉飛。

〔注〕

〔一〕依編次，詩大曆九年左右作。榆次：太原府屬縣名，今屬山西。明府：唐人對縣令的稱謂。林明府：林明。元和姓纂卷五濟南鄒縣林氏：「游真孫明，大理司直、榆次縣令。」其從叔林洋天寶中爲潤州刺史，從侄林寶元和中爲太常博士，故林明當與韋應物同時。

〔二〕王畿：古代稱王城附近周圍千里的地域。唐以太原爲北都，其所轄縣均爲畿縣。

〔三〕榆石：相傳榆次有能言之石。左傳昭公八年：「春，石言于晉魏榆。」元和郡縣圖志卷十三太原府榆次縣：「本漢舊縣，即春秋時晉魏榆地。左傳：『石言于晉魏榆。』注曰：『魏，晉邑。榆，即州里名。』……漢以爲縣，屬太原郡。」

〔評〕

劉辰翁：此等亦味外味也。無一句不合，「路繞」句尤極清（一作高）潤，作者可仰。（張習本）

顧璘：〔逢人句〕至淺至難。（萬有文庫本）

周敬：章法句律，清雅匀稱而一局。（唐詩會選脈通評林）

邢昉：不求工而自工，真爲至淺至難。（唐風定）

顧安：隨手頓折而下，是高、岑佳處，較之平平寫去有間矣。（唐律消夏録）

屈復：「亦是」句一折，「逢人」句一折，先寫邑後寫路，又一折。「方」字結上六句。八「一葉」頓折而下，情景兼寫，高、岑之法也。（唐詩成法）

雜言送黎六郎〔一〕壽春公之子。

冰壺見底未爲清〔二〕，少年如玉有詩名〔三〕。聞話嵩峰多野寺，不嫌黃綬向陽城〔四〕。朱門嚴訓朝辭去，騎出東郊滿飛絮。河南庭下拜府君〔五〕，陽城歸路山氛氳。山氛氳，長不見，釣臺水渌荷已生〔六〕，少姨廟寒花始遍〔七〕。縣閑吏傲與塵隔，移竹疏泉常岸幘〔八〕。莫言去作折腰官〔九〕，豈似長安折腰客。

〔校〕

〔壽春公〕各本均作「壽陽公」，據元和姓纂卷三、黎幹墓誌改。〔野〕唐詩品彙卷三十三作「禪」。

〔注〕

〔一〕詩大曆九年春在長安作。參見附録簡譜。

黎六郎：黎燗，黎幹之子，行六。壽春公，即黎幹，見卷二秋集罷還途中作謹獻壽春公黎公注〔一〕。燗時當赴陽翟縣尉任，參見後送黎六郎赴陽翟少府詩注〔一〕。元和姓纂卷三黎氏：「京兆尹黎幹，生烑、炬、常、燧、燗。」岑仲勉四校記：「備要『京兆』上有『壽春』字。……按拓本貞元六年□故銀青光禄大夫尚書兵部侍郎壽春郡開國公黎公墓誌銘并序云：『□諱幹，字貞固，壽春人也。』則有『壽春』字方是。」岑氏又云：「拓本黎幹誌，『子九人，前監察御史烑、河南府士曹燧、成都尉炬、陽翟尉燗、陸渾尉煖、煉、燭、煥、炤等』，則今姓纂所叙，雁序已亂，『常』字殆羡文。……全詩五函二册盧綸送燧尉陽翟……『燧』當『燗』之訛。」黎燗元和六年官夏縣令，書陽公舊隱碣，見寶刻叢編卷十。劉辰翁于題下注以黎六郎爲「壽陽公主之子」，誤。

〔二〕冰壺：鮑照代白頭吟：「直如朱絲繩，清如玉壺冰。」

〔三〕如玉：晉書衛玠傳：「總角乘羊車入市，見者皆以爲玉人。」

〔四〕黄綬：黄色印綬，此代指卑官。漢書百官公卿表：「凡吏秩……比二百石以上，皆銅印黄綬。」陽城：山名。

元和郡縣圖志卷五河南府告成縣：「陽城山，在縣東北三十八里。」

〔五〕府君：漢、魏時對太守的稱呼，此指河南府尹。陽翟屬河南府，故當拜謁府尹。

〔六〕鈞臺：未詳。疑當作「鈞臺」。元和郡縣圖志卷五河南府陽翟縣：「鈞臺，在縣南十五里。左氏傳曰『夏啟有鈞臺之饗』是也。」

〔七〕少姨廟：在嵩山少室山。全唐文卷一百九十二楊炯少室山少姨廟碑銘：「臣謹按少姨廟者，則漢書地理志嵩高少室之廟也。其神爲婦人像者，則古老相傳云啟母塗山之妹也。」元和郡縣圖志卷五河南府告成縣：「少室山，在縣西北五十里。」大明一統志卷二十九河南府：「少姨廟，在府城東南，又偃師、鞏、登封縣俱有。世傳神是啟母之妹，故名少姨。」

〔八〕岸幘：推起頭巾，露出前額，謂脱略不拘形迹。參見卷一月夜會徐十一草堂注〔二〕。

〔九〕折腰官：縣吏，指黎熠。下「折腰客」，韋應物自指。參見卷二贈王侍御注〔六〕。

〔評〕

劉辰翁：「鈞臺水淥」二句佳甚。（參評本）

天長寺上方別子西有道〔一〕 時任京兆府功曹、攝高陵宰，別田曹盧康、户曹韓質，因而有作。

假邑非拙素〔二〕，況乃別伊人。聊登釋氏居，攜手戀茲晨。高曠出塵表，逍遥滌心神。青山對芳苑，列樹繞通津。車馬無時絶，行子倦風塵。今當遵往路，佇立欲何申。唯持貞白志〔三〕，以慰心所親。

〔校〕

〔戀〕原校「一作念」，叢刊本作「念」。〔繞〕原校「一作盈」。

〔注〕

〔一〕詩約大曆十年在長安作。天長寺：寺當在長安，其地未詳。天寶七載八月，改玄宗降誕日千秋節爲天長節（見舊唐書玄宗紀下），改長安待賢坊之千秋觀爲天長觀（見唐兩京城坊考卷四），天長寺當亦因此得名。上方：指僧寺中方丈或住持僧所居之處。子西：盧康字。據自注，康時任京兆府田曹，餘未詳。有道：韓質字。據自注，質時任京兆府户曹，餘未詳。

〔二〕假邑：即假攝縣令。時韋應物以京兆府功曹參軍假攝京兆府高陵縣令，見題下自注。拙素：謂夙願。

〔三〕貞白：正直清廉。後漢書第五倫傳：「性質慤，少文采，在位以貞白稱。」

送黎六郎赴陽翟少府〔一〕

試吏向嵩陽〔二〕，春山躑躅芳〔三〕。腰垂新綬色〔四〕，衣滿舊芸香〔五〕。喬樹別時緑，客程關外長。祇應傳善政，日夕慰高堂。

〔注〕

〔一〕詩約大曆十年春在長安作。黎六郎：黎煟，黎幹之子，時赴陽翟尉任。參見前雜言送黎六郎注〔一〕。陽翟：河南府屬縣名，今河南禹縣。

〔二〕嵩陽：嵩山之南。陽翟縣在嵩山東南。

〔三〕躑躅：山躑躅、羊躑躅的省稱，即杜鵑花。古今注卷下：「羊躑躅，花黄，羊食之則死，見之則躑躅分散，故名羊躑躅。」

〔四〕綬：繫印絲帶。

〔五〕芸香：芸草，其香可防書中蛀蟲。唐時稱秘書省爲芸閣，蓋黎燏曾任秘書省校書郎，故詩云。參見前送張侍御秘書江左覲省注〔四〕。

〔評〕

袁宏道：此等結語平澹，正自佳。（參評本）

送別覃孝廉〔一〕

思親自當去，不第未蹉跎。家住青山下，門前芳草多。秭歸通遠徼〔二〕，巫峽注驚波〔三〕。州舉年年事〔四〕，還期復幾何。

〔校〕

〔自當〕唐詩品彙卷六十四作「當自」。　〔芳草〕原校「一作流水」。

〔注〕

〔一〕依編次，詩約大曆十年作。

孝廉：漢代選舉官吏科目名，郡國所舉孝順廉潔之人亦稱孝廉。唐代有孝廉科，不常置。唐會要卷七六：「寶應二年六月二十日，禮部侍郎楊綰奏請，每歲舉人依鄉舉里選，察秀才孝廉。……勑旨：『每州每歲察孝廉，取在鄉閭有孝弟廉恥之行薦焉。委有司以禮待之，試其所通之學。五經之内，精通一經，兼能對策，達於理體者，并量行業授官。』……至建中元年六月九日，勑孝廉科宜停。」覃孝廉，名未詳。

〔二〕秭歸：歸州屬縣名，今屬湖北。

〔三〕巫峽：長江三峽之一，水流湍急。水經注江水：「丹山西即巫山者也。……其間首尾百六十里，謂之巫峽，蓋因山爲名也。自三峽七百里中，兩岸連山，略無闕處。……至於夏水襄陵，沿溯阻絶，或王命急宣，有時朝發白帝，暮至江陵，雖乘奔御風，不以疾也。」

〔四〕州舉：州縣薦舉。唐摭言卷一：「始自武德辛巳歲四月一日，敕諸州學士及蚤有明經及秀才、俊士、進士，明于理體爲鄉里所稱者，委本縣考試，州長重覆，取其合格者，每年十月隨物入貢。斯我唐貢士之始也。」

〔評〕

劉辰翁：〔家住二句〕自以爲幽致，不覺可笑，誰家門前無此？〔秭歸句〕却自渾渾。（朱墨本）

袁宏道：青山芳草，何處無之，却自有致。（參評本）

黄生：三、四筆致甚佳。（唐詩摘抄）

陸次雲：起法（疑當作結）相應，章法緊嚴。（唐詩善鳴集）

邢昉：初不經思，正非苦思可得。（唐風定）

沈德潛：說得心平氣和。送不第人，自應如是。（唐詩別裁卷十一）

吴瑞榮：眼前物，意中事，只争説得親切藴藉耳。頷聯宛然六朝樂府中佳句。（唐詩箋要）

送開封盧少府〔一〕

雄藩車馬地〔二〕，作尉有光輝。滿席賓常侍，闐街燭夜歸。關河征旆遠，烟樹夕陽微。到處無留滯，梁園花欲稀〔三〕。

〔注〕

〔一〕依編次，詩約大曆十一年春在長安作。開封：汴州屬縣名，今屬河南。盧少府：時赴開封縣尉任，餘未詳。

〔二〕雄藩：地位重要之州郡。汴州扼運河，南抵江淮，北通河洛，爲南北交通要衝，時駐有重兵，以防河北諸鎮。參見卷三寄大梁諸友詩及注。

〔三〕梁園：梁孝王園，在汴州開封，參見前送李十四山人東游注〔一一〕。

送魏廣落第歸揚州〔一〕

下第常稱屈，少年心獨輕。拜親歸海畔，似舅得詩名〔二〕。晚對青山別，遥尋芳草行。還期應不遠，寒露濕蕪城〔三〕。

〔校〕

〔魏廣〕各本均作「槐廣」，據盧綸、李端同送詩改。

〔注〕

〔一〕依編次，詩約大曆十一年秋在長安作。魏廣：事迹不詳。盧綸送魏廣下第歸揚州：「楚鄉雲水内，春日衆山開。淮浪參差起，江帆次第來。獨歸初失桂，共醉忽停杯。漢詔年年有，何愁掩上才。」李端送魏廣下第歸揚州寧親：「游宦今空返，浮淮一雁秋。白雲陰澤國，青草繞揚州。調膳過花下，張筵到水頭。崑山仍有玉，歲晏莫淹留。」一作于春日，一作于秋日，蓋廣之應舉非止一次。

〔二〕似舅：晉書何無忌傳載桓玄語：「何無忌，劉牢之之甥，酷似其舅。」

〔三〕蕪城：指揚州，西漢時吴王曾都于此，後鮑照作蕪城賦。文選卷十一鮑照蕪城賦李善注：「集云：登廣陵故城。漢書曰：廣陵國，高帝十一年屬吴，景帝更名廣陵，江都易王非、廣陵厲王胥皆都焉。」

〔評〕

袁宏道：〔下第二句〕二語非老成人不知。（參評本）

鍾惺：此語又非老人不知。（朱墨本）

譚元春：無聊中寫出閑適。（同前）

送汾城王主簿〔一〕

少年初帶印，汾上又經過〔二〕。芳草歸時遍，情人故郡多。禁鐘春雨細，宮樹野烟和。相望東橋別，微風起夕波。

〔注〕

〔一〕依編次，詩約大曆十一年春在長安作。汾城：未詳。唐有汾邑、汾西等縣，無汾城縣。主簿：此指縣主簿，參見卷一揚州偶會前洛陽盧耿主簿注〔一〕。王主簿，名未詳。

〔二〕汾上：謂汾水，源出山西寧武縣管涔山，南流至河津縣，注入黄河。

〔評〕

劉辰翁：〔芳草句〕閑情婉約可愛。〔宫樹句〕妙。極濃麗而不脂粉，情理入微。（參評本）

顧璘：韋公獨步。（朱墨本）

黄生：凡寫得意，則字句之間躍躍欲飛，寫失意，便字句之間覺慘慘不樂，此唐人神境也。（唐詩摘抄）

沈德潛：意主簿必向往汾城，故有三、四語。雨中聽鐘，其聲自細，粗心人未必知之。（唐詩別裁卷十一）

送澠池崔主簿〔一〕

邑帶洛陽道，年年應此行。當時匹馬客，今日縣人迎。暮雨投關郡〔二〕，春風別帝城。東西殊不遠，朝夕待佳聲。

〔注〕

〔一〕詩約大曆十一年春在長安作。澠池：河南府屬縣名，今屬河南。崔主簿：時赴澠池縣主簿任，餘未詳。

〔二〕關郡：形勢險要設有關隘的州郡。自長安赴澠池經華州，有潼關，又經陝州，有漢函谷關。

〔評〕

劉辰翁：〔當時二句〕如此世態尚可。（張習本）

送顔司議使蜀訪圖書〔一〕

軺駕一封急〔二〕，蜀門千嶺曛〔三〕。詎分江轉字〔四〕，但見路緣雲。山館夜聽雨，秋猿獨叫群。無爲久留滯，聖主待遺文。

〔校〕

〔急〕原校「一作傳」。

〔注〕

〔一〕詩約大曆十一年秋在長安作。司議：太子司議郎，東宮屬官。新唐書百官志四上東宮官左春坊：「司議郎二人，正六品上，掌侍從規諫，駁正啟奏。」顏司議：名未詳。耿湋，大曆十一年以拾遺充括圖書使使江淮，顏司議當與之同時銜命出使。參見唐才子傳校箋卷四耿湋傳箋。

〔二〕軺駕：軺車，一馬駕之輕便馬車。

〔三〕蜀門：指入蜀之路。劍州有劍門山、劍門縣、劍閣道，「峭壁千丈，下瞰絶澗，飛閣以通行旅」，爲入蜀必經之路。參見元和郡縣圖志卷三十三劍州。曛：昏暗。

〔四〕江轉字：謂蜀中江流曲折如「巴」字。太平寰宇記卷一百三十六渝州：「三巴記云：閬、白二水東南流，曲折三回如『巴』字，故謂三巴。」

〔評〕

袁宏道：〔山館二句〕二語王、孟集中佳句。（參評本）

奉送從兄宰晉陵〔一〕

東郊春草歇，千里夏雲生。立馬愁將夕，看山獨送行。依微吴苑樹〔二〕，迢遞晉陵城。慰此斷行別〔三〕，邑人多頌聲。

〔校〕

〔春草〕各本均作「暮草」，據唐詩品彙卷六十四改。

〔注〕

〔一〕依編次，詩約大曆十一年夏在長安作。

從兄：時赴晉陵縣令任，名未詳。晉陵：常州屬縣，今江蘇常州。

〔二〕吴苑：晉陵春秋時爲吴地，吴王有長洲苑，見卷三寄皎然上人注〔四〕。

〔三〕斷行：指大雁在飛行中失群。斷行別，喻指兄弟離別。禮記王制：「兄之齒雁行。」庾信奉和趙王喜雨詩：「驚烏灑翼度，濕雁斷行來。」

〔評〕

劉辰翁：妙。（參評本）

顧璘：作家老手。何限懷抱。（朱墨本）

贈別河南李功曹〔一〕宏辭登科拜官。

耿耿抱私戚〔二〕，寥寥獨掩扉。臨觴自不飲，況與故人違。故人方琢磨〔三〕，瓌朗代所稀〔四〕。憲禮更右職〔五〕，文翰灑天機。聿來自東山〔六〕，群彦仰餘輝。談笑取高第，綰綬即言歸〔七〕。洛都游燕地，千里及芳菲。今朝章臺別，楊柳亦依依〔八〕。雲霞未改色，山川猶夕暉。忽復不相見，心思亂霏霏〔九〕。

〔校〕

〔一〕原校「一作朅」。

〔注〕

〔一〕依編次，大曆十二、十三年中在長安作。

河南：河南府，府治在今河南洛陽。功曹：功曹參軍，州府屬官。河南府功曹，正七品下，掌考課、假使、祭祀、禮樂、學校、表疏、書啟、禄食、祥異、醫藥、卜筮、陳設、喪葬，見新唐書百官志四下。李功曹，名未詳。據詩及注，李當曾在御史臺、太常寺任職，後應博學宏辭科及第，授河南府功曹參軍。

〔二〕耿耿：憂傷貌。私戚：即隱憂。詩邶風柏舟：「耿耿不寐，如有隱憂。」

〔三〕琢磨：雕琢打磨。原指玉工治玉，後常用來比喻修養品行或修飾詩文，研討義理。劉峻廣絶交論：「組織仁義，琢磨道德。」

〔四〕瓌朗：珍奇美異。

〔五〕憲禮：此指執憲及司禮樂的官署。御史臺，又稱憲臺，太常寺掌禮樂、祭祀、郊廟之事。更（gèng）：歷任。右職：高位。古代以右爲尊。

〔六〕聿：語詞。東山：東晋謝安隱居之所。見前贈丘員外二首其一注〔五〕。

〔七〕綰綬：猶結綬，綰結繫官印的絲帶，謂被授與官職。孔稚珪北山移文：「紐金章，綰墨綬，跨屬城之雄，冠百里之首。」

〔八〕「今朝」二句：章臺，漢代長安中街名。漢書張敞傳：「敞無威儀，時罷朝會，過走馬章臺街。」孟康曰：「在長安中。」詩小雅采薇：「昔我往矣，楊柳依依。今我來思，雨雪霏霏。」韓翃寄柳氏：「章臺柳，章臺柳，顔色青青今在否。縱使長條似舊垂，也應攀折他人手。」

〔九〕霏霏：紛亂貌。

〔評〕

袁宏道：末段深情，淒澹可味。（參評本）

送五經趙隨登科授廣德尉〔一〕

明經有清秩〔二〕，當在石渠中〔三〕。獨往宣城郡〔四〕，高齋謁謝公〔五〕。寒原正蕪漫，夕鳥自西東〔六〕。秋日不堪別，淒淒多朔風〔七〕。

【校】

〔漫〕原校「一作没」，唐詩品彙卷六十四作「没」。

【注】

〔一〕依編次，詩約大曆十三年秋作。五經：唐代明經考試科目之一。新唐書選舉志上：「凡禮記、春秋左氏傳爲大經，詩、周禮、儀禮爲中經，易、尚書、春秋公羊傳、穀梁傳爲小經。……通五經者，大經皆通，餘經各一，孝經、論語皆兼通之。」趙隨：天水（今屬甘肅）人，趙益幼子，見唐代墓誌彙編大曆〇八一唐故朝散大夫蘇州別駕知東都將作監事趙公（益）墓誌銘并叙。餘未詳。廣德：宣州屬縣名，今屬安徽。

〔二〕明經：唐代考試科目之一。新唐書選舉志上：「凡明經，先帖文，然後口試，經問大義十條，答時務策三道，亦爲四等。」清秩：即清班，謂清要之官。唐代職事官，清濁分流，以次補授，詳見舊唐書職官志一。

〔三〕石渠：西漢皇家藏書之處，此代指秘書省，謂趙隨當官校書郎等清秩。班固西都賦：「金馬、石渠之署。」三輔黃圖卷六：「石渠閣，蕭何所造。其下礱石爲渠以導水，若今御溝，因爲閣名。所藏入關所得秦之圖籍。至于成帝，于此藏秘書焉。」

〔四〕宣城郡：唐之宣州，今屬安徽。

〔五〕謝公：謝朓，爲宣城太守時，作有郡内高齋閑坐答吕法曹等詩。此借指當時的宣州刺史。參見前送宣城路録事注〔二〕。

〔六〕「夕鳥」句：何遜夕望江橋示蕭諮議楊建康江主簿：「夕鳥已西度，殘霞亦半消。」

〔七〕「秋日」二句：詩小雅四月：「秋日淒淒，百卉具腓。」王瓚雜詩：「朔風動秋草，邊馬有歸心。」

【評】

袁宏道：設字勝。（參評本）

宴别幼遐與君貺兄弟〔一〕

乖闕意方弭〔二〕，安知忽來翔。累日重歡宴，一日復離傷。置酒慰兹夕，秉燭坐華堂。契闊未及展〔三〕，晨星出東方。征人慘已辭，車馬儼成裝。我懷自無歡，原野滿春光。群水含時澤，野雉鳴朝陽。平生有壯志，不覺淚霑裳。況自守空宇，日夕但彷徨。

【校】

〔乖闕〕原校「一作乖闊」。〔方〕原校「一作云」。〔成〕原校「一作來」。〔光〕原校「一作芳」。

【注】

〔一〕依編次，詩約大曆十三年春作。

幼遐：李儋字，卷二有善福寺閣對雨寄李儋幼遐詩。君貺：元錫字。全唐文卷五百十八梁肅送元錫赴舉序：「初元之明年，予與君貺兄洪俱參淮南軍事。」序作于建中二年。元和姓纂卷四河南洛陽元氏：「挹，吏部員外，生注、洪、錫。錫生谿、銑。」參見卷三郡中對雨寄元錫兼簡楊凌注〔一〕。

〔二〕乖闕：即乖違，離别。弭：止息。

〔三〕契闊：離散，此指别後之情。

〔評〕

劉辰翁：〔末聯〕曲折，情景甚至。（張習本）

顧璘：如此詩，亦近晉、宋。（朱墨本）

送宣州周録事〔一〕

清時重儒士，糾郡屬伊人〔二〕。薄游長安中，始得一交親。英豪若雲集，餞别塞城闉〔三〕。高駕臨長路，日夕起風塵。方念清宵宴，已度芳林春。從兹一分手，緬邈吴與秦。但睹年運駛，安知後會因。唯當存令德，可以解悁勤〔四〕。

〔注〕

〔一〕依編次，詩大曆十三年左右在長安作。宣州：今屬安徽。録事：已見卷一燕李録事注〔一〕。周録事：未詳。

〔二〕糾郡：録事司糾彈州郡屬吏之職，參見前送馮著受李廣州署爲録事注〔四〕。

〔三〕城闉：城門。闉，城曲重門。

〔四〕悁勤：憂愁。詩陳風澤陂：「寤寐無爲，中心悁悁。」傳：「悁悁，猶悒悒也。」集韵稕韵：「勤，憂也。」

謝櫟陽令歸西郊贈别諸友生〔一〕

結髮仕州縣，蹉跎在文墨〔二〕。徒有排雲心〔三〕，何由生羽翼〔四〕。幸遭明盛日，萬物蒙生植〔五〕。獨此抱微痾，頹然謝斯職。大曆十四年六月二十三日自鄠縣制除櫟陽令，以疾辭歸善福精舍。七月二十日賦此詩。世道方荏苒〔六〕，郊園思偃息〔七〕。爲歡日已延，君子情未極。馳觴忽云晏，高論良難測。游步清都宫〔八〕，迎風嘉樹側。晨起西郊道，原野分黍稷。自樂陶唐人〔九〕，服勤在微力〔一〇〕。佇君列丹陛，出處兩爲得〔一一〕。

【校】

〔仕〕原校「一作事」，叢刊本作「事」。　〔馳觴〕原校「一作驅馳」。

【注】

〔一〕詩大曆十四年七月在善福精舍閑居作。

櫟陽：京兆府屬縣，故城在今陝西臨潼縣境。韋應物辭櫟陽令歸灃上事，參見卷二閑居贈友詩及注。

〔二〕「結髮」二句：結髮，束髮。古代男子自成童開始束髮，故以指初成年。蹉跎，失意，虚度光陰。文墨：文案筆墨之事，指處理政務。劉楨雜詩：「職事相填委，文墨紛消散。」

〔三〕排雲心：指向道之心，雙關躋身高位的青雲之志。郭璞游仙詩：「神仙排雲出，但見金銀臺。」

〔四〕生羽翼：謂羽化登仙，雙關仕途飛黃騰達。曹丕折楊柳行：「西山一何高，高高殊無極。上有兩仙僮，不飲亦不食。與我一丸藥，光耀有五色。服藥四五日，身體生羽翼。輕舉乘浮雲，倏忽行萬億。」

〔五〕生植：生長繁殖。

〔六〕荏苒：漸進，推移變化。

〔七〕偃息：偃卧休息，謂收斂退藏。後漢書李膺傳：「願怡神無事，偃息衡門，任其飛沈，與時抑揚。」

〔八〕清都宫：相傳爲天帝所居，此指道觀。參見卷三寄劉尊師注〔二〕。

〔九〕陶唐人：帝堯時的百姓。相傳堯初居于陶，後封于唐，故號陶唐氏，見史記五帝本紀正義引徐廣語。太平御覽卷五百六引高士傳：「壤父者，堯時人，年五十而擊于道中。觀者曰：『大哉，帝之德也！』壤父曰：『吾日出而作，日入而息，鑿井而飲，耕田而食，帝何德于我哉！』」

〔一〇〕服勤：服事勤勞。禮記檀弓上：「事親有隱而無犯，左右就養無方，服勤至死。」

〔一一〕「佇君」二句：丹陛，宫殿的紅色臺階，代指朝廷。侍丹陛即登朝爲官。出處，出仕和隱居。

〔評〕

袁宏道：悠然閑曠，無一字不似陶。（參評本）

送端東行〔一〕

世承清白遺，躬服古人言〔二〕。從宦俱守道，歸來共閉門〔三〕。驅車何處去，暮雪滿平原。

【校】

〔世承句〕原校「一作世事留清白」。〔宦〕叢刊本作「官」。

【注】

〔一〕依編次，詩大曆十四年或建中元年閑居灃上時作。見卷二九日灃上作寄崔主簿倬二季端繫注〔一〕。端：韋端，韋應物從弟。

〔二〕「世承」二句：後漢書楊震傳：「後轉涿郡太守，性公廉，不受私謁。子孫常蔬食步行，故舊長者或欲令爲開產業，震不肯，曰：『使後世稱爲清白吏子孫，以此遺之，不亦厚乎！』」

〔三〕閉門：閉門不仕。文選江淹恨賦：「敬通見抵，罷歸田里，閉關却掃，塞門不仕。」李善注引司馬彪續漢書：「趙壹閉門却掃，非德不交。」

【評】

袁宏道：世有如此異人不？（參評本）

送姚係還河中〔一〕

上國旅游罷〔二〕，故園生事微。風塵滿路起，行人何處歸。留思芳樹飲，惜別暮春暉。幾日投關郡，河山對掩扉。

【校】

〔係〕原作「孫」，校云「一作系」，此據唐詩紀事卷二十七改。〔留思句〕唐詩紀事作「留意芳樹斂」。

〔注〕

〔一〕依編次，詩建中元年左右在澧上閑居時作。

〔二〕姚係：陝州硤石（今河南三門峽市東）人，久居河中。貞元元年登進士第，官至門下省典儀。見新唐書宰相世系四下，參見傅璇琮唐才子傳校箋卷五。河中：府名，即蒲州，府治在今山西永濟。

〔三〕上國：諸侯對皇室的稱呼，此指京師長安。沈佺期春閨：「邊愁離上國，春夢失陽關。」

〔評〕

袁宏道：起句堪憐，真情實事。（參評本）

始除尚書郎別善福精舍〔一〕

建中二年四月十九日，自前櫟陽令除尚書比部員外郎。

簡略非世器〔二〕，委身同草木。逍遥精舍居，飲酒自爲足。累日曾一櫛，對書常懶讀。社臘會高年〔三〕，山川恣游矚。明世方選士，中朝懸美禄。除書忽到門〔四〕，冠帶便拘束。愧忝郎署迹，謬蒙君子録。俯仰垂華纓，飄颻翔輕轂。行將親愛別，戀此西澗曲。遠峰明夕川，夏雨生衆緑。迅風飄野路，回首不遑宿。明晨下煙閣〔五〕，白雲在幽谷。

〔校〕

〔酒〕唐文粹卷十七上作「水」。〔明夕〕唐文粹作「照夕」。〔飄野路〕原校「一作吹往路」，唐文粹作「飄往路」。〔烟閣〕唐文粹作「烟闕」。

〔注〕

〔一〕詩建中二年四月在長安作。

尚書郎：尚書省諸曹司長官郎中、員外郎的統稱。據題下自注，韋應物時授比部員外郎。新唐書百官志一尚書省刑部：「比部郎中、員外郎各一人，掌句會内外賦斂、經費、俸禄、公廨、勳賜、贓贖、徒役課程、逋欠之物，及軍資、械器、和糴、屯收所入。」善福精舍：善福寺，在長安西郊灃水畔，見卷二灃上西齋寄諸友詩及注。

〔二〕簡略：處事隨便不認真。三國志蜀志蔣琬傳：「東曹掾楊戲，素性簡略，琬與言論，時不應答。或欲構戲于琬曰：『公與戲語，而不見應，戲之慢上，不亦甚乎！』」世器：治國的才具。

〔三〕社臘：社日和臘日。古于春、秋二季祭土地神，于歲末祭百神，分别稱爲社祭和臘祭，其日亦分别稱社日和臘日。高年：老人。

〔四〕除書：任命官吏的文件。

〔五〕煙閣：高閣，此當指朝廷官署。唐代宫中有凌煙閣，爲圖畫功臣之所，舊唐書太宗紀下：貞觀十七年正月「戊申，詔圖畫司徒、趙國公無忌等勳臣二十四人於凌煙閣。」

〔評〕

袁宏道：此詩此懷，何遜淵明？世獨以高達稱陶者，未深讀韋集耳。（參評本）

黄周星：天下人皆要做官，然自有一種做不得官之人，如嵇叔夜、陶淵明是也，得韋左司則三矣。（唐詩快）

送常侍御魯却使西蕃〔一〕

歸奏聖朝行萬里，却銜天詔報蕃臣。本是諸生守文墨，今將匹馬靜煙塵〔二〕。旅宿關河逢暮雨，春耕亭鄣識遺民〔三〕。此去多應收故地〔四〕，寧辭沙塞往來頻。

〔校〕

〔魯〕各本均無此字，據遞修本目録補。

〔注〕

〔一〕詩建中二年冬在長安作。侍御：唐人對監察御史及殿中侍御史的稱呼。常魯：京兆渭南（今陝西臨潼）人，常袞從弟。大曆十年，官渭南縣尉。建中初，以監察御史充入蕃使崔漢衡判官。事見新唐書宰相世系五下、全唐文卷四百二十常袞叔父故禮部員外郎（常無名）墓誌等。西番：或作西蕃，古代對西域一帶及西部邊境地區的泛稱，特指隋唐時期藏族在西藏所建政權吐蕃。舊唐書吐蕃傳下：「（建中）二年十二月，入蕃使判官常魯與吐蕃使論悉諾羅等至自蕃中。初魯與其使崔漢衡至列館，贊普令止之，先命取國信敕，既而使謂漢衡曰：『來敕云：「所貢獻物，并領訖。今賜外甥少信物，至領取。」我大蕃與唐舅甥國耳，何得以臣禮見處？又所欲定界，雲州之西，請以賀蘭山爲界。……」乃邀漢衡遣使奏定。魯使還奏焉，爲改敕書，以『貢獻』爲進，以『賜』爲『寄』，以『領取』爲『領之』。……其定界盟，并從之。」時常魯歸朝奏請後再使吐蕃，故詩題云「却使」。李益亦有送常曾（當作魯）侍御使西蕃寄題西川（當作州）詩，當同送之作。本詩全唐詩卷四百九十二重收作殷堯藩詩，誤。殷堯藩元和中進士，與常魯不相及。

〔二〕諸生：衆儒生。文墨：文書辭章。守文墨，指從事文字工作。煙塵：代指戰爭。張隨河中獻捷：「落日煙塵静。」

〔三〕亭鄣：邊塞堡壘。

〔四〕故地：謂河、湟之地，安、史亂中，盡陷吐蕃。舊唐書吐蕃傳上：「乾元之後，吐蕃乘我間隙，日蹙邊城，或爲虜掠殺傷，或轉死溝壑。數年之後，鳳翔之西，邠州之北，盡蕃戎之境，湮没者數十州。」

送郗詹事〔一〕

聖朝列群彦〔二〕，穆穆佐休明〔三〕。君子獨知止〔四〕，懸車守國程〔五〕。忠良信舊德，文學播英聲〔六〕。既獲天爵美〔七〕，況將齒位并〔八〕。書奏蒙省察，命駕乃東征。皇恩賜印綬，歸爲田里榮〔九〕。朝野同稱嘆，園綺鬱齊名〔一〇〕。長衢軒蓋集，飲餞出西京。時屬春陽節，草木已含英。洛川當盛宴〔一一〕，斯焉爲達生〔一二〕。

〔注〕

〔一〕詩建中三年春在長安作。

詹事：太子詹事，東宮屬官。新唐書百官志四上東宫官詹事府：「太子詹事一人，正三品；少詹事一人，正四品上。掌統三寺、十率府之政，少詹事爲之貳。」郗詹事：郗昂，字高卿，初名純，高平金鄉（今屬山東）

人。舉進士，三登制科，登朝歷拾遺、補闕、員外、司勳郎中、諫議大夫、中書舍人。處事不回，爲宰相元載所忌，辭歸，居洛陽十年，自號「伊川田父」。德宗即位，召拜左庶子、集賢學士，至京，以年老辭官，除太子詹事致仕。有文集六十卷。附見舊唐書卷一百七、新唐書卷一百四十三郗士美傳。

〔二〕群彥：諸多才俊之士，見郡齋雨中與諸文士燕集注〔六〕。

〔三〕穆穆：莊敬貌。休明：美盛，此稱皇朝盛德。左傳宣公三年：「定王使王孫滿勞楚子，楚子問鼎之大小輕重焉。對曰：『在德不在鼎。……德之休明，雖小，重也。』」

〔四〕知止：言適可而止。老子下篇：「知足不辱，知止不殆，可以長久。」

〔五〕懸車：懸挂其車，示不復出，即退休致仕。國程：國家法令制度。蔡邕陳太丘碑文序：「時年已七十，遂隱丘山，懸車告老。」唐會要卷六十七：「舊制，年七十以上應致仕，若齒力未衰，亦聽釐務。」

〔六〕「文學」句：舊唐書郗士美傳：「父純，字高卿，爲李邕、張九齡等知遇，尤以詞學見推，與顏真卿、蕭穎士、李華皆相友善。」李白有送郗昂謫巴中詩。

〔七〕天爵：自然的爵位。孟子告子上：「仁義忠信，樂善不倦，此天爵也。公卿大夫，此人爵也。」舊唐書郗士美傳：「父純……處事不回，爲元載所忌。魚朝恩署牙將李琮爲兩街功德使，琮暴橫，於銀臺門毀辱京兆尹崔昭。純詣元載抗論，以爲國恥，請速論奏。載不從，遂以疾辭，退歸東洛凡十年，自號『伊川田父』，清名高節，稱于天下。」

〔八〕齒位：年齡與官職。句謂郗昂既有高尚的品德，又享有高壽和高位。

〔九〕「書奏」四句：書奏：指辭官奏章。舊唐書郗士美傳：「及德宗即位，崔祐甫作相，召拜（昂）左庶子、集賢學士。到京，以年老乞身，表三上，除太子詹事致仕，東歸洛陽。德宗召見，屢加褒嘆，賜以金紫。公卿大夫皆賦詩祖送于都門，搢紳以爲美談。」

〔一〇〕園、綺：秦末漢初隱士「商山四皓」中的東園公、綺里季。漢高祖寵愛戚夫人，欲廢太子，立戚夫人子趙王如意。吕后恐，問計于張良，張良勸吕后迎商山隱士東園公等四人以輔佐太子，太子遂得不廢。事見史記留侯世家。三國志魏志管寧傳：「德非園、綺，而蒙安車之榮。」郗昂以太子詹事致仕，故比之于「四皓」。

〔一一〕洛川：即洛水，代指洛陽。盛宴：用漢疏廣事。漢書疏廣傳：漢宣帝時，疏廣爲太傅，廣兄子疏受爲少傅，父子并爲師傅，朝廷以爲榮。在位五歲，父子俱移病，上疏乞骸骨。宣帝許之，加賜黄金二十斤，皇太子贈黄金五十斤。廣既歸鄉里，日令家供具設酒食，日與族人故舊賓客相娱樂。數問其家金餘尚有幾所，趣賣以供具。或勸其爲子孫買田宅，廣曰：「賢而多財，則損其志。愚而多財，則益其過。……又此金者，聖主所以惠養老臣也，故樂與鄉黨宗族共饗其賜，以盡吾餘日，不亦可乎！」族人悦服。

〔一二〕達生：謂通達生命之情，不追求分外之物。莊子達生：「達生之情者，不務生之所無以爲。」郭象注：「生之所無以爲者，分外物也。」

送蘇評事〔一〕

季弟仕譙郡〔二〕，元兄坐蘭省〔三〕。言訪始欣欣，念離當耿耿。嵯峨夏雲起〔四〕，迢遞山川永。登高望去塵，紛思終難整。

【校】

〔整〕原校「一作罄」。

【注】

〔一〕詩建中三年夏在長安作。

評事：大理評事，大理寺屬官。新唐書百官志三大理寺：「評事八人，從八品下。掌出使推按。凡承制推訊長吏，當停務禁錮者，請魚書以往。」蘇評事，名未詳。

〔二〕季弟：幼弟。譙郡：即亳州，今河南亳縣。舊唐書地理志一亳州：「天寶元年改爲譙郡，乾元元年，復爲亳州也。」

〔三〕元兄：長兄。蘭省：謂尚書省。見卷三郊園聞蟬寄諸弟注〔二〕。

〔四〕嵯峨：山勢高峻貌。顧愷之神情詩：「春水滿四澤，夏雲多奇峰。」

送李侍御益赴幽州幕〔一〕

二十揮篇翰〔二〕，三十窮典墳〔三〕。辟書五府至〔四〕，名爲四海聞。始從車騎幕〔五〕，今赴嫖姚軍〔六〕。契闊晚相遇，草感遽離群〔七〕。悠悠行子遠，眇眇川途分。登高望燕代〔八〕，日夕生夏雲。司徒擁精甲〔九〕，誓將除國氛〔一〇〕。儒生幸持斧〔一一〕，可以佐功勛。無言羽書急〔一二〕，坐闕相思文〔一三〕。

〔校〕

〔草慼〕文苑英華卷二百七十二作「卒蹴」，校云「集作戚」。　〔遽〕文苑英華作「處」。

〔注〕

〔一〕詩建中三年夏在長安作。

侍御：唐人對監察御史或殿中侍御史的稱謂。李益（七四六—八二九）：字君虞，隴西狄道（今甘肅臨洮）人。大曆四年進士。歷河南參軍、鄭縣主簿、渭南尉。建中中，參朔方節度使崔寧幕，後屢佐戎幕，官至御史中丞。入朝歷都官郎中、中書舍人、河南少尹、秘書少監、太子左右庶子、秘書監、太子賓客、左右散騎常侍，文宗大和元年，以禮部尚書致仕，卒。舊唐書卷一百三十七、新唐書卷二百三有傳。幽州：州治在今北京，時爲幽州盧龍節度使治所。新出土崔郾李益墓誌銘：「問望休洽，弓旌累招。首爲盧龍軍觀察支使，假霜稜，錫朱紱，以地非樂土，辭不就命。」據詩，時李益赴幽州朱滔幕，但朱滔旋即叛亂，益實未入其幕。後李益復入幽州劉濟幕，韓愈作序送之，與此非爲一事。喬億將二事混爲一談，誤。

〔二〕篇翰：猶篇章，此指詩歌。鮑照擬古：「十五諷詩書，篇翰靡不通。」舊唐書李益傳：「登進士第，長爲歌詩。……每作一篇，爲教坊樂人以賂求取，唱爲供奉歌詞。其征人歌、早行篇，好事者畫爲圖障。『回樂峰前沙似雪，受降城外月如霜』之句，天下以爲歌詞。」

〔三〕典墳：三墳、五典，泛指古代文化典籍。左傳昭公十二年：「是能讀三墳、五典、八索、九丘。」注：「皆古書名。」

〔四〕辟書：徵召的文書。五府：東漢稱太傅、太尉、司徒、司空、大將軍爲五府，見後漢書樊宏傳附樊準上疏。

此指各藩鎮節度使府。後漢書張楷傳：「五府連辟，舉賢良方正，不就。」李益從軍詩序：「君虞長始八歲，燕戎亂華。出身二十年，三受末秩；從事十八載，五在兵間。故其爲文，咸多軍旅之思。」

〔五〕車騎：東漢大將竇憲曾爲車騎將軍。此指崔寧。李益有來從竇車騎行詩。李益從軍詩序：「自建中初，故府司空巡行朔野。」又其從軍有苦樂行題下自注：「時從司空魚公北征。」據卞孝萱李益年譜稿所考，「魚公」乃「冀公」之誤，即崔寧，建中初，封冀國公，加司空，爲朔方節度使。

〔六〕嫖姚：西漢大將霍去病曾爲嫖姚校尉，此借指朱滔。參下注。

〔七〕草慼：即草蹙，倉促、迫遽之意。鮑照登大雷岸與妹書：「臨塗草蹙，辭意不周。」

〔八〕燕、代：古代二國名。燕爲周初召公奭所建，都薊（在今北京城西南隅）。代國在今河北蔚縣。幽州州治即古燕國國都所在。

〔九〕司徒：唐時爲三公之一，正一品。新唐書百官志一：「太尉、司徒、司空，各一人，是爲三公，皆正一品……佐天子理陰陽，平邦國，無所不統。」安、史亂後，常授藩鎮檢校官以示尊寵，此即謂幽州盧龍節度使朱滔，時檢校司徒。舊唐書朱滔傳：「大曆九年……以滔試殿中監，權知幽州盧龍節度留後，兼御史大夫。及田承嗣反，與李寶臣、李正己等解磁州圍。建中二年，寶臣死，其子惟岳謀襲父位。滔與成德軍節度張孝忠征之，大破惟岳于束鹿。……惟岳焚營而遁。以功加檢校司徒，爲幽州盧龍軍節度使，以德、棣二州隸焉。」同書德宗紀上：建中三年二月戊午，「加朱滔檢校司徒」。精甲：精兵。陳琳代曹洪書：「彼有精甲數萬，臨高守要。」

〔一〇〕國氛：國家的禍亂，此指當時叛亂的藩鎮田悅、王武俊等。氛，預示災禍的凶氣。國語楚語上：「故先王之爲臺榭也，榭不過講軍實，臺不過望氛祥。」韋昭注：「凶氣爲氛，吉氣爲祥。」

〔一一〕持斧：謂爲御史。漢書王訢傳：「武帝末，軍旅數發，郡國盜賊群起，綉衣御史暴勝之使持斧逐捕盜賊。」同書武帝紀師古注：「杖斧，持斧也，謂建持之以爲威也。」

〔一二〕羽書：插有鳥羽以示緊急的軍事文書。後漢書西羌傳論「羽書日聞」注：「羽書，即檄書也。魏武奏事曰『邊有警急，即插羽以示急』也。」

〔一三〕相思文：鮑令暉擬客從遠方來：「客從遠方來，遺我漆鳴琴。木有相思文，弦有別離音。」此指書信。

〔評〕

袁宏道：一結殊爲佳話。（參評本）

喬億：左司有送李侍御益赴幽州幕詩，李少于韋十餘歲，題則書爵復書名，詩稱「儒生」。韓侍郎李端公序，即益也。以所執之事與其地考之，正同時之作，乃稱爵曰「端公」，李蓋長於韓二十歲。顧韋之詩，韓之文，指意則同，皆諷其佐劉靖國氛、書竹帛也。詩文豈異軌哉。（劍溪說詩又編）

自尚書郎出爲滁州刺史〔一〕留别朋友，兼示諸弟。

少年不遠仕，秉笏東西京〔二〕。中歲守淮郡〔三〕，奉命乃征行。素慚省閣姿〔四〕，況忝符竹榮〔五〕。效愚方此始〔六〕，顧私豈獲并。徘徊親交戀，愴悵昆友情〔七〕。日暮風雪起〔八〕，我去子還城。登塗建隼旟〔九〕，勒駕望承明〔一〇〕。雲臺煥中天〔一一〕，龍闕鬱上征〔一二〕。晨興奉早朝，玉露霑華纓。一朝從此去，服膺理庶甿。皇恩儻歲月，歸復厠群英。

【校】

〔題下注〕叢刊本闌入題中。〔傖悢〕原作「愴悢」，據叢刊本改。

【注】

〔一〕詩建中三年夏秋間在長安作。參見附録簡譜。

滁州：州治在今安徽滁縣。

〔二〕秉笏：秉持手版，即爲官。笏，官員上朝或參見上級時所持手版，有事即書于其上，以備遺忘。東西京：東京洛陽，西京長安。

〔三〕淮郡：謂滁州，唐時屬淮南道。

〔四〕省閣：猶臺閣，指尚書省等中央官署。尚書省郎中、員外郎爲清要之官，故云自慚。

〔五〕符竹：指出爲刺史，參見卷一軍中冬燕注〔六〕。

〔六〕效愚：效忠、效力。禰衡鸚鵡賦：「斯守死以報德，甘辭以效愚。」

〔七〕愴悢：悲傷貌。班彪北征賦：「游子悲其故鄉兮，心愴悢以傷懷。」

〔八〕風雪：疑爲「風雲」之誤。應物於夏秋間赴滁州，參見附録簡譜。

〔九〕隼旟：繪有鳥隼圖案的旗旛。周禮春官司常：「熊虎爲旗，鳥隼爲旟。」又：「師都建旗，州里建旟。」後代遂用以指刺史出行時的旗旛。劉禹錫泰娘歌：「風流太守韋尚書，路傍一見停隼旟。」

〔一〇〕承明：西漢未央宮中殿名，此代指長安宮闕。漢武帝賜嚴助書：「君厭承明之廬，勞侍從之事，懷故土，出爲郡吏。」

〔一一〕雲臺：指宮中高聳入雲的臺閣。東漢洛陽南宮中有雲臺廣德殿，漢明帝曾圖畫中興功臣于此，見後漢書陰興傳注。

〔一二〕龍闕：指宮門前高聳的觀闕。西漢初，蕭何于長安建未央宮，立東闕蒼龍、北闕玄武，見史記高祖本紀及司馬貞索隱。上征：上行，此指高高聳起。

送元錫楊淩〔一〕

荒林翳山郭，積水成秋晦。端居意自違，況別親與愛。歡筵慊未足，離燈悄已對。還當掩郡閣，佇君方此會。

〔注〕

〔一〕詩建中三年秋在滁州作。元錫，韋應物妻弟，楊淩，韋應物女婿。二人曾于建中三年秋至滁州，見卷三郡中對雨贈元錫兼簡楊淩注〔一〕。

送楊氏女〔一〕

永日方慼慼〔二〕，出門復悠悠。女子今有行，大江泝輕舟。爾輩況無恃〔三〕，撫念益慈柔。

幼爲長所育〔四〕，幼女爲楊氏所撫育。兩別泣不休。對此結中腸，義往難復留。自小闕内訓，言早無恃。事姑貽我憂〔五〕。賴茲托令門，仁恤庶無尤〔六〕。貧儉誠所尚，資從豈待周〔七〕。孝恭遵婦道，容止順其猷〔八〕。別離在今晨，見爾當何秋。居閑始自遣，臨感忽難收。歸來視幼女，零淚緣纓流。

〔校〕

〔仁〕元修本作「無」。　〔待〕原校「一作在」。

〔注〕

〔一〕依編次，詩建中三或四年在滁州作。

楊氏女：韋應物長女，出適楊凌。丘丹韋應物墓誌：「長女適大理評事楊凌。」

〔二〕慼慼：憂傷貌。

〔三〕無恃：失去母親。詩小雅蓼莪：「無父何怙，無母何恃。」韋應物于大曆十一年喪妻，參見附録簡譜。

〔四〕幼：幼女。大曆十一年韋應物妻元蘋去世時年僅五歲。貞元六年，與應物同月而逝。韋應物元蘋墓誌：「有小女年始五歲，以其惠淑，偏所恩愛，嘗手教書札，口授千文。」丘丹韋應物墓誌：「次女未笄，因父之喪，同月而逝。」

〔五〕内訓：封建時代對女子的教育。後漢書曹世叔妻傳：「作女誡七篇，有助内訓。」事姑：侍奉婆母。

〔六〕「賴茲」二句：意謂慶幸楊氏女嫁了一個好人家，仁愛體恤，庶幾没有過失。令，善，美好。柳宗元唐兵部郎中楊君（凝）墓碣：「君諱凝，字懋功，與季弟凌生同日，不周月而孤。伯兄憑，翦髮爲童家居于吳。太夫人母道尊愛，教飭謹備。君之昆弟，孝敬出於其性，禮範奉于其舊。……君子謂楊氏其仁義之府。」

〔七〕資從：指日常生活資料與婢僕。從，隨從者。周：齊備。

〔八〕容止：態度舉止。孝經：「容止可觀，進退可度。」猷：謀畫。此指楊氏能順從其婆婆的意旨。

〔評〕

袁宏道：讀此詩，公慈愛滿眼，可想可掬。山谷嘗謂淵明責子詩亦類此，良然。（參評本）

送中弟〔一〕

秋風入疏户〔二〕，離人起晨朝。山郡多風雨，西樓更蕭條。嗟予淮海老〔三〕，送子關河遥。同來不同去，沉憂寧復消〔四〕。

〔校〕

〔題〕原校「一云送崔肅懿」，文苑英華卷二百七十二作「送崔肅懿」。〔風〕原校「一作氣」，叢刊本作「氣」，文苑英華校「集作氣」。〔寧〕文苑英華作「能」。

〔注〕

〔一〕詩建中三年秋在滁州作。

中弟：即仲弟，名未詳。校云「一云送崔肅懿」，其人亦未詳。據詩，其人送韋應物赴滁州刺史任，後别去，韋作詩送之。

〔二〕疏户：雕刻花紋的窗户。後漢書梁冀傳：「窗牖皆有綺疏青瑣，圖以雲氣仙靈。」

李賢注：「綺疏謂鏤爲綺文。」

〔三〕淮海：謂淮南，濱海。書禹貢：「淮海惟揚州。」傳：「北據淮，南距海。」

〔四〕沉憂：深憂。曹植雜詩：「去去莫復道，沈憂令人老。」

〔評〕

劉辰翁：此公本色佳處，雖屢見，故自不厭。（參評本）

寄別李儋〔一〕

首戴惠文冠〔二〕，心有決勝籌〔三〕。翩翩四五騎，結束向并州〔四〕。名在相公幕〔五〕，丘山恩未酬。妻子不及顧，親友安得留。宿昔同文翰，交分共綢繆〔六〕。忽枉別離札，涕淚一交流。遠郡卧殘疾，涼氣滿西樓。想子臨長路，時當淮海秋〔七〕。

〔校〕

〔幕〕原校「一作府」。　〔疾〕原校「一作雨」。

〔注〕

〔一〕依編次，詩建中四年秋在滁州作。

李儋：見卷二贈李儋注〔一〕。儋時赴河東節度使馬燧幕府，參見注〔五〕。

〔二〕惠文冠：武冠。後漢書輿服志下：「武冠，一曰武弁大冠，諸武官冠之。侍中、中常侍加黄金璫，附蟬爲文，貂尾爲飾，謂之趙惠文冠。」

〔三〕決勝籌：決戰決勝的謀略。史記留侯世家：「高帝曰：『運籌策帷帳中，決勝千里外，子房功也。』」

〔四〕并州：即太原府（今屬山西），時爲河東節度使治所。

〔五〕相公：對宰相的稱謂。唐代官員加同中書門下平章事者，即爲宰相。此指河東節度使馬燧，大曆十四年閏五月，檢校工部尚書、太原尹、北都留守、河東節度留後，尋爲節度使；建中三年五月，以擊破田悦功，加同中書門下平章事，見舊唐書本傳。

〔六〕綢繆：指情意深重。吴質答東阿王書：「發函伸紙，是何文采之巨麗，而慰喻之綢繆乎。」

〔七〕淮海：指淮南道，參見前送中弟注〔三〕。

送倉部蕭員外院長存〔一〕

襆被蹉跎老江國〔二〕，情人邂逅此相逢〔三〕。不隨鴛鷺朝天去〔四〕，遥想蓬萊臺閣重〔五〕。

〔注〕

〔一〕依編次，詩約貞元二年在江州刺史任上作。

倉部：尚書省户部所屬曹司。新唐書百官志一尚書省：「倉部郎中、員外郎各一人，掌天下庫儲，出納租税，禄糧、倉廩之事。」院長：員外郎、御史、拾遺、補闕等官員相互間的稱謂。國史補卷下：「外郎、御史、遺補相呼爲院長。」蕭存（七三九—八〇〇）：字伯誠，一云字成性，蕭穎士之子。大曆中，官常熟主簿，與顔真卿同修韻海鏡源。後爲轉運使劉晏、鹽鐵使包佶從事。建中初，遷殿中侍御史，再爲侍御史，歷倉部、金部等曹員外郎，遷比部郎中。罷職歸潯陽，貞元十六年卒，年六十二。事迹詳見全唐文卷六百九十一符載尚書比部郎中蕭府君墓誌。

〔二〕襆（fú）被：以包袱裹束衣被，卷鋪蓋。晉書魏舒傳：「入爲尚書郎。時欲沙汰郎官，非其才者罷之。舒曰：『吾即其人也。』襆被而出。同僚素無清論者咸有愧色，談者稱之。」此指己自尚書郎出守滁州事。江國：猶江鄉，指長江水國。韋應物建中三年自尚書郎出爲滁州刺史，復爲江州刺史，至貞元二年，已歷五年。

〔三〕邂逅：不期而遇。詩鄭風野有蔓草：「邂逅相遇，適我願兮。」

〔四〕鴛鷺：喻指朝官班行。參見卷二雪夜下朝呈省中一絶注〔三〕。

〔五〕蓬萊：傳説中海中三神山之一，又長安大明宮原名蓬萊宮，此即指長安宮殿。參見卷二贈盧嵩注〔四〕及雪夜下朝呈省中一絶注〔四〕。

送王校書〔一〕

同宿高齋換時節，共看移石復栽杉。送君江浦已惆悵，更上西樓望遠帆。

【校】

〔宿〕萬首唐人絶句卷四作「坐」。

【注】

〔一〕據編次，詩貞元二年左右在江州作。

校書：官名。唐代祕書省置校書郎十人，掌校讎書籍。王校書，名未詳。

送丘員外還山〔一〕

長棲白雲表，暫訪高齋宿。還辭郡邑喧，歸泛松江淥〔二〕。結茅隱蒼嶺，伐薪響深谷。同是山中人，不知往來躅〔三〕。靈芝非庭草〔四〕，遼鶴委池鶩〔五〕。終當署里門，一表高陽族〔六〕。

【校】

〔茅〕文苑英華卷二百七十二校「一作臨」。　〔委〕原校「一作匪」，叢刊本作「匪」。

【注】

〔一〕詩貞元六年夏秋間在蘇州刺史任上作。

丘員外：丘丹，貞元六年自隱所訪韋應物于蘇州，參見卷三秋夜寄丘二十二員外、贈丘員外二首注。

〔二〕松江：吴淞江的古稱。一名笠澤，又名松陵江，爲太湖三江之一，東北流，經吴淞口入海。元和郡縣圖志卷二十五蘇州吴縣：「松江，在縣南五十里，經崑山入海。」

〔三〕躅（zhú）：足迹。

〔四〕靈芝：菌類植物，古人認爲服之可以延年得道。嵇康幽憤詩：「煌煌靈芝，一年三秀。余獨何爲，有志不就。」此以靈芝、遼鶴喻丘丹。

〔五〕遼鶴：遼東鶴，仙人所化之鶴。搜神後記卷一：「丁令威，本遼東人，學道于靈虚山。後化鶴歸遼，集城門華表柱。時有少年，舉弓欲射之，鶴乃飛，徘徊空中而言曰：『有鳥有鳥丁令威，去家千年今始歸。城郭如故人民非，何不學仙冢壘壘。』遂高上沖天。」委：棄。鶩：野鴨。池鶩，池中豢養的鵝鴨之屬，喻指凡俗之人。王褒僮約：「後園縱養，雁鶩百餘。」委池鶩，謂不屑與家鷄池鶩爲伍。

〔六〕里門：所居里巷之門。高陽族：謂才子甚多之名門望族。丘氏世居吳興（今浙江湖州），丘爲、丘丹兄弟俱擅詩名，故云。後漢書荀淑傳：「有子八人：儉、緄、靖、燾、汪、爽、肅、專，并有名稱，時人謂之『八龍』。初，荀氏舊里名西豪，潁陰令勃海苑康以爲昔高陽氏有才子八人，今荀氏亦有八子，故改其里曰高陽里。」高陽氏，即傳說中上古帝王顓頊。高陽氏有才子八人，見左傳文公十八年。

〔附録〕

丘丹　奉酬使君送歸山之作

側聞郡守至，偶乘黄犢出。不别桃源人，一見經累日。蟬鳴念秋稼，蘭酌動離瑟。臨水降麾幢，野艇才容膝。參差碧山路，日原校一作月送江帆疾。涉海得驪珠，棲梧慚鳳質。愧非鄭公里，歸掃蒙籠室。

重送丘二十二還臨平山居〔一〕

歲中始再覯，方來又解攜〔二〕。才留野艇語，已憶故山棲。幽澗人夜汲，深林鳥長啼。還持郡齋酒，慰子霜露淒〔三〕。

〔校〕

〔始〕文苑英華卷二百七十二作「欣」，校云「集作始」。〔覩〕文苑英華作「睹」。〔子〕原校「一作此」，叢刊本作「此」。

〔注〕

〔一〕詩貞元六年初秋在蘇州作。丘二十二：丘丹，見卷三秋夜寄丘二十二員外注〔一〕。臨平山：見卷三贈丘員外二首其一注〔五〕。

〔二〕覩：看見，會面。解攜：分手，離别。杜甫水宿遣興奉呈群公：「異縣驚虛往，同人惜解攜。」

〔三〕霜露淒：謂其思念孝養父母之情。禮記祭義：「霜露既降，君子履之，必有淒愴之心，非其寒之謂也。春，雨露既濡，君子履之，必有怵惕之心，如將見之。」鄭氏注：「謂淒愴及怵惕皆爲感時念親也。」蓋丘丹時喪親不久。唐會要卷六七：「貞元四年四月，以前左散騎常侍致仕丘爲復舊官。初，爲致仕還鄉，特給俸禄之半。既丁母喪，蘇州疑所給，請於觀察使韓滉。……命仍舊給之，唯春秋二時羊酒則不給。……及是，爲服除，乃復之。」丘爲乃丘丹之兄。

〔附録〕

丘丹　奉酬重送歸山

賣藥有時至，自知往來疏。遽辭池上酌，新得山中書。步出芙蓉府，歸乘觳觫車，猥蒙招隱作，豈愧班生廬。

送鄭端公弟移院常州〔一〕

時瞻憲臣重〔二〕，禮爲内兄全。公程儻見責〔三〕，私愛信不愆。況昔陪朝列，今兹俱海壖。清觴方對酌，天書忽告遷〔四〕。豈徒咫尺地，使我心思綿。應當自此始，歸拜雲臺前〔五〕。

【校】

〔對酌〕原校「一作笑燕」，元修本、遞修本作「共酌」。

【注】

〔一〕詩約貞元六年在蘇州作。端公：唐人對待御史的稱呼。因話録卷五：「御史臺三院：其一曰臺院，其僚曰待御史，衆呼曰端公。」鄭端公，韋應物妹丈，名未詳。院：疑爲鹽鐵轉運使院，在江南各州常設有派出機構，亦稱院。常州：今屬江蘇。

〔二〕憲臣：執法官員。新唐書百官志三：御史臺長官「掌以刑法典章糾正百官之罪惡」；「龍朔二年，改御史臺曰憲臺，大夫曰大司憲，中丞曰司憲大夫」。故臺中官員均可稱「憲臣」。

〔三〕公程：公務的期限。

〔四〕天書：指皇帝詔敕。王維酬郭給事：「晨搖玉珮趨金殿，夕奉天書拜紫微。」

〔五〕雲臺：指宫殿。參見卷三和張舍人夜直中書寄劉員外注〔七〕。

送房杭州孺復〔一〕

專城未四十〔二〕，暫謫豈蹉跎〔三〕。風雨吴門夜〔四〕，惻愴别情多〔五〕。

〔注〕

〔一〕詩貞元六年在蘇州作。房杭州：房孺復（七年六一—七九七），房琯子。七八歲即解屬文。年二十，爲淮南節度使陳少游從事，又佐浙西韓滉幕。累遷杭州刺史，貶連州司馬。久之，遷辰州刺史，改容州刺史，貞元十三年卒，年四十二。事跡附見舊唐書卷一百十一、新唐書卷一百三十九房琯傳。房孺復貞元四、五年在杭州刺史任，見郁賢皓唐刺史考。時房孺復自杭州刺史貶連州，途經蘇州，故韋應物以詩送之。

〔二〕專城：主宰一城之事，指爲太守、刺史等地方長官。樂府陌上桑羅敷自誇其夫婿云：「三十侍中郎，四十專城居。」貞元四年，房孺復爲杭州刺史時，年僅三十二歲。

〔三〕「暫謫」句：據舊唐書房孺復傳，孺復先娶鄭氏，惡賤其妻，多蓄婢僕，妻之保母累言之，孺復乃具棺櫬，集家人，生斂保母。妻分娩後三四日，即令上船即路，妻數日遇風而卒。及爲杭州刺史，又娶台州刺史崔昭女。崔氏妬悍甚，一夕杖殺侍兒二人，埋之雪中。事發，孺復坐貶連州司馬。

〔四〕吴門：古吴縣城（今蘇州市）的别稱。

〔五〕惻愴：悲傷。荀悦漢紀文帝紀論：「夫賈誼過湘水，吊屈原，惻愴慟懷，豈徒忿怨而已哉！」

送陸侍御還越〔一〕

居藩久不樂〔二〕，遇子聊一欣。英聲頗籍甚〔三〕，交辟乃時珍〔四〕。綉衣過舊里〔五〕，驄馬輝四鄰〔六〕。敬恭尊郡守，牋簡具州民〔七〕。謬忝誠所愧，思懷方見申。置榻宿清夜，加籩宴良辰〔八〕。遵塗還盛府，行舫繞長津。自有賢方伯〔九〕，得此文翰賓。

〔校〕

〔驄馬句〕原校「一作輝光耀四鄰」。

〔注〕

〔一〕詩貞元六年左右在蘇州作。陸侍御：陸傪（七四八—八〇二），字公佐，吴郡（今江蘇蘇州）人。幼孤，與兄隱居于越州。貞元初，兄殁，始以大理評事、攝監察御史裏行佐黔中幕，又以殿中侍御史内供奉佐浙東幕。貞元十二年，府罷。十六年，徵拜祠部員外郎，出爲歙州刺史，道病卒。事迹見全唐文卷五百零三權德輿唐使持節歙州諸軍事守歙州刺史賜緋魚袋陸君墓誌銘。越：越州，今浙江紹興，時爲浙東觀察使治所。陸傪以殿中侍御史佐越州，過蘇州，故韋應物以詩贈之。

〔二〕居藩：爲州郡等地方長官。藩，籬笆，指封建王朝的諸侯國，屬國或領地，以其爲中央王朝的屏藩。此指己爲州刺史。

〔三〕籍甚：盛大。漢書陸賈傳：「賈以此游漢廷公卿間，名聲籍甚。」

〔四〕交辟：交相徵辟。新唐書薛登傳：「漢世求士，必觀其行。故士有自修，爲閭里推舉，然後府寺交辟。」時珍：當代名人。

〔五〕綉衣：御史官服。見卷二早春對雪寄前殿中元侍御注〔四〕。

〔六〕驄馬：御史桓典所乘，見卷二贈王侍御注〔七〕。

〔七〕州民：當州百姓。陸傪蘇州人，故於名刺上具銜爲當州百姓，以示對一州之長的尊重。劉禹錫送湘陽熊判官府罷歸鍾陵因寄呈江西裴中丞二十三兄：「手持州民刺，歸謁專城居。」

〔八〕加籩：添加肴饌。籩，盛食品的竹器。

〔九〕方伯：古稱一方諸侯之長，後泛指太守、刺史等州郡地方長官。時越州刺史、浙東觀察使爲皇甫政，見郁賢皓唐刺史考。

聽江笛送陸侍御〔一〕同丘員外賦題。

遠聽江上笛，臨觴一送君。還愁獨宿夜，更向郡齋聞。

〔校〕

〔遠聽〕聽，文苑英華卷二百八十五作「以」，校云「集作聽」。

〔注〕

〔一〕詩貞元六年左右在蘇州作。

陸侍御：陸傪，見前詩注。注中丘員外謂丘丹，參見卷三秋夜寄丘二十二員外、本卷送丘員外還山等詩注。

〔評〕

蔣春甫：就中生意。（唐詩廣選）

張揔：震青曰：無中生有，設想關情，悠然獨至。（唐風懷）

〔附録〕

丘丹　同賦

離樽聞夜笛，寥亮入寒城。月落車馬散，悽惻主人情。

送丘員外歸山居〔一〕

郡閣始嘉宴，青山憶舊居。爲君量革履，且願住藍轝〔二〕。

〔注〕

〔一〕詩貞元六年左右在蘇州作。丘員外：丘丹。山居：臨平山居。已見卷三秋夜寄丘二十二員外注〔一〕。

〔二〕「爲君」二句：晉書陶潛傳：「刺史王弘以元熙中臨州，甚欽遲之，後自造焉。潛稱疾不見……弘每令人候之。密知當往廬山，乃遣其故人龐通之等齎酒先於半道要之。潛既遇酒，便飲酌野亭，欣然忘進，弘乃出與相見，歡宴窮日。潛無履，弘顧左右爲之造履。左右請履度，潛便於坐申脚令度焉。弘要之還州，問其所乘，答云：『有脚疾，向乘藍輿，亦足自反。』乃令一門生二兒共轝之至州，而言笑賞適，不覺其有羨於華軒也。」革履：皮鞋。藍轝：即籃輿，竹轎。

送崔叔清游越〔一〕

忘兹適越意〔二〕，愛我郡齋幽。野情豈好謁，詩興一相留〔三〕。遠水帶寒樹，閶門望去舟〔四〕。方伯憐文士，無爲成滯游。

【校】

〔遠〕文苑英華卷二百七十二作「楚」，校云「集作遠」。

【注】

〔一〕詩貞元六年左右在蘇州作。崔叔清（七四三—七九九）：名翰，天寶末，避亂居江南，好作五字詩，詼諧縱謔，卓詭不羈，又善飲酒。貞元八年，始受辟以右衛胄曹參軍佐鄜坊節度使王栖曜幕，後佐汝州陸長源幕，授大理評事。十二年，爲汴州觀察巡官。十五年卒，年五十六。事迹見全唐文卷五百六十六韓愈崔評事墓誌銘。

〔二〕適越意：謂懷才不遇之意。文選卷二十九張協雜詩：「昔我資章甫，聊以適諸越。」李善注引莊子：「宋人資章甫而適諸越，越人敦髮文身，無所用之。」

〔三〕「詩興」句：國史補卷中：「杜太保（佑）在淮南，進崔叔清詩百篇，德宗謂使者曰：『此惡詩，焉用進？』時呼爲『準敕惡詩』。」

〔四〕閶門：亦作昌門，蘇州城之西門。文選卷二十八陸機吳趨行：「吳趨自有始，請從昌門起。」李善注引吳越春秋：「大城立昌門者，象天通閶闔風，亦名破楚門也。」

〔評〕

袁宏道：〔野情二句〕韵語佳句。（參評本）

送雲陽鄒儒立少府侍奉還京師〔一〕

建中即藩守〔二〕，天寶爲侍臣〔三〕。歷觀兩都士，多閱諸侯人。鄒生乃後來〔四〕，英俊亦罕倫。爲文頗瓌麗，禀度自貞醇〔五〕。甲科推令名〔六〕，延閣播芳塵〔七〕。再命趨王畿〔八〕，請告奉慈親。一鍾信榮禄〔九〕，可以展歡欣。昆弟俱時秀，長衢當自伸〔一〇〕。聊從郡閣暇，美此時景新。方將極娛宴，已復及離辰。省署慚再入〔一一〕，江海綿十春〔一二〕。今日閶門路〔一三〕，握手子歸秦。

〔校〕

〔已復句〕原校：「一云燕後乃離辰，一作燕後。」

〔注〕

〔一〕詩約貞元六年春在蘇州作。雲陽：京兆府屬縣名，故治在今陝西涇陽北雲陽鎮。鄒儒立：南陽新野人，貞元四年登賢良方正能極言直諫科，授雲陽尉，歷殿中侍御史、武功縣令，官至衡州刺史。事迹見元和姓纂卷五及岑仲勉元和姓纂四校記。少府：唐人對縣尉的稱呼。

〔二〕建中：唐德宗的第一個年號，共四年（七八〇—七八三）。藩守：指刺史。韋應物于建中三年出爲滁州刺史，參見附録年譜。

〔三〕天寶：唐玄宗第三個年號，共十四年（七四二—七五五）。爲侍臣：爲備皇帝宿衛的右千牛之屬，參見卷一燕李録事詩及注。

〔四〕後來：史記汲黯鄭當時列傳：「陛下用群臣，如積薪耳，後來者居上。」

〔五〕稟度：猶稟性。度，氣度，胸襟。貞醇：正直醇厚。

〔六〕甲科：猶高科。唐制，進士有甲乙兩科，明經有甲乙丙丁四科。唐會要卷七十六載，貞元四年，鄒儒立登賢良方正能極言直諫科。

〔七〕延閣：漢代宫庭藏書之所。蕭綱上昭明太子集别傳等表：「備之延閣，藏諸廣内。」播芳塵：傳揚美名。宋書謝靈運傳論：「屈平、宋玉導清源于前，賈誼、相如振芳塵于後。」據此，似鄒儒立登制科後曾授校書郎或太子校書之職，故下云「再命」。

〔八〕王畿：古代稱王城附近周圍千里的地域，此指京兆府所轄縣。

〔九〕一鍾：指微薄的俸禄。鍾，古代容量單位，受六斛四斗。孟子滕文公下：陳仲子兄戴，「禄萬鍾」。

〔一〇〕長衢：大道，喻仕途。自伸：施展自己的才能。據元和姓纂卷五，鄒儒立父鄒象先乃蕭穎士同年，象先有弟紹先、彦先，彦先子穎，官至漳州刺史，其餘兄弟未詳。

〔一一〕省署：指尚書省。韋應物建中二年爲比部員外郎，貞元三年復入爲左司郎中，故爲「再入」。

〔一二〕十春：自建中三年（七八二）韋應物出守滁州，至貞元七年（七九一），首尾已十年。

〔一三〕閶門：蘇州城西門，見前詩注。

〔附録〕

孟郊　春日同韋郎中使君送鄒儒立少府扶侍赴雲陽

離思着百草，綿綿生無窮。側聞畿甸秀，三振詞策雄。太守不韵俗，諸生皆變風。郡齋敞西清，楚瑟驚南鴻。海畔帝城望，雲陽天色中。酒酣正芳景，詩綴新碧叢。服綵老萊并，侍軍江革同。過隋柳憔悴，入洛花蒙籠。高步詎留足，前程在層空。獨慚病鶴羽，飛送力難崇。（孟東野詩集卷八）

送豆盧策秀才〔一〕

歲交冰未泮，地卑海氣昏〔二〕。子有京師游，始發吴閶門〔三〕。新黄含遠林，微緑生陳根。詩人感時節，行道當憂煩。古來濩落者〔四〕，俱不事田園。文如金石韵〔五〕，豈乏知音言。方辭郡齋榻，爲酌離亭樽。無爲倦羈旅，一去高飛翻。

〔校〕

〔冰未泮〕原校：「一作冰始泮，又作冰水泮。」〔爲酌〕爲，原校「一作已」，叢刊本作「已」。

〔注〕

〔一〕詩約貞元七年早春在蘇州作。

豆盧策：呂渭女婿，貞元十六年官淮南節度掌書記、試太常寺協律郎，見唐文拾遺卷二十七呂温唐故湖南團練察處置使……呂府君（渭）夫人河東郡君柳氏墓誌銘。

〔二〕歲交：新歲與舊歲交替之際。泮：溶解。詩邶風匏有苦葉：「迨冰未泮。」海氣：海邊霧氣。

〔三〕吴：蘇州，春秋吴都。閶門：蘇州西門，見前送崔叔清游越注〔四〕。

〔四〕濩落：指失意。參見卷三郡齋贈王卿注〔四〕。

〔五〕金石韵：猶金石聲。晉書孫綽傳：「嘗作天台山賦，辭致甚工。初成，以示友人范榮期，云：『卿試擲地，當作金石聲也。』」

〔評〕

劉辰翁：名語堪憐。（參評本）

送王卿〔一〕

別酌春林啼鳥稀，雙旌背日晚風吹〔二〕。却憶回來花已盡，東郊立馬望城池。

〔注〕

〔一〕依編次，詩約貞元七年春在蘇州作。

王卿：名未詳。

〔二〕雙旌：唐制，刺史出行，常以雙旌爲前導。白居易入峽次巴東：「兩片紅旌數聲鼓，使君艛艓上巴東。」

送劉評事〔一〕

聲華滿京洛，藻翰發陽春。未遂鵷鴻舉〔二〕，尚爲江海賓。吴中高宴罷，西上一游秦。已想函關道〔三〕，游子冒風塵。籠禽羡歸翼〔四〕，遠守懷交親。況復歲云暮〔五〕，凛凛冰霜晨。旭霽開郡閣，寵餞集文人。洞庭摘朱實〔六〕，松江獻白鱗〔七〕。丈夫豈恨别，一酌且歡欣。

【注】

〔一〕詩約貞元六年冬在蘇州作。

評事：大理評事，見前送蘇評事注〔一〕。劉評事，名未詳。

〔二〕鵷鴻舉：如鵷雛、鴻鵠之高飛遠舉，謂仕途得志。

〔三〕函關：函谷關，見卷三京師叛亂寄諸弟注〔九〕。

〔四〕籠禽：籠中鳥，此以自喻。潘岳秋興賦：「攝官承乏，猥厠朝列……譬猶池魚籠鳥，有江湖山藪之思。」歸翼：歸鳥，此喻游秦之劉評事。

〔五〕歲云暮：即歲暮。云，語詞，古詩十九首：「凛凛歲云暮，螻蛄夕鳴悲。」

〔六〕洞庭：蘇州太湖中山名。元和郡縣圖志卷二十五蘇州吴縣：「太湖，在縣西南五十里。……湖中有山，名洞庭山。」朱實：指橘。洞庭山産美橘，唐時爲貢品。白居易在蘇州刺史任作揀貢橘書情：「洞庭貢橘揀宜精，太守勤王請自行。」

〔七〕松江：見前送丘員外還山注〔二〕。白鱗：當指鱸魚。後漢書左慈傳：「嘗在司空曹操座，操從容顧衆賓曰：『今日高會，珍羞略備，所少吴松江鱸魚耳。』」李賢注：「松江在今蘇州南，首受太湖。神仙傳云：『松江出好鱸魚，味異它處。』」

送雷監赴闕庭〔一〕

才大無不備，出入爲時須。雄藩精理行〔二〕，秘府擢文儒〔三〕。詔書忽已至，焉得久踟躕。方舟趁朝謁，觀者盈路衢。廣筵列衆賓，送爵無停迂。攀餞誠愴恨，賀榮且歡娛。長陪柏梁宴〔四〕，日向丹墀趨。時方重右職〔五〕，蹉跎獨海隅。

〔校〕

〔趁〕文苑英華卷二百七十二作「赴」。〔恨〕遞修本校「一作悢」，叢刊本作「悢」。〔右〕文苑英華作「文」。

〔注〕

〔一〕詩約貞元六年在蘇州作。

雷監：雷咸，時自福建某州刺史入朝爲秘書少監，經蘇州，韋應物以詩送之。貞元八年八月，河北鎮、冀等州有水災，雷咸以秘書少監爲宣慰使，見唐會要卷七十七。新唐書百官志二秘書省：「監一人，從三品；少監一人，從四品上。……監掌經籍圖書之事，領著作局，少監爲之貳。」

〔二〕雄藩：大州。全唐文卷五百二十二梁肅爲雷使君祭孟尚書文：「年月日，具官某謹以清酌之奠敬祭于故福建觀察使、兵部尚書、贈右僕射孟公之靈。」孟公乃孟皞，興元元年卒于福建觀察使任。知此雷使君貞元初在福建爲刺史，當即雷咸。

〔三〕秘府：即秘書省。

〔四〕柏梁：漢長安宮中臺名。三輔黃圖卷五：「柏梁臺，武帝元鼎二年春起此臺，在長安城中北闕內。三輔舊事云：『以香柏爲梁也。帝嘗置酒其上，詔群臣和詩，能七言詩者乃得上。』太初中，臺災。」

〔五〕右職：高官，此指近密機要的官職。後漢書蔡邕傳：「宜擢文右職，以勸忠謇。」李賢注：「右，用事之便，謂樞要之官。」

送秦系赴潤州〔一〕

近作新婚鑷白髯〔二〕，長懷舊卷映藍衫〔三〕。更欲攜君虎丘寺〔四〕，不知方伯望征帆〔五〕。

〔注〕

〔一〕依編次，詩貞元六年在蘇州作。秦系：字公緒，號「東海釣客」，越州會稽（今浙江紹興）人。大曆中，相衛節度使薛嵩奏爲右衛率府倉曹參軍，不就。後因與妻離異，流寓睦州、泉州，後復歸越州。貞元七年，徐泗節度使張建封辟爲從事，授校書郎。建封卒，歸吳。卒，年八十餘，有詩集一卷。新唐書卷一百九十六有傳。參見唐才子傳校箋卷三秦系傳箋。潤州：州治在今江蘇鎮江。

〔二〕「近作」句：謂系年老娶妻。秦系大曆中與其妻謝氏離異，劉長卿有見秦系離婚後出山居作、夜中對雪贈秦系時秦初與謝氏離婚謝氏在越等詩。

〔三〕舊卷：謂詩卷，蓋用以投獻者。藍衫：小官吏的服色。舊唐書哀帝紀：「雖藍衫魚簡，當一見而便許升堂。」

〔四〕虎丘寺：在蘇州西虎丘山上。吳郡志卷三十二：「雲巖寺，即虎丘山寺，晉司徒王珣及弟司空王珉之別業也。咸和二年，舍以爲寺，即劍池而分東西，今合爲一。寺之勝，聞天下。四方游客過吳者，未有不訪焉。」

〔五〕方伯：一方諸侯之長。此指徐州節度使張建封。秦系有張建封大夫奏系爲校書郎因寄此作詩。全唐文卷四百九十權德輿秦徵君校書與劉隨州唱和詩序：「貞元中……公緒舊游，多在朝列。伯喈、文舉之徒，争爲薦首，而壽陽大夫公之章先聞，故有書府典校之拜，時動静不滯于一方矣。七年春，始與予遇于南徐。頭白初命，色無愠怍。」壽陽大夫公，即指張建封，德宗初，曾爲壽州刺史、濠壽廬三州都團練觀察使，兼御史大夫，見舊唐書本傳。南徐州，即潤州。韋詩乃送秦系赴壽州作，當作於貞元六年。

〔評〕劉辰翁：每用「方伯」字，亦以俗見。（張習本）

卷五

酬答

期盧嵩枉書稱日暮無馬不赴以詩答〔一〕

佳期不可失，終願枉衡門〔二〕。南陌人猶度，西林日未昏。庭前空倚杖，花裏獨留樽〔三〕。莫道無來駕，知君有短轅〔四〕。

〔校〕

〔無馬〕唐詩品彙卷六十四作「無車馬」。

〔注〕

〔一〕詩永泰中在洛陽丞任上作。盧嵩：永泰中與韋同在洛陽爲官，韋應物有贈盧嵩等詩，餘未詳。

〔二〕衡門：指己之簡陋居室。參見卷三寄中書劉舍人注〔九〕。

〔三〕倚杖：拄杖，謂期盼等待。留樽：留下酒樽待客。

〔四〕短轅：指駑緩之牛車。王導乘短轅犢車，見晉書本傳。

任洛陽丞答前長安田少府問〔一〕

相逢且對酒，相問欲何如。數歲猶卑吏，家人笑著書〔二〕。告歸應未得，榮宦又知疏。日日生春草，空令憶舊居。

〔校〕

〔應〕原校「一作令」。

〔注〕

〔一〕詩永泰中在洛陽丞任上作。

洛陽丞：洛陽縣丞。洛陽京縣，縣丞從七品上。卷二韋應物示從子河南尉班序：「永泰中，余爲洛陽丞。」

田少府：前此任長安縣尉，名未詳。

〔二〕「家人」句：南史王韶之傳：「韶之家貧好學，嘗三日絶糧而執卷不輟，家人誚之曰：『困窮如此，何不耕？』答曰：『我常自耕耳。』」

〔評〕

劉辰翁：〔末聯〕無甚緊促，懷抱畢陳。（張習本）

袁宏道：一結，唐人風味如此。（參評本）

假中枉盧二十二書亦稱卧疾兼訝李二久不訪問以詩答書因亦戲李二[一]

微官何事勞趨走，服藥閑眠養不才。花裏棋盤憎鳥污，枕邊書卷訝風開。故人問訊緣同病，芳月相思阻一杯。應笑王戎成俗物[二]，遥持麈尾獨徘徊[三]。

【校】

〔亦戲〕亦，叢刊本作「以」。

【注】

〔一〕詩約廣德元年春在洛陽作。盧二十二：名未詳。永泰、廣德中盧嵩與韋應物同在洛陽爲官，交游甚密。又有盧耿，爲洛陽主簿，與韋應物同在洛陽，見卷一揚州偶會前洛陽盧耿主簿詩。此未知究爲何人。李二：李澣。參見卷三和李二主簿寄淮上綦毋三注〔一〕。

〔二〕王戎：晉人，字濬沖，瑯琊臨沂人，與嵇康、阮籍等爲竹林之游，晉惠帝時，官至司徒。晉書王戎傳：「戎每與（阮）籍爲竹林之游。戎嘗後至，籍曰：『俗物已復來敗人意。』戎笑曰：『卿輩意亦復易敗耳。』」此以王戎戲指李澣。

〔三〕麈尾：即拂塵，以駝鹿尾爲之，故亦名麈尾，古人常執于手中以助談興。晉書王衍傳：「妙善玄言，唯談老、莊爲事。每捉玉柄麈尾，與手同色。義理有所不安，隨即更改，世號『口中雌黄』。」

酬盧嵩秋夜見寄五韵〔一〕

喬木生夜凉，月華滿前墀〔二〕。去君咫尺地，勞君千萬思。素秉棲遁志，況貽招隱詩〔三〕。坐見林木榮，願赴滄洲期〔四〕。何能待歲晏，攜手當此時。盧詩云「歲晏以爲期」之句。

〔校〕

〔萬〕原作「里」，據原校改。　〔坐見句〕原校「一云坐損經濟策」。

〔注〕

〔一〕詩約永泰元年秋在洛陽作。

〔二〕月華：月光。江淹雜體詩王徵君微：「清陰往來遠，月華散前墀。」

〔三〕招隱詩：文選卷二十二有左思招隱詩二首，陸機招隱詩一首。

〔四〕滄洲：濱水處，多指隱者所居。謝朓之宣城出新林浦向板橋：「既歡懷禄情，復協滄洲趣。」

酬鄭户曹驪山感懷〔一〕

蒼山何鬱盤〔二〕，飛閣凌上清〔三〕。先帝昔好道〔四〕，下元朝百靈〔五〕。白雲已蕭條〔六〕，麋鹿但縱横〔七〕。泉水今尚暖，舊林亦青青。我念綺襦歲〔八〕，扈從當太平。小臣職前驅〔九〕，馳道出灞亭〔一〇〕。翻翻日月旗〔一一〕，殷殷鼙鼓聲〔一二〕。萬馬自騰驤，八駿案轡行〔一三〕。日出烟嶠緑，氛氲麗層甍〔一四〕。登臨起遐想，沐浴歡聖情〔一五〕。朝燕咏無事，時豐賀國禎。日和弦管音，下使萬室聽〔一六〕。海内凑朝貢，賢愚共歡榮。合沓車馬喧〔一七〕，西聞長安城。事往世如寄，感深迹所經。中章報蘭藻〔一八〕，一望雙涕零。

〔校〕

〔甲〕元修本作「中」。

〔注〕

〔一〕依編次，詩永泰、廣德中在洛陽作。户曹：户曹參軍事，州府屬官，參見卷三寄柳州韓司户郎中注〔一〕。鄭户曹：名未詳。其爲何州府户曹參軍，亦未詳。驪山：在今陝西西安市東南，其地有華清宫、温泉湯池，爲唐玄宗游幸之所。參見卷一燕李録事注〔三〕。

〔二〕鬱盤：曲折盤結。孟浩然盧明府九日峴山宴袁使君張郎中崔員外：「宇宙誰開闢，江山此鬱盤。」

〔三〕飛閣：高閣。上清：道家所謂天人二界之外的三清境之一。靈寶太乙經：「四人天外曰三清境，玉清、太清、上清，亦名三天。」類編長安志卷三：「朝元閣，在華清宫南驪山上。明皇雜録：『天寶二載，起朝元閣。』」天寶七載十二月，傳老子玄元皇帝見于朝元閣，因改名降聖閣，見舊唐書玄宗紀下。

〔四〕先帝：指唐玄宗，崇尚道教，尊奉老子爲太聖祖玄元皇帝，兩京及諸郡各置宫，又置崇玄學，令習道德（老子）、南華（莊子）、通玄（文子）、沖虛（列子）、洞靈（庚桑子）諸經，列爲科舉考試科目。詳見唐會要卷五十「尊崇道教」。

〔五〕下元：唐人以上元、中元、下元爲三元。下元爲農曆十月十五日。道教徒于此日齋醮祈禳。古今合璧事類備要前集卷十八引正一旨要：「下元日，九江水帝、十二河源溪谷大神，與暘谷神王、水府靈官同下人間校籍，定生人禍福。」百靈：百神。班固東都賦：「禮神祇，朝百靈。」

〔六〕「白雲」句：象徵玄宗之死。禮記檀弓上：「舜葬于蒼梧之野。」文選卷二十謝朓新亭渚别范零陵：「雲去蒼梧野，水還江漢流。」李善注引歸藏啟筮：「有白雲出自蒼梧，入于大梁。」杜甫同諸公登慈恩寺塔：「回首叫虞舜，蒼梧雲正愁。」

〔七〕「麋鹿」句：言宫苑荒廢。史記淮南衡山列傳：「臣聞伍子胥諫吴王，吴王不用，乃曰：『臣今見麋鹿游姑蘇之臺也。』」

〔八〕綺襦：綺製的短襖。綺，素地織有花紋的絲織品。綺襦歲，指青春少年。漢書叙傳：「（班伯）出與王、許子弟爲群，在于綺襦紈袴之間，非其好也。」庾信周柱國楚國公岐州刺史慕容公神道碑：「岐嶷表羈貫之年，通禮稱綺紈之歲。」韋應物天寶中爲三衛，扈從温泉，見卷一燕李録事注〔二〕。

〔九〕前驅：前導。詩衛風伯兮：「伯也執殳，爲王前驅。」

〔一〇〕馳道：帝王巡幸時經行的道路，參見卷四四禪精舍登覽悲舊寄朝宗巨川兄弟注〔五〕。灞亭：當在長安東灞水上，自長安東行赴驪山經此。岑參送祈樂歸河東：「置酒灞亭别，高歌披心胸。」

〔一一〕翻翻：飄揚貌。日月旗：帝王儀仗中繪有日月圖像之旗。穆天子傳卷六：「日月之旗，七星之文。」戎昱辰州聞大駕還宮：「自慚出守辰州畔，不得親隨日月旗。」

〔一二〕殷殷：象聲詞。司馬相如長門賦：「雷殷殷而響起兮，聲象君之車音。」鼙鼓：軍中小鼓。

〔一三〕騰驤：騰躍奔馳。八駿：相傳周穆王西游時所駕八匹駿馬，此指唐玄宗駕車的御馬。穆天子傳卷一：「天子之駿：赤驥、盜驪、白義、踰輪、山子、渠黄、驊騮、緑耳。」案轡：勒緊馬繮，使馬徐行。史記周勃世家：「于是天子乃按轡徐行。」案、按通。

〔一四〕烟嶠：霧氣籠罩的山嶺。氛氳：盛貌。層甍：多層屋脊，指驪山上宫殿。謝朓晚登三山還望京邑：「白日麗飛甍，參差皆可見。」

〔一五〕「沐浴」句：明皇雜録：「玄宗幸華清宫，新廣湯池，制作宏麗。……又嘗于宫中置長湯屋數十間，環回甃以文石。」鄭嵎津陽門詩自注：「（華清）宫中除供奉兩湯池外，更有湯十六所，長湯每賜諸嬪御。」杜甫自京赴奉先縣咏懷五百字：「與宴皆長纓，賜浴非短褐。」

〔一六〕「日和」二句：海録碎事卷十六引明皇雜録：「六月一日，上幸華清宫，是貴妃生日，上命小部音樂，于長生殿奏新樂。」白居易長恨歌：「驪山高處入青雲，仙樂風飄處處聞。」

〔一七〕合沓：重疊。謝朓游敬亭山：「兹山亘百里，合沓與雲齊。」此指車馬衆多。

〔一八〕蘭藻：文辭芳馥如蘭，指鄭户曹驪山感懷原詩。謝靈運擬魏太子鄴中集平原侯植：「衆賓悉精妙，清辭灑蘭藻。」

答李瀚三首〔一〕

其一

孤客逢春暮，緘情寄舊游。海隅人使遠，書到洛陽秋。

〔校〕

〔其一〕原無其一、其二字樣，徑增。

〔注〕

〔一〕詩約大曆初秋日在洛陽作。李瀚：參見卷一和李二主簿寄淮上綦毋三注〔一〕、卷四送李二歸楚州注〔一〕。據詩，時李瀚已罷洛陽主簿歸楚州。

其二

馬卿猶有壁〔一〕，漁父自無家〔二〕。想子今何處，扁舟隱荻花〔三〕。

〔校〕

〔今〕唐詩品彙拾遺卷四作「念」。

〔注〕

〔一〕馬卿：西漢文學家司馬相如，字長卿。史記司馬相如列傳：相如歸成都，「家貧，無以自業」，後至臨邛，于卓王孫宴席上以琴挑其女文君，「文君夜亡奔相如，相如乃與馳歸成都，家居徒四壁立」。壁：牆壁，指房屋。

〔二〕漁父：指隱于漁釣間者。楚辭有漁父篇，南史隱逸傳上有漁父傳，均爲隱士。莊子漁父：孔子坐于杏壇之上，有漁父下船而來，孔子問以大道，謂爲聖人。及其將去，孔子再拜而起曰：「敢問舍所在，請因受業而卒學大道。」漁父不告，「乃刺船而去，延緣葦間」。

〔三〕荻花：蘆荻之花。荻與蘆同科而異種，葉較蘆稍闊而韌。

其三

林中觀易罷〔一〕，溪上對鷗閑〔二〕。楚俗饒辭客〔三〕，何人最往還。

〔注〕

〔一〕易：即周易，儒家經典之一，今人多以爲古代卜筮之書。晉書王湛傳：「兄子濟……嘗詣湛，見床頭有周易，問曰：『叔父何用此爲？』湛曰：『體中不佳時，脱復看耳。』濟請言之。湛因剖析玄理，微妙有奇趣，皆濟所未聞也。」

〔二〕鷗：亦作「漚」，水鳥。列子黄帝：「海上之人有好漚鳥者，每旦之海上，從漚鳥游，漚鳥之至者百住而不止。」

〔三〕辭客：指詩人。杜牧初春雨中寄江南許渾先輩：「辭客倚風吟暗澹，使君迴馬濕旌旗。」

酬柳郎中春日歸揚州南郭見別之作〔一〕

廣陵三月花正開，花裏逢君醉一回。南北相過殊不遠，暮潮從去早潮來〔二〕。

〔校〕

〔不〕萬首唐人絶句卷四作「未」。〔從〕唐詩品彙拾遺卷四作「歸」。

〔注〕

〔一〕依編次，詩大曆五年春在揚州作。柳郎中：疑爲柳識。識字方明，襄州（今湖北襄樊）人，柳渾之兄。篤意文章，與李華、蕭穎士、元德秀等相上下，有重名于天寶間，官左拾遺。安、史亂中，居洪州建昌。大曆中，在潤州茅山。以屯田郎中、集賢殿學士徵，不起。舊唐書卷一百二十五、新唐書卷一百四十二附見柳渾傳。

〔二〕「暮潮」句：古稱早潮爲潮，暮潮爲汐，潮水漲落有定時，故又稱潮信。劉長卿江州留別薛六柳八二員外：「離心與潮信，每日到潯陽。」李紳入揚州郭序：「潮水舊通揚州郭内，大曆已後，潮信不通。李頎詩：『鸕鷀山頭片雨晴，揚州郭裏見潮生。』此可以驗。」苕溪漁隱叢話前集卷二十四引蔡寬夫詩話：「潤州大江本與今揚子橋爲對岸，而瓜洲乃江中一洲耳，故潮水悉通揚州城中。」

酬豆盧倉曹題庫壁見示〔一〕

掾局勞才子，新詩動洛川〔二〕。運籌知決勝〔三〕，聚米似論邊〔四〕。宴罷常分騎，晨趨又比肩。莫嗟年鬢改，郎署定推先〔五〕。

〔注〕

〔一〕依編次，詩約大曆七年在洛陽作。

倉曹：州府屬官，參見卷四送元倉曹歸廣陵注〔一〕。豆盧倉曹：時當爲河南府倉曹參軍，名未詳。

〔二〕掾局：猶吏局，指官署。參見卷二對雨寄李主簿高秀才注〔四〕。洛川：洛水，指洛陽。

〔三〕運籌：以籌計數，又指謀劃戰事。决勝：取得勝利。史記留侯世家載漢高祖語：「夫運籌筴帷帳之中，决勝千里之外，吾不如子房。」運籌、聚米，倉曹參軍之公務，此均語意雙關。

〔四〕聚米：屯聚糧食，亦指謀劃軍事。後漢書馬援傳：光武帝西征隗囂，諸將意見不一，召馬援，具以群議質之。「援因説隗囂將帥有土崩之勢，兵進有必破之狀。又于帝前聚米爲山谷，指畫形勢，開示衆軍所從道徑往來，分析曲折，昭然可曉。」論邊：論邊防之事。

〔五〕郎署：指尚書省。國史補卷下：「貞元末，有郎官四人自行軍司馬賜紫而登郎署，省中謔爲四軍紫。」句謂豆盧倉曹定當先已入尚書省爲郎官。

酬李儋〔一〕

開門臨廣陌，旭旦車駕喧。不見同心友，徘徊憂且煩。都城二十里，居在艮與坤〔二〕。人生所各務，乖闊累朝昏。湛湛樽中酒〔三〕，青青芳樹園。緘情未及發，先此枉璵璠〔四〕。邁世超高躅〔五〕，尋流得真源〔六〕。明當策疲馬，與子同笑言。

〔校〕

〔超〕原校「一作躡」。

〔注〕

〔一〕依編次，詩約大曆七年在洛陽作。李儋：見卷二贈李儋注。

〔二〕艮、坤：均周易卦名，分別代指東北與西南。易説卦：「艮，東北之卦也。」易坤：「西南得朋，東北喪朋。」王弼注：「西南致養之地，與坤同道者也。」

〔三〕湛湛：清貌。陸機大暮賦：「肴饛饛其不毁，酒湛湛而每盈。」

〔四〕璵璠：美玉名，此指李儋的來詩。文選卷二十四曹植贈徐幹：「亮懷璵璠美，積久德逾宣。」李善注引左傳杜預注：「璵璠，美玉，君所佩也。」

〔五〕邁世：超越世俗。高躅：品德高尚的人。

〔六〕真源：水流的源頭，雙關事理的本源。劉潛和昭明太子中山解講：「迴輿下重閣，降道訪真源。」

〔評〕

劉辰翁：高韵偏在句外。（參評本）

酬元偉過洛陽夜燕〔一〕

三載寄關東〔二〕，所歡皆遠違。思懷方耿耿〔三〕，忽得觀容輝。親燕在良夜，歡攜闢中闈。

問我猶杜門〔四〕，不能奮高飛。明燈照四隅，炎炭正可依。清觴雖云酌，所愧乏珍肥。晨裝復當行，寥落星已稀。何以慰心曲，佇子西還歸。

〔校〕

〔觀〕叢刊本作「覩」。

〔注〕

〔一〕詩約大曆八年冬在洛陽作。元偉：元和姓纂卷四河南元氏：「偉，三原尉。」乃韋應物妻元蘋之從叔。餘未詳。「三原」，新唐書宰相世系五下作「平原」。燕：通宴。

〔二〕關東：此指東都洛陽，在函谷關已東。大曆六年，韋應物在洛陽，有賈常侍林亭宴集詩，至此已三年。

〔三〕耿耿：心事重重，煩燥不安。

〔四〕杜門：塞門，閉門不出。大曆七年韋應物罷河南府兵曹參軍，閑居于洛陽同德寺，故云。參見卷二同德精舍養疾寄河南兵曹東廳掾注〔一〕、〔三〕。

酬韓質舟行阻凍〔一〕

晨坐枉嘉藻，持此慰寢興〔二〕。中獲辛苦奏，長河結陰冰。皓曜群玉發，淒清孤景凝。至柔反成堅，造化安可恒〔三〕。方舟未得行，鑿飲空兢兢〔四〕。苦寒彌時節，待泮豈所能〔五〕。

何必涉廣川〔六〕，荒衢且升騰。殷勤宣中意，庶用達吾朋。

〔校〕

〔凝〕原校「一作澄」。　〔升〕遞修本作「并」。

〔注〕

〔一〕依編次，詩大曆八年冬在洛陽作。

〔二〕寢興：睡眠與起床。詩秦風小戎：「言念君子，載寢載興。」箋云：「閔其君子寢起之勞。」顏延之直東宮答鄭尚書：「寢興鬱無已，起觀辰漢中。」

〔三〕至柔：指水。成堅：結冰。老子下篇：「天下莫柔弱于水，而攻堅强者莫之能勝，其無以易之。」又：「天下之至柔，馳騁天下之至堅。」造化：自然界的創造者，此指自然。恒：常，永恒不變。

〔四〕鑿飲：鑿冰而飲。初學記卷七引謝靈運苦寒行：「樵蘇無夙飲，鑿冰煮朝餐。」兢兢：小心謹慎貌。詩小雅小旻：「戰戰兢兢，如臨深淵，如履薄冰。」

〔五〕泮：融化解散。史記曆書：「昔自在古，曆建正作于孟春。于時冰泮發蟄，百草奮興。」

〔六〕廣川：大河。易需：「利涉大川，往有功也。」書説命上載殷高宗命傅説爲相之詞：「若濟巨川，用汝作舟楫。」詩語意雙關。

李博士弟以余罷官居同德精舍共有伊陸名山之期久而未去枉詩見問中云宋生昔登覽末云那能顧蓬蓽直寄鄙懷聊以爲答〔一〕

初夏息衆緣〔二〕，雙林對禪客〔三〕。枉兹芳蘭藻，促我幽人策〔四〕。冥搜企前哲〔五〕，逸句陳往迹〔六〕。髣髴陸渾南，迢遞千峰碧。從來遲高駕〔七〕，自顧無物役〔八〕。山水心所娛，如何更朝夕。晨興涉清洛，訪子高陽宅〔九〕。莫言往來疏，駑馬知阡陌。

〔校〕

〔華〕原爲墨釘，據活字本、叢刊本、全唐詩補。　〔寄〕活字本作「書」。　〔企〕叢刊本作「啟」。

〔注〕

〔一〕詩約大曆八年四月在洛陽作。

李博士：名未詳，疑時爲國子博士分司東都，參見卷二同德閣期元侍御李博士不至各投贈二首。伊、陸：伊川、陸渾。元和郡縣圖志卷五河南府伊闕縣：「陸渾山，俗名方山，在縣西五十五里。伊水，西自陸渾縣界流入。」宋生：疑指宋之問，曾居嵩山陸渾，有初到陸渾山莊、游陸渾南山自歇馬嶺到楓香林以詩代書答李舍人適、寒食還陸渾別業、陸渾山莊、陸渾南桃花湯、陸渾水亭、憶嵩山陸渾舊宅等詩。蓬蓽：蓬門蓽户，貧者所居。此乃李博士來詩謙言自己的住宅。

〔二〕息衆緣：猶言息衆務。緣，佛教語，因緣，此指與世俗的各種聯繫。時韋應物罷河南府兵曹參軍卧疾同德精舍，故云。

〔三〕雙林：即雙樹，指佛寺。見卷二同德精舍養疾寄河南兵曹東廳掾注〔一〕。禪客：即僧徒。

〔四〕幽人：幽隱之人。易履：「履道坦坦，幽人貞吉。」疏：「在幽隱之人守正得吉。」策：馬鞭。

〔五〕冥搜：搜求幽遠之處。孫綽游天台山賦：「天台山者，蓋山岳之神秀者也。……非夫遠寄冥搜、篤信通神者，何肯遥想而存之。」前哲：前賢，疑指宋之問。

〔六〕逸句：高逸詩句。宋之問游陸渾南山自歇馬嶺到楓香林以詩代書答李舍人適：「晨登歇馬嶺，遥望伏牛山。孤出群峰首，熊熊元氣間。太和亦崔嵬，石扇横閃倏。細岑互攢倚，浮巘競奔蹙。白雲遥入懷，青靄近可掬。徒尋靈異迹，周顧愜心目……」

〔七〕遲：等待。高駕：高車，此指李博士車駕。張説别平一師：「王子不事俗，高駕眇難追。」

〔八〕物役：爲名利等外物所役使。時韋應物已罷官閑居，故云「無物役」。

〔九〕高陽宅：指李博士家族聚居之宅。高陽，上古帝王高陽氏，有才子八人，世謂之「八愷」，見史記五帝本紀。參見卷四送丘員外還山注〔六〕。

寄酬李博士永寧主簿叔廳見待〔一〕

解鞅先幾日〔二〕，款曲見新詩〔三〕。定向公堂醉〔四〕，遥憐獨去時。葉沾寒雨落，鐘度遠山遲。晨策已云整〔五〕，當同林下期〔六〕。

【校】

〔士〕叢刊本誤作「工」。

【注】

〔一〕依編次，詩約大曆八年秋在洛陽作。李博士：名未詳。永寧主簿叔：李博士叔，時任永寧縣主簿，其名未詳。永寧：河南府屬縣，在今河南澠池縣南。

〔二〕解鞅：卸去車馬。此喻罷職閑居。鞅，套于馬頸用以負軛的皮帶。

〔三〕款曲：衷情。秦嘉贈婦詩：「念當遠離别，思念敘款曲。」

〔四〕公堂：官署之廳堂，指永寧主簿叔之公堂。

〔五〕晨策：猶晨駕，謂早行之車馬。策，馬鞭。謝靈運登石門最高頂：「晨策尋絶壁，夕息在山棲。」整：整備。

〔六〕林下期：指歸隱之期約，亦兼用阮籍、阮咸叔侄爲竹林之游事。參見卷二示從子河南尉班注〔八〕。

〔評〕

袁宏道：中唐雅語。（參評本）

答令狐士曹獨孤兵曹聯騎暮歸望山見寄〔一〕

共愛青山住近南，行牽吏役背雙驂〔二〕。枉書獨宿對流水，遥羨歸時滿夕嵐。

〔注〕

〔一〕依編次，詩約大曆九年在長安作。詩云「行牽吏役」，蓋時已爲京兆府功曹參軍。士曹、兵曹：均州府屬官。新唐書百官志四下：「士曹司士參軍事，掌津梁舟車、舍宅、工藝。」餘見卷二同德精舍養疾寄河南兵曹東廳掾注〔一〕。令狐士曹、獨孤兵曹，韋應物在京兆府之同僚，名未詳。

〔二〕牽：拘牽。吏役：公務。背：謂與令狐、獨孤之行程相背。雙驂：雙騎。驂，原指駕車時居于兩側的馬，此但指馬。

答李博士〔一〕

休沐去人遠，高齋出林杪。晴山多碧峰，顥氣疑秋曉〔二〕。端居喜良友，枉使千里路。緘書當夏時，開緘時已度。簷雛已飄颻〔三〕，荷露方蕭颯。夢遠竹窗幽，行稀蘭徑合。舊居共南北，往來只如昨。問君今爲誰，日夕度清洛。

〔校〕

〔疑〕遞修本作「凝」。

〔注〕

〔一〕詩約大曆九年秋在長安作。

李博士：見卷二同德寺雨后寄元侍御李博士注〔一〕。詩云「清洛」，又云「枉使千里路」，蓋時李在洛陽而韋在長安。

〔二〕顥氣：潔白清鮮之氣。班固西都賦：「軼埃壒之混濁，鮮顥氣之清英。」

〔三〕簷雛：簷下的雛燕。飄颻：輕舉高飛。

〔評〕

袁宏道：靈運得意句，無字不合。（參評本）

答劉西曹〔一〕時爲京兆功曹。

公館夜云寂，微涼群樹秋。西曹得時彥，華月共淹留。長嘯舉清觴，志氣誰與儔。千齡事雖邈，俯念忽已周。篇翰如雲興〔二〕，京洛頗優游。詮文不獨古，理妙即同流。淺劣見推許〔三〕，恐爲識者尤。空慚文璧贈〔四〕，日夕不能酬。

【校】

〔古〕原作「占」，據元修本、遞修本、活字本、全書詩改。〔夕〕原校「一作交」。

【注】

〔一〕詩約大曆九年秋在長安作。

西曹：即功曹。通典卷三十二：「晉以來，改功曹爲西曹書佐。宋有别駕西曹，主吏及選舉，即漢之功曹書佐也。」唐制，京兆府功曹參軍二人。蓋劉西曹與韋應物時同爲京兆府功曹，故有唱和。其名未詳。

〔二〕雲興：雲起。晉書顧愷之傳載愷之狀會稽山川之語云：「千岩競秀，萬壑争流，草木蒙蘢，若雲興霞蔚。」

〔三〕淺劣：淺薄，此自謂。推許：推崇許可。

〔四〕文璧：有文理的玉璧，此喻指劉西曹原詩。吴均檄江神責周穆王璧文：「昔穆王南巡，自郢徂閩，遺我文璧。」

答貢士黎逢〔一〕時任京兆功曹。

茂才方上達〔二〕，諸生安可希。栖神澹物表，涣汗布令詞〔三〕。如彼崑山玉〔四〕，本自有光輝。鄙人徒區區，稱嘆亦何爲。彌月曠不接，公門但驅馳。蘭章忽有贈，持用慰所思。不見心尚密〔五〕，况當相見時。

【校】

〔才〕原作「等」，據原校及叢刊本改。〔但〕原校「一作役」。〔尚密〕原校「一作微密」。

〔注〕

〔一〕依編次，詩約大曆十年在長安作。

貢士：鄉貢進士。參見卷四送别覃孝廉注〔四〕。黎逢：大曆十二年登進士第，建中元年，復登經學深優科。見唐詩紀事卷三十六、唐會要卷七十六。

〔二〕茂才：即秀才，漢代舉用人才的一種科目，後避漢光武帝劉秀諱改茂才。此指黎逢。上達：上進，指獲得舉送。論語先進：「君子上達，小人下達。」

〔三〕涣汗：謂文詞如汗之出，不可復止。易涣：「九五，涣汗其大號。」

〔四〕崑山：即崑崙山，産美玉。劉峻辨命論：「志烈秋霜，心貞崑玉。」郤詵爲雍州刺史，晉武帝問詵自以爲何如。詵對曰：「臣舉賢良對策，爲天下第一，猶桂林之一枝，崑山之片玉。」見晉書郤詵傳。

〔五〕密：靠近，親近。

答韓庫部協〔一〕

良玉表貞度〔二〕，麗藻頗爲工。名列金閨籍〔三〕，心與素士同〔四〕。日晏下朝來，車馬自生風。清宵有佳興，皓月直南宫〔五〕。矯翮方上征，顧我邈忡忡〔六〕。豈不願攀舉，執事府庭中〔七〕。智乖時亦蹇，才大命有通。還當以道推，解組守蒿蓬〔八〕。

〔校〕

〔有通〕有，原校「一作爲」，叢刊本作「爲」。

〔注〕

〔一〕依編次，詩約大曆十二年在長安作。韓庫部：韓協，時爲庫部郎中，見卷一與韓庫部會王祠曹宅作注〔一〕。

〔二〕貞度：正度，符合正道的法度。後漢書崔駰傳載駰慰志賦：「協準矱之貞度兮，同斷金之玄策。」李賢注：「準，繩也。矱，尺也。貞，正也。」

〔三〕金閨：金門，即金馬門。史記滑稽列傳：「金馬門者，宦者署門也，門旁有銅馬，故謂之曰金馬門。」後以代指宮門。文選卷三十謝朓始出尚書省：「既通金閨籍，復酌瓊筵醴。」李善注引應劭漢書注：「籍者，爲二尺竹牒，記其年紀、名字、物色，懸之宮門，案省相應，乃得入也。」

〔四〕素士：貞素之士。晉書阮咸傳：「山濤舉咸典選，曰：『阮咸貞素寡欲，深識清濁，萬物不能移。』」

〔五〕南宮：指尚書省，參見卷二秋夜南宮寄灃上弟及諸生注〔一〕。

〔六〕矯翮：舉翼，振翅。上征：上行，謂高飛。邈：遠。忡忡：憂愁貌。

〔七〕攀舉：相隨高飛。執事：擔任工作。論語子路：「居處恭，執事敬。」府庭：謂京兆府，時韋應物爲京兆府功曹參軍，故云。

〔八〕解組：猶解印，辭官。組，繫印綬帶。蕭綸隱居貞白先生陶君碑：「明年遂拜表解職，抽簪東都之外，解組北山之陽。」蒿蓬：蓬蒿之居。太平御覽卷九百九十七引三輔決録：「張仲蔚，平陵人也，與同郡魏景卿俱隱身不仕……所居蓬蒿没人。」

〔評〕

袁宏道：〔心與句〕此皆公自有，故能道。（參評本）

答崔主簿倬〔一〕

朗月分林靄，遥管動離聲。故歡良已阻，空宇澹無情。窈窕雲雁没，蒼茫河漢横。蘭章不可答，沖襟徒自盈。

〔校〕

〔管〕唐詩品□卷十四作「歌」。

〔注〕

〔一〕詩約大曆末年在鄠縣令任上作。崔倬：韋應物堂妹丈，參見卷二九日灃上作寄崔主簿倬二季端繫注〔一〕。

〔評〕

劉辰翁：字字齊梁。唐三百年惟公一人能爲此纖麗語。温、李詞手，故不足道。（參評本）

答徐秀才〔一〕

鉛鈍謝貞器〔二〕，時秀猥見稱。豈如白玉仙，方與紫霞升。清詩舞艷雪，孤抱瑩玄冰。一枝非所貴〔三〕，懷書思武陵〔四〕。

〔校〕

〔白玉仙〕原校「一作仙山鶴」。　〔思〕原校「一作且」。　〔懷書句〕原校「一云懷書且茂陵」。

〔注〕

〔一〕詩約大曆末在長安或鄠縣作。秀才：唐時對舉子之通稱。徐秀才，名未詳。疑徐秀才時向道，故詩稱其「方與紫霞升」，且有「思武陵」之語。

〔二〕鉛鈍：即鉛刀，不鋒利。此以自比。王粲從軍詩：「雖無鉛刀用，庶幾奮薄身。」貞器：謂玉，指徐秀才。易林：「鉛刀攻玉，堅不可得。」此亦「有龍泉之利，方可議于斷割」之意。

〔三〕一枝：謂桂林之一枝，指科舉及第。參見前答貢士黎逢注〔四〕。

〔四〕武陵：漢郡名，唐爲朗州，州治在今湖南常德。陶潛桃花源記記武陵漁人入桃花源事，後遂以桃源或武陵代指仙境或隱者所居。

〔評〕

楊慎：韋應物答徐秀才詩云：「清詩舞豔雪，孤抱瑩玄冰。」極其工致，而「豔雪」二字尤新。又五弦行云：「如伴流風縈豔雪，更逐落花飄御園。」又樂燕行云：「豔雪凌空散，舞罷起徘徊。」屢用「豔雪」字而不厭其複也。或問予：雪可言豔乎？予曰：曹子建洛神賦以「流風回雪」比美人之飄搖，雪固自有豔也。然雪之豔非韋不能道，柳花之香非太白不能道，竹之香非子美不能道也。（丹鉛總録卷十八）

答東林道士〔一〕

紫閣西邊第幾峰，茅齋夜雪虎行蹤。遥看黛色知何處，欲出山門尋暮鐘。

〔校〕

〔欲出句〕原校「一作欲向西山尋暮鐘」。

〔注〕

〔一〕依編次，詩大曆十三四年在鄠縣作。
東林：見卷二紫閣東林居士叔緘賜松英丸捧對忻喜蓋非塵侶之所當服輒獻詩代啟注〔一〕。道士，或即該詩中之居士叔。

答長寧令楊轍〔一〕

皓月升林表，公堂滿清輝。嘉賓自遠至，觴飲夜何其〔二〕。宰邑視京縣〔三〕，歸來無寸資〔四〕。瓌文溢衆寶，雅正得吾師〔五〕。廣川含澄瀾，茂樹擢華滋〔六〕。短才何足數〔七〕，枉贈愧妍詞。歡眄良見屬，素懷亦已披。何意雲棲翰〔八〕，不嫌蓬艾卑〔九〕。但恐河漢没〔一〇〕，回車首路岐。

〔校〕

〔茂〕原校「一作芳」，叢刊本作「芳」。　〔眄〕叢刊本作「盻」。

〔注〕

〔一〕詩大曆十三四年在鄠縣作。

長寧：荆州屬縣，今湖北江陵。唐會要卷七十一州縣改置：「荆州……長寧縣，上元元年七月二十三日析枝江縣置，爲赤縣；二年六月十四日，廢枝江縣，隸入長寧縣；大曆六年十月七日，廢長寧爲枝江縣。」楊轍：約大曆三至六年爲長寧令。杜甫大曆三年在江陵有夏日楊長寧宅送崔侍御常正字入京詩，劉長卿大曆中在鄂岳轉運留後任有夏日送長寧楊明府歸荆南因寄幕府諸公詩，戴叔倫大曆中在湖南亦有同辛兖州巢父盧副端岳相思獻酬之作因抒歸懷兼呈辛魏二院長楊長寧詩。知楊轍罷長寧令後浪迹江湘，與當時詩人交往甚多。餘未詳。

〔二〕觴飲：暢飲。國語越語下：「肆與大夫觴飲，無忘國常。」夜何其：夜如何。詩小雅庭燎：「夜如何其，夜未央。」箋：「夜如何其，問早晚之詞。」其，語詞。

〔三〕京縣：京都所在之縣，參見卷二贈蕭河南注〔二〕。視京縣，即與長安、萬年等京縣相比埒。據新唐書地理志四，肅宗上元元年改荆州爲江陵府，號南都，故其郭下縣江陵、長寧均爲赤縣。參見注〔一〕。

〔四〕寸資：極少的資産。左思咏史：「外望無寸禄，内顧無斗儲。」

〔五〕瓌文：華美之文。左思吴都賦：「窺東山之府，則瓌寶溢目。」雅正：典雅純正。

〔六〕擢：聳出。華滋：茂盛。古詩十九首：「庭中有奇樹，緑葉發華滋。」

〔七〕短才：與長才相對，謂無才或少才。數：稱説。

〔八〕雲棲翰：高飛之鳥，如大鵬之類，指楊轍。翰：鳥羽，代指鳥。謝朓直中書省：「安得淩風翰，聊恣山泉賞。」

〔九〕蓬艾：猶蓬蒿，蓬草、艾蒿。莊子逍遥游：「(鯤鵬)摶扶摇羊角而上者九萬里，絶雲氣，負青天，然後圖南。且適南冥也，斥鴳笑之曰：『彼且奚適也。我騰躍而上，不過數仞而下，翱翔蓬蒿之間，此亦飛之至也。而彼且奚適也？』」

〔一〇〕河漢：銀河。古詩十九首：「迢迢牽牛星，皎皎河漢女。」河漢没，謂天明。

答馮魯秀才〔一〕

晨坐枉瓊藻〔二〕，知子返中林。澹然山景晏，泉谷響幽禽。髣髴謝塵迹，逍遥舒道心。顧我腰間綬，端爲華髮侵。簿書勞應對，篇翰曠不尋。薄田失鋤耨，生苗安可任。徒令慚所問，想望東山岑〔三〕。

〔校〕

〔響〕遞修本作「嚮」。

〔注〕

〔一〕約大曆十三年在鄠縣作。

馮魯：馮著之弟，貞元五年進士，元和中，官至監察御史，爲幕府從事。見元和姓纂卷一、全唐文卷五百三十八裴度劉府君神道碑等。

〔二〕瓊藻：猶瓊章，華美的文辭，指馮魯來詩。沈佺期苑中遇雪應制：「瓊章定少千人和，銀樹長芳六出花。」

〔三〕東山岑：指馮魯所居。王維送韋大夫東京留守：「然後解金組，拂衣東山岑。」謝安曾隱居東山，見卷三贈丘員外二首其一注〔五〕。

答崔主簿問兼簡温上人〔一〕

緣情生衆累〔二〕，晚悟依道流〔三〕。諸境一已寂，了將身世浮〔四〕。閑居澹無味，忽復四時周。靡靡芳草積〔五〕，稍稍新篁抽。即此抱餘素，塊然誠寡儔〔六〕。自適一欣意，愧蒙君子憂。

〔校〕

〔悟〕叢刊本作「晤」。

〔注〕

〔一〕詩云「閑居澹無味，忽復四時周」，蓋罷櫟陽令閑居已近一年，詩當建中元年春末夏初在善福精舍作。崔主簿：崔倬，見卷二九日灃上作寄崔主簿倬二季端繫詩，崔倬時爲何曹司主簿，未詳。上人：對僧人的敬稱。温上人，未詳。

〔二〕衆累：謂人生各種煩惱。佛教以眼耳鼻舌身意爲六根，或譯爲六情，又以由六根所得色香聲味觸法爲六塵或六賊，因其能塵垢浄心，劫掠功能法財。

〔三〕道流：學道之人。孔稚珪北山移文：「談空空于釋部，覈玄玄于道流。」

〔四〕浮：飄浮無定，空虚。莊子刻意：「其生若浮，其死若休。」阮籍大人先生傳：「夫大人者，乃與造物同體，天地并生，逍遥浮世，與道俱成。」

〔五〕靡靡：草伏相依貌。文選卷十九宋玉高唐賦：「薄草靡靡，聯延天夭。」李善注：「靡靡，相依倚貌。」

〔六〕塊然：孤獨貌。莊子應帝王：「塊然獨以其形立。」儔：伴侣。三國志魏志董昭傳載昭與袁春卿書：「足下大君，昔避内難，南游百越……曹公愍其守志清恪，離群寡儔。」

〔評〕

袁宏道：直逼淵明，豈是語句間髣髴。（參評本）

清都觀答幼遐〔一〕

逍遥仙家子，日夕朝玉皇〔二〕。興高清露没，渴飲瓊華漿〔三〕。解組一來款〔四〕，披衣拂天香〔五〕。粲然顧我笑〔六〕，緑簡發新章〔七〕。泠泠如玉音〔八〕，馥馥若蘭芳。浩意坐盈此〔九〕，月華殊未央〔一〇〕。却念喧譁日，何由得清涼。疏松抗高殿，密竹陰長廊。榮名等糞土〔一一〕，攜手隨風翔。

〔校〕

〔音〕原校「一作響」。　〔抗〕原校「一作枕」。

〔注〕

〔一〕詩約建中元年閑居長安時作。

清都觀：道觀名。唐兩京城坊考卷二永樂坊：「清都觀，隋開皇七年，道士孫昂爲文帝所重，常自開道，特爲立觀。本在永興坊，武德初徙于此地，本隋寶勝寺。」幼遐：李儋字，卷二有善福閣對雨寄李儋幼遐詩。據詩，時韋應物罷櫟陽令後至長安，來清都觀暫住。

〔二〕仙家子：指觀中道士。玉皇：玉皇大帝，道教諸神中的天帝。李白贈別舍人弟臺卿之江南：「入洞過天地，登真朝玉皇。」

〔三〕瓊華漿：瓊漿玉液，仙液。楚辭招魂：「華酌既陳，有瓊漿些。」

〔四〕解組：謂辭官。見前答韓庫部注〔八〕。來款：來訪。款，扣。

〔五〕天香：敬神佛的香煙。

〔六〕粲然：露齒笑貌。郭璞游仙詩：「靈妃顧我笑，粲然啟玉齒。」

〔七〕緑簡：即緑章，道士祈禱時用青藤紙朱砂所寫表章。章：道士上奏天帝的表章。

〔八〕泠泠：聲音清越貌。陸機招隱詩：「山溜何泠泠，飛泉漱鳴玉。」此形容鐘磬的聲音。

〔九〕浩意：廣遠的思緒。盈：充滿。

〔一〇〕月華：月亮。殊：尚。未央：未半。

〔一一〕榮名：美好聲名。阮籍詠懷：「榮名非己寶，聲色安足娛。」

善福精舍答韓司録清都觀會宴見憶〔一〕

弱志厭衆紛〔二〕，抱素寄精廬〔三〕。皦皦仰時彦〔四〕，悶悶平聲獨爲愚〔五〕。之子亦辭秩，高蹤罷馳驅。忽因西飛禽，贈我以瓊琚〔六〕。始表仙都集〔七〕，復言歡樂殊。人生各有因，契闊不獲俱。一來田野中，日與人事疏。水木澄秋景，逍遥清賞餘。枉駕懷前諾〔八〕，引領豈斯須〔九〕。無爲便高翔，邈矣不可迂〔一〇〕。

〔校〕

〔斯須〕原校「一作須臾」。

〔注〕

〔一〕詩建中元年左右在灃上善福精舍閑居時作。

司録：司録參軍事。新唐書百官志四下：「西都、東都、北都……司録參軍事二人，正七品上……掌正違失，莅符印。」韓司録：當爲京兆府司録，名未詳。清都觀：見前詩注。

〔二〕弱志：謂寡欲。老子上篇：「是以聖人之治，虚其心，實其腹，弱其志，强其骨。」

〔三〕抱素：保持淳樸本質。漢書禮樂志：「兆民反本，抱素懷樸。」精廬：即精舍。佛寺。

〔四〕皦(jiǎo)皦：光明潔白貌。後漢書黄瓊傳載李固與瓊書：「常聞語曰：嶢嶢者易折，皦皦者易污。」

〔五〕悶悶：愚昧、渾噩貌。老子上篇：「俗人昭昭，我獨昏昏。俗人察察，我獨悶悶。」

〔六〕瓊琚：美玉。此指韓司録所寄詩。詩衛風木瓜：「投之以木瓜，報之以瓊琚。」

〔七〕仙都：仙人所居，此指清都道觀。海内十洲記：「滄海島在北海中……島中有紫石宫室，九老仙都所治。」

〔八〕前諾：謂枉駕來訪的承諾。

〔九〕引領：延頸遠眺，謂企盼殷切。斯須：片刻。

〔一〇〕邈：高遠。迂：用同遇，會合。宋書顔延之傳：「亦猶生有好醜，死有夭壽，人皆知其懸天；至於丁年乖遇，中身迂合者，豈可易地哉！」

〔評〕袁宏道：公述答詩篇，清微簡澹，真使人人自遠。（參評本）

答長安丞裴稅〔一〕

出身忝時士，於世本無機。爰以林壑趣，遂成頑鈍姿〔二〕。臨流意已淒，采菊露未稀。舉頭見秋山，萬事都若遺。獨踐幽人蹤，邈將親友違。髦士佐京邑〔三〕，懷念枉貞詞。久雨積幽抱，清樽宴良知。從容操劇務〔四〕，文翰方見推。安能戢羽翼〔五〕，顧此林棲時〔六〕。

〔注〕

〔一〕依編次，詩建中元年秋在灃上善福精舍閑居作。長安：京兆府屬縣，爲京師所在地，領長安城朱雀街西五十四坊。長安京縣，縣丞二人，從七品上。裴稅：疑當從全唐詩卷一百九十作裴説，韋應物有答裴丞説歸京所獻詩。裴説字公諒，貞元四年，以禮部員外郎參西川韋皋幕府，見全唐文卷六百九十符載劍南西川幕府諸公寫真讚。

〔二〕頑鈍：愚呆。後漢書竇融傳載融上疏曰：「臣融年五十三，有子年十五，質性頑鈍。」

〔三〕髦士：英俊之士。詩小雅甫田：「攸介攸止，烝我髦士。」京邑：京師所在縣。張衡東京賦：「京邑翼翼，四方所視。」

〔四〕劇務：繁重的公務。

〔五〕戢羽翼：收斂翅膀，謂辭官歸田。陶潛歸鳥：「翼翼歸鳥，戢羽寒條。」

〔六〕林棲：棲息林下，此自指。張九齡感遇：「誰知林棲者，聞風坐相悅。」

〔評〕

葛立方：韋應物詩擬陶淵明而作者甚多，然終不近也。答長安丞裴税云：「臨流意已淒，采菊露未晞。舉頭見秋山，萬事都若遺。」蓋效淵明「采菊東籬下，悠然見南山。此懷有真意，欲辨已忘言」之句也。然淵明（疑脱擺字）落世紛，深入理窟，但見萬象森羅，莫非真境，故因見南山而真意具焉。應物乃因意淒而采菊，因見秋山而遺萬事，其與陶所得異矣。（韻語陽秋卷四）

奉酬處士叔見示〔一〕

挂纓守貧賤〔二〕，積雪卧郊園〔三〕。叔父親降趾〔四〕，壺觴携到門。高齋樂燕罷，清夜道心存。即此同疏氏〔五〕，可以一忘言〔六〕。

〔注〕

〔一〕詩建中元年冬在灃上善福精舍閑居作。

處士叔：名未詳，或疑即韋象先，參見卷一晦日處士叔園林燕集注〔一〕。

〔二〕挂纓：即挂冠。纓，冠纓，繫冠帶。

〔三〕「積雪」句：用袁安卧雪典。後漢書袁安傳注引汝南先賢傳：大雪積地丈餘，洛陽令身出案行，至袁安門，見安僵卧不起，問之，對曰：「大雪人皆餓，不宜干人。」令以爲賢，舉爲孝廉。

〔四〕降趾：對客人來訪的敬詞。李充嘲友人：「願爾降玉趾，一顧重千金。」
〔五〕疏氏：指疏廣、疏受叔侄，參見卷四送郗詹事注〔一一〕。
〔六〕忘言：謂二人相互默契，莫逆于心，毋需語言交流。莊子外物：「言者所以在意，得意而忘言。」陶潛飲酒：「此中有真意，欲辯已忘言。」

答庫部韓郎中〔一〕

高士不羈世〔二〕，頗將榮辱齊〔三〕。適委華冕去〔四〕，欲還幽林栖。雖懷承明戀〔五〕，欣與物累睽。逍遥觀運流〔六〕，誰復識端倪〔七〕。而我豈高致，偃息平門西〔八〕。愚者世所遺，沮溺共耕犁〔九〕。風雪積深夜，園田掩荒蹊。幸蒙相思札，款曲期見攜〔一〇〕。

〔校〕

〔高致〕高，原校「一作能」。

〔注〕

〔一〕詩建中元年冬在灃上善福精舍閑居作。庫部韓郎中：韓協，參見卷一與韓庫部會王祠曹宅作注〔一〕。
〔二〕羈世：爲世務所羈絆。
〔三〕「頗將」句：王粲七釋：「均同生死，混齊榮辱。」
〔四〕華冕：華貴的冕服。冕服，古代禮服。唐代皇帝禮服有大裘冕等十四種；群臣之服有二十一種，其中衮冕、鷩冕、毳冕、絺冕、玄冕，分别爲一品至五品之服。詳見新唐書車服志。委華冕即棄官。

〔五〕承明戀：對皇帝、朝廷的依戀。參見卷四自尚書郎出爲滁州刺史注〔九〕。

〔六〕運流：大自然的運動流轉。陸機凌霄賦：「昊蒼焕而運流，日月翻其代序。」

〔七〕端倪：邊際，頭緒。莊子大宗師：「反覆終始，不知端倪。」

〔八〕平門：延平門，長安西南門，詳見秋集罷還途中作謹獻壽春公黎公注〔九〕。

〔九〕沮、溺：長沮、桀溺，春秋時隱士。論語微子：「長沮、桀溺耦而耕，孔子過之，使子路問津焉。長沮曰：『夫執輿者爲誰？』子路曰：『爲孔丘。』曰：『是魯孔丘與？』曰：『是也。』曰：『是知津者矣。』問于桀溺，桀溺曰：『子爲誰？』曰：『爲仲由。』曰：『是魯孔丘之徒與？』對曰：『然。』曰：『滔滔者天下皆是也，而誰以易之？且而與其從辟人之士也，豈若從辟世之士哉！』耰而不輟。」

〔一〇〕款曲：衷情，此指訴説衷情。秦嘉贈婦詩：「念當遠離别，思念叙款曲。」周書王褒傳載褒與周弘讓書：「賢兄入關，敬承款曲。」

答暢校書當〔一〕

偶然棄官去，投迹在田中。日出照茅屋，園林養愚蒙〔二〕。雖云無一資，樽酌會不空。且欣百穀成，仰嘆造化功。出入與民伍，作事靡不同。時伐南澗竹，夜還灃水東。貧蹇自成退，豈爲高人蹤。覽君金玉篇，彩色發我容。日日欲爲報，方春已徂冬。

〔校〕

〔園林〕原校「一作種園」。　〔容〕原校「一作蒙」。　〔方〕原校「一作歷」。

〔注〕

〔一〕詩建中元年冬在灃上善福精舍閑居時作。

暢當：時爲校書郎，參見卷二西郊養疾聞暢校書有新什見贈久佇不至先寄此詩注〔一〕。

〔二〕養愚蒙：謂韜光隱退以進修道德。易蒙：「蒙以養正，聖功也。」疏：「能以蒙昧隱默自養正道，乃成至聖之功。」

〔評〕

袁宏道：官惟偶棄，退亦自成，公懷曠遠，非他隱流可擬。（參評本）

鍾惺：亦以其氣韵淳古處似陶，不在效其清響（一本作音）。厚。（朱墨本）

邢昉：至淡至濃，求之聲色之外則遇之。（唐風定）

答崔都水〔一〕

深夜竹庭雪，孤燈案上書。不遇無爲化〔二〕，誰復得閑居。

〔校〕

〔化〕原校「一作法」。

〔注〕

〔一〕詩建中元年冬在灃上善福精舍閑居時作。崔都水：崔倬，見卷二九日灃上作寄崔主簿倬二季端繫及晚出灃上寄崔都水二詩注。

〔二〕無爲化：道家指順應自然，不求有所爲，而成無所不爲之功。老子上篇：「是故聖人處無爲之事，行不言之教。」又云：「常使民無知無欲。使夫智者不敢爲也。爲無爲則無不治。」

〔評〕

袁宏道：叙致俱不失大雅，詞人闒靡，豈易識此！（參評本）

酬令狐司録善福精舍見贈〔一〕

野寺望山雪，空齋對竹林。我以養愚地〔二〕，生君道者心。

〔注〕

〔一〕詩建中元年冬在灃上善福精舍閑居時作。司録：司録參軍事，見前善福精舍答韓司録清都觀會宴見寄注〔一〕。令狐司録：未詳。

〔二〕養愚：猶養蒙，養拙，見前答暢校書當注〔一〕。

灃上精舍答趙氏外生伉〔一〕

遠迹出塵表，寓身雙樹林〔二〕。如何小子伉，亦有超世心〔三〕。擔書從我游，攜手廣川陰。

雲開夏郊緑，景晏青山沉。對榻遇清夜，獻詩合雅音。所推苟禮數，於性道豈深。隱拙在沖默〔四〕，經世昧古今〔五〕。無爲率爾言〔六〕，可以致華簪〔七〕。

【校】

〔小子伉〕伉，原校「一作弟」。　〔合〕原校「一作全」。

【注】

〔一〕依編次，詩建中二年四月在澧上善福精舍作。

趙伉：韋應物外甥，見卷三示全真元常注〔一〕。

〔二〕雙樹林：即雙樹或雙林，佛寺，此指善福精舍。參見卷二同德精舍養疾寄河南兵曹東廳掾注〔二〕。

〔三〕超世：超出世人。此猶言出世。

〔四〕隱拙：猶藏拙。沖默：謙和沈默。陶潛故征西大將軍長史孟府君傳：「沖默有遠量，弱冠儔類咸敬之。」

〔五〕經世：治世。昧古今：不明古今之事，意謂不妄論古今。

〔六〕率爾言：輕率之言。率爾：輕遽貌。論語先進：孔子命弟子各言其志，「子路率爾而對」，「夫子哂之」。

〔七〕華簪：華美的髮簪，代指高官。陶潛和郭主簿：「此事真復樂，聊用忘華簪。」

答趙氏生伉〔一〕

暫與雲林别，忽陪鴛鷺翔〔二〕。看山不得去，知爾獨相望。

〔注〕

〔一〕詩建中二年夏在尚書比部員外郎任上作。趙伉：見卷三示全真元常注〔一〕。

〔二〕鴛鷺：喻指朝中官員，參見卷二雪夜下朝呈省中一絶注〔三〕。建中二年四月韋應物起爲比部員外郎，見卷四始除尚書郎别善福精舍詩。

答　端〔一〕

郊園夏雨歇，閑院緑陰生。職事方無效〔二〕，幽賞獨違情。物色坐如見，離抱悵多盈。況感夕涼氣，聞此亂蟬鳴。

〔注〕

〔一〕詩建中二年夏在比部員外郎任上作。端：韋端，韋應物從弟，參見卷二九日澧上作寄崔主簿倬二季端繫詩注。

〔二〕職事：官署公務。效：績效，成績。

〔評〕

袁宏道：微詞短幅，情抱味之無盡。（參評本）

答史館張學士同柳庶子學士集賢院看花見寄兼呈柳學士〔一〕

班楊秉文史，對院自爲鄰〔二〕。餘香掩閣去，遲日看花頻〔三〕。似雪飄閶闔〔四〕，從風點近臣。南宮有芳樹〔五〕，不并禁垣春〔六〕。

〔校〕

〔同〕原作「段」，據叢刊本改。 〔鄰〕叢刊本作「憐」。

〔注〕

〔一〕詩建中三年春在比部員外郎任上作。

史館：官署名，屬集賢殿書院。新唐書百官志二：「集賢殿書院：學士、直學士、侍讀學士、修撰官，掌刊緝經籍。……史館：修撰四人，掌修國史。」注：「天寶後，他官兼史職者曰史館修撰，初入爲直館。」張學士：張薦（七四四—八〇四），字孝舉，深州陸澤人，張鷟之孫。少精史傳，爲禮部侍郎于邵所舉，召充史館修撰，兼陽翟尉。興元元年，拜左拾遺，後歷太常博士、殿中侍御史、工部員外郎、郎中、諫議大夫、秘書少監，皆兼史職。貞元二十年，充入吐蕃吊祭使，卒于道。事見舊唐書卷一百四十九、新唐書卷一百六十一本傳。按，于邵建中二年爲禮部侍郎，知貢舉，故張薦即當于建中二年入史館。庶子：太子東宮官名。左庶子二人，屬左春坊，正四品上，掌侍從贊相，駁正啟奏；右庶子二人，正四品下，掌侍從、獻納、啟奏。均見新唐書百官志四上。柳庶子：柳渾（七一六—七八九），初名載，字元輿，後改名渾，字惟深，又字夷曠。天寶元年進士，歷單父尉，永豐令，袁州刺史等職，大曆末，官至諫議大夫，爲浙江東西道黜陟使，使還，拜左庶子、集賢殿學士。後歷尚書右丞、散騎常侍、兵部侍郎等職。貞元三年，同中書門下平章事。五年卒。事見舊唐書卷一百二十五、新唐書卷一百四十二本傳。柳河東集卷八故銀青光禄大夫……柳公行狀：「召拜諫議大夫，充浙江東西道黜陟使。……復命稱職，加朝散大夫，又拜左庶子、集賢殿學士。」舊注：「建中元年二月，命黜陟使十一人分巡天下。」舊唐書德宗紀上：「建中三年六月「戊寅，以……右庶子柳載爲右丞。」知建中三年春，柳渾正在庶子、史館修撰任。蓋張薦以同柳庶子學士集賢院看花詩寄韋應物，故韋作此詩答張兼呈柳渾。

〔二〕班、楊：東漢著名史學家班固、西漢著名文學家楊雄。此借指張薦與柳渾。文選卷六十王僧達祭顔光禄文：「義窮機象，文蔽班、楊。」李善注：「班，班固；楊，楊雄也。」秉：主持。對院：謂史館、集賢院東西相對。職官分紀卷一五引集賢注記：「西京大明宮集賢院在光順門外大街之西……東隔街則諸王待制院、東史館。」

〔三〕遲日：春日。詩豳風七月：「春日遲遲，采蘩祁祁。」

〔四〕似雪：與下「從風」均指花。何遜范廣州宅聯句：「洛陽城東西，却作經年別。昔去雪如花，今來花似雪。」閶闔：宮門。左思詠史：「被褐出閶闔，高步追許由。」

〔五〕南宮：指已所在之尚書省。見卷二秋夜南宮寄澧上弟及諸生注〔一〕。

〔六〕禁垣：宮牆之内，此指張、柳二人所在之史館。據新唐書百官志二記載，開元中，諫議大夫、史館修撰尹愔奏移史館于中書省，故在禁垣中。

答王郎中〔一〕

卧閤枉芳藻〔二〕，覽旨悵秋晨。守郡猶羈寓，無以慰嘉賓。野曠歸雲盡，天清曉露新。池荷涼已至，窗梧落漸頻。風物殊京國，邑里但荒榛〔三〕。賦繁屬軍興，政拙愧斯人〔四〕。

髦士久臺閣〔五〕，中路一漂淪〔六〕。歸當列盛朝，豈念臥淮濱〔七〕。

〔校〕

〔朝〕原校「一作明」。

〔注〕

〔一〕詩建中三年秋在滁州作。

王郎中：據詩，曾爲尚書省郎中，後「中路漂淪」。冊府元龜卷一百三十九：「（興元元年）十二月，以前祠部郎中王礎爲比部郎中。」疑即此王郎中。

〔二〕芳藻：芳香的文辭，對來詩的美稱。

〔三〕荒榛：荒蕪，雜亂叢生的草木。榛，叢生的灌木。

〔四〕斯人：即斯民，老百姓。孟子萬章上：「予將以斯道覺斯民也。」此避唐太宗諱改「民」爲「人」。

〔五〕髦士：才俊之士，見前答長安丞裴稅注〔三〕。臺閣：指尚書省。後漢書仲長統傳：「（光武帝時）政不任下，雖置三公，事歸臺閣。」李賢注：「臺閣，謂尚書也。」

〔六〕漂淪：漂蕩淪溺，此喻指遷謫。

〔七〕臥淮濱：指己在淮南爲刺史。漢書汲黯傳：「會更立五銖錢，民多盜鑄錢者，楚地尤甚。上以爲淮陽，楚地之郊也，召黯拜爲淮陽太守。黯伏謝不受印綬……上曰：『君薄淮陽邪？吾今召君矣。顧淮陽吏民不相得，吾徒得君重，臥而治之。』」

答崔都水〔一〕

亭亭心中人〔二〕，迢迢居秦關〔三〕。常緘素札去，適枉華章還。憶在灃郊時〔四〕，携手望秋山。久嫌官府勞，初喜罷秩閑〔五〕。終年不事業，寢食長慵頑。不知爲時來，名籍挂郎間〔六〕。攝衣辭田里〔七〕，華簪耀頹顔。卜居又依仁〔八〕，日夕正追攀。牧人本無術〔九〕，命至苟復還。離念積歲序〔一〇〕，歸途眇山川。郡齋有佳月，園林含清泉。同心不在宴〔一一〕，樽酒徒盈前。覽君陳迹游〔一二〕，詞意俱凄妍。忽忽已終日，將酬不能宣。甿税況重疊〔一三〕，公門極熬煎。責逋甘首免〔一四〕，歲晏當歸田。勿厭守窮轍〔一五〕，慎爲名所牽〔一六〕。

【校】

〔札去〕去，原校「一作問」。〔爲時來〕原校「一作何爲來」。〔首〕原作「者」，據元修本、遞修本、叢刊本、全唐詩改。〔免〕原校「一作退」。〔勿厭句〕原校「一作勿厭守窮賤」。

【注】

〔一〕詩約建中三年秋冬間在滁州作。

崔都水：崔倬，韋應物堂妹婿，參見卷二九日灃上作寄崔主簿倬二季端繫、晚出灃上寄崔都水等詩注。

〔二〕亭亭：孤峻高潔貌。後漢書蔡邕傳：「和液暢兮神氣寧，情志泊兮心亭亭。」心中人：所思之人。徐幹室思：「安得鴻鸞羽，覯此心中人。」

〔三〕秦關：指長安及其附近地區。秦都咸陽，在關中。

〔四〕灃郊：指長安西郊灃水畔善福精舍。韋應物閑居于此時，崔倬曾過訪。卷二晚出灃上贈崔都水：「行忻携手歸，聊復飲酒眠。」

〔五〕罷秩：罷官。秩，官員品級。此指罷櫟陽令事，參見卷四謝櫟陽令歸西郊贈別諸友生注。

〔六〕名籍：紀官員姓名、年貌、物色等之竹牒，參見前答韓庫部注〔三〕。句指建中二年韋應物入爲尚書比部員外郎事，參見卷四始除尚書郎別善福精舍自注。

〔七〕攝衣：整理衣服，以示恭敬。史記高祖本紀：酈食其見沛公，責沛公「踞見長者」，「于是沛公起，攝衣謝之，延上坐」。

〔八〕卜居：占卜以選擇居住之地。依仁：依倚于仁者。論語述而：「依于仁，游于藝。」此謂己在長安與崔倬居里相鄰。

〔九〕牧人：即牧民，治理百姓。此指出守滁州事。管子有牧民篇，見史記管晏列傳，已佚。

〔一〇〕歲序：猶時序，此指歲月。王僧達答顔延年：「聿來歲序暄，輕雲出東岫。」

〔一一〕同心：指崔倬。易繫辭上：「二人同心，其利斷金。」古詩十九首：「同心而離居，憂傷以終老。」

〔一二〕陳迹游：遊覽長安及灃上的舊遊之地，此指崔倬舊地重遊所寫的詩篇。

〔一三〕甿税：農民之賦税。甿，同氓。重疊：言其多。

〔一四〕責逋：責以農户逃亡之事。首免：第一個被免官。

〔一五〕窮轍：喻困窘處境。莊子外物：「周昨來，有中道而呼者，周顧視車轍中，有鮒魚焉。」杜甫奉贈李八丈曛判官：「真成窮轍鮒，或似喪家狗。」

〔一六〕「慎爲」句：意謂切莫被名利所羈絆，出來做官。

答王卿送别〔一〕

去馬嘶春草，歸人立夕陽。元知數日别，要使兩情傷。

【注】

〔一〕依編次，詩建中四年春在滁州作。王卿：未詳。卷三有郡齋贈王卿詩，當是一人。

答裴丞説歸京所獻〔一〕

執事頗勤久〔二〕，行去亦傷乖〔三〕。家貧無僮僕，吏卒升寢齋。衣服藏内篋，藥草曝前階。誰復知次第，濩落且安排〔四〕。還期在歲晏，何以慰吾懷。

【注】

〔一〕依編次，詩建中四年在滁州作。裴丞説：裴説，曾官長安丞，參見前答長安丞裴税注〔一〕。時當在滁州，爲韋應物屬吏，因事使京。

〔二〕執事，擔任工作，見前答韓庫部注〔七〕。

〔三〕傷乖：傷别。乖，乖違。曹植朔風：「昔我同袍，今乖永别。」

〔四〕濩落：無聊失意，參見卷三郡齋贈王卿注〔四〕。

答裴處士〔一〕

遺民愛精舍〔二〕，乘犢入青山。來署高陽里〔三〕，不遇白衣還〔四〕。禮賢方化俗，聞風自款關〔五〕。況子逸群士，棲息蓬蒿間〔六〕。

〔注〕

〔一〕依編次，詩建中四年在滁州作。

處士：隱居不仕者。裴處士，名未詳。

〔二〕遺民：亡國後不仕新朝者。後亦以指隱者。藝文類聚卷七杜篤首陽山賦：「其二老乃答余曰：吾殷之遺民也。」

〔三〕高陽里：指裴處士居里。參見卷四送丘員外還山注〔六〕。

〔四〕白衣：未仕者所穿着，故以代指不仕者，此指裴處士。

〔五〕款關：扣門。此謂已聞風來訪。

〔六〕蓬蒿間：指隱居之所，參見前答韓庫部注〔八〕。

答楊奉禮〔一〕

多病守山郡，自得接嘉賓。不見三四日，曠若十餘旬。臨觴獨無味，對榻已生塵。一咏舟中作，灑雪忽驚新〔二〕。烟波見棲旅，景物具昭陳〔三〕。秋塘唯落葉，野寺不逢人。白事廷吏簡，閑居文墨親。高天池閣静，寒菊霜露頻。應當整孤棹，歸來展殷勤。

【校】

〔若〕文苑英華卷二百四十四作「居」，校云「一作若」。〔静〕文苑英華作「浄」，校云「集作静」。〔殷勤〕文苑英華作「慇懃」。

【注】

〔一〕詩建中三或四年秋在滁州作。奉禮：奉禮郎，太常寺屬官。新唐書百官志三太常寺：「奉禮郎二人，從九品上，掌君臣版位，以奉朝會祭祀之禮。」楊奉禮：名未詳。疑是韋應物女婿楊凌，凌曾訪韋應物于滁州，别去後，韋應物寄詩有「遠念長江别，俯覺座隅空」之語。又韋應物送楊氏女：「女子今有行，大江泝輕舟。」與詩「舟中作」合。凌官太常寺協律郎，與奉禮郎同屬太常寺，正八品上。疑楊凌任協律郎前曾任奉禮郎一職。

〔二〕灑雪：猶飄雪，指詩歌高雅優美。全唐詩卷五百八十四段成式和周(元)繇見嘲序：「爲憲老舅，吟飄白雪，思效碧雲。」參見卷一司空主簿琴席注〔四〕。

〔三〕具：全部，盡。昭陳，明白地表露。

〔評〕劉辰翁：「秋塘」二句，荒寒如畫。（參評本）

答端〔一〕

坐憶故園人已老，寧知遠郡雁還來〔二〕。長瞻西北是歸路，獨上城樓日幾回。

〔校〕

〔答端〕萬首唐人絶句卷四作「答端弟」。

〔注〕

〔一〕依編次，詩建中四年秋在滁州作。

端：韋應物從弟韋端，參見卷二九日灃上作寄崔主簿倬二季端繫注〔一〕。

〔二〕雁還來：指韋端來信。古人有雁足傳書的典故，見漢書蘇建傳。因以雁或雁足等稱書信。

答僩奴重陽二甥〔一〕

僩奴，趙氏甥伉。重陽，崔氏甥播。

棄職曾守拙〔二〕，玩幽遂忘喧。山澗依磽埆〔三〕，竹樹蔭清源。貧居烟火濕，歲熟梨棗繁。風雨飄茅屋，蒿草没瓜園。群屬相歡悦，不覺過朝昏。有時看禾黍，落日上秋原。飲酒任真性，揮筆肆狂言。一朝忝蘭省〔四〕，三載居遠藩〔五〕。復與諸弟子，篇翰每相敦〔六〕。

西園休習射〔七〕，南池對芳樽。山藥經雨碧，海榴凌霜翻〔八〕。念爾不同此，悵然復一論。重陽守故家，僴子旅湘沅〔九〕。俱有緘中藻〔一〇〕，惻惻動離魂。不知何日見，衣上淚空存。

【校】

〔濕〕原校「一作絶」。　〔藥〕原校「一作茵」。　〔藻〕唐詩品彙卷十四作「素」。

【注】

〔一〕據「三載居遠藩」語，詩興元元年在滁州作。

僴奴，趙伉，見前澧上精舍答趙氏外生伉詩注。重陽：崔播，疑即韋應物妹婿崔倬之子。其事未詳。參見卷二九日澧上作寄崔主簿倬二季端繫注〔一〕。

〔二〕棄職：指罷櫟陽令歸澧上事，參見卷四謝櫟陽令歸西郊贈別諸友生。守拙：安于愚拙，即不争名利于朝市。陶潛歸園田居：「開荒南野際，守拙歸園田。」

〔三〕磽墧（qiāo jí）：多石瘠薄之地。

〔四〕忝蘭省：謂入尚書省爲比部員外郎事。參見卷三郊園聞蟬寄諸弟注〔二〕及卷四始除尚書郎別善福精舍自注。

〔五〕遠藩：遠郡，指滁州。韋應物建中三年出守滁州，至興元元年爲三年。

〔六〕篇翰：指往來書信與詩歌。敦：勸勉。

〔七〕習射：學習射箭。儀禮有鄉射禮，鄭氏注：「州長春秋以禮會民而射于州序之禮。」

〔八〕海榴：即石榴。古今合璧事類備要別集卷三十四：「榴花非國中所産也，其始來自安石國，故名曰石榴，或曰安榴。亦有來從海外新羅國者，或又以海榴名之也。」

〔九〕湘沅：湘水與沅水，均經流今湖南境，注入洞庭湖。

〔一〇〕緘中藻：指書信中寄來的詩歌。

答重陽〔一〕

省札陳往事，愴憶數年中。一身朝北闕〔二〕，家累守田農。望山亦臨水，暇日每來同。性情一疏散，園林多清風。忽復隔淮海〔三〕，夢想在灃東〔四〕。病來經時節，起見秋塘空。城郭連榛嶺，鳥雀噪溝叢。坐使驚霜鬢，撩亂已如蓬。

〔注〕

〔一〕依編次，詩興元元年秋在滁州作。

重陽：韋應物甥崔播，參見前詩。

〔二〕北闕：蕭何于長安營建未央宮，立東闕、北闕，見史記高祖本紀。後以代指朝廷。朝北闕，指己爲尚書比部員外郎事，見卷四始除尚書郎別善福精舍自注。

〔三〕隔淮海：謂己出守滁州。滁州屬淮南道，節度使治所在揚州。書禹貢：「淮海惟揚州。」傳：「北據淮，南距海。」

〔四〕灃東：灃水之東，指灃上善福精舍。參見卷二灃上西齋寄諸友詩及注。

〔評〕

袁宏道：唐人惟儲、王多逸韵，較之蘇州，覺幽懷殊淺。（參評本）

酬劉侍郎使君〔一〕

瓊樹凌霜雪〔二〕，葱蒨如芳春〔三〕。英賢雖出守，本自玉階人〔四〕。宿昔陪郎署〔五〕，出入仰清塵〔六〕。孰云俱列郡，比德豈爲鄰〔七〕。風雨飄海氣，清涼悦心神。重門深夏晝，賦詩延衆賓。方以歲月舊，每蒙君子親。繼作郡齋什〔八〕，遠贈荆山珍〔九〕。高閑庶務理〔一〇〕，游眺景物新。朋友亦遠集，燕酌在佳辰。始唱已慚拙〔一一〕，將酬益難伸。濡毫意僶俛〔一二〕，一用寫悁勤〔一三〕。

〔校〕

〔題〕文苑英華卷二百四十四作「答劉信州侍郎」。〔贈〕文苑英華作「貽」，校云「集作贈」。〔高閑〕原校「一作山城」。〔意〕文苑英華作「竟」。

〔注〕

〔一〕詩貞元六年在蘇州作。

劉侍郎：劉太真。舊唐書本傳：「及轉禮部侍郎，掌貢舉，宰執姻族，方鎮子弟，先招擢之。又常叙（陳）少游勛績，擬之桓、文，大招物議。貞元五年，貶信州刺史，到州尋卒。」同書德宗紀下：貞元五年三月

「丙寅，貶禮部侍郎劉太真爲信州刺史。」全唐文卷五百三十八裴度劉府君（太真）神道碑：「出爲信州刺史。……移疾去郡，以貞元八年三月八日薨於餘干縣之旅館，春秋六十八。」餘見卷三寄中書劉舍人注〔二〕。唐詩紀事卷二十八：「太真刺信州，時顧十二左遷，過上饒，出韋蘇州、房杭州、韋睦州三使君詩，太真繼焉。」顧十二，顧況，其過蘇州與韋應物唱和，已見卷一郡齋雨中與諸文士宴集詩及附録顧況詩。

〔二〕瓊樹：玉樹，傳説中樹名，古詩文中常以形容人風姿之美。世説新語賞譽：「王戎云：『太尉神姿高徹，如瑶林瓊樹，自然是風塵外物。』」

〔三〕葱蒨：青翠繁茂貌。顔延之雜體詩：「青林結冥濛，丹巘被葱蒨。」

〔四〕玉階：宫殿石階的美稱，代指朝廷。班固西都賦：「玄墀釦砌，玉階彤庭。」李白答王十二寒夜獨酌有懷：「嚴陵高揖漢天子，何必長劍拄頤事玉階。」

〔五〕郎署：指尚書省。韋應物爲比部員外郎時，劉太真官司勛、吏部員外郎，參見卷三寄中書劉舍人注。

〔六〕清塵：對人的敬稱。文選卷二十五盧諶贈劉琨一首并書：「自奉清塵，于今五稔。」李善注：「楚辭曰：『聞赤松之清塵。』然行必塵起，不敢指斥尊者，故假塵以言之。言『清』，尊之也。」

〔七〕「孰云」二句：列郡，指爲刺史。論語里仁：「德不孤，必有鄰。」二句謂雖同爲刺史，但己之才德不及劉太真遠甚。

〔八〕郡齋什：指劉太真繼韋應物郡齋雨中與諸文士宴集所作詩，見本詩附録。

〔九〕荆山珍：寶玉，此喻劉太真原詩。荆山在今湖北南漳縣西，相傳春秋時楚人卞和得玉璞于此，見卷一雜體五首其五注〔二〕。

〔一〇〕高閑：清高閑適。庶務：衆務，各種政務。陸機辨亡論：「故百官苟合，庶務未遑。」

〔一一〕始唱：謂己之原唱，即卷一郡齋雨中與諸文士宴集詩。

〔一二〕濡毫：濡筆，寫作。僶俛：同「黽勉」，努力，奮勉。詩邶風谷風：「何有何亡，黽勉求之。」阮籍詠懷：「咄嗟行至老，僶俛常苦憂。」

〔一三〕悁勤：憂愁。

〔附録〕

劉太真　顧十二左遷過韋蘇州房杭州韋睦州三使君皆有郡中宴集詩辭章高麗鄙夫之所仰慕顧生既至留連笑語因亦成篇以繼三君子之風焉

寵至乃不驚，罪及非無由。奔迸歷畏途，緬邈赴偏原校「一作荒」陬。牧此凋弊甿，屬當賦斂秋。夙興諒無補，旬暇焉敢休。前日懷友生，獨登城上樓。迢迢西北望，遠思不可收。今日車騎來，曠然銷人憂。晨迎東齋飯，晚渡南溪游。以我碧流水，泊君青翰舟。莫將遷客程，不爲勝境留。飛札謝三守，斯篇希見酬。

按：原署「信州刺史劉太真上」。

答令狐侍郎〔一〕

一凶乃一吉，一是復一非〔二〕。孰能逃斯理〔三〕，亮在識其微〔四〕。三黜故無慍〔五〕，高賢當庶幾。但以親交戀，音容邈難希〔六〕。況惜別離久，俱欣藩守歸〔七〕。朝宴方陪厠，山川又乖違。吴門冒海霧〔八〕，峽路凌連磯〔九〕。同會在京國，相望涕沾衣。明時重英才，當復列彤闈〔一〇〕。白玉雖塵垢，拂拭還光輝。

【校】

〔當〕文苑英華卷二百四十四作「尚」，校云「集作當」。〔惜〕文苑英華作「昔」，校云「集作惜」。〔會〕文苑英華作「念」，校云「集作會」。

【注】

〔一〕詩約貞元五或六年秋在蘇州作。令狐侍郎：令狐峘，已見卷三寄令狐侍郎注〔一〕。舊唐書令狐峘傳：「貶衡州別駕，遷衡州刺史。貞元中，李泌輔政，召拜右庶子、史館修撰。性既僻異，動失人和。在史館，與同職孔述睿等争忿細故，數侵述睿。述睿長者，讓而不争。無何，泌卒，竇參秉政，惡其爲人，貶吉州別駕。久之，遷吉州刺史。」新唐書本傳略同。按，李泌之卒在貞元五年，令狐峘之貶當即與之同時。韋詩云「峽路凌連磯」，令狐詩題云「硤州旅舍」，疑令狐峘初貶峽州（今湖北宜昌），後方移吉州。

〔二〕「一凶」二句：老子下篇：「禍兮福所倚，福兮禍所伏。」莊子齊物論：「彼亦一是非，此亦一是非。」

〔三〕斯理：謂吉凶禍福互爲因果、是非對立而又同時并存的道理。

〔四〕亮：通「諒」，誠，確實。微：細微，指事物的萌芽狀態。易繫辭下：「君子知微知彰。」疏：「初見是機，是知其微；既見其機，逆知事之禍福，是知其彰著也。」

〔五〕三黜：多次貶官。論語微子：「柳下惠爲士師，三黜。人曰：『子未可以去乎？』曰：『直道而事人，焉往而不三黜？枉道而事人，何必去父母之邦？』」同書公冶長：「令尹子文三仕爲令尹，無喜色；三已之，無愠色。」

〔六〕希：用同「睎」，望。管子君臣上：「上下相希，若望參表。」俞樾諸子平議管子三：「希，讀爲睎。説文目部：『睎，望也。』」

〔七〕藩守歸：建中中，韋應物出爲滁、江二州刺史，時令狐峘亦被貶，後爲衡州刺史；貞元初，令狐峘歸朝，韋應物亦入爲左司郎中。參見注〔一〕及卷三寄令狐侍郎注〔一〕。

〔八〕吴門：古吴縣城的别稱，即指蘇州。貞元五年，韋應物在蘇州刺史任，屢見前注。

〔九〕峽路：出入三峽之路。連磯：相連的石灘。磯，水邊石灘。宜昌附近有流頭灘、狼尾灘、人灘、黄牛灘等，「人灘水至峻峭」，見水經注江水。

〔一〇〕彤闈：宫中漆朱紅色的旁門，代指宫殿。謝朓酬王晉安：「拂霧朝青閣，日旰坐彤闈。」

〔附録〕

令狐峘　硤州旅舍奉懷蘇州韋郎中公頻有尺書，頗積離鄉之思。

儒服學從政，遂爲塵事嬰。銜命東復西，孰堪異鄉情。懷禄且懷恩，策名敢逃名。羡彼農畝人，白首親友并。江山入秋氣，草木凋晚榮。方塘寒露凝，旅館涼飇生。懿交守東吴，夢想聞頌聲。雲水方浩浩，離憂何時平。

酬張協律〔一〕

昔人鬻春地〔二〕，今人復一賢。屬余藩守日，方君卧病年。麗思阻文宴，芳蹤闕賓筵。經時豈不懷，欲往事屢牽。公府適煩倦，開緘瑩新篇。非將握中寶〔三〕，何以比其妍。感兹棲寓詞，想復痾瘵纏。空宇風霜交，幽居情思綿。當以貧非病〔四〕，孰云白未玄〔五〕。邑中有其人〔六〕，憔悴即我愆〔七〕。由來牧守重，英俊得薦延〔八〕。匪人等鴻毛〔九〕，斯道何由宣〔一〇〕。遭時無早晚，藴器俟良緣〔一一〕。觀文心未衰，勿藥疾當痊。晨期簡牘罷〔一二〕，馳慰子忡然〔一三〕。

〔校〕

〔題〕文苑英華卷二百四十四題下有「赴」字。　〔昔人〕人，文苑英華作「日」，校云「集作人」。　〔文〕原校「一作交」。　〔復〕文苑英華作「彼」。　〔匪〕文苑英華作「菲」，校云「集作匪」。　〔俟〕文苑英華作「候」，校云「集作俟」。　〔勿藥句〕原校「一云勿藥當自痊」。　〔忡〕叢刊本作「沖」。

〔注〕

〔一〕詩約貞元五年在蘇州作。

協律：協律郎，見卷三寄楊協律注〔一〕。張協律：名未詳，時卧病蘇州，以詩投獻，韋應物以此詩酬之。文苑英華題下有「赴」字，或是張協律之名。

〔二〕昔人：指梁鴻。鬻舂：爲人傭工舂米。後漢書梁鴻傳：鴻「家貧而尚節介，博覽無不通」，初與妻同隱霸陵山中，後居齊、魯之間，後又適吳，「依大家皋伯通，居廡下，爲人賃舂」。

〔三〕握中寶：謂寶珠。文選卷四十二曹植與楊德祖書：「昔仲宣獨步于漢南，孔璋鷹揚于河朔，偉長擅名于青土，公幹振藻于海隅，德璉發迹于此魏，足下高視于上京，當此之時，人人自謂握靈蛇之珠，家家自謂抱荆山之玉。」李善注引淮南子高誘注：「隋侯見大蛇傷斷，以藥傅而塗之。後蛇于大江中銜珠以報之，因曰隋侯之珠。」

〔四〕貧非病：史記仲尼弟子列傳：「孔子卒，原憲遂亡在草澤中。子貢相衛，而結駟連騎，排藜藿入窮閻，過謝原憲。憲攝敝衣冠見子貢。子貢耻之，曰：『夫子豈病夫？』原憲曰：『吾聞之，無財謂之貧，學道而不能行謂之病。若憲，貧也，非病也。』」

〔五〕玄：黑色。揚雄默默草太玄，人嘲其玄尚白，參見卷二閑居贈友注〔七〕。

〔六〕其人：謂原憲、揚雄一類的人。

〔七〕憔悴：困頓。杜甫夢李白：「冠蓋滿京華，斯人獨憔悴。」愆：過錯。

〔八〕英俊：才俊之士，指張協律。薦延：舉薦延請。

〔九〕匪人：非其人，謂自己是不稱職的刺史。鴻毛：極言其輕，相對于前「牧守重」而言。司馬遷報任安書：「死或重于泰山，或輕于鴻毛。」此言己失職，使郡中有張協律這樣困窘的賢者。

〔一〇〕斯道：指薦延賢士之道。宣：宣揚，此指施行。

〔一一〕蘊器：懷抱才能。蘇頲授陳正觀將作少監制：「蘊器沈敏，懷才雅實。」良緣：好機遇。

〔一二〕簡牘：竹簡木牘，書寫工具，此謂官府文書。簡牘罷，處理完公務。

〔一三〕忡然：憂傷貌。

答秦十四校書〔一〕

知掩山扉三十秋〔二〕，魚鬚翠碧棄床頭〔三〕。莫道謝公方在郡〔四〕，五言今日爲君休〔五〕。

〔注〕

〔一〕詩貞元五年在蘇州作。秦十四校書：秦系，貞元五年爲張建封奏授校書郎，參見附録秦系原詩及卷四送秦系赴潤州注〔一〕。

〔二〕「知掩」句：新唐書秦系傳：「天寶末，避亂剡溪。」按秦系大曆五年作獻薛僕射詩序云：「系家于剡山，向盈一紀。」自大曆五年上推十一年爲上元元年（七六〇），至本年首尾正三十年。

〔三〕魚鬚：即魚須，古代大夫所執朝笏。禮記玉藻：「笏，天子以球玉，諸侯以象，大夫以魚須文竹，士竹木，象可也。」正義引庾氏云：「以鮫魚須飾竹以成文。」唐代文武之官皆執笏，五品以上以象牙爲之，六品以下用竹木，見舊唐書輿服志。翠碧：指玉珮。唐代官員服飾有玉珮，爲五品以上官員所服，亦見舊唐書輿服志。

〔四〕謝公：指南齊詩人謝朓，字玄暉，曾爲宣城郡守，有在郡卧病呈沈尚書等詩。秦系原詩有「郡中今有謝玄暉」之句，故以自比。

〔五〕五言：五言詩。秦系長于五言詩。全唐文卷四百九十權德輿秦徵君校書與劉隨州唱和詩序：「故隨州劉君長卿……嘗自以爲五言長城，而公緒用偏伍奇師，攻堅擊衆，雖老益壯，未嘗頓鋒。」公緒，秦系字。

〔附録〕

秦系　即事奉呈郎中使君

久卧雲間已息機，青袍忽着狎鷗飛。詩興到來無一事，郡中今有謝玄暉。

按：原署「東海釣客試秘書省校書郎秦系」。

答　賓〔一〕

斜月纔鑒帷〔二〕，凝霜偏冷枕。持情須耿耿，故作單牀寢。

〔注〕

〔一〕依編次，詩貞元五或六年在蘇州作。

〔二〕鑒帷：映照帷幔。阮籍詠懷：「薄帷鑒明月，清風吹我襟。」

答鄭騎曹青橘絶句〔一〕

憐君卧病思新橘，試摘猶酸亦未黄。書後欲題三百顆，洞庭須待滿林霜〔二〕。

〔校〕

〔題〕原校「一作故人重九日求橘書中戲贈」，叢刊本作「答鄭騎曹重九日求橘」，萬首唐人絶句卷四作「故人重九日求橘」。

〔注〕

〔一〕詩貞元五或六年九月在蘇州作。

騎曹：騎曹參軍事，十六衛屬官。新唐書百官志四上左右衛：「騎曹參軍事各一人，掌外府雜畜簿帳、牧養。」鄭騎曹，名未詳。時鄭卧病，致絶句於韋應物以求橘。然橘猶未熟，韋遂以詩答之。題中「青橘」疑爲「請橘」之殘訛。

〔二〕洞庭：山名，在太湖中，産橘。參見卷四送劉評事注〔六〕。句謂須待霜降後橘始黄熟。

〔評〕

陳師道：韋蘇州詩云：「……書後欲題三百顆，洞庭須待滿林霜。」余往以爲蓋用右軍帖中「贈子黄甘三百」者。比見右軍一帖云：「奉橘三百枚，霜未降，不可多得。」蘇州蓋取諸此。（後山詩話）

管世銘：韋蘇州和人求橘一章，瀟灑獨絶，匪特世所稱「門對寒流」、「春潮帶雨」而已。（讀雪山房唐詩序例）

奉和聖製重陽日賜宴〔一〕

聖心憂萬國，端居在穆清〔二〕。玄功致海晏〔三〕，錫宴表文明〔四〕。恩屬重陽節，雨應此時晴。寒菊生池苑，高樹出宫城。捧藻千官處〔五〕，垂戒百王程〔六〕。復睹開元日〔七〕，臣愚獻頌聲。

〔校〕

〔和〕叢刊本作「賀」。

〔注〕

〔一〕詩貞元四年九月在長安作。唐詩紀事卷二：「貞元四年九月，賜宴曲江亭，帝爲詩……因詔曰：『卿等重陽會宴，朕想歡洽，欣慰良多。情發于中，因製詩序，今賜卿等一本，可中書門下簡定文詞士三五十人應制，同用清字，明日内于延英門進來。』宰臣李泌等雖奉詔簡擇，難于取捨，由是百僚皆和。上自考其詩，以劉太真及李紓等四人爲上等，鮑防、于邵等四人爲次等，張蒙、殷亮等二十三人爲下等，而李晟、馬燧、李泌三宰相之詩，不加考第。」時韋應物在朝爲左司郎中，故有和作。

〔二〕穆清：指天。史記太史公自序：「漢興以來，至明天子……受命于穆清。」集解引如淳曰：「受天命清和之氣。」

〔三〕玄功：影響深遠的功業。南齊書明帝紀永泰元年詔：「仲尼……玄功潛被，至德彌闡。」海晏：河清海晏，天下太平。

〔四〕錫：賞賜。文明：文采光輝。

〔五〕藻：文藻，此謂德宗御製詩，見附録原詩。

〔六〕垂戒：垂示訓戒。百王：歷代帝王。程：法式。

〔七〕開元：唐玄宗第二個年號，共二十九年（七一三—七四一），爲唐王朝國力最强盛時期，號稱開元盛世。舊唐書玄宗紀下，史臣稱開元、天寶時，「貞觀之風，一朝復振」，「年逾三紀，可謂太平」。

〔附録〕

唐德宗　重陽日賜宴曲江亭賦六韻詩用清字并序

朕在位僅將十載，實賴忠賢左右，克致小康，是以擇三令節，錫茲宴賞，俾大夫卿士得同歡洽也。夫共其戚者同其休，有其初者貴其終。咨爾群僚，順朕不暇，樂而能節，職思其憂，咸若時則，庶乎理矣。因重陽之會，聊示所懷。

早衣對庭燎，躬化勤意誠。時此萬機暇，適與佳節并。曲池潔寒流，芳菊舒金英。乾坤爽氣滿，臺殿秋光清。朝野慶年豐，高會多歡聲。永懷無荒戒，良士同斯情。（唐詩紀事卷二）

和吴舍人早春歸沐西亭言志〔一〕

曉漏戒中禁〔二〕，清香肅朝衣。一門雙掌誥〔三〕，伯侍仲言歸。亭高性情曠，職密交游稀〔四〕。賦詩樂無事，解帶偃南扉。陽春美時澤，旭霽望山暉。幽禽響未轉，東原緑猶微。名雖列仙爵〔五〕，心已遣塵機。即事同巖隱〔六〕，聖渥良難違〔七〕。

〔校〕

〔伯侍句〕原校「一作伯仲待言歸」，文苑英華卷三百一十五作「伯仲待言歸」。〔幽禽句〕原校「一作好鳥幽未轉」。

〔仙〕文苑英華作「朝」，校云「集作山」。〔遺〕原校「一作遺」，叢刊本、文苑英華作「遺」，英華校云「集作遺」。

【注】

〔一〕詩貞元四或五年正月在長安作。

舍人：中書舍人，參見卷二寓居灃上精舍寄于張二舍人注〔一〕。吴舍人：吴通微，海州（今江蘇連雲港市）人，與兄通玄俱博學善屬文，建中四年，自壽安縣令入爲金部員外，召充翰林學士，尋改職方郎中、知制誥，歷禮部郎中、中書舍人，貞元十四年後卒官。事迹附見舊唐書卷一百九十下、新唐書卷一百四十五吴通玄傳，參見岑仲勉翰林學士壁記注補。歸沐：歸家休假。唐制，官員十日一休沐。參見後休假日訪王侍御不遇詩注。時通微與兄通玄并爲翰林學士，詩云「伯侍仲言歸」，知歸休者爲弟通微，時爲職方郎中、知制誥，故亦可稱舍人。

〔二〕漏：古代計時用的漏壺。中禁：宫中。三輔黄圖卷六：「漢宫中謂之禁中，謂宫中門閣有禁，非侍衛通籍之臣不得妄入。」唐翰林學士院在大明宫中右銀臺門北，見李肇翰林志序，故云。

〔三〕掌誥：掌起草制誥。新唐書吴通玄傳：「德宗立，兄弟踵召爲翰林學士。頃之，通微遷職方郎中，通玄起居舍人，并知制誥。」貞元四年，吴通微已加知制誥，見宋高僧傳卷十五藏用傳。

〔四〕職密：官居近密之地。翰林學士負責重要政令的起草，故慎交遊，以免泄漏機密。

〔五〕仙爵：猶仙官，對官職的美稱。李肇翰林志序：「唐興，太宗始于秦王府開文學館，擢房玄齡、杜如晦一十八人，皆以本官兼學士……時人謂之登瀛洲。」後遂稱入翰林院爲登瀛。

〔六〕巖隱：隱于山野巖穴。左思招隱詩：「杖策招隱士，荒塗横古今。巖穴無結構，丘中有鳴琴。」

〔七〕聖渥：皇帝恩澤。渥，沾潤。王褒洞簫賦：「幸得謚爲洞簫兮，蒙聖主之渥恩。」王勃七夕賦：「皇慈霧洽，聖渥天浮。」

〔評〕

袁宏道：寫早春景色，清妍閑婉。（參評本）

奉和張大夫戲示青山郎〔一〕

天生逸世姿，竹馬不曾騎〔二〕。覽卷冰將釋〔三〕，援毫露欲垂〔四〕。金貂傳幾葉〔五〕，玉樹長新枝〔六〕。榮禄何妨早，甘羅亦小兒〔七〕。

〔注〕

〔一〕依編次，詩當貞元中作。

大夫：御史大夫，御史臺首長。新唐書百官志三御史臺：「大夫一人，正三品……掌以刑法典章糾正百官之罪惡。」張大夫：未詳。青山郎：當是張大夫之子。

〔二〕竹馬：兒童游戲時所騎竹竿。後漢書郭汲傳：「始至行郡……有兒童數百，各騎竹馬，道次迎拜。」李白長干行：「妾髮初覆額，折花門前劇，郎騎竹馬來，繞床弄青梅。」

〔三〕「覽卷」句：謂讀書將没有疑難之處。老子上篇：「涣兮若冰之將釋。」

〔四〕「援毫」句：謂書法將亦可觀。字體有垂露書。初學記卷二十一王愔文字志：「垂露書，如懸針而勢不遒勁，阿那若濃露之垂，故謂之垂露。」

〔五〕金貂：金蟬貂尾，漢代侍中、中常侍的冠飾。參見卷一擬古詩十二首其三注〔八〕。
〔六〕玉樹：傳説中的仙樹，比喻姿質美好才能優異的人。世説新語言語：「謝太傅（安）問諸子侄：『子弟亦何預人事，而正欲使其佳？』車騎（謝玄）答曰：『譬如芝蘭玉樹，欲使其生于階庭耳。』」
〔七〕甘羅：史記甘茂列傳：「甘羅者，甘茂孫也。茂既死後，甘羅年十二，事秦相文信侯呂不韋。」後世傳甘羅年十二爲丞相。

答河南李士巽題香山寺〔一〕

洛都游宦日〔二〕，少年携手行。投杯起芳席，總轡振華纓。闕塞有佳氣〔三〕，巖開伊水清〔四〕。攀林憩佛寺，登高望都城。蹉跎二十載〔五〕，世務各所營。兹賞長在夢，故人安得并。前歲守九江〔六〕，恩召赴咸京〔七〕。因塗再登歷，山河屬晴明。寂寞僧侣少，蒼茫林木成。牆宇或崩剥，不見舊題名。舊游況存殁，獨此淚交横。交横誰與同，書壁貽友生。今兹守吴郡〔八〕，綿思方未平。子復經陳迹，一感我深情。遠蒙惻愴篇，中有金玉聲〔九〕。反覆終難答，金玉尚爲輕。

〔校〕

〔長〕文苑英華卷二百三十六校云「一作常」。

〔注〕

〔一〕詩貞元五、六年間在蘇州作。

河南：府名，府治在今河南洛陽。李士巽：未詳。香山寺：在洛陽南龍門香山上。白居易修香山寺記：「洛都四郊，山水之勝，龍門首焉。龍門十寺，觀游之勝，香山首焉。」

〔二〕洛都：即洛陽，唐時爲東都。韋應物廣德、永泰中爲洛陽丞，見卷二示從子河南尉班詩；大曆中復爲河南府兵曹參軍，見卷二同德精舍養疾寄河南兵曹東廳掾詩注。

〔三〕闕塞：指闕塞山，即龍門。太平寰宇記卷三河南府河南縣：「闕塞門，左氏傳，晉趙鞅納王，使女寬守闕塞。伏虔謂南山伊闕是也。杜預云，洛陽西南伊闕口也。俗名龍門。」白居易修香山寺記：「闕塞之氣色，龍潭之景象，香山之泉石，石樓之風月，與往來者耳目一時而新。」

〔四〕伊水：流經龍門。水經注伊水：「伊水又北入伊闕，昔大禹疏以通水，兩山相對，望之若闕，伊水歷其間北流，故謂之伊闕矣，春秋之闕塞也。」

〔五〕二十載：自永泰元年韋應物爲洛陽丞至貞元六年已二十六年，自大曆八年爲河南兵曹參軍至此則僅十八年，此約舉成數言之。

〔六〕九江：郡名，即江州，州治在今江西九江。韋應物貞元元年爲江州刺史。

〔七〕咸京：秦都咸陽，此代指長安。韋應物貞元三年自江州刺史召爲左司郎中。

〔八〕吴郡：即蘇州。舊唐書地理志三蘇州：「天寶元年，改爲吴郡。乾元元年，復爲蘇州。」

〔九〕金玉聲：指書信中相思之情。詩小雅白駒：「毋金玉爾音，而有遐心。」疏：「言我思汝甚矣，汝雖不來，當傳書信，毋得金玉汝之音聲于我。自愛音聲，貴如金玉。」

答故人見諭[一]

素寡名利心，自非周圓器[二]。徒以歲月資[三]，屢蒙藩條寄[四]。時風重書札，物情敦貨遺[五]。機杼十縑單[六]，慵疏百函愧[七]。常負交親責，且爲一官累。況本濩落人[八]，歸無置錐地[九]。省己已知非，枉書見深致[一〇]。雖欲效區區[一一]，何由枉其志。

〔注〕

〔一〕依編次，詩貞元六年左右在蘇州作。

〔二〕周圓器：謂有智慧才幹的人。淮南子主術：「智欲圓而行欲方。」

〔三〕歲月資：官吏的年資，謂己爲官年久資深。

〔四〕藩條寄：託付以刺史重任。藩條，指刺史。漢制，刺史頒行六條以考察官吏，見漢書百官公卿表上注引漢官典職儀。後因以藩條代稱刺史。隋書公孫景茂傳載授公孫景茂伊州刺史詔：「宜升戎秩，兼進藩條。」

〔五〕「時風」二句：謂時尚風氣看重書信請託和禮品饋贈。物情，物理人情，此指人情。敦，厚，重視。貨遺，饋贈的禮物。

〔六〕機杼：織布機與織布梭，代指布帛。縑：雙絲織成的微帶黃色的細絹，此用作量詞，猶匹。單：言禮薄。新唐書郝處俊傳：「處俊甫十歲而孤，故吏歸千縑賵之，已能讓而不受。」

〔七〕慵疏：慵惰懶散。百函愧：慚愧不能寫作大批書信。宋書劉穆之傳：「穆之與朱齡石并便尺牘，嘗于高祖坐與齡石答書，自旦至日中，穆之得百函，齡石得八十函，而穆之應對無廢也。」

〔八〕濩落：空廓無用。參見卷三郡齋贈王卿注〔四〕。

〔九〕置錐地：極言地方狹窄。莊子盜跖：「堯、舜有天下，子孫無置錐之地。」

〔一〇〕深致：深意。晉書謝道韞傳：「叔父安嘗問『毛詩何句最佳』，道韞稱『吉甫作頌，穆如清風。仲山甫永懷，以慰其心』，安謂有雅人深致。」

〔一一〕區區：自謙之詞。句爲「區區雖欲效」之倒置。

〔評〕

袁宏道：都是陶詩。（參評本）

酬閻員外陟〔一〕

寒夜阻良覿〔二〕，叢竹想幽居。虎符予已誤〔三〕，金丹子何如〔四〕。宴集觀農暇，笙歌聽訟餘。雖蒙一言教，自愧道情疏。

〔校〕

〔陟〕文苑英華卷二百四十四校云「一作涉」。　〔予〕原作「子」，據遞修本、活字本、叢刊本、文苑英華、全唐詩改。

〔注〕

〔一〕依編次，詩貞元六年左右在蘇州作。

閻陟：滎陽（今河南鄭州）人，閻欽愛子，官至鄧州刺史，見元和姓纂卷五，參見岑仲勉元和姓纂四校記。

〔二〕良覿（dí）：良會，雅集。謝靈運南樓中望所遲客：「搔首訪行人，引領冀良覿。」

〔三〕虎符：銅虎符，漢代授與州郡調兵遣將的信物。此指已爲刺史事。參見卷一軍中冬燕注〔六〕。誤：誤金丹之事。

〔四〕金丹：古代方士所煉丹藥，謂服之可以長生。抱朴子金丹：「夫金丹之爲物，燒之愈久，變化愈妙。黄金入火，百煉不消，埋之畢天不朽。服此二藥，煉人身體，能令人不老不死。」

逢　遇

長安遇馮著〔一〕

客從東方來，衣上灞陵雨〔二〕。問客何爲來，采山因買斧。冥冥花正開〔三〕，颺颺燕新乳〔四〕。昨別今已春，鬢絲生幾縷。

【校】

〔馮著〕文苑英華卷二百十八作「馮著作」。〔何爲來〕原校「一作來何爲」，叢刊本作「來何爲」，文苑英華作「何謂來」，校云「集作爲」。〔開〕原校「一作滿」。

【注】

〔一〕依編次，詩大曆初在長安作。

馮著：見卷二寄馮著注〔一〕。

〔二〕灞陵：漢文帝陵，在長安東，參見卷三送馮著受李廣州署爲録事注〔四〕。

〔三〕冥冥：昏暗貌，此狀花之濃密。杜甫醉歌行：「風吹客衣日杲杲，樹攪離思花冥冥。」

〔四〕颸颸：飛揚貌。元稹月臨花：「臨風颸颸花，透影朧朧月。」

〔評〕

劉辰翁：但不能詩者亦知是好。（張習本）

將發楚州經寶應縣訪李二忽於州館相遇月夜書事因簡李寶應〔一〕

孤舟欲夜發，只爲訪情人。此地忽相遇，留連意更新。停杯嗟別久，對月言家貧。一問臨邛令〔二〕，如何待上賓。

〔注〕

〔一〕詩大曆四年秋自京洛赴揚州途經楚州時作。楚州：州治在今江蘇淮安。寶應縣：楚州屬縣，今屬江蘇。舊唐書地理志三楚州寶應縣：「武德四年置倉州，領安宜一縣。七年，州廢，縣屬楚州。肅宗上元三年建巳月，于此縣得定國寶十三枚，因改元寶應，仍改安宜爲寶應。」李二：李瀞，罷洛陽主簿後歸楚州，參見卷三和李二主簿寄淮上綦毋三、卷四送李二歸楚州注。李寶應：李姓寶應縣令，疑是李瀞之兄弟行。

〔二〕臨邛：縣名，漢屬蜀郡，唐屬邛州，今四川邛崍縣。史記司馬相如列傳：「會梁孝王卒，相如歸，而家貧，無以自業。素與臨邛令王吉相善，吉曰：『長卿久游宦不遂，而來過我。』于是相如往，舍都亭。臨邛令繆爲恭敬，日往朝相如。相如初尚見之，後稱病，使使者謝吉，吉愈益謹肅。臨邛中多富人，而卓王孫家僮八百人，程鄭亦數百人，二人乃相謂曰：『令有貴客，爲具召之。』并召令。令既至，卓氏客以百數。至日中，謁司馬長卿，長卿謝病不能往，臨邛令不敢嘗食，自往迎相如。相如不得已，彊往，一坐盡傾。」此以臨邛令借指實應令李某。

廣陵遇孟九雲卿〔一〕

雄藩本帝都〔二〕，游士多俊賢。夾河樹鬱鬱〔三〕，華館千里連。新知雖滿堂，中意頗未宣。忽逢翰林友〔四〕，歡樂斗酒前。高文激頹波，四海靡不傳〔五〕。西施且一笑〔六〕，衆女安得妍。明月滿淮海〔七〕，哀鴻逝長天。所念京國遠，我來君欲還〔八〕。

〔校〕

〔新〕文苑英華卷二百十八作「親」，校云「集作新」。〔逝〕文苑英華作「游」，校云「集作逝」。〔欲還〕原校「一作獨還，一作又旋」，文苑英華作「又旋」。

〔注〕

〔一〕詩大曆四年秋在揚州作。

廣陵：郡名，即揚州，屢見前注。孟雲卿（約七二五—？）：平昌（今山東商河）人，曾居嵩陽，與元結、杜甫、薛據等爲友。永泰二年，自校書郎赴南海幕。大曆二年，在荆州。元結曾將其詩編入篋中集。事迹詳見孫望蝸叟雜稿篋中集作者事輯。

〔二〕雄藩：大郡，指揚州。帝都：漢初，高祖曾封兄子吴王劉濞于廣陵，景帝時改爲江都國，隋煬帝于揚州大治宮室，實以之爲陪都。

〔三〕河：指大運河，兩岸多種楊柳。續談助卷四引大業雜記：「開邗溝，自山陽淮至于揚子入江，三百餘里。……兩岸爲大道，種榆柳，自東都至江都二千餘里，樹蔭相交。」

〔四〕翰林：翰墨之林，猶文苑，文壇。晉書陸雲傳載薦張瞻書：「辭邁翰林，言敷其藻。」

〔五〕「高文」二句：李白古風五十九首其一：「正聲何微茫，哀怨起騷人。揚馬激頹波，開流蕩無垠。」孟雲卿以詩名，元結曾録其詩入篋中集，且于其送孟校書往南海序中稱己「詞賦不如雲卿」，「雲卿聲名滿天下」。杜甫別崔漢因寄薛據孟雲卿：「荆州過薛孟，爲報欲論詩。」高仲武中興間氣集評其詩云：「祖述沈千運，漁獵陳拾遺，詞意傷怨。……當今古調，無出其右，一時之英也。」

〔六〕西施：春秋時越國美女，此以比喻孟之文才出衆。後白居易長恨歌「回眸一笑百媚生，六宫粉黛無顔色」，命意與此相似。

〔七〕淮海：指揚州，見卷二將往江淮寄李十九儋注〔五〕。

〔八〕還（xuán）：回轉。

淮上遇洛陽李主簿〔一〕

結茅臨古渡，卧見長淮流。窗裏人將老，門前樹已秋。寒山獨過雁，暮雨遠來舟。日夕逢歸客，那能忘舊游。

〔注〕

〔一〕詩大曆五年秋自揚州北歸途經楚州作。李主簿：李澣，曾爲洛陽主簿，後歸楚州，參見卷三和李二主簿寄淮上綦毋三、卷四送李二歸楚州注。

〔評〕

劉辰翁：深情語，不堪再讀。（參評本）〔將老句〕此不嫌俚。（張習本）

謝榛：韋蘇州曰：「窗裏人將老，門前樹已秋。」白樂天曰：「樹初黄葉後，人欲白頭時。」司空曙曰：「雨中黄葉樹，燈下白頭人。」三詩同一機杼，而司空爲優，善狀目前之景，無限淒感，見乎言表。（四溟詩話卷一）

譚宗：第八句養氣，以出「遇李」題，作法老清，高貴矜重。（近體秋陽）

顧安：時遷運往，寓綢繆于十字者，杜少陵則云「衣裳判白露，門巷落丹楓」，韋蘇州則云「窗裏人將老，門前樹已秋」，香山則云「樹初黄葉後，人欲白頭時」。其觸物關心，初無小異，而吐辭成句，且各極其致。（唐律消夏録）

路逢崔元二侍御避馬見招以詩戲贈〔一〕

一臺稱二妙〔二〕，歸路望行塵。俱是攀龍客〔三〕，空爲避馬人〔四〕。見招翻跼蹐〔五〕，相問良殷勤。日日吟趨府〔六〕，彈冠豈有因〔七〕。

〔注〕

〔一〕詩大曆九至十二年中在長安京兆府功曹任時作。

崔、元二侍御：名未詳。

〔二〕二妙：見卷二寄洪州幕府盧二十一侍御注〔四〕。

〔三〕攀龍客：謂追隨帝王以期建立功業者。後漢書光武帝紀：「諸將固請劉秀即帝位，秀以天下未平不從，耿純曰：『天下士大夫捐親戚，棄土壤，從大王于矢石之間者，其計固望其攀龍鱗，附鳳翼，以成其所志耳。』」

〔四〕避馬人：韋應物自謂，用桓典事，參見卷二贈王侍御注〔七〕。

〔五〕跼蹐：局促不安貌。

〔六〕趨府：趨侍府衙，指己爲京兆府功曹參軍。

〔七〕彈冠：整潔其冠，此言無暇前往祝賀其升遷。漢書王吉傳：「吉與貢禹爲友，世稱『王陽在位，貢公彈冠』，言其取舍同也。」王吉，字子陽。

逢楊開府〔一〕

少事武皇帝〔二〕，無賴恃恩私〔三〕。身作里中橫，家藏亡命兒。朝持摴蒲局〔四〕，暮竊東鄰姬。司隸不敢捕〔五〕，立在白玉墀〔六〕。驪山風雪夜〔七〕，長楊羽獵時〔八〕。一字都不識，飲酒肆頑痴。武皇升仙去〔九〕，憔悴被人欺。讀書事已晚，把筆學題詩。兩府始收迹〔一〇〕，南宮謬見推〔一一〕。非才果不容，出守撫惸嫠〔一二〕。忽逢楊開府，論舊涕俱垂。坐客何由識，唯有故人知。

【校】

〔持〕原校「一作枘，一作拆」，叢刊本作「提」，文苑英華卷二百十八作「枘」，校云「集作持，又作折」。〔在〕原校「一作登」，文苑英華校云「集作登」。〔雪〕文苑英華作「雨」，校云「集作雪」。〔不〕文苑英華作「未」，校云「集作不」。

【注】

〔一〕依編次及詩中自南宫「出守」語，詩建中三年出守滁州時作。

開府：原爲開建府署，辟置官屬之意。漢制，惟三公可開府，漢末，董承等以將軍開府，魏、晉以後，開府者益多。隋書百官志下：「左右衛又各統親衛，置開府。」注：「左勛衛開府，左翊一開府、二開府、三開府、四開府，及武衛、武候、領軍、東宫領兵開府準此。」楊開府，當曾爲十六衛中軍將，餘未詳。

〔二〕武皇帝：本指漢武帝，唐人多借指唐玄宗。杜甫兵車行：「邊庭流血成海水，武皇開邊意未已。」韋應物少事玄宗事見卷一燕李録事、卷九温泉行等詩。

〔三〕無賴：謂行事强横奸狡。恩私：恩寵。私，恩。杜甫北征：「顧慚恩私被，詔許歸蓬蓽。」

〔四〕摴（chū）蒲：古代的一種博戲，以擲骰所得骰色決勝負，其采有盧、雉、犢、白等，詳見李肇國史補卷下。

〔五〕司隸：司隸校尉，漢官名，此借指負責京師治安的官員。漢書百官公卿表上：「司隸校尉，周官，武帝征和四年初置。持節，從中都官徒千二百人，捕巫蠱，督大奸猾。後罷其兵。察三輔、三河、弘農。」

〔六〕白玉墀：指宮殿的臺階。天寶時，韋應物爲右千牛，備侍從宿衛，故云。

〔七〕「驪山」句：言己扈從玄宗冬幸華清宫事，參見卷一燕李録事注〔三〕。

〔八〕「長楊」句：言己扈從玄宗狩獵事。長楊，漢宫名。三輔黄圖卷一：「長楊宫，在今盩厔縣東南三十里，本秦舊宫，至漢修飾之，以備行幸。宫中有垂楊數畝，因爲宫名。門曰射熊觀，秦、漢游獵之所。」揚雄有長楊賦、羽獵賦，均鋪陳漢成帝游獵之盛況。

〔九〕升仙：婉言玄宗之死。

〔一〇〕兩府：指河南、京兆二府，代宗朝，韋應物曾爲河南兵曹參軍、京兆功曹參軍，參見附録簡譜。收迹：收斂行爲。

〔一一〕南宫：尚書省。此指己建中二年爲尚書比部員外郎事，參見卷二秋夜南宫寄澧上弟及諸生注〔一〕。

〔一二〕出守：指己建中三年自尚書郎出守滁州事。惸（qióng）嫠：孤苦無告的百姓。惸，無兄弟者。嫠，無夫者。岑參過梁州奉贈張尚書大夫公：「百堵創里閭，千家恤惸嫠。」

〔評〕

葛立方：或云韋應物乃韋后之族，憑恃恩私，作里中横，故韋集載逢楊開府詩云：「少事武皇帝，無賴恃恩私。身作里中横，家藏亡命兒。……武皇升仙去……把筆學題詩。兩府始收迹，南宫謬見推。」夫武皇平内亂，殺韋后，不應后之族於武皇之時豪横若此，正恐非后族耳。李肇國史補言應物性高潔，鮮食寡欲，所居焚香掃地而坐，與楊開府詩所述不同，豈非武皇仙去之後，折節悔過之時耶？（韵語陽秋卷四）

劉辰翁：〔首四句〕縷縷如不自惜，寫得使（唐詩品彙作俠）氣動盪，見者偏憐。太白亦云：

「托身白刃裏，殺人紅塵中。」（南宫句）雜出于果（一作未）然，正是狡獪。收拾慘愴，自不在多。古今如此創意傳奇極是有數，妙在語實，使人自喻。寫得奇怪，隊仗逼真。舊見詩話，至以爲不類蘇州平生，不知其沈着轉换正在「武皇升仙」起興，能令讀者墮淚。（朱墨本）

吴師道：此蓋韋公見當時三衛恣横，身在其列，故托以自言，亦古人之意。論者遂謂韋少豪縱不羈，晚始折節，所謂對痴人談夢也。使真爲自言，則竊姬之醜，不識字之愚，何至如此歷舉乎。（吴禮部詩話）

王世貞：陶、韋之言，瀟灑物外，若與世事夐相左者。然陶之壯志不能酬，發之于咏荆軻；韋之壯迹不能掩，紀之于逢楊開府。（章給事詩集序）

喬億：韋詩五百七十餘篇，多安分語，無一詩干進。且志切憂勤，往往自溢于宴游贈答間，而淫蕩之思，麗情之句，亦無有焉。至若「身作里中横，家藏亡命兒。朝持摴蒲局，暮竊東鄰姬」等句，乃建中初遇故人，凄然而論舊，自道其盛時氣慨，於今爲可悲耳。獨是折節問學以來，更仕途起伏數十年，所居未嘗不焚香掃地，又多與文學高士釋子相往還。以恒情論之，少年無賴作横之事，有忸怩不欲爲他人道者，而韋不諱言之，且歷歷爲著於篇，可謂不自文其過之君子矣。（劍溪説詩又編）

休假日訪王侍御不遇〔一〕

九日驅馳一日閑〔二〕，尋君不遇又空還。怪來詩思清人骨，門對寒流雪滿山。

〔校〕

〔假〕遞修本、活字本、叢刊本、全唐詩作「暇」。〔王侍御〕遞修本校「一本訪李廓」，又玄集卷中作「訪李廓不遇」。〔人〕又玄集作「入」。

〔注〕

〔一〕依編次，詩建中中、貞元初作。

王侍御：名未詳。又玄集作李廓。按廓大和初方仕爲鄠縣尉，大中中鎮徐州，爲亂兵所逐，見新唐書本傳，與韋應物不相及。

〔二〕「九日」句：唐制十日一休沐。唐會要卷八十二：「開元……二十五年正月七日敕：自今已後，百官每旬節休假，不入曹司。」

〔評〕

范晞文：唐人絶句，有意相襲者，有句相襲者。……韋應物訪人云：「怪來詩思清人骨，門對寒流雪滿山。」王涯宫詞云：「共怪滿衣珠翠冷，黄花瓦上有新霜。」……此皆襲其句而意別者。若定優劣，品高下，則亦昭然矣。（對床夜語卷四）

顧璘：便不是盛唐。（朱墨本）

周敬：擬想妙，真形容。（唐詩選脈會通評林）

王士禛：或問余古人雪詩何句最佳，余曰：莫逾羊孚贊云「資清以化，乘氣以霏，值象能鮮，即潔成輝」；陶淵明詩云「傾耳無希聲，在目皓已潔」；王摩詰云「隔牖風驚竹，開門雪滿山」；

祖咏云「林表明霽色，城中增暮寒」；韋蘇州云「怪來詩思清入骨，門對寒流雪滿山」，此爲上乘。（帶經堂詩話卷十二）

張文蓀：其清入骨，而謂蘇州自品其詩可也。（唐賢清雅集）

因省風俗訪道士侄不見題壁〔一〕

去年澗水今亦流，去年杏花今又拆。山人歸來問是誰〔二〕，還是去年行春客〔三〕。

〔校〕

〔道士〕文苑英華卷二百三十作「處士」。　〔拆〕叢刊本作「折」。　〔歸來問是〕文苑英華作「却歸來問」。

〔注〕

〔一〕詩貞元三年春在江州作。

道士侄：當即韋成緒，貞元二年與韋應物同游山水，已見卷三因省風俗與從侄成緒游山水中道先歸寄示詩。道士，觀詩中「山人」語，疑作「處士」是。

〔二〕山人：山居之人，隱士。庾信幽居值春：「山人久陸沈，幽徑忽春臨。」

〔三〕行春：太守春日巡行屬縣，督促農事，省察風俗。見卷三因省風俗與從侄成緒游山水中道先歸寄示詩。

卷六

懷思

有所思〔一〕

借問堤上柳，青青爲誰春。空游昨日地，不見昨日人。繚繞萬家井〔二〕，往來車馬塵。莫道無相識，要非心所親。

〔校〕

〔堤〕文苑英華卷二百二、樂府詩集卷十七作「江」，英華校云「一作堤」。

〔注〕

〔一〕詩作年未詳。

有所思：樂府舊題，漢鐃歌十八曲之一。樂府詩集卷十六引古今樂録：「漢鼓吹鐃歌十八曲，……十二曰有所思。」又引樂府解題曰：「古詞言『有所思，乃在大海南。何用問遺君？雙珠玳瑁簪。聞君有他心，燒之當風揚其灰。從今已往，勿復相思而與君絶』也。按古今樂録漢太樂食舉第七曲亦用之，不知與此同否。若齊王融『如何有所思』、梁劉繪『别離安可再』，但言離思而已。」

〔二〕萬家井：猶千村萬落。相傳古制以八家爲一井，引申指鄉里、人口聚居地。李白君子有所思行：「萬井驚畫出，九衢如弦直。」岑參登總持閣：「晴開萬井樹，愁看五陵烟。」

〔評〕

劉辰翁：逢春感興，此等語不會絶，但澹，味又别也。（張習本）

邢昉：孟東野亦得此意，而無此夷猶自在，有攢眉之苦。（唐風定）

陸次雲：此章閑静中另有輕倩之氣，風姿濯濯，一似張緒當年。（唐詩善鳴集）

沈德潛：〔空游二句〕黯然消魂。（唐詩别裁卷三）

暮相思〔一〕

朝出自不還，暮歸花盡發。豈無終日會，惜此花間月。空館忽相思，微鍾坐來歇。

〔校〕

〔來〕原校「或作未」。

〔注〕

〔一〕詩作年未詳。

〔評〕

劉辰翁：〔暮歸句〕此五字亦未易喻。〔末二句〕有情之語，有無情之色。只結句十字，神意悄（一本作峭）然，得于實境，故題曰暮相思，彼安（一本作何）知非作者用心苦耶？尋其上四句，則淒然不能爲懷（一本作則頃刻不能待）。（張習本）

鍾惺：覺多一字不得。（朱墨本）

譚元春：俱在言外。（同前）

劉邦彦：唐云：語出天成，非有養者不能作此。敬夫云：讀此乃知盧仝「當時醉我美人家」，真下里之音也。（唐詩歸折衷稿本）

陸次雲：耐人百思。（唐詩善鳴集）

夏夜憶盧嵩〔一〕

靄靄高館暮〔二〕，開軒滌煩襟〔三〕。不知湘雨來，蕭灑在幽林。炎月得涼夜，芳樽誰與斟。故人南北居，累月間徽音〔四〕。人生無閑日，歡會當在今。反側候天旦〔五〕，層城苦沉沉〔六〕。

〔校〕

〔不知二句〕原校「一云不知微蕭灑，山鳥鳴幽林」。

〔注〕

〔一〕詩疑爲永泰中或大曆初在洛陽作，參見卷二贈盧嵩詩。

〔二〕靄靄：雲盛貌。陶潛停雲：「靄靄停雲，濛濛時雨。」

〔三〕煩襟：胸中煩悶。杜甫雲：「高齋非一處，秀氣豁煩襟。」

〔四〕間：阻隔。徽音：美音，此指音訊。詩大雅思齊：「大姒嗣徽音，則百斯男。」傳：「徽，美也。」謝靈運登臨海嶠初發彊中作與從弟惠連見羊何共和之：「儻遇浮丘公，長絶子徽音。」

〔五〕反側：翻來覆去，難以入睡。詩周南關雎：「悠哉悠哉，輾轉反側。」

〔六〕層城：即增城、曾城，神話中城，此指京師多重之城闕。淮南子地形：「中有增城九重，其高萬一千里百一十四步二尺六寸。」高誘注：「中，昆侖墟中也。增，重也。有五城十二樓，見括地象。」陸機贈尚書顧彦先：「朝游游層城，夕息旋直廬。」沉沉：深邃貌。史記陳涉世家：陳涉已爲王，其故人嘗與傭耕者往見之，入宫，見宫室帷帳，曰：「夥頤，涉之爲王沈沈者！」集解引應劭曰：「沈沈，宫室深邃之貌也。」

〔評〕

劉辰翁：苦語不自覺。（朱墨本）

春思〔一〕

野花如雪繞江城，坐見年芳憶帝京。閶闔曉開凝碧樹〔二〕，曾陪鴛鷺聽流鶯〔三〕。

〔注〕

〔一〕詩云「曾陪鴛鷺」，又云已在「江城」，當貞元二年或三年春在江州作。

〔二〕閶闔：宫門，見卷二寓居灃上精舍寄于張二舍人注〔二〕。

〔三〕鴛鷺：喻指朝官，見卷二雪夜下朝呈省中一絶注〔三〕。流鶯：黄鶯。流，謂其鳴聲流利婉轉。張説奉和聖製春日幸望春宫應制：「繞殿流鶯凡幾樹，當蹊亂蝶許多叢。」

〔評〕

劉辰翁：鴛鷺，似「方伯」屢見。（張習本）

春中憶元二〔一〕

雨歇萬井春〔二〕，柔條已含緑。徘徊洛陽陌，惆悵杜陵曲。游絲正高下〔三〕，啼鳥還斷續。
有酒今不同，思君瑩如玉。

〔注〕

〔一〕此詩作年未詳。元二，亦未詳。

〔二〕萬井：千家萬户，參見前有所思注〔二〕。

〔三〕游絲：蜘蛛等昆蟲所吐之絲，飛揚于空中者。盧照鄰長安古意：「百丈游絲争繞樹，一群嬌鳥共啼花。」

〔評〕

劉辰翁：讀蘇州詩如讀道書。（張習本）

懷素友子西〔一〕

廣陌并游騎，公堂接華襟。方歡遽見別，永日獨沉吟〔二〕。階暝流暗駛，氣疏露已侵。層城湛深夜〔三〕，片月生幽林。往款良未遂〔四〕，來覿曠無音。煩當清觴宴，思子玉山岑〔五〕。耿耿何以寫〔六〕，密言空委心〔七〕。

〔校〕

〔別〕原作「明」，據元修本、遞修本、叢刊本、全唐詩改。

〔注〕

〔一〕詩大曆十年左右攝高陵令任上作。素友：感情純真的友人，參見卷一慈恩伽藍清會注〔一〕。子西：盧康字，康大曆十年爲京兆府田曹參軍，與韋應物同在長安，見卷四天長寺上方別子西有道詩自注。

〔二〕見別：指已權攝高陵令離開長安事，見卷四天長寺上方別子西有道詩自注。沉吟：深深思念。曹操短歌行：「但爲君故，沉吟至今。」

〔三〕層城：指京師，見前夏夜憶盧嵩注〔六〕。湛：沉浸，隱没。

〔四〕往款：猶言往晤。款：款顔、款襟，謂晤面歡叙。陶潛贈長沙公：「款襟或遼，音問其先。」白居易截樹：「又如所念人，久別一款顔。」

〔五〕玉山：喻人品質風姿之美。晉書裴楷傳：「楷風神高邁，容儀俊爽，博涉群書，特精理義，時人謂之『玉人』，又稱『見裴叔則如近玉山，映照人也』。」叔則，裴楷字。

〔六〕耿耿：煩躁不安貌。此指内心鬱悶。寫：宣泄。詩邶風泉水：「駕言出游，以寫我憂。」

〔七〕密言：知心之言。委心：委積於心中。

對韓少尹所贈硯有懷〔一〕

故人謫遐遠，留硯寵斯文〔二〕。白水浮香墨，清池滿夏雲〔三〕。念離心已永，感物思徒紛〔四〕。未有桂陽使〔五〕，裁書一報君。

【注】

〔一〕詩疑爲貞元四年左右在長安作。

少尹：府的副長官，此指京兆府少尹。韓少尹：韓質。元和姓纂卷四昌黎棘成縣韓氏：「朝宗生賁、賞、質。……質，京兆少尹。」韓質字有道，大曆十年左右任京兆府户曹參軍，約建中中爲昭應令，又歷郎中，後謫官郴州司户，參見集中卷四天長寺上方别子西有道、卷三寄柳州韓司户郎中、園林晏起寄昭應韓明府盧主簿諸詩。

〔二〕斯文：指文人。杜甫壯游：「斯文崔魏徒，以我似班揚。」

〔三〕夏雲：喻山峰。顧愷之神情詩：「夏雲多奇峰。」唐時石硯常鑿成山狀。劉禹錫謝柳子厚寄疊石硯：「清越敲寒玉，參差疊碧雲。」鐵圍山叢談卷五：「江南李氏後主寶一硯山，徑長尺逾咫，前聳三十六峰，皆大如手指，左右則引兩阜坡陀，而中鑿爲硯。」

〔四〕「感物」句：陸機文賦：「瞻萬物而思紛。」

〔五〕桂陽：郡名，即郴州（今屬湖南）。舊唐書地理志三郴州：「隋桂陽郡。……天寶元年改爲桂陽郡，乾元元年，復爲郴州。」

月晦憶去年與親友曲水游宴〔一〕

晦賞念前歲，京國結良儔。騎出宣平里〔二〕，飲對曲池流。今朝隔天末，空園傷獨游。雨歇林光變，塘緑鳥聲幽。凋甿積逋税〔三〕，華鬢集新秋。誰言戀虎符〔四〕，終當還舊丘〔五〕。

【注】

〔一〕詩建中四年三月晦日在滁州作。月晦：舊曆每月最後一日。據詩中「曲水游宴」之語，當指三月晦日。曲水：古人三月上巳祓禊之處，此指長安東南之曲江池。參見卷二三月三日寄諸弟兼懷崔都水注〔三〕。

〔二〕宣平里：唐長安城中坊里名，在朱雀門街東第四街，東市南第二坊，見唐兩京城坊考卷三。建中中韋應物在長安爲比部員外郎時，當居於此。

〔三〕凋甿：猶疲民，謂困頓貧窮的百姓。逋税：欠税。

〔四〕虎符：代指己之刺史官職，參見卷五酬閻員外陟注〔三〕。

〔五〕舊丘：舊居。文選卷二十八鮑照結客少年場行：「去鄉三十載，復得還舊丘。」李善注：「廣雅曰：丘，居也。」

〔評〕

劉辰翁：〔華鬢句〕可感。（張習本）

清明日憶諸弟〔一〕

冷食方多病〔二〕，開襟一欣然。終令思故郡，烟火滿晴川。杏粥猶堪食〔三〕，榆羹已稍煎〔四〕。唯恨乖親燕〔五〕，坐度此芳年。

〔注〕

〔一〕詩建中四年三月在滁州作。

清明：農曆二十四節氣之一，爲三月節氣。諸弟：韋應物有弟韋端、韋繫、韋滌、韋武等，屢見前注。

〔二〕冷食：因寒食節禁火而冷食。寒食節在清明前一至二日，俗禁烟火，參見卷二寒食日寄諸弟注。

〔三〕杏粥：杏仁粥，寒食節所食。太平御覽卷三十：「陸翽鄴中記：『寒食三日作醴酪，又煮粳米及麥爲酪，擣杏仁煮作粥。』案玉燭寶典：『今日悉爲大麥粥，研杏仁爲酪，别餳沃之。』」

〔四〕榆羹：即榆粥。新唐書陽城傳：「乃去隱中條山。……歲饑，屏迹不過鄰里，屑榆爲粥，講論不輟。」廣群芳譜卷七十四：「榆皮去上皺澀乾枯者，取嫩白皮剉乾磨粉，可作粥備荒。」

〔五〕乖親燕：不能參加親人的宴集。乖，乖違。燕，通宴。

〔評〕

袁宏道：此首當與蘇長公寒食七律并讀。（參評本）

池上懷王卿〔一〕

幽居捐世事，佳雨散園芳。入門靄已緑，水禽鳴春塘。重雲始成夕，忽霽尚殘陽。輕舟因風泛，郡閣望蒼蒼。私燕阻外好，臨歡一停觴。兹游無時盡，旭日願相將。

〔校〕

〔殘〕唐詩品彙卷十四作「微」。

〔注〕

〔一〕詩建中四年春在滁州作。

王卿：當是自卿寺貶官來滁州者，名未詳。參見卷二郡齋贈王卿注〔一〕。

〔評〕

袁宏道：不患無妙篇，正患無此佳懷勝情耳。（參評本）

立夏日憶京師諸弟〔一〕

改序念芳辰，煩襟倦日永。夏木已成陰，公門晝恒静。長風始飄閣，疊雲纔吐嶺。坐想離居人，還當惜徂景。

〔校〕

〔徂景〕原校「一作光景」。

〔注〕

〔一〕詩建中四年四月在滁州作。立夏：農曆二十四節氣之一，爲四月節氣。諸弟：謂端、繫、滁、武等，屢見前注。

曉至園中憶諸弟崔都水〔一〕

山郭恒悄悄〔二〕，林月亦娟娟〔三〕。景清神已澄，事簡慮絶牽。秋塘遍衰草，曉露洗紅蓮。不見心所愛，茲賞豈爲妍。

〔校〕

〔澄〕原校「一作謐」。

〔注〕

〔一〕詩建中四年秋在滁州作。諸弟：謂端、繫、滁、武等。崔都水：崔倬，參見卷二九日灃上作寄崔主簿倬二季端繫、晚出灃上寄崔都水等詩注。

〔二〕山郭：猶山城，此指滁州。岑參鳳翔府行軍送程使君赴成州：「江樓黑塞雨，山郭冷秋雲。」

〔三〕娟娟：美好貌。鮑照玩月城西門廨中：「末映西北墀，娟娟似娥眉。」

懷琅琊深標二釋子〔一〕

白雲埋大壑，陰崖滴夜泉。應居西石室，月照山蒼然。

〔注〕

〔一〕詩建中四年左右在滁州作。

琅琊：山名，在滁州西南。太平寰宇記卷一百二十八滁州清流縣：「琅琊山在縣西南十二里。其山始因東晉元帝爲琅琊王，避地此山，因名之。」釋子：釋迦牟尼種子，對僧人的通稱。深，滁州僧法深，韋應物有詣西山深師詩。大明一統志卷十八滁州：「琅琊寺，在琅琊山，舊名開化寺，唐大曆中刺史李幼卿與僧法深建。」標，滁州僧道標。滁州市文化局編琅琊山石刻選載有大曆六年滁州刺史李幼卿題琅琊山寺道標道揖二上人東峰禪室時助成此□□築斯地詩，當即其人。

〔評〕

趙彦傳：司空圖論詩云：右丞、蘇州，趣味澄夐。按此兩詩（指本詩與秋夜寄丘員外）二「應」字，澹遠有神。（唐人絶句詩鈔注略）

雨夜感懷〔一〕

微雨灑高林，塵埃自蕭散。耿耿心未平，沉沉夜方半。獨驚長簟冷，遽覺愁鬢换。誰能當此夕，不有盈襟嘆。

〔注〕

〔一〕詩疑爲建中末在滁州作。

〔評〕袁宏道：只是情深，非關語妙。（參評本）

雲陽館懷谷口〔一〕

清沚階下流〔二〕，云自谷口源。念昔白衣士〔三〕，結廬在石門〔四〕。道高杳無累，景静得忘言。山夕緑陰滿，世移清賞存。吏役豈遑暇〔五〕，幽懷復朝昏〔六〕。雲泉非所濯，蘿月不可援〔七〕。長往遂真性〔八〕，暫游恨卑喧〔九〕。出身既事世〔一〇〕，高躅難等論〔一一〕。

〔注〕

〔一〕詩大曆十二年秋奉使雲陽時作。館：館驛。通典卷三十三鄉官：「三十里置一驛，其非通途大路則曰館。」雲陽館當即在京兆府雲陽縣。大曆十二年秋，韋應物在京兆府功曹任時因視察水災奉使雲陽，見卷二使雲陽寄府曹詩注。谷口：漢縣名。後漢書杜篤傳：「北據谷口，東阻嶔巖。」李賢注：「谷口在今雲陽縣。」

〔二〕清沚：清澈水流，指涇水。元和郡縣圖志卷一京兆府醴泉縣：「本漢谷口縣地，在九嵕山東，仲山西，當涇水出山之處，故謂之谷口。」同卷雲陽縣：「涇水在縣西南二十五里。」

〔三〕白衣士：即平民，指鄭子真。漢書王貢兩龔鮑傳：「其後谷口有鄭子真，蜀有嚴君平，皆修身自保，非其服弗服，非其食弗食。」又載揚雄書云：「谷口鄭子真，不詘其志，耕於岩石之下，名震於京師。」顔師古曰：「三輔決録云子真名樸，君平名尊。則君平、子真皆其字也。」

〔四〕石門：疑指寒門。史記范雎蔡澤列傳：「大王之國，四塞以爲固，北有甘泉、谷口。」正義引括地志：「郊祀志，公孫卿言黄帝得仙寒門，寒門者，谷口也。按九嵕山西謂之谷口，即古寒門也，在雍州醴泉縣東北四十里。」

〔五〕吏役：官府中的胥吏和差役，此指爲官。遑暇：空閒。

〔六〕幽懷：内心深處的情感。朝昏：早晚。句謂自己内心無時無刻不向往着谷口。

〔七〕蘿月：與上雲泉均山中景物。孔稚珪北山移文：「秋桂遺風，春蘿罷月。」盧照鄰悲昔游：「蘿月寡色，風泉罷聲。」

〔八〕長往：謂長期隱居。文選卷十潘岳西征賦：「悟山潛之逸士，卓長往而不反。」李善注引班固漢書贊：「山林之士，往而不能反。」真性：真率自然之性。

〔九〕卑喧：卑微喧鬧。句謂偶爾一遊會攪擾谷口寧静的氛圍。

〔一〇〕出身：爲官。事世：從事世俗之事。

〔一一〕高躅：高尚之事迹。躅，足迹。等論：相提并論。

憶澧上幽居〔一〕

一來當復去，猶此厭樊籠〔二〕。況我林棲子〔三〕，朝服坐南宫〔四〕。唯獨問啼鳥，還如澧水東。

〔注〕

〔一〕詩建中二年左右在尚書比部員外郎任上作。

灃上：灃水畔，大曆十四年韋應物辭櫟陽令後曾閑居灃水東之善福精舍，見卷二灃上西齋寄諸友、卷四謝櫟陽令歸西郊贈別諸友生等詩注。

〔二〕樊籠：籬笆竹籠，喻官職等世俗之事的羈絆。陶潛歸園田居：「久在樊籠裏，復得返自然。」

〔三〕林棲子：棲隱山林者。晉書曹毗傳載毗對儒：「不追林棲之迹，不希抱鱗之龍。」張九齡感遇：「誰知林棲者，聞風坐相悅。」

〔四〕南宮：指尚書省，參見卷二秋夜南宮寄灃上弟及諸生注〔一〕。韋應物建中中爲比部員外郎，在尚書省。

重九登滁城樓憶前歲九日歸灃上赴崔都水及諸弟宴集淒然懷舊〔一〕

今日重九宴，去歲在京師。聊回出省步，一赴郊園期。嘉節始云邁，周辰已及茲〔二〕。秋山滿清景，當賞屬乖離。凋散民里闊，摧翳衆木衰。樓中一長嘯，惻愴起涼飇。

〔校〕

〔重九〕文苑英華卷三百十二作「重陽」。〔滁城〕文苑英華「滁」下有「州」字。〔灃上〕文苑英華「灃」下有「城」字。〔及諸弟〕文苑英華作「并諸弟子」。〔及茲〕及，文苑英華作「逮」，校云「集作及」。〔賞〕文苑英華作「貴」，校云「集作賞」。〔散〕文苑英華作「殘」，校云「集作散」。

〔注〕

〔一〕詩建中三年九月在滁州作。崔都水：崔倬。諸弟：指端、繫、滁、武等。參見卷二九日灃上作寄崔主簿倬二季端繫、晚出灃上寄崔都水等詩注。韋應物於建中二年四月入尚書省爲郎，三年夏出守滁州。

〔二〕周辰：謂一周年。

始夏南園思舊里〔一〕

夏首雲物變，雨餘草木繁。池荷初帖水，林花已掃園。縈叢蝶尚亂，依閣鳥猶喧。對此殘芳月，憶在漢陵原〔二〕。

〔注〕

〔一〕詩約建中末在滁州作。

〔二〕漢陵原：指杜陵。元和郡縣圖志卷一京兆府萬年縣：「白鹿原，在縣東二十里，亦謂之霸上，漢文帝葬其上，謂之霸陵。……杜陵，在縣東南二十里，漢宣帝陵也。」韋應物舊里在長安杜陵，見卷二假中對雨呈縣中僚友。

〔評〕

劉辰翁：小小景，趣致自足。（參評本）

發蒲塘驛沿路見泉谷村墅忽想京師舊居追懷昔年〔一〕

青山導騎繞〔二〕，春風行旆舒〔三〕。均徭視屬城〔四〕，問疾躬里閭。烟水依泉谷，川陸散樵漁。忽念故園日，復憶驪山居〔五〕。荏苒斑鬢及，夢寢婚宦初〔六〕。不覺平生事，咄嗟二紀餘〔七〕。存没闊已永〔八〕，悲多歡自疏。高秩非爲美，闌干淚盈裾〔九〕。

〔校〕

〔發〕原作「登」，據叢刊本改。

〔注〕

〔一〕詩貞元二年春在江州出巡屬縣時作。蒲塘驛：在今江西德安縣。太平寰宇記卷一百十一江州德安縣：「本蒲塘，春秋時爲楚之東鄙地。……其地即舊屬柴桑，後遂分三江水，於敷淺水之南爲場，以地有蒲塘爲名。」輿地紀勝卷三十江州：「蒲塘驛，在德安縣，唐宋之問、韋應物皆有蒲塘驛詩。」

〔二〕導騎：引路的騎者。

〔三〕旆：旗幡。唐代刺史出行以雙旌爲前導。白居易赴忠州刺史任作入峽次巴東：「兩片紅旌數聲鼓，使君艛艓上巴東。」

〔四〕均徭：調整徭役負擔，使之合理。屬城：屬縣。文選卷四十三孔稚珪北山移文：「跨屬城之雄，冠百里之首。」李善注引蔡邕陳留太守行縣頌：「府君勸耕桑于屬縣。」

〔五〕驪山：見卷一燕李録事注〔三〕。韋應物天寶末居昭應縣驪山，參見附録簡譜。

〔六〕婚宦初：剛結婚并入仕爲官。韋應物天寶末始爲羽林倉曹，天寶十五年在昭應與元蘋結婚，見附録簡譜。

〔七〕咄嗟：呼吸之間，極言時間流逝之速。左思咏史：「俯仰生榮華，咄嗟復雕枯。」二紀：二十四年。古人以歲星（木星）運行一周爲一紀。韋應物元蘋墓誌銘：「次以天寶丙申八月廿二日配我於京兆之昭應。」丙申，天寶十五年，至貞元二年已三十年，故云「二紀餘」。

〔八〕存没：生者與死者。闊：背離。元蘋大曆十一年去世，見後傷逝注。句謂己與元蘋已生死永隔。

〔九〕闌干：縱横貌。裾：衣的前後襟。

〔評〕劉辰翁：（青山句）此在選後，未易多見。（張習本）

行旅

經函谷關〔一〕

洪河絶山根〔二〕，單軌出其側〔三〕。萬古爲要樞，往來何時息。秦皇既恃險〔四〕，海内被吞食。及嗣同覆顛〔五〕，咽喉莫能塞〔六〕。炎靈詎西駕〔七〕，婁子非經國〔八〕。徒欲扼諸侯〔九〕，不知恢至德〔一〇〕。聖朝及天寶〔一一〕，豺虎起東北〔一二〕。下沉戰死魂，上結窮冤色。

古今雖共守，成敗良可識。藩屏無俊賢〔一三〕，金湯獨何力〔一四〕。馳車一登眺，感慨中自惻。

〔注〕

〔一〕此詩疑肅宗朝從事河陽或赴洛陽丞任時經函谷關時作。

函谷關：函谷故關在今河南靈寶縣東北。參見卷三京師叛亂寄諸弟注〔九〕。

〔二〕洪河：大河，指黃河。絕：截斷。山根：山脚。

〔三〕單軌：僅容單車通行的窄路。元和郡縣圖志卷六陝州靈寶縣：「函谷故城，在縣南十里，秦函谷關城，漢弘農縣也。西征記曰：『函谷關城，路在谷中，深險如函，故以爲名。其中劣通，東西十五里，絶岸壁立，岸上柏林蔭谷中，殆不見日。』」

〔四〕秦皇：秦始皇，憑藉地形的險要，削平六國，統一天下，見史記秦始皇本紀。

〔五〕嗣：後嗣，繼承者，謂秦二世胡亥及公子嬰。秦二世時，趙高爲相，迫二世自殺，立二世兄公子嬰爲秦王。及劉邦引兵入關，子嬰奉天子璽符，降于軹道旁，見史記秦始皇本紀。

〔六〕咽喉：比喻函谷關地形險要，爲往來必經之要道。李尤函谷關銘：「函谷險要，襟帶咽喉。」獨孤及古函谷關銘：「外扼九州之咽喉，故百二形焉；内擁六合之奧區，故霸王出焉。」塞：堵塞，守住。

〔七〕炎靈：指漢高祖。文選卷三十謝朓和伏武昌登孫權故城：「炎靈遺劍璽，當塗駭龍戰。」李善注：「炎靈，謂漢也。典引曰：『蓄炎上之烈精。』」詎：副詞，曾經。西駕：自洛陽西遷長安。史記高祖本紀：「天下大定，……高祖欲長都雒陽，齊人劉敬説，及留侯勸上入都關中，高祖是日駕，入都關中。」

〔八〕婁子：婁敬，因勸漢高祖定都關中賜姓劉。經國：此言治國之才。

〔九〕扼諸侯：鎮制諸侯。賈誼過秦論：「秦并兼山東三十餘郡，繕津關，據險塞，修甲兵而守之。」

〔一〇〕恢：廣大，此猶言發揚。

〔一一〕天寶：唐玄宗的第三個年號，共十五年（七四二—七五六）。

〔一二〕「豺虎」句：指安、史之亂。天寶十四載十一月，安禄山據范陽反，見舊唐書玄宗紀下。

〔一三〕藩屏：籬笆、屏風，原指封建諸侯，以其可屏藩王室，後因以喻指節度使等地方長吏。

〔一四〕金湯：金城湯池，喻防守堅固之城邑。漢書蒯通傳：「邊地之城，……必將嬰城固守，皆爲金城湯池，不可攻也。」師古曰：「金以喻堅，湯喻沸熱不可近。」

〔評〕喬億：〔下沉二句〕何嘗不警動。篇中步步扼「關」字。韋公遇此題，亦以議論筆力勝。此嘆西京失守，謂徒險之不足恃也。起得雄傑稱題，具見形勢。次舉秦、漢，爲時事立張本，議論正大，可爲經國至言，亦絶好詩篇。而自來選家，專取韋淡遠之作，概置此不録，殆所謂見其表不見其裏者耶！（劍溪説詩又編）

經武功舊宅〔一〕

兹邑昔所游，嘉會常在目。歷載俄二九〔二〕，始往今來復。感感居人少〔三〕，茫茫野田緑。風雨經舊墟，毁垣迷往躅〔四〕。門臨川流駛，樹有羈雌宿〔五〕。多累恒悲往，長年覺時速〔六〕。欲去中復留，徘徊結心曲。

【校】

〔徘徊〕原校「一作彷徨」。

【注】

〔一〕詩大曆九年或稍後爲京兆府功曹參軍時作。武功：京兆府屬縣，今屬陝西。大曆十二年前後，韋應物在京兆府功曹參軍任時，常出使屬縣。舊宅：韋應物登寶意寺上方舊游自注：「寺在武功，曾居此寺。」

〔二〕二九：十八年。自大曆九年逆推十八年，爲至德元載，韋應物居武功當在至德、乾元中，蓋因安、史之亂而避地居於此。參見附録簡譜。

〔三〕慼慼：同戚戚，憂傷。

〔四〕往躅：猶遺迹。躅，足迹。

〔五〕羈雌：失侶的雌鳥。枚乘七發：「龍門之桐，高百尺而無枝，……暮則羈雌迷鳥宿焉。」

〔六〕長年：老人。淮南子說山：「文公棄荏席從黴黑，咎犯辭歸，故桑葉落而長年悲也。」

【評】

袁宏道：白傳佳處，往往有此。（參評本）

往雲門郊居途經迴流作〔一〕

茲晨乃休暇，適往田家廬。原谷徑途澀，春陽草木敷。緣遵板橋曲，復此清澗紆。崩壑方見射，迴流忽已舒。明滅泛孤景，杳靄含夕虚。無將爲邑志，一酌澄波餘〔二〕。

〔注〕

〔一〕依編次及詩中「爲邑志」之語，詩當爲大曆末在鄠縣令任時作。雲門：其地不詳。

〔二〕酌澄波：酌水而飲，以勵清廉之節。吴隱之酌貪泉事，見卷四送馮著受李廣州署爲録事注〔一三〕。隋書趙軌傳：軌爲齊州别駕，在州四年，考績連最，徵入朝，父老送行者揮涕曰：「公清若水，請酌一杯水奉餞。」軌受而飲之。事見隋書本傳。

乘月過西郊渡〔一〕

遠山含紫氛，春野靄云暮。值此歸時月，留連西澗渡。謬當文墨會，得與群英遇。賞逐亂流翻，心將清景悟。行車儼未轉，芳草空盈步。已舉候亭火〔二〕，猶愛村原樹。還當守故扃，悵悵乖幽素〔三〕。

〔校〕

〔云〕唐詩品彙卷十五作「雲」。〔乖〕原作「乘」，全唐詩作「秉」，據活字本、叢刊本改。

〔注〕

〔一〕依編次，詩大曆末在鄠縣令任時作。

〔二〕候亭：驛路旁迎送往來者的亭子。孫逖送李郎中赴京序：「傳置具車，候亭出餞。」

〔三〕乖幽素：謂與栖隱山林的宿願乖違。

晚歸灃川〔一〕

淩霧朝閶闔〔二〕，落日返清川。簪組方暫解，臨水一翛然〔三〕。昆弟欣來集，童稚滿眼前。適意在無事，攜手望秋田。南嶺横爽氣，高林繞遥阡。野廬不鋤理，翳翳起荒烟〔四〕。名秩斯逾分〔五〕，廉退愧不全〔六〕。已想平門路〔七〕，晨騎復言旋。

〔注〕

〔一〕詩建中二年秋在比部員外郎任上作。

灃川：即灃水，一作豐水，韋應物大曆末罷櫟陽令居灃上，已見卷四謝櫟陽令歸西郊贈别諸友生詩自注。

〔二〕閶闔：宫門，參見卷二寓居灃上精舍寄于張二舍人注〔二〕。

〔三〕翛（xiāo）然：莊子大宗師：「翛然而往，翛然而來而已矣。」向曰：「翛然，自然無心而自爾之謂。」

〔四〕翳翳：昏暗貌。陶潛歸去來兮辭：「景翳翳以將入，撫孤松而盤桓。」

〔五〕名秩：聲名與官職。逾分：超過己所應得。

〔六〕廉退：廉潔謙退。陶潛感士不遇賦序：「閭閻懈廉退之節，市朝驅易進之心。」

〔七〕平門：延平門，參見卷二秋集罷還途中作謹獻壽春公黎公注〔九〕。

授衣還田里〔一〕

公門懸甲令〔二〕，澣濯遂其私〔三〕。晨起懷愴恨，野田寒露時。氣收天地廣，風淒草木衰。山明始重疊，川淺更逶迤。烟火生閭里，禾黍積東菑〔四〕。終然可樂業，時節一來斯。

〔注〕

〔一〕詩建中二年九月在比部員外郎任上作。授衣：謂製備冬衣。卷三郡齋感秋寄諸弟：「昔游郎署間，是月天氣晴。授衣還西郊，曉露田中行。」所紀即此次還灃上事。

〔二〕甲令：朝廷頒布的法令。漢書吴芮傳「著于甲令而稱忠」師古注：「甲者，令篇之次也。」唐會要卷八十二休假：「（開元二十五年）其年正月，内外官五月給由假，九月給授衣假，分爲兩番，各十五日。」

〔三〕澣濯：洗滌。詩周南葛覃：「薄污我私，薄澣我衣。」又小雅大田：「雨我公田，遂及我私。」

〔四〕東菑：東邊田地。沈約郊居賦：「緯東菑之故耜，浸北畝之新渠。」

〔評〕

袁宏道：（烟火二句）此等句語，人人知爲陶詩，不知直從漢、魏中來。（參評本）

夕次盱眙縣〔一〕

落帆逗淮鎮〔二〕，停舫臨孤驛。浩浩風起波，冥冥日沉夕。人歸山郭暗，雁下蘆洲白。獨夜憶秦關，聽鐘未眠客。

【校】

〔逗〕原校「一作透」。

【注】

〔一〕依編次，詩建中三年出守滁州途中作。

盱眙：縣名，今屬江蘇，唐時原屬楚州，建中二年改隸泗州，見新唐書地理志二。韋應物自長安赴滁州經此。

〔二〕淮鎮：即指盱眙縣。太平寰宇記卷十六泗州盱眙縣：「淮河南去州五里。」

【評】

桂天祥：「白」字入妙，正見夕暗之意。（朱墨本）

春月觀省屬城始憇東西林精舍〔一〕

因時省風俗，布惠迨高年〔二〕。建隼出潯陽〔三〕，整駕游山川。白雲斂晴壑，群峰列遥天。嶔崎石門狀〔四〕，杳靄香爐烟〔五〕。榛荒屢罥罣〔六〕，逼側殆覆顛〔七〕。方臻釋氏廬〔八〕，時物屢華妍。曇遠昔經始〔九〕，於兹閟幽玄。東西竹林寺，灌注寒澗泉〔一〇〕。人事既云泯，歲月復已綿。殿宇餘丹紺〔一一〕，磴閣峭敧懸〔一二〕。佳士亦棲息，善身絶塵緣〔一三〕。今我蒙朝寄〔一四〕，教化敷里鄘〔一五〕。道妙苟爲得，出處理無偏。心當同所尚，迹豈辭纏牽〔一六〕。

〔校〕

〔逼〕原作「遥」，全唐詩作「偪」，據叢刊本改。

〔注〕

〔一〕詩貞元二年春在江州作。

屬城：屬縣，春日觀省屬城，即行春，參見卷三因省風俗與從侄成緒游山水中道先歸寄示注〔一〕。東西林精舍：謂廬山東林寺與西林寺。方輿勝覽卷二十二江州：「東林寺，晉武帝建，遠師道場。作殿時神運梁木。」又：「西林寺，晉太和中建，水石之美，亞於東林。」

〔二〕布惠：布施恩惠。迨高年：及於老人。

〔三〕建隼：樹起旗幡出行。隼，隼旟。參見卷四自尚書郎出爲滁州刺史注〔九〕。潯陽：郡名，即江州。舊唐書地理志三江州：「天寶元年改爲潯陽郡，乾元元年，復爲江州。」

〔四〕嶔崎：山高峻貌。石門：在廬山。輿地紀勝卷三十江州：「石門，惠遠（廬山）記：石門前似雙門，壁立千仞，而瀑布流焉。」太平寰宇記卷一百一十江州德化縣：「廬山在縣南，……石門澗在山西，懸崖對聳，形如闕，當雙石之間，懸流數丈，有一石，可坐二十許人。」

〔五〕香爐：廬山香爐峰。太平寰宇記卷一百一十江州德化縣：「香爐峰在山西北，其峰尖圓，雲烟聚散，如博山香爐之狀。」李白望廬山瀑布：「日照香爐生紫烟。」

〔六〕榛荒：叢生的荒草。罥罣：懸挂纏繞。

〔七〕逼側：又作偪仄、偪側，迫近。文選卷八司馬相如上林賦：「滭弗宓汩，偪側泌瀄。」李善注：「偪側，相迫也。」杜甫偪仄行：「偪仄何偪仄，我居巷南子巷北。」覆顛：顛覆，跌倒。

〔八〕釋氏廬：佛寺，指東林、西林二寺。

〔九〕曇遠：謂東晉僧人曇翼、慧遠。曇翼，俗姓姚，年十六，事道安爲師，後南來總領長沙寺。事見高僧傳卷五。慧遠，俗姓賈，雁門樓煩人，年二十一，從道安落髮。常欲總攝綱維，以大法爲己任，精思諷持，夜以繼晝，而貧旅無資，緼纊常闕，曇翼常給以燈燭之費。後遠至潯陽，見廬峰清静，足以息心，遂住龍泉精舍。時同門慧永居西林寺，要遠同止，刺史桓伊乃爲遠于山東更建東林寺。事見高僧傳卷六。經始：開始營建。詩大雅靈臺：「經始靈臺，經之營之。」

〔一〇〕竹林寺：在潤州丹徒縣黄鶴山下，晉大興四年建，劉宋時改名鶴林寺。見大清一統志卷六十三。此「東西竹林寺」即指東林寺與西林寺。「灌注」句：高僧傳卷六慧遠傳：「遠創造精舍，洞盡山美，却負香爐之峰，傍帶瀑布之壑，仍石疊基，即松栽構，清泉環階，白雲滿室。」

〔一一〕丹紺：紅色。紺：一種深青帶紅的顔色。

〔一二〕磴閣：有磴道可通的高閣。欹懸：欹側高懸。

〔一三〕善身：獨善其身。絶塵緣：擺脱世間俗事的糾纏。

〔一四〕蒙朝寄：受朝廷的委托，指擔任官職。晉書謝安傳：「安雖受朝寄，然東山之志，始末不渝。」

〔一五〕教化：政教風化。敷：施行。里鄽：民居。

〔一六〕「心當」二句：謂内心應當遵崇向慕（佛教），而行事却無妨仍被俗務牽纏。迹，踪迹，指行爲。纏牽，指爲官。文選卷二十二左思招隱詩：「結綬生纏牽，彈冠去埃塵。」李善注：「言人出仕非一途，或結綬以生纏牽之憂，或彈冠以去塵埃之累。」

自蒲塘驛迴駕經歷山水〔一〕

館宿風雨滯，始晴行蓋轉〔二〕。潯陽山水多〔三〕，草木俱紛衍〔四〕。崎嶇緣碧澗，蒼翠踐苔蘚。高樹夾潺湲，崩石橫陰巘。野杏依寒拆〔五〕，餘雲冒嵐淺。性愜形豈勞，境殊路遺緬〔六〕。憶昔終南下〔七〕，佳游亦屢展。時禽下流暮，紛思何由遣。

〔校〕

〔湲〕文苑英華卷二百九十八作「流」。

〔注〕

〔一〕詩貞元二年春在江州作。蒲塘驛：在江州德安縣，見前發蒲塘驛沿路見泉谷村墅忽想京師舊居追懷昔年注〔一〕。

〔二〕「館宿」二句：記己之行程。館，驛館。滯，滯留，指爲風雨所阻。行蓋轉：謂車子移動，走上歸途。行蓋，車蓋。

〔三〕潯陽：郡名，即江州，屢見前注。

〔四〕紛衍：繁茂。

〔五〕拆：同坼，裂開。

〔六〕路遺緬：不覺道路之遥遠。遺，忘記。謝靈運登江中孤嶼：「懷新路轉迴，尋異景不延。」所寫心情與此略同。

〔七〕終南：山名，在長安南。元和郡縣圖志卷一京兆府萬年縣：「終南山，在縣南五十里。」韋應物家居杜陵，即在終南山下。

〔評〕

張謙宜：經歷山水，音頭帶澀爲妙。「澀」字難言。（絸齋詩談卷五）

山行積雨歸途始霽〔一〕

攬轡窮登降，陰雨遘二旬。但見白雲合，不睹巖中春。急澗豈易揭〔二〕，峻途良難遵。深林猿聲冷，沮洳虎迹新〔三〕。始霽升陽景，山水閱清晨。雜花積如霧，百卉萋已陳。鳴騶屢驤首〔四〕，歸路自欣欣。

〔注〕

〔一〕詩貞元二年春在江州巡行屬縣歸途中作。

〔二〕揭（qì）：揭衣涉水。詩邶風匏有苦葉：「匏有苦葉，濟有深涉。深則厲，淺則揭。」傳：「以衣涉水爲厲。……揭，褰衣也。」

〔三〕沮洳：低窪潮濕之處。詩魏風汾沮洳：「彼汾沮洳。」正義：「汾是水名。沮洳，潤澤之處。」

〔四〕鳴騶：長嘶的馬。孔稚珪北山移文：「鳴騶入谷，鶴書赴隴。」驤首：昂首，此指馬昂首嘶鳴。

〔評〕

袁宏道：似大謝。題亦似之。（參評本）

感嘆

傷逝〔一〕

此後嘆逝哀傷十九首，盡同德精舍舊居傷懷時所作。

染白一爲黑，焚木盡成灰。念我室中人〔二〕，逝去亦不回。結髮二十載〔三〕，賓敬如始來〔四〕。提攜屬時屯〔五〕，契闊憂患災。柔素亮爲表〔六〕，禮章夙所該〔七〕。仕公不及私，百事委令才〔八〕。一旦入閨門，四屋滿塵埃。斯人既已矣，觸物但傷摧。單居移時節，泣涕撫嬰孩。知妄謂當遣，臨感要難裁〔九〕。夢想忽如睹，驚起復徘徊〔一〇〕。此心良無已，繞屋生蒿萊。

〔注〕

〔一〕此詩作于大曆十一年九月。韋應物夫人河南元氏（蘋）墓誌銘：「夫人，……始以開元庚辰歲三月四日誕於相之内黄，次以天寶丙申八月廿二日配我於京兆之昭應，中以大曆丙辰九月廿日癸時疾終於功曹東廳内院之官舍，永以即歲十一月五日祖載終於太平坊之假第，明日庚申巽時窆於萬年縣義善鄉少陵原先塋外東之直南三百六十餘步。」按此及後十七詩均爲悼念亡妻元蘋而作，作于大曆十一年九月後至建中初閑居灃上善福精舍時。題注云「十九首盡同德舊居傷懷時所作」，蓋據此後同德精舍舊居傷懷一詩而言，誤。

傷逝：傷悼死者。晉孫楚喪妻，曾作傷逝詩。晉書孫楚傳：「初，楚除婦服，作詩以示（王）濟，濟曰：『未知文生於情，情生於文，覽之淒然，增伉儷之重。』」庾信周趙國公夫人紇豆陵氏墓誌銘：「孫子荊之傷逝，怨起秋風；潘安仁之悼亡，悲深長簟。」韋應物對妻子懷有極深厚感情，元蘋卒後，韋應物親自經營喪事，撰書墓誌。誌云：「烏呼！自我爲匹，殆周二紀，容德斯整，宴言莫違。昧然其安，忽焉禍至。……」（詳見前言三所引元蘋墓誌銘）當與傷逝諸詩同讀。

〔二〕室中人：謂妻子。禮記曲禮上：「三十曰壯，有室。」注：「有室，有妻也。」疏：「壯有妻，妻居室中，故呼妻爲室。」元蘋天寶十五載成婚，至大曆十一載去世，整二十年。

〔三〕結髮：指結爲夫婦。古俗，于成婚之夕，男女左右共髻束髮。曹植種葛篇：「與君初婚時，結髮恩義長。」

〔四〕賓敬：謂夫婦相敬如賓。左傳僖公三十三年：「初，臼季使，過冀，見冀缺耨，其妻饁之，敬，相待如賓。」後漢書龐公傳：「居峴山之南，未嘗入城府，夫妻相敬如賓。」

〔五〕提攜：牽扶，相互扶持。時屯：時難。易屯彖辭：「屯，剛柔始交而難生。」韋、元結婚正當安、史之亂時。此指生活在一起時，與下敘離別時之「契闊」相對。

〔六〕柔素：謂性情柔順樸實。表：表率。

〔七〕禮章：禮儀法度。該：該備，具備。

〔八〕令才：美才，長才。古詩爲焦仲卿妻作：「年始十八九，便言多令才。」

〔九〕難裁：謂思念之情難以減損。謝朓離夜：「翻潮尚知恨，客思眇難裁。」

〔一〇〕「夢想」三句：潘岳悼亡：「悵怳如或存，周遑忡驚惕。」韋詩祖其意。

〔評〕

劉克莊：「悼亡之作，前有潘騎省，後有韋蘇州，又有李雁湖（壁），不可以復加矣。」

劉辰翁：（首二句）苦語更（一作更）不可堪。（張習本）

袁宏道：讀之增伉儷之重，安仁詩詎能勝此。（參評本）

喬億：古今悼亡之作，惟韋公應物十數篇，澹緩淒楚，真切動人，不必語語沈痛，而幽憂鬱堙之氣直灌輸其中，誠絶調也。潘安仁氣自蒼渾，是漢京餘烈，而此題精藴，實自韋發之。（劍溪説詩又編）

往富平傷懷〔一〕

晨起凌嚴霜，慟哭臨素帷〔二〕。駕言百里途〔三〕，惻愴復何爲。昨者仕公府，屬城常載馳。出門無所憂，返室亦熙熙〔四〕。今者掩筠扉，但聞童稚悲。丈夫須出入，顧爾内無依〔五〕。銜恨已酸骨，何況苦寒時。單車路蕭條，回首長逶遲。飄風忽截野，嘹唳雁起飛。昔時同往路〔六〕，獨往今詎知。

〔注〕

〔一〕詩大曆十一年冬作。富平：京兆府屬縣，今屬陝西。時韋應物新喪偶，當已停京兆府功曹參軍任，因何事往富平，未詳。

〔二〕素帷：白色帷幕，此指其妻之靈帳。潘岳寡婦賦：「易錦茵以苫席，代羅幬以素帷。」

〔三〕百里途：元和郡縣圖志卷一京兆府富平縣：「西南至府一百五十里。」

〔四〕熙熙：和樂貌。老子上篇：「衆人熙熙，如享太牢，如登春臺。」

〔五〕出入：偏指出，謂出外謀生。爾：指「童稚」。

〔六〕同往路：疑指赴高陵令事。韋應物在京兆府功曹參軍任時，曾權攝高陵令。元和郡縣圖志卷二京兆府高陵縣：「西南至府八十里。」高陵、富平二縣同在長安東北。

〔評〕

劉辰翁：唐人詩氣短，蘇州詩氣平，短與平甚懸絶。及其悼亡，自不能不短耳。短者，使人不欲再讀。（張習本）

出還〔一〕

昔出喜還家，今還獨傷意。入室掩無光，銜哀寫虛位〔二〕。悽悽動幽幔，寂寂驚寒吹。幼女復何知〔三〕，時來庭下戲。咨嗟日復老，錯莫身如寄〔四〕。家人勸我餐，對案空垂淚。

〔注〕

〔一〕依編次，詩當爲大曆十一年冬自富平歸家時作。

〔二〕虚位：指韋妻靈位。

〔三〕幼女：見卷四送楊氏女自注及前傷逝注〔一〕。

〔四〕錯莫：一作錯漠，神思恍惚紛亂。沈滿願晨風行：「風彌葉落永離索，神往形返情錯漠。」如寄：如在旅舍。曹丕善哉行：「人生如寄，多憂何爲。」

〔評〕

顧璘：〔時來句〕此語受累。（朱墨本）

沈德潛：〔幼女二句〕因幼女之戲而己之哀倍深。比安仁悼亡較真。（唐詩別裁卷三）

冬　夜〔一〕

杳杳日云夕〔二〕，鬱結誰爲開〔三〕。單衾自不暖，霜霰已皚皚。晚歲淪夙志，驚鴻感深哀。

深哀當何爲，桃李忽凋摧〔四〕。幃帳徒自設，冥寞豈復來〔五〕。平生雖恩重，遷去托窮埃。

抱此女曹恨〔六〕，顧非高世才。振衣中夜起，河漢尚徘徊〔七〕。

〔注〕

〔一〕詩大曆十一年冬爲哀悼亡妻作。

〔二〕杳杳：深遠幽暗貌。

〔三〕鬱結：鬱積盤結，指愁。楚辭遠游：「遭沈濁而污穢兮，獨鬱結其誰語。」

〔四〕桃李：喻指妻子美好的容顏。參見擬古詩十二首其二注〔四〕。

〔五〕冥寞：幽暗寂静，指地下。

〔六〕女曹：女曹兒，兒童。漢書灌嬰傳載灌嬰罵灌賢語：「今日長者爲壽，乃效女曹兒呫囁耳語！」師古曰：「女曹兒，猶言兒女輩也。」

〔七〕河漢：銀河。河漢徘徊，謂天未明。

送終〔一〕

奄忽逾時節〔二〕，日月獲其良〔三〕。蕭蕭車馬悲，祖載發中堂〔四〕。生平同此居，一旦異存亡。斯須亦何益〔五〕，終復委山岡。行出國南門〔六〕，南望鬱蒼蒼。日入乃云造〔七〕，慟哭宿風霜。晨還俯玄廬〔八〕，臨訣但遑遑。方當永潛翳〔九〕，仰視白日光。俯仰遽終畢〔一〇〕，封樹已荒涼〔一一〕。獨留不得還，欲去結中腸。童稚知所失，啼號捉我裳。即事猶蒼卒，歲月始難忘〔一二〕。

【校】

〔蒼卒〕元修本、遞修本、活字本、叢刊本、全唐詩均作「倉卒」。

〔注〕

〔一〕詩大曆十一年十一月爲送妻子元蘋下葬而作。韋應物元蘋墓誌：「永以即歲十一月五日祖載終於太平坊之假第，明日庚申巽時窆於萬年縣義善鄉少陵原先塋外東之直南三百六十餘步。」即歲，即指大曆十一年。

〔二〕奄忽：迅疾。後漢書班超傳：「臣超犬馬齒殲，常恐年衰，奄忽僵仆，孤魂棄捐。」

〔三〕「日月」句：謂占卜到宜于下葬的月日。

〔四〕祖載：此指靈車。後漢書蔡邕傳：「(桓)思皇后祖載之時，東郡有盜人妻者亡在孝中……」李賢注引周禮鄭玄注：「祖，謂將葬祖祭于庭；載，謂升柩于車也。」

〔五〕斯須：片刻。此指短暫停留。

〔六〕國南門：長安城南門。元蘋葬萬年縣少陵原，原在長安東南。元和郡縣志卷一京兆府萬年縣：「杜陵在縣東南二十里，漢宣帝陵也。」太平寰宇記卷二五雍州萬年縣：「少陵原即漢鴻固原也，宣帝、許后葬於此。」

〔七〕云造：到達。云，語詞。

〔八〕玄廬：猶玄堂，墳墓。潘岳悼亡詩：「重阜何崔嵬，玄廬竄其間。」

〔九〕潛翳：潛藏蔽翳，謂埋藏地下。文選卷二十三陸機挽歌：「奈何悼淑儷，儀容永潛翳。」李善注引曹操祭橋玄文：「幽靈潛翳，邈哉緬矣。」

〔一〇〕俯仰：猶言轉眼間。王羲之蘭亭集序：「俯仰之間，已爲陳迹。」

〔一一〕封樹：封土植樹，此指墓地。易繫辭上：「古之葬者，……不封不樹。」正義：「不積土爲墳，是不封也；不植樹以標其處，是不樹也。」

〔一二〕「即事」二句：意謂臨事時還顯得忙碌怱促（顧不上悲慟思念），時間越久越令人難以忘懷。蒼卒，同倉卒，遑遽急迫。

〔評〕

劉辰翁：哀傷如此，豈有和聲哉。而低（一本作慘）黯條達，愈緩愈長。（張習本）

顧璘：蘇州可謂刻意選體，大入堂奥者矣。（朱墨本）

除日〔一〕

思懷耿如昨，季月已云暮。忽驚年復新，獨恨人成故。冰池始泮緑，梅援還飄素〔二〕。淑景方轉延〔三〕，朝朝自難度。

〔校〕

〔援〕原校「一作梢」，遞修本、叢刊本作「楥」。

〔注〕

〔一〕詩大曆十一年除夕爲悼念亡妻作。

〔二〕梅援：即梅楥，梅柳。爾雅釋木：「楥，柜柳。」元稹生春二十首：「何處生春早，春生梅援中。」

〔三〕淑景：美景，此謂春日。延：長。

〔評〕

劉辰翁：不知何能自述其奄奄者如此。（張習本）

袁宏道：渾似六朝之遺選。（参評本）

對芳樹〔一〕

迢迢芳園樹，列映清池曲。對此傷人心，還如故時緑。風條灑餘靄，露葉承新旭。佳人不再攀，下有往來躅〔二〕。

〔注〕

〔一〕詩大曆十二年春爲悼念亡妻作。

芳樹：樂府詩集卷十六引古今樂録：「漢鼓吹鐃歌十八曲，……十一曰芳樹。」同書卷十七録韋應物此詩。

按樂府解題云：「（芳樹）古詞中有云：『妒人之子愁殺人，君有他心，樂不可禁。』若齊王融『相思早春日』，謝朓『早玩華池陰』，但言時暮，衆芳歇絶而已。」韋應物此詩但睹物思人，恐非用樂府舊題。

〔二〕躅：足迹。

〔評〕

劉辰翁：亦何嘗用意刻削，正自不可復堪。（張習本）

顧璘：豈不務去陳言，自是老成。（朱墨本）

沈德潛：亦悼亡作。（唐詩別裁卷三）

月夜〔一〕

皓月流春城，華露積芳草。坐念綺窗空，翻傷清景好。清景終若斯，傷多人自老。

〔注〕

〔一〕詩大曆十二年春爲悼念亡妻作。

〔評〕

劉辰翁：悲哉似不能言者。（張習本）

嘆楊花〔一〕

空蒙不自定〔二〕，況值暄風度〔三〕。舊賞逐流年，新愁忽盈素。纔縈下苑曲，稍滿東城路。人意有悲歡，時芳獨如故。

〔注〕

〔一〕詩大曆十二年春爲悼念亡妻作。

〔二〕空蒙：即空濛，混蒙迷茫貌。謝朓觀朝雨：「空濛如薄霧，散漫似輕埃。」

〔三〕暄風：和風，指春風。初學記卷三引梁元帝纂要：「春曰青陽，……風曰陽風、春風、暄風、柔風、惠風。」

〔評〕

劉辰翁：容易愀然。（張習本）

過昭國里故第〔一〕

不復見故人，一來過故宅。物變知景喧，心傷覺時寂。池荒野筠合，庭緑幽草積。風散花意謝，鳥還山光夕。宿昔方同賞，詎知今念昔。緘室在東廂〔二〕，遺器不忍覿〔三〕。柔翰全分意〔四〕，芳巾尚染澤〔五〕。殘工委筐篋〔六〕，餘素經刀尺〔七〕。收此還我家，將還復愁惕。永絶攜手歡，空存舊行迹。冥冥獨無語，杳杳將何適。唯思今古同，時緩傷與慼〔八〕。

〔校〕

〔鳥還〕還，原校「一作啼」。

〔注〕

〔一〕詩大曆十二年春末夏初爲悼念亡妻作。昭國里：長安中坊里名，在朱雀門大街東第三街從北第十坊，參見唐兩京城坊考卷三。韋應物爲京兆府功曹時居于此。

〔二〕緘：封閉。東廂：東面的偏房。據韋應物撰元蘋墓誌，元蘋即卒於「功曹東廳内院之官舍」。

〔三〕遺器：指女主人生前用過的器物，即元蘋墓誌中提到的香奩粉囊等「器用百物」。覿：看視。

〔四〕柔翰：筆。文選左思詠史：「弱冠弄柔翰，卓犖觀羣書。」劉良注：「柔翰，筆也。」

〔五〕澤：化妝用的脂膏。楚辭大招：「粉白黛黑，施芳澤只。」蔣驥注：「澤，膏脂也。」

〔六〕殘工：未完成的女工，如衣裳、刺綉等。

〔七〕餘素：剩餘的布帛。經刀尺：經裁剪。

〔八〕緩：放鬆，排解。

夏日〔一〕

已謂心苦傷，如何日方永。無人不晝寢，獨坐山中静。悟澹將遣慮〔二〕，學空庶遺境〔三〕。積俗易爲侵〔四〕，愁來復難整。

〔注〕

〔一〕詩約大曆十三年夏爲悼念亡妻作。

〔二〕悟澹：謂領悟恬淡寡欲之道。莊子逍遥游：「嘗相與無爲乎！澹而静乎！漠而清乎！調而閒乎！」成玄英疏：「既游至道之鄉，又處無爲之域，故能恬淡安静，寂寞清虚，柔順調和，寬閑逸豫。」遣慮：排遣思念的憂傷。

〔三〕學空：學佛。佛教謂一切色相世界俱是虚妄，以空爲入道之門，故云。孔稚珪北山移文：「談空空於釋部，覈玄玄於道流。」遺境：忘記自身的處境。

〔四〕積俗：長期因襲形成的習俗。侵：侵襲，攪擾。

〔評〕劉辰翁：此夏日詩，其尤苦也。（張習本）

端居感懷〔一〕

沉沉積素抱〔二〕，婉婉屬之子〔三〕。永日獨無言，忽驚振衣起。方如在幃室〔四〕，復悟永終已。稚子傷恩絶，盛時若流水。暄涼同寡趣〔五〕，朗晦俱無理〔六〕。寂性常喻人〔七〕，滯情今在己〔八〕。空房欲云暮，巢燕亦來止。夏木遽成陰，緑苔誰復履。感至竟何方，幽獨長如此。

〔注〕

〔一〕詩大曆十二年夏爲悼念亡妻作。

〔二〕沉沉：沉重貌。指憂思。素抱：猶幽抱。

〔三〕婉婉：柔順貌。之子：指亡妻。詩周南桃夭：「之子于歸，宜其室家。」

〔四〕幃室：張掛幃幔的内室。

〔五〕暄涼：涼爽和温暖，指冬天和夏天。

〔六〕朗晦：晴朗與陰晦，指晴天和陰雨天。無理：没有條理，無心打理家務，生活起居失去常態。

〔七〕寂性：空寂之心性。喻人：曉諭他人。

〔八〕滯情：執着，不能忘情。

悲紈扇〔一〕

非關秋節至，詎是恩情改〔二〕。掩嚬人已無〔三〕，委篋涼空在。何言永不發，暗使銷光彩〔四〕。

〔注〕

〔一〕詩大曆十二年秋爲悼念亡妻作。

紈扇：細絹製成的扇子。

〔二〕「非關」二句：班婕妤怨歌行：「新裂齊紈素，皎潔如霜雪。裁爲合歡扇，團團似明月。出入君懷袖，動摇微風發。常恐秋節至，涼飆奪炎熱。棄捐篋笥中，恩情中道絶。」

〔三〕掩嚬：猶掩面。嚬，通顰，皺眉。沈約團扇歌：「團扇復團扇，持許自障面。」王建調笑令：「團扇，團扇，美人病來遮面。」

〔四〕「何言」二句：意謂哪裏知道總也不打開篋笥，篋中的紈扇暗中也褪去了顔色。言，料想，知道。發，打開。光彩，指紈扇的顔色。

閑齋對雨〔一〕

幽獨自盈抱，陰淡亦連朝。空齋對高樹，疏雨共蕭條。巢燕翻泥濕，蕙花依砌消。端居念往事，倏忽苦驚飈。

〔注〕

〔一〕依編次，詩大曆十二年秋爲悼念亡妻作。

〔評〕

袁宏道：蘇州意想，時時如此。（參評本）

林園晚霽〔一〕

雨歇見青山，落日照林園。山多烟鳥亂，林清風景翻。提攜唯子弟，蕭散在琴言〔二〕。同游不同意，耿耿獨傷魂。寂寞鍾已盡，如何還入門。

〔校〕

〔多〕原校「一作夕」，唐詩品彙卷十五作「夕」。〔意〕唐詩品彙卷十五作「賞」。

〔注〕

〔一〕依編次，此及後數詩均大曆末、建中初爲悼念亡妻作。

〔二〕提攜：攜帶。蕭散：淒涼蕭索。琴言：琴音表達的思想感情。謝朓和王長史卧病：「縞衣紛可獻，琴言暖已和。」

〔評〕

鍾惺：每於庸常語意着數虚字回旋，便深便警，此陶詩秘法也。（朱墨本）

秋夜二首

其一

庭樹轉蕭蕭〔一〕，陰蟲還戚戚〔二〕。獨向高齋眠，夜聞寒雨滴。微風時動牖，殘燈尚留壁。惆悵平生懷，偏來委今夕〔三〕。

〔校〕

〔其一〕原無其一、其二字樣，今徑增。

〔注〕

〔一〕蕭蕭：樹木搖動落葉貌。楚辭九歌山鬼：「風颯颯兮木蕭蕭，思公子兮徒離憂。」

〔二〕陰蟲：蟋蟀之類的秋蟲。文選卷二十六顏延之夏夜呈從兄散騎車長沙：「夜蟬堂夏急，陰蟲先秋聞。」李善注引易通系卦：「蟋蟀之蟲，隨陰從陽。」

〔三〕委：聚集。

〔評〕

劉辰翁：〔獨向句〕淒然。吾讀蘇州詩至此，初怪其情近婦人，非靳之也。（張習本）

其二

霜露已淒漫，星漢復昭回〔一〕。朔風中夜起，驚鴻千里來。蕭條涼葉下，寂寞清砧哀。歲晏仰空宇，心事若寒灰〔二〕。

【校】

〔仰〕唐詩品彙卷十五作「作」。

【注】

〔一〕昭回：光明回轉。詩大雅雲漢：「倬彼雲漢，昭回于天。」箋：「雲漢，謂天河也。昭，光也，倬然。天河，水氣也，精光轉運于天。」

〔二〕寒灰：猶死灰，已冷却之灰燼。莊子齊物論：「形固可使如槁木而心固可使如死灰乎。」

【評】

袁宏道：「朔風二句」大似玄暉「蒼雲暗九重，朔風吹萬籟」，同一高遠。（參評本）

感夢〔一〕

歲月轉蕪漫〔二〕，形影長寂寥。髣髴覯微夢〔三〕，感嘆起中宵。綿思靄流月，驚魂颯回飈。誰念茲夕永，坐令顏鬢凋。

〔注〕

〔一〕詩大曆末、建中初作。

〔二〕蕪漫：荒涼，謂草木凋零。

〔三〕覯：會面。微夢：不是夢。

同德精舍舊居傷懷〔一〕

洛京十載別〔二〕，東林訪舊扉〔三〕。山河不可望，存没意多違。時遷迹尚在，同去獨來歸。還見窗中鴿，日暮繞庭飛。

〔注〕

〔一〕詩建中三年赴滁州任途經洛陽作。同德精舍：在洛陽，大曆八年韋應物罷河南府兵曹參軍後曾居此，已見卷二同德精舍養疾寄河南兵曹東廳掾詩注。

〔二〕十載：韋應物大曆八年冬赴長安爲京兆功曹參軍，至建中三年，首尾十年。

〔三〕東林：廬山有東林寺，見前春月觀省屬城始憩東西林精舍注〔一〕。此借指佛寺同德精舍。

悲故交〔一〕

白璧衆求瑕〔二〕，素絲易成污〔三〕。萬里顛沛還，高堂已長暮〔四〕。積憤方盈抱，纏哀忽逾度〔五〕。念子從此終，黃泉竟誰訴。一爲時事感，豈獨平生故。唯見荒丘原，野草塗朝露。

【校】

〔事〕文苑英華卷三百三作「所」。

【注】

〔一〕詩爲傷悼經遷貶而歸之故人作，其人及詩之作年均未詳。

〔二〕瑕：玉上疵病。求瑕，吹毛求疵。蕭統陶淵明集序：「白璧微瑕，惟在閑情一賦。」魏書崔浩傳：「南鎮諸將……妄張賊勢，吹毛求瑕，冀得肆心。」

〔三〕素絲：參見卷四送李二歸楚州注〔四〕。後漢書黃瓊傳載李固與瓊書：「常聞語曰：『嶢嶢者易缺，皦皦者易污。』」

〔四〕高堂：指父母。長暮：猶大暮，指地下，此婉言死。文選卷二十八陸機挽歌：「廣霄何寥廓，大暮安有晨。」李善注引張奂遺令：「地底冥冥，長無曉期。」

〔五〕纏哀：纏綿深重的悲痛。逾度：過度。

【評】

劉辰翁：可念吾友。（張習本）

張彭州前與緱氏馮少府各惠寄一篇多故未答張已云没因追哀叙事兼遠簡馮生〔一〕

君昔掌文翰，西垣復石渠〔二〕。朱衣乘白馬，輝光照里閭。余時忝南省〔三〕，接宴愧空虚。一別守兹郡〔四〕，蹉跎歲再除。長懷關河表，永日簡牘餘。郡中有方塘，涼閣對紅蕖〔五〕。金玉蒙遠貺〔六〕，篇咏見吹嘘〔七〕。未答平生意，已没九原居〔八〕。秋風吹寢門〔九〕，長慟涕漣如〔一〇〕。覆視緘中字，奄爲昔人書。髮鬢已云白，交友日雕疏〔一一〕。馮生遠同恨，憔悴在田廬。

〔校〕

〔垣〕原作「域」，據元修本、遞修本、活字本、叢刊本、全唐詩改。　〔長〕叢刊本作「常」。

〔注〕

〔一〕詩貞元元年秋在滁州作。

彭州：州治在今四川彭縣。張彭州：張蒇。韓愈中散大夫河南尹杜君墓誌銘：「夫人常山郡君張氏，彭州刺史、贈禮部侍郎蒇之女。」册府元龜卷一百三十九：「興元元年……十二月，以……前左庶子張蒇爲彭州刺史，……朱泚時潛不仕也。」緱氏：河南府屬縣，在今河南偃師東南。少府：唐人對縣尉的通稱。馮少府，馮著。韋應物與馮著、馮魯兄弟交游，然貞元五年馮魯方登進士第，故此馮少府是馮著。張蒇、馮著寄韋應物詩均已亡佚。

〔二〕「君昔」二句：西垣：中書省，見卷三寄令狐侍郎注〔五〕。石渠：西漢宮中閣名，爲皇家收藏圖籍之處，唐人詩文中常借指集賢院。參見卷四送五經趙隨登科授廣德尉注〔三〕。二句指張蒇建中中以司封郎中知制誥事，參見卷二寓居灃上精舍寄于張二舍人注〔一〕。

〔三〕南省：尚書省。建中二年韋應物爲尚書省比部員外郎，屢見前注。

〔四〕茲郡：指滁州。韋應物建中三年出守滁州，至此整三年，故下云「歲再除」。

〔五〕紅蕖：紅色荷花。蕖，芙蕖，荷花別名。

〔六〕金玉：比喻珍貴美好的事物，此指張蒇、馮著的來詩。詩小雅白駒：「毋金玉爾音，而有遐心。」貺：贈送。

〔七〕吹噓：呼氣和吸氣，比喻稱讚獎掖。杜甫贈獻納使起居田舍人澄：「楊雄更有河東賦，唯待吹噓送上天。」

〔八〕九原：山名，在今山西新絳縣北，此代指墓地。國語晉語八：「趙文子與叔向游于九原曰：『死者若可作也，吾誰與歸！』」韋昭注：「原，當作『京』。京，晉墓地。」

〔九〕寢門：內室之門。禮記檀弓上：「孔子曰：『……朋友，吾哭諸寢門之外。』」

〔一〇〕漣如：垂淚貌。易屯：「乘馬班如，泣血漣如。」

〔一一〕雕疏：零落稀疏。雕，古「凋」字。

東林精舍見故殿中鄭侍御題詩追舊書情涕泗橫集因寄呈閻灃州馮少府〔一〕

仲月景氣佳，東林一登歷。中有故人詩〔二〕，淒涼在高壁。精思長懸世，音容已歸寂〔三〕。

墨澤傳灑餘，磨滅親翰迹。平生忽如夢，百事皆成昔。結騎京華年〔四〕，揮文篋笥積。朝庭重英彥，時輩分珪璧〔五〕。永謝柏梁陪，獨闕金門籍〔六〕。方嬰存没感，豈暇林泉適〔七〕。雨餘山景寒，風散花光夕。新知雖滿堂，故情誰能覿。唯當同時友，緘寄空悽感〔八〕。

〔校〕

〔懸〕原校「一作懷」。

〔注〕

〔一〕詩貞元三年五月在江州作。東林精舍：廬山東林寺，已見前春月觀省屬城始憩東西林精舍注〔一〕。殿中鄭侍御：鄭常。舊唐書吳少誠傳：「朝廷遂授少誠以申、光、蔡等州節度觀察兵馬留後，尋正授節度。少誠善爲治，勤儉無私，日事完聚，不事朝廷。貞元三年，判官鄭常及大將楊冀謀逐少誠以聽命於朝，試校書郎劉涉假爲手詔數十，致於大將，欲因少誠之出，閉城門以拒之。屬少誠將出餞中使，常、冀等遂謀舉事，臨發，爲人所告，常、冀先遇害。」新唐書德宗紀：貞元三年五月，「吳少誠殺……殿中侍御史鄭常。」閻澧州：閻寀，見卷四送閻寀赴東川辟注〔一〕。全唐文卷六百八十四董侹閻貞範先生（寀）碑：「故授澧州刺史，……星歲七稔。……轉吉州刺史。」據碑，寀貞元七年十一月卒。馮少府：馮著，曾爲緱氏尉。參見前詩。

〔二〕故人詩：唐詩紀事卷三十一鄭常送頭陀上人自廬山歸東溪：「僧家無住著，早晚出東林。」未知即韋應物所云之題壁詩否。

〔三〕歸寂：復歸于空寂，佛教稱死亡爲示寂或歸寂。

〔四〕結騎：猶連騎。史記仲尼弟子列傳：「子貢相衛，而結駟連騎，排藜藿，入窮閻，過謝原憲。」京華：指長安。韋應物與鄭常、閻寀、馮著結騎京華當在早年入仕前。

〔五〕珪璧：古代玉製禮器，朝會時所執佩，以表示等級區别。珪上尖下方，璧圓而扁平，中有圓孔。分珪璧，謂擔任朝廷官職。漢書揚雄傳載雄解嘲：「析人之圭，儋人之爵。」師古曰：「析亦分也。」左思詠史：「臨組不肯緤，對珪不肯分。」

〔六〕「永謝」二句：指鄭常一死，永遠不能再陪宫廷唱和，終身没有登朝爲官。柏梁：西漢長安宫中臺名，參見卷四送雷監赴闕庭注〔四〕。金門籍：指朝籍，已見卷五答韓庫部注〔三〕。

〔七〕嬰：纏繞。存没感：指傷悼死者的情感。林泉適：山林泉石的安逸，指賞玩廬山的風景。

〔八〕同時友：謂閻寀、馮著。悽慼：同淒戚，哀傷。謝靈運南樓中望所遲客：「即事怨睽攜，感物方悽慼。」

〔評〕

袁宏道：常淒妍欲絶。（參評本）

同李二過亡友鄭子故第〔一〕李與之故，非予所識。

客車名未滅，没世恨應長〔二〕。斜月知何照，幽林判自芳〔三〕。故人驚逝水〔四〕，寒雀噪空牆。不是平生舊，遺蹤要可傷。

〔注〕

〔一〕李二：疑爲李澣，若然，則詩當永泰中作，參見卷三和李二主簿寄淮上綦毋三注〔一〕。鄭子：未詳。

〔二〕没世：死。論語衛靈公：「君子疾没世而名不稱焉。」

〔三〕判（pān）：聽任。

〔四〕故人：指李二，爲鄭子故人。逝水：喻流駛的時光。論語子罕：「子在川上曰：『逝者如斯夫，不舍晝夜！』」

話　舊〔一〕

亭中對兄姊話蘭陵、崇賢、懷真以來故事，泫然而作。

存亡三十載，事過悉成空。不惜霑衣淚，併話一宵中。

〔注〕

〔一〕詩題下注所云蘭陵、崇賢、懷真均長安中坊里名。據徐松唐兩京城坊考，蘭陵坊在朱雀門街東從北第六坊，崇賢坊在朱雀門街西第三街從北第八坊，懷貞坊在朱雀門街西第二街從北第四坊，蓋韋應物先人曾居此數坊，故話舊而嘘唏泣下。詩云「三十載」，當代宗末或德宗朝作于長安。

至開化里壽春公故宅〔一〕

寧知府中吏〔二〕，故宅一徘徊。歷階存往敬，瞻位泣餘哀。廢井没荒草，陰牖生緑苔。門前車馬散，非復昔時來。

〔注〕

〔一〕詩約貞元四年在長安作。

開化里：長安中坊里名。唐兩京城坊考卷二，開化坊在長安朱雀街東從北第二坊。壽春公：黎幹，已見卷二秋集罷還途中作謹獻壽春公黎公注〔一〕。據兩唐書本傳及舊唐書德宗紀上，黎幹于大曆十四年閏五月除名長流，旋賜死藍田驛。唐代墓誌彙編貞元〇三四唐故銀青光禄大夫尚書兵部侍郎壽春郡開國公黎公墓誌銘：「大曆十四祀，詔徙端州，以素疾而終。享年六十四。尋沐鴻恩昭雪，以本官歸葬。……至貞元庚午歲十一月廿八日庚寅，遷宅于洛陽翟縣清風鄉之原，禮也。」庚午，貞元六年。韋應物建中三年出守滁州，貞元四年方歸長安，詩當即此年作，時黎幹尚未獲昭雪歸葬。

〔二〕府中吏：黎幹爲京兆尹時，韋應物爲京兆府功曹參軍，故自稱「府中吏」。

睢陽感懷〔一〕

豺虎犯天綱〔二〕，昇平無内備。長驅陰山卒〔三〕，略踐三河地〔四〕。張侯本忠烈〔五〕，濟世有深智。堅壁梁宋間〔六〕，遠籌吳楚利〔七〕。窮年方絶輸〔八〕，鄰援皆攜貳〔九〕。使者哭其庭〔一〇〕，救兵終不至。重圍雖可越，藩翰諒難棄〔一一〕。饑喉待危巢，懸命中路墜〔一二〕。甘從鋒刃斃，莫奪堅貞志〔一三〕。宿將降賊庭，儒生獨全義〔一四〕。空城唯白骨，同往無賤貴。哀哉豈獨今，千載當歔欷。

【校】

〔貴〕原作「責」，據元修本、遞修本、活字本、叢刊本、唐詩品彙卷十五、全唐詩改。

〔注〕

〔一〕詩作年未詳。

睢陽：郡名，即宋州，州治在今河南商丘南。舊唐書地理志一：「天寶元年，改宋州爲睢陽郡。乾元元年，復爲宋州。」安、史亂中，張巡與許遠同守睢陽，被圍經年，城中糧盡，援兵不至，至德二年十月，城陷，張巡、許遠爲賊所執，被害。事詳見兩唐書張巡傳。詩即咏此事。

〔二〕豺虎：喻指安、史叛軍。王粲七哀詩：「西京亂無象，豺虎方遘患。」天綱：朝廷綱紀。

〔三〕陰山：今河套以北、大漠以南諸山脈的統稱。史記秦始皇本紀：「自榆中并河以東，屬之陰山。」陰山卒，謂安、史叛軍，時安禄山盤據幽州，身兼范陽、平盧、河東節度使，三鎮均在陰山南。

〔四〕略踐：攻掠占領。三河：河南、河北、河東三道的統稱。天寶十四載十一月，安禄山以誅楊國忠爲名，率兵十餘萬南下，十二月，攻占洛陽。見舊唐書玄宗紀下。

〔五〕張侯：張巡。安、史亂起時，張巡爲真源令，時守將令狐潮欲以雍丘降賊，巡逐之，守雍丘，又以雍丘小邑，難以固守，遂與許遠同守睢陽。事見兩唐書本傳。

〔六〕堅壁：堅守壁壘。謂張巡固守睢陽。梁、宋：汴州（大梁）及宋州，今河南鄭州至商丘一帶，此即指宋州睢陽郡。顔延之北使洛：「塗出梁宋郊，道由周鄭間。」

〔七〕吴、楚：春秋二國名，此指淮南、江南等道，爲唐王朝提供財賦、糧食的主要地區。韓愈張中丞傳後叙稱：張巡「守一城，捍天下。以千百就盡之卒，戰百萬日滋之師，蔽遮江淮，沮遏其勢，天下之不亡，其誰之功也？」

〔八〕絶輸：指江淮對唐中央王朝的運輸綫中斷。新唐書食貨志三：「肅宗末年，史朝義分兵出宋州，淮運於是阻絶。」

〔九〕攜貳：離散有二心。左傳襄公四年：「諸侯新服，陳新來和，將觀於我。我德則睦，否則攜貳。」

〔一〇〕使者：指張巡帳下將領南霽雲。哭其庭：伍子胥伐楚，破郢，申包胥求救於秦，秦不許，「包胥立於秦廷，晝夜哭，七日七夜不絶其聲」，秦哀公乃發兵救楚，事見史記伍子胥列傳。據舊唐書張巡傳，時賀蘭進明以重兵守臨淮，巡遣南霽雲夜縋出城，求援於進明，進明張樂高會，無出師意。霽雲泣告，且嚙一指爲誓，進明終不出師，睢陽城遂陷。

〔一一〕「重圍」二句：謂張巡本可突圍，但不能棄國土而去。藩翰：原喻國家重臣，此指國家重地。詩大雅板：「价人維藩，大師維垣，大邦維屏，大宗維翰。」傳：「藩，屏也。垣，牆也。……翰，幹也。」韓愈張中丞傳後叙：「當二公之初守也，寧能知人之卒不救，棄城而逆遁？苟此不能守，雖避之他處何益？」

〔一二〕「饑喉」二句：舊唐書張巡傳：「尹子奇攻城既久，城中糧盡，易子而食，析骸而爨，人心危恐，慮將有變。巡乃出其妾，對三軍殺之，以饗士卒。」

〔一三〕「甘從」二句：韓愈張中丞傳後叙：「城陷。賊以刃脅降巡，巡不屈。」

〔一四〕「宿將」二句：葛立方韵語陽秋卷五云：「韋蘇州睢陽感懷有詩曰：『宿將降賊庭，儒生獨全義。』宿將謂許遠，儒生謂張巡也。蓋當時物議，以爲巡死而遠就虜，辭服於賊，故應物云爾。然韓愈嘗有言曰：『遠誠畏死，何苦守尺寸之地，食其所愛之肉，以與賊抗而不降乎！』斯言得矣。巡死後，賊將生致遠於偃師，遠亦以不屈死，則是遠亦終死賊也。」按，許遠并未降賊，且據新唐書本傳，遠爲許敬宗曾孫，亦一儒生，故詩中「宿將」當指安、史叛亂時其他投降將領。

〔評〕

袁宏道：蘇州睢陽、柴桑三良、荆軻，皆集中眼目，淡寂未免無雄心。（參評本）

喬億：〔豺虎二句〕所以潼關失守。〔堅壁二句〕兼叙守睢陽功。〔鄰援〕賀蘭進明、許叔冀。〔使者句〕以申包胥況南八。〔救兵句〕此專指賀蘭。〔重圍二句〕句句可證新書。〔饑喉句〕叙事中着此五字，妙。〔宿將句〕指哥舒翰一輩人。古今共推韋詩沖澹，而韋之分量未盡也，如睢陽感懷、經函谷關，并大有關係之作，尚得以沖澹不沖澹論耶？唐文粹、文苑英華不録此二首，獨品彙收入，可稱巨眼。李翰所撰張中丞傳，今有無莫據。其進傳表見文粹，新書翰本傳亦載全文，稍截其字句耳。韋此詩相爲表裏，感憤嘆息，可當傳贊。退之所書，後出也，歐陽文忠謂與翰互有得失。顧中丞大節以翰而白，恤典亦云優至，獨何以缺謚？當即取詩中「忠烈」二字追謚之，百世下誰曰不然。（劍溪説詩又編）

廣德中洛陽作〔一〕

生長太平日，不知太平歡。今還洛陽中，感此方苦酸。飲藥本攻病，毒腸翻自殘〔二〕。王師涉河洛，玉石俱不完〔三〕。時節屢遷斥〔四〕，山河長鬱盤〔五〕。蕭條孤烟絶，日入空城寒。蹇劣乏高步〔六〕，緝遺守微官〔七〕。西懷咸陽道〔八〕，躑躅心不安〔九〕。

【注】

〔一〕廣德：唐代宗的第一個年號，凡二年（七六三—七六四）。據舊唐書代宗紀，寶應元年十月，雍王李适在回紇軍隊的幫助下率兵收復洛陽，史朝義部下李朝仙斬朝義之首來降，安、史之亂始平，次年七月，改元廣德。韋應物于洛陽新收復之後來此，作此詩。

〔二〕「飲藥」二句：即飲鴆止渴之意。指唐玄宗任用胡人安禄山等爲邊地節度使以備邊，後唐肅宗又借用回紇軍隊平定安、史之亂，結果均反受其禍。

〔三〕「王師」二句：言官軍收復河洛，但這一地區已遭到極大破壞。書胤征：「火炎昆崗，玉石俱焚。」資治通鑑卷二百二十二：寶應元年十月，「回紇入東京，肆行殺掠，死者萬計，火累旬不滅。朔方、神策軍亦以東京、鄭、汴、汝諸州皆爲賊境，所過虜掠，三日乃已，比屋蕩盡，士民皆衣紙。」

〔四〕遷斥：推移。文選劉楨贈五官中郎將：「四節相推斥，季冬風且涼。」李善注引廣雅：「斥，推也。」

〔五〕鬱盤：見卷五酬鄭户曹驪山感懷注〔二〕。

〔六〕蹇劣：跛而駑劣，喻己缺乏才能。

〔七〕緝（jī）遺：謂聚集安撫殘餘百姓。後漢書伏隆傳：「隆招懷綏緝，多來降附。」微官：指洛陽丞，見卷二示從子河南尉班詩序。

〔八〕咸陽：秦都，此代指長安。

〔九〕躑躅：駐足，停步不前。

閶門懷古〔一〕

獨鳥下高樹，遥知吴苑園〔二〕。淒涼千古事，日暮倚閶門。

〔注〕

〔一〕詩貞元五年左右在蘇州作。閶門：蘇州西門，參見卷四送崔叔清游越注〔四〕。

〔二〕吴苑：春秋時吴王游獵之長洲苑，在蘇州西南，參見卷三寄皎然上人注〔四〕。

感　事〔一〕

霜雪皎素絲〔二〕，何意墜墨池。青蒼猶可濯，黑色不可移。女工再三嘆，委棄當此時。歲寒雖無褐〔三〕，機杼誰肯施〔四〕。

〔注〕

〔一〕此詩疑爲惋惜友人誤入逆黨而作，作年及其事均未詳。

〔二〕素絲：參見前悲故交注〔三〕。

〔三〕褐：粗布衣。詩豳風七月：「無衣無褐，何以卒歲！」

〔四〕機杼：織布機。施：施行，指將絲織成布。

感鏡〔一〕

鑄鏡廣陵市〔二〕，菱花匣中發〔三〕。宿昔嘗許人，鏡成人已没。如冰結圓器，類璧無絲髮〔四〕。形影終不臨〔五〕，清光殊不歇。一感平生言，松枝挂秋月〔六〕。

【校】

〔宿〕全唐詩作「夙」。〔挂〕原作「樹」，據叢刊本改。

【注】

〔一〕此詩爲傷悼友人而作，作年未詳。

〔二〕廣陵：即揚州，屢見前注。國史補卷下：「揚州舊貢江心鏡，五月五日揚子江中所鑄也。或言無有百鍊者，或至六七十鍊則已，易破難成，往往有自鳴者。」

〔三〕菱花：銅鏡背面花紋。趙飛燕初上大號，班婕妤獻七尺菱花鏡一奩，見飛燕外傳。

〔四〕璧：圓而扁平的玉。絲髮：形容細微，此指細微的瑕疵。

〔五〕不臨：不臨照鏡子。

〔六〕「松枝」句：謂將鏡掛在友人墳頭的松枝上。史記吳太伯世家：「季札之初使，北過徐君。徐君好季札劍，口弗敢言。季札心知之，爲使上國，未獻。還至徐，徐君已死，於是乃解其寶劍，繫之徐君冢樹而去。」秋月，喻指鏡。

嘆白髮〔一〕

還同一葉落〔二〕，對此孤鏡曉。絲縷乍難分〔三〕，楊花復相繞。時役人易衰，吾年白猶少。

〔注〕

〔一〕此詩當中年後初見白髮而作。

〔二〕一葉：淮南子説山：「見一葉落，而知歲之將暮；睹瓶中之冰，而知天下之寒。」

〔三〕絲縷：與下楊花均比喻白髮。

〔評〕

劉辰翁：推而不近，然愈迫矣。善怨非自寬也。（和刻本）

卷七

登眺

登高望洛城作〔一〕

高臺造雲端，遐瞰周四垠。雄都定鼎地〔二〕，勢據萬國尊。河岳出雲雨〔三〕，土圭酌乾坤〔四〕。舟通南越貢〔五〕，城背北邙原〔六〕。帝宅夾清洛〔七〕，丹霞捧朝暾。葱蘢瑶臺榭〔八〕，窈窱雙闕門〔九〕。十載構屯難〔一〇〕，兵戈若雲屯〔一一〕。膏腴滿榛蕪〔一二〕，比屋空毁垣〔一三〕。聖主乃東眷，俾賢拯元元〔一四〕。熙熙居守化〔一五〕，泛泛大府恩〔一六〕。至損當受益，苦寒必生温。平明四城開，稍見市井喧。坐感理亂迹，永懷經濟言。吾生自不達，空鳥何翩翻。天高水流遠，日晏城郭昏。裴回訖日夕，聊用寫憂煩。

【校】

〔通〕原校「一作盈」。　〔若〕原校「一作久」。　〔大〕原作「太」，據遞修本改。　〔當〕原校「一作方」。

〔注〕

〔一〕詩永泰中在洛陽作。

〔二〕雄都：雄偉城邑，指洛陽。定鼎：定都。參見卷四賦得鼎門送盧耿赴任注〔一〕。

〔三〕河岳：指黄河、嵩山。洛陽伽藍記卷三引常景汭頌：「上應張、柳，下據河、嵩。」雲雨：雙闕帝王的恩澤。詩召南殷其雷傳：「山出雲雨，以潤天下。」

〔四〕土圭：古代用以測日影，正四時并測量土地的工具。周禮地官大司徒：「以土圭之法，測土深，正日景，以求地中。」酌：度量。乾坤：天地。

〔五〕南越：古國名，此指今粤、桂等省地。元和郡縣圖志卷三十四嶺南道：「春秋時百越之地，秦并天下置南海郡。秦末趙佗竊據之。高帝定天下，爲中國勞苦，釋佗不誅，因立佗爲南越王，使無爲南邊害。至武帝元鼎五年，……遂定越地，以爲南海、蒼梧、鬱林、交趾、九真、日南、珠崖、儋耳郡。」

〔六〕北邙：山名，在洛陽北。元和郡縣圖志卷五河南府偃師縣：「北邙山，在縣北二里，西自洛陽縣界，東入鞏縣界。舊説云北邙山是隴山之尾，乃衆山總名，連嶺修亘四百餘里。」

〔七〕帝宅：指京師。太平御覽卷一百五十六引張勃吴録：「劉備曾使諸葛亮至京，因睹秣陵山阜，嘆曰：『鍾山龍蟠，石頭虎踞，此帝王之宅。』」清洛：洛水，横貫洛陽。元和郡縣圖志卷五河南府：「仁壽四年，煬帝詔楊素營東京，大業二年，新都成，遂徙居，今洛陽宫是也。其宫北據邙山，南直伊闕之口，洛水貫都，有河漢之象。」

〔八〕瑶臺：玉臺。楚辭離騷：「望瑶臺之偃蹇兮，見有娀之佚女。」

〔九〕窅窱：同窈窕，幽深貌。雙闕：參見卷一擬古詩十二首其三注〔九〕。古詩十九首其三：「洛中何鬱鬱，冠帶自相索。……兩宫遥相望，雙闕百餘尺。」

〔一〇〕屯（zhūn）難：時運艱難。易屯彖辭：「屯，剛柔始交而難生。」謝靈運撰征賦：「民志應而願税，國屯難而思撫。」韋應物廣德中來洛陽，自天寶十四載（七五五）安、史叛軍占領洛陽，至廣德二年（七六四），已首尾十年。

〔一一〕兵戈：代指軍隊、戰争。雲屯：如雲之屯聚，極言其多。庾信哀江南賦：「梯衝亂舞，冀馬雲屯。」

〔一二〕膏腴：指肥沃土地。史記梁孝王世家：「梁最親，有功，又爲大國，居天下膏腴地。」榛蕪：荒蕪。

〔一三〕比屋：衆多相連的房屋。左思蜀都賦：「比屋連甍，千廡萬室。」

〔一四〕元元：百姓。戰國策秦策一：「制海内，子元元。」

〔一五〕熙熙：和樂貌。老子上篇：「衆人熙熙，如登春臺。」居守：留守，此指東都留守，參見卷二示從子河南尉班注〔二〕。

〔一六〕泛泛：廣大貌。大府：指河南府。

同德寺閣集眺〔一〕

芳節欲云晏，游遨樂相從。高閣照丹霞，飀飀含遠風。寂寥氛氲廓〔二〕，超忽神慮空〔三〕。旭日霽皇州，岧嶢見兩宫〔四〕。嵩少多秀色〔五〕，群山莫與崇。三川浩東注〔六〕，瀍澗亦來同〔七〕。陰陽降大和〔八〕，宇宙得其中。舟車滿川陸，四國靡不通。舊堵今已葺，庶甿亦已豐。周覽思自奮，行當遇時邕〔九〕。

〔校〕

〔已〕遞修本作「既」。

〔注〕

〔一〕詩大曆八年左右在洛陽作。

〔二〕氛氳：霧氣盛貌。謝惠連雪賦：「氛氳蕭索。」廓：廓清，消散。

〔三〕超忽：神情高逸貌。參見卷二同德寺雨後寄元侍御李博士注〔五〕。

〔四〕岧嶢：高貌。兩宮：東漢洛陽有南北二宮，見卷一擬古詩十二首其三注〔九〕。唐洛陽亦有洛陽宮及上陽宮。

〔五〕嵩少：即嵩山，有太室、少室二山，參見卷一賈常侍林亭宴集注〔五〕。

〔六〕三川：指黃河、洛水、伊水，均流經洛陽。參見卷二贈蕭河南注〔五〕。

〔七〕瀍、澗：二水名，均在洛陽，同注入河。元和郡縣圖志卷五河南府河南縣：「瀍水，在縣西北六十里。禹貢曰：『伊、洛、瀍、澗，既入于河。』孔安國注曰：『出河南北山。』」

〔八〕大和：指陰陽交會和合的元氣。易乾：「保合大和，乃利貞。」文選卷三張衡東京賦：「區宇乂安，思和求中。睿哲玄覽，都茲洛宮。」薛綜注：「天地之内稱宇。言海内既已乂安，思求陰陽之和、天地之中而居之。」

〔九〕時邕：時世安定、太平。邕，同雍。

〔評〕

袁宏道：〔群山二句〕古意繽紛。（參評本）

登寶意寺上方舊游〔一〕寺在武功，曾居此寺。

翠嶺香臺出半天，萬家烟樹滿晴川。諸僧近住不相識，坐聽微鍾記往年。

〔校〕

〔微〕原校「一作巖」。

〔注〕

〔一〕詩疑爲大曆十年左右在京兆府功曹參軍任時使武功作。寶意寺：長安志卷一四武功縣：「寶意寺在縣西一里，亦唐神堯别宅，乾封三年建爲寶意寺。」

〔評〕

劉辰翁：凡語言天趣者皆實歷，無趣者，雖有味亦短。（張習本）

登樂游廟作〔一〕

高原出東城，鬱鬱見咸陽〔二〕。上有千載事，乃自漢宣皇〔三〕。頹墉久凌遲〔四〕，陳迹翳丘荒。春草雖復緑，驚風但飄揚。周覽京城内，雙闕起中央〔五〕。微鍾何處來，暮色忽蒼蒼。歌吹喧萬井〔六〕，車馬塞康莊〔七〕。昔人豈不爾，百世同一傷。歸當守沖漠〔八〕，迹寓心自忘。

〔校〕

〔傷〕原校「一作場」。

〔注〕

〔一〕詩疑爲大曆十年左右在京兆府功曹參軍任時作。樂游廟：在長安東樂游原上。類編長安志卷七：「樂游原，在咸寧縣南八里曲江池東北，秦宜春苑也。漢宣帝起樂游廟，在唐京城内高處。每正月晦日、上巳、重九，京城士女咸此登賞祓禊。」

〔二〕咸陽：京兆府屬縣，今屬陝西。秦都咸陽，此代指長安。

〔三〕漢宣皇：漢宣帝劉詢，公元前七十三年至前四十九年在位。三輔黄圖卷五：「宣帝廟，號樂游，在杜陵西北。神爵三年，宣帝立廟於曲池之北，號樂游。按其處，則今呼樂游闕是也，因樂游苑得名。」

〔四〕壖（ruán）：宫廟内牆以外、外牆以内的空地。凌遲：衰敗，敗壞。漢書刑法志：「今隄防凌遲，禮制未立。」

〔五〕雙闕：唐長安大明宫含元殿前有栖鳳、翔鸞二闕。李華含元殿賦：「左翔鸞而右栖鳳。」

〔六〕歌吹：歌樂聲。萬井：千家萬户。相傳古制以八家爲井，引申爲人口聚居地。

〔七〕康莊：四通八達的大道。

〔八〕守沖漠：保持虚寂恬静。張協七命：「沖漠公子，含華隱曜。」

登西南岡卜居遇雨尋竹浪至灃壖縈帶數里清流茂樹雲物可賞〔一〕

登高創危構，林表見川流。微雨颯已至，蕭條川氣秋。下尋密竹盡，忽曠沙際游。紆直水分野，綿延稼盈疇〔二〕。寒花明廢墟，樵牧笑榛丘。雲水成陰澹〔三〕，竹樹更清幽。適自戀佳賞，復茲永日留。

〔校〕

〔成〕原校「一作交」。〔適自句〕原校「一作適自愜心賞，又一作幽賞」。

〔注〕

〔一〕依編次，詩大曆十四年初罷櫟陽令居灃上時作。卜居：選擇居住地。灃：灃水。壖：水邊地。

〔二〕盈疇：布滿田野。

〔三〕陰澹：陰暗，暗淡。夏侯湛愍桐賦：「蔽陰澹之南表，覆陽阿之北外。」

灃上與幼遐月夜登西岡玩花〔一〕

置酒臨高隅，佳人自城闕。已玩滿川花，還看滿川月。花月方浩然，賞心何由歇。

〔注〕

〔一〕依編次，詩建中元年春閑居灃上時作。幼遐：李儋字，見卷二善福閣對雨寄李儋幼遐注。

臺上遲客〔一〕

高臺一悄望，遠樹間朝暉。但見東西騎〔二〕，端令心賞違〔三〕。始霽郊園緑，暮春啼鳥稀。徒然對芳物，何能獨醉歸。

〔校〕

〔悄望〕原校「一作聊望」。

〔注〕

〔一〕依編次，詩建中元年暮春在灃上閑居時作。遲(zhì)：等待。謝靈運有南樓望所遲客詩。

〔二〕東西騎：東來西往的騎馬人。

〔三〕端：確實，的確。心賞違：心情不舒暢。因爲東西騎都不是自己等待的客人。

〔評〕

袁宏道：「始霽郊園緑二句」琢語自然，天趣無限。（參評本）

登樓〔一〕

茲樓日登眺，流歲暗蹉跎〔二〕。坐厭淮南守〔三〕，秋山紅樹多。

【注】

〔一〕詩建中三或四年秋在滁州作。

〔二〕流歲：迅速流駛之歲月。蹉跎：虚擲光陰。

〔三〕淮南守：指滁州刺史，滁州屬淮南道。

善福寺閣〔一〕

殘霞照高閣，青山出遠林。晴明一登望，蕭灑此幽襟。

【校】

〔青〕原作「清」，據元修本、遞修本、活字本、叢刊本、全唐詩改。

【注】

〔一〕詩建中初閑居善福精舍時作。

樓中月夜〔一〕

端令倚懸檻，長望抱沉憂。寧知故園月，今夕在兹樓。衰蓮送餘馥，華露湛新秋。坐見蒼林變，清輝愴已休。

【校】

〔休〕原校「一作收」。

〔注〕

〔一〕詩疑建中末在滁州作。

〔評〕

陸游：岑參在安西幕府，詩云：「那知故園月，也到鐵關西。」韋應物作郡時，亦有詩云：「寧知故園月，今夕在茲樓。」語意悉同，而豪邁、閑淡之趣，居然自異。（老學庵筆記卷三）

寒食後北樓作〔一〕

園林過新節，風花亂高閣。遥聞擊鼓聲，蹴鞠軍中樂〔二〕。

〔注〕

〔一〕詩當建中末在滁州作。方輿勝覽卷四七滁州：「韋應物自左司刺滁，有詩。後李紳爲刺史，和登北樓詩：『君愴風月夕，余當童稚年。閑窗讀書罷，偷詠左司篇。』」所和疑即此詩。

寒食：節日名，見卷三寒食日寄諸弟注〔一〕。

〔二〕蹴鞠：或作蹋鞠，古代軍中蹋球之戲，唐時演變爲蹴球。文獻通考卷一百四十七：「蹋鞠之戲，蓋古兵勢也。漢兵家有蹴鞠二十五篇。李尤鞠室銘：『員鞠方牆，放象陰陽，法月衡對，二六相當。』霍去病在塞外穿域蹋鞠，亦其事也。蹴球蓋始於唐，植修竹高數丈，絡網於上爲門以度球，球工分左右朋，以角勝負否。豈非蹴鞠之變歟。」劉孝威結客少年場行：「勇餘聊蹴鞠，戰罷暫投壺。」

西樓〔一〕

高閣一長望，故園何日歸。烟塵擁函谷〔二〕，秋雁過來稀。

【校】

〔擁〕原校「一作在」。

【注】

〔一〕詩建中四年秋在滁州作。

〔二〕烟塵：塵埃，代指戰争。擁：壅蔽。函谷：關名，故關在今河南靈寶縣東北。參見卷三京師叛亂寄諸弟注〔九〕。建中四年正月，李希烈陷汝州，肅宗以哥舒曜爲東都畿汝節度使，東討李希烈；八月，李希烈攻哥舒曜于襄城，見舊唐書德宗紀上。

夜望〔一〕

南樓夜已寂，暗鳥動林間。不見城郭事，沉沉唯四山。

【注】

〔一〕詩云「四山」，當興元元年左右在滁州作。韋應物刺滁、江、蘇三州，唯滁州四面皆山。

晚登郡閣〔一〕

悵然高閣望，已掩東城闉。春風偏送柳，夜景欲沉山。

〔注〕

〔一〕詩當興元、貞元間在滁、江、蘇三州刺史任上作。

郡閣：州署中高閣。

登重玄寺閣〔一〕

時暇陟雲構〔二〕，晨霽澄景光。始見吳都大，十里鬱蒼蒼。山川表明麗，湖海吞大荒〔三〕。合沓臻水陸〔四〕，駢闐會四方〔五〕。俗繁節又暄，雨順物亦康。禽魚各翔泳，草木通芬芳。於茲省甿俗，一用勸農桑。誠知虎符忝〔六〕，但恨歸路長。

〔校〕

〔都〕原校「一作郡」。

〔注〕

〔一〕詩貞元六年左右在蘇州作。

重玄寺：在蘇州長洲縣。吳郡志卷三十一府郭寺：「能仁禪寺，在長洲縣西北二里，即梁重玄寺，入國朝爲承天寺。」

〔二〕雲構：高入雲端的建築，指重玄寺閣。史記秦始皇本紀：「阿房雲構，金狄成行。」

〔三〕大荒：山海經大荒西經有大荒之山、大荒之野，後以泛指遼闊原野或邊遠地區。李白渡荆門送别：「山隨平野盡，江入大荒流。」

〔四〕合沓：重疊。水陸：謂水陸産品。左思蜀都賦：「水陸所凑，兼六合而交會焉。」

〔五〕駢闐：一作駢田，聚會連屬。文選張衡西京賦：「麀鹿麌麌，駢田偪仄。」薛綜注：「駢田偪仄，聚會之意。」

〔六〕虎符：代指已刺史身份，參見卷五酬閻員外陟注〔三〕。

游覽

觀早朝〔一〕

伐鼓通嚴城〔二〕，車馬溢廣躔〔三〕。煌煌列明燭，朝服照華鮮。金門杳深沉〔四〕，尚聽清漏傳。河漢忽已没，司閽啟晨闢〔五〕。丹殿據龍首〔六〕，崔嵬對南山〔七〕。寒生千門裏〔八〕，日照雙闕間〔九〕。禁旅下成列〔一〇〕，爐香起中天。輝輝睹明聖〔一一〕，濟濟行音航俊賢〔一二〕。愧無鴛鷺姿〔一三〕，短翮空飛還〔一四〕。誰當假毛羽，雲路相追攀。

【校】

〔成〕原作「城」，據遞修本改。

〔注〕

〔一〕詩云「短翮空飛還」，當天寶中未仕或爲右千牛時作。

〔二〕伐鼓：擊鼓。鼓，街鼓。嚴城，宵禁之城。均見卷二同德寺雨後寄元侍御李博士注〔三〕。

〔三〕廣躔：猶廣衢。躔：足迹。

〔四〕金門：金馬門，代指宫門。參見卷五答韓庫部注〔三〕。

〔五〕司閽：即閽人，掌管宫門的官員。周禮天官閽人：「閽人掌守王宫之中門之禁，……以時啓閉。」

〔六〕丹殿：紅色宫殿，指大明宫含元殿，時爲朝會之所。龍首：龍首原。元和郡縣圖志卷一：「大明宫即聖唐龍朔二年所置。高宗嘗染風痹，以大内湫濕，置宫於斯。其地即龍首山之東麓，北據高原，南俯城邑，每晴天霽景，下視終南如指掌。含元殿所居高明，尤得地勢。」

〔七〕崔嵬：高峻貌。南山：終南山之別名。杜甫秋興八首：「蓬萊宫闕對南山，承露金莖霄漢間。」

〔八〕千門：指宫殿。史記封禪書：「（漢武帝）於是作建章宫，度爲千門萬户。」

〔九〕雙闕：見前登樂游廟作注〔五〕。

〔一〇〕禁旅：禁軍。唐禁軍有十六衛。新唐書儀衛志上：「凡朝會之仗，三衛番上，分爲五仗，號衙内五衛。」又有内仗、立門仗等。又云：「每朝，第一鼕鼕訖，持更矟皆舉，張弓者攝箭收弩，立門隊及諸隊仗皆立於廊下。第二鼕鼕絶，按矟，弛弓，收鋪，諸門挾門隊立於階下。復一刻，立門仗皆復舊，内外仗隊立於階下。」

〔一一〕輝輝：光輝貌。庾信燈賦：「輝輝朱燼，焰焰紅榮。」明聖：明達聖德，指皇帝。史記太史公自序：「主上明聖而德不布聞，有司之過也。」

〔一二〕濟濟：衆多貌。詩大雅文王：「濟濟多士，文王以寧。」行：排列成行。俊賢：才德出衆的人。阮籍奏記詣蔣公：「羣英翹首，俊賢抗足。」

〔一三〕鴛鷺：喻朝官班列。參見卷二雪夜下朝呈省中一絶注〔三〕。

〔一四〕短翮：短羽，指小鳥，參見卷二將往江淮寄李十九儋注〔七〕。

陪元侍御春游〔一〕

何處醉春風，長安西復東。不因俱罷職〔二〕，豈得此時同。貰酒宣平里〔三〕，尋芳下苑中〔四〕。往來楊柳陌，猶避昔年驄〔五〕。

〔注〕

〔一〕依編次，詩大曆初在長安作。元侍御：與卷二早春對雪寄前殿中元侍御中之元侍御當爲一人，名未詳。

〔二〕罷職：指己罷洛陽丞事，參見附録簡譜。

〔三〕貰酒：賒酒。宣平里：長安中坊里名，見卷六月晦憶去年與親友曲水游宴注〔一〕。

〔四〕下苑：即曲江池。見漢書元帝紀初元二年注。

〔五〕「猶避」句：蓋戲謂元侍御雖已罷職，但御史霜威仍在，故行人皆避昔年所乘之馬。行人避御史驄馬，用東漢桓典事，見卷二贈王侍御注〔七〕。

〔評〕

劉辰翁：〔不因句〕有風有味。（和刻本）

袁宏道：詩中具記事，此類是也。（參評本）

游龍門香山泉〔一〕

山水本自佳，游人已忘慮。碧泉更幽絶，賞愛未能去。潺湲寫幽磴〔二〕，繚繞帶嘉樹。激轉忽殊流，歸泓又同注〔三〕。羽觴自成玩〔四〕，永日亦延趣。靈草有時香，仙源不知處。還當候圓月，攜手重游寓。

〔校〕

〔未〕原校「一作不」。〔帶〕原校「一作對」。〔成〕原校「一作伐」。〔仙〕原校「一作山」。

〔注〕

〔一〕詩大曆七年左右在洛陽作。龍門：在洛陽南，見卷四賦得鼎門送盧耿赴任注〔三〕。香山泉：當即在香山，參見卷五答河南李士巽題香山寺注〔一〕。

〔二〕潺湲：水流貌。寫：同瀉，水向下急流。磴：石級。

〔三〕泓：水澄清貌，此指水潭。

〔四〕羽觴：左右帶有耳子形如鳥翼的酒器。一説是插上鳥羽的酒杯，促人速飲。

龍門游眺〔一〕

鑿山導伊流〔二〕，中斷若天闢。都門遥相望，佳氣生朝夕〔三〕。素懷出塵意，適有攜手客。精舍繞層阿〔四〕，千龕鄰峭壁〔五〕。緣雲路猶緬，憩澗鐘已寂。花樹發烟華，淙流散石脈〔六〕。長嘯招遠風，臨潭漱金碧〔七〕。日落望都城，人間何役役〔八〕。

〔校〕

〔繞〕原校「一作繚」，叢刊本作「繚」。〔鄰〕原校「一作鱗」，叢刊本作「鱗」。〔鐘〕原作墨釘，據遞修本、活字本、叢刊本、唐詩品彙卷十五、全唐詩補。〔嘯〕唐詩品彙作「笑」。〔日落二句〕原校「一作徘徊悵還駕，城闕多物役」。

〔注〕

〔一〕詩大曆七年左右在洛陽作。

〔二〕伊流：即伊水，源出河南盧氏縣東南，北流經嵩縣、伊川、洛陽，至偃師注入洛水。相傳大禹治水，鑿龍門以通伊水，故龍門亦名鑿龍山，參見卷四賦得鼎門送盧耿赴任注〔二〕。

〔三〕佳氣：帝王祥瑞之氣。後漢書光武帝紀下：「後望氣者蘇伯阿爲王莽使至南陽，遥見春陵郭，唶曰：『氣佳哉，鬱鬱葱葱然。』」

〔四〕精舍：佛寺。層阿：重疊的山巒。

〔五〕千龕：指龍門石窟。自北魏宣武帝至唐末，歷代帝王及達官在龍門山闕口東西兩山所鑿，共有窟龕二千一百餘座，造佛像九萬七千餘尊。

〔六〕淙流：瀑流。石脈：石上的紋理。

〔七〕金碧：金石，此指泉水，謂水中蘊藏金玉珍寶。裴迪金屑泉：「瀠渟澹不流，金碧如可拾。」劉禹錫連州刺史廳壁記：「石侔琅玕，水孕金碧。」

〔八〕役役：勞作不息貌。莊子齊物論：「終身役役，而不見其成功。」又：「衆人役役，聖人愚芚。」

洛都游寓〔一〕

東風日已和，元化亮無私〔二〕。草木同時植，生條有高卑。罷官守園廬，豈不懷渴饑〔三〕。
窮通非所干〔四〕，跼促當何爲。佳辰幸可游，親友亦相追。朝從華林宴〔五〕，暮返東城期。
掇英出蘭皋〔六〕，玩月步川坻。軒冕誠可慕〔七〕，所憂在縶維〔八〕。

〔注〕

〔一〕詩約大曆八年春在洛陽作。

〔二〕元化：造化，大自然的變化。陳子昂感遇：「古之得仙道，信與元化并。」

〔三〕渴饑：比喻出仕的强烈願望。應瑒侍五官中郎將建章臺集：「凡百敬爾位，以副饑渴懷。」

〔四〕窮通：窮困與通顯，此偏指通顯。莊子讓王：「古之得道者，窮亦樂，通亦樂，所樂非窮通也。」干：求取。

〔五〕華林：洛陽園名。永樂大典本河南志魏城闕古蹟：「華林園，即漢芳林園。文帝黄初五年，穿天淵池。六年，又於池中築九華臺。……洛陽圖經曰，華林園在城内東北隅。」

〔六〕蘭皋：長有蘭草的水邊高地。屈原離騷：「步余馬於蘭皋兮，馳椒丘且焉止息。」

〔七〕軒冕：古代卿大夫的軒車與冕服，代指官爵。莊子繕性：「古之所謂得志者，非軒冕之謂也。」

〔八〕縶維：束縛維繫。詩小雅白駒：「皎皎白駒，食我場苗。縶之維之，以永今朝。」

再游龍門懷舊侶〔一〕嘗與竇黄州、洛陽韓丞、澠池李丞、密鄭二尉同游。

兩山鬱相對〔二〕，晨策方上干〔三〕。靄靄眺都城〔四〕，悠悠俯清瀾。邈矣二三子，茲焉屢游盤〔五〕。良時忽已周，獨往念前歡。好鳥始云至，衆芳亦未闌。遇物豈殊昔，慨傷自有端〔六〕。

〔注〕

〔一〕詩約大曆八年春在洛陽作。

舊侣：指題注中黄州刺史竇某、洛陽縣丞韓某、澠池縣丞李某、密縣尉、鄭縣尉等人。卷三有送洛陽韓丞東游詩，當與本詩中之洛陽韓丞爲同一人。餘均未詳。

〔二〕兩山：指龍門與香山，隔伊水相對，參見卷四賦得鼎門送盧耿赴任注〔三〕及卷五答河南李士巽題香山寺注〔一〕。

〔三〕策：手杖，此指拄杖。上干：上犯，形容山的高聳，此指登山。文選司馬相如子虛賦：「交錯糾紛，上干青雲。」李善注：「干，犯也。」謝朓敬亭山：「上干蔽白日，下屬帶迴溪。」

〔四〕靄靄：雲霧彌漫貌。

〔五〕游盤：游逸娛樂。束皙補亡詩：「彼居之子，罔或游盤。」

〔六〕端：原委。

莊嚴精舍游集〔一〕

良游因時暇，乃在西南隅〔二〕。緑烟凝層城〔三〕，豐草滿通衢。精舍何崇曠，煩跼一弘舒。架虹施廣蔭〔四〕，構雲眺八區〔五〕。即此塵境遠，忽聞幽鳥殊。新林泛景光，叢緑含露濡。永日亮難遂，平生少歡娛。誰能遽還歸，幸與高士俱。

〔校〕

〔林〕原校「一作秋」。〔濡〕原作「壖」，據遞修本、叢刊本、全唐詩改。〔與〕原校「一作得」。

〔注〕

〔一〕詩大曆十年左右在長安作。

莊嚴精舍：即大莊嚴寺，在長安永陽坊。唐兩京城坊考卷四永陽坊：「大莊嚴寺，……仁壽三年，文帝爲獻后立爲禪定寺。宇文愷以京城之西有昆明池，池勢微下，乃奏于此寺建木浮圖，崇三百三十尺，周回一百二十步，大業七年成。武德元年，改爲莊嚴寺。天下伽藍之盛，莫與于此。」

〔二〕西南隅：指長安城西南角。永陽坊在長安皇城西第三街最南坊。唐兩京城坊考卷四：「永陽坊，坊之西南即京城之西南隅。」

〔三〕層城：神話中城，此泛指京城。水經河水注：「崑崙之山三級，……上曰層城，一名天庭，是爲太帝之居。」

〔四〕架虹：與下「構雲」均指莊嚴寺佛塔。廣蔭：佛教謂佛法如雲，蔭覆世界，此語意雙關。

〔五〕構雲：即雲構，見前登重玄寺閣注〔二〕。八區：八方。揚雄解嘲：「天下之士，雷動雲合，魚鱗雜襲，咸營於八區。」

府舍月游〔一〕

官舍耿深夜，佳月喜同游。横河俱半落，泛露忽驚秋。散彩疏群樹，分規澄素流。心期與浩景，蒼蒼殊未收。

〔校〕

〔官舍〕舍，原校「一作寺」。

〔注〕

〔一〕詩約大曆十年秋在長安作。府舍：即京兆府官舍，時韋應物當在京兆府功曹任上。

〔評〕

袁宏道：閑曠不求工。（參評本）

任鄠令渼陂游眺〔一〕

野水灎長塘〔二〕，烟花亂晴日。氛氲緑樹多，蒼翠千山出。游魚時可見，新荷尚未密。屢往心獨閑，恨無理人術。

〔注〕

〔一〕詩大曆十三年春末夏初鄠縣令任上作。鄠令：鄠縣令。鄠縣：今陝西户縣。渼陂：在鄠縣西，參見卷一扈亭西陂燕賞注〔一〕。

〔二〕灔：泛灔，水波蕩漾。

西郊游矚〔一〕

東風散餘沍〔二〕，陂水淡已緑。烟芳何處尋，杳藹春山曲。新禽哢暄節，晴光泛嘉木。一與諸君游，華觴欣見屬。

〔校〕

〔沍〕原作「泫」，據元修本、遞修本、活字本、叢刊本、全唐詩改。〔緑〕原校「一本作渌」。

〔注〕

〔一〕詩大曆十四年早春鄠縣令任上作。

〔二〕餘沍：餘冰。沍，凍結。莊子齊物論：「大澤焚而不能竭，河漢沍而不能寒。」

〔評〕

袁宏道：〔新禽二句〕宋、齊律祖。（參評本）

再游西郊渡〔一〕

水曲一追游，游人重懷戀。嬋娟昨夜月〔二〕，還向波中見。驚禽棲不定，流芳寒未遍。攜手更何時，佇看花似霰〔三〕。

〔注〕

〔一〕詩大曆十四年春鄠縣令任上作。

〔二〕嬋娟：美好貌。孟郊嬋娟篇：「月嬋娟，真可憐。」

〔三〕霰：俗稱雪子。張若虚春江花月夜：「江流宛轉繞芳甸，月照花林皆似霰。」

月溪與幼遐君貺同游〔一〕時二子還城。

岸篠覆迴溪，迴溪曲如月。沉沉水容緑，寂寂流鶯歇。淺石方凌亂，游禽時出没。半雨夕陽霏，緑源雜花發。明晨重來此，同心應已闕。

〔校〕

〔流鶯歇〕原校「一作鶯初歇」。

〔注〕

〔一〕詩大曆末、建中初在灃上閑居時作。

幼遐：李儋字。君貺：元錫字，見卷二善福閣對雨寄李儋幼遐詩注。

〔評〕劉辰翁：〔寂寂句〕「語」不如「歌」。善點景，并得語後之趣。（張習本）

與幼遐君貺兄弟同游白家竹潭〔一〕

清賞非素期，偶游方自得。前登絶嶺險，下視深潭黑。密竹已成暮，歸雲殊未極。春鳥依谷暄，紫蘭含幽色。已將芳景遇，復款平生憶。終念一歡别，臨風還默默。

〔校〕

〔深〕唐詩品彙卷十五作「春」。

〔注〕

〔一〕詩大曆末、建中初在灃上閑居時作。幼遐、君貺：見前詩注。

〔評〕袁宏道：起處數語，已括柳州小記。（參評本）

秋夕西齋與僧神静游〔一〕

晨登西齋望，不覺至夕曛。正當秋夏交，原野起烟氛。坐聽涼飈舉，華月稍披雲。漠漠山猶隱，灃灃川始分。物幽夜更殊，境静興彌臻。息機非傲世〔二〕，于時乏嘉聞。究空自爲理〔三〕，況與釋子群。

【校】

〔興〕原作「與」，據元修本、遞修本、活字本、叢刊本、全唐詩改。

【注】

〔一〕依編次，詩大曆末、建中初在灃上閑居時作。

〔二〕息機：息機巧之心，謂擺落世務。劉長卿題冤句宋少府廳留别：「對話堪息機，披文已忘味。」

〔三〕究空：探求佛教空寂之理。

觀田家〔一〕

微雨衆卉新，一雷驚蟄始〔二〕。田家幾日閑，耕種從此起。丁壯俱在野，場圃亦就理。歸來景常晏〔三〕，飲犢西澗水。饑劬不自苦〔四〕，膏澤且爲喜〔五〕。倉廩無宿儲〔六〕，徭役猶未已。方慚不耕者，禄食出閭里。

【校】

〔俱〕原爲墨釘，據元修本、遞修本、活字本、叢刊本、全唐詩、文苑英華卷三一九補。〔猶〕文苑英華作「獨」。

【注】

〔一〕詩大曆末、建中初在灃上閑居時作。

〔二〕驚蟄：農曆二十四節氣之一，爲二月節氣。禮記月令仲春之月：「是月也，日夜分，雷乃發聲，始電。蟄蟲咸動，啟户始出。」

〔三〕景：日光。晏：晚。

〔四〕饑劬：饑餓勞苦。

〔五〕膏澤：指雨水。曹植贈徐幹：「良田無晚歲，膏澤多豐年。」

〔六〕宿儲：上一年的存糧。

〔評〕

劉辰翁：蘇州是知耻人，爲郡常有豈弟之思。（張習本）

譚元春：體貼人情之言。（朱墨本）

鍾惺：「慚」字入得厚。（同前）

邢昉：與太祝田家仿佛，而各一風氣，并臻極致。（唐風定）

沈德潛：韋詩至處，每在淡然無意，所謂天籟也。（唐詩别裁卷三）

園亭覽物〔一〕

積雨時物變，夏緑滿園新。殘花已落實，高笋半成筠。守此幽棲地，自是忘機人〔二〕。

〔注〕

〔一〕詩大曆末、建中初在澧上閑居時作。

〔二〕忘機人：指甘於淡泊與世無争的人。忘機，毫無機巧之心。

觀澧水漲〔一〕

夏雨萬壑湊，澧漲暮渾渾〔二〕。草木盈川谷，澶漫一平吞〔三〕。槎梗方瀰泛，濤沫亦洪翻。北來注涇渭〔四〕，所過無安源〔五〕。雲嶺同昏黑，觀望悸心魂。舟人空斂棹，風波正自奔。

〔校〕

〔澧漲〕漲，原校「一作流」。

〔注〕

〔一〕詩大曆末、建中初在澧上閑居時作。

〔二〕渾渾：水大貌。

〔三〕澶漫：平廣貌，參見卷一冰賦注〔一三〕。

〔四〕涇、渭：二水名。涇水與澧水均注入渭水。

〔五〕安源：猶安流。楚辭九歌湘君：「令沅、湘兮無波，使江水兮安流。」

陪王卿郎中游南池〔一〕

鵷鴻俱失侣〔二〕，同爲此地游。露浥荷花氣，風散柳園秋。烟草凝衰嶼，星漢泛歸流。林高初上月，塘深未轉舟。清言屢往復，華樽始獻酬。終憶秦川賞〔三〕，端坐起離憂。

〔校〕

〔凝〕原作「疑」，據遞修本、活字本、叢刊本、全唐詩改。

〔注〕

〔一〕詩建中三年秋在滁州作。

王卿：據詩，蓋曾在朝爲卿寺佐貳及郎中，後坐事謫來滁州者。疑爲王紞，紞曾爲司勳郎中、太常少卿，見新唐書宰相世系二中及岑仲勉郎官石柱題名新著録。舊唐書代宗紀：大曆十二年四月「癸未，諫議大夫、知制誥韓洄，王定、包佶、徐璜，户部侍郎趙縱，大理少卿裴冀，太常少卿王紞，起居舍人韓會等十餘人，皆坐元載貶官也。」然詩無一語及紞兄王維，未知是否。

〔二〕鵷鴻：猶鵷鷺，謂朝官班行。庾肩吾侍宴九日：「雕才濫杞梓，花綬接鵷鴻。」失侣：失伴，失群。

〔三〕秦川：指渭水南北平原，爲秦故地，故稱秦川。王維和太常韋主簿五郎温湯寓目之作：「漢主離宫接露臺，秦川一半夕陽開。」

〔評〕

袁宏道：排偶俱似老謝。（參評本）

南園陪王卿游矚〔一〕

形迹雖拘檢〔二〕，世事澹無心。郡中多山水，日夕聽幽禽。几閣文墨暇〔三〕，園林春景深。

雜花芳意散，緑池暮色沉。君子有高躅〔四〕，相攜在幽尋。一酌何爲貴，可以寫沖襟。

〔注〕

〔一〕詩建中末在滁州作。

王卿：見前詩注。

〔二〕形迹：行爲表現。陶潛始作鎮軍參軍經曲阿作：「真想初在衿，誰謂形迹拘。」

〔三〕几閣：猶几案。文墨：指官府文書。文選卷二十九劉楨雜詩：「職事相填委，文墨紛消散。」張銑注：「文墨謂案牘，紛亂而多。」

〔四〕高躅：高踪。躅，足迹。

〔評〕

袁宏道：自是唐人古詩，而非子昂、昌齡所及。（參評本）

游西山〔一〕

時事方擾擾〔二〕，幽賞獨悠悠。弄泉朝涉澗，采石夜歸州。揮翰題蒼峭〔三〕，下馬歷嵌丘〔四〕。所愛唯山水，到此即淹留〔五〕。

〔注〕

〔一〕詩建中四年左右在滁州作。

西山：指滁州州西諸山。後再游西山云：「南譙古山郡，信是高人居。」

〔二〕擾擾：紛亂，不安定。蓋時河北、淮南諸鎮叛亂，征戰不息，故云。

〔三〕蒼峭：謂蒼翠陡峭之山峰。大明一統志卷十八滁州：「龍蟠山，在州城南一十三里，上有虎跑泉、桃花澗、偃月洞，洞側皆峭壁，前賢題咏多刻其上。」

〔四〕嵌丘：峻峭小山。

〔五〕淹留：滯留。楚辭招隱士：「攀桂枝兮聊淹留。」

春游南亭〔一〕

川明氣已變，巖寒雲尚擁。南亭草心緑，春塘泉脈動。景煦聽禽響，雨餘看柳重。逍遥池館華，益愧專城寵〔二〕。

【校】

〔明〕文苑英華卷三百十五校「一作晴」。〔巖寒雲〕文苑英華、唐文粹卷十六上作「巖寒雪」，英華校云「集作谷寒雪」。〔池館〕原作「池塘」，遞修本作「地館」，此據活字本、叢刊本、文苑英華、全唐詩改。

【注】

〔一〕詩約建中四年春在滁州作。

〔二〕專城：謂己爲刺史，參見卷四送房杭州注〔二〕。

〔評〕沈德潛：人知作詩在句中煉字，而不知煉在韵脚。篇中「擁」字、「動」字、「重」字，妙處全在韵脚也。他詩可以類推。（唐詩别裁卷三）

再游西山〔一〕

南譙古山郡〔二〕，信是高人居〔三〕。自嘆乏弘量，終朝親簿書〔四〕。於時忽命駕，秋野正蕭疏。積逋誠待責〔五〕，尋山亦有餘。測測石泉冷〔六〕，曖曖烟谷虚〔七〕。中有釋門子〔八〕，種藥結茅廬。出身厭名利，遇境即躊躇〔九〕。守直雖多忤，視險方晏如〔一〇〕。况將塵埃外，襟抱從此舒。

〔校〕

〔藥〕原作「勇」，元修本、遞修本作「果」，校云「一作藥」；活字本、叢刊本、全唐詩作「藥」，據改。

〔注〕

〔一〕詩建中末、貞元中在滁州作。

〔二〕南譙：州名，即滁州，見卷三寄大梁諸友注〔二〕。

〔三〕高人：高尚之人，當指李幼卿等。大明一統志卷十八滁州：「李幼卿，大曆中爲滁州刺史，有善政，暇游琅琊山，號景物爲八絶，滁人慕之。」李幼卿性愛山水，獨孤及有答李滁州憶玉潭新居見寄詩云：「從來招隱地，未有剖符人。山水能成癖，巢由擬獨親。」

〔四〕弘量：弘廓胸襟。簿書：計簿文書等官府簡牘。

〔五〕積逋：積年拖欠賦税。漢書昭帝紀載元鳳四年詔：「三年以前，逋更賦未入者，皆勿收。」注引如淳曰：「逋，未出更錢者也。」責：督責，催促。

〔六〕測測：寒冷貌。

〔七〕曖曖：隱蔽貌。陶潛歸園田居：「曖曖遠人村，依依墟里烟。」

〔八〕釋門子：即釋子，僧人。參見卷一移疾會詩客元生與釋子法朗因貽諸曹注〔一〕。

〔九〕躊躇：徘徊不前貌，此指爲山水勝境所吸引。

〔一〇〕守直：遵直道而行。多忤：多乖違，謂與時不合。晏如：安然。漢書揚雄傳：「家産不過十金，乏無儋石之儲，晏如也。」

游靈巖寺〔一〕

始入松路永，獨欣山寺幽。不知臨絶檻，乃見西江流〔二〕。吴岫分烟景，楚甸散林丘。方悟關塞眇，重軫故園愁〔三〕。聞鐘戒歸騎，憩澗惜良游。地疏泉谷狹，春深草木稠。兹焉賞未極，清景期杪秋。

【校】

〔清景〕景，原校「一作澹」。

〔注〕

〔一〕詩貞元五或六年在蘇州作。靈巖寺：在蘇州西靈巖山上。吴郡志卷十三：「靈巖山，即古石鼓山，又名硯石山。……今按吴越春秋、吴地記等書云：闔閭城西有山，號硯石山，高三百六十丈，去入烟三里，在吴縣西三十里，上有館娃宫、琴臺、響屧廊。」同書卷三十二府郭寺：「顯親崇報禪寺，在靈巖山頂，舊名秀峰寺，吴館娃宫也，梁天監中始置寺。」

〔二〕西江：蘇州去長江已遠，韋應物所見西江可能是太湖或吴江，也可能是誇張想像之詞。

〔三〕軫：聚集。杜甫秋日夔府詠懷奉寄鄭監李賓客一百韻：「宵旰憂虞軫，黎元疾苦駢。」

與盧陟同游永定寺北池僧齋〔一〕

密竹行已遠，子規啼更深〔二〕。緑池芳草氣，閑齋春樹陰。晴蝶飄蘭逕，游蜂繞花心。不遇君攜手，誰復此幽尋。

〔校〕

〔齋〕文苑英華卷二百三十六作「舍」，校云「集作齋」。〔密竹〕文苑英華作「密逕」，校云「集作密竹」。〔晴蝶〕文苑英華作「暗絲」，校云「集作晴蝶」。

〔注〕

〔一〕詩約貞元六年春蘇州作。盧陟：韋應物甥，見卷三簡陟巡建三甥詩題下自注。永定寺：在蘇州。吴郡志卷三十二府郭寺：「永定寺，在吴縣西南，前梁所置。」

〔二〕子規：鳥名，即杜鵑。禽經：「江介曰子規，蜀右曰杜宇。」張華注：「望帝修道，處西山而隱，化爲杜鵑鳥，或云化爲杜宇鳥，亦曰子規鳥，至春而啼，聞者淒惻。」

〔評〕

劉辰翁：首二句情景至處，又要次第合。有一詩内次第，一句内次第。（張習本）

袁宏道：造句入自然之妙。（參評本）

游　溪〔一〕

野水烟鶴唳，楚天雲雨空。玩舟清景晚，垂釣緑蒲中。落花飄旅衣，歸流澹清風。緣源不可極，遠樹但青葱。

〔注〕

〔一〕詩當爲任滁、江、蘇等州刺史時作。

游開元精舍〔一〕

夏衣始輕體，游步愛僧居。果園新雨後，香臺照日初。緑陰生晝静，孤花表春餘。符竹方爲累〔二〕，形迹一來疏。

〔校〕

〔游步〕游　文苑英華卷二百三十六作「遠」，校云「集作游」。〔静〕原校「一作寂」，文苑英華作「寂」。

〔注〕

〔一〕詩當爲任滁、江、蘇等州刺史時作。

開元精舍：即開元寺，各州均置。唐會要卷五十：「開元……二十六年六月一日，敕每州各以郭下定形勝觀寺，改以『開元』爲額。」

〔二〕符竹：刺史符信，參見卷五酬閻員外陟注〔三〕。

〔評〕

葉夢得：讀古人詩多，意所喜處，往往不覺誤用爲己語。「緑陰生晝寂，孤花表春餘」，此韋蘇州集中最爲警策，而荆公詩乃有「緑陰生晝寂，幽草弄秋妍」之句。大抵荆公閲唐詩多，於去取之間，用意尤精，觀百家詩選可見也。如蘇子瞻「山圍故國城空在，潮打西陵意未平」，此非誤用，直是取舊句縱横役使，彼我莫辨耳。（石林詩話卷中）

曾季貍：劉夢得「神林社日鼓，茅屋午時鷄」，温庭筠「鷄聲茅店月，人迹板橋霜」，皆佳句，然不若韋蘇州「緑陰生晝静，孤花表春餘」。（艇齋詩話）

又：春晚景物説得出者，惟韋蘇州「緑陰生晝寂，孤花表春餘」最有思致。如杜牧之「晚花紅艷静，高樹緑陰初」，亦甚工，但比韋詩無雍容氣象爾。至張文潛「草青春去後，麥秀日長時」及「新緑染成延晝永，爛紅吹盡送春歸」，亦非不佳，但刻畫見骨耳。（同前）

劉辰翁：〔孤花句〕便不及上句。（張習本）

袁宏道：落花無言，人澹如菊。（參評本）

鍾惺：最深最細之極則幽。「孤花表春餘」，妙語妙情。韋有「殘鶯知夏淺」，可爲妙對。（朱墨本）

譚元春：「表」字思路入微。（同前）

屈復：首句游理游情，中四皆從首句生出。三、四可游之時，五六寫游，承前四無痕，寫景不泛，得清静之味。結率。（唐詩成法）

沈德潛：「緑陰」二語，寫初夏景入神，「表」字尤見作意。（唐詩别裁卷三）

襄武館游眺〔一〕

州民知禮讓，訟簡得遨游。高亭憑古地，山川當暮秋。是時秔稻熟，四望盡田疇。仰恩慚政拙，念勞喜歲收。澹泊風景晏，繚繞雲樹幽。節往情惻惻，天高思悠悠。嘉賓幸雲集，芳樽始淹留。還希習池賞〔二〕，聊以駐鳴騶〔三〕。

〔校〕

〔田〕原校「一作平」。叢刊本作「平」。　〔還希句〕原校「一作還喜曲池濱」。

〔注〕

〔一〕詩當爲任滁、江、蘇等州刺史時作。

襄武館：館驛名，其地未詳。元和郡縣志卷三九隴右道渭州有襄武縣，但韋應物爲官未至該地。

〔二〕習池：習家池，在襄陽。晉書山簡傳：「假節，鎮襄陽。于時四方寇亂，天下分崩，王威不振，朝野危懼。簡優游卒歲，惟酒是耽。諸習氏，荆土豪族，有佳園池，簡每出嬉游，多之池上，置酒輒醉，名之曰高陽池。時有童兒歌曰：『山公出何許，往至高陽池。日夕倒載歸，茗艼無所知。』」太平寰宇記卷一百四十五襄州襄陽縣：「習郁池，在縣東南十五里。襄陽記云，峴南八百步西下道百步，有習家魚池。習郁將死，敕其長子葬於池側，池中起釣臺，尚在。按習郁即鑿齒之兄也。」

〔三〕鳴騶：官吏出行時隨從喝道的騎者。

〔評〕

劉辰翁：〔節往二句〕曠恨何盡。（參評本）

袁宏道：首二句此景象安得日暮遇之。（同前）

秋景詣琅琊精舍〔一〕

屢訪塵外迹，未窮幽賞情。高秋天景遠，始見山水清。上陟巖殿憩，暮看雲壑平。蒼茫寒色起，迢遞晚鐘鳴。意有清夜戀，身爲符守嬰〔二〕。悟言緇衣子〔三〕，蕭灑中林行。

〔校〕

〔悟言〕原校「一作方愛」。

〔注〕

〔一〕詩建中末在滁州作。

琅琊精舍：即琅琊寺，在滁州琅琊山。大明一統志卷十八滁州：「琅琊寺，在琅琊山，舊名開化寺，唐大曆中刺史李幼卿與僧法深建。」

〔二〕符守：剖符守郡，指己時爲刺史，參見卷五酬閻員外陟注〔三〕。嬰：纏繞。

〔三〕緇衣子：僧人。緇衣，淺黑色僧服。贊寧僧史略卷上：「問：緇衣者，色何狀貌？答：紫而淺黑，非正色也。」

同韓郎中閑庭南望秋景〔一〕

朝下抱餘素〔二〕，地高心本閑。如何趨府客〔三〕，罷秩見秋山。疏樹共寒意，游禽同暮還。因君悟清景，西望一開顔。

〔注〕

〔一〕此及後二詩均大曆末在長安作。

韓郎中：當即韓質，見卷三寄柳州韓司户郎中注〔一〕。

〔二〕餘素：餘情，餘志。素，平素的行爲修養及志趣、願望。漢書梅福傳：「舉功不考其素。」顔師古注：「直取其功，不論其舊行及所從來也。」

〔三〕趨府客：韋應物前此當爲京兆府功曹參軍，故自稱「趨府客」，參見前趨府候曉呈兩縣僚友注〔一〕。

〔評〕

袁宏道：小句子亦非晚境可擬議。（參評本）

慈恩精舍南池作〔一〕

清境豈云遠，炎氛忽如遺。重門布綠陰，菡萏滿廣池〔二〕。石髮散清淺〔三〕，林光動漣漪〔四〕。緣崖摘紫房〔五〕，扣檻集靈龜〔六〕。浥浥餘露氣，馥馥幽襟披。積喧欣物曠，躭玩覺景馳。明晨復趨府，幽賞當反思〔七〕。

〔注〕

〔一〕詩大曆十年左右在長安作。

慈恩精舍：即慈恩寺。唐兩京城坊考卷三晉昌坊：「大慈恩寺，隋無漏寺之地，武德初廢。貞觀二十二年十二月二十四日，高宗在春宫，爲文德皇后立爲寺，故以『慈恩』爲名，仍選林泉形勝之所。……寺有南池，韋應物有慈恩寺南池秋荷咏、司空曙有早春游慈恩南池詩，趙嘏有春盡獨游慈恩寺南池詩。」

〔二〕菡萏：荷花花苞。爾雅翼卷八引毛詩義疏：「芙蕖莖爲荷。其花未發爲菡萏，已發爲芙蕖。」

〔三〕石髮：水中石上苔藻。周處風土記：「石髮，水苔也，青綠色，皆生於石也。」

〔四〕林光：透過樹林的陽光。漣漪：水波。

〔五〕紫房：紫色果實。文選卷五左思吳都賦：「臨青壁，系紫房。」張銑注：「紫房，果之紫者，繫於木上。」此指蓮房，即蓮蓬。

〔六〕檻：欄干。靈龜：即龜。禮記禮運：「麟鳳龜龍，謂之四靈。」

〔七〕反思：追憶。

雨夜宿清都觀〔一〕

靈飆動閶闔〔二〕，微雨灑瑤林〔三〕。復此新秋夜，高閣正沉沉。曠歲恨殊迹〔四〕，兹夕一被襟〔五〕。洞户含涼氣〔六〕，網軒構層陰〔七〕。况自展良友，芳樽遂盈斟。適悟委前妄，清言怡道心。豈戀腰間綬〔八〕，如役籠中禽〔九〕。

【校】

〔况〕原作「沉」，據全唐詩改。

【注】

〔一〕詩大曆末在長安京兆府功曹參軍任上作。

清都觀：在長安永樂坊。清都，道教謂爲天帝所居，故以名觀。參見卷二開元觀懷舊寄李二韓二裴四兼呈崔郎中嚴家令注〔二〕。唐兩京城坊考卷二永樂坊：「清都觀，隋開皇七年，道士孫昂爲文帝所重，常自開道，特爲立觀。本在永興坊，武德初徙於此地，本隋寶勝寺。」

〔二〕靈飆：即神風。李商隱重過聖女祠：「一春夢雨常飄瓦，盡日靈風不滿旗。」閶闔：天門，此指清都道觀之門。

〔三〕瑤林：猶瓊林，此爲對道觀中樹木的美稱。

〔四〕曠歲：歲月彌曠，年久。陶潛感士不遇賦：「雖僅然於必知，亦苦心而曠歲。」殊迹：車迹不同，謂已雖向道，但很少來道觀。陸雲答兄機：「衡軌若殊迹，牽牛非服箱。」

〔五〕被(pī)襟：敞開衣襟。宋玉風賦：「有風颯然而至，王迺披襟而當之曰：『快哉此風！』」

〔六〕洞户：深邃的門户。徐陵詠織婦：「檐前初月照，洞户朱帷垂。」

〔七〕綱軒：雕刻網狀花紋的門窗。沈約應王中丞思遠詠月詩：「網軒映朱綴，應門照緑苔。」

〔八〕綬：繫印絲帶。史記蔡澤傳：「懷黄金之印，結紫綬於要。」

〔九〕「如役」句：潘岳秋興賦：「攝官承乏，猥厠朝列，夙興晏寢，匪遑厎寧，譬猶池魚籠鳥，有江湖山藪之思。」

〔評〕

劉辰翁：首二句，上句異。（張習本）

善福精舍秋夜遲諸君〔一〕

廣庭獨閑步，夜色方湛然〔二〕。丹閣已排雲，皓月更高懸。繁露降秋節，蒼林鬱芊芊。仰觀天氣涼，高咏古人篇。撫己亮無庸〔三〕，結交賴群賢。屬予翹思時〔四〕，方子中夜眠。相去隔城闕，佳期屢徂遷。如何日夕待，見月三四圓。

〔校〕

〔更〕原校「一作正」。　〔遷〕原校「一作徂」，遞修本校「一作阻」。

〔注〕

〔一〕詩大曆十四年或建中元年秋在灃上善福精舍閑居時作。

〔二〕湛然：深貌。

〔三〕無庸：無勞。爾雅釋詁下：「庸，勞也。」邢昺疏：「庸者，民功曰庸。」國語晉語七：「無功庸者，不敢居高位。」

〔四〕翹思：懸念。文選卷二十九曹植雜詩：「翹思慕遠人，願欲托遺音。」李善注：「翹，懸也。」

〔評〕

袁宏道：蘭亭諸篇後，少有此懷此語。（參評本）

東郊〔一〕

吏舍跼終年〔二〕，出郊曠清曙。楊柳散和風，青山澹吾慮。依叢適自憩，緣澗還復去。微雨靄芳原，春鳩鳴何處。樂幽心屢止，遵事迹猶遽〔三〕。終罷斯結廬，慕陶真可庶〔四〕。

〔校〕

〔東〕唐詩品彙卷十五作「京」。〔斯〕原校「一作期」。

〔注〕

〔一〕詩云「吏舍」，又云「終罷斯結廬」，當大曆末在長安京兆府功曹任上作。

〔二〕吏舍：公府官吏的廬舍。史記曹相國世家：「相舍後園近吏舍，吏舍日飲歌呼。」跼：拘束。

〔三〕遵事：遵命從事。迹：活動。遽：怱忙。

〔四〕慕陶：謂向往陶潛。其飲酒詩云：「結廬在人境，而無車馬喧。」又讀山海經：「孟夏草木長，繞屋樹扶疏。衆鳥欣有托，吾亦愛吾廬。」庶：庶幾，接近。

〔評〕

劉辰翁：〔青山句〕自以爲得。〔緣澗句〕游興各自寫。（參評本）

鍾惺：與「藥餌同所正」二「正」字同想。（朱墨本）

秋郊作〔一〕

清露澄境遠，旭日照臨初。一望秋山静，蕭條形迹疏。登原欣時稼，采菊行故墟。方願沮溺耦〔二〕，淡泊守田廬。

〔校〕

〔臨〕唐詩品彙卷十五作「林」。

〔注〕

〔一〕詩大曆末在京兆府功曹任上作。

〔二〕沮溺：長沮、桀溺，春秋時隱士，見卷五答庫部韓郎中注〔九〕。耦：耦耕，兩人合耕。

行寬禪師院〔一〕

北望極長廊，斜扉映叢竹。亭午一來尋，院幽僧亦獨。唯聞山鳥啼，愛此林下宿。

〔校〕

〔映〕原校「一作掩」。

〔注〕

〔一〕詩作年未詳。

〔評〕

劉辰翁：偏得於此。（張習本）

袁宏道：淡然覺墨氣都盡。（參評本）

神静師院〔一〕

青苔幽巷遍，新林露氣微。經聲在深竹，高齋獨掩扉。憩樹愛嵐嶺，聽禽悦朝暉。方耽静中趣，自與塵事違。

〔注〕

〔一〕詩疑爲大曆末、建中初在灃上閑居時作。

神静：僧人名，卷七有秋夕西齋與僧神静游詩，當即其人。

精舍納涼〔一〕

山景寂已晦，野寺變蒼蒼。夕風吹高殿，露葉散林光。清鐘始戒夜，幽禽尚歸翔。誰復掩扉卧，不咏南軒涼。

〔注〕

〔一〕詩作年未詳。

藍嶺精舍〔一〕

石壁精舍高，排雲聊直上。佳游愜始願，忘險得前賞。崖傾景方晦，谷轉川如掌〔二〕。緑林含蕭條，飛閣起弘敞。道人上方至〔三〕，深夜還獨往。日落群山陰，天秋百泉響〔四〕。所嗟累已成，安得長偃仰〔五〕。

〔校〕

〔嶺〕文苑英華卷二百三十六作「田」，校云「集作嶺」。〔日〕文苑英華作「月」。〔泉〕文苑英華校云「一作聚」。

〔注〕

〔一〕詩疑爲大曆十一年秋作。藍嶺：當即藍田山，在藍田縣東南三十里，其地有藍谷、藍溪等。參見類編長安志卷六。韋應物大曆十一年左右在京兆府功曹任時使藍田，詩或即作于出使時。參見卷二贈令狐士曹題下注。

〔二〕如掌：沈佺期長安道：「秦地平如掌，層城入雲漢。」

〔三〕道人：僧人。上方：佛寺的方丈，住持僧所居。

〔四〕百泉：淮南子主術：「陰降百泉，則修橋梁。」高誘注：「十月之候。」王維送李梓州：「山中一夜雨，樹杪百重泉。」

〔五〕累：牽累，憂患。偃仰：俯仰，游息。

〔評〕

桂天祥：有緩疾，有轉折，眼前景，眼前事，大妙。（朱墨本）

陸時雍：有得景會心際。古來登覽游眺，唯謝靈運最窮其趣。韋蘇州得趣而未暢。如杜子美非不能言，但只寫得懷抱感慨，于所遇之趣無與也。（唐詩鏡）

沈德潛：人謂左司學陶而風格時近小謝。（唐詩別裁卷三）

道晏寺主院〔一〕

北鄰有幽竹，潛筠穿我廬。往來地已密，心樂道者居。殘花回往節，輕篠蔭夏初。聞鍾北窗起〔二〕，嘯傲永日餘。

〔注〕

〔一〕詩作年未詳。道晏：僧人名，事迹未詳。寺主：方丈、住持等一寺之主。

〔二〕北窗：晉書陶潛傳：「嘗言夏月虚閑，高卧北窗之下，清風颯至，自謂羲皇上人。」

義演法師西齋〔一〕

結茅臨絶岸，隔水聞清磬。山水曠蕭條，登臨散情性。稍指緣原騎，還尋汲澗徑。長嘯倚亭樹，悵然川光暝。

〔注〕

〔一〕詩作年未詳。義演：僧人名，事迹未詳。法師：對僧侣的敬稱。

澄秀上座院〔一〕

繚繞西南隅，鳥聲轉幽静。秀公今不在，獨禮高僧影〔二〕。林下器未收，何人適煮茗〔三〕。

〔校〕

〔隅〕原作「偶」，據遞修本、活字本、叢刊本、文苑英華卷二百三十六、全唐詩改。

〔注〕

〔一〕詩作年未詳。澄秀：僧人名，事迹未詳。上座：寺院最高的職位，在寺主、維那之上，以年德高者充任。後亦用作僧人敬稱。

〔二〕影：畫像。

〔三〕煮茗：煮茶。因話録卷三：「太子陸文學鴻漸名羽，……性嗜茶，始創煎茶法。至今鬻茶之家，陶爲其像，置於煬器之間，云宜茶足利。」

〔評〕

劉辰翁：政似不必經意，何往無詩。（張習本）

鍾惺：幽事寫得深，便無清態。（朱墨本）

至西峰蘭若受田婦饋〔一〕

攀崖復緣澗，遂造幽人居。鳥鳴泉谷暖，土起萌甲舒〔二〕。聊登石樓憩，下玩潭中魚。田婦有嘉獻，潑撒新歲餘〔三〕。常怪投錢飲〔四〕，事與賢達疏。今我何爲答，鰥寡欲焉如。

〔注〕

〔一〕觀詩中淮南方言「潑撒」語，或作于滁州刺史任。

蘭若（rě）：梵語「阿蘭若」之省，意爲寂静無苦惱煩亂之處，即指寺院。

〔二〕萌甲：草木萌發的芽苞。

〔三〕潑撒：即潑散。猗覺寮雜記卷上：「淮間歲暮家人宴集，曰潑散。」

〔四〕投錢飲：風俗通義卷三：「太原郝子廉，饑不得食，寒不得衣，一介不取諸人。曾過姊飯，留十五錢，默置席下去。每行飲水，常投一錢井中。」太平御覽卷四百六十二引風俗通：「潁川黄子廉者，每飲馬投錢於水中。」

曇智禪師院〔一〕

高年不復出，門徑衆草生。時夏方新雨，果藥發餘榮。疏澹下林景，流暮幽禽情。身名兩俱遺，獨此野寺行。

〔校〕

〔徑〕原校「一作梫」，叢刊本作「梫」。

〔注〕

〔一〕詩作年未詳。

〔評〕

劉辰翁：〔門徑句〕著在第一句，故自佳。皆是實趣，人人以爲無道者，悮則(二字一本闕，空三格)惟恐失之。(張習本)

鍾惺：非不幽，幽不足以言之。(朱墨本)

起度律師同居東齋院〔一〕

釋子喜相偶，幽林俱避喧。安居同僧夏〔二〕，清夜諷道言。對閤景恒晏，步庭陰始繁。逍遥無一事，松風入南軒。

〔校〕

〔起度〕文苑英華卷二百二十作「超渡」，校云「集作起」。　〔俱〕文苑英華作「多」。

〔注〕

〔一〕詩作年未詳。

律師：僧人之精熟戒律者。涅槃經金剛身品：「如是能知佛法所作，善能解説，是名律師。」

〔二〕僧夏：僧人坐夏。古天竺僧人依釋迦遺法，每年于雨季三個月中入禪静坐，稱安居、夏坐或坐臘，我國僧徒于農曆四月十六日至七月十五日安居，因時在夏季，故稱坐夏。

〔評〕

劉辰翁：〔末句〕語有仙風道骨。（張習本）

游琅琊山寺〔一〕

受命恤人隱〔二〕，兹游久未遑。鳴騶響幽澗〔三〕，前旌耀崇岡。青冥臺砌寒〔四〕，緑縟草木香。填壑躋花界〔五〕，疊石構雲房〔六〕。經製隨巖轉〔七〕，繚繞豈定方。新泉泄陰壁，高蘿蔭緑塘。攀林一棲止，飲水得清涼。物累誠可遣，疲甿終未忘〔八〕。還歸坐郡閣，但見山蒼蒼。

【校】

〔澗〕原校「一作谷」，叢刊本作「谷」。　〔物累二句〕唐文粹卷一七上無此二句。累，原作「類」，據全唐詩改。

【注】

〔一〕詩建中末在滁州作。琅琊山寺：當即琅琊寺，大曆中刺史李幼卿助建，見卷六懷琅琊深標二釋子注〔一〕。

〔二〕人隱：即民隱，百姓疾苦。唐人避唐太宗李世民諱改「民」爲「人」。國語周語上：「是先王非務武也，勤恤民隱而除其害也。」韋昭注：「恤，憂也。隱，痛也。」

〔三〕鳴騶：隨從官吏出行喝道的騎卒。孔稚珪北山移文：「鳴騶入谷，鶴書赴隴。」

〔四〕青冥：青蒼深遠，指天空。李白長相思：「上有青冥之高天。」此謂臺砌高入雲天。

〔五〕花界：蓮花界之省稱，指佛寺。嚴維奉和獨孤中丞游雲門寺：「絶壑開花界，耶溪極上源。」參見卷二同德寺雨後寄元侍御李博士注〔一〕。

〔六〕雲房：僧道或隱者所居之静室。

〔七〕經製：經營建造。

〔八〕物累：家庭、官場等世俗之事給人帶來的拖累。遣：排遣，拋開。疲甿：困苦百姓。

【評】

葛立方：烟霞泉石，隱遁者得之，宦游而癖此者鮮矣。謝靈運爲永嘉，謝玄暉爲宣城，境中佳處，雙旌五馬，游歷殆遍，詩章吟咏甚多，然終不若隱遁者藜杖芒鞋之爲適也。玄暉敬亭山詩云：「我行雖紆組，兼得尋幽蹊。」板橋詩云：「既歡懷禄情，兼得滄洲趣。」自謂兩得之者。其後又有鼓吹登山之曲。且松下喝道，李商隱猶謂之「殺風景」，而況於鼓吹乎！韋應物、歐陽永叔皆作滁州太守，應物游琅琊山則曰：「鳴騶響幽澗，前旌耀崇岡。」永叔則不然，游石子澗詩云：「麏麚魚鳥莫驚怪，太守不將車騎來。」又云：「使君厭騎從，車馬留山前。行歌招野叟，共步青林間。」游山當如是也。（韵語陽秋卷十三）

同越琅琊山〔一〕趙氏生辟疆。

石門有雪無行迹，松壑凝烟滿衆香。餘食施庭寒鳥下，破衣掛樹老僧亡。

〔注〕

〔一〕詩建中末在滁州作。琅琊山：在滁洲西南。太平寰宇記卷一百二十八滁州：「琅琊山在縣西南十二里，其山始因東晉元帝爲琅琊王避地此山，因名之。」趙氏生辟疆：見卷八永定寺喜辟疆夜至注〔一〕。

〔評〕

劉辰翁：不厭寒陋如此。（張習本）

詣西山深師〔一〕

曹溪舊弟子〔二〕，何緣住此山。世有征戰事，心將流水閑。掃林驅虎出，宴坐一林間〔三〕。

藩守寧爲重〔四〕，擁騎造雲關〔五〕。

〔注〕

〔一〕詩建中、興元中在滁洲作。

西山：即琅琊山。深師：釋法深。參見卷六懷琅琊深標二釋子注〔一〕。

〔二〕曹溪：在韶州曲江縣（今屬廣東）。輿地紀勝卷九十韶州：「曹溪水，在曲江縣東南三十五里。……昔有僧智藥嘗此水味甘，乃云堪充沙門所居之地，後土人曹叔良舍宅爲寺，因名曹溪。」唐初，釋慧能於曹溪寶林寺傳法，開禪宗南宗一支，被尊爲禪宗南宗六祖，因爲禪宗別號。柳宗元曹溪第六祖賜謚大鑒禪師碑：「凡言禪，皆本曹溪。」

〔三〕宴坐：安坐，謂坐禪。維摩詰經弟子品：「心不往内，亦不在外，是爲宴坐。」

〔四〕藩守：太守，謂其可屏藩王室。唐時刺史相當于漢之太守。

〔五〕雲關：雲門，此指寺門。

〔評〕

劉辰翁：（虎出句）同是僧境，又何壯也。（張習本）

尋簡寂觀瀑布〔一〕

躡石欹危過急澗，攀崖迢遞弄懸泉。猶將虎竹爲身累〔二〕，欲付歸人絶世緣。

〔注〕

〔一〕詩貞元三年在江州作。

簡寂觀：在廬山。陳舜俞廬山記卷三：「由先天（觀）至太虛簡寂觀二里，宋陸先生之隱居也。先生名修静，吴興東遷人。元嘉末，因市藥京邑，文帝素欽其風，作停霞寶輦，使左僕射徐湛宣旨留之。先生固辭，遂游江漢。……大明五年，始置館廬山。……賜謚簡寂先生，始以故居爲簡寂觀。」瀑布：參見後詩。

〔二〕虎竹：代指己刺史身份，參見卷五酬閻員外陟注〔三〕。

簡寂觀西澗瀑布下作〔一〕

淙流絶壁散，虚煙翠澗深。叢際松風起，飄來灑塵襟〔二〕。窺蘿玩猿鳥，解組傲雲林〔三〕。茶果邀真侣〔四〕，觴酌洽同心。曠歲懷兹賞，行春始重尋〔五〕。聊將横吹笛，一寫山水音〔六〕。

〔校〕

〔淙〕原校「一作深」，遞修本、叢刊本作「深」。

〔注〕

〔一〕詩貞元三年春在江州作。

簡寂觀：見前詩。瀑布：陳舜俞廬山記卷三：陸簡寂祠堂之西有白雲樓，「西澗懸瀑，落於廡前。韋應物之爲刺史也，游其下，故其詩卒章曰：『曠歲懷茲賞，行春始重尋，聊將橫吹笛，一寫山水音。』其北別有瀑水，下與西澗合。白雲樓坐見此二瀑。」

〔二〕塵襟：世俗的胸襟。張九齡出爲豫章郡途次廬山東巖下：「迨茲刺江郡，來此滌塵襟。」

〔三〕解組：解下印綬。組，絲帶，古代佩印用組，故引申以代指印。唐玄宗送賀知章歸四明序：「解組辭榮，志期入道。」

〔四〕真侶：仙侶，此謂道侶，同心向道之友人。

〔五〕行春：見卷三因省風俗與從侄成緒游山水中道先歸寄示注〔一〕。

〔六〕山水音：左思招隱詩：「非必絲與竹，山水有清音。」

〔評〕

劉辰翁：〔虛煙句〕是謂煉成。（張習本）

游南齋〔一〕

池上鳴佳禽，僧齋日幽寂。高林晚露清，紅藥無人摘〔二〕。春水不生烟，荒岡筠翳石。不應朝夕游，良爲蹉跎客。

〔注〕

〔一〕詩作年未詳。

〔二〕紅藥：即芍藥。謝朓直中書省：「紅藥當階翻，蒼苔依砌上。」

〔評〕

袁宏道：選體中有此麗句，無此閑致。（參評本）

南園〔一〕

清露夏天曉，荒園野氣通。水禽遥泛雪，池蓮迥披紅。幽林詎知暑，環舟似不窮。頓灑塵喧意〔二〕，長嘯滿襟風。

〔校〕

〔迥〕文苑英華卷三百十七作「拂」。

〔注〕

〔一〕詩作年未詳。

〔二〕塵喧：世俗的煩擾。劉孝儀和昭明太子鍾山講解：「雖窮理游盛，終爲塵俗喧。」

西亭〔一〕

亭宇麗朝景，簾牖散暄風。小山初搆石，珍樹三然紅〔二〕。弱藤已扶楥〔三〕，幽蘭欲成叢。芳心幸如此，佳人時不同。

〔校〕

〔三〕元修本、全唐詩作「正」。　〔楥〕活字本作「援」，全唐詩作「樹」，校云「一作楥」。

〔注〕

〔一〕詩作年未詳。

〔二〕三然紅：三度開花。然：燃本字。

〔三〕扶楥(yuán)：攀上籬笆。

夏景園廬〔一〕

群木晝陰静，北窗涼風多〔二〕。閑居逾時節，夏雲已嵯峨〔三〕。搴葉愛繁緑，緣澗弄驚波。豈爲論夙志，對此青山何。

〔校〕

〔風〕遞修本作「氣」。〔搴〕原作「塞」，據遞修本、活字本、叢刊本、全唐詩改。〔何〕遞修本、活字本、叢刊本、全唐詩作「阿」。

〔注〕

〔一〕詩作年未詳。

〔二〕北窗：用陶潛事，參見前道晏寺主院注〔二〕。

〔三〕嵯峨：山高峻貌。顧愷之神情詩：「春水滿四澤，夏雲多奇峰。」

夏至避暑北池〔一〕

晝晷已云極〔二〕，宵漏自此長〔三〕。未及施政教，所憂變炎涼。公門日多暇，是月農稍忙。

高居念田里，苦熱安可當。亭午息群物，獨游愛方塘。門閉陰寂寂，城高樹蒼蒼。綠筠尚含粉，圓荷始散芳。於焉灑煩抱，可以對華觴。

【注】

〔一〕據「未及施政教」語，詩似在滁、江、蘇等州刺史任上作。
夏至：農曆二十四節氣之一，爲五月中節氣。

〔二〕晷：日晷，古代利用日影測度時間的工具。「晝晷極」謂日最長。夏至日晝最長，夏至後晝漸短，夜漸長。

〔三〕宵漏：夜晚的漏刻。漏，古代利用銅壺滴水來計時的工具。

題從侄成緒西林精舍書齋〔一〕

棲身齒多暮〔二〕，息心君獨少〔三〕。慕謝始精文〔四〕，依僧欲觀妙。洌泉前階注，清池北窗照。果藥雜芬敷〔五〕，松筠疏蒨峭〔六〕。屨躋幽人境，每肆芳辰眺。採栗玄猿窟，擷芝丹林嶠。紵衣豈寒禦，蔬食非饑療。雖甘巷北單〔七〕，豈塞青紫耀〔八〕。郡有優賢榻〔九〕，朝編貢士詔〔一〇〕。欲同朱輪載〔一一〕，勿憚移文誚〔一二〕。

【校】

〔齒〕原校「一作始」。〔精文〕叢刊本作「文精」。〔栗〕原作「粟」，據元修本、遞修本、活字本、全唐詩改。

〔單〕原校「一作簞」。〔同〕原校「一作求」。

〔注〕

〔一〕詩貞元三年在江州作。成緒：韋應物從侄，應物爲江州刺史，春巡行屬縣，成緒曾陪游，中道别去，見卷三因省風俗與從侄成緒游山水中道先歸寄示詩。西林精舍：西林寺，在廬山。陳舜俞廬山記卷二：「乾明寺在凝寂塔之西百餘步，舊名西林，興國中，賜今額。晉慧永禪師之道場也。」據記所載歐陽詢西林道場碑，寺建于晉太和二年。

〔二〕棲身：謂歸隱。齒暮：年老。

〔三〕息心：摒除心中雜念。後漢書明帝紀：「沙門者，漢言息心，蓋息意去欲，而歸于無爲也。」

〔四〕慕謝：謝，當指東晉文學家謝靈運。

〔五〕芬敷：即紛敷，茂盛貌。潘岳西征賦：「華實紛敷，桑麻條暢。」

〔六〕蒨(qiàn)峭：茂盛挺拔。

〔七〕單：通簞，竹製食器。句謂韋成緒甘於貧困。顔回家貧，論語雍也：「子曰：『賢哉回也！一簞食，一瓢飲，在陋巷，人不堪其憂，回也不改其樂。』」

〔八〕青紫：漢制，丞相、太尉金印紫綬，御史大夫銀印青綬，故以青紫代稱高官厚禄。杜甫夏夜嘆：「青紫雖被體，不如早還鄉。」

〔九〕優賢榻：爲優禮賢者而設的榻。後漢書徐穉傳：「陳蕃爲(豫章)太守，……在郡不接賓客，唯穉來特設一榻，去則懸之。」

〔一〇〕貢士：鄉貢進士。唐代科舉考試，由學館出身者曰生徒，由州縣選拔者曰鄉貢，見唐摭言卷一。

〔一一〕朱輪：紅色的車子，漢代公卿列侯及二千石以上高官所乘。楊惲報孫會宗書：「惲家方隆盛時，乘朱輪者十人。」

〔一二〕移文：文體的一種，多用以責備別人的錯誤言論或行動。南齊名士周顒隱居鍾山，後應詔出爲海鹽縣令，孔稚珪代鍾山山靈作北山移文以誚之，文見文選卷四十三。

題鄭弘憲侍御遺愛草堂〔一〕

居士近依僧〔二〕，青山結茅屋。疏松映嵐晚，春池含苔緑。繁華冒陽嶺，新禽響幽谷。長嘯攀喬林，慕兹高世躅。

〔注〕

〔一〕詩作年未詳。

鄭弘憲：未詳。遺愛草堂：當在廬山香爐峯北遺愛寺西。白居易草堂記：「匡廬奇秀甲天下，山北峯曰香爐，峯北寺曰遺愛寺。介峯寺間，其境勝絶。」白居易祭廬山文：「遺愛西偏，鄭氏舊隱。」當即謂鄭弘憲草堂。遺愛，左傳昭公二十年：「及子産卒，仲尼聞之，出涕曰：『古之遺愛也。』」注：「子産見愛，有古人之遺風。」

〔二〕居士：在家奉佛者。慧遠維摩義記：「居士有二：一、廣積資産，居財之士，名爲居士；二、在家修道，居家道士，名爲居士。」

同元錫題琅琊寺〔一〕

適從郡邑喧，又兹三伏熱〔二〕。山中清景多，石罅寒泉潔。花香天界事，松竹人間別。殿分嵐嶺明，磴臨懸壑絶。昏旭窮陟降，幽顯盡披閱。嶔駭風雨區〔三〕，寒知龍蛇穴〔四〕。情虛澹泊生，境寂塵妄滅〔五〕。經世豈非道〔六〕，無爲厭車轍〔七〕。

〔校〕

〔懸〕原校「一作玄」。〔嶔〕原校「一作嶺」。〔妄〕原作「安」，據元修本、遞修本、活字本、叢刊本、全唐詩改。

〔車轍〕原校「一作歸轍」。

〔注〕

〔一〕詩約建中四年夏在滁州作。

琅琊寺：在滁州，見卷六懷琅琊深標二釋子注〔一〕。

〔二〕三伏：見卷一冰賦注〔一八〕。

〔三〕嶔：山高峻。風雨區：謂神人出没之所。搜神記卷一：「赤松子者，神農時雨師也。……至昆侖山，常入西王母石室中，隨風雨上下。」

〔四〕龍蛇穴：形容山之深幽。左傳襄公二十一年：「深山大澤，實生龍蛇。」

〔五〕塵妄：世俗雜念。

〔六〕經世：經國治世。抱朴子審舉：「故披洪範而知箕子有經世之器，覽九術而知范生懷治國之略。」

〔七〕車轍：猶輪鞅，指世俗交往。陶潛歸園田居：「野外罕人事，窮巷寡輪鞅。」

題鄭拾遺草堂〔一〕

借地結茅棟，橫竹掛朝衣。秋園雨中綠，幽居塵事違。陰井夕蟲亂，高林霜果稀。子有白雲意〔二〕，構此想巖扉〔三〕。

〔校〕

〔結〕文苑英華卷三百十四作「建」，校云「集作結」。　〔陰〕原校「一作涼」。

〔注〕

〔一〕詩作年未詳。

拾遺：諫官名，從八品上，左右各六人，分屬門下、中書二省，掌供奉諷諫，大事廷議，小則上封事。見新唐書百官志二。鄭拾遺，名未詳。

〔二〕白雲意：隱居之意。陶弘景隱居山中，齊高帝詔問山中何所有，弘景答曰：「山中何所有，嶺上多白雲。只可自怡悅，不堪持贈君。」見太平廣記卷二百二引談藪。

〔三〕巖扉：山中廬舍之門。儲光羲游茅山：「想見山中士，巖扉長不關。」

〔評〕

袁宏道：「秋園雨中綠」，即一句，暗中摸索，知是韋詩。（參評本）

卷八

雜興

詠玉〔一〕

乾坤有精物〔二〕，至寶無文章〔三〕。雕琢爲世器，真性一朝傷〔四〕。

〔校〕

〔傷〕原作「陽」，據遞修本、活字本、叢刊本、萬首唐人絶句卷七、全唐詩改。

〔注〕

〔一〕本卷中詩，作年大都難以考知，不一一説明。

〔二〕乾坤：天地。易説卦：「乾，天也，故稱乎父；坤，地也，故稱乎母。」

〔三〕文章：錯雜的色彩或花紋。周禮冬官考工記：「畫繢之事，……青與赤謂之文，赤與白謂之章。」

〔四〕真性：自然本性。淮南子説林：「白玉不琢，美珠不文，質有餘也。」高誘注：「性自然，不復飾。」

咏露珠

秋荷一滴露，清夜墜玄天〔一〕。將來玉盤上，不定始知圓。

〔校〕

〔秋荷四句〕原本脱此四句及後詩咏水精之詩題，誤將咏水精詩置於此題下，今據遞修本、活字本、叢刊本、萬首唐人絶句卷七、全唐詩補正。〔將〕活字本作「擎」。

〔注〕

〔一〕玄天：天空。玄，天青色。易坤文言：「夫玄黄者，天地之雜也，天玄而地黄。」

咏水精〔一〕

映物隨顔色，含空無表裏。持來向明月，的皪愁成水〔二〕。

〔校〕

〔題〕原奪，誤置此詩於咏露珠詩下，今據遞修本、活字本、叢刊本、萬首唐人絶句卷七、全唐詩補正。〔空〕萬首唐人絶句作「情」。

〔注〕

〔一〕水精：即水晶，一名水玉，即無色透明之石英，化學成份爲二氧化矽。

〔二〕的皪：光彩鮮明貌。漢書司馬相如傳上：「明月珠子，的皪江靡。」

〔評〕劉辰翁：吾又疑蘇州有痴絶者，於咏水精、露珠尤佳。今人始不能痴也。（張習本）

咏珊瑚〔一〕

絳樹無花葉，非石亦非瓊。世人何處得，蓬萊石上生〔二〕。

〔注〕

〔一〕珊瑚：熱帶、亞熱帶海洋中一種腔腸動物，其骨胳及分泌物堆積形成珊瑚礁，顔色美麗，形如樹枝。史記司馬相如列傳：「玫瑰碧琳，珊瑚叢生。」正義引郭璞云：「珊瑚生水底石邊。大者樹高三尺餘，枝格交錯，無有葉。」

〔二〕蓬萊：傳説海上三仙山之一，見卷二贈盧嵩注〔四〕。珊瑚生於海中，故云。

咏瑠璃〔一〕

有色同寒冰，無物隔纖塵。象筵看不見〔二〕，堪將對玉人〔三〕。

〔校〕

〔冰〕原作「水」，據元修本、遞修本、活字本、叢刊本、萬首唐人絶句卷七、全唐詩改。

〔注〕

〔一〕瑠璃：亦作璧流離、流離，寶石名。漢書西域傳上：罽賓國「出珊瑚、琥珀、璧流離」。注：「大秦國出赤、白、黑、黄、青、緑、縹、紺、紅、紫十種流離。」

〔二〕象筵：象牙製成的筵席，後用爲筵席之美稱。世説新語汰侈：「武帝嘗降王武子(濟)家，武子供饌并用琉璃器。」

〔三〕玉人：玉琢美人。拾遺記卷八蜀：「先主甘后，……長而體貌特異，至十八，玉質柔肌，態媚容冶。先主召入綃帳中，於户外望者如月下聚雪。河南獻玉人，高三尺，乃取玉人置后側，晝則講説軍謀，夕則擁后而玩玉人。」

咏琥珀〔一〕

曾爲老茯神〔二〕，本是寒松液。蚊蚋落其中，千年猶可覿。

〔注〕

〔一〕琥珀：松柏樹脂的化石，半透明，色紅褐者爲琥珀，黄褐者爲蠟珀。博物志卷一：「松柏脂入地，千年化爲茯苓，茯苓化爲琥珀。」

〔二〕茯神：即茯苓，菌類植物，寄生松根，呈球塊狀，可入藥。太平御覽卷九百八十九引本草經：「茯苓，一名茯神，味甘平，生山谷。」淮南子説山：「千年之松，下有茯苓，上有兔絲。」高誘注：「茯苓，千歲松脂也。」

仙人祠〔一〕

蒼岑古仙子，清廟閟華容。千載去寥廓，白雲遺舊踪。歸來灞陵上〔二〕，猶見最高峰。

〔校〕

〔蒼〕原作「倉」，據元修本、遞修本、活字本、叢刊本、全唐詩改。

〔注〕

〔一〕詩云「灞陵」，當作於長安，詩之作年、祠祀何人均未詳。

〔二〕灞陵：在長安東，參見卷四送馮著受李廣州署爲録事注〔三〕。

咏曉

軍中始吹角〔一〕，城上河初落〔二〕。深沉猶隱帷，晃朗先分閣〔三〕。

〔注〕

〔一〕角：古樂器名，出于西北部游牧民族，軍中用以司號令。沈佺期關山月：「將軍聽曉角，戰馬欲南歸。」

〔二〕河：銀河。

〔三〕晃朗：光明貌。抱朴子喻蔽：「守燈燭之宵曜，不識三光之晃朗。」

咏夜

明從何處去，暗從何處來。但覺年年老，半是此中催。

〔評〕

劉辰翁：上句似禪，下似刻漏。（張習本）

咏聲

萬物自生聽，太空恒寂寥。還從静中起，却向静中消。

〔校〕

〔萬物句〕原校「一云萬物自此聽」。〔太〕原作「大」，據唐音卷六、唐詩品彙卷四一、全唐詩改。〔從〕原校「一作應」。

〔評〕

劉辰翁：其姿近道（一本作直），語此輒（一本作漸）超。（張習本）

顧璘：造理之言。勝咏夜之作遠勝。（朱墨本）

喬億：韋詠聲詩……此乃静坐功深，領得無始氣象，又在希夷、康節前也。較陶靖節「縱浪大化中，不喜亦不懼」，更入玄通。（劍溪説詩又編）

任洛陽丞請告一首〔一〕

方鑿不受圓〔二〕，直木不爲輪。揆材各有用〔三〕，反性生苦辛。折腰非吾事〔四〕，飲水非吾貧〔五〕。休告卧空館，養病絶囂塵。游魚自成族，野鳥亦有群。家園杜陵下〔六〕，千歲心氛氲〔七〕。天晴嵩山高，雪後河洛春。喬木猶未芳，百草日已新。著書復何爲？當去東皋耘〔八〕。

〔注〕

〔一〕詩永泰二年春在洛陽作。

請告：請假。唐制，職事官請假滿百日，即合停官。韋應物永泰中任洛陽丞，見訟于居守，事見卷二示從子河南尉班詩及序。

〔二〕方鑿：方形榫眼。圓：謂圓形榫頭。宋玉九辯：「圓鑿而方枘兮，吾故知其鉏鋙而難入。」

〔三〕揆材：量度才能。

〔四〕折腰：指爲低級官吏，參見卷二贈王侍御注〔六〕。

〔五〕飲水：用顔淵安貧樂道事，參見卷三答釋子良史送酒瓢注〔二〕。

〔六〕杜陵：在長安東南，韋應物家世居於此，參見卷二假中對雨呈縣中僚友注〔二〕。

〔七〕氛氲：盛貌。此謂思緒撩亂。陳子昂入東陽峽：「仙舟不可見，遥思坐氛氲。」

〔八〕東皋：東邊田地。陶潛歸去來兮辭：「懷良辰以孤往，或植杖而耘耔。登東皋以舒嘯，臨清流而賦詩。」

縣　齋〔一〕

仲春時景好，草木漸舒榮。公門且無事，微雨園林清。决决水泉動〔二〕，欣欣衆鳥鳴。閑齋始延矚，東作興庶甿〔三〕。即事玩文墨，抱沖披道經〔四〕。於焉日淡泊，徒使芳樽盈。

〔校〕

〔決決〕原作「泱泱」，據元修本、遞修本、活字本、叢刊本、全唐詩改。

〔注〕

〔一〕詩約大曆十年春權攝高陵縣令時作，參見卷四天長寺上方別子西有道詩注。

〔二〕決決：水流貌。

〔三〕東作：春耕生產。書堯典：「寅賓日出，平秩東作。」傳：「歲起於東，而始就耕，謂之東作。」庶甿：平民百姓。

〔四〕抱沖：守其本真，不爲物欲所惑。道經：道教典籍。隋書經籍志四：「道經者，云有元始天尊，生於太元之先，禀自然之氣，沖虛凝遠，莫知其極。所以説天地淪壞，劫數終盡，略與佛經同。」

晚出府舍與獨孤兵曹令狐士曹南尋朱雀街歸里第〔一〕

分曹幸同簡〔二〕，聯騎方愜素〔三〕。還從廣陌歸〔四〕，不覺青山暮。翩翩鳥未没〔五〕，杳杳鍾猶度。尋草遠無人，望山多枉路。聊參世士迹〔六〕，嘗得靜者顧〔七〕。出入雖見牽〔八〕，忘身緣所晤。

〔校〕

〔士曹〕士，叢刊本作「工」。　〔所〕原校「一作明」。

〔注〕

〔一〕詩約大曆十一年在京兆府功曹參軍任上作。獨孤兵曹、令狐士曹：韋應物任京兆府功曹參軍時同僚，名未詳，見卷五答令狐士曹獨孤兵曹聯騎暮歸望山見寄注〔一〕。朱雀街：唐長安皇城正南門朱雀門所對大街，以此街爲界，分長安爲東西兩部分，街東五十四坊及東市屬萬年縣，街西五十四坊及西市屬長安縣。

〔二〕分曹：官署分部治事。同簡：同被簡選。

〔三〕愜素：愜於素心，實現宿願。

〔四〕廣陌：寬闊道路。朱雀街東西寬一百步，見唐兩京城坊考卷二。

〔五〕翻翻：猶翩翩。楚辭九章悲回風：「漂翻翻其上下兮，翼遥遥其左右。」

〔六〕世士：用世之士，指獨孤與令狐二人。

〔七〕静者：沖澹守静之人。吕氏春秋守分：「得道者必静，静者無知。」謝靈運過始寧墅：「拙疾相倚薄，還得静者便。」顧：看顧，來訪。

〔八〕出入：謂出入公府。見牽：爲世務牽纏。

休暇東歸〔一〕

由來束帶士〔二〕，請謁無朝暮〔三〕。公暇及私身，何能獨閑步。摘葉愛芳在，捫竹憐粉污。岸幘偃東齋〔四〕，夏天清曉露。懷仙閲真誥〔五〕，貽友題幽素。榮達頗知疏〔六〕，恬然自成度。綠苔日已滿，幽寂誰來顧。

〔校〕

〔歸〕元修本、遞修本、活字本、叢刊本、全唐詩作「齋」。

〔注〕

〔一〕詩大曆十一至十三年在京兆府功曹任上作。

〔二〕束帶：整飾衣服，束緊衣帶，謂爲官。論語公冶長：「（公西）赤也束帶立於朝，可使與賓客言也。」陶潛爲彭澤令，「郡遣督郵至縣，吏白應束帶見之」。事見晉書本傳。

〔三〕請謁：請示謁見上級官吏。

〔四〕岸幘：推起頭巾，形容衣着簡率、不拘形迹。

〔五〕真誥：道書名，陶弘景撰，原爲七卷，後人析爲十卷，又或析爲二十卷。其書述楊羲、許邁、許玉斧等遇仙真傳受真經事，因其皆真人口授之誥，故名真誥。

〔六〕榮達：榮貴顯達，此指榮達之人。張九齡郡舍南有園畦雜樹聊以永日：「榮達豈不偉，孤生非所任。」

夜直省中〔一〕

河漢有秋意，南宮生早涼〔二〕。玉漏殊杳杳〔三〕，雲闕更蒼蒼〔四〕。華燈發新焰，輕烟浮夕香。顧迹知爲忝，束帶愧周行〔五〕。

〔校〕

〔意〕文苑英華卷二百九十一作「氣」，校云「集作意」。〔更〕叢刊本作「夏」。〔焰〕文苑英華作「照」，校云「集作焰」。〔輕〕原校「一作爐」。

〔注〕

〔一〕詩建中三年七月在長安比部員外郎任上作。直：值班。省：尚書省。唐會要卷八十二：「故事：尚書省官，每一日一人宿直，都司執直簿轉以爲次。」

〔二〕南宮：尚書省，參見卷二秋夜南宮寄澧上弟及諸生注〔一〕。

〔三〕玉漏：玉製漏刻，此指漏刻滴水聲。蘇味道正月十五日夜：「金吾不禁夜，玉漏莫相催。」杳杳：幽遠渺茫。

〔四〕蒼蒼：猶蒼茫。王無競巫山高：「霽雲無處所，臺館曉蒼蒼。」

〔五〕東帶：見前詩注。周行：指朝官行列。詩周南卷耳：「嗟我懷人，寘彼周行。」傳：「行，列也。思君子官賢人，置周之列位。」箋：「周之列位，謂朝廷臣也。」

〔評〕

袁宏道：佳境多得之玄暉，氣色故自異唐人淺調。（參評本）

郡内閑居〔一〕

棲息絶塵侶〔二〕，孱鈍得自怡〔三〕。腰懸竹使符〔四〕，心與廬山緇〔五〕。永日一酣寢，起坐兀無思〔六〕。長廊獨看雨，衆藥發幽姿。今夕已云罷，明晨復如斯。何事能爲累，寵辱豈要辭。

〔校〕

〔與〕原校「一作如」。〔藥〕原作「樂」，據元修本、遞修本、活字本、叢刊本、全唐詩改。

〔注〕

〔一〕詩當貞元初作於江州。

〔二〕塵侶：猶俗客。

〔三〕孱鈍：孱弱遲鈍。

〔四〕竹使符：刺史符信，參見卷五酬閻員外陟注〔三〕。

〔五〕廬山緇：廬山僧人。參見卷七秋景詣琅琊精舍注〔三〕。

〔六〕兀：兀兀，昏沉貌。白居易對酒：「當時劉阮輩，終年醉兀兀。」

〔評〕

劉辰翁：意思寬潔。（和刻本）

燕居即事〔一〕

蕭條竹林院，風雨叢蘭折。幽鳥林上啼，青苔人迹絶。燕居日已永。夏木紛成結。几閣積群書，時來北窗閲。

〔注〕

〔一〕燕居：閑居。論語述而：「子之燕居，申申如也，夭夭如也。」

〔評〕

劉辰翁：句句實狀。（張習本）

幽居〔一〕

貴賤雖異等，出門皆有營。獨無外物牽，遂此幽居情。微雨夜來過，不知春草生。青山忽已曙，鳥雀繞舍鳴。時與道人偶〔二〕，或隨樵者行。自當安蹇劣〔三〕，誰謂薄世榮〔四〕。

〔校〕

〔皆〕唐詩品彙卷十四作「雖」。〔劣〕原校「一作拙」。

〔注〕

〔一〕幽居：隱居。禮記儒行：「篤行而不倦，幽居而不淫。」陶潛答龐參軍：「我實幽居士，無復東西緣。」

〔二〕偶：共處。

〔三〕蹇劣：駑鈍，笨拙。此指困頓不好的境遇。

〔四〕薄：鄙薄，不屑。世榮：世間的榮華富貴。

〔評〕

劉辰翁：古調本色。「微雨夜來過，不知春草生。」似亦以痴得之。（張習本）

顧璘：〔獨無句〕説得透。〔微雨句〕好。〔誰謂句〕不炫。（朱墨本）

鍾惺：〔不知句〕胸中免化。（同前）

桂天祥：身世俱幻，情景兩忘。（同前）

陸時雍：淵明陶然欣暢，應物澹然寂寞，此其胸次可想。（唐詩鏡）

王夫之：蘇州詩獨立衰亂之中，所短者時傷刻促。此作清，不刻直，不促，必不與韓、柳、元、白、孟、賈諸家共川而浴。中唐以降，作五言詩者唯此公知耻。（唐詩評選卷二）

張揔：南邨曰：天然生意，較「池塘生春草」更佳。（唐風懷）

徐增：此詩首起四句冒，後雙開成章，譬如吠琉璃輪，雙輪互旋，不分光影也。（而庵説唐詩）

沈德潛：每過閶闔門時，誦首二句，爲之啞然。〔微雨二句〕中有元化。（唐詩別裁卷三）

野居書情〔一〕

世事日可見，身名良蹉跎。尚瞻白雲嶺〔二〕，聊作負薪歌〔三〕。

〔注〕

〔一〕此詩及下詩疑爲罷滁州刺史後閑居時作。

〔二〕白雲嶺：參見卷七題鄭拾遺草堂注〔一〕。

〔三〕負薪：背負柴草，指任力役之事。漢書朱買臣傳：「家貧，好讀書，不治産業，常艾薪樵，賣以給食，擔束薪，行且誦書。其妻亦負戴相隨，數止買臣毋歌嘔道中。買臣愈益疾歌。」李白笑歌行：「甯武子，朱買臣，扣角行歌背負薪。」

郊居言志

負暄衡門下〔一〕，望雲歸遠山。但要樽中物〔二〕，餘事豈相關。交無是非責，且得任疏頑。日夕臨清澗，逍遥思慮閑。出去唯空屋，弊簀委窗間。何異林棲鳥，戀此復來還。世榮斯獨已，頹志亦何攀。唯當歲豐熟，閭里一歡顔。

〔校〕

〔志〕原校「一作思」。

〔注〕

〔一〕負暄：曝背取暖。列子楊朱：「負日之暄，人莫知者。」衡門：簡陋居室，見卷二秋集罷還途中作謹獻壽春公黎公注〔二〕。

〔二〕樽中物：酒。後漢書孔融傳：「及退閑職，賓客日盈其門。常嘆曰：『坐上客恒滿，尊中酒不空，吾無憂矣。』」

〔評〕

劉辰翁：（但要二句）不曰效陶，實自真意。（張習本）

夏景端居即事〔一〕

北齋有涼氣，嘉樹對層城。重門永日掩，清池夏雲生。遇此庭訟簡，始聞蟬初鳴。逾懷故園愴，默默以緘情。

〔注〕

〔一〕詩疑在滁州刺史任上作。

始至郡〔一〕

湓城古雄鎮〔二〕，横江千里馳。高樹上迢遞〔三〕，峻堞繞欹危〔四〕。井邑烟火晚，郊原草樹滋。洪流蕩北阯〔五〕，崇嶺鬱南圻〔六〕。斯民本樂生，逃逝竟何爲。旱歲屬荒歉，舊逋積如坻〔七〕。到郡方逾月，終朝理亂絲〔八〕。賓朋未及宴，簡牘已云疲。昔賢播高風，得守愧無施〔九〕。豈待干戈戢，且願撫惸嫠〔一〇〕。

〔校〕

〔鎮〕原作「郡」，據原校、活字本、叢刊本改。〔馳〕叢刊本作「池」。〔蕩〕原校「一作薄」。

〔注〕

〔一〕詩貞元元年秋初至江州作。

〔二〕湓城：即湓口城，隋置湓城縣，爲江州州治所在。元和郡縣圖志卷二十八江州：「隋文帝平陳，置江州總管，移理湓城。……州理城，古湓口城也，漢高帝六年灌嬰所築。」

〔三〕迢遞：高貌。謝朓郡内高齋閑坐答吕法曹：「結構何迢遞，曠望極高深。」

〔四〕峻堞：高峻城牆。堞，城上齒狀矮牆。欹危：險峻貌。

〔五〕洪流：指長江。元和郡縣圖志卷二十八江州彭澤縣：「江水，西自都昌縣界流入，經縣北二十五里，東北流入秋浦縣界。」阯：同址。

〔六〕崇嶺：指廬山。鬱：叢集，阻塞。南圻：南部地區。太平寰宇記卷一百一十江州德化縣：「廬山在縣南，高二千三百六十丈，周回二百五十里。」

〔七〕舊逋：前此拖欠的賦税。參見卷六月晦憶去年與親友曲水游宴注〔三〕。如坻（chí）：猶如山。詩小雅甫田：「曾孫之庾，如京如坻。」箋：「坻，水中之高地也。」

〔八〕亂絲：喻爲政頭緒紛繁。左傳隱公四年：「臣聞以德和民，不聞以亂。以亂，猶治絲而棼之也。」北史齊文宣帝紀：「（神武帝）又嘗令諸子各使理亂絲，帝獨抽刀斬之，曰：『亂者當斬。』」

〔九〕昔賢：過去的賢人，如晉之陶侃、庾亮、謝尚、王羲之等，均曾在江州爲官。得守：謂己爲刺史（太守）。無施：無所作爲。

〔一〇〕干戈戢：戰争平息。詩周頌時邁：「載戢干戈。」時淮西李希烈叛亂尚未平定，見舊唐書德宗紀上。惸（qióng）嫠：孤苦伶仃之人。惸，無兄弟者。嫠，寡婦。

郡中西齋〔一〕

似與塵境絶〔二〕，蕭條齋舍秋。寒花獨經雨，山禽時到州。清觴養真氣，玉書示道流〔三〕。豈將符守戀〔四〕，幸以棲心幽。

〔校〕

〔境〕原校「一作世」。

〔注〕

〔一〕詩疑建中、興元間在滁州作。

西齋：詩云「山禽時到齋」，當指滁州之西齋。滁州多山，卷三偶入西齋院示釋子恒璨詩，即作于滁州。

〔二〕塵境：佛教以色、聲、香、味、觸、法爲六塵，故稱現實世界爲塵境。禪源諸詮集都序卷上之二：「諸法如夢，諸聖同説，故妄念本寂，塵境本空。」

〔三〕玉書：道經名，即黄庭内景經。其上清章云：「是曰玉書可精研，誦之萬過升三天。」

〔四〕符守：指己刺史官職，參見卷五酬閻員外陟注〔三〕。

〔評〕

劉辰翁：〔山禽句〕人人有此等語，但此自是蘇州語耳。（張習本）

袁宏道：蘇州極得意之作，惜無人拈出。（參評本）

新理西齋〔一〕

方將甿訟理，久翳西齋居。草木無行次，閑暇一芟除。春陽土脈起〔二〕，膏澤發生初〔三〕。養條刊朽枿〔四〕，護藥鋤穢蕪。稍稍覺林聳，歷歷欣竹疏。始見庭宇曠，頓令煩抱舒。兹焉即可愛，何必是吾廬〔五〕。

〔校〕

〔穢〕原校：「一作荒」。

〔注〕

〔一〕詩貞元六年春在蘇州作。西齋：韋應物在蘇州有西齋，其復理西齋寄丘員外詩云：「前歲理西齋，得與君子同。迨兹已一周，悵望臨春風。」即指此詩所述理西齋事。參見卷三該詩注。

〔二〕土脈起：謂春日土壤解凍鬆動，如人身脈動。國語周語上：「農祥晨正，日月底于天廟，土乃脈發。」

〔三〕膏澤：雨水滋潤。曹植贈徐幹：「良田無晚歲，膏澤多豐年。」發生：萌發、生長。爾雅釋天：「春爲發生。」

〔四〕刊：砍削。朽枿（niè）：枯枝。枿，枝條。

〔五〕「兹焉」二句：陶潛讀山海經：「孟夏草木長，繞屋樹扶疏。衆鳥欣有托，吾亦愛吾廬。」

曉坐西齋〔一〕

鼕鼕城鼓動〔二〕，稍稍林鴉去。柳意不勝春，巖光已知曙。寢齋有單䄡〔三〕，靈藥爲朝茹〔四〕。盥漱欣景清，焚香澄神慮。公門自常事，道心寧易處。

〔校〕

〔䄡〕原校「一作茅」，叢刊本作「綈」。〔易〕原校「一作異」。

〔注〕

〔一〕詩貞元六年左右春日在蘇州作，參見前詩。

〔二〕城鼓：城中入夜及破曉所擊之鼓，參見卷二同德寺雨後寄元侍御李博士注〔三〕。

〔三〕單䄡：即單綈，單綢衣。

〔四〕朝茹：早上服食。

〔評〕

劉辰翁：〔柳意二句〕麗直是麗，未嘗不淡。（張習本）

袁宏道：清麗，然非江、鮑所能辨。（參評本）

郡齋卧疾絶句〔一〕

香爐宿火滅，蘭燈宵影微〔二〕。秋齋獨卧病，誰與覆寒衣。

〔注〕

〔一〕詩在滁、江、蘇等州刺史任上爲懷念亡妻而作。

〔二〕蘭燈：燃燒蘭膏的燈燭。楚辭招魂：「蘭膏明燭，華容備些。」王逸注：「蘭膏，以蘭香煉膏也。」

寓居永定精舍〔一〕蘇州

政拙欣罷守，閑居初理生。家貧何由往，夢想在京城。野寺霜露月，農興羈旅情。聊租二頃田，方課子弟耕。眼暗文字廢，身閑道心精。即與人群遠，豈謂是非嬰〔二〕。

〔注〕

〔一〕詩貞元六年罷刺史任在蘇州閑居時作。永定精舍：即永定寺。吴郡圖經續記卷中：「永定寺在吴縣西南，梁天監中吴郡顧氏施宅爲寺，唐陸鴻漸書額。韋蘇州罷郡，寓居永定，殆此寺耶？舊在長洲界，後於永定鄉安仁里。」參見卷七與盧陟同游永定寺北池僧齋注〔一〕。

〔二〕謂：通爲，被。嬰：纏繞。

〔評〕

鍾惺：真人真事真話。（朱墨本）

胡震亨：王績之詩曰：「有客談名理，無人索地租。」隱如是，可隱也。陶潛之詩曰：「饑來驅我去，……叩門拙言辭。」如是隱，隱未易言矣。白樂天之詩曰：「冒寵已三遷，歸朝始二年。囊中儲餘俸，園外買閑田。」如是罷官，官亦可罷也。韋應物之詩曰：「政拙欣罷守，閑居初理生。……聊租二頃田，方課子弟耕。」罷官如是，恐官正未易罷耳。韋與陶千古并稱，豈獨以其詩哉！（唐音癸籤卷二十五）

永定寺喜辟彊夜至〔一〕

子有新歲慶，獨此苦寒歸。夜叩竹林寺，山行雪滿衣。深爐正燃火，空齋共掩扉。還將一樽對，無言百事違〔二〕。

〔注〕

〔一〕詩貞元六年罷刺史任在蘇州閑居時作。辟彊：趙辟彊，韋應物甥，見卷七同越琅琊山題下注。

〔二〕百事違：事事不如意。元稹遣悲懷：「謝公最小偏憐女，自嫁黔婁百事乖。」

野　居〔一〕

結髮屢辭秩〔二〕，立身本疏慢。今得罷守歸，幸無世欲患。棲止且偏僻，嬉游無早晏。逐兔上坡岡，捕魚緣赤澗。高歌意氣在，貰酒貧居慣〔三〕。時啟北窗扉，豈將文墨間。

〔校〕

〔且〕唐詩品彙卷十四作「但」。〔貰〕叢刊本誤作「貫」。〔啟〕叢刊本作「起」。

〔注〕

〔一〕詩貞元元年罷滁州刺史或貞元六年罷蘇州刺史閑居時作。

〔二〕結髮：年輕時。古代男子自成童開始束髮，故稱。辭秩：辭官。韋應物永泰中辭洛陽丞，大曆末辭櫟陽令，已見前注。

〔三〕貰酒：賒酒。史記高祖本紀：「爲泗水亭長，……好酒及色，常從王媼、武負貰酒。」集解引韋昭曰：「貰，賒也。」

同褒子秋齋獨宿〔一〕

山月皎如燭，風霜時動竹。夜半鳥驚棲，窗間人獨宿。

〔注〕

〔一〕詩興元元年秋在滁州作。褒子：沈全真，韋應物外甥，興元元年與應物同在滁州，見覽褒子卧病一絶聊以題示詩題下注。

〔評〕

劉辰翁：不可多念。（和刻本）

顧璘：語未甚工而調古。（朱墨本）

餌黃精〔一〕

靈藥出西山，服食採其根。九蒸換凡骨〔二〕，經著上世言〔三〕。候火起中夜〔四〕，馨香滿南軒。齋居感衆靈，藥術啟妙門〔五〕。自懷物外心，豈與俗士論。終期脱印綬，永與天壤存〔六〕。

〔校〕

〔居〕原作「君」，據活字本、叢刊本、全唐詩改。〔壤〕原作「壞」，據元修本、遞修本、活字本、叢刊本、全唐詩改。

〔注〕

〔一〕詩作年未詳。

黃精：多年生草本植物，葉似竹而短，根如嫩薑，可入藥。道家謂其得坤土之精粹，故名之爲黃精。文選卷四十三嵇康與山巨源絶交書：「又聞道士遺言，餌朮黃精，令人多壽，意甚信之。」李善注引本草經：「朮黃精，久服輕身延年。」

〔二〕九蒸：多次蒸製。換凡骨：脱胎換骨，謂成仙。劉禹錫華山歌：「能令下國人，一見換凡骨。」

〔三〕經：謂本草經，相傳爲神農所作。上世：上古時代。

〔四〕候火：察視火的情況。

〔五〕妙門：衆妙之門，謂道。老子上篇謂道「玄之又玄，衆妙之門。」王弼注：「衆妙皆從同而出，故曰衆妙之門也。」

〔六〕天壤：天地。張協詠史：「清風激萬代，名與天壤俱。」

昭國里第聽元老師彈琴〔一〕

竹林高宇霜露清，朱絲玉徽多故情〔二〕。暗識啼烏與別鶴〔三〕，祇緣中有斷腸聲〔四〕。

【校】

〔烏〕原作「鳥」，據活字本、叢刊本、全唐詩改。

【注】

〔一〕詩當大曆十一年元蘋亡故後再至昭國里故宅時作。昭國里：長安坊里名，在朱雀門東第三街從南第四坊。韋應物曾與妻元蘋居此，元蘋卒後，應物有過昭國里故第詩悼念，已見卷六。老師：此指傳授技藝的樂工。元老師，名未詳。

〔二〕朱絲：紅色琴弦。文選卷二十八鮑照白頭吟：「直如朱絲繩，清如玉壺冰。」李善注：「朱絲，朱弦也。」徽：琴面上指示音階的標識。

〔三〕啼烏、別鶴：均指樂曲。新唐書音樂志二：「烏夜啼，宋臨川王義慶所作也。元嘉十七年，徙彭城王義康於豫章。義慶時爲江州，至鎮，相見而哭，爲帝所怪，徵還宅，大懼。妓妾夜聞烏啼聲，扣齋閤云：『明日應有赦。』其年更爲南兗州刺史，作此歌。」樂府詩集載烏夜啼八曲，均爲男女相思之辭。解題云：「今所傳歌辭似非義慶本旨。」崔豹古今注卷中：「別鶴操，商陵牧子所作也，娶妻五年而無子，父兄將爲之改娶。妻聞之，中夜起，倚户而悲嘯。牧子聞之愴然而悲，乃歌曰：『將乖比翼隔天端，山川悠遠路漫漫，攬衣不寢食忘餐。』

後人因爲樂章焉。」

〔四〕斷腸聲：令人悲痛欲絶的聲音。謂樂聲勾起了對亡妻的思念。

野次聽元昌奏横吹〔一〕

立馬蓮塘吹横笛，微風動柳生水波。北人聽罷淚將落，南朝曲中怨更多〔二〕。

〔注〕

〔一〕元昌：未詳。横吹：横吹曲，軍中之樂，出自北方。樂府詩集卷二十一：「横吹曲，其始亦謂之鼓吹，馬上奏之，蓋軍中之樂也。北狄諸國，皆馬上作樂，故自漢已來，北狄樂總歸鼓吹署。其後分爲二部，有簫笳者爲鼓吹，用之朝會、道路，亦以給賜；……有鼓角者爲横吹，用之軍中，馬上所奏者是也。」隋有大横吹曲二十九曲，小横吹曲十二曲，樂器均有笛。

〔二〕南朝曲：當謂清商樂。樂府詩集卷二十六：「後魏孝文宣武，用師淮、漢，收其所獲南音，謂之清商樂，相和諸曲，亦皆在焉。所謂清商正聲，相和五調伎也。」

〔評〕

劉辰翁：此時亦有此句。去年看此，不如今年之悲也。（張習本）

樓中閲清管〔一〕

山陽遺韵在〔二〕，林端横吹驚。響迴憑高閣，曲怨繞秋城。淅瀝危葉振，蕭瑟涼氣生。始遇茲管賞，已懷故園情〔三〕。

〔校〕

〔迴〕叢刊本、文苑英華卷二百十二作「回」。〔氣〕文苑英華作「風」。〔茲〕元修本作「弦」，文苑英華作「絲」，校云「一作茲」。

〔注〕

〔一〕管：樂器名，以竹爲之。詩周頌有瞽：「簫管備舉。」風俗通義卷六引禮樂記：「管，漆竹，長一尺，六孔，十二月之音也。象物貫地而牙，故謂之管。」

〔二〕山陽：縣名，故城在今河南修武西北。向秀思舊賦：「濟黄河以泛舟兮，經山陽之舊居。……聽鳴笛之慷慨兮，妙聲絶而復尋。」

〔三〕「始遇」二句：李白春夜洛城聞笛：「此夜笛中聞折柳，何人不起故園情。」

寒食〔一〕

晴明寒食好，春園百卉開。綵繩拂花去〔二〕，輕毬度閣來〔三〕。長歌送落日，緩吹逐殘杯。非關無燭罷，良爲羈思催。

〔注〕

〔一〕寒食：節日名，在清明前一或二日。參見卷三寒食日寄諸弟注〔一〕。

〔二〕綵繩：指秋千。開元天寶遺事卷下：「天寶宫中，至寒食節，競樹鞦韆，令宫嬪輩戲笑，以爲宴樂。」

〔三〕輕毬：指蹴鞠之戲，與鞦韆并爲寒食節娛樂活動。王維寒食城東即事：「蹴鞠屢過飛鳥上，鞦韆競出垂楊裏。」參見卷七寒食後北樓作注〔二〕。

〔評〕

劉辰翁：欲似晉人語而極難。蘭亭詩自不佳。此結語有情，殆勝選體。（張習本）

七夕〔一〕

人世拘形迹，别去間山川。豈意靈仙偶，相望亦彌年。夕衣清露濕，晨駕秋風前。臨歡定不住，當爲何所牽。

〔校〕

〔偶〕原作「隅」，據元修本、遞修本、活字本、叢刊本、全唐詩改。

〔注〕

〔一〕七夕：農曆七月七日夜，相傳牛郎、織女此夕渡河相會。續齊諧記：「桂陽成武丁有仙道，常在人間，忽謂其弟曰：『七月七日織女當渡河，諸仙悉還宫。吾向已被召，不得停，與爾别矣。』弟問曰：『織女何事渡河？去當何還？』答曰：『織女暫詣牽牛。……』今云織女嫁牽牛。」

九日〔一〕

今朝把酒復惆悵，憶在杜陵田舍時〔二〕。明年九日知何處，世難還家未有期。

〔注〕

〔一〕詩云「世難還家未有期」，疑詩安、史亂中避難居扶風時作。參見附録簡譜。

九日：農曆九月九日。古人於此日登高，飲菊花酒，參見卷二九日灃上作寄崔主簿倬二季端繫等詩注。

〔二〕杜陵：在長安東南，韋應物世居於此。見卷二假中對雨呈縣中僚友注。

〔評〕

劉辰翁：可悲。隔（一本作傷）世與予同患，亦似同吟。（張習本）

秋　夜

暗窗涼葉動，秋齋寢席單。憂人半夜起，明月在林端。一與清景遇，每憶平生歡。如何方惻愴，披衣露更寒。

〔校〕

〔題〕文苑英華卷一百五十八作「秋夜作」。〔齋〕原作「天」，校云「一作齋」，叢刊本、文苑英華作「齋」，據改。

〔清〕唐詩品彙卷十四作「秋」。〔更〕原校「一作轉」，文苑英華作「轉」。

〔評〕

劉辰翁：〔憂人二句〕何必思索，動見本懷。（張習本）

黄周星：實情實景，惟幽人半夜知之，然幽人非詩人亦不能知。（唐詩快）

沈德潛：〔一與二句〕情深人知之。（唐詩別裁卷三）

秋夜一絶〔一〕

高閣漸凝露，涼葉稍飄闈。憶在南宮直〔二〕，夜長鍾漏稀。

【校】

〔高閣〕遞修本自此至後雪中詩「忽憶京華年」句爲第十三頁B面，當爲同卷第十二頁B面之錯版。

【注】

〔一〕詩建中三年秋在滁州作。

〔二〕南宮直：在尚書省值夜。參見前夜直省中詩及注。

滁城對雪〔一〕

晨起滿闈雪，憶朝閶闔時〔二〕。玉座分曙早〔三〕，金爐上烟遲。飄散雲臺下，凌亂桂樹姿。

厠迹鴛鷺末〔四〕，蹈舞豐年期〔五〕。今朝覆山郡，寂寞復何爲？

【校】

〔城〕文苑英華卷一百五十四作「州」。〔闈〕文苑英華作「帳」，校云「集作闈」。〔朝〕文苑英華作「在」，校云「集作朝」。

【注】

〔一〕詩建中三年冬在滁州作。

〔二〕閶闔：宫門，代指宫殿。參見卷二寓居灃上精舍寄于張二舍人注〔三〕。

〔三〕玉座：皇帝御座。見卷三寄中書劉舍人注〔八〕。

〔四〕鴛鷺：喻指朝官班行，見卷二雪夜下朝呈省中一絶注〔三〕。

〔五〕蹈舞：臣下朝賀皇帝時的一種儀節。白居易賀雨：「蹈舞呼萬歲，列賀明庭中。」

雪　中〔一〕

空堂歲已晏，密室獨安眠。壓篠夜偏積，覆閣曉逾妍。連山暗古郡，驚風散一川。此時騎馬出，忽省京華年。

【校】

〔晏〕文苑英華卷一百五十四作「成」，校云「集作安」。〔篠〕文苑英華作「條」，校云「集作篠」。〔逾〕文苑英華作「愈」，校云「集作逾」。〔省〕叢刊本、文苑英華作「憶」，英華校云「集作省」。

【注】

〔一〕詩云「連山暗古郡」，當建中三年冬在滁州作。

咏春雪

徘徊輕雪意，似惜艷陽時。不悟風花冷，翻令梅柳遲。

〔校〕

〔惜〕原作「借」，據元修本、活字本改。

對春雪〔一〕

蕭屑杉松聲〔二〕，寂寥寒夜慮。州貧人吏稀，雪滿山城曙。春塘看幽谷，棲禽愁未去。開闈正亂流〔三〕，寧辨花枝處。

〔注〕

〔一〕詩云「州貧」、「山城」，當建中四年春在滁州刺史任作。

〔二〕蕭屑：形容凄凉細碎的聲音。

〔三〕亂流：水流紛亂，此指雪花紛亂飛舞。

對殘燈

獨照碧窗久，欲隨寒燼滅。幽人將遽眠，解帶翻成結〔一〕。

〔注〕

〔一〕結：雙關帶結與心思之鬱結。

〔評〕

劉辰翁：此十字寫出臨寐景意宛然，情濃意苦，別近婦女（一本作兒）。（張習本）

顧璘：此篇細瑣可意。（朱墨本）

楊慎：梁沈氏滿願殘燈詩云：「殘燈猶未滅，將盡更揚輝。惟餘一兩焰，猶得解羅衣。」韋詩實出於沈，然韋有幽意而沈淫矣。（升庵詩話箋證卷九）

對芳樽

對芳樽，醉來百事何足論。遥見青山始一醒，欲著接離還復昏〔一〕。

〔校〕

〔對芳樽〕遞修本自此至對新篁詩「獨此愛幽篁」句，爲卷八第十三頁B面，爲第十二頁B面之錯版。

〔注〕

〔一〕接離：一作接䍦、接羅，帽名。世説新語任誕：「山季倫（簡）爲荆州，時出酣暢，人爲之歌曰：『山公時一醉，逕造高陽池。日暮倒載歸，茗艼無所知。復能乘駿馬，倒著白接䍦。』」李白襄陽歌：「落日欲没峴山西，倒著接䍦花下迷。」

〔評〕

劉辰翁：迭宕沈至。他牽綴綺麗，何足語此。（張習本）

夜對流螢作〔一〕

月暗竹亭幽，螢光拂席流。還思故園夜，更度一年秋。自愜觀書興〔二〕，何慚秉燭游〔三〕。

府中徒冉冉〔四〕，明發好歸休〔五〕。

【注】

〔一〕據詩「府中」句，當在滁、江、蘇等州刺史任上作。

〔二〕觀書：晉書車胤傳：「家貧不常得油，夏月則常練囊盛數十螢火以照書，以夜繼日焉。」

〔三〕秉燭游：古詩十九首：「晝短苦夜長，何不秉燭游。」

〔四〕冉冉：漸進貌。樂府陌上桑中羅敷自誇夫婿云：「東方千餘騎，夫婿居上頭。……三十侍中郎，四十專城居。……盈盈公府步，冉冉府中趨。」此蓋以指己「專城居」之刺史身份。

〔五〕明發：猶明旦，天曉。詩小雅小宛：「明發不寐，有懷二人。」

【評】

楊慎：此二詩（按楊慎將此詩分爲二絶）絶佳，予愛之。比之杜子美，則杜似太露。（歷代詩話續編本升庵詩話卷八）

對新篁〔一〕

新緑苞初解〔二〕，嫩氣筍猶香。含露漸舒葉，抽叢稍自長。清晨止亭下，獨愛此幽篁。

【注】

〔一〕篁：竹的一種，此泛指竹。顧愷之竹譜：「篁任篙笛，體特堅圓。」注：「篁竹堅而促節，體圓而質堅，皮白如霜粉，大者宜行船，細者爲笛。」

〔二〕苞：植物外表的包皮，此指籜，即竹筍及新竹外表的殼。

夏花明

夏條綠已密，朱萼綴明鮮。炎炎日正午，灼灼火俱燃。翻風適自亂，照水復成妍。歸視窗間字，熒煌滿眼前〔一〕。

【注】

〔一〕熒煌：明亮光耀。

對萱草〔一〕

何人樹萱草，對此郡齋幽。本是忘憂物，今夕重生憂。叢疏露始滴，芳餘蝶尚留。還思杜陵圃〔二〕，離披風雨秋〔三〕。

【校】

〔夕〕原校「一作日」。〔始〕元修本作「如」。

【注】

〔一〕詩云「郡齋」，當在滁、江、蘇諸州刺史任上作。

萱草：植物名，又名忘憂草、金針花、宜男草、鹿葱。詩衛風伯兮：「焉得諼草，言樹之背。」傳：「諼草令人忘憂。」釋文：「諼，本又作萱。」

〔二〕杜陵：指長安故里，參見卷二假中對雨呈縣中僚友注。

〔三〕離披：散亂貌。楚辭宋玉九辯：「白露既下降百草兮，奄離披此梧楸。」洪興祖補注：「離披，分散貌。」

〔評〕

劉辰翁：衆人意，非衆人語。（張習本）

見紫荆花〔一〕

雜英紛已積，含芳獨暮春。還如故園樹，忽憶故園人。

〔注〕

〔一〕紫荆：豆科，落葉喬木或灌木，早春先葉開紅紫色花，多植於庭院以供觀賞。太平御覽卷九百五十九引周景式孝子傳：「古有兄弟，忽欲分異，出門，見三荆同株，接葉連陰，嘆曰：『木猶欣然聚，況我而殊哉。』遂還，爲雍和。」

〔評〕

劉辰翁：不動聲色，不能無情。（張習本）

玩螢火

時節變衰草，物色近新秋。度月影才斂，繞竹光復流。

對雜花[一]

朝紅争景新，夕素含露翻。妍姿如有意，流芳復滿園。單棲守遠郡，永日掩重門。不與花爲偶，終遣與誰言。

【注】

〔一〕詩云「守遠郡」，當在滁、江、蘇諸州刺史任上作。

【評】

劉辰翁：怨外之怨。（張習本）

種藥[一]

好讀神農書[二]，多識藥草名。持縑購山客[三]，移蒔羅衆英。不改幽澗色，宛如此地生。汲井既蒙澤，插楥亦扶傾[四]。陰穎夕房斂[五]，陽條夏花明。悦玩從兹始，日夕繞庭行。州民自寡訟，養閑非政成[六]。

【注】

〔一〕詩建中末在滁州刺史任上作。

〔二〕神農：傳説中古帝王名，即炎帝。淮南子修務：「神農乃始教民播種五穀，相土地宜，燥濕肥墝高下，嘗百草之滋味、水泉之甘苦，令民知所辟就。當此之時，一日而遇七十毒。」神農書，指神農本草經，原書三卷，收藥三百六十五種。後人見書中所載郡縣多爲東漢地名，疑爲漢人所作，因神農曾嘗百草，故托名神農。今但存輯本。

〔三〕縑：雙絲織成微帶黄色的細絹。山客：隱居山中或採購市易山貨者。續博物志：「毛女在華山，山客獵師，世世見之。」

〔四〕楥：籬笆。

〔五〕陰穎：背陰的枝條。穎，帶芒的穀穗。房：果實，如蓮房之類。

〔六〕政成：施政取得顯著成效。史記孔子世家：「苟有用我者，期月而已，三年有成。」岑參尹相公京兆府中棠樹降甘露詩：「相公尹京兆，政成人不欺。」

〔評〕袁宏道：蘇州集不可無此題，此題不可無此詩。（參評本）

鍾惺：「不改」二語，不獨言種植之法，兼得其趣其理。（朱墨本）

譚元春：有情有興，在「從兹始」三字。（同前）

西澗種柳〔一〕

宰邑乖所願，僶俛愧昔人〔二〕。聊將休暇日，種柳西澗濱。置鍤息微倦〔三〕，臨流睇歸雲。封壤自人力，生條在陽春〔四〕。成陰豈自取，爲茂屬他辰〔五〕。延咏留佳賞，山水變夕曛。

【校】

〔壞〕原作「壞」，據遞修本、活字本、叢刊本、全唐詩改。〔陽春〕原校「一作王春」。

【注】

〔一〕詩云「宰邑」，疑在鄠縣令任上作。

〔二〕僶俛：同黽勉，盡力。詩邶風谷風：「黽勉同心，不宜有怒。」

〔三〕鍤：掘土工具，鍬。

〔四〕封壤：培土，指種樹。陽春：春天，指大自然。二句即謀事在人，成事在天之意。

〔五〕他辰：他日。二句即前人栽樹，後人乘涼之意。

種瓜

率性方鹵莽〔一〕，理生尤自疏〔二〕。今年學種瓜，園圃多荒蕪。衆草同雨露，新苗獨翳如〔三〕。直以春捃迫〔四〕，過時不得鋤。田家笑枉費，日夕轉空虛。信非吾儕事，且讀古人書。

【校】

〔枉〕原作「柱」，據元修本、遞修本、活字本、叢刊本、全唐詩改。

【注】

〔一〕率性：依循其本性而行，此指本性。鹵莽：粗疏輕率。莊子則陽：「君爲政焉勿鹵莽，治民焉勿滅裂。昔予爲禾，耕而鹵莽之，則其實亦鹵莽而報予；芸而滅裂之，其實亦滅裂而報予。」郭象注：「鹵莽滅裂，輕脱末略，不盡其分。」釋文引馬云：「鹵莽，猶麄粗也，謂淺耕稀種也。」

〔二〕理生：治理生計。

〔三〕新苗：指瓜苗。翳如：隱匿貌。謂瓜苗弱小，爲雜草所掩蔽。

〔四〕拮迫：猶窘迫，謂忙碌無閑暇。

〔評〕

劉辰翁：亦自有意。（張習本）

譚元春：心口無飾。（朱墨本）

喜園中茶生〔一〕

潔性不可污〔二〕，爲飲滌塵煩〔三〕。此物信靈味，本自出山原。聊因理郡餘，率爾植荒園〔四〕。喜隨衆草長，得與幽人言。

〔校〕

〔污〕原作「汙」，據元修本、遞修本、活字本、叢刊本、全唐詩改。〔喜〕文苑英華卷三百二十七作「嘉」，校云「集作喜」。

〔注〕

〔一〕詩云「理郡餘」，當在滁、江、蘇諸州刺史任上作。

〔二〕潔性：韋應物性好潔。國史補卷下：「韋應物立性高潔，鮮食寡欲，所居焚香掃地而坐。」

〔三〕塵煩：謂胸中鬱悶。陸羽茶經卷上：「茶之爲用，味至寒，爲飲最宜。精行儉德之人，若熱渴凝悶，腦疼目澀，四支煩，百節不舒，聊四五啜，與醍醐甘露抗衡也。」

〔四〕率爾：輕遽不加思索。論語先進：「子路率爾而對……」

移海榴〔一〕

葉有苦寒色，山中霜霰多。雖此蒙陽景〔二〕，移根意如何。

〔注〕

〔一〕海榴：見卷五答僩奴重陽二甥注〔七〕。

〔二〕陽景：陽光。

郡齋移杉〔一〕

擢幹方數尺，幽姿已蒼然。結根西山寺〔二〕，來植郡齋前。新含野露氣，稍靜高窗眠。雖爲賞心遇，豈有巖中緣。

〔注〕

〔一〕詩建中、興元中在滁州作。

〔二〕西山寺：當指滁州西南琅琊山寺，參見卷六懷琅琊深標二釋子注〔一〕。

花　徑

山花夾徑幽，古甃生苔澀〔一〕。胡床理事餘〔二〕，玉琴承露濕。朝與詩人賞，夜携禪客入。自是塵外踪，無令吏趨急。

〔注〕

〔一〕甃：磚。

〔二〕胡床：一種可以折疊的輕便坐椅。晉書庾亮傳：「亮在武昌，諸佐吏殷浩之徒，乘秋夜往共登南樓，俄而不覺亮至，諸人將起避之。亮徐曰：『諸君少住，老子於此處興復不淺。』便據胡床，與浩等談咏竟坐。」

慈恩寺南池秋荷咏〔一〕

對殿含涼氣，裁規覆清沼〔二〕。衰紅受露多，餘馥依人少。蕭蕭遠塵迹，颯颯凌秋曉。節謝客來稀，回塘方獨繞。

〔注〕

〔一〕慈恩寺：在長安，已見卷七慈恩寺南池作注〔一〕。

〔二〕裁規：裁爲圓形，謂荷葉。

〔評〕

劉辰翁：一往有情。（張習本）

題桐葉〔一〕

參差剪緑綺〔二〕，蕭灑覆瓊柯〔三〕。憶在澧東寺〔四〕，偏書此葉多。

〔注〕

〔一〕桐葉：梧桐樹葉，圓而大，可以書字。顧況在洛陽苑中流水上得梧葉題詩，事見本事詩情感。

〔二〕剪緑綺：謂桐葉如緑色織錦剪成。廣群芳譜卷七十三桐：「皮青如翠，葉缺如花，妍雅華浄，賞心悦目。」緑綺又爲琴名，梧桐爲製琴之最佳材質，故語意雙關。傅玄琴賦序：「司馬相如有琴曰緑綺。」

〔三〕瓊柯：似玉的枝幹。桐樹枝幹挺拔青翠而光潔，故云。

〔四〕澧東寺：當謂澧上之善福精舍，屢見前注。

〔評〕

劉辰翁：此等無情憔悴語，他不多見。（張習本）

題石橋〔一〕

遠學臨海嶠〔二〕，横此莓苔石〔三〕。郡齋三四峰，如有靈仙迹。方愁暮雲滑，始照寒池碧。

自與幽人期，逍遥竟朝夕。

【校】

〔仙〕原校「一作山」。

【注】

〔一〕詩有「郡齋」語，當在滁、江、蘇諸州刺史任上作。

〔二〕臨海嶠：海邊山峰。謝靈運有登臨海嶠初發彊中作與從弟惠連見羊何共和之詩。此指天台山，山上有石橋。文選卷十一孫綽游天台山賦：「跨穹隆之懸磴，臨萬丈之絶冥。」李善注：「懸磴，石橋也。顧愷之啟蒙記曰：『天台山石橋，路逕不盈尺，長數十步，步至滑，下臨絶冥之澗。』」

〔三〕莓苔：青苔。文選卷十一孫綽游天台山賦：「踐莓苔之滑石，搏壁立之翠屏。」李善注：「莓苔，即石橋之苔也。翠屏，石橋之上石壁之名也。異苑曰，天台山石有莓苔之險。」

【評】

劉辰翁：〔方愁句〕高虚可愛。（張習本）

池上〔一〕

郡中卧病久，池上一來賒〔二〕。榆柳飄枯葉，風雨倒横查〔三〕。

【注】

〔一〕詩在滁、江、蘇諸州刺史任上作。

〔二〕賒：稀少，遲緩。

〔三〕横查：即横楂，横木。

滁州西澗〔一〕

獨憐幽草澗邊生，上有黄鸝深樹鳴。春潮帶雨晚來急，野渡無人舟自横。

〔校〕

〔幽〕原校「一作芳」。〔生〕原校「一作行」。〔深〕才調集卷一作「繞」。

〔注〕

〔一〕詩建中、興元中在滁州作。

西澗：即烏土河，見卷三歲日寄京師諸季端武等注〔八〕。

〔評〕

劉禹錫：白二十二好余秋水咏云：「東屯滄海闊，南瀼（讓）洞庭寬。」余自知不及韋蘇州「春潮帶雨晚來急，野渡無人舟自横」。（唐詩紀事卷三十九、雲溪友議卷中）

歐陽修：滁州城西乃是豐山，無西澗，獨城北有一澗，水極淺，不勝舟，又江潮不到，豈詩人務在佳句，而實無此景耶？（轉引自唐詩品彙卷四十九）

謝枋得：幽草、黄鸝，比君子在野，小人在位。「春潮帶雨晚來急」，乃季世危難多，如日之已晚不復光明也。末句謂寬閑寂寞之濱，必有賢人如孤舟之横渡者，特君不能用耳。此詩人感時多故而作，又何必滁之果如是也？（同前）

劉辰翁：〔末二句〕此語自好，但韋公體出數子，神情又别，故貴知言。不然，不免爲野人語矣。好詩必是拾得。此詩先得後半，起更難似，故知作者之用心。（張習本）

桂天祥：沈密中寓意閑雅，如獨坐看山，澹然忘歸，詩之絶佳者。諸公曲意取譬，何必乃爾。（批點唐詩正聲）

郭濬：冷處着眼，妙。（增定評注唐詩正聲）

楊慎：韋蘇州詩：「春潮帶雨晚來急，野渡無人舟自横。」此本於詩「泛彼柏舟」一句，其疏云：「舟載渡物者，今不用，而與衆物泛泛然俱流水中，喻仁人之不見用。」其餘尚多類是。三百篇爲後世詩人之祖，信矣。（升庵詩話箋證卷四）

又：韋蘇州詩：「獨憐幽草澗邊生。」古本「生」作「行」，「行」字勝「生」十倍。（同前卷九）

周敬：一段天趣，分明寫出畫意。（唐詩選脉會通評林）

黄叔燦：閑淡心胸，方能領略此野趣。所難尤在此種筆墨，分明是一幅畫圖。（唐詩箋注）

王士禛：西澗在滁州城西，……昔人或謂西澗潮所不至，指爲今六合縣之芳草澗，謂此澗亦以韋公詩爲名。滁人争之。余謂詩人但論興象，豈必以潮之至與不至爲據？真痴人前不得説夢耳。（帶經堂詩話卷十三）

宋顧樂：寫景清切，悠然意遠，絶唱也。（萬首唐人絶句選評）

沈德潛：起二句與下半無關。下半即景好句。元人謂刺君子在下，小人在上，此輩難與言詩。

何良俊曰：大清樓帖中刻有韋公手書，「澗邊行」，非「生」也；「尚有」，非「上」也。其爲傳刻之訛無疑。稍勝於「生」字、「上」字。（唐詩别裁卷二十）

西塞山〔一〕

勢從千里奔，直入江中斷。嵐横秋塞雄，地束驚流滿。

〔注〕

〔一〕詩疑貞元三年自江州入朝經西塞山時作。西塞山：在今湖北大冶東。水經江水注：「江之右岸有黄石山，水逕其北，即黄石磯也。……山連延江側，東山偏高，謂之西塞。」輿地紀勝卷八十一：「西塞山，在武昌東百三十里，介大冶於兩山之間，爲關塞也。」

山耕叟

蕭蕭垂白髮，默默詎知情。獨放寒林燒〔一〕，多尋虎迹行。暮歸何處宿，來此空山耕。

〔注〕

〔一〕燒：謂燒畬。范成大勞畬耕序：「畬田，峽中刀耕火種之地也。春初斫山，衆木盡蹶。至當種時，俟有雨候，則前一夕火之，藉其灰以糞。」

上方僧〔一〕

見月出東山，上方高處禪。空林無宿火〔二〕，獨夜汲寒泉。不下藍溪寺〔三〕，今年三十年。

〔校〕

〔獨〕文苑英華卷二百二十作「燭」。〔今年〕年，原校「一作來」，叢刊本作「來」。

〔注〕

〔一〕詩疑爲大曆十二年秋在京兆府功曹任時使藍田作，參見卷二贈令狐士曹詩注。

上方：佛寺的方丈，住持僧所居。

〔二〕宿火：隔夜之火。

〔三〕藍溪：即藍谷水，灞水之源。史記封禪書「灞滻」正義引括地志：「灞水，古滋水也，亦名藍谷水，即秦嶺水之下游，在雍州藍田縣。」太平寰宇記卷二十六藍田縣：「藍田山……在縣西三十里，……灞水之源出於此。」

烟際鐘

隱隱起何處，迢迢送落暉。蒼茫隨思遠，蕭散逐烟微。秋野寂云晦，望山僧獨歸。

〔校〕

〔逐〕原校「一作入」。〔云〕原校「一作方」。

〔評〕
張謙宜：字字是題，妙在象外。（絸齋詩談卷五）

始聞夏蟬〔一〕

徂夏暑未晏〔二〕，蟬鳴景已曛。一聽知何處，高樹但侵雲。響悲遇衰齒〔三〕，節謝屬離群〔四〕。還憶郊園日，獨向澗中聞。

〔校〕
〔蟬鳴〕文苑英華卷三百三十作「鳴蟬」，校云「集作蟬鳴」。〔澗〕文苑英華作「此」，校云「集作澗」。

〔注〕
〔一〕詩當在滁、江、蘇諸州刺史任上作。
〔二〕徂夏：初夏。晏：盛。詩小雅四月：「四月維夏，六月徂暑。」箋：「徂，猶始也。四月立夏矣，至六月乃始盛暑。」
〔三〕衰齒：老年。
〔四〕離群：離開友人。禮記檀弓上：「吾離群索居亦已久矣。」

射雉〔一〕

走馬上東岡，朝日照野田。野田雙雉起，翻射斗回鞭〔二〕。雖無百發中，聊取一笑妍〔三〕。

羽分綉臆碎〔四〕，頭弛錦鞘懸〔五〕。方將悦羈旅，非關學少年。弢弓一長嘯〔六〕，憶在灞城阡〔七〕。

〔校〕

〔頭〕原校「一作頸」。

〔注〕

〔一〕詩當在滁、江、蘇諸州刺史任上作。

雉：野鷄。潘岳射雉賦序：「余從家琅琊，其俗實善射。聊以講肆之餘暇而習媒翳之事，遂樂而賦之也。」

〔二〕斗：通陡，突然。回鞭：謂打馬回旋。

〔三〕一笑：文選卷九潘岳射雉賦：「昔賈氏之如皋，始解顔於一箭。」李善注：「左氏傳曰：昔賈大夫惡，娶妻，三年不言不笑。御以如皋，射雉，獲之，其妻始笑始言。」

〔四〕羽分：羽毛分披。綉臆：羽毛如錦綉的前胸。潘岳射雉賦：「毛體摧落，霍若碎錦。」

〔五〕頭弛：謂雉死後頭頸松弛，不復昂起。鞘：盛箭革囊。錦鞘懸：懸於錦鞘傍。

〔六〕弢弓：藏弓於弓套。弢，弓套。

〔七〕灞城：即霸城，在長安東。資治通鑑卷七三：「銅人重不可致，留于霸城。」胡三省注：「霸城，即漢京兆霸陵縣故城也。」阡，田間小路。

〔評〕

袁宏道：韋集中須此等題點綴。（參評本）

夜聞獨鳥啼

失侣度山覓，投林舍北啼。今將獨夜意，偏知對影棲。

述園鹿〔一〕

野性本難畜，玩習亦逾年。麑斑始力直〔二〕，麚角已蒼然〔三〕。仰首嚼園柳，俯身飲清泉。見人若閑暇，蹶起忽低騫〔四〕。兹獸有高貌，凡類寧比肩。不得游山澤，跼促誠可憐。

【注】

〔一〕園鹿：馴養之鹿。嵇康與山巨源絶交書：「禽鹿少見馴育，則服從教制。長而見羈，則狂顧頓纓，赴蹈湯火。雖飾以金鑣，饗以嘉肴，逾思長林而志在豐草也。」詩蓋借咏園鹿傷人之爲爵禄所羈，不得遂其真性。

〔二〕麑：幼鹿。力直：未詳。

〔三〕麚（jiā）：雄鹿。説文解字鹿部：「麚，牡鹿。……以夏至解角。」

〔四〕蹶起：跳起。説文解字足部：「蹶，跳也。」騫，飛。

聞雁〔一〕

故園眇何處，歸思方悠哉。淮南秋雨夜，高齋聞雁來。

〔注〕

〔一〕詩云「淮南」，當建中、興元中在淮南道滁州作。

〔評〕

劉辰翁：更不須語（一本無此字）言。（朱墨本）

吴逸一：轉摺清峭。（唐詩正聲）

桂天祥：省此不復言。極苦。歸思無著時，更值夜雨聞雁，誰能遣此懷抱？（朱墨本）

蔣仲舒：更不説愁，愁自不可言。（唐詩廣選）

黄叔燦：高齋雨夜，歸思方長，忽聞鴻雁之來，益念故園之切。閑閑説來，絶無斧鑿痕也。末句爲歸思添毫。（唐詩箋注）

匯編唐詩十集：唐云：説破「歸思」，以「雁」作結，便有無限含蓄。

沈德潛：「歸思」後説「聞雁」，其情自深。一倒轉説，則近人能之矣。（唐詩別裁卷十九）

李瑛：前二句先説「歸思」，後二句點到「歸思」便住，不説如何思歸，而思歸之情彌深。（詩法易簡録）

子規啼〔一〕

高林滴露夏夜清，南山子規啼一聲。鄰家孀婦抱兒泣，我獨展轉何時明。

〔校〕

〔何時明〕原校「一作何爲情」，叢刊本、萬首唐人絶句卷七作「何爲情」。

〔注〕

〔一〕詩或爲大曆末喪妻後作。

子規：即杜鵑鳥。見卷七與盧陟同游永定寺北池僧齋注〔二〕。

〔評〕

劉辰翁：此必悼亡之後作，次第可憐（一本作可見）。（朱墨本）

顧璘：淒涼有況。（同前）

始建射侯〔一〕

男子本懸弧，有志在四方〔二〕。虎竹忝明命〔三〕，熊侯始張皇〔四〕。賓登時事畢，諸將備戎裝。星飛的屢破，鼓譟武更揚。曾習鄒魯學〔五〕，亦陪鴛鷺翔〔六〕。一朝願投筆〔七〕，世難激中腸〔八〕。

〔校〕

〔登〕叢刊本作「客」。

〔注〕

〔一〕詩疑建中末、興元中在滁州作。

射侯：古射禮所用射布，即箭靶。詩齊風猗嗟：「終日射侯，不出正兮。」朱熹注：「侯，張布而射之者也。大射則張皮侯而設鵠，賓射則張布而設正。」

〔二〕「男子」二句：弧，弓。禮記內則：「子生，男子設弧于門左，……三日，……射人以桑弧蓬矢六，射天地四方。」注：「天地四方，男子所有事也。」

〔三〕虎竹：銅虎符、竹使符，刺史信物，參見卷一軍中冬宴注〔六〕。

〔四〕熊侯：畫作熊形的射布。周禮夏官射人：「王以六耦射三侯。」注引鄭司農云：「三侯，熊、虎、豹也。」張皇：猶張設。

〔五〕鄒、魯學：謂孔、孟儒學。鄒，春秋邾國，戰國時爲騶，今山東鄒縣。孟子騶人，見史記孟軻荀卿列傳。魯，春秋時國名，都今山東曲阜。孔子生於魯昌平鄉陬邑，見史記孔子世家。莊子天下：「其在於詩、書、禮、樂者，鄒、魯之士搢紳先生多能明之。」

〔六〕陪鴛鷺翔：謂在朝爲官。參見卷二雪夜下朝呈省中一絶注〔三〕。

〔七〕投筆：棄文就武。後漢書班超傳：「家貧，常爲官傭書以供養。久勞苦，嘗輟業投筆嘆曰：『大丈夫無他志略，猶當效傅介子、張騫立功異域，以取封侯，安能久事筆硯間乎！』」

〔八〕中腸：内心。曹丕雜詩：「向風長嘆息，斷絶我中腸。」

卷九

歌行上

長安道〔一〕

漢家宮殿含雲烟〔二〕，兩宮十里相連延。晨霞出没弄丹闕，春雨依微自甘泉〔三〕。春雨依微春尚早，長安貴游愛芳草。寶馬横來下建章〔四〕，香車却轉避馳道〔五〕。貴游誰最貴？衛霍世難比〔六〕。何能蒙主恩？幸遇邊塵起〔七〕。歸來甲第拱皇居〔八〕，朱門峨峨臨九衢〔九〕。中有流蘇合歡之寶帳〔一〇〕，一百二十鳳凰羅列含明珠〔一一〕。下有錦鋪翠被之粲爛，博山吐香五雲散〔一二〕。麗人綺閣情飄飄，頭上鴛鴦雙翠翹〔一三〕。低鬟曳袖回春雪〔一四〕，聚黛一聲愁碧霄〔一五〕。山珍海錯棄藩籬〔一六〕，烹犢炰羔如折葵〔一七〕。既請列侯封部曲〔一八〕，還將金印授廬兒〔一九〕。歡榮若此何所苦，但苦白日西南馳〔二〇〕。

〔校〕

〔連延〕文苑英華卷一百九十二校「一作聯延」。〔依微自〕文苑英華作「霏微似」，校云「一作依微自」。〔春雨〕文苑英華作「甘泉」，校云「一作春雨」。〔錦鋪〕文苑英華作「金鋪」，校云「一作錦」。〔飄飄〕文苑英華、樂府詩集卷二十三作「飄颻」。〔鴛鴦〕遞修本、文苑英華、樂府詩集作「鴛釵」。〔但苦〕文苑英華作「所苦」，校云「一作但」。

〔注〕

〔一〕長安道：樂府舊題，漢橫吹曲十八曲之一。樂府詩集卷二十一引樂府解題：「漢橫吹曲，二十八解，李延年造。魏、晉以來，唯傳十曲。……後又有關山月、洛陽道、長安道、梅花落、紫騮馬、驄馬、雨雪、劉生八曲，合十八曲。」

〔二〕漢家宮殿：漢長安城中有長樂、未央、建章等宮，均見三輔黃圖卷二。

〔三〕甘泉：三輔黃圖卷二引關輔記：「林光宮，一曰甘泉宮，秦所造。今在池陽縣西故甘泉山，宮以山爲名。宮周匝十餘里，漢武帝建元中增廣之，周十九里，去長安三百里，望見長安城。」

〔四〕建章：漢長安宮名。史記封禪書：「上還，以柏梁災故……作建章宮，度爲千門萬户。前殿度高未央，其東則鳳闕，高二十餘丈。其西則唐中，數十里虎圈。其北治大池，漸臺高二十餘丈，命曰太液池，中有蓬萊、方丈、瀛洲、壺梁，象海中神山龜魚之屬。其南有玉堂、璧門、大鳥之屬。乃立神明臺、井幹樓，度五十丈，輦道相屬焉。」

〔五〕馳道：御道，皇帝馳走車馬的正道。史記秦始皇本紀：「二十七年……治馳道。」索隱引應劭曰：「馳道，天子道也，道若今之中道然。」

〔六〕衛、霍：漢代名將衛青、霍去病。漢武帝時，衛皇后弟衛青，衛青姊子霍去病，以貴戚及屢破匈奴功，均封列侯，青官至大將軍，去病爲剽姚校尉、驃騎將軍，秩禄與大將軍等，貴盛無比，事見史記衛將軍驃騎列傳。後漢書馮緄傳：「衛、霍北征，功列金石。」

〔七〕邊塵：指戰争。江淹征怨：「何日邊塵静，庭前征馬還。」漢書衛青霍去病傳：「最大將軍凡七出擊匈奴，斬捕首虜五萬餘級。一與單于戰，收河南地，置朔方郡。再益封，凡萬六千三百户；封三子爲侯，侯千三百户，并之二萬二百户。……最票騎將軍去病凡六出擊匈奴，其四出以將軍，斬首虜十一萬餘級。渾邪王以衆降數萬，開河西酒泉之地，西方益少胡寇。四益封，凡萬七千七百户。」

〔八〕甲第：最上等的第宅。史記孝武本紀：「賜列侯甲第，僮千人。」集解引漢書音義：「有甲乙第次，故曰第。」

拱：環繞，拱衛。皇居：皇宫。

〔九〕朱門：紅色大門。古代達官貴人住宅門漆成朱紅色，以示尊貴。峨峨：高貌。九衢：京城中四通八達的道路。漢長安中有八街九陌，見三輔黄圖卷一。宋之問長安道：「樓閣九衢春，車馬千門旦。」

〔一〇〕流蘇、合歡：均帳上裝飾。流蘇，羽毛或彩色絲綫製成的穗子。合歡，連成合歡花形的網格狀圖案。

〔一一〕鳳凰：傳説中神鳥，此亦當是指帳上圖案。樂府相逢行古辭：「鴛鴦七十二，羅列自成行。」

〔一二〕博山：博山爐，鑄造刻鏤成重疊山形的香爐。西京雜記卷一：長安巧工丁緩作卧褥香爐，一名被中香爐，「爲機環轉運四周，而爐體平常，可置之被褥，故以爲名。又作九層博山香爐，鏤爲奇禽怪獸，窮諸靈異，皆自然運動。」五雲：五色雲氣，此指香烟。

〔一三〕翠翹：翠鳥羽毛，此指婦女頭上形如鳥羽的首飾。楚辭宋玉招魂：「砥石翠翹。」王逸注：「翠，鳥名也。翹，羽也。」

〔一四〕回春雪：形容舞姿的美妙。曹植洛神賦：「飄飖兮若流風之回雪。」

〔一五〕聚黛：凝眉。黛：畫眉的青黑色顔料。愁碧霄：形容歌聲的美妙。

〔一六〕海錯：各種海産的統稱。書禹貢：「厥貢鹽絺，海物惟錯。」傳：「錯雜非一種。」張協七命：「窮海之錯，極陸之毛。」

〔一七〕折葵：摘取園中葵菜，極言得來之易。劉楨贈從弟：「豈無園中葵，懿此出深澤。」

〔一八〕列侯：最高的封爵。秦制，爵位二十級，徹侯位最高，後避漢武帝劉徹名改爲通侯，或稱列侯。部曲：此指部下。參見卷三歲日寄京師諸季端武等注〔七〕。衛青裨將及校尉封侯者九人，爲特將者十五人，霍去病部下校尉吏有功封侯者六人，爲將軍者二人，見漢書衛青霍去病傳。

〔一九〕盧兒：奴僕。漢書蕭望之傳：「（王）仲翁出入從倉頭盧兒。」師古曰：「皆官府之給賤役者也。」

〔二〇〕「但苦」句：曹植名都篇：「白日西南馳，光景不可攀。」

〔評〕

袁宏道：清詞麗句，灼灼動人。（參評本）

顧璘：蘇州尚古，故能爲樂府遺音。（朱墨本）

周珽：首八句言長安輦轂之下貴游之盛。「衛霍世難比」以下，申言貴游由承恩獲寵，致所居所享極其富貴侈麗，且假權私植，無不遂意，但識歡榮，何知憂苦。末句有唯日不足之思，含譏

寓諷，言外意深。（唐詩選脈會通評林）

行路難〔一〕

荊山之白玉兮〔二〕，良工雕琢雙環連，月蝕中央鏡心穿〔三〕。故人贈妾初相結，恩在環中尋不絕〔四〕。人情厚薄苦須臾，昔似連環今似玦〔五〕。連環可碎不可離，如何物在人自移。上客勿遽歡，聽妾歌路難。旁人見環環可憐，不知中有長恨端。

【校】

〔題〕原校「一作連環歌」。〔雕〕原作「凋」，據元修本、遞修本、活字本、叢刊本、文苑英華卷二百、全唐詩改。

【注】

〔一〕行路難：樂府古題。樂府詩集卷七十：「樂府解題曰：『行路難，備言世路艱難及離別悲傷之意，多以君不見爲首。』按陳武別傳曰：『武常牧羊，諸家牧豎有知歌謡者，武遂學行路難。』則所起亦遠矣。」

〔二〕荊山：著名美玉和氏璧的産地，參見卷一雜體五首其五注〔一〕。

〔三〕「月蝕」句：謂玉環中空如月蝕、鏡心穿。

〔四〕尋：用同「循」。北史薛安都傳：「俄而酒饌相尋，芻粟繼至。」

〔五〕玦：玉玦，有缺口的環形佩玉。荀子大略：「絶人以玦，反絶以環。」楊倞注：「玦如環而缺。肉好若一謂之環。古者臣有罪，待放於境，三年不敢去，與之環則還，與之玦則絶。皆所以見意也。」

横塘行〔一〕

妾家住横塘，夫婿郗家郎〔二〕。玉盤的歷矢白魚〔三〕，湘簟玲瓏透象床〔四〕。象床可寢魚可食，不知郎意何南北。岸上種蓮豈得生，池中種槿豈得成〔五〕。丈夫一去花落樹，妾獨夜長心未平。

【校】

〔湘〕遞修本作「寶」。〔夜長〕叢刊本、唐詩品彙卷三十三作「長夜」。

【注】

〔一〕横塘：地名，在今南京市西南。六朝事迹編類卷上：「吴大帝時，自江口沿淮築堤，謂之横塘。」一説在今蘇州吴縣西南，見大清嘉慶一統志卷七十七。詩詞中常以横塘指女子所居之處。崔顥長干行：「君家住何處，妾住在横塘。」

〔二〕郗家郎：當指郗鑒族中人。郗鑒官至司空、侍中，子愔、曇，愔子超，曇子恢，均至顯官，見晉書郗鑒傳。

〔三〕的歷：即的皪，光彩鮮明貌。矢：陳列。春秋隱公五年：「公矢魚于棠。」注：「書陳魚，以示非禮也。」

〔四〕湘簟：湘妃竹編成的席。玲瓏：空明貌。象床：以象牙爲飾的床。戰國策齊策三：「孟嘗君行出國，至楚，獻象床。」

〔五〕槿：木槿，落葉灌木，花紫紅色或白色。

〔評〕

劉辰翁：〔末二句〕却是怨意。（張習本）

顧璘：聲聲樂府。（朱墨本）

邢昉：高雅質素，野火之氣更無着處，猶是五言妙境。（唐風定）

周珽：章法古，易；無一句不古，難。句法如此，手眼可奪鬼工。（唐詩選脈會通評林）

吴瑞榮：岸蓮、池槿，巧思已開晚唐門徑。（唐詩箋要）

貴游行〔一〕

漢帝外家子〔二〕，恩澤少封侯〔三〕。垂楊拂白馬，曉日上青樓〔四〕。上有顔如玉〔五〕，高情世無儔。輕裾含碧烟，窈窕似雲浮〔六〕。良時無還景〔七〕，促節爲我謳〔八〕。忽聞艷陽曲，四坐亦已柔。賓友仰稱嘆，一生何所求。平明擊鍾食〔九〕，入夜樂未休。風雨愆歲候〔一〇〕，兵戈横九州〔一一〕。焉知坐上客，草草心所憂〔一二〕。

〔校〕

〔世無儔〕原校「一作非無儔」。

〔注〕

〔一〕據詩「兵戈横九州」之語，疑詩乾元中作於長安。

貴游：王公貴族子弟之無官職者。周禮地官師氏「貴游子弟」注：「王公之子弟游無官司者。」

〔二〕外家：外祖父母家，舅家。皇帝外家，即指后族外戚。

〔三〕「恩澤」句：謂無功而以后族恩寵封侯者。漢書外戚恩澤侯表：「漢興，外戚與定天下，侯者二人。故誓曰：『非劉氏不王，若有亡功非上所置而侯者，天下共誅之。』……是後，薄昭、竇嬰、上官、衛、霍之侯，以功受爵。其餘后父據春秋褒紀之義，帝舅緣大雅申伯之意，寖廣博矣。是以別而敘之。」

〔四〕青樓：原指女子所居，後多指妓院。曹植美女篇：「青樓臨大道，高門結重關。」劉邈萬山見採桑人：「倡妾不勝愁，結束下青樓。」

〔五〕顏如玉：美女。詩召南野有死麕：「白茅純束，有女如玉。」

〔六〕窈窕：妖冶貌。後漢書曹世叔妻傳載女誡：「入則亂髮壞形，出則窈窕作態。」

〔七〕還景：還光，謂時光倒流。

〔八〕促節：急促的節拍。陸機擬東城一何高：「長歌赴促節，哀響逐高徽。」

〔九〕擊鍾食：鍾鳴鼎食。張衡西京賦：「若夫翁伯濁質張里之家，擊鍾鼎食。」

〔一〇〕僁歲候：謂歲序失調。僁，同愆。

〔一一〕兵戈：代指戰爭。九州：古代中國的地理區劃，諸説不同，書禹貢以冀、豫、雍、揚、兗、徐、梁、青、荆爲九州，此泛指中國。

〔一二〕草草：憂貌。詩小雅巷伯：「驕人好好，勞人草草。」傳：「好好，喜也。草草，勞心也。」

〔評〕

劉辰翁：末二句可感。（張習本）

酒肆行

豪家沽酒長安陌，一旦起樓高百尺。碧疏玲瓏含春風〔一〕，銀題彩幟邀上客〔二〕。回瞻丹鳳闕〔三〕，直視樂游苑〔四〕。四方稱賞名已高，五陵車馬無近遠〔五〕。晴景悠揚三月天，桃花飄俎柳垂筵。繁絲急管一時合，他壚鄰肆何寂然。主人無厭且專利，百斛須臾一壺費〔六〕。初醲後薄爲大偷，飲者知名不知味。深門潛醞客來稀，終歲醇醲味不移。長安酒徒空擾擾〔七〕，路旁過去那得知。

〔校〕

〔鄰〕文苑英華卷三百三十六作「酒」，校云「集作鄰」。〔須臾一壺費〕文苑英華作「一醲斯須美」，校云「集作須臾一壺費」。壺，原校「一作囊」。〔後薄〕後，原作「厚」，據遞修本、活字本、叢刊本、文苑英華、全唐詩改。〔過去〕文苑英華作「過者」，校云「集作去」。

〔注〕

〔一〕碧疏：碧窗。史記禮書：「疏房床第几席，所以養體也。」索隱：「疏，謂窗也。」

〔二〕銀題：銀字匾額。彩幟：彩色酒簾。

〔三〕丹鳳闕：即丹鳳門，此指皇宮。唐兩京城坊考卷一西京大明宮：「南面五門，正南丹鳳門。」

〔四〕樂游苑：在長安東樂游原上，參見卷七登樂游廟作注〔一〕。

〔五〕五陵：漢代皇帝的五座陵墓，西漢皇帝陵墓均在長安附近，且遷王公貴族及各地豪家於陵墓附近居住，故以五陵代指豪貴聚居之地。文選卷一班固西都賦：「則南望杜霸，北眺五陵。」李善注：「漢書，宣帝葬杜陵，文帝葬霸陵，高帝葬長陵，惠帝葬安陵，景帝葬陽陵，武帝葬茂陵，昭帝葬平陵。」

〔六〕「百斛」句：意謂此酒肆中一壺之費，可於他處購百斛酒。

〔七〕擾擾：紛亂貌。

〔評〕

劉辰翁：爲況甚切。（和刻本）

相逢行〔一〕

二十登漢朝，英聲邁今古。適從東方來，又欲謁明主。猶酣新豐酒〔二〕，尚帶灞陵雨〔三〕。

邂逅兩相逢，別來問寒暑。寧知白日晚，暫向花間語。忽聞長樂鍾〔四〕，走馬東西去。

〔校〕

〔問〕樂府詩集卷三十四作「間」。

〔注〕

〔一〕相逢行：樂府相和歌辭。樂府詩集卷三十四：「相逢行，亦曰相逢狹路間行，亦曰長安有狹斜行。樂府解題曰：『古詞文意與鷄鳴曲同。晉陸機長安狹斜行云：伊洛有歧路，歧路交朱輪。則言世路險狹邪僻，正直之士無所措手足矣。』」

〔二〕新豐：漢縣名，故城在今陝西臨潼東北。元和郡縣圖志卷一京兆府昭應縣：「新豐故城在縣東十八里，漢新豐縣城也。漢七年，高祖以太上皇思東歸，於此置縣，徙豐人以實之，故曰新豐。」王維少年行：「新豐美酒斗十千，咸陽游俠多少年。」

〔三〕灞陵：漢文帝陵墓，在長安東。參見卷四送馮著受李廣州署爲録事注〔三〕。

〔四〕長樂：漢長安宫名。三輔黄圖卷二：「長樂宫，本秦之興樂宫也。高皇帝始居櫟陽，七年，長樂宫成，徙居長安城。」又卷六：「鍾室，在長樂宫，高祖縛韓信置鍾室中。」錢起贈闕下裴舍人：「長樂鐘聲花外盡，龍池柳色雨中深。」

〔評〕

劉辰翁：極似（一本作有）俠意，又如鬼語。（和刻本）

烏引雛

日出照東城，春烏鴉鴉雛和鳴。雛和鳴，羽猶短。巢在深林春正寒，引飛欲集東城暖。群鴉離褷睥睨高〔一〕，舉翅不及墜蓬蒿。雄雌來去飛又引，音聲上下懼鷹隼〔二〕。引雛烏，爾心急急將何如。何得比日搜索雀卵啖爾雛〔三〕。

〔注〕

〔一〕離褷：羽毛初生貌。文選卷十二木華海賦：「鳧雛離褷，鶴子淋滲。」李善注：「離褷淋滲，毛羽始生之貌。」睥睨：城上小牆。

〔二〕鷹隼：老鷹與鷂鷹兩種猛禽，搏擊凡鳥。

〔三〕何得：怎會。比日：連日。搜索雀卵啖爾雛：此指鷹隼。

〔評〕

劉辰翁：意好句得。（張習本）

鳶奪巢〔一〕

野鵲野鵲巢林稍〔二〕，鴟鳶恃力奪鵲巢。吞鵲之肝啄鵲腦，竊食偷居常自保。鳳凰五色百鳥尊〔三〕，知鳶爲害何不言？霜鸇野鷂得殘肉〔四〕，同啄膻腥不肯逐。可憐百鳥生縱横〔五〕，雖有深林何處宿。

〔校〕

〔常〕遞修本作「還」。　〔生〕遞修本作「紛」。

〔注〕

〔一〕鳶：鷙鳥名，即鴟，俗稱鷂鷹、老鷹，以蛇、鼠、小鳥等爲食。此以喻殘害百姓的豪强官吏、藩鎮等。

〔二〕鵲：鳥名，善築巢。禮記月令季冬之月：「鵲始巢。」此以喻善良百姓。

〔三〕鳳凰：傳説中神鳥名。山海經南山經：「丹穴之山……有鳥焉，其狀如鷄，五采而文，名曰鳳皇。……是鳥也，飲食自然，自歌自舞，見則天下安寧。」禽經：「鳥之屬三百六十，鳳爲之長。」張華注：「鳳者羽族之長。」

此以喻朝中執政者。

〔四〕鸇、鶚：均猛禽，古人以逐鳥雀之鷹鸇喻職掌彈劾之官吏，參見卷一雜體五首其二及注。

〔五〕縱横：多貌。

燕銜泥

銜泥燕，聲嘍嘍〔一〕，尾涏涏〔二〕。秋去何所歸，春來復相見。豈不解決絶高飛碧雲裏，何爲地上銜泥滓。銜泥雖賤意有營，杏梁朝日巢欲成〔三〕，不見百鳥畏人林野宿，翻遭網羅俎其肉，未若銜泥入華屋。燕銜泥，百鳥之智莫與齊。

【校】

〔涏涏〕叢刊本、全唐詩作「涎涎」。〔來〕文苑英華卷三百二十九作「還」。

【注】

〔一〕嘍嘍：聲多貌。玉篇口部：「嗹，嗹嘍，多言也。」廣韻厚韻：「嘍，嗹嘍，煩貌。」

〔二〕涏(diàn)涏：光澤貌。漢書孝成趙皇后傳：「童謡曰：『燕燕，尾涏涏，張公子，時相見。』」師古曰：「涏涏，光澤之貌也。音徒見反。」

〔三〕杏梁：文杏爲梁，指華麗屋宇。司馬相如長門賦：「刻木蘭以爲榱兮，飾文杏以爲梁。」

【評】

劉辰翁：〔嘍嘍〕何似喃喃。〔涏涏〕音甸，美好貌。末二句未用莊子一句，高甚（一作不如

莊子一句高）。（張習本）

鼙鼓行〔一〕

淮海生雲暮慘澹，廣陵城頭鼙鼓暗，寒聲坎坎風動邊〔二〕。忽似孤城萬里絶，四望無人烟。又如虜騎截遼水〔三〕，胡馬不食仰朔天。座中亦有燕趙士〔四〕，聞鼙不語客心死。何況鰥孤火絶無晨炊，獨婦夜泣官有期〔五〕。

〔校〕

〔又〕原作「人」，遞修本、文苑英華卷三百三十五作「又」，據改。　〔朔〕活字本作「愬」。

〔注〕

〔一〕鼙鼓：軍中小鼓。禮記樂記：「君子聽鼓鼙之聲，則思將帥之臣。」

〔二〕坎坎：鼓聲。詩小雅伐木：「坎坎鼓我，蹲蹲舞我。」

〔三〕遼水：即遼河，東遼河、西遼河會合于遼寧昌圖，南流至盤中注入渤海。

〔四〕燕、趙：戰國時二國名，此泛指今河北、山西一帶。燕、趙多慷慨悲歌之士，參見卷四送崔押衙赴相州注〔三〕。

〔五〕鰥孤：孤苦無告的人。鰥，無妻。孤，無父母。期：期限。「何況」二句，實概括杜甫石壕吏詩意。

古劍行

千年土中兩刃鐵，土蝕不入金星滅〔一〕。沉沉青脊鱗甲滿〔二〕，蛟龍無足蛇尾斷。忽欲動，中有靈，豪士得之敵國寶，仇家舉意半夜鳴〔三〕。小兒女子不可近，龍蛇變化此中隱〔四〕。夏雲奔走雷闐闐〔五〕，恐成霹靂飛上天〔六〕。

【校】

〔脊〕文苑英華卷三百四十七作「劍」。〔欲動〕文苑英華「動」下有「時」字，全唐詩「動」上有「飛」字。〔舉〕文苑英華作「有」，校云「集作舉」。〔可〕文苑英華作「敢」，校云「集作可」。

【注】

〔一〕金星：指劍身星狀小點。李端度關山：「拂劍金星出，彎弧玉羽鳴。」

〔二〕沉沉：昏暗貌。鱗甲：喻指銹蝕的斑紋。

〔三〕半夜鳴：拾遺記卷一顓頊：「有曳影之劍，騰空而舒，若四方有兵，此劍則飛起指其方，則克伐。未用之時，常於匣裏，如龍虎之吟。」

〔四〕龍蛇變化：晉雷煥於豐城獄中掘得龍泉、太阿二劍，一與張華，一留自佩。華被誅，劍失所在。煥死，其子雷華持劍行經延平津，劍忽於腰間躍出墮水，但見水中有兩龍，各長數丈，須臾光彩照水，波浪驚沸，於是失劍。事見晉書張華傳。

〔五〕闐闐：雷聲。楚辭王褒九懷通路：「遠望兮仟眠，聞雷兮闐闐。」

〔六〕飛上天：異苑卷二：「晉惠帝元康五年，武庫火，燒漢高祖斬白蛇劍、孔子履、王莽頭等三物。中書監張茂先懼難作，列兵陳衛。咸見此劍穿屋飛去，莫知所向。」

金谷園歌〔一〕

石氏滅〔二〕，金谷園中水流絶。當時豪右争驕侈〔三〕，錦爲步障四十里〔四〕。東風吹花雪滿川，紫氣凝閣朝景妍。洛陽陌上人回首，絲竹飄飖入青天。晉武平吴恣歡燕〔五〕，餘風靡靡朝廷變〔六〕。嗣世衰微誰肯憂，二十四友日日空追游〔七〕。追游詎可足，共惜年華促。禍端一發埋恨長〔八〕，百草無情春自緑。

〔校〕

〔右〕原作「石」，據元修本、遞修本、活字本、叢刊本、文苑英華卷三百四十三、全唐詩改。〔氣〕文苑英華作「氛」，校云「集作氣」。

〔注〕

〔一〕金谷園：故址在今河南洛陽西。太平寰宇記卷三河南府河南縣引郭緣生述征記：「金谷，谷也。地有金水，自太白原南流經此谷。晉衛尉石崇因即川阜，造制園館。崇金谷詩序云：『余以元康六年從大業（當作太僕）卿出爲征虜將軍，有别廬在河南縣界金谷澗。澗中有清泉茂樹，衆果竹柏，藥物備具，又水灌魚池焉。與諸賢登高臨下，列坐水湄，遂各賦詩。感性命之不求（永），懼凋落之無期』云。」

〔二〕石氏：石崇，字季倫，渤海南皮人，晉初功臣石苞之子，官至散騎常侍、侍中，爲孫秀矯詔所殺，事見晉書本傳。

〔三〕豪右：豪强大族，指石崇、王愷等。晉書石崇傳：「（崇）財産豐積，室宇宏麗。後房百數，皆曳紈綉，珥金翠。絲竹盡當時之選，庖膳窮水陸之珍。與貴戚王愷、羊琇之徒以奢靡相尚。愷以粭澳釜，崇以蠟代薪。愷作紫絲布步障四十里，崇作錦步障五十里以敵之。崇塗屋以椒，愷用赤石脂。崇、愷争豪如此。」

〔四〕步障：用以遮蔽風塵或障隔内外的屏幕。

〔五〕晉武：晉武帝司馬炎，泰始元年（二六五）代曹魏爲帝，太康元年（二八〇）平定孫吴，統一中國。

〔六〕靡靡：相隨順貌。史記張釋之傳：「臣恐天下隨風靡靡，争其口辨而無其實。」

〔七〕二十四友：晉書石崇傳：「與潘岳諂事賈謐。謐與之親善，號曰二十四友。」據晉書賈謐傳，二十四友爲石崇、歐陽建、潘岳、陸機、陸雲、繆徵、杜斌、摯虞、諸葛詮、王粹、杜育、鄒捷、左思、崔基、劉瓌、和郁、周恢、牽秀、陳眕、郭彰、許猛、劉訥、劉輿、劉琨。

〔八〕禍端：災禍的根源。據晉書石崇傳，賈謐誅，石崇坐黨與免官。崇有妓緑珠美艷，孫秀使人求之，崇不許。秀怒，乃勸趙王倫誅崇。崇亦與潘岳勸淮南王允、齊王冏以圖倫、秀。秀乃矯詔收崇、岳等，殺之。初被收，崇以爲不過流放交、廣，及將行刑，方悟己因家財而致禍。

温泉行〔一〕

出身天寶今年幾〔二〕，頑鈍如鎚命如紙〔三〕。作官不了却來歸〔四〕，還是杜陵一男子〔五〕。北風慘慘投温泉，忽憶先皇游幸年。身騎廐馬引天仗〔六〕，直入華清列御前〔七〕。玉林瑶雪滿寒山，上昇玄閣游絳烟〔八〕。平明羽衛朝萬國〔九〕，車馬合沓溢四鄽〔一〇〕。蒙恩每浴華池水〔一一〕，扈獵不蹂渭北田〔一二〕。朝廷無事共歡燕，美人絲管從九天。一朝鑄鼎降龍馭，小臣鬚絶不得去〔一三〕。今來蕭瑟萬井空〔一四〕，唯見蒼山起烟霧。可憐蹭蹬失風波〔一五〕，仰天大叫無奈何。弊裘羸馬凍欲死，賴遇主人杯酒多。

【校】

〔鎚〕原校「一作鉛」。〔浴〕遞修本作「欲」。〔瑟〕原校「一作索」。

【注】

〔一〕詩疑爲大曆初罷洛陽丞後歸長安途經驪山作。

温泉：温泉宮，即華清宮，在驪山，以有温泉華清池得名。天寶中韋應物曾侍從華清宮，又有故居在驪山，參見卷一燕李録事注〔三〕及卷六發蒲塘驛沿路見泉谷村墅忽想京師舊居追懷昔年詩注。

〔二〕出身：委身事君。韋應物天寶中爲三衛，見卷一燕李録事注〔二〕。

〔三〕頑鈍：愚魯呆笨。後漢書竇融傳：「有子年十五，質性頑鈍。」

〔四〕了：了結官事。晉書傅咸傳載楊濟與咸書：「天下大器，非可稍了，而相觀每事欲了。生子痴，了官事，官事未易了也。」

〔五〕杜陵：韋應物故里，參見卷二假中對雨呈縣中僚友注〔三〕。

〔六〕厩馬：御厩中馬。新唐書兵志：「又以尚乘掌天子之御。左右六閑，……總十二閑爲二厩，一曰祥驎，二曰鳳苑，以繫飼之。其後禁中又增飛龍厩。」天仗：皇帝的儀仗。岑參寄左省杜拾遺：「曉隨天仗入，暮惹御香歸。」

〔七〕華清：華清宮，在驪山。新唐書地理志卷一京兆府昭應縣：「有宮在驪山下，貞觀十八年置，咸亨二年始名溫泉宮。天寶……六載，更溫泉曰華清宮。宮治湯井爲池，環山列宮室，又築羅城，置百司及十宅。」

〔八〕玄閣：當指華清宮朝元閣。舊唐書玄宗紀下：天寶七載「冬十月庚午，幸華清宮。……十二月戊戌，言玄元皇帝見于華清宮之朝元閣，乃改爲降聖閣。」

〔九〕羽衛：儀仗隊，儀仗多以羽毛爲飾。文選卷三十一江淹雜體詩袁太尉從駕：「羽衛藹流景，彩吹震沈淵。」李善注：「羽衛，負羽侍衛也。」

〔一〇〕鄽：俗廛字，市中陳物處，此泛指人口密集處。

〔一一〕華池：華清池。侍臣賜浴事，見卷五酬鄭户曹驪山感懷注〔一五〕。

〔一二〕蹂：蹂躪踐踏。句謂狩獵不踐踏田中莊稼。

〔一三〕「一朝」三句：言玄宗之死。史記封禪書：「黄帝采首山銅，鑄鼎於荆山下，鼎既成，有龍垂胡髯下迎黄帝。黄帝上騎，群臣後宫從上者七十餘人，龍乃上去。餘小臣不得上，乃悉持龍髯，龍髯拔，墮，墮黄帝之弓。」

〔一四〕蕭瑟：荒涼冷落。萬井：指廣大居民聚居處，古制以八家爲井。

〔一五〕蹭蹬：失勢貌。文選木華海賦：「或乃蹭蹬風波，陸死鹽田。」李善注：「蹭蹬，失勢之貌。」李陵與蘇武詩：「風波一失所，各在天一隅。」

〔評〕劉辰翁：結處儻蕩語，惟少陵有之。（參評本）

學仙二首

其一

昔有道士求神仙〔一〕，靈真下試心確然〔二〕。千鈞巨石一髮懸，卧之石下十三年。存道忘身一試過，名奏玉皇乃升天。雲氣冉冉漸不見，留語弟子但精堅。

〔校〕

〔其一〕原無其一、其二字樣，逕增。文苑英華卷三百三十三録此詩，題作學仙難。〔弟子〕文苑英華作「子弟」，校云「集作弟子」。

〔注〕

〔一〕道士：指劉偉道。真誥卷五：「昔中山劉偉道，學仙在嶓冢山，積十二年，仙人試之以石，重十萬斤，一白髮懸之，使偉道卧其下。偉道顏無變色，心安體悦，卧在其下，積十二年。仙人數試之，無所不至，已皆語之，遂賜其神丹而白日升天。」

〔二〕靈真：仙人。確然：剛强堅定。

〔評〕

沈德潛：二章總言求道貴專。（唐詩別裁卷七）

其二

石上鑿井欲到水，惰心一起中路止〔一〕。豈不見，古來三人俱弟兄〔二〕，結茅深山讀仙經。上有青冥倚天之絶壁，下有飀飀萬壑之松聲。仙人變化爲白鹿，二弟玩之兄誦讀。讀多七過可乞言，爲子心精得神仙。可憐二弟仰天泣，一失毫釐千萬年。

〔注〕

〔一〕「石上」二句：歷世真仙體道通鑒卷二十四許翽傳載楊羲語：「學道當如穿井，井愈深，土愈難出。若不堅心正行，豈得見泉源耶？」

〔二〕三人：謂周君兄弟三人。真誥卷五：「昔周君兄弟三人，并少而好道，在於常山中，積九十七年，精思無所不感。忽然見老公，……出素書七卷，以與誦之。兄弟三人，俱精讀之。奄有一白鹿在山邊，二弟放書觀之。周君讀之不廢。二弟還，周君多其弟七過。……周君誦之萬過，二弟誦得九千七百三十三過。周君翻然盡仙。二弟取書誦之，石室忽有石爆成火，燒去書，二人遂不得仙。」

〔評〕

劉辰翁：此與後遇神女歌等皆托意甚嚴。（張習本）

廣陵行〔一〕

雄藩鎮楚郊，地勢鬱岧嶢。雙旌擁萬戟〔二〕，中有霍嫖姚〔三〕。海雲助兵氣，寶貨益軍鐃〔四〕。嚴城動寒角〔五〕，晚騎踏霜橋。翕習英豪集〔六〕，振奮士卒驍。列郡何足數〔七〕，趨拜等卑寮〔八〕。日晏方云罷，人逸馬蕭蕭。忽如京洛間，游子風塵飄。歸來視寶劍，功名豈一朝〔九〕。

【校】

〔豈〕唐詩品彙卷十四作「非」。

【注】

〔一〕詩當大曆五年左右在揚州作。

廣陵：郡名，即揚州，時爲淮南道節度使治所。

〔二〕雙旌：節度使的儀仗。新唐書百官志四下：「節度使總掌軍旅，顓誅殺。初授，具帑抹兵仗詣兵部辭見，……辭日，賜雙旌雙節，行則建節，樹六纛，中官祖送，次一驛輒上聞。」

〔三〕霍嫖姚：西漢大將霍去病，見卷四送崔押衙赴相州注〔七〕。此借指淮南節度使。

〔四〕軍鐃：軍隊豐富的物資供應。韓愈崔評事墓誌銘：「連歲大穰，軍食以饒。」

〔五〕嚴城：戒嚴之城，此指駐軍之城。參見卷二同德寺雨後寄元侍御李博士注〔三〕。

〔六〕翕習：盛貌。文選卷十一王延壽魯靈光殿賦：「祥風翕習以颯灑，激芳香而常芬。」張載注：「翕習，盛貌。」

〔七〕列郡：衆多州郡，此指各州刺史。大曆中，淮南節度使轄揚、楚、滁、和、廬、舒、光、安、申、沔等十州，見新唐書方鎮表五。數：比擬，數説。南史檀超傳：「又有吴邁遠者，好爲篇章。……每作詩，得稱意語，輒擲地呼曰：『曹子建何足數哉！』」

〔八〕卑寮：下級官吏。

〔九〕豈一朝：非一朝一夕可得。左思詠史：「地勢使之然，由來非一朝。」

萼緑華歌〔一〕

有一人兮昇紫霞，書名玉牒兮萼緑華〔二〕。仙容矯矯兮雜瑶珮〔三〕，輕衣重重兮蒙絳紗。雲雨愁思兮望淮海，鼓吹蕭條兮駕龍車。世淫濁兮不可降，胡不來兮玉斧家〔四〕。

【注】

〔一〕萼緑華：女仙名。真誥卷一載萼緑華詩，并云：「萼緑華者，自云是南山人，不知是何山也。女子，年可二十上下，青衣，顔色絶整。以升平三年十一月十日夜降，……贈此詩一篇，并致火浣布手巾一枚、金玉條脱各一枚。……訪問此人，云『是九嶷山中得道女羅郁也』，宿命時曾爲師母毒殺乳婦，元洲以先罪未滅，故令謫降於臭濁，以償其過。」

〔二〕玉牒：玉製簡册，此指仙人名籍。

〔三〕矯矯：出衆貌。漢書叙傳：「賈生矯矯，弱冠登朝。」

〔四〕玉斧：許翽小名。真誥卷二十真胄世譜：「（許邁）小男名翽，字道翔，小名玉斧。正生，幼有珪璋標挺，長史器異之。郡舉上計掾、主簿，并不赴。清秀瑩潔，糠粃塵務。居雷平山下，修業勤精，恒願早游洞府，不欲久停人世。」按韋應物子韋慶復小名亦爲玉斧。韋應物元蘋墓誌：「男生數月，名之玉斧，抱以主喪。」此蓋以許翽自比。

王母歌〔一〕

衆仙翼神母〔二〕，羽蓋隨雲起〔三〕。上游玄極杳冥中〔四〕，下看東海一杯水。海畔種桃經幾時，千年開花千年子〔五〕。玉顔眇眇何處尋，世上茫茫人自死。

〔校〕

〔題〕原校「一云玉女歌」。

〔注〕

〔一〕王母：神話中女神，即西王母。山海經西山經：「又西三百五十里，曰玉山，是西王母所居也，西王母其狀如人，豹尾虎齒而善嘯，蓬髮戴勝，是司天之厲及五殘。」傳説周穆王西游，觴王母于瑶池之上，見穆天子傳卷三。又漢武帝時，西王母來降，見漢武帝内傳。

〔二〕翼：羽翼，簇擁。神母：即謂王母。漢武帝内傳：王母來降時，「殿前有似鳥集，或駕龍虎，或乘白麟，或乘軒車，或乘天馬，群仙數千，光耀庭宇」。

〔三〕羽蓋：以鳥羽爲飾的車蓋，此代指車。司馬相如子虛賦：「下摩蘭蕙，上拂羽蓋。」

〔四〕玄極杳冥：極幽遠處，此指天最高處。宋玉對楚王問：「鳳皇上擊九千里，絶雲霓，負蒼天，翱翔乎杳冥之上。」

〔五〕「海畔」二句：漢武帝内傳：王母降漢武帝時，「又命侍女更索桃果。須臾，以玉盤盛仙桃七顆，大如鴨卵，形圓青色，以呈王母。母以四顆與帝，三顆自食。桃味甘美。帝食，輒收其核。王母問帝，帝曰：『欲種之。』

母曰：『此桃三千年一生實。中夏地薄，種之不生。』帝乃止。」

【評】

袁宏道：結語冷痛，絶似長吉。（參評本）

馬明生遇神女歌〔一〕

學仙貴功亦貴精，神女變化感馬生。石壁千尋啟雙檢〔二〕，中有玉堂鋪玉簟。立之一隅不與言，玉體安穩三日眠〔三〕。馬生一立心轉堅，知其丹白蒙哀憐。安期先生來起居〔四〕，請示金鐺玉佩天皇書〔五〕。神女呵責不合見，仙子謝過手足戰〔六〕。大瓜玄棗冷如冰〔七〕，海上摘來朝霞凝。賜仙復坐對食訖，頷之使去隨烟升。乃言馬生合不死，少姑教敕令付爾。安期再拜將生出，一授素書天地畢〔八〕。

【校】

〔功〕文苑英華卷三百三十二校「集作工」。〔堂〕原校「一作床」，叢刊本、文苑英華作「床」。〔立〕遞修本作「粒」。〔知其〕其，文苑英華作「無」。〔安穩〕原作「安隱」，據文苑英華改。

〔訖〕文苑英華作「了」，校云「集作訖」。〔使去隨烟升〕原校「一作使隨玄烟升」，文苑英華作「使去隨雲升」。〔霞〕文苑英華作「暮」。

〔姑〕文苑英華作「頊」，校云「集作姑」。〔教敕〕文苑英華作「敕教」。〔天地〕地，文苑英華校「一作章」。

【注】

〔一〕馬明生：一作馬鳴生，齊國臨淄人。本姓和，字君實（一作賢），少爲縣吏，捕盜，爲盜所傷，殆死。遇太真夫人，出一丸藥，服之立愈。君實乃易姓名，自號馬明生，隨夫人執役，後亦得道仙去。事詳見雲笈七籤卷九十八、歷世真仙體道通鑑卷十三。

〔二〕檢：封檢，此指仙人對其居室所加的禁制。急就篇卷三：「簡札檢署槧牘家。」顔師古注：「檢之言禁也，削木施於物上，所以禁閉之，使不得輒開露也。」。歷世真仙體道通鑑卷十三：「馬明生隨夫人執役，夫人入東岳岱宗山峭壁石室之中，上下懸絶，重巖深隱，去地千餘丈，石室中有金床玉几，珍物奇偉，人迹所不能到也。」

〔三〕「立之」二句：歷世真仙體道通鑑卷十三：「（夫人）又使明生他行别宿，因以好女於卧息之間調戲，令接之。明生心堅志静，固無邪念。」雲笈七籤卷九八：「夫人棲止常與明生同石室中，而異榻耳。若幽寂之所，都唯二人。」

〔四〕安期先生：一作安期生，古仙人名。列仙傳卷上：「安期先生者，琅琊阜鄉人也，賣藥於東海邊，時人皆言千歲翁。秦始皇東游，請見，與語三日三夜，賜金璧，度數千萬。出於阜鄉亭，皆置去，留書以赤玉舄一雙爲報，曰：『後數年求我於蓬萊山。』」起居：問候安否。據歷世真仙體道通鑑卷十三，太真夫人見馬明生道心堅定，欲教以長生之方，然夫人所受不可以授初學，適安期生來，遂以馬明生囑托之。

〔五〕金鐺玉佩天皇書：道書。真誥卷五：「仙道有玉珮金鐺，以登太極。」又卷十四：「武當山道士戴孟者，乃姓燕名濟，字仲微，漢明帝末時人也。……裴真人授其玉佩金鐺經，并石精金光符，能輕身健行，周旋名山，日行七百里。」

〔六〕仙子：此當指安期生。據太平廣記卷五七引神仙傳，安期生曾向神女叩問「玉胎瓊膏之方」，并求見九天太真道經，爲神女所拒，以爲非下才可得仰瞻。

〔七〕大瓜玄棗：傳說中所謂仙果。史記封禪書載方士李少君言：「臣嘗游海上，見安期生。安期生食巨棗，大如瓜。安期生仙者，通蓬萊中，合則見人，不合則隱。」藝文類聚卷八七引馬明生別傳載，安期生謂神女曰：「昔與女郎游息於西海之際，食棗異美。此間棗小，不及之。憶此棗味久，已二千年矣。」神女曰：「吾昔與君共食一枚，乃不盡。此間小棗，那可相比邪！」

〔八〕素書：道書。仙人授周君素書七卷，見前學仙二首其二注〔一一〕。據歷世真仙體道通鑒卷十三，馬明生從安期生周游天下二十年，勤苦備嘗，安期生乃授以太清金液神丹方。

〔評〕

劉辰翁：然首尾太質。（張習本）

石鼓歌〔一〕

周宣大獵兮岐之陽〔二〕，刻石表功兮煒煌煌〔三〕。石如鼓形數止十，風雨缺訛苔蘚澀。今人濡紙脫其文〔四〕，既擊既掃白黑分。忽開滿卷不可識，驚潛動蟄走云云。喘逶迤〔五〕，相糾錯〔六〕，乃是宣王之臣史籀作〔七〕。一書遺此天地間，精意長存世冥寞。秦家祖龍還刻石〔八〕，碣石之罘李斯跡〔九〕。世人好古猶法傳，持來比此殊懸隔。

〔校〕

〔喘〕叢刊本「喘」下有一墨釘。　〔法〕全唐詩作「共」，校云「一作法」。

〔注〕

〔一〕石鼓：鼓形石刻，公元七世紀初發現于陝西雍縣，共十枚，每石各刻四言詩一首，紀田獵之事。元和郡縣圖志卷二鳳翔府天興縣：「石鼓文，在縣南二十里許，石形如鼓，其數有十，蓋紀周宣王畋獵之事，其文即史籀之迹也。貞觀中，吏部侍郎蘇勖紀其事云……」韓愈作石鼓歌，亦謂爲周宣王時物，歐陽修集古録疑其説。今人多以爲秦代刻石。石鼓原物今存北京故宫博物院中，所刻詩，見金石萃編卷一。

〔二〕周宣：周宣王，厲王子，名靖，約公元前八二七年至前七八二年在位。厲王死于彘，宣王立，修政，法文、武、成、康之遺風，諸侯復宗周，號爲中興之主。見史記周本紀。按韵語陽秋卷十四，謂韋詩作「周文大獵岐之陽」，且加駁難，或所見本作「周文」。岐之陽：岐山之南。元和郡縣圖志卷二鳳翔府岐山縣：「岐山，亦名天柱山，在縣東北十里。」

〔三〕煒煌煌：光輝鮮明貌。

〔四〕脱：用脱胎的方法複製，此指椎拓。

〔五〕喘：義未詳，疑字有奪誤。逶迤：謂筆劃蜿蜒曲折。

〔六〕糾錯：謂筆劃糾結交錯。

〔七〕史籀：相傳爲周宣王時太史。張懷瓘書斷卷中：「周史籀，宣王時爲史官，善書，師模蒼頡古文。……又作籀文，其狀邪正體，則石鼓文存焉。乃開闔古文，暢其戚鋭，但折直勁迅，有如鏤鐵，而端姿旁逸，又婉潤焉。若取於詩人，則雅頌之作也。」

〔八〕祖龍：指秦始皇。史記秦始皇本紀：「（三十六年）秋，使者從關東夜過華陰平舒道，有人持璧遮使者曰：

『爲吾遺滴池君。』因言曰：『今年祖龍死。』」集解引蘇林曰：「祖，始也。龍，人君象。謂始皇也。」

〔九〕碣石：山名，在今河北昌黎西北。太平寰宇記卷七十平州石城縣：「碣石，始皇使燕人盧生求羨門，刻碣石。」之罘：山名。在今山東烟臺北。元和郡縣圖志卷十一登州文登縣：「之罘山，在縣西北一百九十里。史記曰：『始皇二十九年，登之罘，勒石紀功。』」李斯：楚上蔡人，從荀卿學，入秦爲呂不韋舍人，輔佐秦始皇統一中國，官至丞相，後爲趙高誣殺，史記有傳。書斷卷中：「（李）斯妙大篆，始省改之以爲小篆，著蒼頡七篇。……今泰山、嶧山、秦望等碑，并其遺迹，亦謂傳國之偉寶，百代之法式。」

〔評〕

喬億曰：詩與題稱乃佳。如石鼓歌三篇，韓、蘇爲合作，韋左司殊未盡致。（劍谿說詩卷上）

寳觀主白鸜鵒歌〔一〕

鸜鵒鸜鵒，衆皆如漆，爾獨如玉。鸜之鵒之，衆皆蓬蒿下〔二〕，爾自三山來音梨〔三〕。三山處子下人間，綽約不妝冰雪顔〔四〕。仙鳥隨飛來掌上，來掌上，時拂拭。人心鳥意自無猜，玉指霜毛本同色。有時一去淩蒼蒼，朝游汗漫暮玉堂〔五〕。巫峽雨中飛暫濕〔六〕，杏花林裏過來香。日夕依人全羽翼，空欲銜環非報德〔七〕。豈不及阿母之家青鳥兒〔八〕，漢宫來往傳消息。

〔校〕

〔音梨〕原作「首裂」，叢刊本作「音黎」，此據遞修本改。〔妝〕遞修本作「裝」。〔來掌上〕活字本此三字不重。

〔指〕原作「詣」，據遞修本、叢刊本、全唐詩改。〔本〕原作「之」，據遞修本、叢刊本、全唐詩改。〔依人〕原作「夜仁」，全唐詩作「依仁」，此據遞修本、叢刊本改。〔空〕原作「立」，據遞修本、叢刊本、全唐詩改。

〔注〕

〔一〕寶觀主：當是一女道觀觀主。鸜鵒(qú yù)：鳥名，俗稱八哥。爾雅翼卷一四：「鸜鵒……身首皆黑，惟兩翼皆有白點，飛則見，如字書之『八』云。」春秋昭公二十五年：「有鸜鵒來巢。」

〔二〕蓬蒿下：指斥鴳等小鳥，參見卷五答長寧令楊轍注〔九〕。

〔三〕三山：海中蓬萊、方丈、瀛洲三仙山，參見卷二贈盧嵩注〔四〕。

〔四〕「三山」二句：處子，未婚少女。此指寶觀主。綽約，柔美貌。莊子逍遥游：「藐姑射之山，有神人居焉。肌膚若冰雪，淖約若處子。」音義：「李云：『淖約，柔弱貌。』司馬云：『好貌。』處子，在室女也。」

〔五〕汗漫：渺無邊際，指天空等廣漠之處。淮南子道應：「吾與汗漫期于九垓之外，吾不可以久駐。」玉堂：指仙人所居。曹操氣出倡：「乃到王母臺，金階玉爲堂，芝草生殿旁。」

〔六〕巫峽：長江三峽之一，此暗用巫山神女事。宋玉高唐賦：「昔者，先王嘗游高唐，怠而晝寢，夢見一婦人，曰：『妾巫山之女也。』……去而辭曰：『妾在巫山之陽，高丘之阻，旦爲行雲，暮爲行雨，朝朝暮暮，陽臺之下。』」

〔七〕銜環：後漢書楊震傳李賢注引續齊諧記：「(楊)寶年九歲時，至華陰山北，見一黄雀爲鴟梟所搏，墜於樹下，爲螻蟻所困。寶取之以歸，置巾箱中，唯食黄花，百餘日，毛羽成，乃飛去。其夜有黄衣童子向寶再拜曰：『我西王母使，君仁愛救拯，實感成濟。』以白環四枚與寶：『令君子孫潔白，位登三事，當如此環矣。』」

〔八〕阿母：即王母。山海經大荒西經：「沃之野有三青鳥，赤首黑目，……一名曰青鳥。」郭璞注：「皆西王母所使也。」漢武故事：「七月七日，上於承華殿齋。日正中，忽見有青鳥從西來。上問東方朔。朔對曰：『西王母暮必降尊象。』……有頃，王母至，乘紫車，玉女夾馭，載七勝，青氣如雲，有二青鳥如鸞，夾侍王母旁。」

〔評〕

劉辰翁：誤字既不可辨，大抵無味。（張習本）

彈棋歌〔一〕

圓天方地局，二十四氣子〔二〕。劉生絶藝難對曹〔三〕，客爲歌其能，請從中央起〔四〕。中央轉鬬破欲闌，零落勢背誰能彈。此中舉一得六七，旋風忽散霹靂疾。履機乘變安可當，置之死地翻取强。不見短兵反掌收已盡，唯有猛士守四方〔五〕。四方又何難，横擊上緣邊。豈如昆明與碣石〔六〕，一箭飛中隔遠天。神安志愜動十全，滿堂驚視誰得然。

〔校〕

〔破〕文苑英華卷三百四十八作「頗」，校云「集作破」。〔能〕文苑英華作「敢」，校云「集作能」。〔上〕文苑英華作「且」。〔如〕文苑英華作「知」，校云「集作如」。〔得〕文苑英華校「一作能」。

〔注〕

〔一〕彈棋：古代博戲的一種。後漢書梁冀傳注引藝經：「彈棋，兩人對局，白黑棋各六枚，先列棋相當，更相彈也(四字太平御覽卷七百五十五引作「下呼上擊之」)。其局以石爲之。」其法今已失傳，故詩中語多不可解。

〔二〕「圓天」二句：謂棋局方形象地，其中隆起呈圓形象天，有二十四枚棋子，象二十四節氣。柳河東集卷二十四序棋：「房生直温，與予二弟游，皆好學。予病其確也，思所以休息之者。得木局，隆其中而規焉，其下方以直，置棋二十有四。」舊注：「彈棋之戲，今人罕爲之。有譜一卷，盡唐人所爲。其局方二尺，中心高，如覆盂。其巔如小壺，四角微隆起。李商隱詩云：『莫近彈棋局，中心最不平。』謂其中高也。」李頎彈棋歌：「藍田美玉清如砥，白黑相分十二子。」

〔三〕絶藝：極爲高超的技藝。劉生當是當時彈棋高手。太平御覽卷七百五十五引彈棋經後序：「唐順宗在春宫日，甚好之。時有吉達、高釴、崔同、楊同愿之徒，悉爲名手。後有竇深、崔長孺、甄顒、獨孤遼，亦爲亞焉。」

〔四〕中央：指棋局中心隆起處。

〔五〕四方：指棋局四周方直處。漢高祖大風歌：「大風起兮雲飛揚，威加海内兮歸故鄉，安得猛士兮守四方。」

〔六〕昆明、碣石：指四角邊遠處。昆明，古國名，漢武帝欲伐之，作昆明池以象其國中之滇池，事見漢書武帝紀。碣石：見前石鼓歌注〔九〕。李頎彈棋歌：「緣邊度隴未可嘉，鳥跂星懸危復斜。」

〔評〕

劉辰翁：彈棋法絶，竟亦不省何語也。(和刻本)

卷十

歌行下

聽鶯曲

東方欲曙花冥冥，啼鶯相喚亦可聽。乍去乍來時近遠，才聞南陌又東城。忽似上林翻下苑〔一〕，綿綿蠻蠻如有情〔二〕。欲囀不囀意自嬌，羌兒弄笛曲未調〔三〕。前聲後聲不相及，秦女學箏指猶澀〔四〕。須臾風暖朝日暾，流音變作百鳥喧。誰家懶婦驚殘夢？何處愁人憶故園？伯勞飛過聲局促〔五〕，戴勝下時桑田緑〔六〕。不及流鶯日日啼花間，能使萬家春意閑。有時斷續聽不了，飛去花枝猶裊裊。還棲碧樹鎖千門，春漏方殘一聲曉。

〔校〕

〔題〕文苑英華卷三百四十五作聽鶯歌。〔似〕唐詩品彙卷三十三作「往」。〔閑〕唐詩品彙作「闌」。〔猶〕叢刊本作「尤」。

〔注〕

〔一〕上林：秦、漢時苑囿名。三輔黄圖卷四：「漢上林苑，即秦之舊苑也。漢書云，武帝建元三年，開上林苑，東南至藍田、宜春、鼎湖、御宿、昆吾，旁南山而西，至長楊、五柞，北繞黄山，瀕渭水而東，周袤三百里，離宫七十所，皆容千乘萬騎。」

〔二〕綿綿蠻蠻：鳥聲。詩小雅綿蠻：「綿蠻黄鳥，止于丘阿。」黄鳥，即黄鶯。

〔三〕羌：古代西方少數民族，相傳笛自羌族傳入。馬融長笛賦：「近代雙笛從羌起，羌人伐竹未及已。」

〔四〕箏：相傳爲秦地的樂器。風俗通義卷六：「禮樂記：『箏，五弦筑身也。』今并、涼二州箏形如瑟，不知誰所改作也。或曰，秦蒙恬所造。」指澀：指法生澀不熟練，聲音不流暢。

〔五〕伯勞：鳥名，一名博勞，一名鶪。禮記月令仲夏之月：「鶪始鳴。」箋：「鶪，博勞也。」詩豳風七月：「七月鳴鶪。」孔穎達疏引陳思王惡鳥論云：「伯勞以五月鳴……其聲鶪鶪，故以其音名。」爾雅翼卷一四：「易通卦驗云：『博勞性好單棲，其飛翪，其聲嗅嗅，夏至應陰而鳴，冬至而止。……其鳴爲將寒之候。』」

〔六〕戴勝：鳥名，首有金黄色羽冠，如飾花勝，故名。禮記月令季春之月：「鳴鳩拂其羽，戴勝降于桑。」注：「戴勝，織紝之鳥，是時恒在桑。」

〔評〕

吴幵：錢内翰希白畫景詩云：「雙蜻上簾額，獨鵲裊庭柯。」「裊」字最其所用意處也。然韋蘇州聽鶯曲云：「有時斷續聽不了，飛去花枝猶裊裊。」趙嘏詩云：「語風雙燕立，裊樹百勞飛。」錢意韋、趙已先用。張文潛亦有「啄雀踏枝飛尚裊」之句。（優古堂詩話）

劉辰翁：〔東方句〕望而知爲本色人也。（張習本）

袁宏道：末四句甚佳，然余猶惜其類詞耳。（參評本）

桂天祥：觀太白新鶯百囀歌，便覺韋詩煩劇。（朱墨本）

顧璘：形容好。（同前）

徐用吾：麗句新意，迭迭逼人。（精選唐詩分類評釋繩尺）

邢昉：與太白新鶯篇齊美。中唐有此，尤罕絶也。（唐風定）

張謙宜：極裊娜，骨格却清挺。（絸齋詩談卷五）

沈德潛：〔東方句〕須知是聽鶯起法。（唐詩別裁卷七）

王闓運：一絶句可了，乃演爲長篇。（手批唐詩選）

賀裳：〔欲囀四句〕不惟形容鶯語入妙，即説箏笛亦得個中三昧。（載酒園詩話卷一）

白沙亭逢吴叟歌〔一〕

龍池宫裏上皇時〔二〕，羅衫寶帶香風吹。滿朝豪士今已盡，欲話舊游人不知。白沙亭上逢吴叟，愛客脱衣且沽酒。問之執戟亦先朝〔三〕，零落艱難却負樵。親觀文物蒙雨露〔四〕，見我昔年侍丹霄。冬狩春祠無一事，歡游洽宴多頒賜。嘗陪夕月竹宫齋〔五〕，每返温泉灞陵醉〔六〕。星歲再周十二辰〔七〕，爾來不語今爲君。盛時忽去良可恨，一生坎壈何足云〔八〕。

【校】

〔香〕文苑英華卷三百四十三校「一作春」。　〔逢〕文苑英華校「一作遭」。　〔竹〕文苑英華作「行」。

〔今〕原作「个」，據元修本、遞修本、活字本、叢刊本、文苑英華、全唐詩改。　〔生〕文苑英華作「身」，校云「集作生」。

【注】

〔一〕詩大曆五年左右在揚州作。

白沙：鎮名，屬揚州揚子縣，今江蘇儀徵。資治通鑑卷二百十九：李成式等合兵討永王璘，璘麾下「馮季康奔白沙」。胡三省注：「今真州治所，唐之白沙鎮也，時屬廣陵郡。」又卷三百七十二：「吴王如白沙觀樓船，更命白沙曰迎鑾鎮。」胡注：「白沙，揚子縣地。……其地東至揚州六十里，南臨大江，渡江而南至金陵亦六十里。」

〔二〕龍池宮：即興慶宮。唐兩京城坊考卷一興慶宮：「武后大足元年，睿宗在藩，賜爲五王子宅，明皇始居之。宅臨大池，中宗時望氣者云，此池有天子氣，故嘗宴游此池，上巳泛舟以厭之。……開元二年置宮，因本坊爲名。」又：「(池)至神龍、景龍中，彌亘數頃，深至數丈，常有雲氣，或見黄龍出其中。本以坊名池，俗亦呼爲五王子池。置宮後，謂之龍池。」上皇：謂唐玄宗。據舊唐書玄宗紀下，肅宗即位靈武，尊玄宗上皇，歸長安後，「上皇謁廟請罪，遂幸興慶宮」。

〔三〕執戟：謂手持武器爲宮廷侍衛。漢書東方朔傳：「官不過侍郎，位不過執戟。」韋應物天寶中爲右千牛，參見卷一燕李録事注〔一〕。

〔四〕文物：禮樂典章制度。左傳桓公二年：「文物以紀之，聲明以發之。」雨露：比喻帝王的恩澤。

〔五〕夕月：祭月。漢書武帝紀：「天子親郊見，朝日，夕月。」應劭曰：「天子春朝日，秋夕月。朝日以朝，夕月以夕。」竹宫：漢祠宫名。三輔黄圖卷三甘泉宫：「竹宫，甘泉祠宫也。以竹爲宫，天子居中。漢書（舊）儀云，竹宫去壇三里。」齋：祭祀前整潔身心，以示誠敬。

〔六〕温泉：指驪山華清宫，原名温泉宫，見卷九温泉行注〔七〕。灞陵：即霸陵，西漢文帝陵，在長安東白鹿原上。

〔七〕星歲：猶星紀。古代以歲星（木星）紀年，以歲星由西向東十二年繞天一周爲一紀。星歲再周，即二十四年。韋應物約天寶八載（七四九）爲右千牛，至大曆五年（七七〇），首尾已二十二年。

〔八〕坎壈：同坎廩，坎坷，遭遇不順利。楚辭宋玉九辯：「坎廩兮貧士失職而志不平。」

送褚校書歸舊山歌〔一〕

握珠不返泉〔二〕，匣玉不歸山〔三〕。明皇重士亦如此，忽怪褚生何得還。方稱羽獵賦〔四〕，來拜蘭臺職〔五〕。漢篋亡書已暗傳〔六〕，嵩丘遺簡還能識〔七〕。朝朝待詔青鎖闈〔八〕，中有萬年之樹蓬萊池〔九〕。世人仰望棲此地，生獨徘徊意何爲。故山可往薇可采〔一〇〕，一自人間星歲改。藏書壁中苔半侵，洗藥泉中月還在。春風飲餞灞陵原〔一一〕，莫厭歸來朝市喧。不見東方朔〔一二〕，避世從容金馬門〔一三〕。

【校】

〔校〕文苑英華卷三百四十一作「秘」。〔皇〕文苑英華、唐詩品彙卷三十三作「時」。〔忽怪〕怪，原作「得」，據文苑英華改。〔來〕原作「未」，文苑英華作「昨」，校云「集作來」，據改。〔壁中〕中，文苑英華、唐詩品彙作「上」，英華校云「集作中」。此二字上文苑英華有「夫君」二字，唐詩品彙有「當年」二字。

【注】

〔一〕詩長安作，作年未詳。

校書：校書郎。新唐書百官志二秘書省：「校書郎十人，正九品上。……掌讎校典籍，刊正文章。」褚校書：名未詳。

〔二〕握珠：握中之珠，寶珠。文選卷四十二曹植與楊德祖書：「當此之時，人人自謂握靈蛇之珠，家家自謂抱荆山之玉。」李善注：「淮南子曰，隨侯之珠。高誘曰：隨侯見大蛇傷斷，以藥傅而塗之，後蛇於大江中銜珠以報之，因曰隨侯之珠。」泉：當作「淵」，避唐高祖李淵諱改。莊子列禦寇：「夫千金之珠，必在九重之淵，而驪龍頷下。」

〔三〕匣玉：寶玉。曹丕與鍾大理書：「寶玦初至，捧匣跪發，五内震駭。」「握珠」二句比喻賢才得到任用，不會重歸山林藪澤而被埋没。

〔四〕羽獵賦：楊雄所作賦名。漢書楊雄傳贊：「初，雄年四十餘，自蜀來自游京師。……歲餘，奏羽獵賦，除爲郎，給事黄門。」

〔五〕蘭臺：漢代宮廷藏書處，置蘭臺令史，掌書奏。後漢書班固傳：「顯宗甚奇之，召詣校書郎，除蘭臺令史，與前睢陽令陳宗、長陵令尹敏、司隸從事孟異共成世祖本紀。」

〔六〕篋：竹箱，此指盛書的篋笥。亡書：亡佚之書。漢書張安世傳：「上行幸河東，嘗亡書三篋，詔問莫能知，惟安世識之，具作其事。後購求得書以相校，無所遺失。」

〔七〕嵩丘：即嵩山，一名嵩高山。見卷一賈常侍林亭燕集注〔五〕。晉書束皙傳：「時有人於嵩高山下得竹簡一枚，上兩行科斗書，傳以相示，莫有知者。司空張華以問皙，皙曰：『此漢明帝顯節陵中策文也。』檢驗果然，時人伏其博識。」

〔八〕青鎖闈：即青瑣闈，雕刻青色連瑣花紋的門，代指宮中。漢書元后傳：「曲陽侯驕奢僭上，赤墀青瑣。」師古注：「青瑣者，刻爲連環文，而青塗之也。」

〔九〕萬年之樹：一說即冬青。文選卷三十謝朓直中書省：「風動萬年枝，日華承露掌。」李善注：「晉宮闕名曰，華林園有萬年樹十四株。」蓬萊池：在長安大明宮中。資治通鑑卷二百三十三載李泌語：「且陛下昔嘗令太子見臣於蓬萊池。」胡三省注：「大明宮中蓬萊殿北有太液池，池中有蓬萊山，所謂蓬萊池，蓋即此也。」參見唐兩京城坊考卷一。

〔一〇〕薇：蕨類植物，可食。采薇，指隱居。史記伯夷列傳：「武王已平殷亂，天下宗周。而伯夷、叔齊恥之，義不食周粟，隱於首陽山，采薇而食之。」

〔一一〕灞陵原：即白鹿原，參見卷四送馮著受李廣州署爲録事注〔三〕。

〔一二〕東方朔：字曼倩，平原厭次人。漢武帝時官至太中大夫，寓諷諫於滑稽突梯之中。史記、漢書有傳。

〔一三〕「避世」句：史記東方朔傳：「（朔）時坐席中，酒酣，據地歌曰：『陸沈於俗，避世金馬門。宮殿中可以避世全身，何必深山之中，蒿廬之下。』金馬門者，宦者署門也。門旁有金馬，故謂之金馬門。」

〔評〕

劉辰翁：書壁苔侵，藥泉月在，似禪僧老衲苦吟中句。（參評本）

五弦行〔一〕

美人爲我彈五弦，塵埃忽静心悄然。古刀幽磬初相觸，千珠貫斷落寒玉〔二〕。中曲又不喧，徘徊夜長月當軒。如伴流風縈艷雪〔三〕，更逐落花飄御園。獨鳳寥寥有時隱，碧霄來下聽還近。燕姬有恨楚客愁〔四〕，言之不盡聲能盡。末曲感我情，解幽釋結和樂生。壯士有仇未得報，拔劍欲去憤已平。夜寒酒多愁遽明。

〔校〕

〔中曲〕文苑英華卷三百三十五此上有「五弦」二字。〔如〕文苑英華校「一作始」。〔流風〕原作「風流」，據文苑英華、唐詩品彙拾遺卷三改。〔有恨〕有，文苑英華作「萬」，校云「集作有」。〔末曲〕文苑英華作「末有幾曲」。〔和〕文苑英華作「我」。〔壯〕原作「莊」，據文苑英華、唐詩品彙改。

〔注〕

〔一〕五弦：樂器名。新唐書禮樂志十一：「五弦如琵琶而小，北國所出，舊以木撥彈，樂工裴神符初以手彈。」元積、白居易新樂府皆有五弦彈。

〔二〕貫：串珠的絲繩。禮記樂記：「故歌者上如抗，下如隊，曲如折，止如槁木，倨中矩，句中鉤，累累乎端如貫珠。」

〔三〕「如伴」句：曹植洛神賦：「飄飄兮若流風之回雪。」

〔四〕燕姬：燕地美女。鮑照舞鶴賦：「燕姬色沮，巴童心耻。」

〔評〕

袁宏道：磊落英多，却復情至。（參評本）

驪山行〔一〕

君不見開元至化垂衣裳〔二〕，厭坐明堂朝萬方〔三〕。訪道靈山降聖祖〔四〕，沐浴華池集百祥〔五〕。千乘萬騎被原野，雲霞草木相輝光。禁仗圍山曉霜切，離宫積翠夜漏長。玉階寂歷朝無事，碧樹萎蕤寒更芳〔六〕。三清小鳥傳仙語〔七〕，九華真人奉瓊漿〔八〕。下元昧爽漏恒秩〔九〕，登山朝禮玄元室〔一〇〕。翠華稍隱天半雲〔一一〕，丹閣先明海中日。羽旗旄節憩瑶臺〔一二〕，清絲妙管從空來。萬井九衢皆仰望，彩雲白鶴方徘徊。憑高覽古嗟寰宇，造化茫茫思悠哉。秦川八水長繚繞〔一三〕，漢氏五陵空崔嵬〔一四〕。乃言聖祖奉丹經〔一五〕，以年爲日億萬齡。蒼生咸壽陰陽泰，高謝前王世塵外。英豪共理天下晏，戎夷讋伏兵無戰〔一六〕。時豐賦斂未告勞，海闊珍奇亦來獻。干戈一起文物乖〔一七〕，歡娱已極人事變。聖皇弓劍墜幽泉〔一八〕，古木蒼山閉宫殿。纘承鴻業聖明君〔一九〕，威震六合驅妖氛〔二〇〕。太平游幸今可待，湯泉嵐嶺還氛氲。

〔校〕

〔霞〕文苑英華卷三百四十二作「烟」。〔相〕遞修本、文苑英華作「生」，英華校云「一作相」。〔切〕文苑英華、唐詩品彙拾遺卷三作「勁」，英華校云「集作切」。〔漏恒秩〕漏，原校「一作編」，叢刊本作「編」。〔先明〕原作「光明」，據文苑英華、唐詩品彙改。〔覽古〕原校「或作一望」，文苑英華校「集作一望」。〔奉〕文苑英華作「授」。校云「集作奉」。〔咸〕原作「感」，據遞修本、文苑英華、唐詩品彙改。〔賦斂〕文苑英華作「薄賦」，校云「集作賦斂」。〔文物〕原作「文武」，據文苑英華、唐詩品彙改。

〔注〕

〔一〕驪山：在今陝西西安東，參見卷一燕李録事注〔三〕、卷九温泉行注〔七〕。

〔二〕開元：唐玄宗的第二個年號，共二十九年（七一三—七四一）。至化：極美好的教化。垂衣裳：衣裳下垂，謂端坐不動，無爲而治。易繫辭下：「黄帝、堯、舜垂衣裳而天下治。」

〔三〕明堂：古代帝王宣明政教之所。禮記明堂位：「昔者周公朝諸侯于明堂之位。」注：「周公攝王位，以明堂之禮儀朝諸侯也。」

〔四〕聖祖：謂老子李耳。唐代統治者尊李耳爲始祖，高宗乾封元年，追尊老子爲太上玄元皇帝，玄宗天寶元年，陳王府參軍田同秀言「玄元皇帝降見于丹鳳門之通衢」；二年，追上尊號爲大聖祖玄元皇帝。參見唐會要卷五十「尊崇道教」。

〔五〕華池：即華清池。百祥：各種吉祥的事物，百神。天寶七載玄元皇帝（老子）見于華清宫降聖閣，參見卷九温泉行注〔七〕、〔八〕。

〔六〕寂歷：寂静。萎蕤：同葳蕤，茂盛貌。

〔七〕三清：道家謂神仙所居之處。靈寶太乙經：「四人天外曰三清境，玉清、太清、上清，亦名三天。」小鳥：謂黄雀、青鳥之類。參見卷九寶觀主白鸜鵒歌注〔六〕、〔七〕。

〔八〕九華真人：仙人名。陶弘景真靈位業圖有「紫清上宫九華真妃」。新唐書藝文志三有九華真妃内記一卷。瓊漿：玉漿，仙藥。曹操氣出倡：「仙人玉女，下來翱游，驂駕六龍飲玉漿。」

〔九〕下元：農曆十月十五日。道教徒於此日舉行齋醮。昧爽：天欲明未明之時。書太甲上：「先王昧爽丕顯，坐以待旦。」恒秩：常祭。書舜典：「望秩于山川。」

〔一〇〕玄元室：玄元皇帝廟，即老子祠宇。此指驪山華清宫朝元閣，參見卷九温泉行注〔八〕。

〔一一〕翠華：以翠鳥羽毛爲飾的旗幡，代指皇帝車駕。漢書司馬相如傳：「建翠華之旗，樹靈鼉之鼓。」師古注：「翠華之旗，以翠羽爲旗上葆也。」

〔一二〕瑶臺：玉臺，傳説中神仙所居，此爲臺閣美稱。拾遺記卷十：「昆侖山者，……傍有瑶臺十二，各廣千步，皆五色玉爲基。」

〔一三〕秦川八水：謂長安附近八條河流。漢書司馬相如傳：「終始霸、産，出入涇、渭，酆、鎬、潦、潏，紆餘委蛇，經營其内。蕩蕩乎八川分流，相背異態。」

〔一四〕五陵：見卷九酒肆行注〔六〕。崔嵬：高大貌。

〔一五〕丹經：記載方士煉丹術之類的書籍。隋書經籍志三著録雜神仙丹經十卷、真人九丹經一卷等。

〔一六〕讋（zhé）伏：畏伏。漢書項羽傳：「籍所擊殺數十百人，府中皆讋伏，莫敢復起。」師古曰：「讋，失氣也。」

〔一七〕干戈：代指戰争，此指安、史之亂。文物：指禮樂制度等。

〔一八〕弓劍：用黄帝事，指玄宗之死。列仙傳卷上黄帝：「卒，還葬橋山。山崩柩空無尸，唯劍舄在焉。」餘見卷九温泉行注〔一二〕。

〔一九〕纘承：繼承。詩魯頌閟宫：「奄有下土，纘禹之緒。」

〔二〇〕六合：天地四方。莊子齊物論：「六合之外，聖人存而不論。」

漢武帝雜歌三首〔一〕

其一

漢武好神仙，黄金作臺與天近〔二〕。王母摘桃海上還〔三〕，感之西過聊問訊。欲來不來夜未央〔四〕，殿前青鳥先徊翔〔五〕。緑鬢縈雲裾曳霧，雙節飄飖下仙步。白日分明到世間，碧空何處來時路。玉盤捧桃將獻君，踟躕未去留彩雲。海水桑田幾翻覆〔六〕，中間此桃四五熟。可憐穆滿瑶池燕〔七〕，正值花開不得薦。花開子熟安可期，邂逅能當漢武時。

顔如芳華潔如玉，心念我皇多嗜欲。雖留桃核桃有靈〔八〕，人間糞土種不生。由來在道豈在藥，徒勞方士海上行〔九〕。掩扇一言相謝去，如烟非烟不知處〔一〇〕。

【校】

〔其一〕原無其一、其二字樣，今徑增。〔漢武好〕文苑英華卷三百三十二「武」下有「帝」字。〔摘桃海上〕文苑英華作「海上摘桃」。〔過〕文苑英華校「一作遇」。〔裾〕文苑英華作「裙」。〔中間句〕文苑英華作「此桃中間三四熟」。〔安可〕文苑英華作「焉可」，校云「集作安」。〔我皇〕文苑英華作「武皇」。〔在道〕原校「一作德」。

【注】

〔一〕漢武帝：劉徹，公元前一四一年至前八七年在位。雜歌三首，分咏西王母降漢武帝、漢武帝服食求仙及潯陽射蛟三事。

〔二〕「漢武」二句：三輔黄圖卷五：「通天臺，武帝元封二年作甘泉通天臺。漢舊儀云：『通天』者，言此臺高通於天也。漢武故事：築通天臺於甘泉，去地百餘丈，望雲雨悉在其下，望見長安城。……亦曰候風臺，又曰望仙臺，以候神明，望神仙也。」

〔三〕王母摘桃：已見卷九王母歌及注。

〔四〕未央：未盡，未明。詩小雅庭燎：「夜如何其，夜未央。」傳：「央，旦也。」

〔五〕青鳥：見卷九寶觀主白鸜鵒歌注〔七〕。漢武故事：「七月七日，上於承華殿中齋。日正午，忽見有青鳥從西來。上問東方朔。朔對曰：西王母暮必降尊像。……有頃，王母至，乘紫車，玉女夾馭，載七勝，青氣如雲，有二青鳥如鸞，夾侍王母傍。」

〔六〕海水桑田：神仙傳：「麻姑自説：『接侍以來，見東海三爲桑田。向到蓬萊，水乃淺於往者會將略半也，豈將復爲陵陸乎？』(王)方平笑曰：『聖人皆言海中行復揚塵也。』」

〔七〕穆滿：周穆王，名滿。史記周本紀：「昭王南巡狩不返，卒於江上。……立昭王子滿，是爲穆王。」瑤池：神話中西王母所居。穆天子傳卷三：「天子賓于西王母，……乙丑，天子觴西王母于瑤池之上。」

〔八〕留桃核：事見卷九王母歌注〔五〕。

〔九〕方士：方術之士，古代從事求仙、煉丹，自言可長生不死者。秦始皇遣方士齎童男女入海求神仙及不死藥，漢武帝遣方士入海求蓬萊安期生之屬，均見史記封禪書。

〔一〇〕如烟非烟：吉祥的雲氣。史記天官書：「若烟非烟，若雲非雲，鬱鬱紛紛，蕭索輪囷，是謂卿雲。卿雲者，喜氣也。」卿雲，即慶雲。

其二

金莖孤峙兮凌紫烟〔一〕，漢宮美人望杳然。通天臺上月初出，承露盤中珠正圓〔二〕。珠可飲，壽可永，武皇南面曙欲分，從空下來玉杯冷。世間綵翠亦作囊，八月一日仙人方〔三〕。仙方稱上藥，靜者服之常綽約〔四〕。柏梁沉飲自傷神〔五〕，猶聞駐顏七十春〔六〕。乃知甘醴皆是腐腸物〔七〕，獨有淡泊之水能益人。千載金盤竟何處〔八〕，當時鑄金恐不固。蔓草生來春復秋，碧天何言空墜露。

〔校〕

〔下〕文苑英華卷三百三十二作「將」，校云「集作下」。〔仙方〕文苑英華作「仙人」。〔上藥〕藥，文苑英華校「集作方」。〔常〕文苑英華作「恒」。〔七〕文苑英華作「八」。〔醲〕文苑英華作「醴」，校云「集作醲，又作酉」。〔泊〕叢刊本作「薄」。〔水〕文苑英華作「冰」。

〔注〕

〔一〕金莖：銅柱。三輔黄圖卷五：「武帝元封二年作甘泉通天臺。……上有承露盤，仙人掌擎玉杯，以承雲表之露。」三輔故事：「漢武帝以銅作承露盤，高二十丈，大十圍，上有仙人掌承露盤，和玉屑飲，以求仙也。」班固西都賦：「抗仙掌以承露，擢雙立之金莖。」

〔二〕珠：謂露珠。

〔三〕「世間」二句：綵翠：指彩色絲綫。荆楚歲時記：「述征記云：『八月一日作五明囊，盛取百草頭露，洗眼，令眼明也。』續齊諧記云：『弘農鄧紹，嘗以八月旦入華山採藥，見一童子，執五綵囊，承柏葉上露，皆如珠滿囊。紹問用此何爲，答曰：「赤松先生取以明目。」言終便失所在。』今世人八月旦作眼明袋，此遺象也。」唐會要卷二十九：「開元十七年八月五日，左丞相源乾曜、右丞相張説等上表，請以是日爲千秋節，著之甲令，布于天下，咸令休假。群臣當以是日進萬壽酒，王公戚里進金鏡綬帶，士庶以絲結承露囊，更相遺問。」是唐時仍有此遺俗。

〔四〕静者：指向往山林隱逸生活的人。論語雍也：「知者樂水，仁者樂山。知者動，仁者静。」綽約：柔美貌。參見卷九寶觀主白鸘鴒歌注〔三〕。

〔五〕柏梁：漢武帝所建臺名。三輔黃圖卷五：「柏梁臺，武帝元鼎二年春起此臺，在長安城中北闕內。三輔舊事云，以香柏爲梁也。帝嘗置酒其上，詔群臣和詩，能七言詩者乃得上。太初中臺災。」沉飲：痛飲。

〔六〕七十春：謂武帝活到七十歲。漢書武帝紀：「（後元二年二月）丁卯，帝崩于五柞宮。」臣瓚曰：「帝年十七即位，即位五十四年，壽七十一。」

〔七〕甘醲：即甘膿，謂甘甜肥膩、味濃可口的食物。枚乘七發：「皓齒蛾眉，命曰伐性之斧。甘脆肥膿，命曰腐腸之藥。」

〔八〕金盤：指承露盤。三國志魏志明帝紀青龍五年裴松之注引魏略：「是歲，徙長安諸鐘簴、駱駝、銅人、承露盤。盤折，銅人重不可致，留于霸城。」李賀金銅仙人辭漢歌序：「魏明帝青龍元年八月，詔宫官牽車西取漢孝武捧露盤仙人，欲立置前殿。」

〔評〕

劉辰翁：〔獨有句〕實語可警也。（張習本）

其三

漢天子，觀風自南國〔一〕。浮舟大江屹不前，蛟龍索鬬風波黑。春秋方壯雄武才〔二〕，彎弧叱浪連山開。愕然觀者千萬衆，舉麾齊呼一矢中。死蛟浮出不復靈，舳艫千里江水清〔三〕。鼓鼙餘響數日在，天吴深入魚鼈驚〔四〕。左有佽飛落霜翮〔五〕，右有孤兒貫犀革〔六〕。何爲臨深親射蛟，示威以奪諸侯魄？威可畏，皇可尊，平田校獵書猶陳〔七〕，此日從臣何不言？獨有威聲振千古，君不見後嗣尊爲武〔八〕。

【校】

〔舟〕原作「世」，據遞修本、活字本、叢刊本、文苑英華卷三百三十二、全唐詩改。〔弧〕原作「孤」，據文苑英華改。〔威可畏〕威，文苑英華校「一作蛟」。〔陳〕文苑英華作「諫」，校云「集作陳」。〔千古〕千，文苑英華作「前」，校云「集作千」。

【注】

〔一〕觀風：視察風俗民情。漢書武帝紀：「（元封）五年冬，行南巡狩，……自尋陽浮江，親射蛟江中，獲之。」師古注：「許慎云：蛟，龍屬也。郭璞説其狀云，似蛇而四脚，細頸，頸有白嬰，大者數圍，卵生，子如一二斛瓮，能吞人也。」

〔二〕春秋方壯：謂正當壯年。元封五年射蛟時，武帝年已五十二歲。

〔三〕舳艫千里：形容船之多。漢書武帝紀：「五年冬，行南巡狩，……至于盛唐，……舳艫千里，薄樅陽而出，作盛唐樅陽之歌。」李斐曰：「舳，船後持柂處也。艫，船頭刺棹處也。言其船多，前後相銜，千里不絶也。」

〔四〕天吴：水神。山海經海外東經：「朝陽之谷，神曰天吴，是爲水伯。」

〔五〕佽飛：掌射的武官名。少府屬官有左弋，太初元年更名爲佽飛，掌弋射，有九丞兩尉，見漢書百官公卿表下。霜翮：白色翎毛，指箭。

〔六〕弧兕：當爲弓弩手之屬。貫犀革：謂箭可穿透犀甲。

〔七〕平田：平坦原野，相對于江水而言。校獵：設柵欄圈圍野獸，以便獵取。書：謂司馬相如諫獵書。漢書司馬相如傳：「嘗從上至長楊獵，是時天子方好自擊熊豕，馳逐野獸。相如因上疏諫，……上善之。」

〔八〕武：漢武帝劉徹謚號。漢書武帝紀注引應劭曰：「禮謚法，『威强睿德曰武』。」

棕櫚蠅拂歌〔一〕

棕櫚爲拂登君席，青蠅掩亂飛四壁。文如輕羅散如髮，馬尾氂牛不能絜〔二〕。柄出湘江之竹碧玉寒，上有纖羅縈縷尋未絶。左揮右灑繁暑清，孤松一枝風有聲。麗人紈素可憐色〔三〕，安能點白還爲黑〔四〕。

〔校〕

〔掩〕原校「一作撩」。

〔注〕

〔一〕棕櫚：木名，亦稱栟櫚、并櫚，葉簇生幹頂，狀似蒲葵，皮中毛縷如馬之鬃鬣，錯綜如織，剥取縷解，可織衣帽褥墊等。蠅拂：驅拂蚊蠅的工具，實即拂塵，一名麈尾。梁書張孝秀傳：「孝秀性通率，不好浮華，常冠穀皮巾。躡蒲履，手執并櫚皮麈尾。」

〔二〕氂牛：即牦牛。絜：通潔。此謂馬尾、牦牛尾蠅拂不能與棕櫚蠅拂比潔。

〔三〕紈素：精細的白絹。班婕妤怨歌行：「新裂齊紈素，皎潔如霜雪。」可憐：可愛。

〔四〕「安能」句：詩小雅青蠅：「營營青蠅，止于樊。豈弟君子，無信讒言。」箋：「蠅之爲蟲，污白使黑，污黑使白，喻佞人變亂善惡也。」

〔評〕

袁宏道：當與少陵作并傳，而蘇州更俊韵，增人憐愛。（參評本）

信州録事參軍常曾古鼎歌〔一〕

三年糾一郡〔二〕，獨飲寒泉井〔三〕。江南鑄器多鑄銀，罷官無物唯古鼎。雕螭刻篆相錯蟠〔四〕，地中歲久青苔寒。左對蒼山右流水，云有古來葛仙子〔五〕。葛仙埋之何不還，耕者鎗然得其間〔六〕。持示世人不知寶，勸君煉丹永壽考。

〔校〕

〔螭〕原校「一作蟲」。

〔注〕

〔一〕信州：州治在今江西上饒。録事參軍：州府屬官，掌正違失，蒞符印。常曾：常衮從兄弟，常魯之兄，大曆十年官至弘農令，見新唐書宰相世系五下、全唐文卷四百二十常衮叔父故禮部員外郎墓誌銘。其爲信州録事參軍約在大曆末、建中中。鼎：三足炊具，方士用以煉丹。周易參同契有鼎器歌。

〔二〕糾一郡：爲録事參軍。掌糾彈之職。參見卷四送宣城路録事注〔四〕。

〔三〕「獨飲」句：謂常曾爲官清廉，參見卷六往雲門郊居途經回流作注〔一〕。

〔四〕螭：傳説中無角的龍。

〔五〕葛仙子：葛玄。晉書葛洪傳：「從祖玄，吴時學道得仙，號曰葛仙公。」太平寰宇記一百七信州弋陽縣：「葛仙觀在縣東二十里。……按鄱陽記云，葛玄得道弋陽縣北黄石山古壇是也。」又：「葛仙公(山)在縣東十五里，葛玄居此求仙。山有石橋，長二十步，有搗藥石臼，旁有石井，水甚美。天寶七年，敕置壇灑掃。」

〔六〕鎗然：即鏘然。説文金部：「鎗，鐘聲也。」此指金屬農具撞擊古鼎聲。

夏冰歌〔一〕

出自玄泉杳杳之深井，汲在朱明赫赫之炎辰〔二〕。九天含露未銷鑠，閶闔初開賜貴人〔三〕。碎如墜瓊方截璐，粉壁生寒象筵布。玉壺紈扇亦玲瓏，座有麗人色俱素〔四〕。咫尺炎涼變四時，出門焦灼君詎知。肥羊甘醴心悶悶，飲此瑩然何所思。當念闌干鑿者苦〔五〕，臘月深井汗如雨。

〔注〕

〔一〕夏冰：古代冬日藏冰，至夏而出之，以頒賜群臣，參見卷一冰賦注。

〔二〕朱明：夏日。爾雅釋天：「夏爲朱明。」赫赫：炎熱貌。詩大雅雲漢：「旱既太甚，則不可沮。赫赫炎炎，云我無所。」

〔三〕閶闔：宫之正門，見卷二寓居灃上精舍寄于張二舍人注〔二〕。

〔四〕「碎如」四句：韋應物冰賦：「碎似墜瓊，方如截璐。況粉壁雲矗，象筵霜布，座有麗人，皎然俱素。」詞意均同。

〔五〕闌干：縱横貌。岑參白雪歌送武判官歸京：「瀚海闌干百丈冰，愁雲慘澹萬里凝。」

〔評〕

劉辰翁：清綺絶倫，非他淺淺浮艷可到。（參評本）

凌霧行〔一〕

秋城海霧重，職事凌晨出。浩浩合元天〔二〕，溶溶迷朗日〔三〕。才看含鬢白，稍視霑衣密。道騎全不分，郊樹都如失。霏微誤噓吸〔四〕，膚腠生寒慄〔五〕。歸當飲一杯，庶用蠲斯疾。

〔校〕

〔元〕原作「無」，據元修本、遞修本、活字本、叢刊本、文苑英華卷一百五十六、全唐詩改。〔朗〕原校「一作□」，元修本、遞修本校「一作朝」，文苑英華校「集作朝」。〔視〕原校「一作似。」〔歸當〕文苑英華作「當歸」。

〔注〕

〔一〕詩云「海霧」、「職事」，疑貞元中在蘇州作。

凌霧：冒霧，犯霧。

〔二〕元天：疑當作「玄天」，宋人避趙匡胤始祖玄朗諱改「玄」爲「元」，故下句「朗日」之「朗」他本或亦諱改爲「朝」。

〔三〕溶溶：雲盛貌。盧照鄰懷仙引：「回首望群峰，白雲正溶溶。」

〔四〕霏微：迷濛貌。王僧孺侍宴：「散漫輕烟轉，霏微商雲散。」噓吸：呼吸。

〔五〕膚腠：即皮膚。膚，表皮。腠，表皮與肌肉之間。寒慄：冷得發抖。

樂燕行〔一〕

良辰且燕樂，樂往不再來。趙瑟正高張〔二〕，音響清塵埃。一彈和妙謳〔三〕，吹去繞瑤臺。

艷雪凌空散，舞羅起徘徊。輝輝發衆顔〔四〕，灼灼嘆令才〔五〕。當喧既舞寂，中飲亦停杯。

華燈何遽升，馳景忽西頹〔六〕。高節亦云立，安能滯不回〔七〕。

〔注〕

〔一〕樂燕：即樂宴。燕，通宴。

〔二〕趙瑟：謂趙地女子所奏之瑟。楊惲報孫會宗書：「婦趙女也，雅善鼓瑟。」鮑照代白紵舞歌辭：「秦箏趙瑟挾笙竽。」高張：調緊琴弦。文選卷二十一顔延之秋胡詩：「高張生絶弦，聲急由調起。」李善注：「楊雄解嘲曰：『弦者高張急徽。』物理論：『琴欲高張，瑟欲下聲。』」

〔三〕妙謳：美妙歌聲。

〔四〕輝輝：光輝。

〔五〕灼灼：鮮明光盛貌。令才：美才。古詩爲焦仲卿妻作：「年始十八九，便言多令才。」

〔六〕馳景：馳光，謂日。樂府詩集卷五十五晉白紵舞歌詩：「羲和馳景逝不停，春露未晞嚴霜零。」西頹：西下。潘岳寡婦賦：「歲云暮兮日西頹。」

〔七〕「高節」二句：謂當立志節，不可沈迷于樂宴之中。文選卷二十一顔延之秋胡詩李善注：「高張生於急弦，以喻立節期於效命。」

采玉行

官府徵白丁〔一〕，言采藍溪玉〔二〕。絶嶺夜無家，深榛雨中宿。獨婦餉糧還，哀哀舍南哭。

〔校〕

〔家〕唐文粹卷十六下作「人」。　〔哀哀句〕原校「一作田荒舍南哭」。

〔注〕

〔一〕白丁：未隸兵籍的丁壯。新唐書兵志：「（開元）十一年，取京兆、蒲、同、岐、華府兵及白丁而益以潞州長從兵，共十二萬，號『長從宿衛』。」

〔二〕藍溪：即灞水之源，源出藍田縣藍田山，見卷八上方僧注〔三〕。元和郡縣圖志卷一京兆府藍田縣：「按周禮，『玉之美者曰球，其次爲藍』，蓋以縣出美玉，故曰藍田。」又：「藍田山，一名玉山，一名覆車山，在縣東二十八里。」

〔評〕

劉辰翁：韋、柳本色語。（參評本）

沈德潛：苦語却以簡出之。（唐詩別裁卷三）

難言〔一〕

掬土移山望山盡〔二〕，投石填海望海滿〔三〕。持索捕風幾時得〔四〕，將刀斫水幾時斷〔五〕。

未若不相知，中心萬仞何由款〔六〕。

〔校〕

〔盡〕原校「一作遷」，元修本校「一作還」。

〔注〕

〔一〕難言：即咏「難」，猶後易言即咏「易」。此爲俳諧詩之一體。唐音癸籤卷二十九：「唐人雜體詩見各集及諸稗説中者，有……大言、小言、了語、不了語。宋玉有大言、小言賦，晉人效之，爲了語、危語。唐顔真卿有大言、小言，雍裕之有了語、不了語。真卿又有樂語、饞語、滑語、醉語諸聯句，晝公（按謂釋皎然）更有暗思、遠意、樂意、恨意，亦此類也。」權德輿亦有安語、危語、大言、小言等詩，蓋此體中唐時甚爲流行。

〔二〕掬土：以手捧土。移山：古代寓言有愚公移山事，見列子湯問。

〔三〕填海：山海經北山經：「發鳩之山有鳥焉，……名曰精衛。其鳴如詨。是炎帝之少女，名曰女娃。女娃游於東海，溺而不返，故爲精衛，常銜西山之木石以堙於東海。」

〔四〕捕風：漢書郊祀志下載谷永論仙人不死藥語：「聽其言，洋洋滿耳，若將可遇；求之，盪盪如係風捕影，終不可得。」

〔五〕斫水：李白宣州謝朓樓餞別校書叔雲：「抽刀斷水水更流。」

〔六〕萬仞：八尺曰仞。此以萬仞高山喻兩心阻隔，交流之難。款：款襟，款顔，謂歡叙，交流。

易言〔一〕

洪爐熾炭燎一毛〔二〕，大鼎炊湯沃殘雪〔三〕。疾影隨形不覺至，千鈞引縷不知絶〔四〕。未若同心言，一言和同解千結〔五〕。

〔注〕

〔一〕易言：即咏「易」。參見前詩注〔一〕。

〔二〕洪爐：大火爐。晉書苻堅載記上載王施語：「以大將軍英秀，諸將勇鋭，以攻小城，何異洪爐燎羽毛。」

〔三〕湯：沸水。沃：澆。文選卷三十四枚乘七發：「小飰大歠，如湯沃雪。」李善注：「沃雪，言易也。」孔子家語：『孔子曰，人之棄惡，如湯之灌雪焉。』」

〔四〕千鈞：極言其重。三十斤爲一鈞。縷：絲綫。漢書枚乘傳載乘諫吴王書：「夫以一縷之任係千鈞之重，上縣無極之高，下垂不測之淵，雖甚愚之人猶知哀其絶也。」

〔五〕和同：和睦同心。左傳成公十六年：「民生敦厖，和同以聽。」

調嘯詞二首〔一〕

其一

胡馬，胡馬，遠放燕支山下〔二〕。跑沙跑雪獨嘶〔三〕，東望西望路迷。迷路，迷路，邊草無窮日暮。

〔校〕

〔調嘯詞〕樂府詩集卷八十三作「宫中調嘯」，全唐詩作「調笑令」。〔其一〕原無其一、其二字樣，今徑增。〔跑沙跑雪〕樂府詩集作「嘯沙嘯雪」。〔迷路迷路〕各本均作「路迷路迷迷路」，據全唐詩改。

〔注〕

〔一〕調嘯詞：即調笑令，樂府近代曲辭。樂府詩集卷八十二引樂苑：「調笑，商調曲也。戴叔倫謂之轉應詞。」詞譜卷二：「此詞凡三換韻，起用疊句，第六七句即倒疊第五句末二字，轉以應之，戴叔倫所謂『轉應』者，意蓋取此。」

〔二〕燕支：山名，亦作胭脂山、焉支山，在今甘肅永昌縣西、山丹縣東南。隋書地理志上：武威郡番和縣有燕支山。

〔三〕跑（páo）：以足刨地。

〔評〕

曹錫彤：燕支山在匈奴界。跑，足跑地也。此笑北胡難滅之詞。（唐詩析類集訓卷十）

其　二

河漢〔一〕，河漢，曉挂秋城漫漫。愁人起望相思，江南塞北別離。離別，離別，河漢雖同路絶。

〔校〕

〔離別離別〕各本均作「別離別離離別」，據全唐詩改。

〔注〕

〔一〕河漢：銀河。古詩十九首：「迢迢牽牛星，皎皎河漢女。」

三臺詞二首〔一〕

其一

一年一年老去，明日後日花開。未報長安平定，萬國豈得銜杯〔二〕。

〔校〕

〔詞〕萬首唐人絶句卷二十六、樂府詩集卷七十五、全唐詩無此字。〔其一〕原無其一、其二字樣，今徑增。

〔注〕

〔一〕據詩中「未報長安平定」語，當興元元年春在滁州作。

三臺：樂府雜曲歌辭。樂府詩集卷七十五：「後漢書曰：『蔡邕爲侍御史，又轉持書侍御史，遷尚書。三日之間，周歷三臺。』馮鑒續事始曰：『樂府以邕曉音律，製三臺曲以悦邕，希其厚遺。』劉禹錫嘉話録曰：『三臺送酒，蓋因北齊高洋毁銅雀臺，築三個臺，宫人拍手呼上臺送酒，因名其曲爲三臺。』李氏資暇曰：『三臺，三十拍促曲名。昔鄴中有三臺，石季龍常爲宴游之所，樂工造此曲以促飲。』未知孰是。……按樂苑，唐天寶中羽調曲有三臺，又有急三臺。」

〔二〕銜杯：口銜酒杯，飲酒。杜甫飲中八仙歌：「銜杯樂聖稱避賢。」

〔評〕

劉辰翁：〔未報二句〕警痛（一本作言）可誦。（張習本）

其二

冰泮寒塘始緑，雨餘百草皆生。朝來門閭無事，晚下高齋有情。

【校】

〔始〕全唐詩作「水」。〔門閭〕萬首唐人絶句、樂府詩集作「門閣」，全唐詩作「衡門」。

拾遺

答暢參軍〔一〕以下四首熙寧丙辰校本添。

秉筆振芳步，少年且吏游。官閑高興生〔二〕，夜直河漢秋〔三〕。念與清賞遇，方抱沉疾憂。嘉言忽見贈，良藥同所瘳。高樹起棲鴉，晨鐘滿皇州〔四〕。淒清露華動，曠朗景氣浮。偶宦心非累，處喧道自幽。空虚爲世薄，子獨意綢繆〔五〕。

〔校〕

〔題下注〕底本原無，目録有「熙寧丙辰校本添四首」字樣，據元修本、遞修本、叢刊本移於此。

〔注〕

〔一〕詩云「夜直」、「皇州」，當貞元三年秋在長安左司郎中任作。

暢參軍：暢當，時當爲河中府參軍。盧綸有得耿漳司法書因叙長安故友零落兵部苗員外發秘省李校書端相次頃逝潞府崔功曹峒長林司空丞曙俱謫遠方余以摇落之時對書增嘆因呈河中鄭倉曹暢參軍昆季詩。參見卷二西郊養疾聞暢校書有新什見贈久佇不至先寄此詩注〔一〕。

〔二〕高興：高逸的興致。殷仲文南州桓公九井作：「獨有清秋日，能使高興盡。」

〔三〕夜直：尚書省郎官夜間當直，參見卷八夜直省中注〔一〕。

〔四〕皇州：帝都，指長安。謝脁和徐都曹出新亭渚：「宛洛佳遨游，春色滿皇州。」

〔五〕綢繆：謂情意深厚。三國志蜀志先主傳：「先主至京見權，綢繆恩紀。」

南池宴錢子辛賦得科斗〔一〕

臨池見科斗，美爾樂有餘〔二〕。不憂網與鈎，幸得免爲魚。且願充文字〔三〕，登君尺素書〔四〕。

〔注〕

〔一〕錢子辛：未詳。科斗：即蝌蚪，青蛙幼蟲。此詩一作岑參詩，見全唐詩卷一百九十八。李嘉言岑詩繫年：「此詩重見全唐詩卷七（按當爲卷一百九十五）韋應物集中，題作南池餞錢子辛賦得科斗，俱失注。案公虢州詩多用『南池』字，此南池蓋亦謂虢州南池，作韋應物者疑誤。」其説是。詩蓋輯韋詩者誤輯。

〔二〕美爾：岑參詩作「羨爾」，義較長。

〔三〕充文字：古文字有科斗文，以其筆劃似科斗，故名。尚書序：「至魯共王好治宮室，壞孔子舊宅，以廣其居，於壁中得先人所藏古文虞、夏、商、周之書及傳、論語、孝經，皆科斗文字。」

〔四〕尺素書：書信，古人書信以長一尺左右的素絹書寫。蔡邕飲馬長城窟行：「客從遠方來，遺我雙鯉魚，呼兒烹鯉魚，中有尺素書。」

咏徐正字畫青蠅〔一〕

誤點能成物，迷真許一時〔二〕。筆端來已久〔三〕，座上去何遲。顧白曾無變〔四〕，聽鷄不復疑〔五〕。詎勞才子賞，爲入國人詩〔六〕。

〔注〕

〔一〕正字：官名。秘書省有正字，正九品下，掌讎校典籍，刊正文章。集賢殿書院亦有正字，從九品上。均見新唐書百官志二。徐正字，名未詳。

〔二〕「誤點」二句：太平御覽卷七百五十一：「曹不興，吴興人也。孫權使畫屏風，誤落筆點素，因就成蠅狀。權疑其真，以手彈之。時稱吴八絶。」

〔三〕「筆端」句：太平御覽卷九百四十四引魏略：「王思正始中爲大司農，性急，嘗執筆作書，蠅集筆端，驅去復來，如是再三。思怒，自趁逐蠅，不能得。還取筆擲地，踏壞之。」

〔四〕顧白：論衡：「清受塵，白受垢，青蠅所污，常在練素。」

〔五〕聽鷄：詩齊風鷄鳴：「鷄既鳴矣，朝既盈矣。匪鷄則鳴，蒼蠅之聲。」傳：「蒼蠅之聲，有似遠鷄之鳴。」

〔六〕國人詩：謂詩小雅青蠅。小序云：「青蠅，大夫刺幽王也。」參見前棕櫚蠅拂歌注〔四〕。

虞獲子鹿〔一〕并序

虞獲子鹿，憫園鹿也。遭虞之機張〔二〕，見畜於人，不得遂其天性焉〔三〕。

虞獲子鹿，畜之城陬〔四〕。園有美草，池有清流。但見麀麀〔五〕，亦聞呦呦〔六〕。誰知其思，巖谷云游。

〔校〕

〔云游〕原校「一作之游」。

〔注〕

〔一〕虞：虞人，古代掌管山澤苑囿田獵的官員，此指獵人。書舜典：「帝曰：『俞，咨，汝作朕虞。』」傳：「虞，掌山澤之官。」子鹿：幼鹿。

〔二〕機張：捕獸機括之張設。

〔三〕天性：謂其「思長林而志在豐草」之性，參見卷八述園鹿詩及注。

〔四〕城陬：城之一角。陬：角落。

〔五〕麀麀：同蹶蹶，跳起貌。

〔六〕呦呦：鹿鳴聲。詩小雅鹿鳴：「呦呦鹿鳴，食野之苹。」

陪王郎中尋孔徵君〔一〕以下三首紹興壬子校本添。

俗吏閑居少，同人會面難。偶隨香署客〔二〕，來訪竹林歡〔三〕。暮館花微落，春城雨暫寒。甕間聊共酌，莫使宦情闌〔四〕。

〔校〕

〔題下注〕底本原無，目録有「紹興壬子校本添三首」字樣，據元修本、遞修本、叢刊本移於此。〔歡〕文苑英華卷二百三十作「賢」。〔宦〕原作「官」，據元修本、遞修本、活字本、叢刊本、全唐詩改。

〔注〕

〔一〕詩自云「俗吏」，當大曆末在京兆府功曹參軍任上作。王郎中：名未詳。徵君：被朝廷禮聘而不應命者。孔徵君，孔述睿。新唐書本傳：「述睿少與兄克符、弟克讓篤孝，已孤，偕隱嵩山。而述睿資嗜學。大曆中，劉晏薦於代宗，以太常寺協律郎召，擢累司勳員外郎，史館修撰。述睿每一遷，即至朝謝，俄而辭疾歸，以爲常。」參見卷二灃上對月寄孔諫議注〔一〕。

〔二〕香署客：指王郎中。應劭漢官儀卷上：「尚書郎……握蘭含香，趨走丹墀奏事。」又：「尚書郎奏事明光殿，省中皆胡粉塗壁，其邊以丹漆地，故曰丹墀。尚書郎含鷄舌香，伏其下奏事。」李頎聖善閣送裴迪入京：「舊托含香署，雲霄何足難。」

〔三〕竹林：用阮籍、嵇康等爲竹林之游事，參見卷二開元觀懷舊寄李二韓二裴四兼呈崔郎中嚴家令注〔三〕。

〔四〕宦情：做官的志趣。闌：衰退，消減。

〔評〕

袁宏道：致幽而澹。（參評本）

送宮人入道〔一〕

捨寵求仙畏色衰，辭天素面立天墀〔二〕。金丹擬駐千年貌〔三〕，寶鏡休匀八字眉〔四〕。公主與收珠翠後，君王看戴角冠時〔五〕。從來宮女皆相妒，說著瑤臺總淚垂〔六〕。

【校】

〔公〕又玄集卷中作「師」。〔著〕又玄集作「向」。

【注】

〔一〕入道：度爲道士。按此詩出又玄集卷中，但文苑英華卷二百二十九、全唐詩卷四百九十一作張蕭遠詩。蕭遠爲張籍從弟，登元和進士第，見唐詩紀事卷四十一。全唐詩張籍、王建、于鵠、項斯均有七律送宮人入道詩，蕭遠與諸人同時。詩當張蕭遠作，輯韋詩者誤輯。

〔二〕辭天：拜辭皇帝。素面：謂不施粉黛。

〔三〕金丹：仙藥，參見卷五酬閻員外陟注〔四〕。

〔四〕八字眉：宮中流行的畫眉樣。李商隱蝶：「壽陽公主嫁時妝，八字宮眉捧額黄。」

〔五〕角冠：道冠。王建贈詔徵王屋道士：「玉皇符到下天壇，玳瑁頭簪白角冠。」

〔六〕瑤臺：玉臺，此美稱宮中臺閣。

和晉陵陸丞早春游望〔一〕

獨有宦游人，偏驚物候新。雲霞出海曙，梅柳渡江春。淑氣催黄鳥〔二〕，晴光照緑蘋。忽聞歌苦調，歸思欲沾巾。

【校】

〔題〕叢刊本題下注云：「此首見杜審言集，不録。」〔苦〕全唐詩卷六十二作「古」。

【注】

〔一〕晉陵：常州屬縣，今江蘇常州。陸丞：陸姓晉陵縣丞，名未詳。此詩全唐詩卷六十二重作杜審言詩，文苑英華卷二百四十一、咸淳毗陵志二十二、明銅活字本杜審言集卷上收杜詩，胡應麟詩藪内編卷四推爲初唐五言律第一。能改齋漫録卷十一「韋應物逸詩」條引陪王郎中尋孔徵君及此詩，云：「二篇皆佳作，而韋集逸去。余家有顧陶所編唐詩有之，故附見于此。」則晚唐顧陶所編之唐詩類選已收韋應物詩，故其歸屬難定。

〔二〕淑氣：和氣。唐太宗春日宴群臣：「韶光開令序，淑氣動芳年。」黄鳥：黄鶯。詩周南葛覃：「黄鳥于飛，集于灌木，其鳴喈喈。」正義引陸機疏云：「黄鳥，黄鸝留也，或謂之黄栗留，幽州人謂之黄鶯。」

九日〔一〕乾道辛卯校本添。

一爲吴郡守，不覺菊花開。始有故園思，且喜衆賓來。

【校】

〔題下注〕底本原無，目録有「乾道辛卯校本添一首」字樣，據元修本、遞修本、叢刊本移於此。

【注】

〔一〕詩貞元五年在蘇州刺史任作。

附録

一 集外詩文

大唐故東平郡鉅野縣令頓丘李府君墓誌銘并序

李氏源乎老聃，流乎百代，代有賢嗣，間生將相，豈不以道德之寖，傳乎無窮者哉。公諱璀，字璀，代祖後魏武皇后之兄，以才加戚，王於頓丘，後因爲頓丘人也。曾祖宗儉，隋膠州刺史。祖文禮，皇朝侍御史、尚書刑部員外郎、揚州大都督府司馬。父明允，太中大夫、淄川長史。衣冠舊地，儒學門業。公籍累世之美，孝友文質，備成茂才。烏虖，不忝其德者行之修，不繼其位者命之屈。弱冠以門子宿衛出身，選授右司禦率府倉曹參軍。中年出攝漢州金堂縣丞，又改汝州魯山縣丞。滿，授亳州司士參軍。復改東平郡鉅野縣令。歲凶，哀其鰥寡，發廩擅貸。朝廷賢汲黯之政，寢有司之簡書。其後，吏有不謹于法，公當青師之罪，貶武陵郡武陵縣丞。發自司禦，達于鉅野，政隨官易，在所有聞。且率以清簡，素未榮利，故秩不進而道自居。可謂遠名親身，祗承聖祖之教；和光挫鋭，猶動世人之觀。器而不任，知者爲恨，以天寶七載九月十六日終于武陵，養年七十有二。前以天寶八載別葬于洛陽北原。長子瀚嘗因正夢，左右如昔，垂泣旨誨，俾歸先塋。旋以胡羯，都邑淪陷，瀚偷命無暇，作念累載，如冰在懷。及廣德二年夏夜，復夢誨如先日，又期以歲月，授以泉闈。明年永泰元祀，瀚始拜洛陽主簿，邇期哀感，聚禄待事。乃上問知者，下考蓍龜，事無毫著，吉與夢叶。夫見夢遷宅，神也；奉先思本，孝也。行則知道，没而不昧，存没□行，卓哉異稱。以其年十二月九日歸葬于河南府河南縣穀陽鄉先塋之東偏，奉幽旨也。夫人博陵崔氏，贈禮部尚書悦之女，先以天寶八載四月廿七日終于滏陽，年五十六。領族柔德，義當同穴，雙紼齊窆，禮終于斯。有子三：瀚之仲曰泳，秀才奄世；泳之季曰溉，吏部常選。有女二：長適博陵崔晤，早歲殂没；幼適御史中丞袁傪，佐奉喪事。應物與瀚爲道術骨肉，加同僚迹親，祗感奉銘，以布其實。銘曰：

玄泉之流，寢于頓丘，茂葉之下，生于鉅野。冠履詞學，發膚仁義。所豐于德，所屈于位。孝思罔極，雖没而存。見夢遷宅，歸于先人。淑善中闈，亦隨逝川。禮以永訖，同斯億年。（千唐誌齋藏誌）

按：此誌原署「朝請郎、行河南府洛陽縣丞韋應物撰」。

故夫人河南元氏墓誌銘

有唐京兆韋氏，曾祖金紫光禄大夫、尚書右僕射、同中書門下三品、扶陽郡開國公諱待價，祖銀青光禄大夫、梁州都督、襲扶陽公諱令儀，父宣州司法參軍諱鑾，廼生小子前京兆府功曹參軍曰應物。娶河南元氏夫人諱蘋，字佛力。元魏昭成皇帝之後，有尚舍奉御延祚，祚生簡州別駕、贈太子賓客平叔，叔生尚書吏部員外郎挹。夫人吏部之長女。動止禮則，柔嘉端懿；順以爲婦，孝於奉親。嘗修理内事之餘，則誦讀詩書，玩習筆墨。始以開元庚辰歲三月四日誕於相之内黄，次以天寶丙申八月廿二日配我於京兆之昭應，中以大曆丙辰九月廿日癸時疾終於功曹東廳内院之官舍，永以即歲十一月五日祖載終於太平坊之假第，明日庚申巽時窆於萬年縣義善鄉少陵原先塋外東之直南三百六十餘步。先人有訓，繒綺銅漆，一不入壙，送以瓦器數口。烏虖！自我爲匹，殆周二紀，容德斯整，燕言莫違。昧然其安，忽焉禍至。方將攜手以偕老，不知中路之云訣。相視之際，奄無一言。母嘗居遠，永絶□恨，遺稚繞席，顧不得留。況長未適人，幼方索乳。又可悲者，有小女年始五歲，以其惠淑，偏所恩愛，嘗手教書札，口授千文。見余哀泣，亦復涕咽。試問知有所失，益不能勝。天乎忍此，奪去如棄。余年過強仕，晚而易傷。每望昏入門，寒席無主，手澤衣膩，尚識平生，香奩粉囊，猶置故處，器用百物，不忍復視。又況生處貧約，殁無第宅，永以爲負。日月行邁，云及大葬，雖百世之後，同歸其穴，而先往之痛，玄泉一閉。一男兩女，男生數月，名之玉斧，抱以主喪。烏虖哀哉！景行可紀，容止在目，瞥見炯逝，信如電喻。故知本無而生，中妄有情，今復歸本，我何以驚。廼誌而銘曰：夫人懿皇魏之垂裔兮，粲華星之亭亭。率令德以歸我兮，婉潔豐乎淑貞。時冉冉兮懽遽畢，我無良兮鍾我室。生於庚兮殁於丙，歲俱辰兮壽非永。懵不知兮中忽乖，母遠女幼兮男在懷。不得久留兮與世辭，路經本家兮車遲遲。少陵原上兮霜斷肌，晨起踐之兮送長歸。釋空莊夢兮心所知，百年同

穴兮當何悲。（書法叢刊二〇〇七年第六期）

按：此誌原署「朝請郎、前京兆府功曹參軍韋應物撰并書」。

奉同郎中使君郡齋雨中宴集（活字本韋蘇州集卷一）

按：此即顧況和韋應物郡齋雨中與諸文士宴集之作，因附載韋集誤收韋詩。原詩已見卷一韋應物詩附録，茲不重録。

鷓鴣

可憐鷓鴣飛，飛向樹南枝。南枝日照暖，北枝霜露滋。露滋不堪棲，使我夜常啼。願逢雲中鶴，銜我向寥廓。願作城上烏，一年生九雛。何不舊巢住，枝弱不得去。不意道苦辛，客子常畏人。（同上卷七）

按：此詩一作李嶠詩，見全唐詩卷五十七，明銅活字本李嶠集未載。文苑英華卷三百二十九收此詩，作韋應物鷓鴣啼，次李嶠雉詩後，疑涉此承前而誤爲李嶠詩。

黿山神女歌

黿頭之山，直上洞庭連青天。蒼蒼烟樹閉古廟，中有娥眉成水仙。水府沈沈行路絶，蛟龍出没無時節。魂同魍魎潛太陰，身與空山長不滅。東晉永和今幾代？雲髮素顔猶盻睞。陰深靈氣静凝美，的皪龍綃雜瓊珮。山精木魅不敢親，昏明嚮像如有人。蕙蘭瓊茅積烟露，碧窗松月無冬春。舟客經過奠椒醑，巫女南音歌激楚。碧水冥冥空鳥飛，長天何處雲隨雨。紅葉緑蘋芳意多，玉靈蕩漾凌清波。孤峰絶島儼相向，鬼嘯猿鳴垂女蘿。皓雪璚林殊異色，北方絶代徒傾國。雲没烟銷不可期，明堂翡翠無人得。精靈變態狀無方，游龍宛轉驚鴻翔。湘妃獨立九嶷暮，漢女菱歌春日長。雅知仙事無不有，可惜吴宫空白首。（同前卷八）

按：詩出文苑英華卷三百三十二，題作黿頭山神女歌。黿頭山，在蘇州太湖中，爲洞庭西山之支嶺，見大明一統志卷八。詩當貞元中在蘇州刺史任上作。

寇季膺古刀歌

古刀寒鋒青槭槭，少年結交平陵客。求之時代不可知，千痕萬穴如星離。重疊泥沙更剥落，縱横鱗甲相參差。古物有靈知所適，貂裘拂之横廣席。陰森白日掩雲虹，錯落池光動金碧。知君寶此誇絶代，求之不得心常愛。厭見今時繞指柔，片鋒折刃猶堪佩。高山成谷滄海填，英豪埋没誰所捐。吴鈎斷焉不知處，幾度烟塵今獨全。夜光投人人不畏，知君獨識精靈氣。酬恩結義心自知，死生好惡不相棄。白虎司秋金氣清，高天寥落雲峥嶸。月肅風凄古堂静，精芒切切如有聲。何不跨蓬萊，斬長鯨。世人所好殊遼闊，千金買鉛徒一割。（同前）

按：詩出文苑英華卷三百四十七。

贈孫徵時赴雲中

黄驄少年舞雙戟，目視旁人皆辟易。百戰曾誇隴上兒，一身復作雲中客。寒風動地氣蒼茫，横笛先悲出塞長。敲石軍中傳夜火，斧冰河畔汲朝漿。前鋒直指陰山外，虜騎紛紛剪應碎。匈奴破盡看君歸，金印酬功如斗大。（同前）

按：全唐詩卷一百八十九題作送孫徵赴雲中。此詩一作韓翃送孫潑赴雲中，見明銅活字本韓君平集卷上、全唐詩卷二百四十三。詩疑當韋作。文苑英華卷三百四十一收韋應物詩，其後即爲韓翃送客之江寧詩，詩或因此而誤。

冬夜宿司空曙野居因寄酬贈

南北與山鄰，蓬庵庇一身。繁霜疑有雪，荒草似無人。遂性在耕稼，所交惟賤貧。何緣張掾傲，每重德璋親。（同前卷九）

按：一作盧綸過司空曙村居，見明銅活字本盧綸集卷三、全唐詩卷二百七十九。司空曙有喜外弟盧綸見宿詩，疑此詩當爲盧綸作。文苑英華卷二百一十七收韋應物詩，次盧綸秋夜同暢當宿藏公院等二詩後，故相涉承前而誤。

經無錫縣醉吟寄丘丹

客過無名姓，扁舟繫柳陰。窮秋南國淚，殘日故鄉心。京洛衣塵在，江湖酒病深。何須覓陶令，乘醉自横琴。（同前）

按：此詩亦見清人沈謙臨平記卷四。詩當爲趙嘏作，題作經無錫縣醉後吟，見文苑英華卷二百九十四、席刻本趙嘏詩集卷一、全唐詩卷五百四十九，後人誤輯入韋集。

貢院鎖宿聞員外使高麗贈送徐騎省

聖化今無外，征途莫憚賒。揚帆箕子國，駐節管寧家。去伴千年鶴，歸逢八月槎。離情限華省，持此待疏麻。（同前）

按：此詩見徐鉉騎省集卷二十二，題作貢院鎖宿聞吕員外使高麗贈送。後人輯韋集者誤輯。吕員外：吕端。宋史高麗傳：「端拱元年，加治檢校太尉，以考功員外郎兼侍御史知雜吕端、起居舍人吕祐之爲使。」曹汛以詩當爲李沇作，説見文史第二十五輯徐鉉集内所收貢院鎖宿聞吕員外使高麗贈送一詩作者考辨。

寄答秘書王丞

相看頭白來城闕，卻憶漳溪舊往還。今體詩中偏出格，常參官裏每同班。街西借宅多臨水，馬上逢

人亦説山。芸閣水曹雖至冷，與君常喜得身閑。（同前）

按：此詩當爲張籍作，見全唐詩卷三百八十五，題作酬秘書王丞見寄。後人輯韋集者誤輯。王丞，即王建，長慶中爲秘書丞，時張籍爲水部員外郎。張、王二人早年曾同在河北求學，「鵲山漳水每追隨」（張籍逢王建有贈）。參見唐才子傳校箋卷四王建傳、卷五張籍傳箋。

書懷寄顧處士

自小難收疏懶性，人間萬事總□□。□從仙客求方法，曾到僧家問苦空。老大登朝如夢裏，貧窮作活是村中。未能即便休官去，慚愧南山採藥翁。（同前）

按：此詩當爲張籍作，題作書懷寄顧八處士，見張司業集卷五、全唐詩卷三八五。蓋此詩及前詩均見瀛奎律髓卷六，次韋應物寄李儋元錫詩後，故承前誤爲韋詩。

題龍潭

激石懸流疊雪灣，九龍潛處野雲閑。欲行甘雨四天下，且隱澄潭一頃間。浪引浮槎依北岸，波分晚日映東山。垂髯倘遇穆王駕，閬苑周游應未還。（同前）

按：此詩出文苑英華卷一百六十三。全唐詩卷七百收韋莊詩，校云「一作僧應物詩」。唐詩紀事卷七四、全唐詩卷八百二十三收應物詩。歸屬難定。

咏春雪

春雪滿空來，觸處類花開。不知園裏樹，若個是真梅。（同前卷十）

按：此詩唐詩紀事卷七、全唐詩卷一百均作東方虬詩，是，詩蓋因題同而誤。

上皇臺

不寐倦長更，披衣出户行。月寒秋竹冷，風切夜窗聲。（同前）

按：全唐詩卷一百九十五收此詩，作韋應物上皇三臺。古今詞話詞辨卷上引教坊記作李煜詞三臺令。詩出樂府詩集卷七十五，次韋應物三臺後，未署作者名，當爲無名氏詩，輯韋詩者誤輯。教坊記爲肅宗朝崔令欽作，亦不得收五代時李煜詞。

杜司空席上贈妓

高髻雲鬟宫樣妝，春風一曲杜韋娘。司空見慣渾閑事，惱斷蘇州刺史腸。（同前）

按：此詩出詩話總龜前集卷二十六、苕溪漁隱叢話後集卷九，他如類説卷二十七、詩人玉屑卷十五、記纂淵海一百九十二、又一百九十五、詩林廣記前集卷四、白孔六帖卷十五、古今事文類聚後集卷十七等均載。總龜引唐宋遺史：「韋應物赴大司馬杜鴻漸宴，醉宿驛亭，醒見二佳人在側，驚問之。對曰：『郎中席上與司空詩，因令二樂妓侍寢。』問記得詩否。一妓强記，乃誦曰……」所誦即此詩。然韋應物爲郎中在貞元中，距大曆四年杜鴻漸之卒已二十年。此詩全唐詩卷三百六十五重收作劉禹錫贈李司空妓，蓋本事詩情感謂詩爲劉禹錫在李紳席上作。又雲溪友議卷中「中山悔」條，則以詩爲劉禹錫在杜鴻漸席上作，然均與史實相違。岑仲勉以爲作韋應物詩者，乃宋人見友議、本事詩等所載與史不合，遂加改造，詳見唐史餘瀋卷三「司空見慣」條。

突厥臺

雁門山上雁初飛，馬邑欄中馬正肥。日昨山西逢驛使，殷勤南北送征衣。（同前）

按：此詩出樂府詩集卷七十五，與上皇三臺同次韋應物三臺後，未署作者名。萬首唐人絶句卷十三作蓋嘉運編進樂府詞，當爲無名氏作。全唐詩卷八百二因盛小叢曾歌此詩，又重收作盛詩，亦誤。

贈米嘉榮

吹得涼州意外聲，舊人惟有米嘉榮。近來年少欺前輩，好染髭須學後生。（詩話總龜前集卷二六）

按詩話總龜云：「韋應物爲蘇州太守，有詩贈米嘉榮曰……」然此詩實爲劉禹錫詩，見劉賓客文集卷二五，題爲與歌者米嘉榮。樂府雜録歌：「元和、長慶以來，有李貞信、米嘉榮……」韋應物與米嘉榮時代不相及。

浣紗女

錢塘江畔是誰家，江上女兒全勝花。吴王在時不得出，今日公然來浣紗。（歷代詩話續編本升庵詩話卷八）

按：升庵詩話云：「韋應物浣紗女……有風調。」然此實爲王昌齡詩，見萬首唐人絶句卷十七、明銅活字本王昌齡集卷下、全唐詩卷一百四十三。楊慎誤記。

酬秦徵君徐少府春日見寄

一作奉酬秦徵君系春日撫州西亭野望兼寄徐少府。

終日愧無政，與君聊散襟。城根山半腹，亭影水中心。朗咏竹窗静，野情花逕深。那能有餘興，不作剡溪尋。（全唐詩卷一百九十）

按：此詩出文苑英華卷二百三十，次韋應物陪王郎中尋孔徵君後，未署作者名，校云：「此詩三百十五卷重出，今已削去。」但同書卷三百十五撫州西亭下徑署作者爲戴叔倫，剡録卷四、卷六均收戴叔倫詩，詩當爲戴作。

易　言

長風如刀剪枯葉，大河似箭浮輕舟。投石入水豈有礙，走丸下坂安得留。（全唐詩外編全唐詩補逸卷五）

按：補逸注云：「見影印本新編纂圖增類群書類要事林廣記卷七。按全唐詩卷一九五收韋應物易言一首，與此詩全異。」詩疑非韋作，類書收詩以類相從，往往誤其主名。

曉經荒村

杪秋霜露重，晨起行幽谷。黄葉覆溪橋，荒村惟古木。寒花疏寂歷，幽泉微斷續。機心久已忘，何事

驚麋鹿。(同前)

按：補逸注云：「見永樂大典卷三五八一。九真。村字。按全唐詩卷三百五十二作柳宗元詩，題爲秋曉行南谷經荒村。」柳河東集卷四十三已收此詩，詩當柳宗元作。

金陵懷古

輦路江楓暗，宫朝野草春，傷心庾開府，老作北朝臣。(全唐詩外編全唐詩續補遺卷三)

按：續補遺注，詩出輿地紀勝卷十七建康府。陳尚君全唐詩外編修訂説明：「全唐詩卷二九二作司空曙詩。按此應爲司空曙詩，見文苑英華卷二五四、席刻本司空文明詩集卷二。」

送靈澈還雲門

我歡長在夢，無心解傷别。千里萬里人，祇是眼中月。(會稽掇英總集卷七)

按：此詩一作皎然詩，見萬首唐人絶句卷二十一、全唐詩卷八百一十八，題爲送靈澈，首句爲「我欲長生夢」，餘同。詩皎然本集不載，歸屬難定。

失題

刺莖淡蕩緑，花片參差紅。吴歌秋水冷，湘廟野雲空。(宋刻全芳備祖前集卷十一荷花部)

按：此詩爲温庭筠作芙蓉之前四句，見温飛卿詩集卷三、全唐詩卷五百七十七，非韋應物詩。

二　傳記資料

丘丹　唐故尚書左司郎中蘇州刺史京兆韋君墓誌銘并序

君諱應物，字義博，京兆杜陵人也。其先高陽之孫，昌意之子，别封豕韋氏。漢初有韋孟者，孫賢爲鄒魯大儒，累遷代蔡義爲丞相。子玄成，學習父業，又代于定國爲丞相。奕世繼位，家于杜陵。後十七代至逍遥公夐，枕迹丘園，周明帝屢降玄纁之禮，竟不能屈，以全黄、綺之志。公弟鄖公孝寬，名著周隋，爵位崇顯，備於國史。逍遥公有子六人，俱爲尚書。五子世沖，民部尚書、義豐公，則君之五代祖。皇刑部尚書兼御史大夫、黄門侍郎、扶陽公〔挺〕，君之高祖。皇尚書左僕射、同中書門下三品待價，〔君〕之曾祖。皇梁州都督令儀，君之烈祖。皇宣州司法參軍鑾，君之烈考。君，司法之第三子也。門承台鼎，天資貞粹。丱角之年，已有不易之操。以廕補右千牛，改□羽林倉曹，授高陵尉、廷評、洛陽丞、河南兵曹、京兆功曹。朝廷以京畿爲四方政本，精選令長，除鄠縣、櫟陽二縣令，遷比部郎。詔以滁人凋殘，領滁州刺史，負戴如歸，加朝散大夫。尋遷江州刺史，如滁上之政。時廉使有從權之斂，君以調非明詔，悉無所供。因有是非之訟，有司詳按，聖上以州疏端切，優詔賜封扶風縣開國男，食邑三百户。徵拜左司郎中，總轄六官，循舉戴魏之法。尋領蘇州刺史。下車周星，豪猾屛息，方欲陟明，遇疾終於官舍。池雁隨喪，州人罷市。素車一乘，旋於逍遥故園。茅宇竹亭，用設靈几。歷官一十三政，三領大藩。儉德如此，豈不謂貴而能貧者矣。所著詩賦、議論、銘頌、記序，凡六百餘篇，行於當時。以貞元七年十一月八日窆于少陵原，禮也。夫人河南元氏，父挹，吏部員外郎。嘉姻柔則，君子是宜。先君即世，以龜筮不叶，未從合祔。以十二年十一月廿七日，嗣子慶復啓舉有時，方遂從夫人之禮。長女適大理評事楊淩。次女未笄，因父之喪，同月而逝。嗚呼！可謂孝矣。余，吴士也，嘗忝州牧之舊，又辱詩人之目，登臨酬和，動盈卷軸。公詩原于曹劉，參於鮑謝，加以變態，意淩丹霄，忽造佳境，别開户牖。惜夫位未崇，年不永，而歿乎泉扃，哀哉！堂弟端，河南府功曹，以孝承家。堂弟武，絳州刺史，以文學從政。慶復克荷遺訓，詞賦已工，鄉舉秀才，策居甲乙，泣血請銘，式昭幽壤。銘曰：

昌意本裔，豕韋别封。爰歷殷周，實建勳庸。漢曰孟賢，時致熙雍。洎乎逍遥，獨高其尚。六子八座，五宗四相。流慶左司，帝目貞亮。作牧江水，政惟龔黄。綱轄南宫，復舉舊章。文變大雅，節貫秋霜。嗚呼彼蒼，殲我良牧。禁掖方拜，寢門遄哭。見託篆銘，永志陵谷。（文滙報二〇〇七年十一月四日）

按：此誌原署「守尚書祠部員外郎、騎都尉、賜緋魚袋吴興丘丹撰」。

楊敬之　唐故監察御史裏行河東節度判官賜緋魚袋韋府君墓誌

皇朝梁州都督君諱令儀，生宣州司法參軍諱鑾，司法府君生左司郎中、蘇州刺史諱應物，郎中府君娶河南元氏而生公。公諱慶復，字茂孫。少孤。終喪，家貧甚，所居之牆，其堵□壞，中無宿舂，困饑寒伏。編簡三年，通經傳子史而成文章。貞元十七年，舉進士及第，時以爲宜。二十年會選，明年以書詞尤異，受集賢殿校書郎。順宗皇帝元年召天下士，今上元年試於會府，時文當上心者十八人，公在其間，詔授京兆府渭南縣主簿。二年，今兵部尚書、江夏公李鄘鎮鳳翔。四年，移鎮於太原。二年□□公爲裏行御史，掌其文詞。四年，奏公以本官加緋，參其節度。其年，江夏公罷鎮歸，公亦歸。道得疾，至渭南靈岩寺而病。以七月十九日終寺之僧舍，春秋三十四。以其年十一月二十一日，祔於京兆府萬年縣鳳棲鄉少陵原蘇州府君之墓之後。夫人故河南令河東裴君澡女。生二子未童，其長者後公十六日而不勝喪。故夫人被不可忍之痛，痛極有詞於天。嗚呼！公嘗以爲不得自盡其道於皇妣，以楊氏伯姊長且仁，用申其孝，孝與仁相往來，謀成其家，不幸如此。故伯姊之痛又不可忍，不可忍亦有詞於天。楊氏甥小子敬之實聞太夫人及公夫人之詞，遂刻于石。詞曰：「誰人不宿？夫子之生，委明於身，生胡不長。誰人不窮？夫子之家，伶俜未亡。投迹無所，生途茫茫。若有人兮，邪回傲頑，殘忠害良。高丘昊穹，何以加殃！」嗚呼噫嘻！夫人之詞。「皇考之仁兮道竟不光，元吉殊祥兮若人宜當。唯若人兮直方善良，由家達邦兮聲甚馨香。恭尊友卑兮視我如傷，之天如此兮悠哉玄黃。我之有生兮不幸爲女，既笄則行兮義不久處。楊氏有子兮韋宗無主，惟鬼惟神兮孰不我取。神固不明兮天亦不仁。音之無道，就問無津。」嗚呼哀哉兮伯姊之云。歿之日，族姻悲，友人慟出涕，士君子識與不識，莫不失聲。德不成，不能使人如此。（文滙報二〇〇七年十一月四日）

按：此誌原署「外生、前鄉貢進士楊敬之撰」。

韋退之　唐故河東節度判官監察御史京兆韋府君夫人聞喜縣太君玄堂誌

太君諱棣，裴氏之先食邑於絳，以家爲姓。烈祖以德行濟美于晉，其聞不絶。以至國朝，又以儒家顯，至於懷州刺史諱恂。懷州生司門員外諱育，司門生河南縣令諱澡，河南府君娶趙郡李氏而生太君。未五歲而失所恃，河南府君再娶同郡薛氏。後夫人治家以嚴見憚，太君承順顏色，無毫髮過失，以是遂移愛如己子。年十六而歸於先君。先君五年中，三以文章中有司，選參丞相府，官至御史。位不充量，不享下壽。而太君不忍遂絶，乃拉血問家，事順世人，求釋氏濟苦之道，假桑門之誦讀，女工之藝事，皆自爲之。勤勞晝夜，他人及旁侍者一觀，無不垂涕。既除喪，撫育小子，濡煦以節，訓誘以義。故小子以明經換進士第，受業皆不出門内。初，先君以元和歲即世，自已丑至丙寅三紀有奇。而太君食不求甘，衣不重繭，孜孜不怠，以成就門户爲念。小子謹身從事，四更使府，皆遊聞人，自御史登天朝。女適前進士于球，不幸無與偕老。太君以今年寢疾，子女問安之際，必曰：「吾是年前三歲周甲子，亦不謂無壽。況廿年骨肉間，如吾類不啻十輩，與吾及者幾希矣，今没無恨。然吾子家未立，且艱難於名，今方整羽翼，所未忍舍之。」以是汲汲於醫藥。小子愚且蠢，言不能動人，使不得盡心。會昌六年八月十三日偝養。越三月，封聞喜縣太君，以小子之預周行，及普恩也。其年十一月十六日，孤子孤女奉遷於京兆府萬年縣少陵原，祔先君，從周禮也。天崩地圮，肝鬲如焚。顧瞻孑

然，不敢自遂。俛首捧牘，□備紀述。庶幾乎自盡之道。（文滙報二〇〇七年十一月四日）

按：此誌原署「孤子、將仕郎、前監察御史裏行退之奉述」。

沈明遠　補韋應物傳

韋應物，京兆長安縣人也。見崔都水及休日還長安冑貴里，及歲日寄弟并答崔甥詩。其家世自宇文周時，孝寬以功名爲將相，而其兄敻高尚不仕，號爲逍遥公。敻之孫待價，仕隋爲左僕射，封扶陽公。待價生令儀，爲唐司門郎中。令儀生鑾，鑾生應物。見林寶元和姓纂。少游太學。見贈舊識詩。當開元、天寶間，宿衛仗内，親近帷幄，行幸畢從。見宴李録事并鄭户曹，及逢楊開府、温泉行等詩。按通典，左右宿衛侍從，皆以高蔭子弟年少美風姿者補之，爲貴冑起家之高選。頗任俠負氣。洎漁陽兵亂後，流落失職，乃更折節讀書。屏居武功之上方。見逢楊開府及經武功舊隱詩。復返灃上，園廬蕪没，貧無以自業。見歸灃上詩。客游江淮間，所與交結，皆一時名士。見會梁川故人及李栖梧、會大梁亭等詩。因從事河陽，去爲京兆功曹，攝高陵令。見寄弟及別子西詩。永泰中，遷洛陽丞。兩軍騎士倚中貴人勢，驕横爲民害，應物疾之，痛繩以法，被訟，弗爲屈。見示從子班詩。棄官，養疾同德精舍。見同德精舍詩。起爲鄠令。大曆十四年，除櫟陽令，復以疾謝去，歸寓西郊。見歸西郊詩。擇勝隱于善福祠，從諸生學問，澹如也。見西齋示諸生詩。建中二年，拜尚書比部員外郎。明年，出爲滁州刺史。見別善福祠詩。滁山川清遠，山中多隱君子，應物風流豈弟，與其人覽觀賦詩，郡以無事，人安樂之。見全椒道士及釋良史等詩。四年十月，德宗幸奉天，應物自郡遣使間道奔問行在所。明年興元甲子，使還，詔嘉其忠。見寄弟詩。終更貧，不能歸，留居郡之南嵒。見歲日寄端武詩。俄擢江州刺史。見登郡樓詩。居二歲，召至京師。貞元二年，由左司郎中補外，得蘇州刺史。見答季(李)士巽詩。在郡延禮其秀民，撫其惸嫠甚恩。見郡齋文士宴集詩。久之，白居易自中書舍人出守吴門，應物罷郡，見劉禹錫集中酬白舍人詩云：「蘇州刺史例能詩，西掖今來替左司。」寓于郡之永定佛寺。見寓永定詩。大和中，以太僕少卿兼御史中丞，爲諸道鹽鐵轉運江淮留後，年九十餘矣，不知其所終。見劉禹錫大和六年爲蘇州刺史舉官自代狀云：「諸道鹽鐵轉運江淮留後、朝議郎、太僕少卿、兼御史中丞、上柱國韋應物，歷掌劇務，皆有美名，執心不回，臨事能斷。所職雖重，本官尚輕。內省無能，輒敢公舉。司榷管之利，誠藉時才；流豈弟之風，實爲邦本。」謹按，大和年去應物刺郡時，已更六朝，四十餘年矣。而夢得猶舉之，豈其遺愛尚存邪？又據應物送鄒少府詩云：「天寶爲侍臣，歷觀兩都士。」宴李録事詩云：「十五侍皇闈。」然則天寶中應物在三衛，年始十五，至大和，計年九十餘。然自蘇州罷郡寓永定以後，集中不復有詩。豈四十年間無一篇詩者？蓋亡之也，予嘗嘆息于斯焉。有子曰慶復，爲監察御史、河東節度掌書記。見姓纂。應物性高潔，見李肇國史補。善爲詩，氣質閑妙，渾然天成，初若不用工，而近世詩人莫及也。白居易嘗語元稹曰：「韋蘇州歌行，才麗之外，深得諷諫之意。而五言尤爲高遠淡雅，自成一家。」其爲時人推重如此。浮屠皎然者，頗工近詩，嘗擬應物體格，得數解爲贄，應物弗善也。明日録舊贄以見，始被領略。曰：「人各有能有不能，蓋自天分學力有限，子而爲我，且失其故步矣。但以所詣自名可也。」皎然心服焉。見因話録、長慶集等。應物鮮食寡欲，所居焚香掃地而坐。見李肇國史補。爲吴門時，年已老矣，而詩亦造微，世亦莫能知之也。亦白詩。子沈子曰：予讀韋蘇州詩，超然簡遠，有正始之風，所謂朱絲疏絃、一唱三嘆者。應物當開元、天寶，宿衛仗内爲郎，刺史于建中，以迄貞元。而文宗大和中，劉禹錫乃以故官舉之，計其年九十餘，而猶領轉輸劇職，應物何壽而康也！然自吴郡以後，不復有詩文見于録者，豈亡之邪？使應物而無死，其所爲當不止此；以應物爲終于吴郡之後，則禹錫之所舉者猶無恙也，蓋不可得而考也。新唐書文藝傳稱應物有文在人間，史逸其傳，故不録。予既愛其詩，因考次其平生，行義官代，皆有憑藉，始終可概見如此，恨史官編摩疏陋耳。嗟夫，應物崎嶇，身閲盛衰之變，晚乃折節學問。今其詩往往及治道，而造理精深。士固有悔而能復、厄而後奇者，如應物有以自表見于後世，豈偶然哉！（趙與時賓退録卷九）

按：沈明遠謂韋應物大和中尚在，前人多駁其説，今録數則，以備參考。

葉夢得南宫詩話云：「蘇州詩律深妙，白樂天輩固皆尊稱之，爲行事略不見唐史，爲可恨。以其詩語觀之，其人物亦當高勝不凡。劉禹錫集中有大和六年舉自代一狀，然應物温泉行云：『北風慘慘投温泉，忽憶先皇巡幸年。身騎廐馬引天仗，直至華清列御前。』則嘗逮事天寶間也，不應猶及大和時，蓋别是一人，或集之誤。」（據趙與時賓退録卷九轉引）

趙與時云：「苕溪漁隱云：『蘇州集有燕李録事詩云：「與君十五侍皇闈，曉拂爐烟上玉墀。」又温泉行云：「出身天寶今幾年，頑鈍如錘命如紙。」余以編年通載考之，天寶元年至大和六年，計九十一年。應物于天寶間已年十五，及有「出身」之語，不應能至大和間也。蔡寬夫云南宫詩話，世誤傳蔡寬夫作，漁隱故云。劉禹錫所舉别是一人，可以無疑矣。』」容齋隨筆云：「韋蘇州集中有逢楊開府詩云：『少事武皇帝，無賴恃恩私。身作里中横，家藏亡命兒。朝持摴蒱局，暮竊東鄰姬。司隸不敢捕，立在白玉墀。驪山風雪夜，長楊羽獵時。一字都不識，飲酒肆頑痴。武皇升仙去，憔悴被人欺。讀書事已晚，把筆學題詩。兩府始收迹，南宫謬見推。非才果不容，出守撫惸嫠。忽逢楊開府，論舊涕俱垂。』味此詩，蓋應物自叙其少年事也，其不羈乃如此。」李肇國史補云：「應物爲性高潔，鮮食寡欲，所居焚香掃地而坐。其爲詩馳驟建安已還，各得風韵。」蓋記其折節後事也。應物爲三衛，正天寶間，所爲如是，而吏不敢捕，又以見時政矣。與時謂應物行事散軼，唐史失不立傳，故諸家之説，未能會于一。近世沈明遠作喆始櫽括應物集及他書爲傳，甚詳。然論斷中，亦以劉賓客所舉爲疑，今筆于此。……漁隱叢話後集又載：「韓子蒼云：『韋蘇州少時，以三衛郎事玄宗，豪縱不羈。』余因記唐宋遺史云：『韋應物赴杜鴻漸宴，醉宿驛亭，見二佳人在側，驚問之。對曰：「郎中席上與司空詩，因令二樂妓侍。」問記得詩否，一妓强記，乃誦曰：「高髻雲鬟宫樣妝，春風一曲杜韋娘。司空見慣渾閑事，斷盡蘇州刺史腸。」』觀此，則應物豪縱不羈之性，暮年猶在也。子蒼又云『余觀韋蘇州爲性高潔，鮮食寡欲，所居焚香掃地而坐』。此是韋集後王欽臣所作序載國史補之語，但恐溢美耳。」與時謂盡信書不如無書，國史補之説固未可信，又安知唐宋遺史爲得其實乎！此未可以臆斷也。（賓退録卷九）

錢大昕云：韋應物貞元二年由左司郎中出爲蘇州刺史。而劉禹錫集中，有大和六年除蘇州舉韋應物自代狀。宋葉少藴、胡元任已疑其非一人。而沈作喆撰韋傳，合而一之。篇末雖亦有疑詞，終未敢决。近世陳少章景雲，據白樂天於元和中謫江州後貽書元微之，於文盛稱韋蘇州詩，又言「當蘇州在時，人亦未甚愛重，必待身後，人始貴之」，則是時蘇州已歿。而劉狀又在是書十年以後，則其所舉必别是一人矣。樂天守蘇日，夢得以詩酬之云：「蘇州刺史例能詩，西掖今來替左司。」言白之詩名足繼左司耳，非謂實代其任也。沈傳謂「貞元二年補外，得蘇州刺史，久之，白居易自中書舍人出守吳門，應物罷郡，寓郡之永定佛寺」，則誤甚矣。白公出守，在長慶間，距貞元初垂四十年，豈有與韋相代之理乎！大昕案，樂天刺蘇州在寶曆元年，陳以爲在長慶間，亦誤。（十駕齋養新録卷十二）

陳沆：韋詩何必箋？爲辨宋吳興沈作喆補傳新舊唐書之傳，而實則大繆也；爲唐有兩韋應物，一盛唐，一中唐，沈氏誤合爲一人，至使後人據李觀文集所譏褊躁之韋應物指爲左司，編韋詩者亦遂皆入之中唐，何以知人論世，故辨之而箋也。韋公詩集終于蘇州，自罷守以後，更無一字，蓋不久旋卒，故唐人稱之者，但曰韋左司、韋蘇州，此卒於貞元初年之明證。若如沈氏補傳，去蘇以後，尚爲太僕寺卿，兼御史中丞，爲諸道鹽鐵轉運江淮留後，何以集中一字不及？且沈氏所據者，以劉禹錫贈白居易詩云，「蘇州刺史例能詩，西掖今來替左司」，遂謂韋以貞元二年補外得蘇州刺史，久之，白居易自中書舍人出守吳門，應物罷郡，二人相爲替代。又據劉禹錫集中，有太和六年除蘇州舉中丞韋應物自代狀，遂謂後此復爲御史中丞。不知白之刺蘇，在敬宗寶曆元年，去貞元初凡四十載，豈有韋守蘇州久至四紀之理？樂天元和中謫江州時與元微之書已云：「韋蘇州詩，當其在時，人未甚愛重，必待身後，人始貴之。」此韋已久歿之證。其云「幸有文章替左司」者，蓋言詩名足與相繼，非前後任交代之謂也。況劉之舉狀，又在是書十年以後，尚得謂是一人乎？且韋公生于開元，仕于天寶，屢見於詩，如云「建中即藩守，天寶爲侍臣」，如云「出身天寶今幾年，忽憶先皇游幸年」，如云「與君十五侍皇闈，雪下驪山沐浴時」。又建中四載寄諸弟云：「弱冠逢世難，二紀猶未平。」又云：「少事武皇帝，無賴恃恩私。」此皆在天寶末年已弱冠之證。若七十載而至寶曆元年與樂天交代，則已九十餘歲矣。肅宗七年，代宗十七年，德宗二十六年，順宗一年，憲宗十五年，穆宗四年。再逾八載，而至文宗太和六年爲禹錫所舉，則已百歲矣。後此尚有鹽鐵轉運江淮留後之任，不在百餘歲外乎？沈氏亦知其難通，乃臆造爲「年九十餘歲，不知所終」之説，遁詞顯然。故宋嘉祐中王欽臣校定韋集序云：「以詩中及時人所稱，推其仕宦本末，疑止於蘇州刺史。」可謂要言不煩。而紀文達作四庫書目，反據沈傳以駁其疏略，且引李觀集中上應物書，深譏其褊燥。夫韋以貞元二年刺蘇，不久罷歸，尋卒，而李觀貞元八年始舉進士，豈及見韋公而上書譏之哉！以沖澹近道朱子語録、高潔寡欲李肇國史補之左司，而以與褊躁無文之鹽鐵轉運江淮留後合爲一人，不幾於殺人之曾參、亂齊之宰我乎！唐有兩王維、王縉亦爲琅琊王方則之孫，亦兄弟二人，見唐書列傳，兩陳子昂一爲大曆中畫人，見段成式京洛寺塔記，皆異時同名，而錢大昕養新録則并謂有兩劉眘虚同時，一爲詩人，舉宏詞科，行大，一爲劉知幾之子迅，善史學，行五。今以時代官閥文章性情邈不相涉之人，而强薰蕕使同器，且以盛唐沖遠之音而編於元和、長慶間，亦何以徵詩教之升降、心聲之本末乎！後之選唐詩者，宜列韋於盛唐，以正誤列中唐之失。（詩比興箋卷三）

辛文房　韋應物傳

應物，京兆人也。尚俠，初以三衛郎事玄宗。及崩，始悔，折節讀書。爲性高潔，鮮食寡欲，所居必焚香掃地而坐，冥心象外。天寶時，扈從游幸。永泰中，任洛陽丞。遷京兆府功曹。大曆十四年，自鄠縣令制除櫟陽令，以疾辭歸，寓善福寺精舍。建中二年，由前資除比部員外郎。出爲滁州刺史。居頃之，改江州刺史。追赴闕，改左司郎中。或媢其進，媒孽之。貞元初，又出爲蘇州刺史。大和中，以太僕少卿兼御史中丞，爲諸道鹽鐵轉運江淮留後。罷居永定，齋心屏除人事。初，公豪縱不羈，晚歲逢楊開府，贈詩言事云：「少事武皇帝，無賴恃恩私。身作里中横，家藏亡命兒。朝持摴蒱局，暮竊東鄰姬。司隸不敢捕，立在白玉墀。驪山風雪夜，長楊羽獵時。一字都不識，飲酒肆頑痴。武皇升仙去，憔悴被人欺。讀書事已晚，把筆學題詩。兩府始收迹，南宮謬見推。非才果不容，出守撫惸嫠。忽逢楊開府，論舊涕俱垂。坐客何由識，唯有故人知。」足見古人真率之妙也。論曰：詩律自沈、宋以下，日益靡嫚，鎪章刻句，揣合浮切，音韻婉諧，屬對藻密，而閑雅平淡之氣不存矣。獨應物馳驟建安以還，各有風韻，自成一家之體，清深雅麗，雖詩人之盛，亦罕其倫，甚爲時論所右。而風情不能自已，如贈米嘉榮、杜韋娘等作，皆杯酒之間見少年故態，無足怪矣。有集十卷，今傳於世。（唐才子傳卷四）

三　序跋

王欽臣　韋蘇州集序

韋蘇州，唐史不載其行事。林寶姓纂云：「周逍遥公敻之後。左僕射、扶陽公待價生司門郎中令儀。令儀生鑾，鑾生應物，應物生監察御史、河東節度掌書記慶復。」李肇國史補云：「爲性高潔，鮮食寡欲，所居焚香掃地而坐。其爲詩馳驟建安已還，各得風韻。」詳其集中詩，天寶中扈從游幸，疑爲三衛。永泰中任洛陽丞、京兆府功曹。大曆十四年，自鄠縣令制除櫟陽令，以疾辭歸善福精舍。建中二年，由前資除比部員外郎，出爲滁州刺史，改刺江州。追赴闕，改左司郎中。貞元初，又歷蘇州。

罷守，寓居永定精舍。其後事迹，究尋無所見。肇又云：「開元以後，位卑而著名者，李北海、王江寧、李館陶、鄭廣文、元魯山、蕭功曹、張長史、獨孤常州、崔比部、梁補闕、韋蘇州。」以集中事及時人所稱，考其仕宦本末，得非遂止于蘇邪？案白居易蘇州答劉禹錫詩云「敢有文章替左司」，「左司」蓋謂應物也。官稱亦止此。有集十卷，而綴叙猥并，非舊次矣。今取諸本校定，仍所部居，去其雜厠，分十五總類，合五百七十一篇，題曰韋蘇州集。舊或云古風集，別號澧上西齋吟稿者，又數卷。可以繕寫。嘉祐元年十二月二十二日太原王欽臣記。（國家圖書館藏宋刻本韋蘇州集卷首）

葛蘩　韋蘇州集後序

權知吴縣事葛蘩等所校讎唐蘇州韋刺史集，凡十卷，以相校除，定著五百五十九篇，皆以辨析，可繕寫。刺史洛陽人，姓韋氏，名應物，貞元中，以左司郎中出爲蘇州刺史，其詳不載于正史，不可得而考也。其爲文峻潔幽深，詞意簡遠，指事言情，格力閑暇，下可以淩顔、謝，上可以薄風、騷，擺去陳言，纖濃合度，而自成一家，想似其爲人也。繇貞元逮今三百餘年，而刺史之文傳於世者，寥寥不知其幾也。熙寧九年，天子命度支郎中昌黎韓公出知蘇州事。公至則芟剔弊蠹，敷施德惠，而盜遁奸革，治若神明，期年而政成。方是時，天子平交趾，定河隍，而四方有慶。公於閑宴之際，視學校，講書史，以文會友，賦詩吟咏，而樂道前人之休。於是得晁文元公家藏韋氏全集，俾寮屬賓佐參校訛謬，而終之於蘩。始命鏤板，將以傳之於後世。嘻！昌黎公之志可謂遠矣。其爲政明白爆燿而不敢忘前人之善，其文章清新雅麗而不敢忘前人之法，其行已剛毅明敏而不敢忘前人之行，是宜位與才稱，而榮象其德者也。千里之任，其能稱乎。後之人，誦韋刺史之詩，而聞寮屬賓佐之言，其能忘昌黎公之德乎！謹第目録如上。將仕郎守長洲縣尉兼管勾河塘溝洫王昌虞、將仕郎守陳州司法參軍充州學教授霍漢英、登仕郎前監杭州鹽官縣嵒門蜀山鹽場權知吴縣事葛蘩等校。（遞修本乾道平江府學刊韋蘇州集卷末）

姚寬　書葛蘩校韋蘇州集後

右葛蘩校蘇州韋刺史集十卷，今平江板本是也（按，七字據西溪叢語卷下補）。刺史洛陽人，姓韋氏，名應物，貞元中，以左司郎中出爲蘇州刺史。書目、姓名略見唐書藝文志，其詳不載於正史，不可得而考也。今觀其逢楊開府詩云：「少事武皇帝，無賴恃恩私。身作里中横，家藏亡命兒。朝持摴蒱局，暮竊東鄰姬。司隸不敢捕，立在白玉墀。驪山風雪夜，長楊羽獵時。一字都不識，飲酒肆頑痴。武皇升仙去，憔悴被人欺。讀書事已晚，把筆學題詩。兩府始收迹，南宫謬見推。非才果不容，出守撫惸嫠。忽逢楊開府，論舊涕俱垂。坐客何由識，唯有故人知。」又温泉行云：「出身天寶今年幾？頑鈍如錘命如紙。作官不了却來歸，還是杜陵一男子。」又云：「身騎厩馬引天仗，直入華清列御前。」是嘗爲三衛而蹤迹不羈也。燕李録事詩云：「與君十五侍皇闈。」又京師叛亂寄諸弟云：「弱冠遭世難，二紀猶未平。」當天寶十五載六月，明皇避禄山之難，是年應物年二十。至寶應元年建巳月，上皇崩，則武皇升仙之時，應物年二十七。又示從子河南尉班詩序云：「永泰中，予任洛陽丞。」則應物年二十九。及其來吴，贈舊識云：「少年游太學，負氣蔑諸生，蹉跎三十載，今日海隅行。」則少嘗游太學。蓋武皇升仙後二年入太學，遂爲丞也。自洛陽丞爲京兆府功曹。大曆十四年，自鄠縣令制除櫟陽令，以疾歸善福精舍。建中二年，由前資除比部員外郎。出爲滁州，改判江州，改左司郎中。貞元初，又歷蘇州。罷守，寓居永定精舍。以詩考之，歷官次序如此。廣德中洛陽作云：「蹇劣乏高步，緝遺守微官。」廣德二年，乃當永泰之元，時爲洛陽丞。自京師叛亂之後，至德、乾元、上元、寶應數年間，折節讀書，遂入仕，而因謂之「微官」也。善福精舍詩（按，即始除尚書郎別善福精舍詩）注：「建中二年除比部。」則應物年四十五。建中四年十月三日，京師兵亂，自滁州間道遣使，明年興元甲子歲五月九日使還，寄諸弟作詩云：「歲暮兵戈亂京國，帛書間道訪存亡。」乃德宗幸奉天時，應物年四十八。自後守九江，至爲蘇州刺史，計其年五十餘矣。以集中事及時人所稱，考其仕宦如此，得非遂止於蘇耶？按白居易蘇州答劉禹錫詩云：「敢有文章替左司。」左司，蓋謂應物也。官稱止於此。其集中詩寄大梁諸友云：「分竹守南譙，弭節過梁地（池）。」則是嘗守亳社。篇末云：「相敦在勤事，海内方勞師。」似與興元甲子不遠也。又唐小説載與諸公倡和，稱韋十九。林寶姓纂云：「周逍遥公敻之後。左僕射、扶陽公持價（當作待價）生司門郎中令儀。令儀生鑾，鑾生應物，應物生監察御史、河東節度掌書記慶復。」李肇國史補云：「爲人性高潔，鮮食寡欲，所居焚香席地而坐。其爲詩馳驟建安已還，各得風韵。」又云：「開元以後，位卑而著名者，李北海、王江寧、李館陶、鄭廣文、元魯山、蕭功曹、張長史、獨孤常州、崔比部、梁補闕、韋蘇州。」其大略可見如此。紹興昭陽作噩仲春望日，西溪姚寬令威書。（遞修本乾道平江府學刊韋蘇州集卷末）

胡觀國　書乾道重刊韋蘇州集後

唐左司郎中韋公，貞元中爲蘇州刺史，天下號曰韋蘇州，賓儒招隱，相與酬唱，有詩十卷。本朝嘉祐中，太原王公爲之集序，以紀世系仕宦之由。紹興中，西溪姚公爲之年譜，以定出處前後之次。其文名足以傳信於後世矣。今丞相觀文魏公，出鎮三吴腹心之地，開藩之初，搜前代賢牧之治效，得韋公詩而喜觀之。第以工匠雕鋟，舛訛既多；板籍寖久，磨滅亦甚，乃命教官參校而是正之，鏤板以傳不朽。觀國嘗謂漢尚經術，而文章雅正，類多有之；唐尚文章，而風騷之盛，尤稱於時。若奏天子游獵之賦，卒章乃歸於三皇五帝之功德者，天子説之。先賢集唐百家詩，録其警篇，而杜、韓、李所不與，蓋有微意存焉。韋公道德之旨，發于情性，警策之妙，曲終奏雅。惟丞相取而表出之，其亦覽拔斯文，一隆正論，爲後人標準之意，豈小補哉。乾道辛卯，左奉議郎、充平江府府學教授胡觀國書。

（遞修本乾道平江府學刊韋蘇州集卷末）

崔敦禮　韋蘇州集跋尾

韋蘇州詩集十卷，并拾遺七篇，丞相觀文魏公守平江，命教官所校也。自大雅微缺，作詩者并驅争馳，其才思風韵，固不可一概，惟自優游平易中來，天理混融，若無意於詩者，此體最爲高絶。韋蘇州以詩鳴唐，其辭清深閑遠，自成一家。至歌行，益高古近風雅，非天趣雅澹，稟賦自然者不能作此。今觀其逢楊開府詩云：「朝持樗蒱局，暮竊東鄰姬。一字都不識，飲酒肆頑痴。武皇升仙去，憔悴被人欺。讀書事已晚，把筆學題詩。」乃少年豪縱不羈人耳。按蘇州在廣德中已爲洛陽丞，去武皇升仙才歲餘，當時作詩，尤稱絶唱，豈初識字把筆學爲者？又廣德中洛陽作云：「生長太平日，不知太平歡。」又野居云：「結髮累辭秩。」則其少年在太平時，本自恬静。又漢武帝雜歌力詆神仙畋游之事，又似在天寶間譏諷時政者。豈蘇州心知天寶之將亂，欲去不能，嘗爲是穢迹自晦之計與？不然，亦自岸之過也。方蘇州在時，其詩未甚貴重。後三十餘年，白樂天始愛之。東坡先生亦云：「樂天長慶三千首，却愛韋郎五字詩。」東坡豈薄蘇州者？以樂天之文之華麗，宜於無愛故也。大凡浮靡之詞易説，平澹之音難聽，理固然耳。今丞相觀文公貴本尚古，嗜好與衆絶殊，顧於此耽玩，若所甚好，不少置。敦禮職斯文者，曷敢不敬以承。詩之本不一，以葛蘩本爲正，參以諸本，是正凡三百處而贏，又得九日一詩，附於卷末。若蘇州之名氏與仕與年，則有姚君令威之所書在云。乾道辛卯，左從政郎、添差充平江府府學教授崔敦禮書。（遞修本乾道平江府學刊韋蘇州集卷末）

天全叟　韋蘇州集題跋

韋蘇州詩易讀，不易學。比陶之自然，又有異趣。須溪評泊（猶？）仿佛可見。不用意不能似，用意

又不復似，是以爲難爾。至正丁酉九月十五日，天全叟題。（國家圖書館藏宋刻元修本韋蘇州集）

張習　須溪先生校本韋蘇州集跋

公爲蘇州時，年已五十餘，在郡公暇，即與秦系、丘丹、顧況輩相唱和，風流雅韵，播于吴中，或推爲人豪，或目爲詩仙。信州刺史劉太真嘗與書云：「宋、齊間，沈、謝、吴、何，始精理意，緣情體物，備詩人之旨。後之傳者，甚失其原。惟足下制其横流，於所作見焉。」蓋「畫戟」、「清香」之詞，極爲警策，宜當時推重如此。罷守後，寓永定寺而終。其詩沖淡而有意義，自成一家體。東坡嘗效其寄全椒道士詩，卒不可及。先正教人作詩須從陶、韋門中來，以其無聲色臭味之雜，而可發幽閑蕭散之趣也。舊有劉須溪校注本十卷，兹重刊示同志爾。吴門後學張習識。（國家圖書館藏明成化、弘治間張習刻遞修本韋蘇州集）

楊一清　題隴州新刻韋集後

古詩三百篇，孔子删而定之，蓋欲人得其性情之近云爾。漢去古未遠，當時作者，猶有風人遺意。魏、晉而降，世變而詩隨之。獨陶元亮天資挺拔，高情遠韵，迥出流俗，漢、魏以來，一人而已。唐人以詩鳴者無慮百餘家，品格風韵，蓋人人殊。韋蘇州生其間，盡脱陳、隋故習，能一寄鮮穠於簡淡之中，晦翁取焉，是又元亮之後一人而已。陝西去書肆最遠。陶詩寧夏有刻本，學者猶得見之；韋集縉紳家鮮有藏者，士或終其身不可見。侍御史沁水李公，好古博雅，而工於詩，嘗語及此，意甚惜之。予因出所藏抄本，公喜，命知隴州事劉玘刻置郡齋，以廣其傳。嗚呼，詩固學者之所不可廢也。得是集者，并陶詩讀之而有得焉，發爲篇章，庶幾和平沖淡，不失古詩人吟咏性情之意矣。若乃雕鎪鍛煉以爲工，叫呼叱咤以爲豪，此陶、韋之所棄者，吾知免夫。弘治丙辰夏五月朔，陝西按察司提學副使石淙楊一清識。（四部叢刊影明嘉靖太華書院刊韋江州集附録）

華雲　刻韋江州集叙

叙曰：詩之所繇來也，尚矣。辭貴含蓄，體尚微婉，其用則主於感諷，使人得之，日用而不自知。故曰：其政雖不足行於一時，而其教實被於萬世。蓋惟君臣、朋友、夫婦之際，聚由人，合有懷，不能直吐，類多借以相發。而其他游衍敷揄之辭不與焉。先儒以爲始於里巷歌謡，良有以也。後世綺靡，日忘厥所原，往往多投贈、簡寄、贊頌之什。雖間有感諷，而以微辭相發之義，則罕復存者。即如投贈、簡寄、贊頌之貽，既綴長言，復系尺牘，是一言重出，竟付彌文。矧賡韵牽合，酬言猥瑣，尤可厭鄙。是得謂之詩乎！予少讀韋刺史集，以爲猶夫詩耳。稍長，見古人以陶、韋并稱，乃微探之。既而課習聲韵，則又狃於見聞，顧好李、杜、蘇、黄諸家。晚始讀韋，而有得焉。蓋不徒愛其辭之含蓄，體之微婉，而於其君臣、朋友、夫婦之際，殊數數焉。信乎，其得詩之原者矣！其於風化，不可謂無助也。兹視榷江州，攜之書篋，時時朗誦，以淑性靈。歷覽序傳，知韋公曾刺是邦，世稱名宦。問之邦人，莫有知者，而郡志亦不載也。文獻之不足徵，有如是乎！適中丞印臺傅公，拊循之暇，命郡守重刻陶集，予庸重有感焉。爰緘書兒曹，校刻是編，俾與彭澤共垂不朽。得代巡歸，喜見全帙，漫題簡端，識所以刻之之意。因告潯士，後有賢守如韋公者，慎勿遽遺忘之。嘉靖戊申五月望日，賜進士第、承德郎、户部山東清吏司主事晉陵華雲書。（四部叢刊影明嘉靖太華書院刊韋江州集卷首）

汪汝達　鄒夢桂　嘉靖刊韋江州集校後記

右韋刺史詩集十卷。計賦一首、古今詩五百六十首，宋嘉祐間王欽臣編定，而拾遺八首，則熙寧以後增入，舊本另爲卷，今附末卷之後，而序傳跋尾别爲一卷。補庵先生以地官視榷潯陽，政成譽流，兼理文翰，於陶、韋、濂溪尤拳拳焉。謂韋公嘗刺是州，書來，命長嗣明伯校刻是集，將置板公署，摹惠後學，且俾桂等同校之。浹三旬迄工，參考新舊善本頗衆，自謂精覈，無復訛脱，謹質諸博學君子。韋官止蘇州，猶係之江州者，以集所由刻也。嘉靖戊申夏五月朔日，蒙泉汪汝達、少鄉鄒夢桂校。（四部叢刊影明嘉靖太華書院刊韋江州集卷首）

華復初　嘉靖刊韋江州集校後記

韋詩世傳王欽臣校本，而拾遺附焉，然鮮善刻。家君嘗以數本互校，欲刻之，以宋本亦有脱訛而止。近蘇、揚所刻，更欠精校。今刻再參諸本，就其長者從之。但詩中襲疑甚多，如「朔風」云「一作氣」，

「華月」一作「明」之類。要之，意義頗同，無甚關係，一時稿本稍别耳。而「容」，一作「客」；「北」，一作「不」，此則筆訛音誤，亦歸闕疑，尤爲可笑，不容不以意裁之。輒與鄒子可否，一一删定，以便覽諷。王所編類例固當，然送黎六郎七言不入歌行，而難易言、調嘯、三臺辭俱係雜體，乃編歌行後，姑從舊，未敢輕改。劉須溪批白鸜鵒歌云：「誤字既多，大抵無味。」愚謂「夜仁全羽翼」當作「依人」，此不必疑，餘自明白，豈須溪亦未見善本耶？惟石鼓歌「喘逶迤相糾錯」，「喘」字上下，必有脱文，嗣更校補。今家君得代將歸，書來促數四，是以不及博考。岳西華復初謹識于光風霽月之樓。（四部叢刊影明嘉靖太華書院刊韋江州集卷首）

何湛之　陶韋合刻跋

詩三百一十篇，所爲美刺，要皆抒于性情，止于理義，無所爲而爲，不求工而工也。後之爲詩，以爲一藝而競趨之，至于唐，且以爲制科之羔雁已。嗟呼，以詩而博高名，取世資，必且爲快目艷心之語，驚魂動魄之談，適人之適而非自適，安在其抒性情而止理（禮）義！説者謂詩盛于唐，予以爲詩至唐而漓也。晉處士植節于板蕩之秋，游心于名利之外，其詩沖夷清曠，不染塵俗，無爲而爲。故皆實際，信三百篇之後一人也。唐刺史作，不虧情理，少涉濃郁，未必與處士雁行。乃效陶諸作，可稱速肖，蓋似者，其模仿之工，不盡似者，則時尚所移也。雖然曠代希聲，寥寥寡和，若刺史者，亦處士之後一人也。倘禘尼丘而并祫二祖，而陶幾入室，韋漸升堂，意味風流，千秋并賞。予因合刻之，聊以存古

人三百十一篇之遺意云。疏園居士何湛之書。(日本寶永三年刻須溪先生校本韋蘇州集)

袁克文　宋本韋蘇州集題跋(六則)

千秋歲　道人經籍,二酉臨安宅。聯蝶翼,搜狐腋。十門工剞劂,四部同行格。存百一,蘇州十卷千金易。　獨愛旋風册,藐矣連城璧。唐小集,玆爲伯。羅書真古趣,佞宋原癡癖。籤帕裹,雄觀未滅琳琅迹。　丙辰四月十一日寒雲倚聲。

明刊韋集至夥,以嘉靖繙棚本爲最精。序後增入宋沈明遠補傳,字畫微異,藏家自天禄以降,如海源楊氏,皆誤識爲宋刻,其精直可亂真。若持此相較,則覺奄奄無神采矣。繙本雖未改易行字,而卷中多所增損,皆以意爲之,尤覺失當。此本缺諱,如貞、恒、玄、樹、絃、徵、恨、朗、殷、敦、桓、禎、慎、匡、完、廓、構、泫、搆、瞰諸字,惟曙字數見,無缺筆者。繙本則上恒、桓數字缺筆耳。棘人克文。

韋蘇州集十卷,宋臨安書棚本,明多覆刊,此其祖也。天禄書目載有五部,兩宋一元兩明,考其藏印,皆與此不合。此當在著録以前賜出,故書目無之。書中藏印雖多,無可考,如戴氏長印、周琬諸印,古色蒼鬱,至近亦明初藏家。韋集明繙極夥,幾可亂真,近世藏家多誤識爲宋。真者,版心有字數及刻工姓名,無沈明遠補傳,且字畫瘦健,神姿幽逸,非覆本所能仿佛。存於今者,惟聞江寧圖書館所得泉塘丁氏書中有之,餘者俱未敢斷。此則棚本之絕精者,況首尾完好,了無缺殘,尤足爲稀世之珍。予藏宋槧雖已盈百,尚無棚本。今首即獲此,益自喜也。丙辰上巳寒雲。

頃見崇徽師所藏百宋一廛賦中之宏秀集殘本，亦書棚本也。與此版式字畫皆相同，而遜此帙之精。聞鄧氏三李、吴氏英靈及魚玄機都不能及，而丁氏之韋集亦非完帙，予之獲此，真可豪矣。丙辰三月二十夜又識於玉泉山下旅舍。寒雲。

有唐歌詩，承漢、魏之緒，接六朝之風，律格厥備，爲百世宗法，盛矣。而五言古體，殊寡其人焉。雖初唐諸傑暨杜陵之博，皆未極善美。獨韋蘇州秉不世之豪，恣跌宕之奇，納雄曠於沈逸，收譎怪於平淡，縱以情，嚴以律，捶枚乘之骨，吸淵明之魄，屏靡麗之旨，盡天籟之音，三唐作者，一人而已。予初解吟諷，即酷嗜韋詩。每讀遇楊開府一章，輒流連忘倦。忠壯之詞，洋溢騰躍，若哀梨并剪，快語聳人。噫嘻，曠達矯健，氣挾雲雷，視杜陵之酸寒拘守，雖同抱忠悃，豈足方也，況餘子哉！丁巳歲暮寒雲記，梅真書。

唐書無傳史官誤，宋槧驚時雕技高。五百餘篇集嘉祐，一千年後仰功曹。禁中秘籍聯雙璧，篋底精函抵萬瑫。碧海蒼天吟未倦，衹驚佳句不驚濤。丙辰八月十八日夜題于安平舟中。

四　著録

宋祁　新唐書

韋應物詩集十卷。（新唐書藝文志四）

晁公武　郡齋讀書志

韋應物集十卷。右唐韋應物，京兆人。周逍遥公夐之後。左僕射、扶陽公待價生令儀，令儀生鑾，鑾生應物。天寶中，爲三衛。永泰中，任洛陽丞、京兆府功曹。大曆十四年，自鄠縣制除櫟陽令，稱疾辭歸。建中二年，授比部郎中。守滁州。居頃之，改江州。召還，擢左司郎中。或媢其進，媒孽之，出爲蘇州刺史。性高潔，鮮食寡欲，所居焚香除地而坐。詩律自沈、宋以後，日益靡曼，鎪章刻句，揣合浮切，雖音韵婉諧，屬對麗密，而嫻雅平淡之氣不存矣。獨應物之詩，馳驟建安以還，得其風格云（卷十七）

陳振孫　直齋書録解題

韋蘇州集十卷。唐韋應物，京兆人。天寶時爲三衛，後作洛陽丞、京兆府功曹。知滁、江二州。召還，或媢其進，媒孽之，計出爲蘇州刺史。詩律自沈、宋以後，日益靡嫚，鎪章刻句，揣合浮切，音韵婉諧，屬對麗密，而閑雅平淡之氣不存矣。獨應物之詩，馳驟建安以還，得其風格云。（卷十九）

紀昀　四庫全書總目提要

韋蘇州集十卷。江蘇巡撫採進本。唐韋應物撰。應物，京兆人，新、舊唐書俱無傳。宋姚寬西溪叢語載吴興沈作喆爲作補傳，稱應物少游太學，當開元、天寶間充宿衛，扈從游幸，頗任俠負氣。兵亂後，流落失職，乃更折節讀書，由京兆功曹累官至蘇州刺史、太僕少卿、兼御史中丞，爲諸道鹽鐵轉運江淮留後。年九十餘，不知其所終。先是，嘉祐中王欽臣校定其集，有序一首，述應物事迹，與補傳皆合。惟云，以集及時人所稱推其仕宦本末，疑止於蘇州刺史。考劉禹錫集，有蘇州與韋中丞自代狀，則欽臣爲疏略矣。李觀集有上應物書，深言其褊躁。而李肇國史補云：「應物性高潔，鮮食寡欲，所居焚香掃地而坐。」二説頗異。蓋狷潔之過，每傷峭刻，亦事理所兼有也。其詩七言不如五言，近體不如古體，源出於陶，而鎔化於三謝，故真而不樸，華而不綺。但以爲步趨柴桑，未爲得實。如「喬木生夏涼，流雲吐華月」，陶詩安有是格耶？此本爲康熙中項絪以宋槧翻雕，即欽臣所校定。首賦，次雜擬，次燕集，次寄贈，次送别，次酬答，次逢遇，次懷思，次行旅，次感嘆，次登眺，次游覽，次雜興，次歌行。凡爲類十四，爲篇五百七十一。原序乃云分類十五，殊不可解。然字畫精好，遠勝毛氏所刻四家刻本，故今據以著録。其毛本所載拾遺數首，真僞莫辨，亦不復補入焉。（卷一百四十九集部别集類二）

按：沈氏補傳見趙與時賓退録，而非姚寬西溪叢語；劉禹錫集中之鹽鐵轉運江淮留後韋應物，非詩人韋應物，别是一人，四庫館臣所云有誤，詳見余嘉錫四庫提要辨證卷二十。

楊守敬　日本訪書志

須谿先生校本韋蘇州集十卷(元刊本)。首有王欽臣序，次目録，首行題「須谿先生韋蘇州集」，卷第一次行題「蘇州刺史韋應物」。每半葉九行，行十七字。卷中多校録異同之字，間有評語，末有何湛之兩跋。須谿此本多據何本補入者。其第二卷呈崔郎中之上補入三編，雪夜下朝之下補入四編，第五卷答裴處士下補入十八首，第七秋景詣琅琊精舍之下補入三首，第八末補入一首，共補入二十一首，皆低一格。拾遺八首，則云「熙寧丙辰校本添四首」，「紹興壬子校本添三首」，「乾道辛卯校本添一首」，則是韋集自嘉祐本以至何湛之本，凡六本矣。原序五百七十一首，按目録除補遺外只五百五十五首，以何本補入二十九首，則當五百八十四首，其數皆不相應，未知其故。昔人云，「獨憐幽草澗邊生」，宋板作「澗邊行」，以「生」爲誤。此詩在第八卷，「幽」下注云「一作芳」，「生」下注云「一作行」，則知作「生」作「行」皆宋板所有矣。今世行者，康熙中項絪以北宋本翻雕，稱即王欽臣本，又毛晉所刻「王孟韓柳四家」本。行篋中無此二書，未知何如。然須谿據六本以校定此本，則所得多矣。（卷十四）

按：楊守敬稱所見須谿先生校本韋蘇州集爲元刻本，其說可疑。楊氏稱該本載何湛之兩跋，然國家圖書館藏何湛之刻韋集乃明萬曆間刊本。日本大阪市立大學齋藤茂教授來示云：「關于留存于日本的宋、元版，有兩位著名的日本書志學者長澤規矩也和阿部隆一先生的研究，可是兩位先生都没有論及留存于日本的元版韋蘇州集。另外，主要的圖書館的目録裏面也没有記載該書。」齋藤先生來函提到日本汲古書院出版的和刻本漢詩集成中有日本寶永三年（一七〇六）刻須谿先生校本韋蘇州集，并將該書複印寄下。經查核，其内容、版式與楊守敬著録的元刻本相同，亦據何湛之本增二十一首詩，均低一格，其中有傳世宋、元、明刻本均已載録之韋應物呈崔郎中等詩，亦有乾道遞修本等宋刻本所無而爲後人誤補之盧綸冬夜宿司空野居因寄酬贈、張籍寄答秘書王丞等詩。未載兩跋，一爲何湛之陶韋合刻跋，一爲後序，實即劉辰翁德祐中書韋、孟二集後之評語（即「韋應物居官自愧」云云），故楊守敬所見本并非元刻本，而當是明萬曆以後刻本。

楊紹和　楹書隅録

詩家每以陶、韋、王、孟并稱，蓋王、孟皆源出於陶，而蘇州尤追步柴桑者也。余宋存書室中藏北宋本陶淵明集、南宋本湯注陶靖節詩、北宋蜀本王摩詰集、南宋初本孟浩然集，獨於韋集闕如也。歲辛亥，獲此本於袁江，每半葉十行，行十八字，與余前收黄復翁藏本唐山人詩款式正合，即百宋一廛賦注所謂臨安府睦親坊南陳氏書棚本也。計六册，每册有季滄葦印記。按延令書目載韋集凡二，然無六册者，惟宋板目中韋蘇州集下注云「四册」，又二册」，當即此本，傳寫者誤分耳。（卷四）

盧抱經學士群書拾補所校是集宋本即席氏、項氏繙刊之本，與此俱合。惟盧本有拾遺三頁，其目云「熙寧丙辰校本添四首」，「紹興壬子校本添三首」，「乾道辛卯校本添一首」，此本俱無之。想刻時在前，尚未經輯補耳。（同前）

丁丙　善本書室藏書志

韋蘇州集十卷，拾遺一卷。宋刊配元本，周松靄藏書。蘇州刺史韋應物。……此前四卷宋刊本，每半葉十行，行十八字，當即棚本行款，乃項氏、席氏翻雕祖本。後六卷配元刊校點本。卷末有題云：「韋應物居官自愧，閔閔有恤人之心。其詩如深山採藥，飲泉坐石，日晏忘歸。德祐初，須溪記。」又「孟浩然詩陸續刊行」八字。殆麻沙本也。枝山老樵一印，或是祝允明舊藏。有「周春松靄」、「仲魚過目」、「丙樂村農」、「馬玉堂」、「笏齋」諸印。（卷二四）

韋蘇州集十卷。明翻宋本，惲南田藏書。蘇州刺史韋應物。應物京兆人，新舊唐書俱無傳，宋沈明遠作喆特爲補撰。集乃嘉祐元年太原王欽臣取諸本校定，十卷，仍所部居，去其雜厠，分十五總類，合五百七十一篇。末有拾遺數首。汲古刻本所自出。卷中逢楊開府一詩備述生平，足見古人真率。有「惲壽平」、「正叔」、「衡門之下」、「白雲山外山人」諸印。壽平名格，以字行，一字正叔，號南田，又號白雲山外山人，武進人。有南田集，所居有南田館，倡酬皆一時名士。（同前）

五　評論

丘丹：「公詩原於曹、劉，參於鮑、謝，加以變態，意凌丹霄，忽造佳境，別開户牖。」（唐故尚書左司郎中蘇州刺史京兆韋君墓誌銘）

白居易：韋蘇州歌行，才麗之外，頗近興諷。其五言詩又高雅閑澹，自成一家之體，今之秉筆者誰能及之？然當蘇州在時，人亦未甚愛重，必待身後，然後人貴之。（與元九書）

李肇：韋應物立性高潔，鮮食寡欲，所居焚香掃地而坐。其爲詩馳驟建安以還，各得其風韻。（國史補卷下）

司空圖：王右丞、韋蘇州澄澹精緻，格在其中，豈妨於遒舉哉。（與李生論詩書）

又：右丞、蘇州，趣味澄敻，若清風之出岫。（與王駕評詩書）

張爲：高古奧逸主孟雲卿。上入室一人，韋應物。（詩人主客圖）

蘇軾：李、杜之後，詩人繼作，雖間有遠韻，而才不逮意。獨韋應物、柳宗元發纖穠於簡古，寄至味於澹泊，非餘子所及也。（書黃子思詩集後）

魏泰：韋應物古詩勝律詩。李德裕、武元衡律詩勝古詩，五字句又勝七字，張籍、王建詩格極相似，李益古、律詩相稱，然皆非應物之比也。（臨漢隱居詩話）

陳師道：右丞、蘇州皆學於陶，王得其自在。（後山詩話）

蔡啓：蘇州詩律深妙，白樂天輩固皆尊稱之，而行事略不見唐史，爲可恨。以其詩語觀之，其人物亦當高勝不凡。（苕溪漁隱叢話前集卷十五引蔡寬夫詩話）

蔡絛：韋蘇州詩如渾金璞玉，不假雕琢成妍，唐人有不能到。至其過處，大似村寺高僧，奈時有野態。（蔡百衲詩評）

韓駒：韋蘇州少時以三衛郎事玄宗，豪縱不羈。玄宗崩，始折節務讀書。然余觀其人，爲性高潔，鮮食寡欲，所居掃地焚香而坐，與豪縱者不類。其詩清深妙麗，雖唐詩人之盛，亦少其比，又豈似晚節把筆學爲者？豈蘇州自序之過歟。然天寶間不聞蘇州詩，則其詩晚乃工，爲無足怪。……宋朝以文名世者多矣，然柳州、蘇州，自歐陽公尚未之愛。宋景文作唐書文藝傳，舉唐之能文者皆在，至於蘇州，則以爲史家軼其行事，故不書，此豈知史法哉。（苕溪漁隱叢話前集卷十五引）

呂本中：徐師川言：人言蘇州詩，多言其古淡，乃是不知言蘇州詩。自李、杜以來，古人詩法盡廢，惟蘇州有六朝風致，最爲流麗。（苕溪漁隱叢話前集卷十五引呂氏童蒙訓）

葛立方：韋應物詩平平處甚多，至于五字句，則超然出於畦徑之外。如游溪詩「野水烟鶴唳，楚天雲雨空」，南齋詩「春水不生烟，荒崗筠翳石」，咏聲詩「萬物自生聽，太空常寂寥」，如此等句，豈下於「兵衛森畫戟，燕寢凝清香」哉。故白樂天云：「韋蘇州五言詩，高雅閑淡，自成一家之體。」東坡亦云：「樂天長短三千首，却愛韋郎五字詩。」（韵語陽秋卷一）

又：僧祖可，俗蘇氏，伯固之子，養直之弟也。作詩多佳句。……皆清新可喜。然讀書不多，故變態少。觀其體格，亦不過烟雲草樹，山水鷗鳥而已。而徐師川作其詩引，乃謂自建安七子，南朝二謝，唐杜甫、韋應物、柳宗元，本朝王荆公、蘇、黄妙處，皆心得神解，無乃過乎。（同上卷四）

吴聿：樂天云：「近世韋蘇州歌行，才麗之外，頗近興諷。其五言詩又高雅閑澹，自成一家，今之秉筆者，誰能及之……」然樂天既知韋應物之詩，而乃自甘心於淺俗，何耶？豈才有所限乎？

（觀林詩話）

曾季貍：前人論詩，初不知有韋蘇州、柳子厚，論字亦不知有楊凝式。二者至東坡而後發此秘，遂以韋、柳配淵明，凝式配顔魯公，東坡真有德於三子也。（艇齋詩話）

吴可：看詩以數家爲率，以杜爲正經，餘爲兼經也。如小杜、韋蘇州、王維、太白、退之、子厚、坡、谷、四學士之類也。（藏海詩話）

晁公武：詩律自沈宋以後，日益靡曼，鎪章刻句，揣合浮切，雖音韻婉諧，屬對麗密，而嫻雅平淡之氣不存矣。獨應物之詩，馳驟建安以還，得其風格云。（郡齋讀書志卷十七）

朱熹：其詩無一字做作，直是自在。其氣象近道，意常愛之。問：比陶何如？曰：陶却是有力，但語健而意閑。隱者多是帶氣負性之人爲之，陶却有爲而不能者也，又好名。韋則自在，其詩直有做不着處，便倒塌了底。（晦庵説詩）

又：韋蘇州詩高於王維、孟浩然諸人，以其無聲色臭味也。（同前）

黄徹：嘗觀韋應物詩，及兄弟者十之二三。廣陵覲兄云：「收情且爲歡，累日不知饑。」冬至寄諸弟云：「已懷時節感，更抱别離酸。」元日寄諸弟云：「日月味遠期，念君何時歇。」社日寄云：「遥思里中會，心緒恨微微。」寒食云：「聯騎定何時，吾今顔已老。」又云：「把酒看花想諸弟，杜陵寒食草青青。」初秋寄云：「高梧一葉下，空齋歸思多。」聞蟬寄諸弟云：「緘書報是時，此心方耿耿。」登郡樓寄諸弟云：「迫兹聞雁夜，重憶别離秋。」懷京師寄云：「上懷犬馬戀，下有骨肉情。」余謂觀此集者，

雖讒鬩交痡，當一變而怡怡也。（碧溪詩話卷十）

嚴羽：國初之詩，尚沿襲唐人。王黄州學白樂天，楊文公、劉中山學李商隱，盛文肅學韋蘇州，歐陽公學韓退之古詩，梅聖俞學唐人平澹處。至東坡、山谷，始自出己意以爲詩，唐人之風變矣。（滄浪詩話詩辯）

又：以人而論，則有韋蘇州體，韋應物。……韋柳體，蘇州與儀曹合言之。（同上詩體）

敖陶孫：韋蘇州如園客獨繭，暗合音徽。（詩人玉屑卷二引臞翁詩評）

包恢：唐稱韋、柳有晉、宋高風，而柳實學陶者。（敝帚稿略卷二）

張戒：韋蘇州詩韻高而氣清，王右丞詩格老而味長，雖皆五言之宗匠，然互有得失，不無優劣。以標韻觀之，右丞遠不逮蘇州。至于詞不迫切而味甚長，雖蘇州亦所不及也。（歲寒堂詩話卷上）

又：韋蘇州律詩似古，劉隨州古詩似律，大抵下李、杜、韓退之一等，便不能兼。隨州詩，韻度不如韋蘇州之高簡，意味不能如王摩詰、孟浩然之勝絶，然其筆力豪贍，氣格老成，則皆過之。（同前）

劉克莊：韋蘇州詩律深妙，流出肝肺，非學力所可到也。（後村詩話）

劉辰翁：韋應物居官自愧，閔閔有恤人之心，其詩如深山採藥，飲泉坐石，日晏忘歸。孟浩然如訪梅問柳，遍入幽寺。二人意趣相似，然入處不同。韋詩潤者如石。孟詩如雪，雖淡無采色，不免有輕盈之意。德祐初，初秋看二集，謹用校點，并記之。須溪劉辰翁。（四部叢刊影明嘉靖太華書院刊韋江州集附録序。原注云：「舊藏須溪批點本有序，蠹滅無從校寫，遂闕之，謹附評語於此。」）

又：生成語難得，浩然詩高處不刻畫，只似乘興。蘇州遠在其後，而淡復過之。（孟浩然詩集跋）

又：誦蘇州一二語，高處有山泉極品之味。（韋孟詩集評）

方回：柳柳州詩精絶工緻，古體尤高。世言韋、柳，韋詩淡而緩，柳詩峭而勁。（瀛奎律髓卷四）

倪瓚：韋、柳沖淡蕭散，皆得陶之旨趣，下此則王摩詰矣。何則？富麗窮苦之詞易工，幽深閑遠之語難造。（清閟閣全集卷十謝仲野詩序）

范德機：陶、韋含蓄優游，學者不察，失於迂闊。（木天禁語）

顧璘：韋公古詩當獨步唐室，以其得漢魏之質也，其下者亦在晉宋之間。（三體唐詩）

宋濂：有韋應物祖襲靈運，能一寄穠鮮於簡淡之中，淵明以來，蓋一人而已。（答章秀才論詩書）

張以寧：後乎三百篇，莫高於陶。……陶之繼，則韋、孟、王、柳之得意者，精絶超詣，趣與景會，多出於興，然於風雅概有悟。（翠屏集卷三黄子肅詩集序）

吴寬：（唐人）筆下往往出于自然，無雕琢之病，如韋、柳又其首稱也。世傳應物所至，焚香掃地；而子厚雖在遷謫之中，能窮山水之樂。其高趣如此，詩其有不妙者乎！（匏翁家藏集卷四四）

孔天允：王摩詰、孟浩然、韋應物，典雅沖穆，入妙通玄，觀寶玉於東序，聽廣樂於鈞天，三家其選也。（轉引自謝榛四溟詩話卷四）

何良俊：左司性情閑淡，最近風雅，其恬淡之處不減陶靖節。唐人五言古詩有陶、謝餘韻在者，獨左司一人。（四友齋叢説）

謝榛：律詩雖宜顔色，兩聯貴乎一濃一淡。若兩聯濃，前後四句淡，則可。若前後四句濃，中間兩聯淡，則不可。亦有八句皆濃者，唐四傑有之；八句皆淡者，孟浩然、韋應物有之。非筆力純粹，必有偏枯之病。（四溟詩話卷二）

李東陽：陶詩質厚近古，愈讀而愈見其妙。韋應物稍失之平易，柳子厚則過於精刻。世稱「陶、韋」，又稱「韋、柳」，特概言之。惟謂學陶者，須自韋、柳入，乃爲正耳。（麓堂詩話）

陸時雍：詩之所貴者，色與韵而已矣。韋蘇州詩，有色有韵，吐秀含芳，不必淵明之深情，康樂之靈悟，而已自佳矣。「白日淇上没，空閨生遠愁。寸心不可限，淇水長悠悠。」「還應有恨誰能識，月白風清欲墮時。」此語可評其況。（詩鏡總論）

又：盈盈秋水，淡淡春山，將韋詩陳對其間，自覺形神無間。（同前）

又：韋、柳之佳處在攄寫委盡，絶不作一矜語。（唐詩鏡）

王世貞：韋公之沖雅，白公之宏爽，吾不能第其於李杜若何，固非「十才子」所可肩并也。……操觚之士，間有左袒左司者，以左司澹而香山俗。第其所謂澹者，寓至濃於澹；所謂俗者，寓至雅於俗，固未可以皮相盡也。（弇州續稿卷四七）

胡應麟：唐初承襲梁、隋，陳子昂獨開古雅之源，張子壽首創清澹之派。盛唐繼起，孟浩然、王維、儲光羲、常建、韋應物，本曲江之清澹，而益以風神者也。（詩藪内編卷二）

又：韋左司大是六朝餘韵，宋人目爲流麗者得之。儀曹清峭有餘，閑婉全乏，自是唐人古體。

大蘇謂勝韋，非也。（同前）

又：蘇州五言古優入盛唐，近體婉約有致，然自是大曆聲口，與王、孟稍不同。（同前卷四）

又：子厚古詩，沖淡峭峻，在唐齊名蘇州，蘇長公至品諸韋上。然韋詩蕭散自然，去柴桑格致不遠。子厚雖骨力稍勁，其不及韋正坐此故，由子瞻勘捉未破耳。（少室山房類稿卷一〇八）

鍾惺：韋蘇州等詩，胸中腕中皆先有一段真至深永之趣，落筆自然清妙，非專以淺淡擬陶者。世人誤認陶詩作淺淡，所以不知韋詩也。（唐詩歸）

徐獻忠：蘇州詩氣象清華，詞端閑雅，其源雖出於靖節，而深沈頓鬱，又曹、謝之變也。唐人作古調，雖各有門户，要之律體方精，彌多附寄，而專業之流鮮矣。蘇州獨騁長轡，大窺曩代，而又去其拘攣補衲之病，蓋一大家也。當時詞流穠鬱，感蕩成波，其視蘇州淡泊無文，未淹高聽，而大羹玄味，足配元英。雖不足心嬉春弄物，要之心靈跨俗，自致上列，不與濁世争長矣。（唐詩品）

許學夷：唐人五言古，氣象宏遠惟韋應物、柳宗元，其源出于淵明，以蕭散沖淡爲主。然要其歸，乃唐體之小偏，亦猶孔門視伯夷也。（詩源辨體卷二十三）

又：韋、柳五言古，蕭散沖淡，本未可以句摘，今於景中見趣者姑摘數語，以見大略。韋如「水木澄清景，逍遥清賞餘」、「遠峰明夕川，夏雨生衆緑」、「日落群山陰，天秋百泉響」、「明滅泛孤景，杳靄含夕虛」、「隔林分落景，餘霞明遠川」、「高林曉露清，紅藥無人摘」、「幽鳥林上啼，青苔人迹絶」、「空林無宿火，獨夜汲寒泉」等句，皆於景中見趣，試一諷咏之，則鄙吝盡除矣。（同前）

又：韋、柳五言古，猶摩詰五言絶，意趣幽玄，妙在文字之外。學者必欲於音聲色相求之，則見其短篇仄韵爲工，而於長篇平韵，如飲水嚼蠟矣。（同前）

又：韋、柳五言古，雖以蕭散沖淡爲主，然舊史稱子厚詩「精裁密致」，宋景濂謂柳「斟酌於陶、謝之中」，斯并得其實。故其長篇古律用韵險絶，七言古鍛煉深刻。應物之詩較子厚雖精密弗如，然其句亦自有法，故其五言古短篇仄韵最工，七言古既多矯逸，而勁峭獨出。乃知二公是由工入微，非若淵明平淡出于自然也。（同前）

又：東坡云：「柳子詩在淵明下，韋蘇州上。」朱子云：「韋蘇州高於王維、孟浩然諸人，以其無聲色臭味也。」愚按：韋、柳雖由工入微，然應物入微而不見其工；子厚雖入微，而經緯綿密，其功自見。故由唐人而論，是柳勝韋；由淵明而論，是韋勝柳。東坡遷海外，惟以陶、柳二集自隨，是豈真知陶者哉！朱子初年，五言古悉學蘇州。（同前）

又：應物……其人既自豪放以歸恬淡，故其詩亦自縱逸以歸沖淡也。（同前）

又：應物五言古有擬古、雜詩等作，他如「仙鳥何飄颻」、「鬱鬱兩相遇」、「少年一相見」、「握手出都門」、「青青連枝樹」等篇，實用古體。如「霜露悴百草」、「攜手花林下」、「田家已耕作」、「偶然棄官去」、「春雷起萌蟄」等篇，乃學淵明之真率自然。如「濟濟衆君子」、「宦游三十載」、「弱志厭衆紛」、「簡略非世器」、「亭亭心中人」、「獻歲抱深惻」、「凌霧朝閶闔」、「兹晨乃休暇」、「登高創危構」、「臨流一舒嘯」、「靄靄高館暮」等篇，則學淵明之蕭散沖淡，而實則唐體也。至於「負暄衡門下」、「湛湛嘉樹陰」,「仲春時景好」,「貴賤雖異等」,「青苔幽巷遍」,「池上鳴佳禽」,「蕭條竹林院」,「朝出自不還」,「心絶去來緣」,「北望極長廊」,「見月東山出」等篇,則近於無聲色臭味矣。(同前)

又:六朝五言,謝靈運俳偶雕刻,正非流麗。玄暉雖稍見流麗,而聲漸入律,語漸綺靡,遂成雜體。若應物,蕭散沖淡,較六朝更自迥别。徐師川云:「韋蘇州有六朝風致,最爲流麗。」其背戾滋甚。要之應物之詩本出於陶,六朝支離瑣屑,正不當與之并言,不得以字句形似求之。(同前)

又:應物五言古,短篇仄韵最工,然與本體稍異。他如「芳節欲云晏」、「高臺造雲端」二篇,則頗見經緯之功。然沉鬱實遜子厚,此韋不如柳也。「聖朝有遺逸」一篇,語涉峥嶸,益非本相矣。(同前)

又:應物七言古,體既矯逸,而語復勁峭,與五言古如出二手。以全集觀,聲調間有不純者。(同前)

又:應物五七言律絶,蕭散沖淡,與五言古相類,然所稱則五古也。(同前)

朱克生:唐五言絶句得王維意者,唯韋應物。(唐詩品彙删)

王夫之:韋於五言古,漢、晉之大宗也。俯視諸子,要當以兒孫蓄之,不足以充其衙官之位。其安頓位置,有所吝留,有所揮斥。其吝留者必流俗之揮斥,其揮斥者必流俗之吝留,豈其以擺脱自異哉!吟咏家唯於此千錘百煉,如考工記所稱五氣俱盡、金錫融浹者,方可望作者肩背。非此,則鑽心作竅,其心愈爲血所模糊,揀擇去取,莫知端涘,亦無望其仿佛也。(唐詩評選卷二)

賀貽孫：中唐如韋應物、柳子厚諸人，有絶類盛唐者；晚唐如馬戴諸人，亦有不愧盛唐者。然韋、柳佳處在古詩，而馬戴不過五七言律。韋、柳古詩尚慕漢、晉，而晚唐人近體相沿時尚。韋、柳輩古體之外尚有近體，而晚唐近體之中遂無古意。此又中晚之別也。（詩筏）

又：詩中之潔，獨推摩詰。即如孟襄陽之淡，柳柳州之峻，韋蘇州之警，劉文房之雋，皆得潔中一種，而非其全。（同前）

又：韋蘇州擬陶諸篇，非不逼肖，而非蘇州本色。蘇州本色在「微雨夜來過，不知春草生」，「落葉滿空山，何處尋行迹」，「豈無終日會，惜此花間月」，「空館忽相思，微鐘坐來歇」。如此等語，未嘗擬陶，然欲不指爲陶詩，不可得也。（同前）

賀裳：韋應物冰玉之姿，蕙蘭之質，粹如藹如，警目不足，而沁心有餘。然雖以澹漠爲宗，至若「喬木生夏涼，流雲吐華月」，「日落群山陰，天秋百泉響」，「落葉滿空山，何處尋行迹」，「高梧一葉下，空齋歸思多」，「一爲風水便，但見山川馳」，「何因知久要，絲白漆亦堅」，正如嵇叔夜土木形骸，不加修飾，而龍章鳳姿，天質自然特秀。（載酒園詩話又編）

又：韋詩皆以平心静氣出之，故多近于有道之言。「身多疾病思田里，邑有流亡愧俸錢」，宛然風人十畝、伐檀遺意。又如「爲政無異術，當責豈望遷」，「常怪投錢飲，事與賢達疏」，「所願酌貪泉。心不爲磷淄（緇）」，省己喻人，皆非素心人不能道。（同前）

又：韋詩誠佳，然觀劉須溪細評，亦太鑽皮出羽。惟云「韋詩潤者如石，孟詩如雪，雖淡無采色，不免有輕盈之意」，此喻尚好。至謂二人意趣相似，則又不然。「自顧躬耕者，才非管樂儔。聞君薦草澤，以此泛滄洲」，自是隱士高尚之言。「促戚下可哀，寬政身致患。日夕思自退，出門望故山」，自是循吏倦還之語。本不同牀，何論異夢！（同前）

又：宋人又多以韋、柳并稱，余細觀其詩，亦甚相懸。韋無造作之煩，柳極鍛煉之力。韋真有曠達之懷，柳終帶排遣之意。詩爲心聲，自不可强。（同前）

王士禛：東坡謂柳柳州詩在陶彭澤下，韋蘇州上，此言誤矣。余更其語曰：韋詩在陶彭澤下，柳柳州上。余昔在揚州，作論詩絶句有云：「風懷澄澹推韋柳，佳句多從五字求。解識無聲絃指妙，柳州那得比蘇州。」又嘗謂陶如佛語，韋如菩薩語，王右丞如祖師語也。（帶經堂詩話卷一）

又：汾陽孔文谷云：「詩以達性，然須清遠爲尚。」薛西原論詩，獨取謝康樂、王摩詰、孟浩然、韋應物，言：「『白雲抱幽石，緑篠媚清漣』，清也。『表靈物莫賞，藴真誰爲傳』，遠也。『何必絲與竹，山水有清音』，『景昃鳴禽集，水木湛清華』，清遠兼之也。」總其妙在神韻矣。（同前卷三）

又：張曲江開盛唐之始，韋蘇州殿盛唐之終。（同前卷四）

田雯：中唐韋蘇州、柳柳州，一則雅澹澄静，一則恬適安閑。漢、魏、六朝諸人而後，能嗣響古詩正音者，韋、柳也，非僅貞元、元和間推獨步矣。（古歡堂集雜著卷二）

牟願相：韋蘇州應物詩如骨冷神清，獨寢無夢。（小澥草堂雜論詩）

又：韋蘇州氣太幽，較淵明作儘少自在。淵明信筆揮灑，都入化境。蘇州詩極用力，畢竟不免

文士氣。（同前）

顧安：唐詩之脩閑澂澹，韋公爲獨至。五言古、律二體，讀之每令人作登仙入佛之想。（唐律消夏録卷五）

葉矯然：薛君采論五言律，推右丞、蘇州爲第一。良有深意妙會，覺子美猶當别論。僕嘗持此議未發，君采先獲我心，然此可爲知者道。（龍性堂詩話）

又：韋詩古淡見致，本之陶令，人所知也。集中實有藍本大謝者，或不之覺，特爲拈出。如「性愜形豈勞，境殊路遺緬」，「無累恒悲往，長年覺時速」，「適悟委前忘，清言怡道心」，「樂幽心屢止，遵事迹猶遽」，「積喧忻物曠，聽玩覺景馳」等句皆是。至於「填壑躋花界，疊石構雲房」，「風條灑餘靄，露葉承新旭」，「摘葉愛芳在，捫竹憐粉汗」，「緣崖摘紫房，扣檻集靈龜」，則依依晉、宋諸公佳致矣。（龍性堂詩話續集）

沈德潛：王右丞之超禪入妙，孟襄陽之清遠閑放，韋左司之沖和自然，柳柳州之清峭峻潔，皆宗陶，而各得其性之所近。（陳明善唐八家詩鈔序）

又：陶詩胸次浩然，其中有一段淵深樸茂不可到處。唐人祖述者，王右丞有其清腴，孟山人有其閑遠，儲太祝有其樸實，韋左司有其沖和，柳儀曹有其峻潔，皆學焉而得其性之所近。（説詩晬語卷上）

又：五言絶句，右丞之自然，太白之高妙，蘇州之古淡，并入化機。而三家中，太白近樂府，右

丞、蘇州近古詩，又各擅勝場也。（同前）

胡鳳丹：王與孟與韋與柳，其生平出處不盡相侔，而其胸襟浩落，蕭然出塵，則遥遥百餘年間，前後若合符節。王則以清奇勝，柳則以清峻勝，韋則以清拔勝，孟則以清遠勝。每當風晨月夕，展卷長吟，如幽士深山，如佳人空谷，令人仿佛遇之。詩曰：「高山仰止，景行行止。」雖不能至，心竊向往之。所願天下之論詩者，毋徒炫李、杜之名，而忽視夫四子也。（唐四家詩集序）

管世銘：（五古）韋、柳以澄澹爲宗，錢、李以風標相尚。（讀雪山房唐詩序例）

又：（七古）韋蘇州落落數篇，氣息古雅，正不可廢。（同前）

又：韋蘇州五言高妙，劉賓客七律沉雄，以作小詩，風流未遠。（同前）

又：王、孟詩品清超，終是唐調，唯蘇州純乎陶、謝氣息。（同前）

又：「發穠纖於簡古，寄至味於澹泊」，韋柳詩之定評也。蘇州殁後，識之者僅一樂天。柳州文掩其詩，得東坡而始顯。當時雖榮，没則已焉；文章之道，乃反乎是。（同上）

喬億：唐五古宜枕藉觀覽者，射洪、曲江、李、杜、韋、柳，他如儲、王數公，亦可備流覽也。（劍溪説詩卷上）

又：韋左司詩淡泊寧静，居然有道之士。國史補稱「韋性高潔，鮮食寡欲」，今讀其詩，益信其爲人。（同前）

又：韋詩淡然無意，而真率之氣自不可掩。（同前）

又：韋公五言正脈，白居易謂「高雅閑澹，自成一家」，尚不爲知言。朱子謂「左司五言所以高於王維者，以其無色香臭味也」，此爲篤論。（同前）

又：左司不著七律名，而格韵自高。（同前）

又：韋詩不惟古澹，兼以静勝。古澹可幾，静非澄懷觀道不可能也。（劍溪説詩又編）

又：韋公多恤人之意，極近元次山。（同前）

又：韋詩五百七十餘篇，多安分語，無一詩干進。且志切憂勤，往往自溢于宴游贈答間，而淫蕩之思，麗情之句，亦無有焉。（同前）

又：韓、杜不無干謁詩文，太白亦多綺語，試執此以論韋，卓乎其不可及矣。（同前）

又：詩中有畫，不若詩中有人。左司高於右丞，以此。（同前）

又：左司歌行，極華贍中仍加澹逸，特風調稍遜王、李諸公，然王、李較之意淺。（同前）

紀昀：（韋應物）其詩七言不如五言，近體不如古體。五言古體源出於陶，而鎔化於三謝，故真而不樸，華而不綺。但以爲步趨柴桑，未爲得實。如「喬木生夏涼，流雲吐華月」，陶詩安有是格耶？（四庫全書總目卷一五〇）

趙翼：曾季貍艇齋詩話謂「前人論詩，不知有韋蘇州，至東坡而後發此秘，遂以配陶淵明」云。按韋蘇州同時人劉太真與韋書云：「顧著作來，知足下郡齋宴集，何以情致暢茂，趣逸如此！宋、齊間沈、謝、吳、何，始精于意理，緣情體物，得詩人之旨。後之傳者少矣。惟足下制其横流，師摯之始，關雎之亂，於足下之文見之。」是韋詩已爲同時人所賞貴。其後白香山又宗陶、韋，有詩云：「時時自吟咏，吟罷有所思。蘇州及彭澤，與我不同時。」又云：「嘗愛陶彭澤，文思何高玄。又怪韋蘇州，詩情亦清閑。」是香山亦已推韋，以比彭澤，不待東坡始重之也。坡詩云：「樂天長短三千首，却愛韋郎五字詩。」亦明説香山之重韋，豈至坡始發其秘耶？（甌北詩話卷十二）

又：韋、柳歌行之善者，妙絶時人，但五言更臻極則，不能不自掩之耳。（同前）

翁方綱：王、孟諸公，雖極超詣，然其妙處，似猶可得以言語形容之。獨至韋蘇州，則其奇妙全在淡處，實無迹可求。不得已，則取徐迪功所謂「朦朧萌坼，渾沌貞瘁」八字，或庶幾可仿佛之。（石洲詩話卷二）

闕名：人以王、孟、韋、柳連而稱之者，以其詩皆不事雕繪也。然其間位置自别，風趣不同。韋蘇州氣味不在建安下，不應以其有田園詩便列一格。柳州詩清煉孤詣，類其爲文。韋特自然，柳多作意，在讀者得之。（静居緒言）

又：韋、柳詩皆本色文字，大璞不琢，人知其美而往往易視，殊不知難于藻飾者多矣。故歷觀自來名爲學韋、柳者，率多浮薄疏庸之筆。（同前）

潘德輿：漁洋謂「左司五絶，出自右丞，加以古淡」。愚按：左司古淡清麗，詩源自出魏、晉，非出右丞，其年代不甚在右丞後。詩之古淡，本與右丞相似，非「加以古淡」也。古淡由氣骨，豈由加增而得之者耶？（養一齋詩話卷一）

又：魏泰謂「韋左司古詩勝律詩」，此語殊妄。韋五律之清妙，都不讓五古。七律如「寒樹依微遠天外，夕陽明滅亂流中」，「身多疾病思田里，邑有流亡愧俸錢」，假使陶元亮執筆爲七律，又何以過此！（同前卷二）

潘清：論詩各有意見。東坡云，韋不如柳。漁洋云，柳不如韋。今讀「微雨夜來過，不知春草生」，「落葉滿空山，何處尋行迹」，覺此等妙句，在陶集中亦不多得，迥非柳州所能及。（挹翠樓詩話卷三）

姚範：韋自在處過於柳，然亦病弱。柳則體健，以能文故也。（援鶉堂筆記卷四四）

姚椿：愚謂左司詩正如歸太僕文，爲大家不足，爲名家有餘。惜翁所謂晉元南渡，雖不能如光武中興，而絶使焚幣，終不肯與石勒通和者，此兩家足以當之矣。（樗寮詩話卷中）

方東樹：韋公之學陶，多得其興象秀傑之句，而其中無物也，譬如空華禪悦而已，故阮亭獨喜之。陶公豈僅如是而已哉。（昭昧詹言卷一）

畢希卓：王、韋、孟、柳，均清深閑澹，了無塵俗。其派同出于陶，然亦微有不同處。昔人評詩，謂輞川如秋水芙蓉，倚風自笑；蘇州如園客獨繭，暗合音徽；襄陽如洞庭始波，木葉微脱；柳州如高秋獨眺，霽晚孤吹，洵至論也。而評王、孟尤確當。（芳菲菲堂詩話）

林昌彝：漢、魏、晉人詩，氣息淵永，風骨醇茂，唐人詩似之者惟韋蘇州。（海天琴思續録卷七）

又：唐人王、孟、韋、柳皆陶之一體，而不能具體，亦繫其心體工夫未從六經中來耳。即王、孟、韋、柳四家言之，王第一，韋次之，柳又次之，孟爲下。蓋王實兼賅群妙，韋之温厚、柳之雅澹，皆能胚胎古人；孟詩特是清舉而已，以其人品尚潔，故能與右丞齊名，其詩究不免于窄狹，非王、韋、柳之敵也。今人視四家爲平等，焉得稱物之平乎。（射鷹樓詩話卷一八）

施補華：後人學陶，以韋公爲最深，蓋其襟懷澄澹，有以契之也。（峴傭説詩）

又：韋公古澹勝於右丞，故於陶爲獨近。如「貴賤雖異等，出門皆有營」，「微雨夜來過，不知春草生」，「寧知風雨夜，復此對床眠」，「不覺朝已晏，起來望青天」，如出五柳先生口也。（同前）

又：韋公亦能作秀語，如「喬木生夜涼，流雲吐華月」，「南亭草心緑，春塘泉脈動」，「緑陰生晝静，孤花表春餘」，「日落群山陰，天秋百泉響」，亦足以敵王、孟也。（同前）

劉熙載：陶、謝并稱，韋、柳并稱。蘇州出于淵明，柳州出于康樂，殆各得其性之所近。（藝概詩概）

又：五言尚安恬，七言尚揮霍。安恬者，前莫如陶靖節，後莫如韋左司；揮霍者，前莫如鮑明遠，後莫如李太白。（同前）

許印芳：唐人中，王、孟、韋、柳四家詩格相近，其詩皆從苦吟而得。人但見其澄澹精緻，而不知其幾經淘洗而後得澄澹，幾經熔煉而後得精緻。（與李生論詩書跋）

陳衍：自韋蘇州有「對床聽雨」之言，東坡與子由詩復屢及之，「聽雨」遂爲詩人一特别意境。（石遺室詩話卷十三）

宋育仁：（韋詩）其源出於淵明，在當時已定論，唯其志潔神疏，故能淡言造古。擬古十二篇，雖未遠跡陶公，亦得近裁白傅。乃如「畫寢清香」、「郡齋夜雨」，琅然疏秀，有雜仙心。至若「喬木生夏涼，流雲吐華月」，亦復自然佳妙，不假雕飾之功。唯氣格未遒，視古微疑渙散。（三唐詩品卷中）

六　簡譜

韋應物，字義博，行十九，京兆杜陵人。北周逍遥公韋夐之後；五世祖世沖，隋民部尚書；高祖挺，唐刑部尚書、御史大夫兼黄門侍郎；曾祖待價，相武后；祖令儀，梁州都督；父鑾，宣州司法參軍。

韋應物行十九，見雲溪友議卷中「中山悔」條。

韋應物休沐東還胄貴里詩示端：「休沐遂兹日，一來還故墟。」唐代墓誌彙編續集會昌〇二八唐故京兆府兵曹參軍韋公（文度）墓誌銘：「……葬于萬年縣洪固鄉韋曲胄貴里先夫人塋之西。」知胄貴里在京兆府萬年縣杜陵之韋曲。

韋應物字及世系據丘丹唐故尚書左司郎中蘇州刺史京兆韋君墓誌銘并序。新唐書宰相世系四上所載略同，惟謂高祖名沖，字世沖，又民部作户部；又令儀爲「宗正少卿」，鑾則未載官職。

妻元蘋，子慶復、厚復。慶復，監察御史裏行、河東節度判官；生退之，將仕郎、監察御史裏行。

韋應物妻元蘋，子慶復，孫退之，婿楊凌，見丘丹韋應物墓誌、韋應物故夫人河南元氏（蘋）墓誌銘、楊敬之唐故監察御史裏行河東節度判官賜緋魚袋韋府君（慶復）墓誌、韋退之唐故河東節度判官監察御史京兆韋府君

（慶復）夫人聞喜縣太君（裴棣）玄堂誌。新唐書宰相世系四上載應物子厚復，孫徹等，諸誌未載其名。今據韋應物等墓誌及新唐書宰相世系等列韋應物世系表于下：

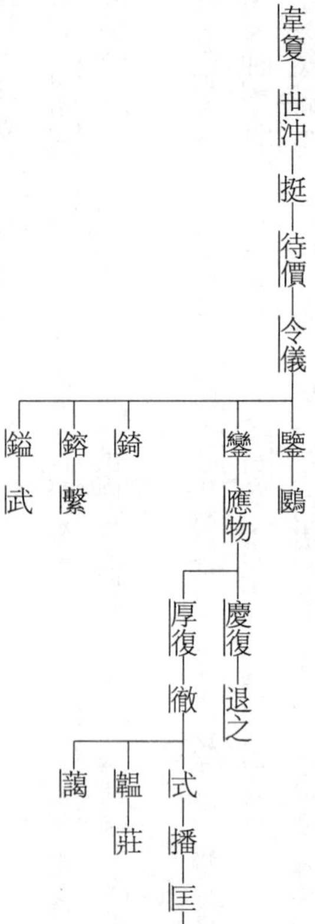

唐玄宗開元二十三年乙亥（七三五）

韋應物本年生，一歲。

韋應物墓誌未載其享年，所以無從直接推知其生年。其京師叛亂寄諸弟云：「弱冠遭世難，二紀猶未平。」故姚寬西溪叢語以「世難」指天寶十五載長安陷落、玄宗幸蜀事，據定其生年爲開元二十五年。傅璇琮韋應物繫年考證（文載唐代詩人叢考，後簡稱考證）從之，但云：「弱冠」乃舉成數，「確切地說，韋應物當生於開元二十五年前後」。按韋應物白沙亭逢吳叟歌云：「問之執戟亦先朝……見我昔年侍丹霄。……星歲再周十二辰……」詩大曆四或五年在揚州作，自大曆五年逆推一紀十二年，知其爲三衛在天寶八載。韋應物燕李録事云：「與君十五侍皇闈。」以天寶八載年十五逆推，當生於開元二十三年。韋應物元蘋墓誌自云：「夫人……以大曆丙辰九月廿日癸時疾終於功曹東廳内院之官舍。……余年過強仕，晚而易傷。」丙辰，大曆十一年。禮記曲禮下：「四十強而仕。」今定應物生於開元二十三年，大曆十一年（七七六）年四十二，與「年過強仕」語合。若定開元二十五年生，則大曆十一年韋應物方四十歲，不能説「過強仕」，只能説「年甫強仕」了。

唐玄宗天寶八載己丑（七四九）　十五歲

本年前後，以門蔭補右千牛，陪扈從遊宴。

韋應物墓誌：「丱角之年，已有不易之操。以蔭補右千牛。」卷一燕李録事：「與君十五侍皇闈，曉拂爐煙上玉墀。花開漢苑經過後，雪下驪山沐浴時。」卷九温泉行：「出身天寶今年幾？頑鈍如錘命如紙。……北風慘慘投温泉，忽憶先皇遊幸年。身騎厩馬引天仗，直入華清列御前。」應物本年十五，其爲右千牛當在本年。卷二休沐東還胄貴里示端：「宦遊三十載，田園久已疏。」詩大曆十四年作，自大曆十四年上溯三十年亦爲本年。卷一〇白沙亭逢吴叟歌叙己爲三衛執戟先朝事云：「星歲再周十二辰，爾來不語今爲君。」詩大曆四或五年在揚州作，自本年至大曆五年爲二十二年，接近「二紀」二十四年之數。

天寶十二載辛卯（七五三）　十九歲

本年或稍前，入太學讀書。

卷三贈舊識：「少年遊太學，負氣蔑諸生。蹉跎三十載，今日海隅行。」考證謂詩作于貞元四年赴任蘇州時，據以上推三十年，定其入太學在乾元二年，且舉卷一逢楊開府詩中「少事武皇帝，無賴恃恩私。……武皇升仙去，憔悴被人欺。讀書事已晚，把筆學題詩」語以證之。但是第一，新唐書選舉志上：「凡生，限年十四以上，十九以下。」依考證所定應物生年，乾元二年二十三歲，已遠遠超過入太學之法定年齡。第二，如乾元二年應物方入太學爲諸生，依唐代官員遷轉常例，亦不可能在三四年後之廣德元年官至從七品上之洛陽丞，且其間尚歷羽林倉曹、高陵尉、大理評事數職。第三，韋應物自云在太學時尚「負氣蔑諸生」，故不可言「蹉跎」，「蹉跎」當指入仕後而言。本年韋應物年十九，爲法定太學生入學之最大年齡，其入太學必當在本年或稍前。

天寶十三載辛卯（七五四）　二十歲

本年左右，爲羽林倉曹。

韋應物墓誌：「以蔭補右千牛，改□羽林倉曹。授高陵尉、廷評、洛陽丞……」韋應物天寶八載爲右千牛，十二載前入太學（見前譜），廣德元年官洛陽丞（參該年譜），故其爲羽林倉曹約在本年。

天寶十五載，唐肅宗至德元載丙申（七五六）　二十二歲

居昭應縣驪山，與元氏結褵。後避難至武功等地。

元蘋墓誌：「應物娶河南元氏夫人諱蘋，字佛力。……夫人……以天寶丙申八月廿二日配我於京兆之昭應。」卷六發蒲塘驛沿路見泉谷村墅忽想京師舊居追懷昔年：「忽念故園日，復憶驪山居。荏苒斑鬢及，夢寢婚宦初。不覺平生事，咄嗟二紀餘，存没闊已永，悲多歡自疏。」驪山在昭應縣，詩乃懷念驪山舊居及元氏而作，知應物天寶末居昭應縣驪山，本年在驪山居與元蘋結褵。

卷七登寶意寺上方自注：「寺在武功，曾居此寺。」卷六經武功舊宅：「歷載俄二九，始往今來復。」二詩當大曆九至十三年在京兆府功曹任上作。自大曆九年上推十八年，爲至德元載。故其寄居武功當在本年長安淪陷後。卷一淮上喜逢梁川故人：「江漢曾爲客，相逢每醉還。」爲客江漢，當指己曾居漢水濱之梁州而言，時當亦在至德中，參見該詩注。

唐肅宗乾元元年戊戌（七五八）　二十三歲

本年左右，爲高陵尉。

韋應物墓誌：「以蔭補右千牛，改□羽林倉曹。授高陵尉、廷評、洛陽丞……」其爲高陵尉約在本年（參見天寶十三載譜）。卷二高陵書情寄三原盧少府：「直方難爲進，守此微賤班。……兵兇久相踐，賦徭豈得閑。」即作於高陵尉任上。

唐肅宗上元元年庚子（七六〇）　二十五歲

本年左右，以大理評事從事河陽府。

韋應物墓誌：「改□羽林倉曹，授高陵尉、廷評、洛陽丞……」廷評，即大理評事，爲墓誌所列韋應物所任十三政官之一，應物當在本年前後任此職（參見天寶十三載及乾元元年譜）。卷三歲日寄京師諸季端武等：「少事河陽府，晚守淮海壖。」知應物早年曾爲河陽府從事。然廣德後韋應物行蹤可考，無佐河陽幕事，知其從事河陽當在廣德中爲洛陽丞前，當約在本年。故韋應物本年當是以大理評事佐河陽府幕，墓誌僅載其官銜，未載其職銜。

唐肅宗寶應二年　唐代宗廣德元年癸卯（七六三）　二十九歲

冬，爲洛陽丞。

韋應物墓誌：「改□羽林倉曹，授高陵尉、廷評、洛陽丞……」卷六廣德中洛陽作：「蕭條孤煙絶，日入空城寒。蹇劣乏高步，緝遺守微官。」知廣德中應物已在洛陽爲官，時當在洛陽丞任。

唐代宗永泰元年乙巳（七六五）　三十一歲

在洛陽丞任，以撲抉軍騎見訟於東都留守。

卷二示從子河南尉班序：「永泰中，余任洛陽丞，以撲抉軍騎……見訟於居守。」

唐代宗大曆元年丙午（七六六）　三十二歲

春，請告閑居洛陽。

卷八任洛陽丞請告：「休告臥空館，養病絶囂塵。……天晴嵩山高，雪後河洛春。」當作於本年早春。

大曆四年己酉（七六九）　三十五歲

秋，自長安經洛陽、楚州等地赴揚州。

卷二將往江淮寄李十九儋題下注：「余自西京至，李又發河洛，同道不遇。」往江淮即赴揚州。同卷自鞏洛舟行入黄河即事寄府縣僚友：「寒樹依微遠天外……一雁初晴下朔風。」時當在秋末冬初。卷五將發楚州經寶應縣李二忽於州館相遇月夜書事因簡李寶應詩，作於自洛陽東南行赴揚州途中。參見有關各詩注。

大曆五年庚戌（七七〇）　三十六歲

在揚州。秋，自揚州北歸洛陽。

卷二發廣陵留上家兄兼寄上長沙：「得此海氣涼，感秋意已違。」初發揚子寄元大校書：「歸棹洛陽人，殘鐘廣陵樹。」淮上即事寄廣陵親故：「秋山起暮鐘，楚雨連滄海。」知應物自揚州北歸洛陽，時在秋日。明年春夏間，應物在洛陽有詩作，知其北歸在本年秋。

大曆六年辛亥（七七一） 三十七歲

在洛陽，官河南府兵曹參軍。

本年春夏間韋應物已在洛陽，有詩送章八元赴長安應制舉，又預賈至洛陽林亭之宴集，參見卷四送章八元秀才擢第往上都應制舉、卷一賈常侍林亭宴集等詩。韋應物墓誌：「授……洛陽丞、河南兵曹、京兆功曹。」大曆八年，韋應物因病罷河南府兵曹任，其任河南兵曹當在本年。參見大曆八年譜。

大曆八年癸丑（七七三） 三十九歲

罷河南府兵曹參軍，居洛陽同德寺養疾。

卷二同德精舍養疾寄河南兵曹東廳掾：「官曹諒先忝，陳躅慚後彥。……豈知晨與夜，相代不相見。」知應物在河南府兵曹參軍任上因病被代，居同德寺養疾。同德寺在洛陽東城之東景行坊。卷五有李博士以余罷官居同德精舍共有伊陸名山之期久而未去枉詩見問……聊以爲答等詩，考證以爲「罷官」乃指罷洛陽丞而言。按卷三贈崔員外云：「一別十年事，相逢淮海濱。還思洛陽日，更話府中人。」詩約建中四年滁州作。然自建中四年上溯至罷洛陽丞之大曆元年已十八年，故詩所稱洛陽「府中人」非指爲洛陽丞時事，而是指大曆七、八年爲河南兵曹時事。自本年至建中四年，整十年。韋集中卷二、卷五居同德寺所作諸詩均次赴揚州往返途中所作諸詩之後，亦可證知居同德精舍乃罷河南兵曹後事。

冬，自洛陽赴長安。

卷四留別洛京親友：「握手出都門，駕言適京師。……單車我當前，暮雪子獨歸。」知於冬日自洛陽赴長安。卷六同德精舍舊居傷懷：「洛京十載別，東林訪舊扉。……時遷跡尚在，同去獨來歸。」詩建中三年赴滁州任途經洛陽作。本年至建中三年首尾十年。故應物自洛陽赴長安當在本年冬。

大曆九年甲寅（七七四）　四十歲

因京兆尹黎幹所薦，爲京兆府功曹參軍。

韋應物墓誌：「授高陵尉、廷評、洛陽丞、河南兵曹、京兆功曹。」卷五答劉西曹題下注：「時爲京兆功曹。」同卷答貢士黎逢題下注：「時任京兆功曹。」卷二秋集罷還途中作謹獻壽春公黎公：「束帶自衡門，奉命宰王畿。君侯枉高鑒，舉善掩瑕疵。」卷六至開化里壽春公故宅：「寧知府中吏，故宅一徘徊。」黎公，黎幹，封壽春縣公，本年九月爲京兆尹，見舊唐書代宗紀、兩唐書本傳、唐代墓誌彙編貞元〇三四黎幹墓誌。參見各詩注。韋應物爲京兆功曹參軍，當不晚於本年九月。

大曆十年乙卯（七七五）　四十一歲

以京兆府功曹攝高陵令。

卷四天長寺上方別子西有道題下注：「時任京兆府功曹，攝高陵宰。」其事當在本年前後。

大曆十一年丙辰（七七六）　四十二歲

在京兆府功曹參軍任。九月，妻元蘋卒。十一月，葬元蘋於少陵原，親撰墓誌，又撰傷逝等悼亡詩多首。

韋應物元蘋墓誌：「以大曆丙辰九月廿日癸時疾終於功曹東廳内院之官舍，永以即歲十一月五日祖載終於太平坊之假第，明日庚申巽時窆於萬年縣義善鄉少陵原先塋外東之直南三百六十餘步。」墓誌「朝請郎、前京兆府功曹參軍韋應物撰並書」。卷六有傷逝、送終、除日等悼亡詩十餘首，大多作於本年。

大曆十二年丁巳（七七七） 四十三歲

復爲京兆府功曹參軍，秋，使雲陽，視察水災災情。

卷二使雲陽寄府曹：「夙駕祗府命，冒炎不遑息。百里次雲陽，閭閻問漂溺。」本年秋京畿大水，韋應物當以京兆府功曹出使。

大曆十三年戊午（七七八） 四十四歲

春末夏初，爲鄠縣令。

韋應物墓誌：「朝廷以京畿爲四方政本，精選令長，除鄠縣、櫟陽二縣令。」卷七任鄠令渼陂游眺：「游魚時可見，新荷尚未密。」蓋初任鄠縣令時作，爲春末夏初景象。卷二秋集罷還途中作謹獻壽春公黎公：「將從平門道，憇車灃水湄。……孰云還本邑，懷戀獨遲遲。」蓋秋日自長安歸鄠縣作，參見該詩注。明年六月韋應物罷櫟陽令，故其爲鄠縣令當在本年。

大曆十四年己未（七七九） 四十五歲

春，在鄠縣令任。六月，自鄠縣令除櫟陽令。辭官。七月，歸至長安西郊灃上善福精舍，閑居於此。

卷一扈亭西陂燕賞，卷二縣内閑居贈温公、西郊游宴寄贈邑僚李巽等詩均本年春作於鄠縣令任上。參見各詩注。

卷四謝櫟陽令歸西郊贈別諸友生自注：「大曆十四年六月二十三日，自鄠縣制除櫟陽令，以疾辭歸善福精舍，七月二十日賦此詩。」卷二灃上西齋寄諸友：「等陶辭小秩，效朱方負樵。」題下注：「七月中善福之西齋作。」即作於本年七月初辭櫟陽令後。

唐德宗建中元年庚申(七八〇)　四十六歲

閑居長安西郊灃上善福精舍。

卷二西郊養疾聞暢校書有新什見贈久佇不至先寄此詩：「養病愜清夏，郊園敷卉木。」又灃上寄幼遐：「夏晝人已息，我懷獨未寧。」又寓居灃上精舍寄于張二舍人：「微霰下庭寒雀喧。」分別於夏日、冬日作於閑居灃上善福精舍時。建中二年四月，韋應物除比部員外郎，諸詩當本年作。參見上述詩注。

建中二年辛酉(七八一)　四十七歲

四月，除比部員外郎。

韋應物墓誌：「除鄠縣、櫟陽二縣令，遷比部郎。」卷四始除尚書郎別善福精舍題下注：「建中二年四月十九日，自前櫟陽令除尚書比部員外郎。」

建中三年壬戌(七八二)　四十八歲

夏，出爲滁州刺史。

韋應物墓誌：「遷比部郎。詔以滁人凋殘，領滁州刺史，負戴如歸，加朝散大夫。」卷三郡齋感秋寄諸弟：「首夏辭舊國，窮秋臥滁城。」考證以爲時在建中四年夏。按，若依考證，則同卷此詩後之冬至、元日、社日、寒食、三月三日(上巳)在滁州寄懷京師諸弟及親友詩當作於建中四年冬及興元元年春。但卷三寄諸弟題下注云：「建中四年十月三日，京師兵亂，自滁州間道遣使，明年興元甲子歲五月九日使還作。」知建中四年冬，朱泚盜據長安稱帝後，應物與長安家人音問阻絶。前述冬至等滁州懷京師親友詩毫未涉及朱泚之亂，必作於建中三年冬至四年春，其出守滁州亦必在建中三年夏。

唐德宗興元元年甲子（七八四）　五十歲

冬，罷滁州刺史，寓居滁州西澗。

卷三歲日寄京師諸季端武：「少事河陽府，晚守淮海壖。……昨日罷符竹，家貧遂留連。……聽松南巖寺，見月西澗泉。」知應物於冬日罷滁州刺史，詩則次年元日作。卷五答重陽僩奴二甥：「一朝忝蘭省，三載居遠藩。」自建中三年韋應物出守滁州，至本年首尾三年。

唐德宗貞元元年乙丑（七八五）　五十一歲

閑居滁州。秋，爲江州刺史。

卷七有滁州西澗、西澗種柳等詩，蓋本年春尚閑居滁州。

韋應物墓誌：「詔以滁人凋殘，領滁州刺史。……尋遷江州刺史。」卷三登郡樓寄京師諸季淮南子弟：「始罷永陽守，復臥潯陽樓。懸檻飄寒雨，危堞侵江流。迨兹聞雁夜，重憶別離秋。」爲初至江州作。時當即在本年秋。

貞元二年丙寅（七八六）　五十二歲

在江州刺史任，春，巡視屬縣，遊廬山。

卷六有發蒲塘驛沿路見泉谷村墅忽想京師舊居因憶昔年、春月觀省屬城始憩東西林精舍、自蒲塘驛回駕經歷山水等詩。蒲塘驛在江州，東林寺、西林寺在廬山，詳見各詩注。

貞元三年丁卯(七八七)　五十三歲

在江州刺史任,再遊廬山。後入朝爲左司郎中。

卷六有東林精舍見故殿中鄭侍御題詩追舊書情涕泗横集因寄呈閻澧州馮少府詩,作於本年五月,參見該詩注。韋應物墓誌:「尋遷江州刺史,如滁上之政。時廉使有從權之斂,君以調非明詔,悉無所供。因有是非之訟,有司詳按,聖上以州疏端切,優詔賜封扶風縣開國男,食邑三百户。徵拜左司郎中,總轄六官,循舉戴魏之法。」岑仲勉郎官石柱題名新著録左司郎中第八行有「□應物」,當即韋應物。卷五答河南李士巽題香山寺:「前歲守九江,恩召赴咸京。……今兹守吴郡,綿思方未平。」「恩召」即指追入爲左司郎中事。同卷答令狐侍郎:「況惜別離久,俱忻藩守歸。」令狐侍郎,令狐峘。舊唐書卷一四九本傳:「建中初,峘爲禮部侍郎……貶衡州别駕,遷衡州刺史。貞元中,李泌輔政,召拜右庶子、史館修撰。」據新唐書宰相表中,貞元三年六月,李泌自陝虢觀察使爲中書侍郎,拜相,令狐峘與韋應物歸朝當在本年六月後。

貞元四年戊辰(七八八)　五十四歲

在左司郎中任。九月,有和德宗重陽日賜宴詩。後出爲蘇州刺史。

韋應物墓誌:「徵拜左司郎中……尋領蘇州刺史。」卷五有奉和聖制重陽日賜宴詩,爲本年九月在長安作(參見該詩注)，知其時尚在左司郎中任。明年在蘇州與顧況等有詩酬唱,知其出守蘇州當在本年九月後。

貞元五年己巳(七八九)　五十五歲

在蘇州刺史任,與劉太真、顧況等詩歌唱和。

卷一郡齋雨中與諸文士燕集後附有饒州司士參軍顧況奉同郎中使君郡齋雨中宴集之什、卷五酬劉侍郎使君後附信州刺史劉太真顧十二左遷過韋蘇州房杭州韋睦州三使君皆有郡中燕集詩辭章高麗鄙夫之所仰慕顧生既至留連笑語因亦成篇以繼三君子之風焉詩。二人本年貶官南來（參見二詩注），知本年韋應物在蘇州。韋應物墓誌稱應物任蘇州刺史，「下車周星」即亡故，當於本年初方涖蘇州任。

貞元六年庚午（七九〇）　五十六歲

在蘇州刺史任，與丘丹、秦系、皎然、孟郊、鄒儒立等有詩唱答。冬，罷蘇州刺史，閑居永定寺，卒。

卷三有寄丘二十二員外、寄皎然上人，卷四有送丘員外還山、送雲陽鄒儒立少府侍奉還京師，卷五有答秦十四校書等詩，乃與丘丹、皎然、孟郊、鄒儒立、秦系等唱和之作，參見諸詩附録及注。

卷八寓居永定精舍：「政拙忻罷守，閑居初理生。家貧何由往，夢想在京城。野寺霜露月，農興羈旅情。聊租二頃田，方課子弟耕。」題下注：「蘇州。」蓋罷蘇州刺史任後作。韋應物墓誌：「尋領蘇州刺史。下車周星，豪猾屏息，方欲陟明，遇疾終於官舍。池雁隨喪，州人罷市。」墓誌未載韋應物卒年，但云「下車周星」即卒。韋應物貞元五年在蘇州有與顧況等唱和，六年在蘇州有與孟郊、鄒儒立唱和，所以他涖蘇州任當在貞元五年初，至貞元六年末去世，其間正一年多，可謂「下車周星」。如定其四年末任蘇州，六年或七年卒，或者定五年任蘇州，七年卒，都不能説「下車周星」而只能説「星歲再周」了。墓誌有「方欲陟明」之語，銘文亦云：「嗚呼彼蒼，殲我良牧。禁掖方拜，寢門遄哭。」蓋韋應物卒後朝廷方有「陟明」之新命。

貞元七年辛未（七九一）

十一月，歸葬長安萬年縣少陵原。

韋應物墓誌：「素車一乘，旋於逍遥故園。……以貞元七年十一月八日窆于少陵原，禮也。」

有詩集十卷。

新唐書藝文志四：「韋應物詩集十卷。」韋應物墓誌：「所著詩賦、議論、銘頌、記序，凡六百餘篇，行於當時。」王欽臣韋蘇州集序，稱「有集十卷……分十五總類，合五百七十一篇」。葛蘩韋蘇州集後序謂「定著五百九十九篇」，除冰賦一首外，餘均爲詩。知所佚主要是議論、銘頌、記序文字，詩篇則存十之八九。

修訂後記

一九九八年，我和王友勝同志共同整理的韋應物集校注作爲中國古典文學叢書的一種由上海古籍出版社出版了。光陰流駛，從那以後，已經過去了十一個年頭。二〇〇七年三月，爲了滿足讀者的需要，上古曾將此書加印過一次；次年，出版社又向我們提出了將此書修訂重版的建議。

的確，這部書稿很有修訂的必要。首先，韋詩直承東晉隱逸詩人之宗陶淵明，語言平淡自然，用典不露痕跡，又歷來無注，我們白手起家，又限於學養，注釋自不免有漏略之處。加之，韋應物舊史無傳，前人及今人所知韋應物生平，多是從韋詩中鉤稽而得。由於缺乏唐人所撰碑誌行狀等第一手資料，霧裏看花，終隔一層，這也給詩篇的繫年和注釋帶來了很多困難。二〇〇七年，這種情況終於有所改變。就在這一年，韋應物撰并書的妻元蘋墓誌、丘丹撰韋應物墓誌、韋應物婿楊敬之撰應物子韋慶復墓誌、韋應物孫韋退之撰韋慶復妻裴棣墓誌在西安出土了。當時，還在香港講學的陳尚君先生專爲此事撰寫了文字，并通過互聯網將墓誌的錄文發給了我，希望我能很好地利用它們。這四方墓誌的出土，使對韋應物集校注作較大幅度修訂成爲可能，於是，我們欣然接受了出版社關於修訂此書的建議。

根據上述情況，我們將此次修訂的重點放在詩歌的繫年與注釋方面，根據新出史料對詩作繫年進行了調整，對原有誤注或失注之處作了修改和補充。其次，對前言中關於韋應物生平的敘述和附錄中的年譜進行了改寫，并對附錄中的「集外詩文」、「傳記資料」、「評論」作了若干補充。此外，在書前增入了韋應物撰并書之元蘋墓誌拓片及明刻朱墨套印本須溪先生校點韋蘇州集書影的插頁，供讀者欣賞。至於全書編排體例，則一仍其舊。修訂工作中，全書中評論的補輯與插頁的補入由王友勝同志負責，其他工作則由我承擔。

從二〇〇八年到現在的短短兩年中，我曾在長沙、北京做了兩次肺部腫瘤切除手術，又在長沙、湘潭、四平三地做了四次化療，這不能不影響我對本書精力方面的投入。但經過近兩年的努力，書稿的修訂工作終於完成，對於讀者終於有所交待，這是我感到十分欣慰的。至於修訂後的書稿質量究竟如何，那就有待讀者諸君的評判了。

陶　敏

二〇一〇年十一月一日於湘潭

樊榭山房集	[清]厲鶚著　[清]董兆熊注 陳九思標校
劉大櫆集	[清]劉大櫆著　吴孟復標點
儒林外史彙校彙評	[清]吴敬梓著　李漢秋輯校
小倉山房詩文集	[清]袁枚著　周本淳標校
忠雅堂集校箋	[清]蔣士銓著　邵海清校 李夢生箋
甌北集	[清]趙翼著　李學穎、曹光甫校點
惜抱軒詩文集	[清]姚鼐著　劉季高標校
兩當軒集	[清]黄景仁著　李國章校點
茗柯文編	[清]張惠言著　黄立新校點
瓶水齋詩集	[清]舒位著　曹光甫點校
龔自珍全集	[清]龔自珍著　王佩諍校點
水雲樓詩詞箋注	[清]蔣春霖著　劉勇剛箋注
人境廬詩草箋注	[清]黄遵憲著　錢仲聯箋注
嶺雲海日樓詩鈔	[清]丘逢甲著　丘鑄昌標點

譚元春集	[明]譚元春著　陳杏珍標校
陳子龍詩集	[明]陳子龍著 施蟄存、馬祖熙標校
牧齋初學集	[清]錢謙益著　[清]錢曾箋注 錢仲聯標校
牧齋有學集	[清]錢謙益著　[清]錢曾箋注 錢仲聯標校
牧齋雜著	[清]錢謙益著　[清]錢曾箋注 錢仲聯標校
李玉戲曲集	[清]李玉著 陳古虞、陳多、馬聖貴點校
吴梅村全集	[清]吴偉業著　李學穎集評標校
歸莊集	[清]歸莊著
顧亭林詩集彙注	[清]顧炎武著　王蘧常輯注 吴丕績標校
安雅堂全集	[清]宋琬著　馬祖熙標校
吴嘉紀詩箋校	[清]吴嘉紀著　楊積慶箋校
陳維崧集	[清]陳維崧著　陳振鵬標點 李學穎校補
秋笳集	[清]吴兆騫撰　麻守中校點
漁洋精華録集釋	[清]王士禛著 李毓芙、牟通、李茂肅整理
聊齋志異會校會注會評本	[清]蒲松齡著　張友鶴輯校
敬業堂詩集	[清]查慎行著　周劭標點
納蘭詞箋注	[清]納蘭性德著　張草紉箋注
方苞集	[清]方苞著　劉季高校點

李清照集箋注　　［宋］李清照著　徐培均箋注
陳與義集校箋　　［宋］陳與義著　白敦仁校箋
蘆川詞箋注　　［宋］張元幹著　曹濟平箋注
劍南詩稿校注　　［宋］陸游著　錢仲聯校注
放翁詞編年箋注　　［宋］陸游著　夏承燾、吴熊和箋注
范石湖集　　［宋］范成大撰　富壽蓀標校
于湖居士文集　　［宋］張孝祥著　徐鵬校點
稼軒詞編年箋注（定本）　　［宋］辛棄疾撰　鄧廣銘箋注
姜白石詞編年箋校　　［宋］姜夔著　夏承燾箋校
雁門集　　［元］薩都拉著　殷孟倫、朱廣祁校點
揭傒斯全集　　［元］揭傒斯著　李夢生標校
高青丘集　　［明］高啓著　［清］金檀注　徐澄宇、沈北宗校點
震川先生集　　［明］歸有光著　周本淳校點
海浮山堂詞稿　　［明］馮惟敏著　凌景埏、謝伯陽標校
滄溟先生集　　［明］李攀龍著　包敬第點校
梁辰魚集　　［明］梁辰魚著　吴書蔭编集校點
沈璟集　　［明］沈璟著　徐朔方輯校
湯顯祖詩文集　　［明］湯顯祖著　徐朔方箋校
湯顯祖戲曲集　　［明］湯顯祖著　錢南揚校點
白蘇齋類集　　［明］袁宗道著　錢伯城校點
袁宏道集箋校　　［明］袁宏道著　錢伯城箋校
珂雪齋集　　［明］袁中道著　錢伯城點校
隱秀軒集　　［明］鍾惺著　李先耕、崔重慶標校

樊南文集	[唐]李商隱著　[清]馮浩詳注 錢振倫、錢振常箋注
皮子文藪	[唐]皮日休著　蕭滌非、鄭慶篤整理
鄭谷詩集箋注	[唐]鄭谷著 嚴壽澂、黄明、趙昌平箋注
韋莊集箋注	[五代]韋莊著　聶安福箋注
二晏詞箋注	[宋]晏殊、晏幾道著　張草紉箋注
梅堯臣集編年校注	[宋]梅堯臣著　朱東潤編年校注
歐陽修詩文集校箋	[宋]歐陽修著　洪本健校箋
蘇舜欽集	[宋]蘇舜欽著　沈文倬校點
嘉祐集箋注	[宋]蘇洵著　曾棗莊、金成禮箋注
王荆文公詩箋注	[宋]王安石著　[宋]李壁箋注 高克勤點校
王令集	[宋]王令著　沈文倬校點
蘇軾詩集合注	[宋]蘇軾著　[清]馮應榴注 黄任軻、朱懷春校點
東坡樂府箋	[宋]蘇軾著　[清]朱孝臧編年 龍榆生校箋
欒城集	[宋]蘇轍著　曾棗莊、馬德富校點
山谷詩集注	[宋]黄庭堅著　[宋]任淵、史容、 史季温注　黄寶華點校
山谷詞校注	[宋]黄庭堅著　馬興榮　祝振玉校注
淮海集箋注	[宋]秦觀撰　徐培均箋注
淮海居士長短句箋注	[宋]秦觀著　徐培均箋注
清真集箋注	[宋]周邦彦著　羅忼烈箋注
樵歌校注	[宋]朱敦儒著　鄧子勉校注

孟浩然詩集箋注	[唐]孟浩然著　佟培基箋注
王右丞集箋注	[唐]王維著　[清]趙殿成箋注
李白集校注	[唐]李白著　瞿蜕園、朱金城校注
高適集校注	[唐]高適著　孫欽善校注
杜詩鏡銓	[唐]杜甫著　[清]楊倫箋注
錢注杜詩	[唐]杜甫著　[清]錢謙益箋注
岑參集校注	[唐]岑參著　陳鐵民、侯忠義校注
戴叔倫詩集校注	[唐]戴叔倫著　蔣寅校注
韋應物集校注(增訂本)	[唐]韋應物著　陶敏、王友勝校注
權德輿詩文集	[唐]權德輿撰　郭廣偉校點
韓昌黎詩繫年集釋	[唐]韓愈著　錢仲聯集釋
韓昌黎文集校注	[唐]韓愈著　馬其昶校注　馬茂元整理
劉禹錫集箋證	[唐]劉禹錫著　瞿蜕園箋證
白居易集箋校	[唐]白居易著　朱金城箋校
柳宗元詩箋釋	[唐]柳宗元著　王國安箋釋
柳河東集	[唐]柳宗元著　[宋]廖瑩中輯注
元稹集校注	[唐]元稹著　周相錄校注
長江集新校	[唐]賈島著　李嘉言新校
三家評注李長吉歌詩	[唐]李賀著　[清]王琦等評注
樊川文集	[唐]杜牧著　陳允吉校點
樊川詩集注	[唐]杜牧著　[清]馮集梧注
温飛卿詩集箋注	[唐]温庭筠著　[清]曾益等箋注
玉谿生詩集箋注	[唐]李商隱著　[清]馮浩箋注　蔣凡校點

《中國古典文學叢書》已出書目

詩經今注	高亨注
楚辭今注	湯炳正、李大明、李誠、熊良智注
司馬相如集校注	[漢]司馬相如著　金國永校注
揚雄集校注	[漢]揚雄著　張震澤校注
張衡詩文集校注	[漢]張衡著　張震澤校注
阮籍集	[魏]阮籍著　李志鈞等校點
陶淵明集校箋(修訂本)	[晉]陶潛著　龔斌校箋
世説新語箋疏(修訂本)	[南朝宋]劉義慶撰　余嘉錫箋疏 周祖謨等整理
世説新語校釋	[南朝宋]劉義慶撰　[梁]劉孝標注 龔斌校釋
鮑參軍集注	[南朝宋]鮑照著 錢仲聯增補集説校
謝宣城集校注	[南朝齊]謝朓著　曹融南校注集説
文心雕龍義證	[南朝梁]劉勰著　詹鍈義證
詩品集注(增訂本)	[梁]鍾嶸著　曹旭集注
文選	[梁]蕭統編　[唐]李善注
王梵志詩集校注(增訂本)	[唐]王梵志著　項楚校注
盧照鄰集箋注	[唐]盧照鄰著　祝尚書箋注
駱臨海集箋注	[唐]駱賓王著　[清]陳熙晉箋注
王子安集注	[唐]王勃著　[清]蔣清翊注